湖北省学术著作出版专项资金资助项目

中国学术档案大系

主编 陈文新

两汉乐府学术档案

廖群 主编

图书在版编目(CIP)数据

两汉乐府学术档案/廖群主编. —武汉：武汉大学出版社,2015.10
中国学术档案大系
 ISBN 978-7-307-15728-6

Ⅰ.两… Ⅱ.廖… Ⅲ.乐府诗—诗歌研究—中国—汉代　Ⅳ.I207.22

中国版本图书馆 CIP 数据核字(2015)第 093565 号

责任编辑：朱凌云　　责任校对：李孟潇　　版式设计：马　佳

出版发行：武汉大学出版社　（430072　武昌　珞珈山）
　　　　　（电子邮件：cbs22@whu.edu.cn　网址：www.wdp.whu.edu.cn）
印刷：武汉中远印务有限公司
开本：720×1000　1/16　印张：36.25　字数：538 千字　插页：1
版次：2015 年 10 月第 1 版　　2015 年 10 月第 1 次印刷
ISBN 978-7-307-15728-6　　定价：98.00 元

版权所有，不得翻印；凡购我社的图书，如有质量问题，请与当地图书销售部门联系调换。

为两汉乐府研究的过往建个档案
——写在《两汉乐府学术档案》前面

廖 群

（一）

我们这里是要为两汉乐府学术研究的过往建个档案。建档案是要贴标签的，查档案也要首先找到标签。

这个档案首要的标签是"乐府"。"乐府"一词源于被称为"乐府"的音乐机构，又不仅是指它本身。对于文学而言，"乐府"是诗；对于音乐而言，"乐府"是歌、是曲、是器乐；对于舞蹈而言，"乐府"是舞；对于戏剧而言，"乐府"又可能是戏……其实，这都是现代学术分科之后麻烦的识别，而在当年还隶属于真正被称为"乐府"或相当于乐府的机构时，它们常常同时是诗、是歌、是曲、是舞甚至是戏的，是指用乐器配乐伴奏的、在台上由艺人表演的、或许带有一点情节的、或许还伴有舞蹈的"节目"。当然，作为两千多年前上演的"节目"，留给今天的我们所能见到的，主要是被记录下来的整个节目中所唱歌曲的歌词，当时多称"歌诗"，后来被称"乐府"，今天全称"乐府诗"、"乐府诗歌"，经《汉书·礼乐志》、《宋书·乐志》、《玉台新咏》、《文选》等陆续辑录，至宋代比较集中地被收在郭茂倩所编的《乐府诗集》中。所谓"乐府研究"即主要以乐府诗为对象进而进入其表演所涉各个门类的学术探讨。

这个档案还有一个标签是"两汉"。"乐府"始于汉，却不止于汉，我们这个档案为所涉"乐府"锁定的时限是两汉。

说到"乐府"始于汉,还需予以特别说明。长期以来,一直都有汉武帝"始立乐府"说。此说缘于《汉书》中的两段话。一段见于《礼乐志》:"至武帝定郊祀之礼,祠太一于甘泉,就乾位也。祭后土于汾阴,泽中方丘也。乃立乐府,采诗夜诵,有赵、代、秦、楚之讴。以李延年为协律都尉,多举司马相如等数十人造为诗赋,略论律吕,以合八音之调,作十九章之歌。以正月上辛,用事甘泉圜丘,使男女七十人俱歌,昏祠至明。"一段见于《艺文志》:"自武王立乐府而采歌谣,于是有代、赵之讴,秦、楚之风,皆感于哀乐,缘事而发,亦可以观风俗,知薄厚云。"于是,刘勰《文心雕龙·乐府》言之凿凿:"暨武帝崇礼,始立乐府。"问题是《史记·乐书》称"高祖过沛诗《三侯(兮)之章》,令小儿歌之。高祖崩,令沛得以四时歌舞宗庙。孝惠、孝文、孝景无所增更,于乐府常肄旧而已";《汉书·礼乐志》称"又有房中祠乐,高祖唐山夫人所作也。……孝惠二年,使乐府令夏侯宽备其箫管,更名曰《安世乐》",又都显示武帝之前似乎已经有了"乐府"之称。而若按《汉书·百官公卿表》的说法,乐府更早在秦代就已经设置:"奉常,秦官,掌宗庙礼仪。……属官有太乐、太祝、太宰、太史、太卜、太医六令、丞。少府,秦官,掌山海池泽之税,以给供养,有六丞。属官有尚书、符节、太医、太官、汤官、导官、乐府。"由是,梁启超、陆侃如、罗根泽等学者曾怀疑乐府并不始于武帝,汉承秦制,可能秦时已经设有乐府。1977年秦始皇陵附近出土了镌有秦篆"乐府"二字的秦代错金甬钟,证明了管理乐舞的重要机构——乐府在秦代确已设置。在这种情况下,有学者开始重新思考《汉书·礼乐志》"至武帝定郊祀之礼……乃立乐府"的意思,如张永鑫在其《汉乐府研究》中即认为这是说武帝始将郊祀之礼立于乐府,而郑文则在其《汉诗研究》中强调与乐府诗有关的乐府机构始立于汉武帝时期,因为据《汉书·百官公卿表》、《史记·乐书》等可知,太常所属的太乐令丞与少府所属的乐府令,虽都出自秦官,而所负的职责不同,是故王应麟《汉书艺文志考证(八)》引吕氏曰:"太乐令丞所职,雅乐也;乐府所职,郑卫之乐也。"

因此,准确些说,以"乐府"作为音乐机构的名称并不始于汉,但与我们这个档案的"乐府"有关的乐府机构以及由此派生的乐府诗、歌、舞、戏等的确始于汉。

自西汉末年汉哀帝罢废乐府，此后俗乐（"郑卫之乐"）所属机构已经不见"乐府"之称，而特有的"乐府"之职似由"黄门"所代理，但"乐府"之称已经泛化，于是刘勰《文心雕龙》特置"乐府"一篇，直称"乐府者，声依永，律和声也"；萧统《文选》于诗歌大类里单列"乐府"一支，不但选入了汉代"乐府"或"黄门"所存或所奏之"古乐府"，还列了魏晋南朝乐所奏之魏武帝、魏文帝、曹子建、陆士衡、谢灵运、鲍明远等之"乐府"；徐陵《玉台新咏》除列"古诗"外，也特辟"古乐府诗"一项，收入《陌上桑》、《相逢行》、《艳歌行》等，且也称其后仿作为"乐府"，如列"曹植杂诗五首、乐府三首"等；唐代吴兢更是组织编订《古乐府词》十卷并撰《乐府古题要解》二卷，所收所称"乐府"包含了唐前各朝音乐机构所存所奏之相和歌、拂舞歌、白纻歌、铙歌、横吹曲、清商曲、杂题、琴曲；直至宋代郭茂倩之《乐府诗集》，更是将唐代拟乐府体裁、题材所作诗篇也包含在"乐府"这个名题之中。

因此说，乐府始于汉，却不止于汉。而我们这个档案给所涉乐府定的时限是两汉。两汉是乐府的发轫期，也是集中期，定型期，有关乐府的各种问题也绝大多数形成于这个时期。该档案即是关于两汉乐府各种问题展开考察、探讨和研究的学术成果的汇集和归总。

（二）

还有一个时限在标签中没有显示，而出现在内里的目录中，这就是"现当代"，即20世纪20年代至今，具体来说就是1924年至2013年。这是指"学术档案"标签中"学术"二字的时限，即我们这个档案所收录的是现当代有关两汉乐府展开研究的学术成果。

当然，除了《史记·封禅书》、《汉书·礼乐志》、《宋书·乐志》、《玉台新咏》等对与乐府诗研究有关的背景、仪式、演奏、机构等的记载和阐释，除了《文心雕龙·乐府》直接对乐府的系统评述，今见对汉乐府诗本身的研究至迟在唐代也已大量出现，包括颜师古对《汉书·礼乐志》所录《安世房中歌十七章》和《郊祀歌十九章》的注释、李善等六臣对萧统《文选》所录"乐府"古辞三首及班婕妤《怨歌行》的注释,还包括吴兢《乐府古题要解》对古乐府诗题来源的解说(因其组织编辑的《古乐府词》已佚,是否有自注不得而知)。此后,宋代郭茂倩《乐府诗集》洋洋一百卷,虽没有注释,但将乐府歌辞分为"郊庙歌辞"(十二卷)、"燕射歌辞"(三卷)、"鼓吹曲辞"(五卷)、"横吹曲辞"(五卷)、"相和歌辞"(十八卷)、"清商曲辞"(八卷)、"舞曲歌辞"(五卷)、"琴曲歌辞"(四卷)、"杂曲歌辞"(十八卷)、"近代曲辞"(四卷)、"杂歌谣辞"(七卷)、"新乐府辞"(十一卷)十二大类;每一大类下面又分若干小类,如"相和歌辞"下有"相和六引"、"相和曲"、"吟叹曲"、"四弦曲"、"平调曲"、"清调曲"、"瑟调曲"、"楚调曲"、"大曲";每一小类下又有若干歌题,如"相和曲"中包含"古辞"的歌题就有"江南"、"东光"、"薤露"、"鸡鸣"、"乌生"、"平陵东"、"陌上桑"等,无论大类、小类、歌题,编辑者对它们均有解题,累积了此前乃至编辑者本人关于乐府研究的珍贵成果。明清时期,更相继出现了若干部乐府笺注著作,如明代朱嘉徵的《乐府广序》,清代陈祚明的《采菽堂古诗选》,李因笃的《汉诗音注》,沈德潜的《古诗源》,陈本礼的《汉乐府三歌笺注》,朱乾的《乐府正义》,庄述祖的《汉短箫铙歌曲句解》,陈沆的《诗比兴笺》,王士禛辑、闻人倓注的《古诗笺》,谭仪的《汉铙歌十八曲集解》,王先谦的《汉铙歌释文笺正》,沈用济、费锡璜的《汉诗说》,吴兆宜的《玉台新咏笺注》等。这些理应都该"装进"乐府研究的学术档案中。

然而,我们所建的这个档案毕竟只是书面形式的所谓"档案",篇幅有限,不可能一一容纳。还有,上述这些关于乐府文本的著述大都还是处于注释阶段,以注本形式出现,真正对有关问题展开考辨、论述性的现代意义上的学术研究,还是20世纪以来的事情。为在有限的篇幅中集中展示对于两汉乐府的学术研究历程,我们这个档案还是将"学术"的时限确定在现当代这个范围内。

这近百年的研究过往的确经历了几个回合、转折和进展。

20世纪20年代至1949年新中国成立前,大致可算作第一个时段。这个时段治学方面鲜明体现出不同于古代学术的现代气息。其一,延续古代传统,此时仍有基础性解读文本的笺注著作,如黄节

《汉魏乐府风笺》、夏敬观《汉短箫铙歌注》、闻一多《乐府诗笺》即是。然就选篇而言，有了明确的文学倾向，《汉魏乐府风笺》专笺"风"，《乐府诗笺》选笺部分乐府，都更多地是从篇目是否精彩着眼；而注释中注重对问题的辨析，《汉魏乐府风笺》释音颇多创见、《乐府诗笺》解字多有发明、《汉短箫铙歌注》论是否军乐等即是。其二，伴随着近现代文学史学的兴起，乐府研究也出现了相关或专门的史著性著作，梁启超的《中国之美文及其历史》，胡适的《白话文学史》，陆侃如、冯沅君的《中国诗史》，郑振铎的《中国俗文学史》等即有专节专章叙述乐府，其间更出现了罗根泽的《乐府文学史》、萧涤非的《汉魏六朝乐府文学史》等乐府专史，梳理乐府发生发展的来龙去脉成为乐府研究新的课题。其三，出现了专考或专论性的学术著作及发表在期刊杂志上的专篇论文。专著如胡怀琛的《中国民歌研究》、陆侃如的《乐府古辞考》、古层冰（古直）的《汉诗研究》、王易的《乐府通论》等；论文如陆侃如1925年发表于《学灯》的《〈孔雀东南飞〉考证》，孔德1926年发表于《东方杂志》的《汉短箫铙歌十八曲考释》，朱希祖1927年发表于《清华学报》的《汉三大乐歌声调辨》，《清华周刊》1933年发表的黄节、朱自清的《乐府清商三调讨论》等，乐府解读和把握中的某些问题被专门提及和辨析。就研究内容和取向而言，乐府研究的热度与20世纪二三十年代对民间文艺的重视关系密切，乐府主要是作为民歌、俗文学来研究的，像《汉魏乐府风笺》、《白话文学史》、《中国俗文学史》、《中国民歌研究》等，从书名即可感知这一学术倾向。与此同时，学者们又都本着学术探讨的精神，乐府研究中的许多焦点问题，诸如是否汉武帝"始立乐府"，乐府"采诗"是否采集民歌，乐府歌诗究竟应该限定在什么范围，乐府与五言诗的关系，《铙歌》是否军乐及其庞杂内容当如何解释，《上邪》、《有所思》是否为一篇或姊妹篇，《孔雀东南飞》是汉末作还是六朝作，相和歌与清商三调究竟是何种关系等，都已在这个时段被提出并展开讨论。

新中国成立后至1965年"文化大革命"前大致可视为第二个时段。一方面，延续着第一时段已经开辟的学术园地继续耕耘，其中尤以余冠英的《乐府诗选》(1953)、王运熙的《乐府诗论丛》(1958)为代表，前者在序言和注诗中将知识普及与对问题的论析有机结合，其中所涉乐府立于何时、鼓吹乐是否夷乐、乐府歌辞的拼凑和分割、对乐府诗句的理解(如"公输与鲁班""小子无官职,衣冠仕洛阳")等,颇有自己的心得;后者更是以"汉魏两晋南北朝乐府官署沿革考略"、"汉武帝始立乐府说"、"说黄门鼓吹乐"、"汉代鼓吹曲考"、"汉代的俗乐和民歌"、"论《孔雀东南飞》的产生时代、思想、艺术及其问题"等为题,集中对汉乐府研究中的重要问题展开了进一步论证。同时学者们还触及一些新的课题和领域,如杨公骥1950年7月于《光明日报》发表《汉巾舞歌辞句读及研究》,对《公莫舞辞》的"句读和章法"、"内容"、"巾舞和声"、"巾舞的舞法动作"进行研究,使对这一历来无法句读的难解之谜的研究取得了突破性进展;陈直1959年于《人文杂志》第4期发表《汉铙歌十八曲新解》,借助出土文物解惑释疑,除本身提出不少新见外,更是在研究方法上极具启发。另一方面,随着学界对人民性、阶级性强调的逐步升级,汉乐府研究中注重思想内容分析的倾向也渐次加重,此可以1957年出版的《乐府诗研究论文集》为代表,其中如《汉代乐府诗里所反映的社会生活》、《批判胡适在评价汉乐府中的形式主义观点》、《〈陌上桑〉的人物和主题思想》、《羽林郎解释中的资产阶级唯心论的训诂》、《评俞平伯在汉乐府〈羽林郎〉解说中的错误立场》、《论〈孔雀东南飞〉的人民性和艺术性》等文章,即反映了这一特定时代的学术倾向。

1966年至1976年"文化大革命"时期十分特殊,如果忽略不计,毕竟有十余年光阴,如果算一个时段,就中国大陆的汉乐府研究而言,这却完全是一个空白,检索中国知网"中国学术文献总库",没有一篇论及汉乐府的文章;检索各出版信息,也没有发现一部乐府研究著作。不过值得一提的是,这期间有几次比较重要的文物出土,如1969年山东济南市郊无影山西汉墓出土汉代乐舞杂技陶俑,1971年内蒙古和林格尔汉墓出土壁画《乐舞百戏图》,1975年安徽阜阳涡阳县大王店出土汉代陶戏楼模型等,作为反映当年乐舞表演情形的模型及绘画,这些出土文物为日后乐府综合艺术研究做了文物资料方面的准备。

1977年新时期以来至今可以算作汉乐府研究全面复苏并充分展开的一个时段。如果仅就较之前出现的新的动向或变化而言,那么首先就是成果数量剧增，据不完全统计，三十几年时间，就出版专著近80部，发表论文近400篇。其次是所涉作品和问题全面铺开，如关于专篇乐府的研究，一变之前仅限于讨论《孔雀东南飞》、《陌上桑》等少数几篇的情况，其他各篇几乎均有专论，特别是《安世房中歌十七章》和《郊祀歌十九章》这两组因"出身贵族"而在此前时段被无视的郊庙歌辞，此时成为研究的热点。还有就是研究视角和方法多元化，除选注、论析之外，出现了较多赏析著作和文章；除文献考据之外，考古学、民俗学、文化学、传播学、阐述学、叙事学等均有借鉴。最后特别值得一提的是从说唱、乐舞乃至戏剧的综合艺术角度重新审视乐府诗成为当下并指向未来的一个研究趋向，将乐府诗放回到原初表演、歌唱的场合、场景中，成为研究追求的一个目标。

（三）

档案，不同于历史记载，更不同于历史叙述，它们是"直接形成的有价值的各种形式的历史记录"(《档案工作基本术语》)。"直接形成"体现的是其文件的原始性，为当时直接产出的原汁原味的文本资料；"历史记录"体现的是档案对象或主题的历史再现性，是同一对象或主题在各个时期原始文本的相继存置和呈现；"有价值"则说明档案来源于文件，又不可能是所有文件的堆积，它是经过选择和整理的能够体现本质真实的文件。

我们这里要建的是20世纪20年代以来两汉乐府研究的学术档案。为了体现其原始性和历史再现性，我们按照时间顺序，选取了各个时期具有代表性的产生过较大影响的关于两汉乐府的学术专著，其中有的专论乐府，有的在论述中较多地论及乐府，对于这些著作我们大多以节录形式将原作直接呈现，附有"评介"算是为该"档案资料"做个较大的"标签说明"。

当然，如前所说，我们这里毕竟只是书面形式的所谓"档案"，有限的篇幅只能容纳有限的文字，对上述著作的"节录"就属变通处理，为的是省出篇幅尽量多选一些代表性著作。即便如此，也无法尽呈学术历程的全貌。于是有了"论著提要"部分。应该说，"论著提要"已经不属原文呈现,不能再算作原始文件,但本着"档案"对于直接性原始性的属性要求,"提要"只客观介绍论著作者、出版单位、出版时间及所含章节内容,不作价值评判,以期达到"准直接形成"的档案效果,读者自可"顺藤摸瓜",找到"原始"。同理,学术研究形成的成果,除了著作,论文也是重要的文件,而且数量庞大,又不可或缺,于是我们特设"论文要目"一项,按年按月呈现各种期刊杂志发表的两汉乐府研究的论文题目、所在期刊及发表时间,从题目大致可见研究的问题、视角乃至观点,感兴趣的读者也自可检索文章一览原貌。

  这就是我们为两汉乐府研究的过往建起的一份档案。希望这份档案客观真实地记录下自20世纪20年代以来两汉乐府学术研究走过的路程,为读者查阅翻检提供可靠的信息;更希望它能为这一研究道路的进一步拓展做些贡献。

目 录

两汉乐府论著评介 ……………………………………………… (1)
 汉魏乐府风笺(节选) ………………………………… 黄　节(3)
  【评介】 ………………………………………………… (13)
 中国之美文及其历史(节选) ………………………… 梁启超(19)
  【评介】 ………………………………………………… (24)
 中国民歌研究(节选) ………………………………… 胡怀琛(29)
  【评介】 ………………………………………………… (31)
 乐府古辞考(节选) …………………………………… 陆侃如(35)
  【评介】 ………………………………………………… (52)
 白话文学史(节选) …………………………………… 胡　适(56)
  【评介】 ………………………………………………… (71)
 汉诗研究(节选) ……………………………………… 古层冰(77)
  【评介】 ………………………………………………… (88)
 乐府文学史(节选) …………………………………… 罗根泽(95)
  【评介】 ………………………………………………… (127)
 中国诗史(节选) ……………………………… 陆侃如　冯沅君(133)
  【评介】 ………………………………………………… (158)
 中国俗文学史(节选) ………………………………… 郑振铎(165)
  【评介】 ………………………………………………… (171)
 汉魏六朝乐府文学史(节选) ………………………… 萧涤非(179)
  【评介】 ………………………………………………… (204)
 乐府通论(节选) ……………………………………… 王　易(209)
  【评介】 ………………………………………………… (219)
 乐府诗笺(节选) ……………………………………… 闻一多(225)

【评介】 ………………………………………………… （232）
乐府诗选（节选） ………………………………… 余冠英（238）
　　【评介】 ………………………………………………… （251）
乐府古诗（节选） ………………………………… 徐澄宇（257）
　　【评介】 ………………………………………………… （271）
乐府诗论丛（节选） ……………………………… 王运熙（277）
　　【评介】 ………………………………………………… （295）
汉铙歌十八曲新解 ………………………………… 陈　直（301）
　　【评介】 ………………………………………………… （319）
中国古代音乐史稿（存目） ……………………… 杨荫浏（323）
　　【评介】 ………………………………………………… （323）
乐府散论（节选） ………………………………… 王汝弼（326）
　　【评介】 ………………………………………………… （336）
乐府诗史（节选） ………………………………… 杨生枝（338）
　　【评介】 ………………………………………………… （350）
汉乐府研究（节选） ……………………………… 张永鑫（353）
　　【评介】 ………………………………………………… （367）
汉诗研究（节选） ………………………………… 郑　文（370）
　　【评介】 ………………………………………………… （398）
汉代乐府制度与歌诗研究（节选） ……………… 赵敏俐（402）
　　【评介】 ………………………………………………… （414）
汉魏乐府艺术研究（节选） ……………………… 钱志熙（417）
　　【评介】 ………………………………………………… （427）

现当代两汉乐府论著提要 ……………… 柳卓娅等编撰（433）

现当代两汉乐府论文要目 ……………… 廖　群　辑录（501）

现当代两汉乐府研究大事记 …………… 柳卓娅　编撰（531）

两汉乐府论著评介

汉魏乐府风笺（节选）

黄 节

序

汉世"声"、"诗"既判，"乐府"始与"诗"别行，"雅"亡而"颂"亦仅存，惟"风"为可歌耳。《汉书·礼乐志》：武帝"立乐府，采诗夜诵，有赵、代、秦、楚之讴"，盖皆风也；而朝庙所作，则《安世房中歌》、《郊祀歌》谓是"颂"已；《铙歌》非"雅"也。郑夹漈谓：《上之回》、《圣人出》，君子之作也，雅也；《艾如张》、《雉子斑》，野人之作也，风也；夹漈不辨"风"、"雅"矣。《铙歌》皆边地都鄙之谣，有音制，崎岖淫僻，止可度之鼓、吹、笛、筇，为马上之曲，不可被之琴、瑟、金、石，为殿廷之乐也；是故汉"雅"亡矣。魏武平荆襄，获汉雅乐郎杜夔，使创定"雅"乐。汉本无"雅"，夔所肄习乃制氏所传《文王》、《伐檀》、《驺虞》、《鹿鸣》四诗之音节耳，非汉"雅"也；其篇又不传，知其无所创定矣。文帝使缪袭造《短箫铙歌》十二曲，用汉曲而易其名，如《朱鹭》为《楚之平》，《思悲翁》为《战荥阳》是也。夹漈谓魏晋仿汉铙歌短箫，叙其创业以来伐畔讨乱肇造区下之事，即古之"雅"、"颂"矣。岂知声为乐体。刘彦和云："辞虽典文，而律非夔旷。"《短箫铙歌》乃军中马上所奏，汉制尚不可登之殿廷，况仿为之耶！是故魏"雅"亦亡矣。

兹篇所采，皆汉魏乐府"风"诗，故曰"风笺"。若夫《安世房中歌》、《郊祀歌》，则汉"颂"所存者矣，《汉志》而外，若江都陈本礼、长沙王先谦皆有笺释；《铙歌》亦然，而武进庄述祖、蕲水陈沆别有

《铙歌句解》、《铙歌十八曲笺》；学者当自求之。至于魏，郊庙无"颂"。萧子显曰："魏辞不见，疑用汉辞。"沈约曰："魏国初建，使王粲改作《登歌》及《安世》、《巴渝》诗而已。"《安世》之辞不存，独有《渝》诗，《宋志》所录《魏俞儿舞歌》四篇是也；舍是而魏"颂"亡矣。夫肄乐府者，大率习于"辞"、"艳"、"趋"、"乱"而已，遗其"声"久矣。"辞"者，其歌诗也，"艳"在曲之前，"趋"与"乱"在曲之后，大曲有之；若"声"则其"辞"之音也。古者"辞"与"声"别行。《汉书·艺文志》有《河南周歌诗》七篇，别有《河南周歌诗声曲折》七篇；有《周谣歌诗》七十五篇，别有《周谣歌诗声曲折》七十五篇；此其证矣。是故古"辞"一句之中，五声相和，而有曲折之度。古乐既亡，声篇亦佚，今论乐府，只求其谐而已；然已大难。严沧浪谓古《采莲曲》全不押韵；冯定远讥之，谓"间"与"田"、"莲"古通，何言无韵。不知"西"、"北"古亦通，则为定远所未解者；知兹事之难也。兹篇于"辞"、"艳"外务求其"声"，虽视古五声相和，曲折有度，不可悉识矣；然岂予之陋也！沈休文犹近古，《宋志》今鼓吹铙歌：《上邪》、《晚芝》、《艾张》三曲声存，而休文且莫能举之矣。十二年二月黄节序。

卷一

汉风

《汉书·艺文志》曰："自孝武立乐府而采歌谣，于是有代赵之讴、秦楚之风，皆感于哀乐，缘事而发，亦可以观风俗知薄厚云。"今案：《汉志》所录高祖歌诗，则所存《大风歌》、《鸿鹄歌》也；出行巡狩及游歌诗，则所存武帝《瓠子歌》、《秋风辞》、《蒲梢天马歌》、《车子侯歌》及《铙歌》中《上之回》等篇也；李夫人及幸贵人歌诗，则所存外戚子所载"是耶非耶"诗、《拾遗记》所载《落叶哀蝉曲》也；吴、楚、汝南歌诗，则所存《鸡鸣歌》也；燕、代讴，雁门、云中、陇西歌诗，则所存《雁门太守行》、《陇西行》也；邯郸、河间歌诗，则所存《陌上桑》、《河间杂歌》也；黄门倡车忠等歌诗，则所存《黄门倡歌》及《俳歌辞》也；杂歌诗，《汉志》叙九篇，则所存据《乐府解题》云：自《相逢狭路间行》以下不知所起，自《君子有所思行》以下又无本词；凡《志》所叙录汉风存者，止此耳。未入乐府，别为汉杂曲歌辞；其入乐府者，为相和歌辞。

相和歌辞

《宋书·乐志》曰："相和，汉旧曲也。丝竹更相和，执节者歌。"《晋书·乐志》曰："凡乐章古辞之存者，并汉世街陌谣讴，《江南可采莲》、《乌生十五子》、《白头吟》之属，其后渐被于弦管，即相和诸曲是也。"今案：汉相和歌辞相和六引已阙吟叹，则自魏晋后已无能歌之者。大曲不入调，惟相和、平调、清调、瑟调、楚调尚详器数。《唐书·乐志》曰："平调、清调、瑟调皆周房中曲之遗声，汉世谓之三调。又有楚调、侧调：楚调者，汉房中乐也，高帝乐楚声，故房中乐皆楚声也；侧调者，生于楚调；与前三调总谓之相和调。"

节案：郑夹漈有言："昔周诗《南陔》之三笙以和《鹿鸣》之三雅，《由庚》之三笙以和《鱼丽》之三雅。"相和调盖依此而起，《汉志》不录其辞何也？美哉！渊乎！闻长歌大曲之音者，性情以正矣；识曲于《江南》、《乌生》，而哀乐得其节矣；正容起悟则为《鸡鸣》、《陌上桑》、《孔雀东南飞》，俗可谓不淫矣；及读《平陵东》、《薤露》，则思志义之臣；诵《相逢行》、《长安有狭斜行》、《陇西行》，喟然于国奢教俭、国俭教礼；而《妇病》、《孤儿》、《雁门太守》，则时政之得失系焉。《诗序》曰："一国之事系一人之本，谓之风。"予论汉魏乐府首相和歌辞，本诗之六义先"风"也。

江南

　　江南可采莲，莲叶何田田！鱼戏莲叶间。鱼戏莲叶东，鱼戏莲叶西，鱼戏莲叶南，鱼戏莲叶北。

郗昂《乐府解题》云："《江南》、古辞。盖美芳辰丽景，嬉游得时也。"

节笺：《尔雅》："江南曰扬州。"《楚辞》："目极千里兮伤春心，魂兮归来哀江南。"田田，莲叶貌。

节释音：先、删，古韵通。吴才老《韵补》："间、经天切。中也。"汉黄间弩一作肩。班固《西都赋》："裹以藻绣，络以编连，隋珠明月，错落其间。"北与德同韵。《淮南子》曰："万民猖狂，不知东西；交被天和，食于地德。"是德与西叶。《楚辞·大招》："无东无西，无南无北。"亦西北相叶。盖西在齐韵，霁韵平声也；北在职韵，霁与职为回互通。

陈胤倩曰："写鱼飘忽，校《诗》'在藻依蒲'尤活。"

朱止溪曰："歌'江南'，美风俗也。王政易行焉。或曰：'物阜风淫，所以为刺。'"

张荫嘉曰："不说花，偏说叶；叶尚可爱，花不待言矣。鱼戏叶间，更有以鱼自比意。"

陈太初曰："刺游荡无节，《宛丘》、《东门》之旨也。"

薤露

薤上露，何易晞！露晞明朝更复落，人死一去何时归！

崔豹《古今注》曰："《薤露》、《蒿里》、并丧歌也。本出田横门人。横自杀，门人伤之，为作悲歌，言人命奄忽，如薤上之露易晞灭也，亦谓人死魂魄归于蒿里。至汉武帝时，李延年分为二曲，使挽柩者歌之，谓之挽歌。"《乐府解题》曰："《左传》：'齐将与吴战于艾陵，公孙夏命其徒歌《虞殡》。'杜预云：'送死《薤露》歌。'即丧歌不自田横始也。"

节笺：《尔雅·释草》："薤鸿荟。"注：薤，似韭之菜也。《诗·秦风》："蒹葭凄凄，白露未晞。"

节释音：露在遇韵，落在药韵，遇药为回互通转。《国语》："水潦成梁。"亦作水洿。今遇韵有潦字，药韵亦有潦字。《礼·丧大记》："既练居恶室。"注：作污室。今遇韵有恶字，药韵亦有恶字。《七谏》"怨灵修之浩荡兮，夫何操之不固！悲太山之为隍兮，孰江河之可潦！"皆遇药通。此辞：露、落，叶，晞、归，叶。

蒿里

蒿里谁家地！聚敛魂魄无贤愚。鬼伯一何相催促！人命不得少踟蹰。

节笺：《汉书·武帝纪》："太初元年，禮高里。"注：伏俨曰："山名，在泰山下。"师古曰："此高字当作高下之高；而死人之里谓之蒿里，或呼为下里者也，字则为蓬蒿之蒿。或者见泰山神灵之府，高里山又在其旁，即误以高里为蒿里。"案《玉篇》："薧里，黄泉也，死人里也。"《说文》："呼毛反。"经典为鲜薧之字。《内则》注："薧，干也。"盖死则槁干矣。以蓬蒿字为蒿里，乃流俗所误耳。今泰安府城西南三里有高里山，山极小，上有塔，其东北有庙，内供阎罗酆都阴曹七十二司等神像，盖即沿蒿里丧歌之误，直以蒿里为高里。《元和郡县志》曰："高里山在兖州，亦曰蒿里山。"鬼伯，犹《庄子》之冥伯。郭象注：已殁之人也。

节释音：地在寘韵，促在沃韵，寘与沃为回互通转；屋沃古通。《诗·大雅·旱麓》："清酒既载，骍牡既备。以享以祀，以介景福。"则寘与沃通。《中原音韵》以沃为虞之入；又促与趣同，或作趋，趋在虞韵。

朱止溪曰："《蒿里》，丧歌。李延年以曲送士大夫庶人。魏武帝拟为丧乱之歌也。"

陈氏《乐书》曰："灵帝耽胡乐。梁商、大臣，朝廷之望也，会宾歌《薤露》；京师嘉会，以魁欓挽歌之技为乐；岂国家久长之兆哉！"

《汉诗说》："《十九首》云：'圣贤莫能度。'此言：'聚敛魂魄无贤愚。'使人意气都尽，要是汉人作诗语，皆断绝千古，不使后人更有可加。凡诗使后人有可加处，诗便不至。"

陈胤倩曰："此便是诗中至到义尽，人心中同然餍足，更无能哀过于此。"

张荫嘉曰："前章比体，凄惋欲绝；此章赋体，惨刻尽致。"

卷二

长歌行

青青园中葵,朝露待日晞。阳春布德泽,万物生光辉。常恐秋节至,焜黄华叶衰。百川东到海,何时复西归?少壮不努力,老大徒伤悲。

崔豹《古今注》:"《长歌》、《短歌》,言人寿命长短有定分,不可妄求也。"《乐府解题》云:"按《古诗》:'长歌正激烈。'魏文帝《燕歌行》:'短歌微吟不能长。'晋傅玄《艳歌行》:'咄来长歌续短歌。'盖歌声有长短,非言寿命也。"

李善注:"《毛诗》曰:'湛湛露斯,匪阳不晞。'毛苌曰:'晞,干也。'《楚辞》曰:'恐死不见乎阳春。'《淮南子》曰:'光辉万物。'焜黄,色衰貌,胡本切。《尚书大传》曰:'百川赴东海。'"

节笺:《尔雅》:"终葵,繁露。"注:"承露也。大茎小叶,华紫黄色。"

节释音:支、微、古通。《诗·商颂·长发》:"圣敬日跻,昭假迟迟,上帝是祗,帝命式于九围。"则支与微通。

朱止溪曰:"《长歌行》歌'青青园中葵',思立业也。《传》曰:'人生三不朽:立德、立功、立言。'盖欲及时也。《十九首》'所遇无故物'、'生年不满百'二篇,与《长歌》同义。《记》曰:'咏叹之不足,故长言之。'此《长歌行》所为作也。看起兴八句,其言何长!"

李子德曰:"'阳春布德泽,万物生光辉',西京吏治文章,尽此十字。"

仙人骑白鹿,发短耳何长!导我上泰华,揽芝获赤幢。来到主人门,奉药一玉箱。主人服此药,身体日康强。发白复更黑,延年寿命长。

节笺:刘安《招隐士》:"白鹿麏麚兮,或腾,或倚。"《书·禹贡》："西倾朱圉鸟鼠,至于太华。"《离骚》王逸注:"揽,采也。"《方言》:"翿、幢,翳也。楚曰翿,关东、关西皆曰幢。"《汉武内传》:"茂陵冢中先有一玉箱。"按此篇与《董逃行》"奉上陛下一玉柈"同意。

节释音:江、阳,古通,《诗·大雅·皇矣》:"王此大邦,克顺克比,比于文王。"则江与阳通。

陈胤倩曰:"乐府祝颂者多,每言延年康强,作神仙语。后人拟古言神仙以此。然乐府颂君,古诗言志,旨各不同;志有所寄可耳,不宜概袭。"

李子德曰:"《思悲翁》则见其蓬首,来仙人则见其发短耳长,弥幻弥真。"

卷四

饮马长城窟行

青青河畔草,绵绵思远道。远道不可思,夙昔梦见之。梦见在我旁,忽觉在他乡。他乡各异县,展转不相见。枯桑知天风,海水知天寒。入门各自媚,谁肯相为言?客从远方来,遗我双鲤鱼,呼儿烹鲤鱼,中有尺素书。长跪读素书,书中竟何如?上言加餐饭,下言长相忆。

郭茂倩《乐府诗集》:"一曰《饮马行》。长城秦所筑,以备胡者。其下有泉窟,可以饮马。古辞云:'青青河畔草,绵绵思远道。'言征戍之客至于长城而饮其马,妇人思念其勤劳,故作是曲也。郦道元《水经注》曰:'始皇二十四年,使太子扶苏与蒙恬筑长城,起自临洮,至于碣石,东暨辽海,西并阴山,凡万余里,民怨劳苦。'故杨泉《物理论》曰:'秦筑长城,死者相属。'民歌曰:'生男慎勿举,生女哺用脯。不见长城下,尸骸相支拄。'其冤痛如此。今白道南谷口有长城,自城北出有高阪,傍有土穴出泉,挹之不穷。《歌录》云'饮马长城窟',信非虚言也。《乐府解题》曰:'古辞,伤良人游荡不归,或云蔡邕之辞。'若魏陈琳辞云:'饮马长城窟,水寒伤马骨。'则言秦人苦长城之役也。《广题》曰:'长城南有溪阪,上有土窟,窟中泉流。汉时将士征塞北,皆饮马此水也。'按赵武灵王既袭胡服,自代并阴山下至高阙为塞,山下有长城,武灵王之所筑也。其山中断,望之若双阙,所谓高阙者焉。《古今乐录》曰:'王僧虔《技录》云:"《饮马行》,今不歌。"'"

《文选》李善注:"言良人行役,以春为期,期至不来,所以增思。王逸《楚辞注》曰:'绵绵,细微之思也。'《广雅》曰:'昔,夜也。'《字书》曰:'辗,亦展字也。'《说文》曰:'展,转也。'郑玄《毛诗笺》曰:'转,移也。'枯桑无枝,尚知天风;海水广大,尚知天寒;君子行役,岂不离风寒之患乎?但人入门或各自媚,谁肯为言乎!皆不能为言也。郑玄《礼记注》曰:'素,生帛也。'《说文》曰:'跪,拜也。'"

节笺:《文选》李善注云:"此辞不知作者姓名。"案郦道元《水经注》云:"余每读《琴操》,见琴慎相和,《雅歌录》云:'饮马长城窟。'及其扳涉斯途,远怀古事,始知信矣。"《琴操》为蔡邕所作而有是篇名,《乐府解题》谓或云蔡邕之词,于此盖可证也。觉,音教。《诗·王风》:"尚寐无觉。"《诗》毛《传》:"媚,爱也。"《聘礼》郑注:"若有言,谓若有所问也。"《广雅》:"言,问也。"谁肯相为言,谓谁肯相为问也。《诗·桧风》:"谁能亨鱼,溉之釜鬵。谁将西归,怀之好音。"烹鱼得书,古辞借以为喻。注者或言鱼腹中有书;或言汉时书札以绢素结成双鲤;或言鱼沉潜之物,以喻隐密:皆望文生义,未窥诗意所出。

节释音:前八句皓、支、阳、霰,一句一韵,两句一转;若《诗·大雅·常武》卒章"王犹允塞,徐方既来。徐方既同,天子之功。四方既平,徐方来庭。徐方不回,王曰还归"是也。元、寒,古通。《诗·大雅·笃公刘》:"于胥斯原,既庶既繁,既顺乃宣,而无永叹。"则元、寒通。

朱秬堂曰:"《古诗十九首》皆乐府也。中有'青青河畔草'又有'客从远方来',本是两首;惟'孟冬寒气至'一篇下接'客从远方来',与《饮马长城窟行》章法同。盖《古诗》有意尽而辞不尽,或辞尽而声不尽,则合此以足之。如《三妇艳诗》,如《董娇饶》'吾欲竟此曲'之类,皆曲调之余声也。古人诗皆入奏,故有此等;后世则不然矣。"

吴旦生曰:"翰注谓:'枯桑无叶则不知天风,海水不冻则不知天寒,喻妇人在家不知夫之消息也'。善注谓:'枯桑无枝尚知天风,海水广大尚知天寒,喻夫在远不知妇之忧戚也。'余意合下二句总看,乃云枯桑自知天风,海水自知天寒,以喻妇之自苦自知。而他家入门自爱,谁相为问讯乎?"

吴伯其曰:"长跪是重之至,望之深也。'竟何如',大失望也。书中绝不道及相见之期,复何望哉!"

朱止溪曰:"白乐天云:'诗有隐一字而意自见者,"海水知天寒",言不知也。'"

艳歌何尝行

飞来双白鹄,乃从西北来。十十五五,罗列成行。妻卒疲病,行不能相随。五里一反顾,六里一徘徊。吾欲衔汝去,口噤不能开;吾欲负汝去,毛羽何摧颓。乐哉新相知,忧来生别离。躇踌顾群侣,泪下不自知。念与君离别,气结不能言:"各各重自爱,远道归还难。妾当守空房,闭门下重关;若生当相见,亡者会黄泉。"今日乐相乐,延年万岁期。

郭茂倩《乐府诗集》曰:"一曰《飞鹄行》。王僧虔《技录》云:'《艳歌何尝行》,歌文帝《何尝》《古白鹄》二篇。'《乐府解题》曰:'古辞云:"飞来双白鹄,乃从西北来。"言雌病,雄不能负之而去;"五里一反顾,六里一徘徊"。虽遇新相知,终伤生别离也。"鹄"一作"鹤"。'"

节笺:《说文》:"鹄、鸿鹄也。"《礼记》:"天地严凝之气,始于西南而盛于西北。"《汉书·赵充国传》注:"卒、谓暴也。"苏武诗:"黄鹄一远别,千里顾徘徊。"《史记·日者传》:"怅然噤口不能言。"《楚辞·九歌》:"悲莫悲兮生别离,乐莫乐兮新相知。"苏武诗:"泪下不可挥。"《古诗》:"悲与亲友别,气结不能言。赠子以自爱,远道会见难。"《说文》:"关,以木横持门户也。"黄泉,见同卷《孤儿行》。文君《白头吟》:"今日相对乐,延年万岁期。"

节释音：灰、阳，古叶。乐府古辞："行胡从何方，列国持何来？"则阳叶灰。支、灰，古通。《老子》："天下熙熙，皆为利来。"则支与灰通。此为上四解之声。元、寒、删、先，古通。见卷三《董逃行》。又《诗·卫风·氓》："乘彼垝垣，以望复关，不见复关，泣涕涟涟。"关音坚；篇末"延年万岁期"当读万岁期延年；并见陈第《毛诗古音考》。

朱止溪曰："叹世离也。一曰为新知见阻，弃其旧好焉。矢音和厚，冀其新故勿渝，风之变也。鲍明远《京洛行》：'宝帐三千所，为尔一朝容。但惧秋尘起，盛爱逐衰蓬。唯见双黄鹄，千里一相从。'本此。"

朱柜堂曰："妻字指白鹄，硬下得妙。"

陈胤倩曰："'十五五'与下群侣相应。新相知指群侣。吾字是夫口中语，念与君以下是妇答语。"

卷十四

杂曲歌辞

郭茂倩《乐府诗集》分：郊庙歌辞、燕射歌辞、鼓吹曲辞、横吹曲辞、相和歌辞、清商曲辞、舞曲歌辞、琴曲歌辞、杂曲歌辞、近代曲辞、杂谣歌辞、新乐府辞：凡十二部，视左克明《古乐府》备矣。夫郊庙、颂也；燕射、鼓吹、横吹、舞曲、雅也，琴曲亦雅之流也；清商风也而为吴声，西曲江南诸弄与近曲、新辞，皆无与于汉魏，若杂歌谣辞，明其为非曲也，不得列于乐府之风。故兹编于相和歌辞外，独取杂曲歌辞以附于古采风之义。惟郭氏所录《东飞伯劳歌》、《西洲曲》、《长干曲》，审其声制，并非古辞，未可因仍其误；是则有所异同尔。郭茂倩曰："杂曲者历代有之。或心志之所兴，或情思之所感，或宴游欢乐之所发，或忧愁愤怨之所兴，或叙别离悲伤之怀，或言征战行役之苦，或缘于佛老，或出自夷虏：兼收备载，故总谓之杂曲。自秦汉以来，数千百岁，文人才士，作者非一。干戈之后，丧乱之余，亡失既多，声辞不具，故有名存义亡，不见所起，而有古辞可考者；复有不见古辞，而后人继有拟述，可以概见其义者；又有因意命题或学古叙事。"不必古有是辞者；皆杂曲也。

董娇饶

　　洛阳城东路，桃李生路傍。花花自相对，叶叶自相当。春风东北起，花叶正低昂。不知谁家子，提笼行采桑。纤手折其枝，花落何飘飏。请谢彼姝子："何为见损伤？""高秋八九月，白露交变霜。终年会飘堕，安得久馨香？"秋时自零落，春月复芬芳。何如盛年去，懽爱永相忘？吾欲竟此曲，此曲愁人肠。归来酌美酒，挟瑟上高堂。

　　郭茂倩《乐府诗集》、左克明《古乐府》同载。朱秬堂《乐府正义》曰："董娇饶，人名。"宋子侯辞。

　　节笺：近人丁福保《全汉三国晋六朝诗》绪言曰："考《玉台》、《艺文》、《乐府》诸书皆作'饶'，无作'姚'者。即以唐人诗证之亦然。元稹诗：'为占娇饶分。'李商隐诗：'风蝶强娇饶。'温庭筠诗：'昔年于此见娇饶。'杜甫诗：'佳人屡出董娇饶。'自宋毛晃增注《礼部韵略》，误改杜诗董娇'饶'为董娇'姚'，而'饶'字几废矣。""笼"见卷一《陌上桑》。晋灼《汉书注》："以辞相告曰谢。""彼姝"见上篇《羽林郎》。闻人倓注："《毛诗》：'白露为霜。'"

　　朱止溪曰："士不遇时，追慕盛世也。东都闵时之作，开建安风骨，为曹子建所宗。"

　　李子德曰："借春花好女言懽日无多，劝之取乐及时也。"

　　《汉诗说》曰："'请谢彼姝子'二句是问词，'高秋八九月'四句是姝子答语；'秋时自零落'四句又是答姝之词。正意全在'吾欲竟此曲'数语。"

【评　介】

　　黄节（1873—1935），原名晦闻，字玉昆，号纯熙，别号晦翁、佩文、黄史氏、兼葭楼主等，广东顺德甘竹右滩人。后因鄙视同宗黄士俊的变节行为，改至今名，取号"甘竹滩洗石人"。黄节出身富商家庭，然十月成孤，幼年由其母传授"四书"，22岁就读于广东简岸草堂，师从当时著名的经学家、岭南学派的殿军人物简朝亮，其后入云林寺潜心研学，可以说，黄节少年时期的读书生涯已经为其后在学术上所取得的成就奠定了厚重的基石。此后他像传统文人一样，开始了外出交游的生活，足迹遍布大江南北，也在此间结识了不少有为进步之士，使自己的思想发生了深刻的变化。1901年，黄节结束自己的云游生活，回到广州创办群学书社，翌年赴顺天乡试，虽然极得同考官袁季九的欣赏，却因主考官陆润庠的贬抑而落第，此事也坚定了他从事文化救国事业的决心，并于1905年变卖家业，与章太炎、刘师培等学术大师创办国学保存会，刊印了嘉惠后世明清文学研究者的《风雨楼丛书》。其后，黄节于1909年赴香港加入同盟会，1913年加入南社，这都可以视为其早年形成的关心政治的性格在中晚年的延续。1917年，黄节受聘为北京大学文学院教授，直到逝世前，虽然其间尚有部分行政活动，但总体以文史研究和著书讲学为主。1935年1月24日在北京病逝，归葬于广东白云山御书阁畔，胡适所撰挽联"南洲高士徐孺子，爱国诗人陆放翁"，如实简练地概括了黄节的人格和学养。黄节擅长旧诗创作，诗格于唐风宋韵皆有取法，故人称"唐面宋骨"，这些诗歌大多收录在其诗集《蒹葭楼诗》中，与黄节同时的名士陈散原在《蒹葭楼诗序》中评价黄节的诗歌"格澹而奇，趣新而妙，造意铸语，冥辟群界，自成孤诣"，这为我们认识黄氏诗歌创作的成就提供了最原始的材料；也正因为其在诗文创作上的成就，在近代文学史中，他与梁鼎芬、罗瘿公、曾习经并称"岭南近代四大家"。当然，黄节更为人所知的，是他在国学整理和注释方面的成就，他对先秦至六朝的诗文都有比较深入的研究，这方面的代表作有《诗旨纂辞》、《变雅》、《汉魏乐府风笺》、《魏文帝魏武帝诗注》、《曹子建诗注》、《阮步兵诗注》、《鲍参军诗注集说》、《谢康乐诗注》、《谢宣城诗注》、《顾亭林诗说》。现在这些作品大多被辑刊于中华书局2008年1月出版的《黄节诗学选刊》和人民文学出版社2008年3月出版的《黄节注汉魏六朝诗六种》中，《汉魏乐府风笺》即收录其中。其中，人民文学出版社本为初版影印本，是此书最早的版本，所以这次的节选工作即用此本。

《汉魏乐府风笺》成书于民国十二年(1923)，是黄节在北大讲学时的教材。相比于同时代的其他学者，黄节是较早把目光和精力投放到民间文学研究的一位，此书是他讲授和研究汉魏乐府诗歌的成果，也是民国时代出现较早的乐府诗选。全书共十五卷，卷一至卷七和卷十四选注汉乐府，其余各卷笺注曹魏乐府；其中卷一至卷七选注汉相和歌辞，卷十四选注汉杂曲歌辞；另有"补遗"一卷，收录汉乐府古辞"清调曲"《豫章行》一首。这里选录了最能代表黄氏著书意旨的自序，以及部分汉乐府诗歌及其题解、注释、释音与集评，这些作品既能较好地体现出黄氏超越前贤的释音特色，又在古代文学史上具有较大的影响。

本书卷首黄氏自序可以说是全书的纲领，对于正文所选诗篇的注释也恰是对这个纲领的具体实施，故黄节对于乐府诗的两个重要观点，也可以由这篇序言展开：

第一，书既题为"汉魏乐府风笺"，故作者首先需对"风"的概念进行界定。根据《毛诗序》"故诗有六义焉：一曰风、二曰赋、三曰比、四曰兴、五曰雅、六曰颂"，以及孔颖达《毛诗正义》"风雅颂者，诗之异体；赋比兴者，诗文之异辞尔"，"风"既是诗六义之一，又是诗三体之一。黄节所言之"风"，属后一个意指。因为自序开头就开宗明义地引用《汉书·礼乐志》的那段名言，即"(武帝)立乐府，采诗夜诵，有赵、代、秦、楚之讴"，随后下一断语："盖皆风也。"有关汉乐府的采诗制度，目前的学界存在争议；但对于汉乐府中不少诗歌出自民间的看法，却没有多少异议，所以黄氏在卷一对"相和歌辞"的注释和卷十四对"杂曲歌辞"的注释中，根据《宋书·乐志》的记载和自己的研究所得，把相和歌辞和杂曲歌辞定义为"风"，在目前看来也是成立的。假使要对黄节意识中的"风"做个更加贴切恰当的注解，《汉书》中的另外一条材料似乎更贴切：《五行志》中有一句话："夫天子省风以作乐。"应劭注："'风'，土地风俗也。"虽然不知何故，黄氏在序言中并没有对这条材料加以引用。在把"赵、代、秦、楚之讴"定义为"风"诗之后，黄氏遵循传统诗教的"风雅颂"并称的惯例，继续论述汉诗中"雅"、"颂"的发展。黄氏先征引了南宋著名史学家郑樵(夹漈)的一个观点，即"《上之回》、《圣人出》，君子之作也，雅也；《艾如张》、《雉子斑》，野人之作也，风也"（这段话见于宋元之交著名文献学家马端临《文献通考》卷一四一《乐考》所引），随后即对这种观点做出了判断："夹漈不辨'风'、'雅'矣。"黄氏认为《铙歌》是边地之曲，不可被于宫廷管弦，故不成其为"雅"，"是故汉'雅'亡矣。至于汉诗中有没有类似于《诗经》中的"颂"诗，黄氏认为答案是明确的："朝庙所作，则《安世房中歌》、《郊祀歌》谓是'颂'已。""《安世房中歌》、《郊祀歌》，则汉'颂'所存者矣。"至此，汉诗存"风"、"颂"而亡"雅"的观点已论述完毕。随后，作者说明了其选注"风"诗的缘由。因为今存汉乐府诗歌中，"风"之外的诗作，已经有不少注本："若夫《安世房中歌》、《郊祀歌》，则汉'颂'所存者矣，《汉志》而外，若江都陈本礼、长沙王先谦皆有笺释；《铙歌》亦然，而武进庄述祖、蕲水陈沆别有《铙歌句解》、《铙歌十八曲笺》；学者当自求之。"另外，黄氏选注"风"诗也可能以其在艺术方面最能够代表汉乐府的成就，这个取向，从书中广采前贤的赏析文字作为集评，即可看出；只是这一原因在序言中并未表达出来。

第二，作者留意到了乐府诗歌中的音韵问题，这是此书超越前代乐府研究著作之处，也是作者自视甚重之处。诗歌语言区别于其他文学语言的一个显著特点，就是它的韵律感，诗歌是押韵的。但中华文化源远流长，字音的流变是必然的，汉魏古音不仅与目前的普通话相去甚远，即与唐宋正音相比，也存在不少异同；而对于诗歌研究者而言，研究字音的流变又是十分重要的，因为只有还原古音，才能最真实地反映出古代诗歌的音乐性和韵律感，黄节在这个方面做出了卓越的贡献。针对古音的还原，黄氏在序言中仍对旧说有破有立："古乐既亡，声篇亦佚，今论乐府，只求其谐而已；然已大难。严沧浪谓古《采莲曲》全不押韵；冯定远讥之，谓'间'与'田'、'莲'古通，何言无韵。不知'西'、'北'古亦通，则为定远所未解者；知兹事之难也。"南宋严羽（号沧浪）的这个见解在其所著《沧浪诗话》中最著名的《诗辨》中："有古诗全不押韵者，《采莲曲》是也。"这个观点，在清初虞山诗派代表人物冯班（字定远）看来，是由于严羽缺乏对古音的认识，所以才会出现这种错误，由冯班之侄冯武辑编的冯班论诗遗稿《钝吟杂录》卷五"严氏纠谬"是整卷驳斥严羽诗论的，其中"云有古诗全不押韵者"一条，冯班说到"按云：'江南可采莲，莲叶何田田，鱼戏莲叶间。''田'、'莲'是韵，'间'字古韵通。"看似其精通古韵。但这个观点，在黄节看来，却不过是以五十步笑百步，因为经过黄氏的研究，"鱼戏莲叶东，鱼戏莲叶西，鱼戏莲叶南，鱼戏莲叶北"中"西"、"北"二字在汉代也是押韵的；至此，这首脍炙人口的《江南》，在经过了宋人以为全不押韵、清人以为部分押韵的误解之后，最终由黄氏运用其精湛的音韵知识，还原了它在当时合辙押韵的面貌；这个研究成果也全部收录到此书《江南》诗下的"节释音"中。黄节研究先秦典籍数十年，故其释音擅长运用先秦典籍押韵之例，又结合回互通转之法，辗转求索，故能收此成效。

自序之外，此书另有一些特点可以从具体的注释工作中体现出来。

本书的注释沿袭综合了传统训诂学的特点：题解部分引用旧说阐述诗意，间或抒发己意；笺注部分如有旧注，则先列旧注，后作补笺，如无旧注，则自作笺注，体例与钱振伦注《鲍参军集》相似；释音部分着重推演汉音，说明诗歌的押韵情况；集评部分主要选录前代乐府研究家的著述中对相应诗篇的赏析，其中以明季朱嘉徵(止溪)《乐府广序》、清代陈祚明(胤倩)《采菽堂古诗选》、清代朱乾(柜堂)《乐府正义》为主。这四个部分的有机整合，使此书成为区别于、也高出前代及同时代其他乐府研究著作的新典范。

本书共笺释汉乐府诗歌 48 题 50 首，这些诗歌可以说已经涵盖了乐府诗歌中的各种题材，照顾到了汉乐府创作的全貌。书中既有悠然自在地抒写一己情怀的《江南》，也有感慨深沉地阐发生死认识的《薤露》、《蒿里》；既有满怀期待地表达飞升愿望的《王子乔》，也有真实保存当时厅堂说唱方式的《相逢行》、《陇西行》；当然还有表现下层苦难生活的《妇病行》和《孤儿行》。而且第十四卷"杂歌曲辞"中还保存了当时的文人模仿乐府诗歌的作品，像辛延年的《羽林郎》、宋子侯的《董娇饶》，这些作品也别有风格，能够体现出乐府民歌向文人创作过渡的轨迹。

此书著于民国二十三年，当时乐府研究并非显学，可资参考的著作也显匮乏，故而书中也有一些观点，已经可以为后起的研究成果所替代，例如卷四同时选注《陇西行》和《步出夏门行》，对于诗中复现的"天上何所有"数句不作串讲，又在集评部分遍引前人附会之解，实难服人；而这一难解之处，却在余冠英先生写于1947年的《乐府歌辞的拼凑和分割》一文中得到了合理明畅的解释，而其时距黄氏逝世已有十二年之久。当然，不可以小眚掩大德，此书不仅是开当时风气的里程碑式著作，也是当今乐府诗歌研究者的重要参考书。况且学术研究的进程一如历史的车轮，发展进步与后出转精是个常理，所以不必苛责先贤，只需择善而从。

（吕冠南）

中国之美文及其历史(节选)

梁启超

第三节 汉魏乐府

乐府起于西汉,本为官署之名,后乃以名此官署所编制之乐歌。浸假而凡入乐之歌皆名焉,浸假而凡用此种格调之诗歌无论入乐不入乐者皆名焉。

《汉书·礼乐志》记有"孝惠时乐府令夏侯宽",然则乐府之官,汉初已有,或承秦之旧亦未可知。但此官有纪载价值,则自武帝时始。《艺文志》云:"自孝武立乐府而采歌谣,于是有赵代之讴,秦楚之风。"《礼乐志》又云:"至武帝定郊祀之礼……乃立乐府……以李延年为协律都尉,多举司马相如等数十人造为诗歌。……"《李延年传》亦云,延年善歌,为新变声。是时上欲造乐,令司马相如等作诗颂,延年辄承弦歌所造诗,为之新声曲。是知最初之乐府,皆李延年调其音节,制成乐谱。其歌辞则或为司马相如辈所作,或采自民间歌谣,于是此等有谱之歌,即名"乐府"。

至哀帝时,罢乐府官。见《乐志》颜注。东汉一代,此官存置无考,然民间流行之歌谣,知音者辄被以乐而制为谱,于是乐府日多。汉魏禅代之际,曹氏父子兄弟祖孙——魏武帝操、文帝丕、陈思王植、明帝睿——咸有文采,解音律,或沿旧谱而改新辞,或撰新辞而并创新谱,乐府于兹极盛矣。

关于纪载乐府歌辞及其沿革之书,可考者列举如下:

《汉书·礼乐志》汉班固撰,存。

志中叙乐府起原及录载房中歌、郊祀歌全文,最为可宝。

《乐府歌诗》十卷、《太乐歌辞》二卷晋荀勖撰,佚。

见《唐书·艺文志》。前种似久佚,后种宋时犹存。《郡斋读书志》著录又《古今乐录》曾引荀《录》语,系由《技录》转引,想亦为荀勖所著,不知即在此二书内否?勖为晋代大音乐家,其所著《笛律》今尚存,亦有歌辞传后。

《元嘉正声技录》一卷宋张解撰,佚。

《隋书·经籍志》称梁有此书,唐初已亡。《古今乐录》又曾引张永《技录》,不知永与解是否一人。

《伎录》宋王僧虔撰,佚。

各史皆不著录,唯《古今乐录》引之。郑樵、郭茂倩亦屡引之,不知是否宋时仍存,抑郑、郭从《乐录》转引?郑樵之乐府分类,多本此《录》,似是一有系统之书。

《广乐记》景徇(选者按,当依《宋书乐志》作"景袨",下同)撰。

袨不知何时人,此书各史志皆未著录,唯《宋书·乐志》引之,则当为沈约以前书。

《宋书·乐志》梁沈约撰,存。

叙汉魏晋乐府变迁沿革颇详,汉《铙歌》及许多乐府古辞皆赖以传。

《南齐书·乐志》梁萧子显撰,存。

拂舞歌词赖此以传。

《古今乐录》十三卷陈释智匠撰,佚。(新旧《唐书》皆作智丘)

此书当为六朝时叙录乐府总汇之书,隋、唐、宋《志》皆著录,想元初犹存。郑樵、郭茂倩所引甚多,辑之尚可成箧。

《乐府歌辞》八卷、《乐府声调》六卷隋郑译撰,佚。

前一种唯《新唐书·经籍志》著录,后一种《隋志》新旧《唐志》皆著录。译为隋代音乐大家,隋雅乐出其手定。

此书未见他书征引,不知是否专纪隋乐。

《晋书·乐志》唐太宗敕撰,存。

全采沈约《宋志》,间有加详之处。隋唐以后各史《乐志》与古乐府无甚关系，不复论列。

《乐府歌诗》十卷唐翟子撰，佚。

《乐府志》十卷唐苏夔撰，佚。

《乐府杂录》一卷唐段安节撰，存。《学海类编》本。

此书多言乐器沿革，间及唐乐章，关于汉魏乐府资料甚少。

俱见《唐书·经籍志》。

《乐府古题要解》二卷唐吴兢撰，存。《津逮秘书》本。

此书分相和歌、拂舞歌、白纻歌、铙歌、清商杂题、琴曲等类。各列曲题，每题考证其来历，实研究乐府最重要之资料。兢尚有《古乐府词》十卷，《郡斋读书志》著录，今佚。

《乐府古今解题》三卷唐郄昂撰(或云王昌龄撰)，佚。

见《唐志》。

《乐府解题》失名，佚。

《宋史·艺文志》著录，《乐府诗集》征引甚多，当是郭茂倩以前人所著。但据郭所引，什九皆吴兢原文，想是宋人剽窃兢书而作耳。

《乐府广题》二卷沈建撰，佚。

见《宋史·艺文志》，建何时人，待考。

《通典·乐典》唐杜佑撰，存。

此书虽特别资料不多，然清商乐诸曲调之存佚，言之颇详。

《通志·乐略》宋郑樵撰，存。

樵论古最有特识，著述最有条理，此书将乐府曲调名网罗具备，详细分类，眉目极清，甚便学者。但樵主张"诗乐合一"之说太过，将许多不能入乐之五言一并收入，是其疵谬。又分类亦有错误处，下文详辨。

《系声乐谱》二十四卷宋郑樵撰，佚。

《乐略》云："臣谨考摭古今，编系节奏。"此书见《宋史·艺文志》，想即其编系节奏之本。质言之，即乐府声谱也。惜书已佚，但汉魏乐府之节奏，樵时能否尚存，实不能无疑。

《乐府诗集》一百卷宋郭茂倩撰，存。

此书集各家大成，搜罗最富，研究乐府者必以此为唯一之主要资料。但录后代仿拟之作太多，贪博而不知别裁，有喧宾夺主之患，是其短处。

《古乐苑》五十二卷，《衍录》四卷明梅鼎祚撰，存。

此书因袭郭著，有删有补，较为洁净。

《古诗纪》一百五十卷明冯惟讷撰，存。

此书虽非专录乐府，但所收歌谣之类最多，可补郭著之阙。

关于乐府之著述，存佚合计，略具于此。其现存可供主要参考品者，则汉宋二《志》、吴郑郭三书，其最也。乐府之分类，似草创于王僧虔《技录》，而郑樵《乐略》益加精密。今将樵所分列表如下：

第一类：短箫铙歌二十二曲
第二类：鞞舞歌五曲
　　　　拂舞歌五曲
第三类：鼓角横吹十五曲
　　　　胡角十角
第四类：相和歌：汉旧歌三十曲
　　　　吟叹四曲
　　　　四弦一曲
　　　　平调七曲
　　　　清调六曲
　　　　瑟调三十八曲
　　　　楚调十曲
第五类：大曲十五曲
第六类：白纻一曲
第七类：清商八十四曲
　　　　右正声之一，以比风雅之声；
第八类：汉郊祀十九章
　　　　东都五诗
　　　　梁十二雅
　　　　唐十二和
　　　　右正声之二，以比颂声；
第九类：汉三侯诗一章

　　　　汉房中乐十七章
　　　　隋房内二曲
　　　　梁十曲
　　　　陈四曲
　　　　北齐二曲
　　　　唐五十五曲
　　　　右别声,非正乐之用;
　第十类:琴曲:九引
　　　　　十二操
　　　　　三十六杂曲
　　　　　右正声之余;
　第十一类:舞曲:文武舞二十曲
　　　　　唐三大舞
　　　　　右别声之余;
　第十二类:有辞无谱者四百十九曲(内又分二十五门今不备录)
　　　　　右遗声,以配逸诗。
　原文录八百八十九曲,分为五十二类,今依其性质,归并为十二类。

　　郑樵把自汉至唐的曲调搜辑完备,严密分类,令我们知道乐府性质和内容是怎么样,这是他最大功劳。因为正史《乐志》,专详郊祀乐章,至多下及铙歌而止,别的部分都抹杀。其实相和、清商诸调,占乐府最主要之部分,史家以其无关朝廷典制而轻视之,实属大误。郑氏之书,最足补此缺点。但其分类错谬之处似仍不少,下文当详辨之。
　　郭茂倩《乐府诗集》,其分类与郑樵稍有异同:

　　卷一至卷一二　郊庙歌辞
　　卷一二至一三(选者按,应依《乐府诗集》作"卷一三至一五")　燕射歌辞

卷一四至二〇(选者按，应依《乐府诗集》作"卷一六至二〇")　鼓吹曲辞(即短箫铙歌)
　　卷二一至二五　横吹曲辞(即鼓角及胡角)
　　卷二六至四三　相和歌辞
　　　　　一 六引　二 曲　三 吟叹曲　四 四弦曲　五 平调曲　六 清调曲　七 瑟调曲　八 楚调曲　九 大曲
　　卷四四至五一　清商曲辞
　　　　　一 吴声歌曲　二 神弦歌　三 西曲　四 江南弄　五 上云乐　六 梁雅歌
　　卷五二至五六　舞曲歌辞
　　卷五七至六〇　琴曲歌辞
　　卷六一至七八　杂曲歌辞
　　卷七九至八二　近代曲辞
　　卷八三至八九　杂歌谣
　　卷九〇至一〇〇　新乐府辞

　　上目录中所谓近代曲辞者，乃隋唐以后新谱，下及五代北宋小词，与汉魏乐府无涉，所谓新乐府辞者，乃唐以后诗家自创新题号称乐府，实则并未尝入乐；所谓杂歌谣，则"徒歌"之谣，如前章所录者是。以上三种，严格论之，皆不能谓为乐府。舞曲、琴曲，则古代皆有曲无辞，如《小雅》之六《笙诗》，其辞大率六朝以后人补作也。自余郊庙、燕射、鼓吹、横吹、相和、清商、杂曲七种，则皆导源汉魏，后代循而衍之。狭义的乐府，当以此为范围。

【评　介】

　　梁启超(1873—1929)，字卓如，号任公、哀时客、中国之新民、自由斋主人、饮冰室主人，广东新会人。他自幼接受传统教育，17岁(1889)中举，次年赴京会试不中。同年，与康有为结识，并投其门下；1891年，随康有为就读于万木草堂，开始接受资本主义学说，决意同康氏走上改良道路。1895年再次赴京会试，同康有为一起发动应试举人联名请愿的"公车上书"，这一事件代表了维新派开始参与到国家政治的改革中。1898年,梁启超回京参与"百日维新",9月,宫廷政变发生,梁启超逃亡到日本,其后直到1912年才自日本回国。回国后支持袁世凯的政权,直到1915年,袁世凯称帝之心日炽,梁启超方与蔡锷策划武力反对袁世凯,护国战争由此在云南爆发。其后梁启超又出任段祺瑞北洋政府的财政总长,1917年,孙中山发动的护法运动使得段祺瑞内阁下台,梁启超也辞职下野,从此退出政坛,梁启超被后人称道的政治作为在此也画上句号。此后梁启超开始了学术研究的生活,他也由此成为退出政坛之后仍能在学界成就伟绩的少数精英之一。梁氏于1922年开始任职于清华学校,1925年被聘为清华研究院国学门导师,与王国维、陈寅恪、赵元任、李济并称为"五星聚奎",同时也培养出了许多大有作为的优秀学者。1927年,梁启超离开清华研究院。1929年病逝于北京协和医院。像王国维一样,梁启超也在传统国学的各个领域中取得了不少的成就,在文学、史学、哲学、法学、伦理学、佛学等几乎一切人文科学的疆域中,梁氏都有专著问世。这些著述大多收录在中华书局1936年出版的《饮冰室合集》中,此集共148卷,1000余万字,这也从侧面反映出梁氏治学的广博与创作的丰硕。此集有中华书局1941年重印本,新中国成立后中华书局又有1989年重印本,均以1936年版影印,学界引用梁氏作品也多以此本为据。

梁启超高足罗根泽写于1929年的《五言诗起源说评录》提及"本师梁任公先生著有《美文史》一书,未及付梓,遽归道山",可见《中国之美文及其历史》(下简称《美文史》)是梁启超的未完稿。此书最早于1936年以单行本的形式刊印,同年中华书局出版的《饮冰室合集》"专集"第七十四卷也按照原貌将此书收录进去。目前此书比较通行的版本,尚有东方出版社1996年初版、2012年重印的《民国学术经典文库》丛书本,商务印书馆2012年版《梁启超论中国文学》的前半部分(后半部分为《中国韵文里头所表现的情感》)。

《美文史》中第一章第三节"汉魏乐府"是讲述汉魏乐府诗歌的,基本内容包括汉乐府的概论、汉乐府的研修书目提要以及分论各体汉乐府诗歌三个部分。以这三部分与其后罗根泽的《乐府文学史》相比较,第一部分直接被罗书第一章"绪论"吸收,因后者并没有创造性的发展，故以梁书早出，加以选录；第二部分为罗书所疏，亦加以选录；第三部分在罗书第二章中除了批判性地继承之外，有了更深入和全面的发展，故不选录梁书此部分，而于其后的罗书中，对第二章加以全文收录，故师徒两书所选部分互为表里；这样一来可以使读者观察到梁氏学派学术脉络承接有序的特色，二来可以体现出前贤后生学术互补、相映成趣的面貌，三来也可探测到学术研究后出转精、青出于蓝的趋势。

就所选两部分来看，主要有以下两个特色：

第一，本节简明扼要地梳理出了乐府机构的沿革情况，勾勒出乐府从产生到极盛再到罢废的历史，这是出于文学史观的视角。梁氏主要采用的还是《汉书》相关志书的材料，他首先根据《礼乐志》推断乐府出于汉初，甚或可能承袭秦代之旧，但据《艺文志》得知，乐府有记载价值始自汉武时代，后又据《礼乐志》颜师古注得知乐府之废在汉哀帝时。梁启超治学，最重方法的意义，1926年编写的《中国历史研究法》及《补编》便是其研究史学的方法论著作。至于文学研究，他自然也有自己的理路，就地取材，《中国之美文及其历史》第三章"汉魏时代之美文"第一节便说道："凡辨别古人作品之真伪，有两种方法：一曰考证的，二曰直觉的。"梁氏在对乐府的研究中也身体力行地结合了这两种方法，取得不俗的成绩。即以所选部分而论，他以《汉书》各志及颜注做依据，这是考证；但同时，梁氏又根据"孝惠时"即有"乐府令"，推断乐府之官"或承秦之旧亦未可知"，这又是直觉。而1977年，秦始皇陵附近出土了上镌秦篆"乐府"的编钟一枚，为秦代乐府官署的设置提供了铁证。可见梁氏虽据直觉作出判断，但距离事实很近，因为他的直觉判断是建立在文献材料的基础上，考证与直觉相辅相成，故而他的研究于大胆中见缜密。另外，梁氏又根据《汉书·礼乐志》和《李延年传》的记载，确定了汉乐府最初的贵族创作群："是知最初之乐府，皆李延年调其音节，制成乐谱。其歌辞则或为司马相如辈所作，或采自民间歌谣，于是此等有谱之歌，即名'乐府'。"这自然也是乐府研究中一条比较重要的材料。

第二，本书列举了历代关于乐府诗歌的研究著作，给研读乐府诗歌的学者提供了一个总目，子目之下又根据实际情况附有长短不一的提要，不妨视为精编的"乐府要籍解题"，这是出于文献学的视角。这些书上起自汉代班固的《汉书》，下至明代冯惟讷的《古诗纪》，合26种，这些书籍或存或佚，基本囊括了乐府诗歌著作的全貌。梁氏首先尊重历史的原貌，像正史艺文志一样，将那些曾经存在过的著作列举出来，这具有目录学上的意义，有利于我们了解当时的文学概况和学术面貌，也有利于我们串联起历代乐府研究的概况。至于保存到今天的那些著作，梁氏的评价既显示了他文学史家的精锐眼光，又表现出治学客观公正的特点。例如他评价《汉书·礼乐志》"叙乐府起原及录载房中歌、郊祀歌全文，最为可宝"，一句话就把《礼乐志》的价值点明；他评价吴兢的《乐府古题要解》"每题考证其来历，实研究乐府最重要之资料"，一样直击要害。他对于郑樵的《通志·乐略》和郭茂倩的《乐府诗集》的评价则更具有代表性。对于这两部巨著，梁启超在提要中辩证地分析了两书的价值：他论《通志·乐略》首先肯定郑樵"论古最有特识，著述最有条理，此书将乐府曲调名网罗具备，详细分类，眉目极清，甚便学者"，然后他又继续说"但樵主张'诗乐合一'之说太过，将许多不能入乐之五言一并收入，是其疵谬"；一分为二，体现出一个学者审慎严谨的学风。这种批判眼光也同样表现在对于《乐府诗集》的评价上：他首先说"此书集各家大成，搜罗最富，研究乐府者必以此为唯一之主要资料"，但接下来又说此书"录后代仿拟之作太多，贪博而不知别裁，有喧宾夺主之患，是其短处"，如此一来，此书的得失已被梁氏鲜明地揭示出来，这对于后人研读此书，自然也具有很大的指导意义。在下文中，梁启超又详细比对了郑樵《乐略》和郭茂倩《乐府诗集》对于乐府诗歌分类的不同，再次体现出他实事求是的批判风格：他一方面肯定了"郑樵把自汉至唐的曲调搜辑完备，严密分类，令我们知道乐府性质和内容是怎么样，这是他最大功劳"，但同样指出"其分类错谬之处似仍不少"；他一方面如实提到郭茂倩的《乐府诗集》"其分类与郑樵稍有异同"，也中肯地指出郭氏所录"近代曲辞"、"新乐府辞"和"杂歌谣"实际上"严格论之，皆不能谓为乐府"——当然，这个观点后来在陆侃如《乐府古辞考》和罗根泽《乐府文学史》得到了进一步的论证。

此外，本书的序论还提到了梁氏研治乐府的另外一些观点，可以同所选部分相互补充。例如，他说："有当注意的一点，当时是采歌谣以入乐府，并非先有乐府而后制歌谣"，这是对乐府采诗制度与入乐的一个方面的研究；再如，他说："大抵汉代乐府可大别为二类：其一，《郊祀》《房中》诸歌，歌词与乐谱同时并制，性质和《诗经》的三《颂》略同；其二，即乐府所采之民谣，其中大半是'徒歌'，而乐官被之以音乐。……汉乐府属于第二类者盖十而七八，此类乐府，大率采各地方之诗，而还被以各地方之乐，但后来有其诗而亡其谱，音节之异同，久已无考了。"这又是对乐府诗歌来源与比例的研究，并与《诗经》做了比附，这些观点即便放在目前的学界，也都是值得重视的。

（吕冠南）

中国民歌研究(节选)

胡怀琛

第四章　古代叙事的长歌

一、《孔雀东南飞》及其它五言的叙事诗

说到中国古代叙事的唱歌,大家都知道有两首名著,就是:《孔雀东南飞》及《木兰诗》。前一首是五言,后一首是七言。前一首是汉末(?)时人做的,后一首是南北朝时候人做的。

做这两诗的原因,都是因为当时候的社会上,发生了一件奇事,人们就把它编做一首歌,这歌编成之后,就流传在平民口上,大家传唱着。至于编者的姓名,也就没人知道了。

一般的人,都以为《孔雀东南飞》是最早,其实在《孔雀东南飞》之前,叙事的五言诗已经有了。如辛延年的《羽林郎》,如宋子侯的《董娇娆》(选者按,"娆"当依《乐府诗集》卷七三作"饶",下同),如汉诗里的《上山采蘼芜》,如汉乐府里面的《陌上桑》:都是汉朝人的作品。然皆在《孔雀东南飞》之前。不过篇幅较短,不及《孔雀东南飞》那么长。除《陌上桑》有二百五十字以上,《羽林郎》有一百六十字以上而外,其它两首,就更短了。

现在先看《孔雀东南飞》,再看其它短歌。

欲读《孔雀东南飞》,须先说一说他的本事:就是在东汉末年,建安时候,庐江地方,有个小吏,名叫焦仲卿,他和他的妻子兰芝是很好的。无奈他的母亲,很不喜欢兰芝;将兰芝赶回母家。她的哥哥

又逼她改嫁，逼得兰芝无路走，只得投水而死。仲卿听到这个消息，也就在树上吊死了。当时候社会上出了这件新闻，人家就把他编成一首歌，拿来唱。本来只叫古诗，后人因为他第一句是"孔雀东南飞"，所以又称为《孔雀东南飞》。

古诗为焦仲卿妻作

孔雀东南飞，五里一徘徊。……（选者按：原文从略）

《孔雀东南飞》，是中国著名的一首长诗。就艺术上说，自然不及后人所做的叙事诗好，然而这正是民歌的本色。

如今再看《孔雀东南飞》以前的比较短一些的五言叙事诗。

古诗

上山采蘼芜，下山逢故夫。……（选者按：原文从略）

董娇娆宋子侯作

洛阳城东路，桃李生路旁。……（选者按：原文从略）

羽林郎辛延年作

昔有霍家奴，姓冯名子都；依倚将军势，调笑酒家胡。……（选者按：原文从略）

陌上桑

日出东南隅，照我秦氏楼。秦氏有好女，自名为罗敷。……（选者按：原文从略）

第八章　补遗

(一)《孔雀东南飞》的疑问

现在将前面各章，所没有说到的几处，统说在这里，名为补遗。

第一件，就是《孔雀东南飞》一诗的时代问题。

这一首诗，因为小序上面，说"汉末建安"云云，后人就把他当了汉末时候的诗。后来我因为中间"交广市鲑珍"一句，疑心他不是汉末的诗，至早是三国时候的诗，已在本诗下面注明了。后来看见陆侃如关于此诗的考证，他在我的疑问而外，再发现了两个疑问，说这首诗是南北朝时候人作的。

第一个疑问，就是：诗中有"新妇入青庐"一句。他据《酉阳杂俎》说："青庐"是北朝婚礼中特别的名词。就是在门外用青布幔为屋，于此交拜迎妇，谓之"青庐"。这种礼节，在汉末是没有的。

第二个疑问，就是：诗中有"合葬华山旁"一句，序中言焦仲卿是庐江人，断不会葬在几千里以外华山地方去。然则这一句怎么讲呢？原来是用的一个典故。南北朝时候，乐府中有《华山矶》（选者按：应依《乐府诗集》卷四六作《华山畿》），就是歌咏一件男女殉情，合葬华山的故事。《孔雀东南飞》的作者，把他拿来当个典故用了。后人不知，以为是实事。却不曾知道和事实不符。这个典故既出现在南北朝时，那么，作者一定是南北朝时候的人了。

至于焦仲卿，或者是汉末建安时候的人；因为后人歌咏前人的事，是常有的；不必是同时的人做的。

【评　介】

胡怀琛（1886—1938），原名有怀，字季仁，后改名为怀琛，字寄尘，号秋山，安徽泾县溪头村人，近代著名训诂学者胡朴安之弟。他少年时期便对旧式科举考试有所不满，接受近代教育之始是在上海育才中学（即南洋中学），毕业后于宣统二年（1910）担任《神州日报》编辑，鼓吹革命。次年，加入南社。此后数年，胡怀琛凭借自己主编的数种具有代表性和影响力的报纸，声名鹊起于当时的新闻界。1920年应聘于沪江大学国文系，后辞职。其后接受著名出版家王云五的邀请，赴商务印书馆担任编辑，至今仍嘉惠学林的《万有文库》古籍部分即有胡氏大量的参与。此后，胡氏再次开始了自己的教学生涯，在中国公学、沪江大学等高校担任教授，主授中国文学史和哲学史，此间也写作了不少有关文学史和哲学史的学术论著。1932年，胡怀琛受聘担任上海市通志馆编纂，对于搜集整理地方文献和保存一方文化做出了卓越的贡献。1938年病逝于寓所。胡氏藏书极丰，可惜经历了日本侵华战火的损毁，多半已成灰烬，烬后存书于1940年由其哲嗣胡道静先生捐献给上海震旦大学。像梁启超一样，胡怀琛也称得上多产的学者，据统计，胡氏一生所为作品共存目152种，1500余万字，这些作品的触须几乎伸展到了人文学科的每一个角落，在社会科学的疆域中，胡氏有播种，有耕耘，也有不少的收获。

在胡怀琛的学术研究中，可以清晰地看出，他对民间文学有着独特的兴趣和深入的研究，他陆续写成的《中国民歌研究》、《民间文艺书籍的调查》和《中国寓言研究》，都是民间文学研究的代表作。《中国民歌研究》开篇的"作者自序"说到此书"自民国十三年十月整理起，至十四年六月完全脱稿，共经过八个月晚间的工夫（日间另有他事），其中除了间断而外，实在只有四个月的晚间的工夫"，可见此书的写作始于1924年10月，于1925年6月完成，是作者利用晚间的时间陆续写成的，这也从一个角度反映出胡氏勤于写作的一面。此书为当时商务印书馆王云五主编的《百科小丛书》中一种，初版于民国十四年（1925）九月，民国廿二年（1933）再版（版权页标为"国难后第一版"，"国难"盖指1931年九一八事变而言），此后未见重印。这里选录书中第四章第一节和第八章第一节，下面即对这两部分加以论述。

全书第四章为"古代叙事的长歌"，第一节论述了"《孔雀东南飞》及其它五言的叙事诗"，总体说来，资料较为详赡，但缺乏论述的深度——这也是全书的特点。关于这一点，作者在自序中已经说得比较客观："我这本书，绝不敢说，是研究已经成功了；但至少可以说，足供他人研究的材料。"可见此书重在资料的罗列，验之此章亦信然。胡氏将这一节的重点放在《孔雀东南飞》上，围绕这首诗，展开了对汉五言叙事诗的论述。他首先提出寻常读者对于《孔雀东南飞》的一个误解——此诗为中国最早叙事诗，然后提出自己的看法："其实在《孔雀东南飞》之前，叙事的五言诗已经有了。如辛延年的《羽林郎》，如宋子侯的《董娇娆》，如汉诗里的《上山采蘼芜》，如汉乐府里面的《陌上桑》：都是汉朝人的作品。然皆在《孔雀东南飞》之前。不过篇幅较短，不及《孔雀东南飞》那么长。"应该说，这个观点从文学史的发展历程来看，是合于实际情况的。随后，胡氏又将家喻户晓的《孔雀东南飞》的本事用白话文叙述出来。但值得注意的是胡氏下面的一句话："当时候社会上出了这件新闻，人家就把他编成一首歌，拿来唱。"这已经触及了汉乐府诗歌的传播方式，这个新颖的视角体现出文学研究和传播学的结合，这在民国时代的学术著作中，是比较新鲜的。

第八章补遗，是对前七章某些问题的论述有未尽圆赅之处进行的补充说明。第一节针对《孔雀东南飞》的时代问题提出疑问，在第一章的文本里面就说到此诗"是汉末(？)时人做的"，可见作者也没有确凿地加以断定。在这段补遗中，胡氏对此问题加以深入的探讨，而主要论点则取自于陆侃如先生的考证。陆先生的《〈孔雀东南飞〉考证》刊载于《学灯》1925年5月7日、8日。总体说来，陆先生采用的考证手法主要还是传统的地理名物考。例如"青庐"，陆氏引段成式《酉阳杂俎》卷一《礼异》(选者按：《酉阳杂俎》续集卷四《贬误》引江德藻《聘北道记》，也有这个说法)和《北史》卷八《齐本纪》下，证明这是北朝婚礼特有的名词，是汉代之后才出现的名物；再如"合葬华山旁"，"华山"用的是南朝乐府《华山畿》里面的典故："华山畿的神女冢也许变成殉情者的葬地的公名，故《孔雀东南飞》的作者叙述仲卿夫妇合葬时，便用了眼前的典故，遂使千余年后的读者们索解无从。"这也是此诗并非最终修订于汉代的证据；而且《古今乐录》记《华山畿》为"宋少帝时《懊恼》一曲"，则《孔雀东南飞》应写定在宋少帝在位(423—424)之后，这为此诗的写定时间提供了上限。文献中第一次收录《孔雀东南飞》，是徐陵(507—583)编辑的《玉台新咏》，则此诗的写定早于徐陵逝世之时(583)，这为此诗的写定时间提供了下限。如此一来，此诗应写定于424年到583年这160年之间，"《孔雀东南飞》的出世，不能在这一百六十年以外。故我们若说它是齐梁(公元四七九年—公元五五七年)时人所作，不至十分错误的"。这个观点也体现在此后陆先生与冯沅君先生合著的《中国诗史》里面，书中第四篇第五章中即认为此诗"到了《玉台新咏》的时候，才有最后的写定"。这个观点在当时的学界引起了比较大的讨论。此文现收录在安徽教育出版社2011年出版的由袁世硕、张可礼二位先生主编的《陆侃如冯沅君合集》第六卷中。我们只需看此文后面的四篇附录，即可感觉到当时争鸣的氛围。当时研究乐府诗歌的学者，像黄节、古直、胡适、张为骐等先生，都参与到了这场聚讼的公案中，黄氏与陆氏有往来书信，张氏为陆氏辩护，而胡氏在1928年又有驳张氏的文章（详见后古层冰《汉诗研究》评介）。胡适先生在这篇文章中坚持的观点在他1927年出版的《白话文学史》第六章中已经成型，我们在后面已经选出了这一部分，故这里不再赘述。对于这一问题，目前的学界比较流行的看法是，此诗最初写于汉末建安时期，但在传播过程中经过了南北朝人的润色和修饰，在《玉台新咏》里才有最后的写定。

（吕冠南）

乐府古辞考(节选)

陆侃如

七 相和歌

【《宋书》二十一】《相和》,汉旧曲也。丝竹更相和,执节者歌。

【又】凡乐章古辞之存者,并汉世街陌讴谣。

(甲)相和引

【《古今乐录》】张永《技录》,《相和》有四引。……古有六引,其《宫引》,《角引》二曲阙。

(一)箜篌引

(二)商引

(三)徵引

(四)羽引

(五)宫引

(六)角引

侃如按:六引古辞并亡;有以《公无渡河》作《箜篌引》者,非。参看后文论《瑟调》处。

(乙)相和曲

【《古今乐录》】张永《元嘉技录》,《相和》有十五曲。……古有十七曲,其《武陵》《鶂鸡》二曲亡。

【《乐府诗集》二十六】凡《相和》,其器有笙、笛、节鼓、琴、瑟、琵琶、筝七种。

侃如按：《宋书》列《陌上桑》于《大曲》，今从之，不复入《相和曲》。

（一）气出唱

【马融】吹笛为《气出》《精列》相和。（见《长笛赋》）

侃如按：古辞亡，魏晋乐奏魏武帝拟作。

（二）精列

侃如按：古辞亡，魏晋乐奏魏武帝拟作。

（三）江南

【《乐府解题》】《江南》古辞，盖美芳辰丽景，嬉游得时也。

侃如按：古辞存《宋书》二十一。

（四）度关山

侃如按：古辞亡，魏乐奏曹操拟作。

（五）东光

【《元嘉技录》】《东光》旧但有弦无音，宋识造其声歌。

侃如按：宋识，魏人。古辞存《宋书》二十一。

（六）十五

【《乐府正义》】古诗有《十五从君征》（选者按：应作《十五从军征》），疑即此《十五》，而魏文拟之也。

侃如按：朱说无据。古辞亡，魏晋乐奏曹丕拟作。

（七）薤露

【崔豹】《薤露》《蒿里》并丧歌也。本出田横门人。横自杀，门人伤之，为作悲歌，言人命奄忽，如薤上之露，易晞灭也；亦谓人死魂魄终归蒿里。至汉武帝时，李延年分为二曲；《薤露》送王公贵人，《蒿里》送士大夫庶人；使挽柩者歌之，亦谓之"挽歌"。（见《古今注》）

【谯周】《挽歌》者，汉高帝召田横至尸乡自杀，从者不敢哭而不胜哀，故为《挽歌》以寄哀音。（见《法训》）

【《乐府解题》】《左传》云："齐将与吴战于艾陵，公孙夏命其徒歌《虞殡》。"杜预云："送死《薤露》，歌即丧歌。"不自田横始也。

侃如按：崔、谯二说较古，当可信；杜注未明言《薤露》即《虞殡》,晞昂误会。古辞存。

(八)蒿里

【《乐府诗集》二十七】蒿里,山名,在泰山南。

侃如按:古辞存。

(九)觊歌

【《元嘉技录》】二曲无辞,《觊歌》《东门》是也。

【《古今乐录》】《觊歌》张《录》云无辞,而武帝有《往古篇》。

侃如按:乐府重声不重辞。如此二曲,无辞非无声也。魏武依其声而作诗,故有《往古篇》。

(十)对酒

侃如按:古辞亡,魏乐奏曹操拟作。

(十一)鸡鸣

【《乐府解题》】古词云:"鸡鸣高树颠,狗吠深宫中。"初言天下方太平,荡子何所之;次言黄金为门,白玉为堂,置酒作倡乐为乐;终言桃伤而李仆,喻兄弟当相为表里。兄弟三人近侍,荣耀道路,与《相逢狭路间行》同。

侃如按:古辞存《宋书》二十一。

(十二)乌生

【《乐府诗集》二十八】一曰《乌生八九子》。

侃如按:《宋志》作《乌生十五子》。

【《乐府解题》】言乌母子本在南山岩石间,而来为秦氏弹丸所杀;白鹿在苑中,人得以为脯;黄鹄摩天,鲤在深渊,人得而烹煮之,则寿命各有定分,死生何叹前后也?

侃如按:古辞存《宋书》二十一。

(十三)平陵东

【崔豹】《平陵东》,汉义翟(选者按,当依《汉书·瞿方进传》作"翟义")门人所作也。(见《古今注》)

【《乐府解题》】义,丞相方进之少子,字文仲,为东郡太守。以王莽方篡汉,举兵诛之;不克,见害,门人作歌以怨之也。

侃如按:古词(选者按,统观全文之例,当作"辞")存《宋书》二十一。

(十四)东门

【《元嘉技录》】二曲无辞,《觊歌》、《东门》是也。

【《古今乐录》】《东门》张《录》云无辞,而武帝有《阳春篇》。或云,歌《瑟调》古辞"入门怅欲悲"也。

(十五)武陵

(十六)鹍鸡

【《古今乐录》】《武陵》《鹍鸡》二曲亡。

(丙)吟叹曲

【《古今乐录》】《元嘉技录》有《吟叹》四曲。……古有八曲,其《小雅吟》、《蜀琴吟》、《楚王吟》、《东武吟》四曲阙。

(一)大雅吟

【《古今乐录》】《大雅吟》、《王明君》、《楚妃叹》并石崇辞。

侃如按:古辞亡,晋乐奏石崇辞。

(二)王明君

【《乐府诗集》二十九】一曰《王昭君》。

【《旧唐书》二十九】《明君》,汉曲也。元帝时,匈奴单于入朝,诏以王嫱配之,即昭君也。及将去,入辞,光彩射人,悚动左右,天子悔焉。汉人怜其远嫁,为作此歌。

【《古今乐录》】王明君,本名昭君,以触(晋)文帝讳,故晋人谓之明君。

【《技录》】《明君》有闲弦及契注声,又有送声。

侃如按:古辞亡,晋乐奏石崇辞。

(三)楚妃叹

【刘向】楚姬(选者按,楚姬即后文樊姬),楚庄王夫人也。庄王好狩猎毕弋,樊姬谏不止,乃不食禽兽之肉。王尝与虞丘子语,以为贤,樊姬笑之。王曰:"何笑也?"对曰:"虞丘子贤矣,未忠也。妾充后宫十一年,而所进者九人,贤于妾者二人,与妾同列者七人。虞丘子相楚十年,而所荐者非其子孙则族昆弟,未闻进贤退不肖也。妾之笑,不亦宜乎?"王于是以孙叔敖为令尹,治楚三年而庄王以霸。(见《烈女传》。选者按,当为《列女传》)

【《乐府解题》】陆机《吴趋行》云："《楚妃》且勿叹"，明非近题也。

侃如按：古辞亡，晋乐奏石崇辞。

(四)王子乔

【《列仙传》】王子乔者，周灵王太子晋也。好吹笙，作凤鸣，游伊洛之间，道人浮丘公接以上嵩高山。三十余年后，求之于山上，见桓良曰："告我家，七月七日待我于缑氏山头。"至时，果乘白鹤驻山头，望之不得到，举手谢时人，数日而去。为立祠于缑氏山下及嵩高之首也。

侃如按：王子乔有三人：一为王子晋，周人；一为叶令王乔；一为柏人令王乔，均汉人。吴旦生曰："皆神仙也。"

又按：《吟叹》古辞惟此曲尚存。

(五)小雅吟

(六)蜀琴吟

(七)楚王吟

(八)东武吟

【《古今乐录》】古有八曲，其《小雅吟》、《蜀琴吟》、《楚王吟》、《东武吟》四曲阙。

(丁)四弦曲

【《古今乐录》】张永《元嘉技录》有《四弦》一曲。……居《相和》之末，三调之首。……古有四曲……三曲阙。

侃如按：四曲古辞均亡。

(一)蜀国四弦

【《古今乐录》】张永《元嘉技录》有《四弦》一曲，《蜀国四弦》是也。……《蜀国四弦》节家旧有六解，宋歌有五解，今亦阙。

【《乐府解题》】《蜀道难》备言铜梁玉垒之阻，与《蜀国弦》颇同。

(二)张女四弦

(三)李延年四弦

(四)严卯四弦

【《古今乐录》】古有四曲，其《张女四弦》、《李延年四弦》、《严卯四弦》三曲阙。

（戊）平调曲

【《新唐书》二十二】平调，清调，瑟调皆周《房中乐》之遗声，汉世谓之三调。

【《乐府诗集》三十】其器有笙、笛、筑、瑟、琴、筝、琵琶七种。歌弦六部。……凡三调歌弦一部竟，辄作送歌弦。今用器又有大歌弦一曲，歌"大妇织绮罗"，不在歌数，唯《平调》有之。即《清调》"相逢狭路间，道隘不容车"篇后章有"大妇织绮罗，中妇织流黄"是也。

【《古今乐录》】王僧虔《大明三年晏乐技录》，《平调》有七曲。

（一）长歌行

【《乐府解题》】言芳华不久，当努力为乐，无至老大乃伤悲也。

侃如按：古辞二篇，均存。严沧浪分第二篇"岩岩山上亭"以下为第三篇，因为上下文义不相接，然古《乐府》文义不连者正多，似未可遽从严说也。

（二）短歌行

【崔豹】《长歌》、《短歌》言人寿命长短各有定分，不可妄求。（见《古今注》）

【曹丕】《短歌》微吟不能长。（见《燕歌行》）

侃如按：古辞亡，魏晋乐奏曹操、曹丕拟作。

（三）猛虎行

侃如按：古辞存，《乐府诗集》不正载其文，与《上留田行》及《枣下何攒攒》同例。

（四）君子行

【《乐府解题》】古辞云，"君子防未然"，盖言远嫌疑也。

侃如按：古辞存。《艺文类聚》四十一引为曹植作；然《文选》二十七及《乐府诗集》三十二均作古辞。

（五）燕歌行

【《乐府广题》】燕，地名也，言良人从役于燕，而为此曲。

侃如按：古辞亡，晋乐奏曹丕拟作。

(六)从军行

【《乐府广题》】《从军行》皆军旅辛苦之辞。

侃如按：古辞亡，魏乐奏左延年拟作(王僧虔云今不传，《乐府广序》从《初学记》录出，共十四句，中阙四句)。

(七)鞠歌行

【陆机】汉宫阁有含章鞠室，灵芝鞠室；后汉马防第宅卜临道，连阁通池，鞠城弥于街路。《鞠歌行》将谓此也？

【《古今乐录》】王僧虔《技录》，《平调》又有《鞠歌行》，今无歌者。

侃如按：古辞亡。

(己)清调曲

【《古今乐录》】王僧虔《技录》，《清调》有六曲。

【《乐府诗集》三十三】其器有笙、笛，——下声弄，高弄，游弄——篪、节、琴、瑟、筝、琵琶八种。歌弦四部。

(一)苦寒行

侃如按：古辞亡，晋乐奏曹操拟作。

(二)豫章行

【《技录》】荀《录》所载古《白杨》一篇，今不传。

侃如按：古辞存《宋书》二十一，中阙十三字。大意言山上白杨变为殿中栋梁，述其与根株分离之苦也。

(三)董逃行

【《乐府解题》】言五岳之上，皆以黄金为宫阙，而多灵兽仙草，可以求长生不死之术，令天神拥护，君上可以寿考也。

【吴旦生】《乐府原题》谓《董逃行》作于汉武之时，盖武帝有求仙之兴，董逃者古仙人也。后汉游童竞歌之，终有董卓之乱，卒以逃亡；此则谣谶之言，因其所尚之歌，故有是事，实非起于后汉也。然则此篇古辞乃武帝时作，刺而不讥；《董逃歌》为后汉童谣，只有取于"董逃"二字而为之者，与此篇辞意迥别。《宋书·乐志》作"董桃行"，从《武帝内传》王母觞帝，索桃七枚，以四啗帝，自食其三，因命董双成吹云和笙侑觞,故改逃作桃。此乃无端附会,非诗中意,尤非古辞命篇之意。更有引梁简文《行幸甘泉宫歌》"董桃律金紫,贤妻侍禁中",以为用董贤及弥子暇残桃事者,尤为不伦。要当从《乐府原题》,其余诸说皆无所取。

侃如按:古辞存《宋书》二十一。

（四）相逢行

【《乐府诗集》三十四】一曰《相逢狭路间行》,亦曰《长安有狭邪行》。

【《乐府解题》】古辞文意与《鸡鸣》同意。

侃如按:郭茂倩载古辞二首,字句相似;其一系晋乐所奏;其一则否。我很疑心后一首是"本辞"。

（五）塘上行

【《歌录》】《塘上行》古辞或云甄皇后造。

【《乐府解题》】前志云,晋乐奏魏武帝《蒲生篇》。而诸集录皆言其词文帝甄后所作,叹以谗诉见弃。犹幸得新好,不遗故恶也。

【《乐府正义》】《蒲生篇》并无"塘上"二字,知非《塘上》本辞。盖古《塘上行》而甄后拟之为《蒲生》也。《歌录》云,《塘上行》古辞,必别有诗而不可得矣。

侃如按:《蒲生》的作者是魏武或甄后,非本文所宜讨论,我们只须知道古辞已亡便是了。

（六）秋胡行

【刘向】鲁秋洁妇者,鲁秋胡之妻也。既纳之五日,去而官于陈,五年乃归。未至其家,见路旁有美妇人方采桑而说之,下车谓曰:"力田不如逢丰年,力桑不如见国卿。今吾有金,愿以与夫人。"妇曰:"采桑力作,纺绩织纴,以供衣食,奉二亲,养夫子已矣。不愿人之金!"秋胡遂去,归至家,奉金遗母。使人呼其妇,妇至,乃向采桑者也。妇污其行,去而东走,自投于河而死。（见《列女传》）

【《乐府解题》】后人哀而赋之,为《秋胡行》。

侃如按:古辞亡。

(庚)瑟调曲

【《乐府诗集》三十六】其器有笙、笛、节、琴、瑟、筝、琵琶七种,歌弦六部。

侃如按:《大曲》中亦有兼如《瑟调》者,今不重见。

(一)善哉行

【《乐府解题》】言人命不可保,当见亲友,且永长年术,与王乔八公游焉。

【《乐府诗集》三十六】此篇诸集所出,不入《乐志》。按魏明帝《步出夏门行》云,"善哉殊复善,弦歌乐我情",然则"善哉"者,盖叹美之辞也。

侃如按:古辞存。

(二)陇西行

【《乐府解题》】古辞云:"天上何所有,历历种白榆。"始言妇有容色,能应门承宾,次言善于主馈,终言送迎有礼。

【《乐府诗集》三十七】一曰《步出夏门行》。……此篇诸集所出,不入《乐志》。

侃如按:古辞存。

(三)东西门行

【《古今乐录》】王僧虔《技录》有《东西门行》,今不歌。

侃如按:古辞亡。

(四)却东西门行

侃如按:古辞亡,魏晋乐奏魏武拟作。

(五)顺东西门行

【《古今乐录》】王僧虔《技录》有《顺东西门行》,今不歌。

侃如按:古辞亡。

(六)饮马长城窟行

【《古今乐录》】王僧虔《技录》有《饮马行》,今不歌。

【《乐府解题》】古辞伤良人游荡不归,或云蔡邕之词(选者按,当依《乐府诗集》卷三八作"辞")。

【《乐府广题》】长城南有溪坂,上有土窟,窟中泉流;汉时将士征塞北,皆饮此水也。

【《乐府诗集》三十八】一曰《饮马行》。长城,秦所筑以备胡者,其下有泉窟,可以饮马。古辞云:"青青河畔草,绵绵思远道。"言征戍之客,至于长城而饮其马,妇人思念其勤劳,故作是曲也。

侃如按:古辞存,见《宋志》。

(七)上留田行

【崔豹】上留田,地名也。人有父母死,不字其孤弟者,邻人为其弟做悲歌以风其兄。(见《古今注》)

【《乐府广题》】盖汉世人也。

【《古今乐录》】王僧虔《技录》有《上留田行》,今不歌。

侃如按:古辞存。郭茂倩不正载古辞而首列魏文拟作,不知何故。《古诗纪》列古辞于《杂曲》,非。

(八)新城安乐宫行

【《乐府解题》】《新城安乐宫行》,备言雕饰刻斫之美也。

【《古今乐录》】王僧虔《技录》有《新城安乐宫行》,今不歌。

侃如按:古辞亡。

(九)妇病行

【《乐府正义》】当与阮瑀《驾出郭北门行》(选者按,应依《乐府诗集》卷六一作《驾出北部门行》)参看。

侃如按:此篇言孤儿无母之苦,阮瑀诗言继母之虐待。古辞存,见《宋志》。

(十)孤子生行

【歌录】《孤子生行》亦曰《放歌行》。

【《乐府诗集》三十八】一曰《孤儿行》。古辞言孤儿为兄嫂所苦,难与久居也。

侃如按:古辞存,见《宋志》。

(十一)大墙上蒿行

【《古今乐录》】王僧虔《技录》有《大墙上蒿行》,今不歌。

侃如按:古辞亡。

(十二)钓竿行

(十三)临高台行

（十四）长安城西行

（十五）武舍之中行

侃如按：四篇古辞均亡。前二篇题与《铙歌》同，不知内容是否一样。

（十六）艳歌行

【《古今乐录》】《艳歌行》非一，有直云《艳歌》，即《艳歌行》是也。若《罗敷》、《何尝》、《双鸿》、《福钟》等行，亦皆《艳歌》。

【《乐府解题》】古辞云："翩翩堂前燕，冬藏夏来见。"言燕尚冬藏夏来，兄弟反流荡他县，主妇为绽衣服，其夫见而疑之也。

侃如按：《艳歌》亦名《妍歌》，《罗敷》及《何尝》入《大曲》。《双鸿》及《福钟》均亡。古辞惟存《翩翩堂前燕》及《南山石嵬嵬》二篇，见《宋志》。又有《今日乐上乐》一篇尚存。

（十七）帝王所居行

（十八）门有车马客行

（十九）墙上难为趋行

【《古今乐录》】王僧虔《技录》云："《墙上难为趋行》，荀《录》所载《墙上》一篇，今不传。"

侃如按：以上三篇古辞均亡。

（二十）日重光行

（二十一）月重轮行

（二十二）星重辉行

（二十三）海重润行

【崔豹】《日重光》《月重轮》，群臣为汉明帝作也。明帝为太子，乐人作歌诗四章，以赞太子之德：一曰《日重光》，二曰《月重轮》，三曰《星重辉》，四曰《海重润》。汉末丧乱，后二章亡。旧说云：天子之德，光明如日，规轮如月，众辉如星，霑润如海，太子比德，故云重也。

【《古今乐录》】王僧虔《技录》有《日重光行》，今不传。

侃如按：四篇古辞均亡。

（二十四）蜀道难行

【《古今乐录》】王僧虔《技录》有《蜀道难行》，今不歌。

【《乐府解题》】《蜀道难行》备言铜梁玉垒之阻,与《蜀国弦》颇同。

【《乐府诗集》四十】按铜梁玉垒在蜀郡西南,今永康是也,非入蜀之道,失之远矣。

侃如按:古辞亡。

(二十五)有所思行

侃如按:古辞亡。《铙歌》亦有《有所思》,不知与此同否。

(二十六)蒲坂行

【《古今乐录》】王僧虔《技录》有《蒲坂行》,今不歌。

(二十七)采梨橘行

侃如按:古辞亡。

(二十八)白杨行

【《古今乐录》】王僧虔《技录》有《白杨行》,今不歌。

侃如按:古辞亡。

(二十九)胡无人行

【《古今乐录》】王僧虔《技录》有《胡无人行》,今不歌。

侃如按:古辞亡。

(三十)青龙行

侃如按:古辞亡。

(三十一)公无渡河行

【崔豹】朝鲜津卒霍里子高晨起刺船,有一白首狂夫被发提壶,乱流而渡,其妻随而止之,不及,遂渡河而死。于是援箜篌而歌此曲,声甚凄惨;曲终,亦投河而死。(见《古今注》)

【《古今乐录》】今三调中自有《公无渡河》,其声哀切,故入《瑟调》。

侃如按:古辞存。后人多以此篇为《箜篌引》,盖因《古今注》而误。近人丁福保编《全汉诗》,以此篇入《相和曲》,更荒谬了。

(辛)楚调曲

【《旧唐书》二十九】《楚调》者,汉《房中乐》也。高帝乐楚声,故《房中乐》楚声也。

【《乐府诗集》四十一】有器有笛、弄、节、琴、瑟、筝、琵琶七种。

侃如按：《白头吟》入《大曲》，今不重见。

(一)泰山吟

【《乐府解题》】《泰山吟》言人死精魄归于泰山，亦《薤露》《蒿里》之类也。

【《古今乐录》】王僧虔《技录》有《泰山吟行》，今不歌。

侃如按：古词(选者按，综观全文之例，当作"辞")存。

(二)梁甫吟

【《古今乐录》】王僧虔《技录》有《梁甫吟行》，今不歌。

【《乐府诗集》四十一】谢希逸《琴论》曰："诸葛亮作《梁甫吟》。"《陈武别传》云："武尝骑驴牧羊，诸家牧竖十数人，或有知歌谣者，武遂学《泰山梁甫吟》，《幽州马客吟》及《行路难》之属。"《蜀志》曰："诸葛亮好为《梁甫吟》。"然则不起于亮矣。……按梁甫山名，在泰山下。《梁甫吟》盖言人死葬此山，亦葬歌也。

侃如按：古辞存。前人多以此篇为诸葛亮所作，盖误。《琴操》以为曾子所作，亦非。曾子思父母而作《梁山歌》，与此篇意义及标题均异，不能合而为一。

(三)东武吟

【《古今乐录》】王僧虔《技录》有《东武吟行》，今不歌。

侃如按：古辞亡。

(四)怨诗行

【《古今乐录》】荀《录》所载古《为君》一篇，今不传。

侃如按：古辞今存《天德悠且长》一篇，大致言人命甚促，转瞬即届末日，不若及时行乐之为得也。《为君》一篇乃曹植拟作，非古辞。

(五)广陵散

(六)黄老弹飞引

(七)大胡笳鸣

(八)小胡笳鸣

(九)鹍鸡

(十)游弦

(十一)流楚窈窱

【《古今乐录》】张永《录》云,又有"但曲"七曲,并琴筝笙筑之曲,王《录》所无也。其《广陵散》一曲今不传。

侃如按:以上七篇古辞均亡。

(壬)侧调曲

【《旧唐书》二十九】侧调者生于楚调,与前三调(平、清、瑟)总谓之《相和调》。

伤歌行

【《古乐苑》】《伤歌行》,侧调曲也,伤日月代谢,年命遒尽,绝离知友,伤而作歌。

侃如按:古辞存。前人误入《杂曲》,今移于此。《玉台新咏》以为是魏明帝作的,不知何据,《文选》则作古辞。

(癸)大曲

【《古今乐录》】凡诸《大曲》竟,《黄老弹》独出舞,无辞。

【《乐府诗集》二十六】诸调曲皆有辞有声,而《大曲》又有艳有趋有乱。辞者其歌诗也;声者若"羊吾夷""伊那何"之类也;艳在曲之前;趋与乱在曲之后。亦犹《吴声》《西曲》前有和后有送也。

侃如按:《宋书·乐志》谓《大曲》十五曲。但《西山》与《默默》同为《折杨柳行》,《白鹄》与《何尝》同为《艳歌行》,《碣石》与《夏门》同为《步出夏门行》,故实只十二曲。《碣石》为曹操辞,《西山》与《何尝》为曹丕辞,均拟作,故不叙及。

(一)东门行

【《乐府解题》】古辞云"出东门,不顾归,来入门,怅欲悲";言士有贫不安其居者,拔剑将去;妻子牵衣留之,愿共铺糜,不求富贵;且曰"今时清廉,不可为非"也。

【《古今乐录》】王僧虔《技录》云:"《东门行》古辞《东门》一篇,今不歌。"

侃如按:古辞存,见《宋志》。亦入《瑟调》。

（二）折杨柳行

【《古今乐录》】王僧虔《技录》云："《折杨柳行》歌文帝《西山》、古《默默》二篇，今不歌。"

侃如按：古辞存，见《宋志》。亦入《瑟调》。

（三）陌上桑

【崔豹】《陌上桑》者，出秦氏女子。秦氏邯郸人，有女名罗敷，为邑人千乘王仁妻，王仁后为赵王家令。罗敷出采桑于陌上，赵王登台见而悦之；因置酒，欲夺焉。罗敷巧弹筝，乃作《陌上桑》之歌以自明。赵王乃止。（见《古今注》）

【《乐府解题》】古辞言罗敷采桑，为使君所邀，盛夸其夫为侍中郎以拒之。

【《古今乐录》】《陌上桑》歌瑟调古辞《艳歌罗敷行》"日出东南隅"篇。

【吴兆宜】"使君"之称始见之《后汉·郭伋传》。……此诗云"使君从南来"，其为后汉人无疑。（见《玉台新咏》注）

侃如按：古辞存，前有艳，后有趋，见《宋志》。亦入《相和曲》。

（四）西门行

【《乐府解题》】古辞云："出西门，步念之。"始言醇酒肥牛，及时为乐；次言"人生不满百，常怀千岁忧，昼短苦夜长，何不秉烛游"；终言贪财惜费，为后世所嗤。

【《古今乐录》】王僧虔《技录》云，《西门行》歌古《西门》一篇，今不传。

侃如按：古辞存，见《宋志》。《文选》改作《十九首》之一（参看朱彝尊的《跋玉台新咏》）。亦入《瑟调》。

（五）煌煌京洛行

侃如按：古辞亡。晋乐奏魏文拟作。

（六）艳歌行

【《乐府解题》】古辞云："飞来双白鹄，乃从西北来。"言雌病，雄不能负之而去。"五里一反顾，六里一徘徊"，虽遇新相知，终伤生别离也。

【《古今乐录》】王僧虔《技录》云："《艳歌何尝行》歌文帝《何

尝》、古《白鹄》二篇。"

【《乐府诗集》三十九】一曰《飞鹄行》。……"念与"下为趋。

侃如按：古辞存《宋志》。亦入《瑟调》。

(七)步出夏门行

【杨衒之】洛阳北面有二门：西头曰大夏门，汉曰夏门，魏晋曰大夏门，尝造三层楼，去地二十丈。洛阳城门楼皆两层，去地百尺，惟大夏门甍栋干云。(见《洛阳伽蓝记》)

【《乐府诗集》三十七】《陇西行》一曰《步出夏门行》。

侃如按：陇西与夏门相距很远，且一为《大曲》，一非《大曲》，可见不能强合为一。

(八)野田黄爵行(选者按：应依《乐府诗集》卷三九作《野田黄雀行》)

【《古今乐录》】王僧虔《技录》有《野田黄雀行》，今不歌。

【《乐府诗集》三十九】按汉《鼓吹》《铙歌》亦有《黄雀行》，不知与此同否。

侃如按：古辞亡。晋乐奏曹植拟作。亦入《瑟调》。

(九)满歌行

【《乐府解题》】古辞云："为乐未几时，遭时崄巇。"其始言"逢此百罹，零丁荼毒"，"古人逊位躬耕，遂我所愿"；次言穷达天命，智者不尤，"庄周遗名"，名垂千载；终言"命如凿石见火"，宜自娱以颐养，保此百年也。

【《乐府诗集》二十六】《满歌行》一曲，诸调不载。

【《乐府正义》】《满歌》，"懑歌"也；胸怀愤懑，因而作歌。本辞云，"零丁荼毒，愁懑难支"，以此为懑歌也。

【朱止谿】余读《日者传》，言天不足西北，星辰西北移；地不足东南，以海为池；日中必移，月满必亏，是即《满歌行》之志也。

侃如按：古辞存，见《宋志》。

(十)櫂歌行

侃如按：古辞亡，晋乐奏魏文拟作。亦入《瑟调》。

(十一)雁门太守行

【《后汉书》一百六《王涣传》】涣少好侠，尚气力；晚改节，敦儒学；习书读律，略通大义。后举茂才，除温令；讨击奸猾，境内清夷。商人露宿于道，其有放牛者，辄云以属稚子(涣字)，终无侵犯。在温三年，迁兖州刺史，绳正风部威大行。（选者按：核查原文，应作："绳正部郡，威风大行。"此盖排印错误。安徽教育出版社 2011 年版《陆侃如冯沅君合集》第六卷已改正）后坐考妖言不实论，岁余，征拜侍御史。永元十五年，还为洛阳令；政平讼理，发摘奸伏，京师称叹，以为有神算。元兴元年病卒，百姓咨嗟，男女老壮相与致奠，醊以千数。及丧西归，经宏农，民庶皆设槃桉于路。吏问其故，咸言平常持米到洛，为卒司所抄，恒亡其半；自王君在事，不见侵枉，故来报恩。其政化怀物如此。民思其德，为立祠安阳亭西，每食辄弦歌而荐之。永嘉二年，邓太后诏嘉其节义，而以子石为郎中。

【《乐府解题》】按古歌词历述涣本末与传合，而曰《雁门太守行》，所未详。

【《古今乐录》】王僧虔《技录》云："《雁门太守行》歌古《洛阳令》一篇"。

侃如按：《解题》致疑于标题与内容之不符，而不能解答。近人丁福保编《全汉诗》，以为"其题当作《洛阳行》，其调则为《雁门太守行》也，检《宋书·乐志》即得，自郭氏《乐府》去《洛阳行》三字而举世眯矣。"这是不错的。《雁门太守行》古辞已亡；今所传《洛阳令》一篇，乃后汉人借旧题以颂王涣的。凡拟作与古辞多不合；若误以拟作为古辞，便讲不通了。

(十二) 白头吟

【《乐府解题》】古辞云："皑若山上雪，皎若云间月。"又云："愿得一心人，白头不相离。"始言良人有两意，故来与之相决绝；次言别于沟水之上，叙其本情；终言"男儿重义气"，何用于钱刀。

【《古今乐录》】王僧虔《技录》曰："《白头吟行》歌古《皑如山上雪篇》。"

【《西京杂记》】司马相如将聘茂陵人女为妾，卓文君作《白头吟》以自绝，相如乃止。

【冯舒】《宋书·大曲》有《白头吟》，作古辞，《乐府诗集》、《太平御览》亦然；《玉台新咏》题做《皑如山上雪》，非但不作文君，并题亦不作《白头吟》也。惟《西京杂记》有文君为《白头吟》以自绝之说，然亦不著其辞；或文君自有别篇，不得遽以此诗当之也。宋人不明其故，妄以此诗实之，如黄鹤《杜诗注合璧事类》引《西京杂记》之类，并入此诗。《诗纪》因之，《诗删》选之，今人遽云："有此妙口妙笔，真长卿快偶。"可笑可怜！（见《诗纪匡谬》）

【陈太初】后人相沿，遂为妒妇之什，全乖风人之旨。且两意决绝，沟水东西，文君之与长卿，何至是乎？盖弃友逐妇之诗，非小星逮下之刺。

侃如按：冯、陈二氏之言甚辩，不用引申了。古辞存，见《宋志》。亦入《瑟调》。

【评　介】

陆侃如（1903—1978），原名侃，又名雪成，字衍庐，笔名小璧，江苏太仓人。他的父亲陆措宜是民国时期著名的爱国乡绅，开明的家庭环境为陆氏接受良好的教育提供了条件。陆氏1920年入北京高等师范学校读书，两年后考入北京大学中文系，1924年自北大考入清华大学研究院，攻读中国古代文学。毕业后任教于中国公学，并兼职于复旦大学、暨南大学。1929年同著名哲学家冯友兰先生之妹、著名古代文学研究家冯沅君缔结良缘，此后夫妇二人并肩研究中国古代文学，鹣鲽情深，同程千帆、沈祖棻夫妇，钱锺书、杨绛夫妇一样，成为中国现代学术史上的佳话。1932年，陆氏夫妇携手赴法国巴黎大学研究院进修，1935年同时获得文学博士学位。同年回国后，陆氏任燕京大学教授兼中文系主任。1938年以抗战爆发之故，南下昆明，移教席于中山大学师范学院。1942年任内迁四川的东北大学文学院院长兼中文系主任，四年后随校迁回沈阳。1947年赴青岛，任山东大学中文系教授，两年后任山东大学校务委员会副主任兼图书馆馆长，1951年任副校长、《文史哲》编委会主任。1953年加入民主党派九三学社，并任九三学社中央常委、青岛分社主任委员及济南分社筹委会主任。1957年陆侃如被错划为右派，1958年随山东大学迁回济南，1978年病逝于济南，临终前将其全部藏书和近三万元存款捐赠给山东大学，传统学人的高风亮节于此亦可见一斑。

陆氏一生勤于研究和写作，学术专长为先秦两汉魏晋南北朝文学的专题研究，但也写有宏观的文学通史，既专且博，以博驭专，由此构成了他多样的学术面貌和多产的学术作品。宏观的文学通史自然以其1931年同夫人冯沅君合著的《中国诗史》为代表作，此书视野新颖，打破了传统诗歌史的模式，例如论述唐诗之后以宋词为接续，而不论宋诗；宋词之后又以元散曲为接续，而不论金元诗。这种理念置之于文学事实，虽然不能尽服人心，但至少能提供给读者和后世学者新的思路和启发。至于专题研究的成果，除了广为人知的《诗经》、《楚辞》、《文心雕龙》之外，他对于乐府诗歌的研究也是出类拔萃的。《乐府古辞考》便是这个研究领域的代表作。此书初版于民国十五年（1926），作为当时王云五主编的《国学小丛书》的一种，由商务印书馆印行。新中国成立之后一直没有再版，直到2011年，安徽教育出版社出版由袁世硕、张可礼二先生主编的十五卷本《陆侃如冯沅君合集》才重新加以收录，该书收入合集第六卷"《诗经》《楚辞》及乐府研究集(下)"。但需要说明的是，对合集与商务版进行比勘之后，可以发现合集在不出校文的情况下擅自改动了原版的一些字词，标点也存在一些不当之处。为了保存此书的原貌，我们的节选和评介，仍然采取商务本为底本。陆氏引文与原文不尽相同但不相抵牾之处，也都保留初版的原貌。

《乐府古辞考》全书共八章，陆氏在此书开头的序例中说明了写作意图，他认为以往及当时的学界对于乐府的研究还远远不够，郭茂倩的一百卷《乐府诗集》虽称完备，但仍可举出五条缺点，而且"这几种缺点是很重大的"，例如，全书虽然大多以类相从，但有些诗篇被错划类别；将某些拟作当成古辞；将后人伪托的尧舜作品一律收入；未收录古乐府之已亡散者；成书于宋代，遂导致宋之后七百年学者的研究结果不能收入。所以作者"这小册子的目的，便想补足这些缺点，并且供给读者以正确的乐府常识"。作者在全书第一章"引言"中，对于"乐府古辞"的特点做了清晰的界定，即"创制的"和"入乐的"，只有兼具这两个方面，才属于真正意义上的乐府古辞。随后，作者说明了此书所用的方法："本文的方法是分类。我本拟分时代去做的。但是在研究乐府的艺术时，时代固然是重要的；而在说明乐府的内容时，似乎用分类的方法好些。因为这样不但使读者对于'鼓吹'、'横吹'、'相和'、'清商'等名词易有明了的概念，而且此类与彼类的异同也便于说明了。"所以陆氏在认真比较历代对于乐府分类的得失以后，认为郭茂倩将乐府诗歌划分为十二类比较合理，但其中"琴曲"、"近代曲"、"杂歌谣"和"新乐府"四类可废，因为"琴曲"系据伪书《琴操》录入，故不可靠；"近代曲"出于隋唐之世，故宋人目之为"近代曲"，而"我们生居今日，当然不必采用这个分别了"；"杂歌谣"和"新乐府"都不入乐，因此也不可列入乐府古辞。这样一来，乐府古辞就被陆氏整合为以下八类：一、郊庙歌。二、燕射歌。三、舞曲。四、鼓吹曲。五、横吹曲。六、相和歌。七、清商曲。八、杂曲。"此处'舞曲'移前的理由，是因为他性质与《郊庙歌》及《燕射歌》相近些。此八类中，'杂曲'似乎不很重要，故本文里只叙述'郊庙歌'至'清商曲'七类。"这里选出的是第七章"相和歌"的全部考证文字。因为乐府诗歌的精华多数保存在相和曲辞中，而且本书"相和歌"这一部分不仅包含了全书重要的治学特征，也体现出了陆氏在考证辨源方面的渊博学识。另外，该书每章之末，都详列此章所有古辞篇目的列表，后面标记存佚情况，是对此章论述考证文字的表格化处理，妙处在于简洁明了，虽然这里没有收录本章的表格。尝一胾肉而知一镬之味，从所选的这一部分，不难看出本书的特质所在。

  陆氏详细罗列出所有见诸记载的乐府古辞，无论存佚，都加以著录，在最大程度上还原了乐府古辞的原目，这里能看出正史《艺文志》、《经籍志》的影子，只不过著录对象更加具体细化而已。在每首古辞之后，陆氏都附加历代的考辨成果，在前贤论述不足或有误的地方，陆氏都根据自己的研究成果加以补充和修正，并对古辞现今的存佚情况作出说明，佚者说明情况，存者注明出处。陆氏比较常用的书当然是文学史上仅有的几部乐府著作以及非乐府专著而有涉及乐府者，像张永的《元嘉技录》、释智匠的《古今乐录》、吴兢的《乐府解题》、沈建的《乐府广题》、郭茂倩的《乐府诗集》、陈沆的《诗比兴笺》等，这些书对于乐府古辞具体篇目的论述都是散见于全书各个角落的，至陆氏始自诸书中详加遴选，辑至一处并对号入座，自此，异代不同时的乐府研究者方可各陈己见，共席而谈。例如，对于《大曲》中《雁门太守行》的考索，陆氏先把《后汉书》卷一〇六《王涣传》的本文征引出来，让读者了解王涣事迹的本末，下面紧跟《乐府解题》和《古今乐录》的相关看法，前者不解为何颂扬洛阳令王涣的诗歌却以"雁门太守"为题，后者则说明《雁门太守行》的原文实际上是古《洛阳令》。集解部分到此为止，但《乐府解题》所提出的问题还没有得到解决。我们继续向下读陆先生的按语，他先引用近人丁福保《全汉诗》的观点："其题当作《洛阳行》，其调则为《雁门太守行》也，检《宋书·乐志》即得，自郭氏《乐府》去《洛阳行》三字而举世眯矣。"陆先生随后表述出自己的观点，他首先认同了丁氏的观点，其后又说明"《雁门太守行》古辞已亡；今所传《洛阳令》一篇，乃后汉人借旧题以颂王涣的。凡拟作与古辞多不合；若误以拟作为古辞，便讲不通了"。这又是对丁氏的延伸了，可见学术研究的轨迹的确是后出转精的。征此一例，即可看出此书对乐府古辞的横纵双向的研究理路了。附带一说，《雁门太守行》的题旨，当代学者多认为是对于王涣的祭诗而非颂诗，可参看余冠英先生《乐府诗选》和郑文先生《汉诗选笺》。

当然，从上面的论述中，我们可以看出此书的价值还是更多地体现在目录学方面，至于陆先生鉴赏研究乐府具体作品的文章，还有《〈孔雀东南飞〉考证》和《如何评价〈丁督护歌〉》，分别刊登在《学灯》1925年5月7日、8日和《光明日报》1961年11月26日，这两篇论文现在也都收录到了《陆侃如冯沅君合集》的第六卷中。

（吕冠南）

白话文学史(节选)

胡 适

第三章 汉朝的民歌

一切新文学的来源都在民间。民间的小儿女，村夫农妇，痴男怨女，歌童舞妓，弹唱的，说书的，都是文学上的新形式与新风格的创造者。这是文学史的通例，古今中外都逃不出这条通例。

《国风》来自民间，《楚辞》里的《九歌》来自民间，汉魏六朝的乐府歌辞也来自民间。以后的词是起于歌妓舞女的，元曲也是起于歌妓舞女的。弹词起于街上的唱鼓词的，小说起于街上说书讲史的人——中国三千年的文学史上，那一样新文学不是从民间来的？

汉朝的文人正在仿古做辞赋的时候，四方的平民很不管那些皇帝的清客们做的什么假古董，他们只要唱他们自己懂得的歌曲。例如汉文帝待他的小兄弟淮南王长太忍了一点，民间就造出一只歌道：

一尺布，尚可缝。
一斗米，尚可舂。
兄弟二人不相容。

又如武帝时，卫子夫做了皇后，她的兄弟卫青的威权可以压倒一国，民间也造作歌谣道：

生男无喜，

> 生女无怒,
> 独不见卫子夫霸天下?

这种民歌便是文学的渊泉。武帝时有个歌舞的子弟李延年得宠于武帝,有一天,他在皇帝面前起舞,唱了这一只很美的歌:

> 北方有佳人,
> 绝世而独立,
> 一顾倾人城,
> 再顾倾人国。
> 宁不知倾城与倾国?
> 佳人难再得!

李延年兄妹都是歌舞伎的一流(《汉书》卷九十三云,李延年身及父母兄弟皆故倡也);他们的歌曲正是民间的文学。

汉代民间的歌曲很有许多被保存的。故《晋书·乐志》说:

> 凡乐章古辞,今之存者,并汉世街陌谣讴。《江南可采莲》,《乌生十五子》,《白头吟》之属也。

今举《江南可采莲》为例:

> 江南可采莲,
> 莲叶何田田!
> 鱼戏莲叶间。
> 鱼戏莲叶东,
> 鱼戏莲叶西,
> 鱼戏莲叶南,
> 鱼戏莲叶北。

这种民歌只取音节和美好听,不必有什么深远的意义。这首采莲歌,很像《周南》里的《芣苢》,正是这一类的民歌。

有一些古歌辞是有很可动人的内容的。例如《战城南》一篇:

　　战城南,死郭北,野死不葬乌可食。
　　为我谓乌:"且为客豪,野死谅不葬,腐肉安能去子逃?"
　　水深激激,蒲苇冥冥。枭骑战斗死,驽马徘徊鸣。
　　梁筑室,何以南?何以北?禾黍不获君何食?愿为忠臣安可得?
　　思子良臣。良臣诚可思!朝行出攻,暮不夜归!

这种反抗战争的抗议,是很有价值的民歌。同样的还有《十五从军征》一篇:

　　十五从军征,八十始得归,道逢乡里人,"家中有阿谁?""遥望是君家,松柏冢累累;兔从狗窦入,雉从梁上飞。中庭生旅谷,井上生旅葵。"烹谷接作饭,采葵持作羹。羹饭一时熟,不知贻阿谁。出门东向望,泪落沾我衣。

汉代的平民文学之中,艳歌也不少。例如《有所思》一篇:

　　有所思,乃在大海南。何用问遗君?双珠玳瑁簪,用玉绍缭之。闻君有他心,拉杂摧烧之。摧烧之!当风扬其灰!从今以往,勿复相思!相思与君绝。鸡鸣犬吠,兄嫂当知之。妃呼狶(妃呼狶大概是有音无义的感叹词),秋风肃肃晨风飔,东方须臾高知之。

又如《艳歌行》:

　　翩翩堂前燕,冬藏夏来见。兄弟两三人,流荡在他县。故衣谁当补?新衣谁当绽?赖得贤主人,览取为吾组。夫婿(主人是女主人;夫婿是她的丈夫)从门来,斜柯西北眄。(丁福保说:

"斜柯"是古语，当为欹侧之意。梁简文帝《遥望》诗"散诞垂红帔，斜柯插玉簪"。）"语卿且勿眄，水清石自见。"石见何累累！远行不如归。

这两首诗都保存着民歌的形式，如前一首的"妃呼豨"，如后一首的开头十个字，都可证他们是真正民间文学。

艳诗之中，《陌上桑》要算是无上上品。这首诗可分做三段：第一段写罗敷出去采桑，接着写她的美丽：

> 日出东南隅，照我秦氏楼。秦氏有好女，自名为罗敷，罗敷善蚕桑，采桑城南隅。青丝为笼系，桂枝为笼钩。头上倭堕髻，耳中明月珠；缃绮为下裙，紫绮为上襦。行者见罗敷，下担捋髭须。少年见罗敷，脱帽著帩头。耕者忘其犁，锄者忘其锄；来归相怨怒，但坐观罗敷。

这种天真烂漫的写法，真是民歌的独到之处。后来许多文人模仿此诗，只能模仿前十二句，终不能模仿后八句。第二段写一位过路的官人要调戏罗敷，她作谢绝的回答：

> 使君从南来，五马立踟蹰。使君遣吏往，问是谁家姝。"秦氏有好女，自名为罗敷。""罗数年几何？""二十尚不足，十五颇有余。"使君谢罗敷："宁可共载不？"罗敷前致辞："使君一何愚！使君自有妇，罗敷自有夫。"

末段完全描写她的丈夫：

> 东方千余骑，夫婿居上头。何用识夫婿？白马从骊驹，青丝系马尾，黄金络马头；腰中鹿卢剑，可值千万余。十五府小吏，二十朝大夫，三十侍中郎，四十专城居。为人洁白皙，鬑鬑颇有须。盈盈公府步，冉冉府中趋。坐中数千人，皆言夫婿殊。

"坐中数千人,都说俺的夫婿特别漂亮,"——这也是天真烂漫的民歌写法,决不是主持名教的道学先生们想得出的结尾法。

古歌辞中还有许多写社会风俗与家庭痛苦的。如《陇西行》写西北的妇女当家:

> 天上何所有,历历种白榆,桂树夹道生,青陇对道隅。凤凰鸣啾啾,一母将九雏。顾视世间人,为乐甚独殊。
> 好妇出迎客,颜色正敷愉。伸腰再拜跪,问客平安不?请客北堂上,坐客毡氍毹。清白各异樽,酒上正华疏(此句不易懂得)。酌酒持与客,客言主人持,却略再拜跪,然后持一杯。谈笑未及竟,左顾敕中厨;促令办粗食,慎莫使稽留。废礼送客出,盈盈府中趋。送客亦不远,足不过门枢。娶妇得如此,齐姜亦不如,健妇持门户,胜一大丈夫。

首八句也是民歌的形式。古人说《诗三百篇》有"兴"的一体,就是这一种无意义的起头话。

《东门行》写一个不得意的白发小官僚和他的贤德的妻子:

> 出东门,不愿归,来入门,怅欲悲。盎中无斗米储,还视架上无悬衣。拔剑东门去,舍中儿母牵衣啼:"他家但愿富贵,贱妾与君共铺糜。"
> 上用仓浪天,故下当用此黄口儿(仓浪是青色。黄口儿是小孩子)!今非咄行,吾去为迟——白发时下难久居!

在这种写社会情形的平民文学之中,最动人的自然要算《孤儿行》了。《孤儿行》的全文如下:

> 孤儿生。孤儿遇生,命独当苦。父母在时,乘坚车,驾驷马。父母已去,兄嫂令我行贾:南到九江,东到齐与鲁。腊月来归,不敢自言苦。头多虮虱,面目多尘。大兄言办饭,大嫂言视马。上高堂,行取殿下堂,孤儿泪下如雨。使我朝行汲,暮得水

> 来归，手为错，足下无菲。怆怆履霜，中多蒺藜。拔断蒺藜，肠肉中，怆欲悲。泪下渫渫，清涕累累。冬无复襦，夏无单衣。居生不乐，不如早去，下从地下黄泉。
>
> 春气动，草萌芽。三月蚕桑，六月收瓜。将是瓜车，来到还家。瓜车反覆，助我者少，啗瓜者多。"愿还我蒂！兄与嫂严，独且急归，当兴校计！"
>
> 乱曰：里中一何诡诡！愿欲寄尺书，将与地下父母，兄嫂难与久居。

这种悲哀的作品真实的情感充分流露在朴素的文字之中，故是上品的文学。

从文学的技术上说，我最爱《上山采蘼芜》一篇：

> 上山采蘼芜，下山逢故夫，长跪问故夫，"新人复何如？""新人虽言好，未若故人姝。颜色类相似，手爪不相如。新人从门入，故人从阁去。新人工织缣，故人工织素，织缣日一匹，织素五丈余，将缣来比素，新人不如故。"

这里只有八十个字，却已能写出一家夫妇三个人的性格与历史，写的是那弃妇从山上下来遇着故夫时几分钟的谈话，然而那三个人的历史与那一个家庭的情形，尤其是那无心肝的丈夫沾沾计较锱铢的心理，都充分写出来了。

以上略举向来相传的汉代民歌，可以证明当日在士大夫的贵族文学之外还有不少的民间文学。我们现在距离汉朝太远了，保存的材料又太少，没有法子可以考见当时民间文学产生的详细状况。但从这些民歌里，我们可以看出一些活的问题，真的哀怨，真的情感，自然地产出这些活的文学。小孩睡在睡篮里哭，母亲要编只儿歌哄他睡着；大孩子在地上吵，母亲要说个故事哄他不吵；小儿女要唱山歌，农夫要唱曲子；痴男怨女要歌唱他们的恋爱，孤儿弃妇要叙述他们的痛苦；征夫离妇要声诉他们的离情别恨；舞女要舞曲，歌伎要新歌——这些人大都是不识字的平民，他们不能等候二十年先去学了古文再来唱歌说故事。所以他们只真率地唱了他们的歌；真率地说了他们的故事。这是一切平民文学的起点。散文的故事不容易流传，故很少被保存的。韵文的歌曲却越传越远；你改一句，他改一句；你添一个花头，他翻一个花样，越传越有趣了，越传越好听了。遂有人传写下来，遂有人收到"乐府"里去。

"乐府"即是后世所谓"教坊"。《汉书》卷二十二说：

（武帝）乃立乐府，采诗夜诵，有赵代秦楚之讴。以李延年为协律都尉。多举司马相如等造为诗赋，略论律吕，以合八音之调，作十九章之歌。

又卷九十三云：

李延年，中山人；身及父母兄弟皆故倡也。延年坐法腐刑（受阉割之刑），给事狗监中。女弟得幸于上，号李夫人。……延年善歌，为新变声。是时上方兴天地诸祠，欲造乐，令司马相如等作诗颂。延年辄承意弦歌所造诗，为之新声曲。

又卷九十七上说李夫人死后，武帝思念她，令方士少翁把她的鬼招来；那晚上，仿佛有鬼来，却不能近看她。武帝更想念她，为作诗曰：

是邪？非邪？
立而望之。
偏何姗姗其来迟？

"令乐府诸音家弦歌之。"总看这几段记载，乐府即是唐以后所谓教坊，那是毫无疑义的。李延年的全家都是倡；延年自己是阉割了的倡工，在狗监里当差。司马相如也不是什么上等人，他不但曾"著犊鼻裈，与佣保杂作"，在他的太太开的酒店里洗碗盏；他的进身也是靠他的同乡狗监杨得意推荐的（《汉书》卷五十七上）。这一班狗监的朋友组织的"乐府"便成了一个俗乐的机关,民歌的保存所。

《汉书》卷二十二又说:

> 是时(成帝时)郑声尤甚。黄门名倡丙疆、景武之属富显于世。贵戚五侯定陵富平外戚之家淫侈过度,至与人主争女乐。哀帝自为定陶王时疾之,又性不好音,及即位,下诏曰:"……郑卫之声兴则淫僻之化兴,而欲黎庶敦朴家给,犹浊其源而求其清流,岂不难哉?……其罢乐府官,郊祭乐及古兵法武乐在经非郑卫之乐者,条奏,别属他官。"

因恨淫声而遂废"乐府",可见乐府是俗乐的中心。当时丞相孔光奏覆,把"乐府"中八百二十九人之中,裁去了四百四十一人!《汉书》记此事,接着说:

> 然百姓渐渍日久,又不制雅乐有以相变,豪富吏民湛沔自若。

这可见当时俗乐民歌的势力之大。"乐府"这种制度在文学史上很有关系。第一,民间歌曲因此得了写定的机会。第二,民间的文学因此有机会同文人接触,文人从此不能不受民歌的影响。第三,文人感觉民歌的可爱,有时因为音乐的关系不能不把民歌更改添减,使他协律;有时因为文学上的冲动,文人忍不住要模仿民歌,因此他们的作品便也往往带着"平民化"的趋势,因此便添了不少的白话或近于白话的诗歌。这三种关系,自汉至唐,继续存在。故民间的乐歌收在乐府的,叫做"乐府";而文人模仿民歌做的乐歌,也叫做"乐府";而后来文人模仿古乐府作的不能入乐的诗歌,也叫做"乐府"或"新乐府"。

从汉到唐的白话韵文可以叫做"乐府"时期。乐府是平民文学的征集所,保存馆。这些平民的歌曲层出不穷地供给了无数新花样,新形式,新体裁;引起了当代的文人的新兴趣,使他们不能不爱玩,不能不佩服,不能不模仿。汉以后的韵文的文学所以能保存得一点生气,一点新生命,全靠有民间的歌曲时时供给活的体裁和新的风趣。

第六章 故事诗的起来(节选)

《孔雀东南飞》是什么时代的作品呢?

向来都认此诗为汉末的作品,《玉台新咏》把此诗列在繁钦、曹丕之间。近人丁福保把此诗收入《全汉诗》,谢无量作《中国大文学史》(第三编第八章第五节)也说是"大抵建安时人所为耳"。这都由于深信原序中"时人伤之,为诗云尔"一句话(我在本书初稿里,也把此诗列在汉代)。至近年始有人怀疑此说。梁启超先生说:

> 像《孔雀东南飞》和《木兰诗》一类的作品,都起于六朝,前此却无有(见他的"印度与中国文化之亲属关系"讲演,引见陆侃如《〈孔雀东南飞〉考证》)。

他疑心这一类的作品是受了《佛本行赞》一类的佛教文学的影响以后的作品。他说他对这问题,别有考证。他的考证虽然没有发表,我们却不妨先略讨论这个问题。陆侃如先生也信此说,他说:

> 假使没有宝云(《佛本行经》译者)与无谶(《佛所行赞》译者)的介绍,《孔雀东南飞》也许到现在还未出世呢,更不用说汉代了(《〈孔雀东南飞〉考证》,《国学月报》第三期)。

我对佛教文学在中国文学上发生的绝大影响,是充分承认的。但我不能信《孔雀东南飞》是受了《佛本行赞》一类的书的影响以后的作品。我以为《孔雀东南飞》之作是在佛教盛行于中国以前。

第一,《孔雀东南飞》全文没有一点佛教思想的影响的痕迹。这是很可注意的。凡一种外来的宗教的输入,他的几个基本教义的流行必定远在他的文学形式发生影响之前。这是我们可以用一切宗教史和文化史来证明的。即如眼前一百年中,轮船、火车、煤油、电灯以至摩托车、无线电都来了,然而文人阶级受西洋文学的影响却还是最近一二十年的事，至于民间的文学竟可说是至今还丝毫不曾受着西洋文学的影响。你去分析《狸猫换太子》、《济公活佛》等等俗戏，可寻得出一分一毫的西洋文学的影响吗？——《孔雀东南飞》写的是一件生离死别的大悲剧，如果真是作于佛教盛行以后，至少应该有"来生"，"轮回"，"往生"一类的希望(如白居易《长恨歌》便有"在天愿为比翼鸟，在地愿为连理枝"、"但教心似金钿坚，天上人间会相见"的话；如元稹的《悼亡诗》便有"他生缘会更难期"、"也曾因梦送钱财"的话)。然而此诗写焦仲卿夫妇的离别只说：

"卿当日胜贵，吾独向黄泉。"
"黄泉下相见，勿违今日言。"
"生人作死别，恨恨那可论！念与世间辞，千万不复全。"
"我命绝今日，魂去尸长留。……府吏闻此事，心知长别离。"

写焦仲卿别他的母亲，也只说：

"儿今日冥冥，令母在后单。故作不良计，勿复怨鬼神。"

这都是中国旧宗教里的见解，完全没有佛教的痕迹。一千七八百字的悲剧的诗里丝毫没有佛教的影子，我们如何能说他的形式体裁是佛教文学的产儿呢？

第二，《佛本行赞》、《普曜经》等等长篇故事译出之后，并不曾发生多大的影响。梁启超先生说：

《佛本行赞》译成华文以后也是风靡一时，六朝名士几于人人共读。

这是毫无根据的话。这一类的故事诗，文字俚俗，辞意烦复，和"六朝名士"的文学风尚相去最远。六朝名士所能了解欣赏的，乃是道安、慧远、支遁、僧肇一流的玄理，决不能欣赏这种几万言的俗文长篇记事。《法华经》与《维摩诘经》一类的名译也不能不待至第六世纪以后方才风行。这都是由于思想习惯的不同,与文学风尚的不同,都是不可勉强的。所以我们综观六朝的文学,只看见惠休、宝月一班和尚的名士化,而不看见六朝名士的和尚化。所以梁、陆诸君重视《佛本行赞》一类佛典的文学影响,是想象之谈,怕不足信罢?

陆侃如先生举出几条证据来证明《孔雀东南飞》是六朝作品。我们现在要讨论这些证据是否充分。

本篇末段有"合葬华山傍"的话,所以陆先生起了一个疑问,何以庐江的焦氏夫妇要葬到西岳华山呢?因此他便联想到乐府里《华山畿》二十五篇。《乐府诗集》引《古今乐录》云:

> 《华山畿》者,宋少帝时《懊恼》一曲,亦变曲也。少帝时,南徐一士子从华山畿往云阳。见客舍有女子,年十八九,悦之;无因,遂感心疾。母问其故,具以启母。母为至华山寻访,见女,具以闻;感之,因脱蔽膝,令母密置其席下,卧之当已。少日,果差。忽举席见蔽膝而抱持,遂吞食而死。气欲绝,谓母曰:"葬时,车载从华山度。"母从其意。比至女门,牛不肯前,打拍不动。女曰,"且待须臾!"妆点沐浴,既而出,歌曰:
> 华山畿!
> 君既为侬死,
> 独活为谁施!
> 欢若见怜时,
> 棺木为侬开!
> 棺应声开,女透入棺;家人叩打,无如之何。乃合葬,呼曰"神女冢"。

陆先生从这篇序里得着一个大胆的结论。他说:

> 这件哀怨的故事,在五六世纪时是很普遍的,故发生了二十五篇的民歌。华山畿的神女冢也许变成殉情者的葬地的公名,故

《孔雀东南飞》的作者叙述仲卿夫妇合葬时，便用了一个眼前的典故，遂使千余年后的读者们索解无从。但这一点便明明白白的指示我们说，《孔雀东南飞》是作于华山畿以后的。

陆先生的结论是很可疑的。《孔雀东南飞》的夫妇，陆先生断定他们不会葬在西岳华山。难道南徐士子的棺材却可以从西岳华山经过吗？南徐州治在现今的丹徒县，云阳在现今的丹阳县。华山大概即是丹阳之南的花山，今属高淳县。云阳可以有华山，何以见得庐江不能有华山呢？两处的华山大概都是本地的小地名，与西岳华山全无关系，两华山彼此也可以完全没有关系。故根据华山畿的神话来证明《孔雀东南飞》的年代，怕不可能罢？

陆先生又指出本篇"新妇入青庐"的话，说，据段成式《酉阳杂俎》卷一，"青庐"是"北朝结婚时的特别名词"。但他所引《酉阳杂俎》一条所谓"礼异"，似指下文"夫家领百余人……挟车俱呼"以及"妇家亲宾妇女……以杖打婿至有大委顿者"的奇异风俗而言。"青布幔为屋，在门内外，谓之青庐"，不过如今日北方喜事人家的"搭棚"，没有什么特别之处。况且陆先生自己又引《北史》卷八说北齐幼主：

> 御马则藉以毡罽，食物有十余种；将合牝牡，则设青庐，具牢馔而亲观之。

这也不过如今人的搭棚看戏。这种布棚也叫做"青庐"，可见"青庐"未必是"北朝结婚时的特别名词"了。

陆先生又用"四角龙子幡"，说这是南朝的风尚，这是很不相干的证据，因为陆先生所举的材料都不能证实"龙子幡"为以前所无。况且"青庐"若是北朝异俗，"龙子幡"又是南朝风尚，那么，在那南北分隔的五六世纪，何以南朝风尚与北朝异礼会同时出现于一篇诗里呢？

所以我想，梁启超先生从佛教文学的影响上推想此诗作于六朝，陆侃如先生根据"华山"、"青庐"、"龙子幡"等，推定此诗作于宋少帝(423—424年)与徐陵(死于583年)之间,这些主张大概都不能成立。

我以为《孔雀东南飞》的创作大概去那个故事本身的年代不远,大概在建安以后不远,约当三世纪的中叶。但我深信这篇故事诗流传在民间,经过三百多年之久(230—550)方才收在《玉台新咏》里,方才有最后的写定,其间自然经过了无数民众的减增修削,添上了不少的"本地风光"(如"青庐","龙子幡"之类),吸收了不少的无名诗人的天才与风格,终于变成一篇不朽的杰作。

"孔雀东南飞,五里一裴回(选者按,应依《乐府诗集》卷七三作"五里一徘徊")。"——这自然是民歌的"起头"。当时大概有"孔雀东南飞"的古乐曲调子。曹丕的《临高台》末段云:

> 鹄欲南游,雌不能随。
> 我欲躬衔汝,口噤不能开。
> 欲负之,毛衣摧颓。
> 五里一顾,六里徘徊。

这岂但是首句与末句的文字上的偶合吗?这里譬喻的是男子不能庇护他心爱的妇人,欲言而口噤不能开,欲负他同逃而无力,只能哀鸣瞻顾而已。这大概就是当日民间的《孔雀东南飞》(或《黄鹄东南飞》?)曲词的本文的一部分。民间的歌者,因为感觉这首古歌辞的寓意恰合焦仲卿的故事的情节,故用他来做"起头"。久而久之,这段起头曲遂被缩短到十个字了。然而这十个字的"起头"却给我们留下了此诗创作时代的一点点暗示。

曹丕死于226年,他也是建安时代的一个大诗人,正当焦仲卿故事产生的时代。所以我们假定此诗之初作去此时大概不远。

若这故事产生于三世纪之初,而此诗作于五六世纪(如梁、陆诸先生所说),那么,当那个没有刻板印书的时代,当那个长期纷乱割据的时代,这个故事怎样流传到二三百年后的诗人手里呢?所以我们直截假定故事发生之后不久民间就有《孔雀东南飞》的故事诗起来,一直流传演变，直到《玉台新咏》的写定。

自然，我这个说法也有大疑难。但梁先生与陆先生举出的几点都不是疑难。例如他们说：这一类的作品都起于六朝，前此却无有。依我们的研究，汉、魏之间有蔡琰的《悲愤》，有左、傅的《秦女休》，故事诗已到了文人阶级了，那能断定民间没有这一类的作品呢？至于陆先生说此诗"描写服饰及叙述谈话都非常详尽，为古代诗歌里所没有的"，此说也不成问题。描写服饰莫如《日出东南隅》与辛延年的《羽林郎》；叙述谈话莫如《日出东南隅》与《孤儿行》。这是谁也不能否认的。

我的大疑难是：如果《孔雀东南飞》作于三世纪，何以魏晋宋齐的文学批评家——从曹丕的《典论》以至于刘勰的《文心雕龙》及钟嵘的《诗品》——都不提起这一篇杰作呢？这岂非此诗晚出的铁证吗？

其实这也不难解释，《孔雀东南飞》在当日实在是一篇白话的长篇民歌，质朴之中，夹着不少土气，至今还显出不少的鄙俚字句。因为太质朴了，不容易得当时文人的欣赏。魏晋以下，文人阶级的文学渐渐趋向形式的方面，字面要绮丽，声律要讲究，对偶要工整。汉魏民歌带来的一点新生命，渐渐又干枯了。文学又走上僵死的路上去了。到了齐梁之际，隶事（用典）之风盛行，声律之论更密，文人的心力转到"平头、上尾、蜂腰、鹤膝"种种把戏上去，正统文学的生气枯尽了。作文学批评的人受了时代的影响，故很少能赏识民间的俗歌的。钟嵘作《诗品》（嵘死于502年左右），评论百二十二人的诗，竟不提及乐府歌辞。他分诗人为三品：陆机、潘岳、谢灵运都在上品，而陶潜、鲍照都在中品，可以想见他的文学赏鉴力了。他们对于陶潜、鲍照还不能赏识，何况《孔雀东南飞》那样朴实俚俗的白话诗呢？东汉的乐府歌辞要等到建安时代方才得着曹氏父子的提倡，魏晋南北朝的乐府歌辞要等到陈、隋之际方才得着充分的赏识。故《孔雀东南飞》不见称于刘勰、钟嵘，不见收于《文选》，直到六世纪下半徐陵编《玉台新咏》始被采录，并不算很可怪诧的事。

这一章印成之后，我又检得曹丕的"鹄欲南游，雌不能随……五里一顾，十里徘徊"一章是删改民间歌辞的，本辞也载在《玉台新咏》

里，其辞云：

飞来双白鹄，乃从西北来。十十将五五，罗列行不齐。忽然卒疲病，不能飞相随。五里一反顾，六里一徘徊。吾欲衔汝去，口噤不能开；吾欲负汝去，羽毛日摧颓。乐哉新相知，忧来生别离。峙嶵顾群侣，泪落纵横垂。今日乐相乐，延年万岁期。

此诗又收在《乐府诗集》里，其辞颇有异同，我们也抄在这里：

飞来双白鹄，乃从西北来。十十五五，罗列成行。妻卒被病，行不能相随。五里一反顾，六里一徘徊。吾欲衔汝去，口噤不能开；吾欲负汝去，毛羽何摧颓！乐哉新相知，忧来生别离；峙嶵顾群侣（选者按：应依《乐府诗集》卷三九作"蹉跎顾群侣"），泪下不自知。念与君离别，气结不能言，各各重自爱，远道归何难！妾当守空房，闭门下重关。君生当相见，亡者会黄泉。今日乐相乐，延年万岁期。

这是汉朝乐府的瑟调歌，曹丕采取此歌的大意，改为长短句，作为新乐府《临高台》的一部分。而本辞仍旧流传在民间，"双白鹄"已讹成"孔雀"了，但"东南飞"仍保存"从西北来"的原意。曹丕原诗前段有"中有黄鹄往且翻"，"白鹄"也已变成了"黄鹄"。民间歌辞靠口唱相传，字句的讹错是免不了的，但"母题"（Motif）依旧保留不变。故从汉乐府到郭茂倩，这歌辞虽有许多改动，而"母题"始终不变。这个"母题"恰合焦仲卿夫妇的故事，故编《孔雀东南飞》的民间诗人遂用这一只歌作引子。最初的引子必不止这十个字，大概至少像这个样子：

孔雀东南飞，五里一徘徊。吾欲衔汝去，口噤不能开。吾欲负汝去，毛羽何摧颓！

流传日久，这段开篇因为是当日人人知道的曲子，遂被缩短只剩开头两句了。又久而久之,这只古歌虽然还存在乐府里,而在民间却被那篇更伟大的长故事诗吞没了。故徐陵选《孔雀东南飞》全诗时,开篇的一段也只有这十个字。一千多年以来,这十个字遂成不可解的疑案。然而这十个字的保存究竟给我们留下了一点时代的暗示,使我们知道《焦仲卿妻》的故事诗的创作大概在《双白鹄》的古歌还流传在民间但已讹成《孔雀东南飞》的时候;其时代自然在建安之后,但去焦仲卿故事发生之时必不很远。

【评　介】

胡适(1891—1962),原名嗣穈,学名洪骍,字希疆,后因当时国内流行的进化论有言"物竞天择,适者生存",而改今名,字适之,安徽绩溪人。他幼时接受传统的私塾教育,少年时期求学于上海梅溪学堂、澄衷学堂,开始接触到西方的思想文化。1906年考入上海中国公学,1910年考取"庚子赔款"第二期公费生赴美国康奈尔大学留学,1915年考入哥伦比亚大学研究院,师从著名实用主义哲学家杜威,这段经历对他的人生和学术有深远影响,胡氏次子胡思杜之名,便寓有思怀杜威的意义。1917年回国任北京大学教授,提倡白话文学,成为新文化运动的领袖,发表了对整个现当代文学史都有深远意义的《文学改良刍议》(《新青年》二卷五号)。与之相应的是,他对于古代文学中的白话作品有深入的研究,例如研究白话诗文的《白话文学史》以及考证一系列白话小说的《中国章回小说考证》。抗战初期担任国民党"国防参议会"参议员,1938年被任命为中国驻美国大使,在国际宣传战线上凭借极具激情的演讲,争取了西方民众对于处在战乱中的中国的莫大同情,余英时先生在《试论林语堂的海外著述》一文中提到:"胡适在全美的巡回演说甚至引起了日本的抗议。据1940年10月31日《纽约时报》的报道,东京对于美国政府纵容胡适大使到处演讲,甚为愤慨,认为胡适正引导美国走上战争。"1939年,胡适获得诺贝尔文学奖的提名,这可以看出他在文学创作方面的成就也极为非凡。抗战胜利后,于1946年出任北京大学校长(其时,代校长傅斯年实为真正管理校务之人)。1949年寄居美国,致力于《水经注》的考证等工作,后来去往台湾,曾任"中央研究院"院长。1962年,因心脏病猝死。蒋介石为之亲书挽联一副:"新文化中旧道德的楷模,旧伦理中新思想的师表。"兼及他的学术与思想、道德与文化之间的矛盾,学界公认为这是对胡适的定棺之论。其墓志铭由著名学者毛子水撰写,铭文写道:"我们相信形骸终要化灭,陵谷也会变易,但现在墓中这位哲人所给予世界的光明,将永远存在。"这又侧重于胡适在学术思想史上的意义。

胡适是中国现代学术史上的一面旗帜,他秉承"但开风气不为师"的理念,为中国现代学术培养了许多卓越的人才,切实推进了国学的现代化进程。他本人也像同时代的多数学者一样,无所不通,治学领域覆盖了人文学科的一切领域,虽精度不够,但广度开阔多维,任由其驰骋。所以他对现代学术最主要的贡献还是在治学胸襟和治学方法上。他撰写的学术著作都是开一代风气的,例如这里所选的《白话文学史》,在当时的学术界就引起轩然大波,褒者将之许为划时代的大著,贬者则以书中理论为牵强附会;但无可否认的是,这本书与同时的文学史著作相比,是不同凡响的,也是最具特色的。

《白话文学史》上卷撰成于1927年,次年由新月书店出版刊行。20世纪80年代以后,本书曾被收入不同出版社的民国学术经典丛书中,比较容易看到的是东方出版社1996年《民国学术经典文库》本,上海古籍出版社1999年《蓬莱阁丛书》本,岳麓书社2010年《民国学术文化名著》本,等等。另收入人民文学出版社七卷本《胡适文集》的第四卷中。

胡适本计划将此书写成上、中、下三卷,但中、下两卷最终并没有完成。关于其原因,不妨借用骆玉明先生那篇体贴入微的《关于胡适的〈白话文学史〉》(上海古籍出版社《蓬莱阁丛书》本导读)来作说明:"其实,胡适晚年一再表示要将这两部未完之作(选者按:另一部为《中国哲学史大纲》)写全,恐怕只是一种心愿、一种学术责任感的表示,而并无真实的计划。一方面,他太有名,要忙的事情太多;另一方面,这两部书均是中国现代学术史上的筚路蓝缕之作,地位崇高而缺陷难免,在相关的学术研究已有很大发展变化的数十年之后,再来做接续的工作,实在不易讨好。"这个说法圆熟周贱,可以免去我们更多无谓的猜测。本书一共二编十六章:第一章到第十章为第一编，论述唐代之前的白话文学；第十一章到第十六章第二编，论述初唐到元稹、白居易时期的唐代白话文学。这里选取与汉乐府诗歌相关的两部分，即第一编的第三章"汉代的民歌"全文和第六章"故事诗的起来"有关《孔雀东南飞》的一段，本文的论述也就这两个方面展开。

  第三章"汉代的民歌"开头就提出一个文学发展的总体规律："一切新文学的来源都在民间。"毫无疑问，汉代的民间文学保留到民国时期的，自以民歌为代表。但应该提到的是，根据最新的考古成果，汉代民间文学的另一分支——俗赋，像《神乌傅（赋）》和《韩朋赋》残简，也于20世纪90年代出土，但这并非胡适时代所能见，故他在此书中论及民间白话文学还是以民歌为代表。在汉代，民间流行着各种各样的歌谣，故此章的前半部分，胡氏就从正史中引用几首当时著名的民间歌谣，并录下它们的本事；这些歌谣被乐府机关采集以后被之声谱，就成为乐府诗歌。但胡氏并没有像普通文学史那样以介绍乐府制度为先，次则分析具体作品。因为普通文学史把注意力集中于文学的流变历史，所以理所当然要先介绍乐府制度，然后论述这个制度产生的作品；而胡氏设论的立脚点，是在汉代民间文学的白话特征方面，故另辟蹊径，先针对文本自身所体现出的白话特征进行分析。他先举出汉乐府里面具有不同风貌的几首作品，例如《江南可采莲》，"只取音节和美好听，不必有什么深远的意义"；《战城南》"有很可动人的内容"，"这种反抗战争的抗议，是很有价值的民歌"；《有所思》和《艳歌行》"都保存着民歌的形式"，"都可证他们是真正民间文学"；对于《陌上桑》、《东门行》、《孤儿行》等篇目的解读也都是着眼于民歌中特有的白话意味。在对这些作品进行了论述之后，胡氏才拈出了"乐府"的概念，他采用的是传播学的方法。他在提及了上述的这些民歌以后，顺势提出："但从这些民歌里，我们可以看出一些活的问题，真的哀怨，真的情感，自然地产出这些活的文学。……这是一切平民文学的起点。散文的故事不容易流传，故很少被保存的。韵文的歌曲却越传越远；你改一句，他改一句；你添一个花头，他翻一个花样，越传越有趣了，越传越好听了。遂有人传写下来，遂有人收到'乐府'里去。"在这章的末尾，胡氏总结了乐府制度与文学史的关系："第一，民间歌曲因此得了写定的机会。第二，民间的文学因此有机会同文人接触,文人从此不能不受民歌的影响。第三,文人感觉民歌的可爱,有时因为音乐的关系不能不把民歌更改添减,使他协律;有时因为文学上的冲动,文人忍不住要模仿民歌,因此他们的作品便也往往带着'平民化'的趋势,因此便添了不少的白话或近于白话的诗歌。"这段总结,不仅客观如实地评价了乐府制度的贡献和其与文学史的关系,而且再次陈述文人作品受民间文学影响之重,这是对此章开篇论断"一切新文学的来源都在民间"的照应,从这里也可看出胡氏立论的严谨。

第六章"故事诗的起来"只选取了与《孔雀东南飞》相关的部分。胡氏对于此诗成书时代的考证,采用的不是直抒己论的方式,相反,他运用的是先破旧说而另立新说的方法。早在此书写成之前的两年(1925),陆侃如先生即在《学灯》发表了轰动一时的《〈孔雀东南飞〉考证》,认定《孔雀东南飞》写成于齐梁时期。陆先生的具体论证,我们在之前胡怀琛《中国民歌研究》的评介部分已经详细提及,读者如欲了解,可以参看那一部分。这里略去不讲陆先生的考证,而着重分析胡氏反驳陆氏的方法与依据。陆先生认为此诗受六朝时期佛教传入的影响而成,胡氏则以诗中"没有一点佛教思想的影响的痕迹"来驳斥这个观点,胡氏进而提到一条宗教史和文化史的经验依据:"凡一种外来的宗教的输入,他的几个基本教义的流行必定远在他的文学形式发生影响之前。这是我们可以用一切宗教史和文化史来证明的。"这个论点虽然没有具体文献材料来作支撑,但置之宗教史和文化史,应该说大致不错。针对陆氏最有力的一点论证,即诗中"合葬华山旁"用的是六朝乐府《华山畿》的典故,胡氏则认为"华山大概即是丹阳之南的花山",这仍是没有文献材料支持的猜测,与陆氏能提供具体材料相比,这个驳证似不足以服人。对于陆氏提到的另外两个例证,即北朝特有名词"青庐"和南朝特有名词"龙子幡",胡氏也不以为然,认为"青庐"不过是"今人的搭棚看戏",而"陆先生所举的材料都不能证实'龙子幡'为以前所无"。其实胡氏这里也只是自己的一偏之见,因为他仍然拿不出反证。但他随后发出的一句诘问倒是发人深省:"况且'青庐'若是北朝异俗,'龙子幡'又是南朝风尚,那么,在那南北分隔的五六世纪,何以南朝风尚与北朝异礼会同时出现于一篇诗里呢？"目前学界对于此诗的成书年代基本达成了共识，即初稿写于汉末建安时期，但经过南北朝文人的润色。这个结论的得出可能正因为诗中同时出现了南朝和北朝的特有名物，而这一点最早就是胡氏在这部文学史中提出的。在破旧说之后，胡氏方才建立自己的新说，他认为："《孔雀东南飞》的创作大概去那个故事本身的年代不远，大概在建安以后不远，约当三世纪的中叶。但我深信这篇故事诗流传在民间，经过三百多年之久（230—550）方才收在《玉台新咏》里，方才有最后的写定，其间自然经过了无数民众的减增修削，添上了不少的'本地风光'（如"青庐"，"龙子幡"之类），吸收了不少的无名诗人的天才与风格，终于变成一篇不朽的杰作。"这已经相当接近当今学界的主流结论了。唯独对此诗上限的判断仍嫌主观，因为诗中小序明说"汉末建安中"，这就为此诗的本事确定了发生时代，即汉末建安时期，所以此诗可能恰写于这个时期，因为歌咏实事本就是汉代民歌的一个特征，正如本书第三章所引的民间讽刺卫子夫那首歌谣，不必作于卫子夫死后，这也正是目前学界认定此诗初作于汉末建安时期的依据。如此一来，则此诗的创作方式，极有可能是始作于一人之笔，终成于众人之手。还应提到的是，此诗的小序未必是始作者所为，应是后世润色增饰此诗的人所作，因为小序提到"汉末"这个字眼，如果始作者是这个时代的人，他是不大可能如此称谓自己所在的时代的，他也不可能预测到建安时期为"汉末"，仔细品读小序，作者的语气明显是在追述这段本事，他是在汉末建安之后的。此章最后一部分是胡氏对自己考证的补充，他发现魏文帝曹丕《临高台》的末章与《孔雀东南飞》和《艳歌何尝行》有多处文字和词义上的雷同，借以论述这三首诗是在同一母题（Motif）下产生的作品，由此判断《孔雀东南飞》亦初成于"建安之后，但去焦仲卿故事发生之时必不很远"。如前所述，"建安之后"不够准确；但后一句则是真知灼见。

　　胡氏的文笔一气贯通，立论也极有系统性，围绕一个中心而四处发散，这是我们翻开《白话文学史》极易感受到的迎面扑来的气息；但涉及笔战之时，我们亦可感受到胡氏为学的任侠使气（这恰与其为人的温和谦虚相反成趣），单从这里选出的两部分而言，已可看出胡氏兴之所至之时，甚至不惜以主观判断推翻客观材料，这个弱点成为学问家和政治家集中攻讦之处,不管是当时为科学真理争鸣的学界,还是后来为意识形态清场的政界,都无不以此书为批判对象。正襟危坐地执于一己之见,或者心怀鬼胎地发表一偏之见,当然都难以客观如实地评价胡氏,这反倒让我们想起自成一家而别立一队的钱穆先生。他在1960年5月21日写有复其高足余英时先生的书信一通(此信收录在台北三民书局1991年初版的余著《犹记风吹水上鳞:钱穆与现代中国学术》附录中),信中对民国几位大学者各有一段客观的评价,提到胡适,他的话言简意赅:"胡适之文本极清朗,又精劲有力,亦无芜词,只多尖刻处,则是其病。"

(吕冠南)

汉诗研究(节选)

古层冰

卷三　焦仲卿妻诗辩证

此诗今见徐陵《玉台新咏》。题曰:《古诗为焦仲卿妻所作》。(《乐府诗集》题曰《焦仲卿妻》。)其序云:"汉末建安中,庐江府小吏焦仲卿妻刘氏,为焦仲卿母所遣。自誓不嫁,其家逼之。乃没水而死。仲卿闻之,亦自缢于庭树。时人伤之,为诗云尔。"案徐陵生梁初,时距离建安仅三百载。其撰《玉台》,依时人为诗之说。次之汉末徐干、繁钦之后,自有所本。(距《隋志》晋宋间人撰次之,《古今诗集》甚多《玉台》取材,当在此等书也。)乃今日学者如梁任公、陆侃如等,竟为异说,谓作于六朝宋齐之间。无验而必,亦诬甚矣。特为辩证,俾承学之士,无惶惑焉。民国十七年春,古直记于东林六朝松侧之层冰草堂。

辩证一　证以用韵知此诗必为建安黄初间作

汉魏乐府(庐江吴地,然史之系统以魏承汉,故世称汉魏,不称汉吴;称建安黄初,不称建安黄武),用韵奇觚与众异。如用鱼虞部韵,不特通用尤侯部韵,且往阑入支微等部韵。用脂微部韵,不特通用之咍支佳部韵,且往往阑入鱼虞等部韵。用阳唐部韵,不特通用东冬江部韵,且往往阑入元寒删先等部韵。试举其例。如汉乐府《陇西行》云:

请客北堂上，坐客氈氍毹(虞)。清白各异樽，酒上正华疏(鱼)。浊酒持与客，客言主人持(支)。却略再跪拜，然后持一杯(灰)。谈笑未及竟，左顾敕中厨(虞)。促令办粗饭，慎莫使稽留(尤)。

如汉铙歌云：

上陵何美美，下津风以寒(寒)。问客从何来？言从水中央(阳)。

如魏武帝乐府《气出唱》云：

驾六龙(东)，乘风而行。行四海外，路下之八邦(江)。历登高山临溪谷，乘云而行(庚)。行四海外，东到泰山(删)。仙人玉女，下来遨游(选者按，应依《乐府诗集》卷二六作"下来翱游")。骖驾六龙饮玉浆。河水尽，不东流。解愁腹，饮玉浆(阳)。奉持行，东到蓬莱山，上至天之门(元)。玉阙下引见得入，赤松相对，四面顾望，视正煌煌(阳)(选者按，应依《乐府诗集》卷二六作"视正焜煌")。开王心正兴，其气百道至。传告无穷(东)。闭其口，但当爱气寿万年(先)。

是其例也。而此诗篇首云：

孔雀东南飞(微)，五里一徘徊(灰)。十三能织素，十四学裁衣(微)，十五弹箜篌，十六诵诗书(鱼)。十七为君妇，心中常苦悲(微)。君既为府吏，守节情不移(支)。鸡鸣入机织，夜夜不得息(职)。三日断五匹，大人故嫌迟(支)。非为织作迟，君家妇难为(支)！妾不堪驱使，徒留无所施(支)。便可白公姥，及时相遣归(微)。

此段用支微灰韵，中间忽阑入鱼韵，与《陇西行》同例也。又如中间一段云：

> 妾有绣腰襦，葳蕤自生光(阳)。红罗复斗帐，四角垂香囊(阳)，箱帘六七十，绿碧青丝绳(蒸)。物物各自异，种种在其中(冬)。人贱物亦鄙，不足迎后人(真)。留待作遗施，于今无会因(真)。时时为安慰，久久莫相忘(阳)。鸡鸣外欲曙，新妇起严妆(阳)。著我绣夹裙，事事四五通(东)。足下蹑丝履，头上玳瑁光(阳)。腰若流纨素，耳著明月珰(阳)。指如削葱根，口如含朱丹(删)。纤纤作细步，精妙世无双(江)。

此段通用阳江冬东蒸真删韵，与魏武帝《气出唱》通用阳江冬东庚元删先韵，如出一辙。足证此诗必为建安黄初间之作。何也？此等奇觚之韵，汉魏乐府之外，即不复见也。

张为骐曰："仪字古在歌韵。汉碑，凡蓼莪皆作蓼仪。《古诗为焦仲卿妻所作》既为汉末之诗，应当仍用古韵。乃诗中'举手长劳劳，二情同依依。入门上家堂，进退无颜仪'之仪字，忽作疑羁切，与支韵同协，其非汉诗明甚。"(见《现代评论》一六五期。)案顾亭林《唐韵正》曰："仪字自汉中山王胜《文木赋》'载重雪而稍劲风，将等岁于二仪'，始与枝雌知斯为韵。"又曰："张衡《西京赋》以施仪驰入支字韵。祢衡《鹦鹉赋》以巘离仪奇宜入支字韵。"据此，则仪字与支韵同协，不始汉末，彰彰明甚矣。顷于顾氏所举之外，又得一证。《后汉书》冯衍《显志赋》曰：

> 诛犁锄之介圣兮，讨臧仓之诉知；娱子反于彭城兮，爵管仲于夷仪。

此外司马相如《大人赋》以驰离河沙入脂之微灰字韵，枚乘《七发》以离入支字韵，东方朔《七谏》以池入脂微字韵。古诗《行行重行行》以离入支字韵。《冉冉孤生竹》以阿萝宜陂入支微字韵。王延寿《王孙赋》通篇出入支离二韵。(以上并顾说。)皆足为仪字在汉与支同协之旁证。汉碑读"蓼莪"为"蓼仪"，彼自立意用古音耳，岂得以彼破此哉？

辩证二　证以风格知此诗必为建安黄初间作

陆侃如曰："如孔雀东南飞一类之作，都起于六朝。前此却无有。"又曰："此诗描写服饰，及叙述谈话，都非常详尽，为古代诗歌中所无。"（《现代评论》：胡适《孔雀东南飞的年代》引）案汉魏之诗，书写故事，莫如蔡琰《悲愤诗》、左延年《秦女休》；描写服饰，莫如古辞《陌上桑》、辛延年《羽林郎》、曹子建《美女篇》；叙述谈话，莫如古辞《陌上桑》、《孤儿行》，陈琳《饮马长城窟行》。（《文选》作古辞。以上参用胡适之说。）陆氏以为无有，不考甚矣。夫风格异同，非比不显。今录《陌上桑》、《羽林郎》、《美女篇》三篇于下。

陌上桑（古辞）

日出东南隅，照我秦氏楼。秦氏有好女，自名为罗敷。罗敷喜蚕桑，采桑城南隅。青丝为笼系，桂枝为笼钩。头上倭堕髻，耳中明月珠。缃绮为下裙，紫绮为上襦。行者见罗敷，下担捋髭须。少年见罗敷，脱帽著帩头。耕者忘其犁，锄者忘其锄。来归相怨怒，但坐观罗敷。

使君从南来，五马立踟蹰。使君遣吏往，问是谁家姝？"秦氏有好女，自名为罗敷。""罗敷年几何？""二十尚不足，十五颇有余。"使君谢罗敷："宁可共载不？"罗敷前置辞："使君一何愚！使君自有妇，罗敷自有夫。""东方千余骑，夫婿居上头。何用识夫婿？白马从骊驹；青丝系马尾，黄金络马头；腰中鹿卢剑，可值千万余。十五府小吏，二十朝大夫，三十侍中郎，四十专城居。为人洁白皙，鬑鬑颇有须。盈盈公府步，冉冉府中趋。坐中数千人，皆言夫婿殊。"

羽林郎（辛延年）

昔有霍家奴，姓冯名子都。依倚将军势，调笑酒家胡。胡姬年十五，春日独当垆。长裾连理带，广袖合欢襦。头上蓝田玉，耳后大秦珠。两鬟何窈窕，一世良所无。一鬟五百万，两鬟千万余。不意金吾子，娉婷过我庐。银鞍何煜爚，翠盖空踟蹰。就我求清酒,丝绳提玉壶。就我求珍肴,金盘脍鲤鱼。贻我青铜镜,结我红罗裾。不惜红罗裂,何论轻贱躯!男儿爱后妇,女子重前夫。人生有新故,贵贱不相逾。多谢金吾子,私爱徒区区。

美女篇(曹植)

美女妖且闲,采桑歧路间。柔条纷冉冉,叶落何翩翩。攘袖见素手,皓腕约金环。头上金爵钗,腰佩翠琅玕。明珠交玉体,珊瑚间木难。罗衣何飘飘,轻裾随风还。顾盼遗光彩,长啸气若兰。行徒用息驾,休者以忘餐。借问女安居,乃在城南端。青楼临大路,高门结重关。容华耀朝日,谁不希令颜?媒氏何所营?玉帛不时安。佳人慕高义,求贤良独难。众人徒嗷嗷,安知彼所观?盛年处房室,中夜起长叹。

并录《焦仲卿妻》诗一段如下。

妾有绣腰襦,葳蕤自生光,红罗复斗帐,四角垂香囊,箱帘六七十,绿碧青丝绳,物物各自异,种种在其中。人贱物亦鄙,不足迎后人,留待作遗施,于今无会因。时时为安慰,久久莫相忘。鸡鸣外欲曙,新妇起严妆。著我绣夹裙,事事四五通。足下蹑丝履,头上玳瑁光。腰若流纨素,耳著明月珰。指如削葱根,口如含朱丹。纤纤作细步,精妙世无双。

读上一段,其柔厚温丽与《陌上桑》、《羽林郎》、《美女篇》如出一辙。比较以观,此诗之为汉魏间诗,又何懵焉?胡适之谓此诗质朴之中夹着不少土气。此正此诗必为汉魏间诗而非魏晋六朝诗之铁证。何也?此诗自然温丽处,固非魏晋以后诗家所能及。其质朴土气处,尤非魏晋以后诗家所能道也。读者疑吾乎?则更录一篇有名之《木兰辞》如下以比之。

木兰辞(无名氏)

唧唧复唧唧,木兰当户织。不闻机杼声,惟闻女叹息。问女何所思,问女何所忆。女亦无所思,女亦无所忆。昨夜见军帖,可汗大点兵。军书十二卷,卷卷有爷名。阿爷无大儿,木兰无长兄。愿为市鞍马,从此替爷征。东市买骏马,西市买鞍鞯,南市买辔头,北市买长鞭。旦辞爷娘去,暮宿黄河边。不闻爷娘唤女声,但闻黄河流水鸣溅溅。旦辞黄河去,暮至黑山头。不闻爷娘唤女声,但闻燕山胡骑声啾啾。万里赴戎机,关山度若飞。朔气传金柝,寒光照铁衣。将军百战死,壮士十年归。归来见天子,天子坐明堂。策勋十二转,赏赐百千强。可汗问所欲,木兰不用尚书郎,愿驰千里足,送儿还故乡。爷娘闻女来,出郭相扶将;阿姊闻妹来,当户理红妆;小弟闻姊来,磨刀霍霍向猪羊。开我东阁门,坐我西阁床。脱我战时袍,著我旧时裳。当窗理云鬓,对镜贴花黄。出门看火伴,火伴始惊惶:同行十二年,不知木兰是女郎。雄兔脚扑朔,雌兔眼迷离;双兔傍地走,安能辨我是雄雌?

读"万里赴戎机,关山度若飞。朔气传金柝,寒光照铁衣。将军百战死,壮士十年归"等句,直是一篇音律和谐之唐诗耳,安能与《孔雀东南飞》同日而论哉?然梁任公则云:"像《孔雀东南飞》和《木兰诗》一类的作品都起于六朝。前此都无所有。"(胡适《孔雀东南飞的年代》引)不可解也。

辩证三 "交广"之名不足以破序说

张为骐曰:"交广之名,起于三国,而晋宋齐因之。"此诗有"交广市鲑珍"之句,由此观之,岂非《孔雀东南飞》为齐梁诗之铁证乎?案此诗序,首云"汉末建安中",末云"时人伤之,为诗云耳",时人者,与焦仲卿同时之人。仲卿夫妇虽死建安之年,其同时之人固可活至黄武以后。考《吴志》黄武五年,分交州置广州。又《士燮傅》,黄武五年,燮卒。权以交阯县远,乃分合浦以北为广州,交阯以南为交州。诗有"交广市鲑珍"句,自是作于黄武五年以后之证明。然黄武五年,去建安仅五年。当黄武而赋建安之事,与"时人伤之,为诗云耳"之说,有何牴牾邪?

辩证四　徐陵为写定说之无据

胡适之曰："《孔雀东南飞》之创作，大概去建安以后不远。但我深信此诗流传经过三百多年之久，方才收在《玉台新咏》，方才有最后之写定。"案此诗风格用韵，魏后已绝踪，时至齐梁，更谁能代匠斲。今日定此诗者徐陵，陵集具在，试取陵诗与此相较，岂惟去之万里，直是背道而驰。夫陵删李延年歌三字（"宁不知倾城与倾国"，《玉台新咏》但作"倾城与倾国"），遂至点金成铁。定一短歌，尚且无力，何况一千七百余字之长歌哉？胡适此说，纵以此诗始见《玉台新咏》尔，然《玉台》之前诗之总集亦多矣。据《隋志》，"晋有荀绰之《古今五言诗美文》五卷，宋有谢灵运之诗集五十卷，张敷袁淑之《补谢灵运诗集》百卷，颜竣之诗集百卷，明帝之诗集四十卷，张永之《乐府歌诗》十二卷，《乐府歌辞》九卷，不著撰人姓氏之《古诗集》九卷，梁有昭明太子之《古今诗苑精华》十九卷"。凡此亡佚之集，尽皆无从复见，安知《玉台》此篇，不展转抄自他集乎？且胡氏深信徐陵为最后写定之人，则序亦经徐陵审定者也。置序不信，抑又何说？且徐陵撰《玉台新咏》之际，上距建安仅三百载，书籍多存（观《隋志》所录可知），遗闻未坠，时人为诗之说，必有依据。胡适乃从千载下，臆决此诗流传经过三百多年，方有最后写定。此则韩非所谓"无征验而必之矣"。

辩证五　《孔雀东南飞》非出自曹丕《临高台》

《文选·长门赋》曰："孔雀集而相存兮，玄猿啸而长吟。翡翠胁翼而来萃兮，鸾凤飞而北南。"夫相如《长门》，赋生离之苦；《仲卿》古诗，写死别之悲。事有伤心，不避祖袭。故其起兴，遂隐括赋语，而曰"孔雀东南飞，五里一徘徊"。苏武诗曰："黄鹄一远别，千里顾徘徊。"古辞《艳歌何尝》曰（《玉台》题作《双白鹄》）："五里一反顾，六里一徘徊。"徘徊犹迟徊，不忍遽去之貌。此二字乃诗人习用之语。故《艳歌》已衍苏武之辞（或苏武祖《艳歌》）。此诗即承《艳歌》之句，旨各有在，不相妨也。乃胡适之则曰："曹丕《临高台》末端云：'鹄欲南游，雌不能随。我欲躬衔汝，口噤不能开。欲负之，毛羽摧颓。

五里一顾,六里徘徊。'此大概就是当日《孔雀东南飞》曲调本文之一部分。"又曰:"曹丕采汉乐府瑟调曲歌之大意,改为长短句,作为新乐府《临高台》之一部分。而本辞云'飞来双白鹄,乃从西北来',双白鹄以讹成孔雀,但东南飞仍保存从西北来之原意。曹丕原诗前段有'中有黄鹄往且翻'句,白鹄亦已变成黄鹄。民间歌辞靠口唱相传,字句有讹错,固不能免也。"(以上并胡氏说。)案胡氏此种附会,可云出人意表。白鹄孔雀,鸟不同科,字音固不相通,字形亦不相近。不知双白鹄讹成孔雀,如何讹法也。胡氏亦知其说之难持,故引曹丕《临高台》中"中有黄鹄往且翻"句云,"白鹄亦已变成黄鹄。民间歌辞靠口唱相传,字句有讹错,固不能免",以备讹法之一解而已。然此仍为胡氏之讹,而非民间之错,何则?曹丕《临高台》乃是明拟汉铙歌而非模仿《双白鹄》。《乐府诗集》汉铙歌十八曲第十六曲云:

  临高台以轩,下有清水清且寒。江有香草目以兰,黄鹄高飞离哉翻。关弓射鹄,令我主,寿万年。收中吾。

曹丕《临高台》云:

  临台行高高以轩,下有水,清且寒。中有黄鹄往且翻。(一解)行为臣,当尽忠。愿今皇帝陛下三千岁,宜居此宫。(二解)鹄欲南游,雌不能随。我欲躬衔汝,口噤不能开(选者按,当依《乐府诗集》卷一八作"口噤不能开")。欲负之(选者按,《艺文类聚》卷四二引作"我欲负之",是。盖拟古辞《艳歌何尝行》之"吾欲衔汝去……吾欲负汝去"云云,两句皆不可遗落主语),毛羽摧颓。五里一顾,六里徘徊。(三解)

  由上观之,则曹丕《临高台》之"黄鹄"二字,乃从汉铙歌袭来,而非由双白鹄讹变,可以证明。胡氏猥曰,"删取双白鹄句所作之新乐府,而白鹄又复变为黄鹄也",不亦歧中有歧乎?

辩证六 "青庐"不始北朝,"龙子幡"亦为汉制

此诗有"青庐""龙子幡"二名词。陆侃如谓前者为北朝异俗,后者为南朝风尚。胡适之驳之曰:

> 青庐若是北朝异俗,龙子幡又是南朝风尚。在此南北相隔之世,何以南朝风尚与北朝异礼同出现于一篇诗里乎?

此可谓以子之矛,陷子之盾矣。案《世说新语·假谲篇》曰:"魏武少时,常与袁绍好为游侠。观人新婚,因潜入主人园中。夜呼叫云:'有偷儿贼!'青庐中人皆出观。"据此,则青庐之俗,汉世早有之。考曹操沛国谯人,袁绍汝南人,其地旧属西楚,《汉书·艺文志》列吴楚汝南歌诗于一类,其风俗从同可知。庐江亦楚地,距谯仅数百里耳,谯已有青庐之俗,庐江何为而不有哉?(案《南齐书·礼志》曰:"魏文帝修洛阳宫室,权都许昌,殿狭小,元日于城南立氍殿,青帷以为门。"又《宋书·礼志》引魏王沉《元会赋》曰:"华幄映于飞云,朱幕张于前庭。绅青帷于两阶,争紫极之峥嵘。"据此,则喜庆用青布为帷幞,盖汉魏上下之通俗也。)若夫龙子幡亦不始于南朝,《续汉书·舆服志》曰:

> 诸车之文,公列侯鹿文,九游,降龙。卿朱两轮,五游,降龙。

《晋书·舆服志》曰:

> 公旗旐八游,侯七游,卿五游,皆画降龙。

《宋书·礼志》曰:

> 王公旗八游,侯七游,卿五游,皆画降龙。

案降龙者,对于升龙而言。《续汉志》曰:"乘舆建大旗十二游,画日月升龙。"《尔雅》曰:"素陞龙于縿。"郭璞注:"画白龙于縿。令向上,然则升龙者,龙首昂然上向之龙也。"《诗·九罭》曰:"衮衣绣裳。"《毛传》:"衮衣,卷龙也。"《释文》:"天子画升龙于衣,上公但画降龙。"然则降龙者,龙首卷然向下之龙也。龙子幡盖即降龙旗之俗称。何以证之?《南史·臧质传》曰:

质封始兴郡公,之镇,六平乘并施龙子幡。

《乐府诗集》引《古今乐录》曰:

襄阳乐,宋随王诞所作也。其歌曰:"四角龙子幡。"

夫臧质为公,刘诞为王,准以时王礼制皆用降龙旗。今《南史》《乐府》并曰"龙子幡",非随俗之称谓如何。尚考龙子之名,始见于汉季。《史记·吴太伯世家集解》引应劭曰:"文其身以象龙子。"《说文》曰:"虯,龙子有角者。"《汉书·司马相如传》注引文颖曰:"龙子为螭。"此诗作于汉末,其称降龙其为龙子幡,正应当时俗称也。惟诗云:"直说太守家,有此令郎君。"汉世太守秩二千石,在卿下,准以礼制不宜用龙子幡。岂汉末礼坏,郡守僭用卿礼欤?(案《后汉书》王符《潜夫论·浮侈篇》曰:"今京师贵戚,衣服饮食、车舆庐第,奢过王制,固亦甚矣。"然则汉末郡守,僭用卿礼,盖常事也。《浮侈篇》又云:"嫁娶者车軿数里,缇帷竟道,骑奴侍童,夹毂并引。富者竞欲相过,贫者耻其不逮,一飨之所费,破终身之业。"此诗"杂采三百疋,交广市鲑珍,从人四五百,郁郁登郡门"一段,极形豪侈,与王符所论相应。此诗为汉末魏初之作,更无疑议矣。)然要证明龙子幡乃汉家礼制而非南朝风尚,南朝仅可袭用汉制,此制不始南朝。陆氏之说之谬,于是益明。

辩证七 "下官"名词之起源

晋世同僚答问,每自称下官。此诗有"下官奉使命"句,故张为骐疑为作于六朝。然此名词，虽习用于晋世，其起源必远在晋世之先。汉末至晋中间，才有四纪。焦仲卿汉末人，其时已有下官称呼，又何疑乎？考《汉书·贾谊传》曰："古者大臣有坐罢软不胜任者，不谓罢软，曰'下官不职'。"此虽出诸天子之口（张氏以为出诸天子之口不能为"下官"起源之证），然"下官"之名，实昉于此矣。又《后汉书·循吏传》曰："任延拜武威太守，帝亲见，戒之曰：'善事上官，无失名誉。'延对曰：'臣闻忠臣不私，私臣不忠。履正奉公，臣子之节。上下雷同，非陛下之福。善事上官，不敢奉诏。'"夫上官之名，因下官而立。任延曰"上下雷同，非陛下之福"，所谓上即上官，所谓下即下官矣。下官称呼，疑即起源此际。盖下官一名，始为天子斥呼其小臣，即为臣工普遍应对之自称，最后则以法令规定为郡县内史相对于国主之特称（见《宋书·刘穆之传》），其展转相贸之迹，可考见一二也。

辩证八 "足下蹑丝履"为汉时装束

此诗"足下蹑丝履"八句，张为骐疑此装束非汉时所有。非也。薛综，三国人，然其《西京赋》注云："朱履，赤丝履也。""足下蹑丝履"之装束，为汉时所有，得此足以证明。今更笺注之以释其疑。

  足下蹑丝履（案丝履犹文履珠履朱履，凡以表其华美耳。汉末仆妾皆服绮纨以丝为履，又何疑焉？证之薛综《西京赋》益信），头上玳瑁光（《乐府诗集·汉铙歌》曰："双珠玳瑁簪。"）。腰若流纨素（宋玉《神女赋》曰："腰若束素。"曹子建《洛神赋》曰："腰若约素。"《后汉书·杨秉传》曰："仆妾盈纨素。"），耳著明月珰（汉乐府《陌上桑》曰："耳中明月珠。"《洛神赋》曰："献江南之明珰。"注引服虔：《通俗文》曰："耳珠曰珰。"）。指如削葱根（《洛神赋》曰："肩若削成。"案"指如削葱根"喻指洁好，犹《诗》所云"手如柔荑"也），口如含朱丹（《神女赋》曰："朱唇的其若丹。"《洛神赋》曰："丹唇外朗。"）。纤纤作细步（古诗曰："纤纤出素手。"注引《韩诗》曰："纤纤女手，可以缝裳。薛君曰：'纤纤，女手之貌。'"案女子静处，闺中手足，皆比男子为小,故以纤纤为容。《史记·货殖列传》:"赵女郑姬蹑利屣。"屣而云利,亦形容其纤之辞也。细步,犹徐步、微步、小步。《神女赋》曰:"动雾縠以徐步,拂墀声之珊珊。"《洛神赋》云:"凌波微步,罗袜生尘。"张平子《南都赋》曰:"罗袜蹑蹀而容与。"注云:"蹑蹀,小步也。"凡此名词皆示女子之步法与男子之大踏步不同),精妙世无双(精妙者,言其步法矜迟而合度)。

如右所示,此等妆束,皆汉世所有。张氏妄意"纤纤细步"为缠足,故云:"其时乐府还有双行缠,可以作为旁证。"若然,则《韩诗》之"纤纤女手"、古诗之"纤纤素手"亦将为缠手邪?殆不可通也。

【评　介】

古直(1885—1959)字公愚,又字层冰,广东嘉应州(今梅县)人,是我国现代著名的革命家、教育家、作家和古典文学专家。十七岁师从宿儒罗翔云先生,得见《十三经》、《昭明文选》诸书,为后来精研汉魏六朝文学打下基础。辛亥革命时期,跟随孙中山先生投入到革命事业当中。大革命时期受聘为广东大学(后更名为中山大学)教授。1910年在主持梅州学校期间开始研究清人汪中的诗文,后辞官退政,于庐山隐居时陆续完成他大部分著作,学术上也日趋成熟,为中国古典文学研究留下了丰富的著述。对于古典文学研究领域有很广的涉猎,其研究包括作家研究和理论研究,汉代唐代清代等都有著作面世。已刊著作有:《曹子建诗笺》、《曹子建年谱》、《阮嗣宗诗笺》、《陶靖节年谱》、《陶靖节诗笺》、《钟记室诗品笺》、《汉诗研究》、《汉诗辩证》、《陶靖节年岁考证》、《诸葛忠武侯年谱》、《汪容甫文笺》、《黄公度诗笺》、《隅楼集》、《客人对》、《层冰文略》、《层冰堂诗集》、《层冰碎金》。经其编撰的选本有:《客人骈文选》、《客人三先生诗选》、《钟季子文录》、《王渔洋诗选》、《清诗独赏集》。其研究的重点是魏晋南北朝文学和陶渊明。

《汉诗研究》是古先生的一本学术论文小集,其中针对汉诗研究中的几个热点性问题进行了极具个人见地的阐述梳理。本书共分四卷,卷一是"《古诗十九首》辩证",对《古诗十九首》和五言诗的关系、《古诗十九首》的创作年代、《古诗十九首》的"古诗"称谓等问题进行了解释说明,共有七条辩证。卷二为"苏李诗辩证",旨在解决苏李是否能诗、苏李诗是否为伪、为何《艺文志》不录、苏李诗如何解题等问题,共有十四条辩证。卷三就是本书收录的"焦仲卿妻辩证",主要是对长诗《孔雀东南飞》成诗年代这一个问题进行包括音韵、风格、名物等多个方面的考证,共有八条辩证。卷四是附录,对"古诗十九首"辩证和"苏李诗"辩证中说明不尽之处进行了补充。这本书虽然不是一个关于汉诗的统筹性著作,整本书所涉及的研究主题——《古诗十九首》、苏李诗、乐府,却囊括了汉诗最主要的部分和最有争议性的问题。汉诗并非古先生的研究重点所在,这本书可以认为是古先生读书过程中所产生的一个"发现问题"、"有话要说"的观点集。本书观点明确,论证清晰,考据的过程十分精彩,几乎是一本古典文学文献考据方法的教材,足见作者的文献涉猎之广和研究功底之深。

《古诗为焦仲卿妻作》(又名《孔雀东南飞》,以下简称《孔》)成书年代的问题是汉诗和乐府研究中一个难以定论的问题,在历史上曾引发各家的激烈争论。读者可以发现,我们今天所介绍的古直的《汉诗研究》,正是这样一篇带着浓浓的辩论色彩、有鲜明立场和特定批判对象的学术檄文。《汉诗研究》不仅提供了非常精彩的考据,更是这场争鸣所产生学术成果的集成和总结。所以我们有必要来了解一下这次争鸣的过程和古先生所提及的其他学者的观点,以求读者对这个汉乐府学术史上的热点问题有更全面的认识。

对于《古诗为焦仲卿妻作》一诗的成诗时代,古代学者几乎不存异议,皆认为它是"汉诗"或"汉乐府诗"。其判断依据是收录在南朝末年徐陵编定的《玉台新咏》中诗前的小序。其序云:"汉末建安中,庐江府小吏焦仲卿妻刘氏,为焦仲卿母所遣。自誓不嫁,其家逼之。乃没水而死。仲卿闻之,亦自缢于庭树。时人伤之,为诗云尔。"这明确记载该诗的本事发生在"汉末建安中庐江府"。惟南宋刘克庄在《后村诗话》中提道:"《焦仲卿诗》,六朝人所作也。《木兰诗》,唐人所作也。《乐府》惟此二篇做叙事体,有始有卒,虽词多质俚,然有古意。"除此之外,再无异声。现代学者首先提出疑问的是梁启超。

1924年，梁启超为欢迎印度诗人泰戈尔访华，在北京做了题为《印度与中国文化之亲属的关系》的演讲。演讲中他提道："《孔雀》向来都认为是汉诗，但我疑心是六朝的。"他认为《孔雀东南飞》这样的长篇抒情叙事诗，很可能是受六朝时从印度传来的《佛本行赞》等叙事作品的影响产生的。后来他在《中国美文及其历史》一书中放弃了这一观点，说："刘克庄《后村诗话》疑这诗非汉人作品，他说汉人没有这种长篇叙事诗，应为六朝人拟作。我从前也觉得此说新奇，颇表同意，但仔细研究，六朝人总不会有此朴拙笔墨……我们还是不翻案的好。"尽管如此，"六朝说"的先河却由此而开，陆侃如、马彦祥、曹聚仁、张为骐等人皆表示同意此诗出于六朝。

陆侃如是最早的梁说的赞同者，他在《〈孔雀东南飞〉考证》（见于《国学月报》第3期及《陆侃如古典文学论文集》）一文中列出了《孔》诗为六朝创作的几大理由。首先，除"小序"之外，别无他证证明《孔》诗创作于汉末建安中，"小序"本身也是来历不明。其次，"新妇入青庐"一句中的"青庐"为北朝旧俗，"四角龙子幡"中的"龙子幡"为南朝的风尚。再次，诗中所提到的庐江在江西和安徽的交界处，但"合葬华山旁"中的华山却在陕西西安。他认为这应当是南朝乐府《华山畿》的误讹，即《孔》诗当作于《华山畿》产生之后。最后，他同意梁启超提出的此诗受印度佛教文化和行赞体影响，并把《孔》诗的产生年代定于宋少帝时至徐陵卒年之间。

张为骐在1927年的《〈孔雀东南飞〉年代祛疑》（《国学月报》第2卷第11期）中通过诗歌音韵、华山典故、青庐、交广和下官等名物确定《孔》诗出于六朝。在1928年的《答胡适之先生》（《国学月报》第2卷第12期）中，他又推出六条新证："处分适兄意"中的"处分"源于晋宋之后；"诺诺复尔尔"中的"诺诺"起源于东晋之后；"承籍有宦官"中的"承籍"出于东晋；"阿母"的称呼在六朝风行；"小子"为六朝盛行的骂人称谓；"六合正相应"有六朝时期盛行的阴阳五行说的风味。陆张的证说，构成了"六朝说"主要的证据观点。

古直及主"汉魏说"的诸学者，其立论都是站在对诗前"小序"的信奉和对"六朝说"的批驳之上的。持此论者主要有黄节、郑振铎、古直、萧涤非等。黄节在《孔雀东南飞之探讨》中坚信《孔》为汉魏诗歌，将其放入其撰写的《汉魏乐府风笺》。他认为《孔》诗用韵，非六朝之后所为；诗风古拙，非六朝之后能有；"骆驿"从马，非六朝之后文字；文字异同甚多，为后人增改而非版刻不齐；且魏文帝、陈思和仲宣的《出妇赋》中隐括兰芝被逐一事，说明此诗应作于三人之前。之后，黄节的弟子萧涤非在《汉魏六朝乐府文学史》中又重申《孔》诗浑朴自然的风格，批判陆张关于"丝履"、"下官"、"青庐"、"交广"、"大人"等词汇最早出现于六朝的说法。他还从受儒家思想的影响出发，认为汉代儒学定于一尊，男女间能以礼义节制情感，汉代民间乐府如《公无渡河》、《东门行》、《艳歌行》等抒情类乐府多重在描写夫妇之情爱，而不像南朝乐府多写男女相思及刻画女性，由此证明《孔雀东南飞》必产生于儒学独尊的时代，绝不可能作于六朝。

胡适是此场论争中一个值得注意的人物。我们也发现，在古直的文章中，对胡适观点持时褒时贬的态度。胡适反对六朝说，但也不同意此诗产生于汉代。他首先反对梁启超的佛赞影响说。"我对佛教文学在中国文学上发生的绝大影响，是充分承认的。但我不能信《孔雀东南飞》是受了《佛本行赞》一类的书的影响以后的作品。……梁、陆诸君重视《佛本行经》一类佛典的文学影响，是想象之谈。"(《〈孔雀东南飞〉的年代》，见于《现代评论》第 6 卷第 149 期、第 7 卷第 165 期)他提出，《孔》虽然是"一件生离死别的大悲剧"，却没有"来生"、"轮回"、"往生"这样的概念，只有"黄泉"、"魂魄"这样传统的世界观，这不是佛教文学影响下该显现出的痕迹。更何况，《佛本行赞》等译出之后，影响并不巨大，不见得对诗人创作产生影响。反驳完梁启超后，他批评了陆侃如的观点：首先，《华山畿》中的"华山"是云阳之花山，庐江不见得没有一座"华山"。其次，"青庐"和"龙子幡"既然分别为南北朝风俗，出现在同一首诗里也就说不通了。这个观点也被古直先生所引用。最后，胡适表示了自己的观点："我以为《孔雀东南飞》的创作大概去那个故事本身的年代不远，大概在建安以后不远，约当三世纪的中叶。但我深信这篇故事流传在民间，经过三百多年之久(230—550)方才收在《玉台新咏》里，方才有最后的写定，其间自然经过了无数民众的增减修削，添上了不少的'本地风光'(如'青庐'、'龙子幡'之类)，吸收了不少的无名诗人的天才与风格，终于变成一篇不朽的杰作。"这一段话提出了两个重要观点：一，否定了《孔》为汉诗和南北朝诗歌，认为它是魏歌；二，反对它为一次写成，而是在漫长的传唱过程中逐渐形成直至最后写定的。对此他提出了曹丕的《临高台》作为证据，认为《孔》诗在创作上明显受此诗影响，证明了《孔》是在"建安以后，去焦仲卿故事发生之时必不很远"的时代产生的。

　　古直的《汉诗研究》于1928年由上海启智书局刊行，是在上述大部分观点提出之后的作品。古直坚持《孔》诗为建安黄武年间所作，针对陆侃如和张为骐等"六朝派"所提出的证据，他在《汉诗研究》中有着不能说是面面俱到、但颇切中要点的批驳。首先，针对陆侃如小序为孤证的提法，用"汉魏黄初诗歌用韵奇觚"和"汉魏诗歌已有详述叙事作品"来正面直接证明《孔》为汉魏之作。在证此二点时，古直都注重了旁证和反证的运用，用同时代的诗歌和不同时代的诗歌与本诗放在一起比较，绝不会让自己的观点落入孤证难立的境地中去。对于陆侃如最为得力的"青庐"和"龙子幡"的名物考证，也给予驳回，其方法在于博览文献，直接给出两样物品为汉时亦有，或间接推出它们不始于六朝的证据。对于张为骐在《〈孔雀东南飞〉年代祛疑》中所提出的"蓼莪"古音韵的问题，古直在"辩证一"中通过正面直证给予回应，在下面几个辩证中也用文献举证的方法对"交广"、"下官"、"丝履"名物的问题给予了较妥善的说明解决。"六朝派"所举的问题，古直并非每条都涉及，比如陆侃如的五条证据只反驳了前三条，张为骐《答胡适之先生》中所举的新证也未反驳。对于这些未反驳的证据，有些大概是因为已被前人驳斥过，不用再驳（如陆侃如华山典故和佛教文学这两条证据，被胡适驳斥过；它们不比名物类的考据，多一条新证就多一份可信度，公布的必要性较小）；有些大概是太过于想当然，立足性不高，不必反驳。至于张为骐《答胡适之先生》中的内容丝毫未涉及，大概是古先生未曾读过此文的缘故。除了批驳"六朝说"的观点之外，对于胡适先生"去建安不久"的观点，古先生也不予认同，辩证四"徐陵为写定说之无据"和辩证五"《孔雀东南飞》非出自曹丕《临高台》"就是针对胡适所判成书年代和成书过程结论的否定。总体来讲，古直的考证非常全面严谨，包含了音韵、文字、名物风俗的各个方面，能反驳到的点也都有反驳到，论证方法多样，所引材料丰富，这使得"建安黄初成书"的观点颇能立足。但有些地方也不免为了反驳而反驳，给出的材料和所得的结论相距较远，推理过程较为间接，看上去稍显薄弱。如对在汉代有"青庐"的考证是有直接材料支持的，较为可靠；但对"龙子幡"为汉制的考证则经过了好几个环节的推论，这中间就存在多种可能性，会给持异见者留下不少发现漏洞的机会。但瑕不掩瑜，本书绝大部分的考证还是极有说服力的。

关于《孔》诗成书于汉代还是六朝的论证，争鸣双方都给出了极精彩的证明，但最后还是汉魏派稍占上风。进入20世纪50年代之后，很多有影响力的学者如游国恩、余冠英、王运熙、孙望、徐延铭、马和顺等，都同意"汉魏派"的说法；随着这些人物着手编订各种大文学史和教科书，《孔》更被较为普遍地认为是汉诗。游国恩的《中国文学史》(1963)认为小序必有所据，才能如此言之凿凿；诗歌的语言风格拙朴，为汉诗所有；太守求婚这样的事情不可能发生在门第等级制度森严的六朝，必为汉代风尚。章培恒的《中国文学史》(1997)也认为《孔》为汉乐府民歌。其实古典文学的考究，没有输赢，而是一个在争鸣中去伪求真、逐渐还原历史真相的过程。在一代代的学者为接近真相而努力的过程中，我们发现，看待这个问题完全可以有新的视角。可以想到，《孔》诗的成诗年代之所以如此扑朔迷离、引人争议，正是因为它杂糅了很多汉代诗歌和六朝诗歌的特征；这就意味着胡适先生认为此诗在历史的口传笔录中，"经过了无数民众的增减修削"的说法，是很有意义的。一些现代学者从这个角度入手，获得了一些值得注意的成果。如章培恒先生的《关于〈古诗为焦仲卿妻作〉的形成过程与写作年代》(《复旦学报》2005年第1期)一文，从《艺文类聚》卷三十二中一个很可能是《玉台新咏》所收的文本之前的、较接近《孔》诗原始状态的本子入手，认为此诗是在自东汉(可能为建安时期)至南朝(不早于宋少帝时)的漫长时期里逐渐形成的。它较早的文本是几近于《上山采蘼芜》那样简短粗略的汉乐府，而离开刘家前的精心打扮、刘氏自求遣归和被遣后的逼嫁、自杀等都是原文所无、后人添加的部分。这个观点，虽然承认了《孔》诗为汉乐府，但其实是将诗中那些有着较高艺术成就的部分归功于南朝了，是对权威

"汉魏说"的冲击和更新。这些后出的观点,融合了前人研究的内容,更加灵活和尊重历史,都是非常可资我们参考的资料。

(孔鹏音)

乐府文学史(节选)

罗根泽

第二章 两汉之乐府

一 三大乐府

两汉有三大乐府,一曰《房中歌》十七章,二曰《郊祀歌》十九章,三曰《铙歌》二十二曲。

(一)《房中歌》 《汉志》曰:"《房中祀乐》,高祖唐山夫人所作也。周有《房中乐》,至秦名曰《寿人》。凡乐,乐其所生,礼不忘本,高祖乐楚声,故《房中乐》,楚声也。孝惠二年,使乐府令夏侯宽备其箫管,更名曰《安世乐》。"然则《房中》十七章,出于汉初,为传世乐府歌词之最古者,而出于一弱女子之手,亦可为中国妇女文学史增色矣。其词俱载《汉志》,今录数章于下:

大孝备矣,休德昭明。高张四县,乐充宫庭。芳树羽林,云景杳冥。金支秀英,庶旄翠旌。——第一章
王侯秉德,其邻翼翼。显明昭式,清明鬯矣。皇帝孝德,竟全大功,安抚四极。海内有奸,纷乱东北。诏抚成师,武臣承德。行乐交逆,箫勺群慝。肃为济哉,盖定燕国。——第四章
大海荡荡水所归,高贤愉愉民所怀。大山崔,百卉殖。民何贵?贵有德。——第五章
丰草葽,女罗施。善何如?谁能回?大莫大,成教德;长莫

长,被无极。——第七章

孔容之常,承帝之明。下民之乐,子孙保光。承顺温良,受帝之光。嘉荐令芳,寿考不忘。——第十五章

检今本《汉书》,仅十六章。刘敞曰:"按此言《房中歌》十七章,推寻文义,不见十七章,疑本十二章,误为十七章也。"意为之说,不足为据。但其历数十七章之目,有曰:"《王侯秉德》一章七句……《海内有奸》一章八句。"是刘敞所见,本为两章,考《乐府诗集》亦为两章,今本误连为一章,故只十六章矣。

《房中歌》,本祭祀宗庙之乐,故曰:"大孝备矣。"故曰:"承帝之明。"故曰:"子孙保光。"《后汉书·桓帝纪》曰:"坏郡国诸房祀。"注"房为祠堂也"。后世房字变为闺房之义,而此歌又出女子之手,由是每多误解。魏明帝时,侍中缪袭奏言:"往昔议者以《房中》歌后妃之德,所以风天下,正夫妇,宜改曰《安世》之名。……省读《汉安世歌》咏,亦说'高张四县,神来燕享,嘉荐令仪,永受厥福',无有《二南》后妃风化天下之言。今思惟往者谓房中为后妃之歌者,恐失其意。……宜改曰'享神歌'。"(见《宋志》一)此言诚是。而郑樵不察,尚依违其说,谓"《房中乐》者,妇人祷祀于房中也",岂不悖哉!

(二)《郊祀歌》 《汉志》曰:"至武帝定郊祀之礼……以李延年为协律都尉,多举司马相如等数十人,造为诗赋,略论律吕,以合八音之调,作十九章之歌。"《李延年传》亦曰:"是时上方兴天地诸祠,欲造乐,令司马相如等作诗颂,延年辄承意弦歌所造诗,为之新声曲。"是郊祀歌泰半出司马相如等,而李延年为之新声曲,或于词有所润色。但十九章之中,有四章题为邹子乐,邹子当为邹阳。邹阳,景帝时人,未知武帝时尚在否。志又载建始(成帝元号)元年,匡衡奏更换二句,则此十九章者,未必成于一时。邹子四章,录二章:

朱明盛长,敷与万物。桐生茂豫,靡有所诎(沈钦韩曰:"桐侗通,侗然未有所知。")。敷华就实,既阜既昌。登成甫田,百鬼迪尝。广大建祀,肃雍不忘。神若宥之,传世无疆(师古注:"若,善也。宥,佑也。")。——《朱明》第四

西颢沉砀，秋气肃杀。含秀垂颖，续旧不废。奸伪不蒙，妖孽伏息。隅辟越远，四貉咸服。既畏兹威，惟慕纯德。附而不骄，正心翊翊。——《西颢》第五

司马相如等十五章，录五章：

练时日，侯有望。熿肾萧（选者按，应依《乐府诗集》卷一作"菇肾萧"），延四方。九重开，灵之游，垂惠恩，鸿祐休。灵之车，结玄云，驾飞龙，羽旄纷。灵之下，若风马，左仓龙，右白虎。灵之来，神哉沛，先以雨，般裔裔（师古注："般读与班同，班，布也。"）。灵之至，度阴阴（选者按，应依《乐府诗集》卷一作"庆阴阴"），相放怫，震澹心。灵已坐，五音饬，虞至旦，承灵亿。牲茧栗，粢盛香，尊桂酒，宾八乡。灵安留，吟《青黄》，遍观此，眺瑶堂。众嫭竝，绰奇丽，颜如荼，兆逐靡。被华文，厕雾縠，曳阿锡，佩珠玉。侠嘉夜，茝兰芳，澹容与，献嘉觞。——《练时日》第一

日出入安穷？时世不与人同。故春非我春，夏非我夏，秋非我秋，冬非我冬。泊如四海之池，遍观是邪谓何。吾知所乐，独乐六龙。六龙之调，使我心若。訾黄其何不倈下。——《日出入》第九

天门开，诀荡荡。穆并骋，以临飨。光夜烛，德信著。灵浸鸿长生豫。太朱涂广，夷石为堂。饰玉梢以舞歌，体招摇若永望。星留俞，塞陨光。照紫幄，珠烦黄。幡比敄回集，贰双飞常羊。月穆穆以金波，日华耀以宣明。假清风轧忽，激长至重觞。神裴回，若留放，殚翼亲以肆章。函蒙祉福常若期，寂漻上天知厌时。泛泛滇滇从高游，殷勤此路胪所求。佻正嘉吉弘以昌，休嘉砰隐溢四方。专精厉意逝九阂，纷云六幕浮大海。——《天门》第十一

齐房产草，九茎连叶。宫童效异，披图案谍。玄气之精，回复此都。蔓蔓日茂，芝成灵华。——《齐房》第十三。元封二年，芝生甘泉齐房作。

后皇嘉坛,立玄黄服。物发冀州,兆蒙祉福。沈沈四塞,假(即退)狄合处(选者按,考中华书局标点本《乐府诗集》卷一正作"遐")。经营万亿,咸遂厥宇。——《后皇》第十四

汉初韵文,除歌谣外,非取法于《诗经》,即胎息于屈(屈原赋)荀(荀卿赋),自创之格调甚少。唐山夫人《房中歌》,虽为楚声,而词藻则颇似《诗·颂》,如"大孝备矣","王侯秉德","海内有奸","孔容之常",其显然者也。邹阳司马相如等,骚赋翩翩,有凌云之意;虽源出屈宋,而能发扬踔厉,别树一帜。《郊祀歌》则邹子四章,司马相如等十五章中,若所举《齐房》第十三,《后皇》第十四,及未举之《帝临》第二,《青阳》第三,四言为句,全袭《诗经》三颂,若所举《天门》第十一,及未举之《天地》第八,三言七言,错综组织,略同荀卿《成相》(此言其形式,其内容则似效法《楚辞》)。麻木冥顽,望而生厌。若所举《练时日》第一,及未举之《华烨烨》第十五,《朝陇首》第十七,《赤蛟》第十九,取效《楚辞》,尚能得其惝恍迷离之妙,然生动真挚之趣,已视彼远逊矣。推原其故,盖以摹拟之作,固多形似神遗,而应制赋诗,又非出之本性故耳。惟多通体三言,于体制上似少有贡献焉。

(三)《铙歌》 《铙歌》不见《汉志》,然明帝定乐,列入四品,盖亦《西汉》之歌矣。亦名《鼓吹》,乃军中之乐,大抵非一人之作,亦非一时之歌,不用于庙堂,不出于应制(间有似应制撰者,然极少),随感而发,无所倚傍,故有深刻之情感,流宕之格调,视《房中郊祀》真有天渊之别。全二十二曲:一曰《朱鹭》,二曰《思悲翁》,三曰《艾如张》,四曰《上之回》,五曰《拥离》(一曰《翁离》),六曰《战城南》,七曰《巫山高》,八曰《上陵》,九曰《将进酒》,十曰《君马黄》,十一曰《芳树》,十二曰《有所思》(一曰《嗟佳人》),十三曰《雉子班》,十四曰《圣人出》,十五曰《上邪》,十六曰《临高台》,十七曰《远如期》(一曰《远期》),十八曰《石留》,辞尚存。十九曰《务成》,二十曰《玄黄》,二十一曰《黄爵》(一曰《黄爵行》),二十二曰《钓竿》,辞已佚。或云无《钓竿》,共二十一曲(本《乐府诗集》卷十六引《古今乐录》)。惜存者十八曲,亦讹误甚多,几于不可句读。《宋志》

引景祄《广记》曰:"言字讹谬,声辞杂书。"又于宋《铙歌》词下注云"乐人以声音相传,训诂不可复解"。《乐府诗集》曰:"凡古乐录皆大字是辞,细字是声,声辞合写,故致然耳。"(卷十九)我国乐谱制法拙劣,致古乐一无留遗;间有一二,又声辞相混,不足以传声,反足以乱辞,可病孰甚。

十八曲中有时代略可推定者二曲,一曰《上之回》。

上之回所中,益夏将至行将北。以承甘泉宫寒暑德。游石关,望诸国。月支臣,匈奴服。令从百官疾驰骋,千秋万岁乐无极。

《汉书·武帝纪》曰:"元封四年冬十月,行幸雍,祠五畤,通回中道,遂北出萧关。"吴兢《乐府古题要解》曰:"汉武帝元封初,因至雍,遂通回道,后数出游幸焉。其歌称帝'游石阙,望诸国,月支臣,匈奴服',皆美当时事也"。《乐府诗集》曰:"石阙,宫阙名,近甘泉宫,相如《上林赋》云:'蹶石阙,历封峦'是也。"据此,此首似在武帝元封中。

一曰《上陵》。

上陵何美美?下津风以寒。问客从何来?言从水中央。桂树为君船,青丝为君筰。木兰为君櫂,黄金错其间。沧海之雀赤翅鸿,白雁随。山林乍开乍合,曾不知日月明。醴泉之水,光泽何蔚蔚。芝为车,龙为马。览遨游,四海外。甘露初二年,芝生铜池中。仙人下来饮,延寿千万岁。

甘露为宣帝六次改元元号,准"美时事"之义,则此首当在甘露年间也。

《上之回》末句为"千秋万岁乐无极",《上陵》末句为"延寿千万岁",似有应制而作之嫌,故皆未能为上乘文学。十八曲之上乘文学,鄙意当推《战城南》、《有所思》,《上邪》三首:

> 战城南，死北郭，野死不葬乌可食。为我谓乌：且为客豪；野死谅不葬，腐肉安能去子逃？水深激激，蒲苇冥冥。枭骑战斗死，驽马徘徊鸣。梁筑室，何以南，梁何北。(此九字似有讹，"梁何北"，疑为"何以北"。)禾黍而获君何食？(而疑为不字之误。)愿为忠臣安可归？思子良臣，良臣诚可思；朝行出攻，暮不夜归！——《战城南》

此诗乃民人厌战之呼声。"野死不葬乌可食"，已能将战后死尸狼藉，鸟兽吞食之景况，全盘绘出。而又益以"野死谅不葬，腐肉安能去子逃"二句，以文论妙不可言，以事论惨不忍睹，为千古诅咒战争之绝唱。

> 有所思，乃在大海南。何用问遗君，双珠瑇瑁簪(选者按，应依《乐府诗集》卷十六作"双珠玳瑁簪"。)，用玉绍缭之。闻君有他心，拉杂摧烧之。摧烧之，当风扬其灰！从今以往，勿复相思！相思与君绝，鸡鸣狗吠，兄嫂当知之(此句不甚可解)。妃呼狶(选者按，当依《乐府诗集》卷十六作"妃呼豨"，下首同)，秋风肃肃晨风飔，东方须臾高知之。(此句当有脱误)——《有所思》
>
> 上邪！(此与《有所思》之"妃呼狶"，盖皆为叹辞。)我欲与君相知，长命无绝衰。山无陵，江水为竭，冬雷震震夏雨雪，天地合，乃敢与君绝。——《上邪》

二首皆恋歌，皆赌咒发誓，斩钉截铁。《有所思》誓言"勿复相思"，正见其相思之深，纯将一时迸裂的情感，抒为文章，此种奇作，古今中外，皆不多观，专门诗家，更不能道其只字。《上邪》亦能状出沸热之情感。此外若《君马黄》一节，似可解似不可解，似有义似无义，顽而可爱。今亦录下：

> 君马黄，臣马苍，二马同逐臣马良。易之有骓蔡有赭(此句似有误)。美人归以南；驾车驰马，美人伤我心。美人归以北；驾车驰马，佳人安终极。

其他多讹误太甚，不能索解，比较可诵者惟《临高台》：

> 临高台以轩，下有清水清且寒。江有香草目以兰。黄鹄高飞离哉翻。关弓射鹄，令我主寿万年。

二　乐府古辞及其他

　　三大《乐府》以外之两汉乐府，尚甚多，惜多名存辞亡；存者唯所谓"古辞"，余无几也。"古辞"之名，盖创始沈约《宋书》，后世各史《乐志》及乐府书因之。沈氏自著其例曰："凡乐章古词今之存者，并汉世街陌谣讴，《江南可采莲》，《乌生十五子》，《白头吟》之属是也。"（《乐志》一。《晋书》亦有此言，但《晋书》著作年代后于《宋书》，故举《宋书》。）由此知《宋志》所载古辞，皆沈约认为汉世之歌。沈约去汉未远，所言当不甚谬。然《通志·乐略》、《乐府诗集》所录古辞，视《宋志》几增一倍，是否尽为汉讴，又有问题。且东西汉前后四百年，所谓"汉世"，为东汉？为西汉？为东汉何时？为西汉何时？沈氏未曾明言。今检古辞中多通篇五言。传世五言诗，若《古诗十九首》，苏李《赠答诗》，卓文君《白头吟》，班婕妤《怨歌行》，其著作年代，远者不出东汉之末，近者或在魏晋六代，旧以为枚乘苏武李陵卓文君班婕妤者，全非事实。（侯《诗编》详论。徐中舒《古诗十九首考》，《五言诗发生问题的讨论》，及拙撰《五言诗起源说评录》，可参阅。）故谓五言诗起源于西汉，或西汉之前者，纯为不明文学流变之呓语。至成帝之世，始有五言歌谣（详《歌谣编》第四章《两汉歌谣》）；至东汉班固，始有五言诗（《咏史》，侯《诗编》详之。），然质木无文。乐府古辞之五言者，率词藻华缛，声韵优美，疑其产生时代甚晚。兹分为非五言者，五言者，疑非汉讴者，三类叙述之。

　　（一）非五言者　　以文学流变之系统论，非五言者，其产生当较早。粤稽往籍，其年代可略为考订者，亦非五言者，视纯粹五言者为先。

　　（1）《薤露》、《蒿里》（《相和曲》）　　《宋志》列《薤露》，《蒿里行》之目，而未载古辞，然崔豹《古今注·音乐篇》已言："《薤露》，《蒿里》,并丧歌也,出田横门人。横自杀,门人伤之,为之悲歌。言人命如薤上之露易晞灭也,亦谓人死魂魄归乎蒿里。故有二章。一章曰:

　　薤上露,何易晞！露晞明朝还复滋,人死一去何时归！

其二曰:

　　蒿里谁家地,聚敛魂魄无贤愚。鬼伯一何相催促?人命不得少踟蹰！

至汉武帝时,李延年乃分为二曲,《薤露》送王公贵人,《蒿里》送士大夫庶人。挽柩者歌之,世呼为挽柩歌"。
　　崔豹为晋人,在沈约之前,知此歌之传流甚早。是否出田横门人虽不敢必,约之必先汉之歌矣。
　　(2)《董逃行》(《清调曲》)(词见《宋志》三):

　　吾欲上谒从高山,山头危险大难言。遥望五岳端,黄金为阙班璘。但见芝草叶落纷纷。(一解)
　　百鸟集,来如烟。山兽纷纶,麟辟邪其端。鹍鸡声鸣,但见山兽援戏相拘攀。(二解)
　　小复前行玉堂未,心怀流还传。教出门来门外人何求?所言:"欲从圣道求一得命延。"(三解)
　　教敕凡吏受言:"采取神乐若木端。白兔长跪捣药虾蟆丸。奉上陛下一玉柈,服此药,可得神仙。"(四解)
　　服尔神药,莫不欢喜。陛下长生老寿,四面肃肃稽首,天神拥护左右陛下,长与天相保守。(五解)

《古今注》曰:"《董逃歌》,后汉游童所作也。后有董卓作乱,卒以逃亡,后人习之以为歌章,乐府奏之以为炯戒(选者按,当依《乐府诗集》卷三四引《古今诠》作"儆诫")。"然吴旦生曰:"《乐府原题》谓

《董逃行》作于汉武之时；盖武帝有求仙之兴，董逃者，古仙人也。后汉游童竞歌之，终有董卓之乱，卒以逃。此则谣谶之言，因其所尚之歌，故有是事，实非起于后汉也。然则此篇古辞乃武帝时作，刺而不讥。《董逃歌》为后汉童谣，只有取于'董逃'二字而为之者，与此篇辞意迥别。《宋书·乐志》作《董桃行》（按今本作逃），从《武帝内传》王母觞帝，索桃七枚，以四啖帝，自食其三，因命董双城吹云和笙侑觞，故改'逃'作'桃'。此乃无端附会，非诗中意，尤非古辞命篇之意。更有引梁简文《行幸甘泉宫歌》'董桃律金紫，贤妻侍禁中'，以为董贤及弥子瑕残桃故事者，尤为不伦。要归从《乐府原题》，其余诸说皆无足取。"今按后汉《董逃歌》，载《后汉书·五行志》，言：灵帝中平，京都歌曰：

　　承乐世董逃，游四郭董逃，蒙天恩董逃，带金紫董逃，行谢恩董逃，整车骑董逃，垂欲发董逃，舆中辞董逃，日夜绝董逃，心摧伤董逃。

《风俗通》曰："卓以《董逃》之歌，主为己发，大禁绝之。"杨孚（选者按，当依《乐府诗集》卷三四作"杨阜"）《董卓传》"卓改《董逃》为《董安》"。其义与此全异，崔豹盖误以《董逃歌》为《董逃行》，吴氏之言是也。

（3）东平王苍《武德舞歌诗》(《舞曲》)　《宋志(一)》"至明帝初，东平宪王苍制舞歌一章，荐之光武之庙。"

　　于穆世庙，肃雍显清。俊乂翼翼，秉文之成。越序上帝，骏奔来宁。建立三雍，封禅泰山。章明图谶，放唐之文。休矣惟德，罔射协同。本支百世，永保厥功。

按荀悦《东观汉记》："明帝永平三年八月，公卿奉世祖庙舞名，东平王苍议以为：汉制宗庙各奏其乐，不皆相袭，以明功德。光武皇帝拨乱中兴，武功盛大，庙乐舞宜曰《大武之舞》。其《文始》、《五行》之舞如故，勿进《武德舞》。谓曰：'如骠骑将军议，进《武德之舞》如故.'"据此东平王虽主改乐舞,然未能实行,故其所作仍为《武德舞歌诗》。《汉书·礼乐志》:"高祖庙奏《武德》,《文始》,《五行》之舞。"则《武德舞》其来已久,东平此诗,乃拟作而非创制,实为曹氏父子拟古乐府之先声。诗词无甚精彩,庙堂诗歌,无性灵可言,古今皆无佳作,不惟东平一篇为然也。

(4)《雁门太守行》(《瑟调曲》) 词见《宋志》三:

孝和帝在时,洛阳令王君,本自益州广汉民,少行宦(选者按,应依《乐府诗集》卷三九作"少行官"),学通五经纶(选者按,应依《乐府诗集》卷三九作"学通五经论")。(一解)

明知法令,历世衣冠,从温补洛阳令。治行致贤,拥护百姓,子养万民。(二解)

外行猛政,内怀慈仁,文武备具,料民富贫,移恶子姓(原本姓下多"名五"二字,依《乐府诗集》卷三十九校删),篇(疑为编之讹)著里端。(三解)

杀伤人,比伍同罪对门禁;鋋矛八尺,捕轻薄少年,加笞决罪,诣马市论。(四解)

无妄发赋,念在理冤(选者按,应依《乐府诗集》卷三九"念在理冤");敕吏正狱,不得苛烦;财用钱三十,买绳礼竿。(五解)

贤哉,贤哉,我县王君,臣吏衣冠,奉事皇帝,功曹主簿,皆得其人。(六解)

临部居职,不敢行恩,青身苦体(选者按,应依《乐府诗集》卷三九作"清身苦体"),夙夜劳勤。治有能名,远近所闻。(七解)

天年不遂,早就奄昏。为君作祠,安阳亭西。欲令后世,莫不称传。(八解)

《后汉书·王涣传》:"王涣字稚子,广汉郪人也。……少好侠,尚气力;晚改节,习书读律,略通大义。后举茂才,除温令;讨击奸猾,境内清夷。商人露宿于道;其有放牛者,辄云以属稚子,终无侵犯。在温三年，迁兖州刺史，绳正部郡，风威大行。后坐考妖言不实论，岁余，徵拜侍御史。永元（和帝初元）十五年，还为洛阳令；政公讼理，发摘奸伏，京师称叹，以为有神算。元兴（和帝十七年改元兴）元年病卒，百姓咨嗟，男女老幼相与致奠，酻以千数。……民思其德，为立祠安阳亭西，每食弦歌而荐之。"《乐府古题要解》曰："按古歌词历述涣本末，与传合，而曰《雁门太守行》，所未详。"按《古今乐录》曰："王僧虔《技录》云，《雁门太守行》歌古《洛阳令》一篇。"（《乐府诗集》卷三十九引）《宋志》载此篇正先题《洛阳令》，后题《雁门太守行》。是《洛阳令》为此篇篇名，《雁门太守行》为此篇乐府调名。知《雁门太守行》古辞已亡，此篇乃按其调谱制词者，与东平王苍《武德舞歌诗》，皆为仿效乐府之最古者。

（5）《平陵东》（《相和曲》）　崔豹《古今注》曰："《平陵东》，汉翟义门人所作也。"《乐府古题要解》曰："义，丞相方进之少子，字文中，为东郡太守。王莽篡汉，起兵诛之，不克而见害。门人作歌以怨之。"按词存《宋志》三：

  平陵东，松柏桐，不知何人劫义公。劫义公，在高堂下，交钱百万两走马。两走马，亦诚难，顾见追吏心中恻。心中恻，血出漉，归告我家卖黄犊。

右五首，时代略可考订。

（6）《箜篌引》（《瑟调曲》）　《古今注》："《箜篌引》，朝鲜津卒霍里子高妻丽玉所作也。子高晨起刺船而濯，有一白首狂夫，被发提壶，乱流而渡。其妻随呼止之，不及，遂堕河死。于是援箜篌而鼓之，作《公无渡河》之歌，声甚凄怆，曲终自投河而死。霍里子高还，以其声语妻丽玉。玉伤之，乃引箜篌而写其声，闻者莫不堕泪饮泣焉。丽玉以其声传邻女丽容，名曰《箜篌引》焉。"按其词见《乐府诗集》卷二十六叙《箜篌引》下，无特列古辞，不知何故。

  公无渡河，公竟渡河。渡河而死，当奈公何？

文才十六字,而鸣咽啜泣之状,令人恍如目睹,不忍卒读。陆侃如《乐府古辞考》引《古今乐录》曰:"今三调中自有《公无渡河》,其声哀切,故入《瑟调》。"由是谓:"后人多以此篇为《箜篌引》,盖因《古今注》而误。"按崔豹先于王僧虔,考古应以古为据。且《古今乐录》亦未以此篇无《箜篌引》之名。《乐府诗集》卷二十六引《古今乐录》曰:"张永《技录相和》有四引,一曰《箜篌引》……《箜篌引》歌《瑟调》。"是此篇虽在《相和引》,而歌时则入《瑟调》,不能以其入《瑟调》之言,谓此篇非《箜篌引》也。

(7)《江南曲》(《相和曲》) 《乐府古题要解》曰:"《江南曲》古辞……盖美其芳晨丽景,嬉游得时。"词见《宋志》三:

　　江南可采莲,莲叶何田田?鱼戏莲叶间,鱼戏莲叶东,鱼戏莲叶西,鱼戏莲叶南,鱼戏莲叶北。

此种歌词,并无深思奥义,盖为顽童嬉游得意时之自然歌唱。以作风论,似乎发生时期较早。

(8)《猛虎行》(《平调曲》) 词见《乐府诗集》卷三十一,而不正载其文。词曰:

　　饥不从猛虎食,暮不从野雀栖。野雀安无巢,游子为谁骄?

(9)《善哉行》(《瑟调曲》) 《乐府诗集》卷三十六曰:"此篇诸集所出,不入《乐志》。"然《宋书·乐志》载之,知郭氏此言不确。词曰:

　　来日大难,口燥唇干;今日相乐,皆当喜欢。(一解)
　　经历名山,芝草翻翻。仙人王乔,奉药一丸。(二解)
　　自惜袖短,内手知寒。惭无灵辄,以报赵宣。(三解)
　　月没参横,北斗阑干。亲交在门,饥不及餐。(四解)
　　欢日尚少,戚日苦多,何以忘忧,弹筝酒歌。(五解)
　　淮南八公,要道不烦,参驾六龙,游戏云端。(六解)

《乐府古题要解》曰："言人命不可保，当乐见亲友。且求长年术，与王乔八公游焉。"此释甚是。《乐府诗集》曰："《善哉行》者，盖叹美之辞也。"未可以解此篇也。

(10)《东门行》(《瑟调曲》)　词见《乐府诗集》卷三十七：

出东门，不愿归，来入门，怅欲悲。盎中无斗米储，还视架上无悬衣。拔剑东门去，舍中儿母牵衣啼："他家但愿富贵，贱妾与君共铺糜。""上用仓浪天，故下当用此黄口儿。今非咄行，吾去为迟，白发时下难久居。"(后数语不甚可解)

此首写一贫民家庭，夫因贫困，欲出外谋生，妻不忍舍去，宁愿共铺糜，此之谓真正爱情。

(11)《妇病行》(《瑟调曲》)　词载《乐府诗集》卷三十八：

妇病连年累岁，传呼丈人前一言；当言未及得言，不知泪下一何翩翩！"属累君，两三孤子，莫我儿饥且寒；有过慎莫笪(音挞)答，行当折摇思复念之(此处疑有误)。"乱曰：抱时无衣，襦复无里，闭门塞牖舍。孤儿到市道逢亲交(梁任公先生疑作父，下同)，泣坐不能起，从乞求与孤儿买饵。对交啼泣，泪不可止。我欲不伤悲，不能已。探怀中钱持授交。入门见孤儿啼，索其母抱。徘徊空舍中，行复尔耳，弃置勿复道。

此盖歌母儿居寒，父不一顾，读之令人凄恻。篇中将母子之爱，形容到十分，而其父之冷酷无情，亦能从字里行间，表现尽致。文质两面，皆有极大价值。与此同为悲剧者，尚有《孤儿行》。

(12)《孤儿行》(《瑟调曲》)　《孤儿行》，一曰《孤子生行》，一曰《放歌行》。《乐府诗集》卷三十八曰："言孤儿为兄嫂所苦，难与久居也。"其词曰：

孤儿生，孤儿遇生，命独当苦；

父母在时,乘坚车,驾驷马。父母已去,兄嫂令我行贾。

南到九江,东到齐与鲁。腊月来归,不敢自言苦。头多虮虱,面目多尘。大兄言办饭,大嫂言视马。上高堂行取,殿下堂,孤儿泪下如雨。

使我朝行汲,暮得水来归。手为错,足下无菲。怆怆履霜,中多蒺藜。拔断蒺藜,肠肉中,怆欲悲。泪下渫渫,清泪累累(选者按,应依《乐府诗集》卷三八作"清涕累累")。

冬无复襦,夏无单衣。居生不乐,不如早去下从地下黄泉。

春气动,草萌芽。三月农桑,六月收瓜。将是瓜车,来到还家。瓜车反覆,助我者少,啖瓜者多。"愿还我蒂,兄与嫂严,独且急归,当兴校计!"

乱曰:里中一何诡诡?愿欲寄尺书,将与地下父母:"兄嫂难与久居!"

此篇视前篇更为深刻,妙在不惮烦劳,将琐碎事插叙于中,令读者得睹具体的情况。此两篇皆社会家庭之写实,皆社会家庭之最要问题,其价值固不仅在文字艺术也。

(13)《艳歌何尝行》(《瑟调曲》) 《宋志》三"《艳歌何尝》,一曰《飞鹄行》"。《乐府诗集》卷三十九作《艳歌何尝行》。词曰:

飞来双白鹄,乃从西北来。十十五五,罗列成行。(一解)

妻卒被病,行不能相随。五里一反顾,六里一裴回(选者按,应依《乐府诗集》卷三九作"六里一徘徊")。(二解)

吾欲衔汝去,口噤不能开;吾欲负汝去,毛羽何摧颓!(三解)

乐哉新相知,忧来生别离;躇蹰顾群侣,泪下不自知。(四解)

念与君离别,气结不能言,各各重自爱,远道归何难!妾当守空房,闭门下重关。君生当相见(选者按,应依《乐府诗集》卷三九作"若生当相见"),亡者会黄泉。今日乐相乐,延年万岁期。(趋)

此篇盖夫妇远别之词，四解皆以双鹄为喻，趋始写实，格局极为别致。"衔汝"、"负汝"，真能将纯挚的爱情，写得如见。

此依《宋志》。《玉台新咏》卷一亦著之，谓为《古乐府诗》，题为《双白鹄》，其词稍异，变为纯粹五言。今亦录下：

飞来双白鹄，乃从西北来。十十将五五，罗列行不齐。忽然卒疲病，不能飞相随。五里一反顾，六里一徘徊。吾欲衔汝去，口噤不能开；吾欲负汝去，羽毛日摧颓。乐哉新相知，忧来生别离。踯躅顾群侣，泪落纵横垂。今日乐相乐，延年万岁期。

前一首语句不如此之整齐，声韵不如此调谐。考《宋书》作者沈约，生于宋元嘉十八年(西后441)，卒于梁天监十二年(西后513)。《玉台新咏》选者徐陵，生于梁天监六年(西后507)，卒于陈至德元年(西后583)。由此知此首《白鹄行》，先为语句不齐之歌，至徐陵选《玉台》时，则渐变为纯粹五言矣。由此知乐府歌行，多社会产物，先有雏形，然后迭经修改，成为现在之况。由此知其中通篇五言之歌，每非原为五言，而为五言盛行之后，渐次修改而成者。胡适之不知前一首始见《宋志》，只据《乐府诗集》，遂以后一首先于前一首，谓："故从汉乐府到郭茂倩，这歌辞虽有许多改动，而'母题'始终不变。"(《白话文学史》第七章。选者按：应为第六章)遂成为渐修改而渐不完美之现象，而文学演化之过程，益纷乱不可理矣。

《乐府诗集》引《古今乐录》曰："王僧虔《技录》云：《艳歌何尝行》，歌文帝《何尝》、《古白鹄》二篇。"而所列则只有此篇与魏文帝"何尝快，独无忧"一篇，言："二曲晋乐所奏。"此篇首句适曰"飞来双白鹄"。《文帝集》中又无《古白鹄》之篇。则此是否文帝作，颇难臆定。然《铙歌》中有文帝《临高台》一首，词曰：

临台行高高以轩，下有水清且寒。中有黄鹄，往且翻。
行为臣，当尽忠，愿令皇帝陛下三千岁，宜居此宫。
鹄欲南飞，雌不能随。我欲躬衔汝。口噤不能开；欲负之，毛衣摧颓(选者按，应依《艺文类聚》卷四二作"我欲负之，毛羽摧颓")。五里一顾，六里徘徊。

后一段与《艳歌何尝行》，大同小异。胡适之谓文帝采《艳歌何尝行》，改为长短句，作为新乐府《临高台》的一部分。冯惟讷《诗纪》谓文帝曲"三段辞不相属。'鹄欲南游'以下，乃古辞《飞鹄行》也"（魏卷之二）。今案《临高台》，初本汉曲，其词甚短（见前），文帝按谱制词，似亦不宜过长。余是以颇疑"鹄欲南飞"以下，乃古辞错附；但无古证，未敢主张。约之，文帝此歌末段，与《宋志》、《玉台》所载，皆由同一母题，胡氏之言固不谬；其谬在混乱嬗变之迹耳。

此外若《郊祀歌》中之《灵芝歌》（《乐府诗集》卷一），《相和曲》中之《乌生八九子》（《宋志》三），《吟叹曲》中之《王子乔》（《乐府诗集》卷二十九），《大曲》中之《满歌行》（《宋志》三），《杂曲》中之《蜨蝶行》（《乐府诗集》卷六十一），《前缓歌行》（《乐府诗集》卷六十五）等等，不一一征引矣。

（二）五言者 五言乐府，可以确考年代者甚少；旧题有作者数首，兹先列举于下，而略为剔辨：

（1）卓文君《白头吟》（《楚调》） 此首非卓文君作，已详《歌谣编》。

（2）班婕妤《怨歌行》（《楚调》） 词见《乐府诗集》卷四十二：

新裂齐纨素，鲜洁如霜雪。裁为合欢扇，团团似明月。出入君怀袖，动摇微风发。常恐秋节至，凉飙夺炎热，弃捐箧笥中，恩情中道绝。

以此篇为班婕妤作，盖始于《文选》，《玉台新咏》因之，并为《小序》曰："昔汉成帝班婕妤失宠，供养于长信宫，乃作赋以自伤悼，并为《怨诗》一首。"考《汉书·外戚传》只言作赋，并载赋之全文，而无作《怨诗》之言，故自刘勰已疑之，谓"至成帝品录，三百余篇，而辞人遗翰，莫见五言，所以李陵班婕妤见疑于后代也"（《文心雕龙·明诗》）。严羽《沧浪诗话》曰："班婕妤《怨歌行》，《乐府》以为颜延年作，颇似之。"近徐君中舒以团扇产生时代，定此歌为时甚晚，谓严羽引《乐府》之言，当为可信(徐君《五言诗发生时代的讨论》)。今案，论其作风，不似西汉醇朴之习，论其表德，不类班姬贞静之态，故余作《五言诗起源说评录》即已明辨之也。

(3)张衡《同声歌》(《新曲》) 词见《乐府诗集》卷七十六：

邂逅承际会，得充君后房。情好新交接，恐慄若探汤。不才勉自竭，贱妾职所当：绸缪主中馈，奉礼助烝尝(选者按，应依《乐府诗集》卷七六作"奉礼助蒸尝")。思为莞蒻席，在下蔽筐床(选者按，应依《乐府诗集》卷七六作"在下蔽匡床")；愿为罗衾帱，在上卫风霜：洒扫清枕席，鞮芬以狄香。重户结金扃，高下华灯光。衣解巾粉卸(选者按，应依《乐府诗集》卷七六作"衣觧巾粉御")，列图陈枕张。素女为我师，仪态盈万方，众夫所希见，天老教轩皇。乐莫斯夜乐，没齿焉可忘?

此篇自《玉台》即著之，吾侪既无法否认，且以文学系统论，张衡时代，有产生此种完美五言诗歌之可能，则五言乐府之有时代可考者，当首推此篇矣。据《后汉书·张衡传》，和帝永元中举孝廉，不行。又载安帝永初中，刘珍等著作东观请衡参论其事。则衡之年代，约在章、和、殇、安时矣。考《宋志》四载汉《鼙舞歌》五篇，其辞虽佚，其名尚在，中有三首为五字：一曰《关东有贤女》，二曰《章和二年中》，三曰《殿前生桂树》。古乐府多以首句为题，则三篇虽不敢决定为通篇五言，然似有为五言之可能。章和为章帝元号，似为章帝时作。果尔，则章和之时，已有五言乐府。稍前班固《咏史》，虽质木无文，而亦为五言，其演进之序，尚可循求而知也。

(4)繁钦《定情诗》(《杂曲》) 词亦见《乐府诗集》卷七十六：

我出东门游，邂逅承清尘。思君即幽房，侍寝执衣巾。时无桑中契，迫此路侧人；我既媚君姿，君亦悦我颜。何以致拳拳？绾臂双金环。何以致殷殷？约指一双银。何以致区区？耳中双明珠。何以致叩叩？香囊系肘后。何以致契阔？绕腕双跳脱。何以结思情？佩玉缀罗缨。何以结中心？素缕连双针。何以结相投？

金簿画搔头。何以慰别离？耳后玳瑁钗。何以答欢悦？纨素三条裙。何以结愁悲？白绢双中衣。

与我期何所？乃期东山隅。日旰兮不至，谷风吹我襦。远望无所见，涕泣起踟蹰。

与我期何所？乃期南山阳。日中兮不来，飘风吹我裳。逍遥莫谁睹，望君愁我肠。

与我期何所？乃期西山侧。日夕兮不来，踯躅长叹息。远望凉风至，俯仰正衣服。

与我期何所？乃期山北岑。日暮兮不来，凄风吹我衿。望君不能坐，悲苦愁我心。

爱身以何为，惜我华色时。中情既款款，然后克密期。褰衣蹑茂草，谓君不我欺。厕此丑陋质，徙倚无所之！自伤失所欲，泪下如连丝。

此篇亦著于《玉台新咏》，委宛尽致，真所谓纡徐为妍者也。《魏志》二十二注引《魏略》曰："钦，字休伯。以文才机辩少得名于汝颖间。既长于书记，又善为诗赋，其所与太子书记，喉转意率皆巧丽。为丞相主薄。建安二十三年卒。"

则时至汉末魏初矣。

又有有作者姓名，而时代失考者二篇：

(5)辛延年《羽林郎》(《杂曲》)　词见《乐府诗集》卷六十三：

昔有霍(原作鬟，依《玉台》改)家奴，姓冯名子都；依倚将军势，调笑酒家胡。

胡姬年十五，春日独当垆；长裾连理带，广袖合欢襦；头上兰田玉，耳后大秦珠；两鬟(原作霍，依《玉台》改)何窈窕，一世良所无，一鬟五百万，两鬟千万余。

不意金吾子，娉婷过我庐；银鞍何煜爚，翠盖空踟蹰。就我求清酒，丝绳提玉壶；就我求珍肴，金盘脍鲤鱼。贻我青铜镜，结我红罗裾。不惜红罗裂，何论轻贱躯？

男儿爱后妇，女子重前夫，人生有新故，贵贱不相逾。多谢金吾子，私爱徒区区。

(6)宋子侯《董娇饶》(《杂曲》)　词见《乐府诗集》卷七十三：

洛阳城东路，桃李生路傍，花花自相对，叶叶自相当。春风东北起，花叶正低昂。

不知谁家子，提笼行采桑；纤手折其枝，花落何飘飏！

请谢彼姝子，何为见损伤？高秋八九月，白露变为霜；终年会飘堕，安得久馨香？秋时自零落，春月复芬芳。何如(诸本作时，今从《艺文类聚》)盛年去，欢爱永相忘。

吾欲竟此曲，此曲愁人肠。归来酌美酒，挟琴上高堂。

二篇亦著于《玉台新咏》，梁任公先生曰："辛诗言'大秦珠'，当在安敦通使之后。宋诗言'洛阳城'，当在迁邺以前。"(《美文史》)

卓、班两篇，既不可据，则五言乐府似产生在东汉章和时代。虽然，《乐府诗集》每多误收徒诗，明梅鼎祚《古乐苑》已经言之；而《杂曲》之中，误收者似乎独多。郭氏自言："《杂曲》者，历代有之，或心志之所存，或情思之所感，或宴游欢乐之所发，或忧愁愤怨之所兴，或叙离别悲伤之怀，或言征战行役之苦，或缘于佛老，或出于夷虏，兼收备载，故总谓之《杂曲》。"则"驱龙蛇而放之菹"，其非乐府而郭氏误收者，盖不知凡几？如《古诗为焦仲卿妻作》，疑从未入乐也。张繁二篇，虽吴兢已经收入，然吴兢唐人，为时甚晚；《玉台新咏》不言为乐府。辛、宋两篇，吴兢不录，更无古据。则四篇者，是否乐府，未易不凭实证，仅以作风定也。但既皆为五言，而《鞞舞》有"章和二年中"三首，则自章和以来，确有产生五言乐府之可能，而未著作者之五言古辞，谅为此时之作矣。兹择录数首于下：

(7)《艳歌罗敷行》(《相和曲》)　一名《陌上桑》。《古今注》曰："《陌上桑》，出秦氏女子。秦氏，邯郸人，有女名罗敷，为邑人千乘王仁妻。王仁后为越王家令。罗敷出采桑于陌上，越王登台见而悦之，因引酒欲夺焉。罗敷乃弹筝作《陌上桑歌》以自明焉。"吴兢曰："按其歌词，称罗敷采桑陌上，为使君所邀，罗敷盛夸其夫为侍中郎以拒之,与旧说不同。"今案此与《羽林郎》《董娇饶》皆艳丽之故事诗,盖社会有此等传说,而好事文人,遂剪裁点缀以入诗也。词载《宋志》三:

> 日出东南隅,照我秦氏楼。秦氏有好女,自名为罗敷。罗敷喜蚕桑(一本作善采桑,较微妙),采桑城南隅。青丝为笼系,桂枝为笼钩。头上倭堕髻,耳中明月珠;湘绮为下裙,紫衣为上襦。行者见罗敷,下担捋髭须;少年见罗敷,脱帽著帩头;耕者忘其犁,锄者忘其锄,归来相怨怒,"但坐观罗敷"!

上第一解言罗敷之美,妙在写见罗敷者,为其美所摄取,搔耳抓腮,坐立不定;及神情稍静,始知己事久废,而互相戏怨曰:"你但坐观罗敷!"姿态横生,真是笔飞色舞。第二解叙使君欲邀取共载:

> 使君从南来,五马立踌躇(《乐府诗集》卷二十八作踟蹰),使君遣吏往,问"是谁家姝?""秦氏有好女,自名为罗敷。""罗敷年几何?""二十尚不足,十五颇有余。"使君谢罗敷,"宁可共载不?"罗敷前致辞:"使君一何愚?使君自有妇,罗敷自有夫。"

第三解盛夸其夫以拒使君之求:

> 东方千余骑,夫婿居上头。何用识夫婿?白马从骊驹。青丝系马尾,黄金络马头。腰中鹿卢剑,可值千万余。十五府小吏,二十朝大夫,三十侍中郎,四十专城居。为人洁白皙,鬑鬑颇有须。盈盈公府步,冉冉府中趋。坐中数千人,皆言夫婿姝。

(8)《长歌行》(《四弦曲》) 词见《乐府诗集》卷三十:

> 青青园中葵,朝露待日晞。阳春布德泽,万物生光辉。常恐秋风至,焜黄华叶衰。百川东到海,何时复西归?少壮不努力,老大徒悲伤(选者按,应依《乐府诗集》卷三十作"老大徒

伤悲！")！

吴兢曰："曹魏改奏文帝所赋《西山一何高》。"则此为汉代所奏可知，而其时代似较早，然决非西汉之产也。

(9)《鸡鸣高树颠》(《相和歌》)：

鸡鸣高树颠，狗吠深巷中。荡子何所之？天下方太平，刑法非有贷，柔协正乱名。

黄金为君门，璧玉为轩阑堂(疑衍一轩或阑字)。上有双樽酒，作使邯郸倡。刘玉碧青甓，后出郭门王。舍后有方池，池中双鸳鸯；鸳鸯七十二，罗列自成行，鸣声何啾啾，闻我殿东箱。

兄弟四五人，皆为侍中郎；五日一时来，观者满路旁，黄金络马头，款款何煌煌！

桃生露井上，李树生桃傍；虫来啮桃根，李树代桃僵。树木身相代，兄弟还相忘！

《玉台新咏》卷一有《相逢狭路间》一首，题为《古乐府诗》。《乐府古题要解》下亦著《相逢狭路间行》，注云："亦曰《长安有狭斜行》。"《乐府诗集》卷三十四著《相逢行》，言："一曰《相逢狭路间行》，一曰《长安有狭斜行》。"而于卷三十五又著《长安有狭斜行》。并题古辞。余疑与此同一母题(motif)不过写法稍异耳。兹亦录下。

《相逢狭路间行》之词曰：

相逢狭路间，道隘不容车，如何两少年，挟毂问君家。君家诚易知，易知复难忘：黄金为君门，白玉为君堂。堂上置樽酒，使作邯郸娟。中庭生桂树，华烛何煌煌。

兄弟两三人，中子为侍郎；五日一来游，道上自生光。黄金络马头，观者满路傍。

入门时左顾，但见双鸳鸯；鸳鸯七十二，罗列自成行。声音何噰噰，鹤鸣东西厢。

大妇织罗绮，中妇织流黄，小妇无所作，挟琴上高堂："大人且安坐，调丝未遽央。"(依《玉台》。《乐府诗集》字句间小有异同。)

《长安有狭斜行》之词曰：

长安有狭斜，狭斜不容车，适逢两少年，挟毂问君家。君家新市傍，易知复难忘。

大子二千石，中子孝廉郎，小子无官职，衣冠仕洛阳。三子俱入室，室中自生光。

大妇织绮纻（一作罗），中妇织流黄，小妇无所为，挟瑟上高堂："大夫且徐徐，调弦讵未央。"

二篇虽不见《宋志》，然《乐略清调》六曲，载"《相逢狭路间行》，亦曰《长安有狭斜行》，亦曰《行逢行》（选者按，《行逢行》应作《相逢行》）"。言为"王僧虔《技录清调》六曲也"。王僧虔，刘宋时人，前于《宋书》作者沈约，则其来已久。与《鸡鸣高树颠》词旨略同，当为同一母题。但孰为母题，孰为孳乳，则颇难论定。盖街陌讴谣，每有数处之产大同小异者。请诸君袪贵远贱近之习，举现在歌谣以明之。据《平民文学丛书·歌谣第一集》河北有童谣曰：

年来了，是冤家：儿要帽子，女要花，媳妇要裓子走娘家，妈妈要香烛祭菩萨，婆婆要糯米踹糍粑。

据各省《童谣集》，则湖北武昌亦有略同者一首：

年来了，是冤家：儿要帽，女要花，媳妇要勒子走人家，婆婆要糯米做松巴，爸爸要肉敬菩萨，一屋大小都吃他。

浙江奉化亦有一首：

新年来到，糖糕祭灶。姑娘要花，小子要炮，老头子要戴新呢帽,老婆子要吃大花糕。

三首大体相同,必为同一母题,但孰先孰后,则不能确考。常以为讴谣乃风俗语言之产物,各地风俗语言大同小异,故亦每每产生大同小异之讴谣,古今一也。

(10)《陇西行》(《瑟调曲》) 《乐府古题要解》曰:"《步出夏(一作东字)门行》,亦曰《陇西行》。"《乐略》亦云,言本王僧虔《技录》。是则虽《宋志》不著,而其来久矣。《乐府诗集》卷三十七著《陇西行》,言"一曰《步出夏门行》",而又别著《步出东门行》。其词相袭者甚多。据《乐府诗集》,《陇西行》词曰:

　　天上何所有,历历种白榆,桂树夹道生,青陇对道隅。凤凰鸣啾啾,一母将九雏。顾视世间人,为乐甚独殊。
　　好妇出迎客,颜色正敷愉。伸腰再拜跪,问客平安不?请客北堂上,坐客毡氍毹。清白各异樽,酒上正华疏。酌酒持与客,客言主人持,却略再拜跪,然后持一杯。谈笑未及竟,左顾敕中厨;促令办粗饭,慎莫使稽留。废礼送客出,盈盈府中趋。送客亦不远,足不过门枢。娶妇得如此,齐姜亦不如,健妇持门户,胜一大丈夫。

《步出夏门行》词曰:

　　邪径过空庐,好人常独居。卒得神仙道,上与天相扶。过谒王父母,乃在太山隅。离天四五里,道逢赤松俟。揽辔为我御,将吾上天游。天上何所有,历历种白榆,桂树夹道生,青龙对伏趺。

"天上何所有"数句,在第二首衔接有意义,在第一首则毫无关系,故疑第一首视第二首时代较晚。歌谣中每用不相干之数语衬起,古人所谓"兴"也。如《歌谣编》所引《鄘风·桑中》,所咏本为与恋人期会,而一章之首,则曰:"爰采唐矣,沫之乡矣。"二章之首,则曰:

"爰采麦矣，沫之北矣。"三章之首，则曰："爰采葑矣，沫之东矣。"与所咏毫不相关（注疏家自有牵强附会之说）。再如现在扬州有一首童谣曰：

  芭蕉扇，节打节。娶个老婆黑锅铁。人人说我老婆黑，我说老婆紫檀色；人人教我休了罢，隔（割）心隔（割）胆舍不得。——见《童谣大观》

"芭蕉扇"二句，与篇旨毫不相关。盖此等或因所见，或因所持以起兴，或竟并无他因，只为声音韵美。且篇中亦每意随韵转，绝不加以限制。以深思大义绳之，丝毫无可取；但此乃真天地自然之文也。

（11）《折杨柳行》（《瑟调曲》）　词见《宋志》三：

  默默施行违，厥罚随事来。末喜杀龙逢，桀放于鸣条。（一解）
  祖伊言不用，封头悬白旄。指鹿用为马，胡亥以丧躯。（二解）
  夫差临命绝，乃云负子胥。戎王纳女乐，以丧其由余。璧马祸及虢，二国俱为墟。（三解）
  三夫成市虎，慈母投杼趋。卞和之削足，接予（《乐府诗集》作与）归草庐。（四解）

汉末乐府多伤乱离，或叙风情，此独歌咏历史，别树一格。

（12）《饮马长城窟行》（《瑟调曲》）　《文选》作古辞，《玉台》作《蔡邕》。词曰：

  青青河畔草，绵绵思远道。远道不可思，夙昔梦见之。梦见在我旁，忽觉在他乡。他乡各异县，展转不相见。枯桑知天风，海水知天寒。入门各自媚，谁肯相为言？
  客从远方来，遗我双鲤鱼，呼儿烹鲤鱼，中有尺素书。长跪读素书，书中竟何如？上言加餐饭，下言长相忆。

(13)《上留田行》(《瑟调》) 《古今注》曰:"上留田,地名也。其人有父母死,兄不字其孤者,邻人为其弟作悲歌以讽其兄,故曰《上留田》。"《乐府诗集》不正载古辞,只附于叙魏文帝词下(卷三十八):

> 里中有啼儿,似类亲父子;回车问啼儿,慷慨不能止!

言短音促,令人不忍卒读。以格调而论,似产生时期较早。

(14)《艳歌何尝行》(《瑟调曲》) 词见《乐府诗集》卷三十九,有二首,今录第一首:

> 翩翩堂前燕,冬藏夏来见。兄弟两三人,流宕在他县。故衣谁当补?新衣谁当绽?赖得贤主人,览取为吾组。
> 夫婿从外来,斜柯西北眄。语卿"且勿眄;水清石自见。"石见何累累,远行不如归。

末段将客及夫妇三人之心情状态,活活表现纸上。

(15)《枯鱼过河泣》(《杂曲》) 词见《乐府诗集》卷七十四:

> 枯鱼过河泣,何时悔复及!作书与鲂鲤,相教慎出入。

以风格论,似乎较早。

此外《平调曲》有《君子行》,《楚调曲》有《怨诗行》……不备引。《杂曲》中有《驱车上东门》,《冉冉孤生竹》,即世所谓《古诗十九首》中之二首;又有《古诗为焦仲卿妻作》,疑其根本未尝入乐。以《杂曲》漫无界划,自可乱采以侈其富,拟侯《诗编》论次。

五言乐府,有年代可考者,最早在章和之间;并非五言者,则自西汉之初,已有著录。则此等完美之五言乐府,盖在章和以后,最远不能超过东汉。而妄者每据《宋志》"乐府古辞,并汉世讴谣"之言,谓此等乐府,生于西汉,或竟谓有武帝乐府所录者(范文澜《文心雕龙讲疏》即主此说），斯亦好古过甚之咎欤？

（三）疑非汉讴者　冯舒《诗纪匡谬》曰："古之云者，时世不定之辞也。……概归之汉，所谓无稽之言，君子弗听矣。"今案《宋志》明谓"乐府古辞，并汉世讴谣"，冯氏之言，似未尽察。然郑樵《乐略》，郭茂倩《乐府诗集》所载古辞，几倍《宋志》，而后人每援《宋志》之言，认为汉世之歌，以甲例用于乙书，乌能尽当？《木兰诗》，吾侪知出于唐初。而《乐府诗集》亦题曰古辞，则冯氏谓"时世不定之辞"，不为无据。且《宋志》之著作，去汉已远，亦难必其不无失考。故特辟疑非汉歌一类，以疏通而明辩之。

（1）《东光乎》（《相和歌》）　《宋志》作《东光平》，《乐略》及《乐府诗集》（卷二十七）作《东光》。其词曰：

　　东光乎仓梧，何不乎仓梧（二句不甚可解）。多腐粟，无益诸军粮。诸军游荡，子蚕行，多悲伤。

《乐府诗集》引《古今乐录》曰："张永《元嘉技录》云：'《东光》，旧但弦，无音，宋识造其歌声夕。'"有弦无音，盖即无辞，如《诗经》之六笙诗者然。再考《乐略》列此为《相和》三十曲之末一曲，言："始十七曲，魏晋之世，朱生、宋识、列和等，复为十三曲。"与张《录》比观，此曲似在魏晋十三曲之中，而歌辞似亦非汉世矣。不惟此歌，《相和》三十曲中，非汉世者，知有十三曲，惜无从考其为何曲焉。

（2）《西门行》（《瑟调曲》）　词见《宋志》：

　　出西门，步念之。今日不作乐，当待何时？（一解）
　　夫为乐，为乐当及时，何能坐愁怫郁，当复待来兹？（二解）
　　饮醉酒，炙肥牛，请呼心所欢，可用解愁忧。（三解）
　　人生不满百，常怀千岁忧；昼短苦夜长，何不秉烛游？（四解）
　　自非仙人王子乔，计会寿命难与期。自非仙人王子乔，计会寿命难与期。（五解。原不书叠句，而每字下注一"二"字。）

　　　　人寿非金石，年命安可期？贪材爱惜费，但为后世嗤。（六解）

此见于《宋志》，《乐府诗集》又注为"晋乐所奏"（卷三十七）。似毫无问题，余所以疑其晚出者：

　　(a)《乐府诗集》引《古今乐录》曰："王僧虔《技录》云：《西门行》歌《古西门》一篇，今不传。"王僧虔，于宋文帝时为太子舍人，旋迁尚书令。沈约生于文帝元嘉十八年，王僧虔时已不传，沈约乌从著之？

　　(b)《乐志》所载，盖非《古西门》，乃后人撰古诗缘附题意以成者。《文选·古诗十九首》之第十五首曰：

　　　　生年不满百，常怀千岁忧，昼短苦夜长，何不秉烛游？为乐当及时，何能待来兹？愚者爱惜费，但为后世嗤。仙人王子乔，难可与等期。

此篇与之从同，而字句稍增，当为取之而略加附益，以使似《乐府》歌行耳。而朱彝尊《玉台新咏序》反以诗乃裁剪此篇以成者，误矣。

　　(c)《乐府诗集》载此曲本辞，首数句为：

　　　　出西门，步念之。今日不作乐，当待何时？逮为乐，逮为乐，当及时。

乐府所奏多叠句以赴节（如第一章所引《苦寒行》，《塘上行》皆然），本辞叠句者极少，此何以独叠"逮为乐"一句？盖以恐全同古诗，故使叠句以示有别；本只作一篇，略稍变动以为本辞，尚未加刊落耳。

　　(3)《伤歌行》(《杂曲》)　词见《乐府诗集》卷六十二：

　　　　昭昭素明月，辉光烛我床。忧人不能寐，耿耿夜何长！微风吹闺闼，罗帷自飘扬。揽衣曳长带，屣履下高堂。东西安所之？徘徊以仿徨。春鸟翻（一作向）南飞，翩翩独翱翔。悲声命俦匹，哀鸣伤我肠。感物怀所思,泣啼血沾裳。伫立吐高吟,舒愤诉穹苍。

余谛视此首,觉其绮靡哀思,不似汉人之作。检《古诗纪》(汉卷之七)果曰:"《外编》作魏明帝。"《外篇》(选者按,当依上句作《外编》)不知何如书,约之,此篇有魏明帝作之说,与作风不类汉人相合。古诗及乐府有两种似相反,而确为事实之现象:一,无名氏古辞每嫁名汉人。二,魏晋六代之作每误为古辞;由误为古辞,又每嫁名汉人。如《白头吟》本古辞,而后人以为卓文君作。《河梁赠别诗》,不知作者姓名,而后人以为苏武李陵作。《怨歌行》本颜延年作,而后人误以为古辞,又误以为班婕妤作。第一章所引《塘上行》,《乐府古题要解》曰:"前志云:晋乐奏魏武帝《蒲生篇》,而诸集皆言其词文帝甄后所作,叹以谗诉见弃,犹幸得新好,不遗故恶焉。"《歌录》亦曰:"或云甄皇后造。"而又曰:"《塘上行》古辞。"则有以此篇为古辞者矣。再如前所引《苦寒行》,《乐府古题要解》曰:"晋乐奏魏武帝《北上太行》,备言冰雪溪谷之苦。"《古诗纪》亦系于魏武,而注曰:"《艺文》、《乐府》并作魏文帝。"考《乐府诗集》题魏文帝,而全录《乐府古题要解》之言。审其表德,卓绝坚苦,诚如《诗品》称"曹公(武帝)古直,甚有悲凉之句",不似文帝之"美赡可玩"(亦《诗品》语)。无论如何,此乃曹氏之歌。而郑樵《乐略》于《苦寒行》下,注云:"晋乐奏古辞云:'北上太行山……'"云云,备载全篇,即魏武之歌。再如《平调曲》有《君子行》,《文选》二十七,《乐府诗集》三十二均作古辞。而《艺文类聚》四十二引作曹植作,《古诗纪》亦注云:"《曹子建集》亦载此首。"

推原其故,盖偶或失名,或为甲为乙,不能断定,即题为古辞。故郑、郭晚出,而所录古辞视沈氏几增一倍。著录之人,亦未必尽以为两汉之歌,而后人每据《宋志》"古辞并汉世讴谣之词",妄推为汉时耳。

至古辞或失名之作嫁名汉人者,则以歌词所咏为某人,或事类某人,遂谓为某人之作。所以《白头吟》嫁名卓文君,《怨歌行》嫁名班姬,《河梁诗》嫁名苏李。魏晋六代最喜咏古事以寄意,尤以明妃和番,细君(乌孙公主)远嫁,李陵降北,苏武留胡,项羽失败英雄,幸有虞姬之知己,婕妤色衰爱弛,遂终供养于长门,千古遗恨,最宜入诗,故诸人集中,皆迭见不一见。传诵钞刻,偶遗主名,遂每以被咏之人,认为作诗之士。亦犹先秦诸子,每以书中称道某人,即题为某人之书耳。如《乐府诗集·相和歌》有《王明君》一首,《王昭君》二十九首,《明君词》六首,《昭君词》七首,《昭君叹》二首;又有《班婕妤》十三首,《婕妤怨》九首;此一或失名,即易认为昭君班姬自作。即如《王昭君》一首,发端即曰:"我本汉家子,将适单于庭。"通篇皆代昭君自序。而题下并未注明作者,惟于小序中引《古今乐录》曰:"《明君歌舞》者,晋太康中季伦(石崇)所作也。"读者一或粗心,最易以为明君自述之词。再有选家,按其歌词,制为小序,谓明君如何远嫁单于,如何悲惨,如何自伤而作诗云云,则由非成是,为千古定案,沿误传谬,无有能为之举正者。即有举正者,而世人亦必据由非成是之说,诋其好作聪明,妄立异说。由此知治古代学术,不能不以锐敏眼光,科学方法,察详而慎审之也。

(4) 王嫱《昭君怨》(旧入《琴曲》) 词见《乐府诗集》卷五十九:

秋木萋萋,其叶萎黄。有鸟处山,集于苞桑,养育毛羽,形容生光。既得升云,上游曲房;离宫绝旷,身体摧藏,志念抑郁,不得颉颃,虽得委食,心有徊徨。

我独伊何,改往变常。翩翩之燕,远集西羌。高山峨峨,河水泱泱。父兮母兮,道里悠长!呜呼哀哉,忧心恻伤!

考此歌始见《琴操》,作《怨旷思惟歌》。《琴操》之为伪书,《歌谣编》已详论之。然《乐府古题要解》载:"一说……汉人怜昭君远嫁,为作歌行。始武帝以江都王建女细君为公主,嫁乌孙王昆莫,令琴瑟马上作乐,以慰其道路之思。其送明君亦然。"则疑《琴操》之说,而不以为嫱作也。《乐府诗集》直题王嫱,《古诗纪》更曰:"昭君在胡,作诗以怨思云。"而皆不言本之《琴操》,则后人虽知《琴操》不可信者,亦以此诗真出王嫱矣。

(5) 蔡琰《胡笳十八拍》(旧入《琴曲》) 词见《乐府诗集》卷五十

九。兹录第一、第十两拍：

> 我生之初尚无为，我生之后汉祚衰。天不仁兮降乱离，地不仁兮使我逢此时。干戈日寻兮道路危，民卒流亡兮共哀悲。烟尘蔽野兮胡虏盛，志意乖兮节义亏。对殊俗兮非我宜，遭恶辱兮当告谁（恶疑为污）！笳一会兮琴一拍，心溃死兮无人知。——《第一拍》

> 城头烽火不会灭，疆场战征何时歇！杀气朝朝冲塞门，胡风夜夜吹边月。故乡隔兮音尘绝，哭无声兮气将咽。一生辛苦兮缘别离，十拍悲深兮泪代血！——《第十拍》

琰，字文姬，蔡邕女。兴平（献帝二元）中，没入匈奴左贤王，在胡中十二年，生二子。曹操以金璧赎归，改嫁董祀。《后汉书·列女传》载琰有《悲愤诗》。此《十八拍》者，盖后人缘《悲愤诗》以依托者。《乐府诗集》引唐刘商《胡笳曲序》曰："蔡文姬善琴，能为《离鸾别鹤》之操。胡虏犯中原，为胡人所掠，入番为王后，王甚重之。武帝与邕有旧，敕大将军赎以归汉。胡人思慕文姬，乃卷芦叶为吹笳，奏哀怨之音。后董生以琴写胡笳声为十八拍，今之胡笳弄是也。"今案刘商，唐大历（代宗四元）进士，自己亦有《胡笳十八拍》。余疑所谓《文姬十八拍》者，亦出商手，亦如韦元甫自作《木兰诗》，而言得于民间，自己又拟作一首（俟叙梁乐府时详论），其伎俩全同。何以言之？

(a)于古无征，始出刘商，得自何所，见之何书，毫无来历，非自己向壁虚造而何？

(b)第十拍为歌行，而酷类律诗，所以胡适之疑为唐人作品也（《白话文学史》第六章）。

(c)《乐府诗集》引李肇《国史补》曰："唐有董庭兰善沈声祝声，盖大小胡笳云。"则所谓胡笳者，始出唐人歌辞可知矣。

有此三证，知其盖出刘商之手。即退一步言，信从刘商之说，亦未以为文姬所作。其序明言"后董生以琴写胡笳写为十八拍"，则刘氏以《十八拍》作于董生。董生为何人不可知，然以《国史补》之言参之，似即董庭兰。再退一步言，其序有曰："胡人思慕文姬，乃卷芦叶为吹笳，奏哀怨之音。"此《十八拍》即其所奏。无论如何，《十八拍》至刘商传出，刘商未以为文姬作。其叙文姬曰"善琴，能为《离鸾别鹤》之操"。《离鸾别鹤》之操，固非《十八拍》。且系于"为胡人所掠"之前，而此《十八拍》者乃历叙其没于胡虏，又复归于汉，其性质与内涵，截然不同。郭氏不察，遽题蔡琰二字，而后人遂以为文姬自作，谬矣。

(6)《乐府诗集·杂曲》中尚有题古辞者三首，皆一望而知非汉人之作。郭氏自言"《杂曲》者，历代有之"，则亦未必以此三首为出于汉人。然既题为古辞，则易于使人误以为汉歌；且其歌辞甚美，确有论述价值；所以藉此列而辩之。见于卷六十八者一首，曰《东飞伯劳歌》：

东飞伯劳西飞燕，黄姑织女时相见。谁家女儿对门居，开颜发艳照里闾；南窗北牖桂月光，罗帷绮帐脂粉香。女儿年几十五六，窈窕无双颜如玉。三春已莫花从风，空留可怜与谁同？

见于卷七十二者有两首。一《西洲曲》：

忆梅下西洲，折梅寄江北。单衫杏子红，双鬓鸦雏色。西洲在何处？两桨桥头渡。日暮伯劳飞，风吹乌桕树。树下即门前，门中露翠钿。

开门郎不至，出门采红莲。采莲南塘秋，莲花过人头。低头弄莲子，莲子青如水。置莲怀袖中，莲心彻底红。

忆郎郎不至，仰首望飞鸿。鸿飞满西洲，望郎上青楼。楼高望不见，尽日栏干头。栏干十二曲，垂手明如玉。卷帘天自高，海水摇共绿。海水梦悠悠，君愁我亦愁。南风知我意，吹梦到西洲。

一《长干曲》：

逆浪故相邀，菱舟不怕摇。妾家扬子住，便弄广陵潮。

三首作风格调，绮靡秀丽。以历代文学变迁之情形视之，知必出齐梁六代，非汉人所作。检《文苑英华》，《东飞伯劳歌》属梁武帝；《玉台新咏》，《西洲曲》属江淹；惟《长干曲》无考。然汉虽有广陵国，而称道者甚少，不见有人诗歌者。扬子之名，更为汉所未有，唐代于扬子津渡江抵京口，后遂置扬子县（今仪征县）。扬子津有扬子侨，唐代甚显豁，未知始于何时，然两汉之书，未曾一见。崔颢亦有《长干曲》四首，李白有《长干行》二首，张潮有《长干行》一首，崔国辅有《小长干曲》一首，皆唐时人。暗示余等此首亦有唐时嫌疑。然《晋书·桓元（玄）传》有"长干巷，巷长干"之童谣（见《歌谣编》第六章），诸歌与此，似不无关系，则亦或出于六代。要之，必非汉讴。

考订思想或文艺之真伪及年代，方法虽多，大别有二：一曰证据，一曰直观。证据固可铸成定谳，直观尤能使伪者无所隐逃。盖一时代有一时代之学术思想，一时代有一时代之文艺风格，即有意作伪，力摹古人，其时代色彩，亦不能尽去。故熟于学艺流变者，可一望而知。犹之书画家之于书画，金石家之于金石，全凭直观，亦可定其年代而不误。故兹三首者，即无佐证，亦知其生于六代隋唐也。

三　汉代乐府源流变迁表

汉代为乐府之创作时期，作者多无名平民。其源流变迁，根据以上所述，可制表如下：

（一）形式方面

(1) 西汉多杂言，三言，四言者；四言者，略似《诗》《骚》。
　　原因：西汉上承周秦。故多效法《诗》《骚》之诗歌。
(2) 东汉语句逐渐整齐，成为五言体。
　　原因：至东汉一班人对《诗》《骚》体逐渐因旧生厌，故别创五言体。
(3) 自西汉之初。以至东汉之末，词句方面，逐渐由质朴进于华美。
　　原因：以汉代崇质，而至末年则逐渐招反动，走入浮华也。

(二)内容方面
- （1）平民所作，多歌咏社会问题。
  原因：平民生长民间，目击经济之压迫，社会之刺激。故每对社会上奇异而难以解决的问题，发为热烈的，同情的歌唱。
- （2）文人所作，多歌咏男女风情。
  原因：文人无经济之压迫，有闲暇之幽情，故多游戏或驰情之情恋文学。

【评　介】

罗根泽（1900—1960），字雨亭，河北深县人。与许多同时代的学者在幼年即建立起牢固的学术根基不同，在罗根泽的幼年时期，家境拮据的客观原因和身体虚弱的主观原因，使得他没有受到系统的教育，也并未取得正式的学历。最初给他学术启蒙的是他的乡贤武锡珏，武氏为桐城派后期重要代表人物吴汝纶的弟子，吴氏的学养和识见自然也给予武锡珏以极大影响；罗根泽亲炙武氏之教，师祖学风，自然也浸淫良久。1925年，武锡珏赴河北大学中文系任教，罗根泽便考入本系进修，同时在初中兼职任课，维持自己的日常开支，这是他接受高校教育之始。1927年，罗根泽报考清华研究院国学门，后又考取燕京大学国学研究所；自此，他同时在这两所当时最有声誉的名校攻读，这是对他影响最大的一次求学经历；罗氏后来回忆自己的读书生活，有四段时期"值得记述"："一是学舍的读书生活，二是研究院的读书生活，三是战前的读书生活，四是战时的教读生活。"其中"研究院的生活"是"治学的始基"，可见罗氏对这段时间的看重。这个时期，他师从许多在当时已经扬名立万的大学者，使自己的学术研究进入到系统化的轨道中。他攻读清华研究院国学门的专业是"诸子科"，导师是梁启超，梁氏逝世后，转为陈寅恪；在燕京大学国学研究所研修期间，专业为"中国哲学"，导师为冯友兰、黄子通。另外，此时罗根泽也已经开始了对中国文学批评史的研究，故亦常从郭绍虞处求教。然通观罗根泽的治学风格，仍是受梁启超的影响最大。顺利完成研究院的学业之后，罗根泽在学长刘盼遂的介绍下，赴河南大学任教，此后又曾赴多所高校任职；新中国成立后任南京大学教授,并任中国社会科学院文学研究所兼职研究员,开设过中国文学史、中国文学批评史等课程。1959年,罗氏未能脱身于其时接二连三的政治运动,身陷全国高校广泛开展的"拔白旗"运动的漩涡中,被定义为资产阶级学术权威,这场闹剧使他心灰意冷,身体健康状况急剧恶化,终于1960年初,患脑溢血病逝。

陈平原先生在其所撰《"哲学"与"考据"视野中的"文学史"》一文中曾说道:"罗根泽的业绩大致体现为诸子学、批评史、文学史三大块。"这个结论如实地概括了罗氏的治学成果。三大板块中的"文学史"这一方面,可以《乐府文学史》为代表。此书初版于1931年,由文化学社刊印鲁鱼豕亥之讹颇多;上海书店1991年《民国丛书》收录此书即据此本影印;东方出版社1996年《民国经典学术文库》收录此书,又据此本加以编校再版,但并未对此书的错讹进行纠正,反而又增加了不少排印错误。故本次编选工作仍以文化学社初版本为底本,一仍原貌,错讹处于括弧中加按语说明。

根据本书卷首作者的自序,罗根泽拟编纂一部大型的分体《中国文学史类编》,其中"拟分的类别"包括"一、歌谣;二、乐府;三、词;四、戏曲;五、小说;六、诗;七、赋;八、骈散文",《乐府文学史》"原是《中国文学史类编》第二编"。而实际上,罗氏这个编纂《中国文学史类编》的设想虽然宏大,但并未全部实现,只完成了其中的《乐府文学史》;也正因此故,此书才显得弥足珍贵,因为此书是罗氏存世为数不多的文学史类著作之一。作者在自序中说到此书是其应河南中山大学之聘,"讲授中国文学史及其他的功课"时,专为给学生授课编写的教材。全书分为七大部分,分别是作者自序、第一章"绪论"、第二章"两汉之乐府"、第三章"魏晋乐府"、第四章"南北朝乐府"、第五章"隋唐乐府"和第六章"结论"。这里选出的部分是第二章"两汉之乐府"的全文,这一个章节最能体现罗根泽早期研究汉代乐府诗歌的成就。罗根泽在此书出版之后,又陆续发表了很多篇关于乐府研究的学术论文,这些论文现在也大多收录在上海古籍出版社1985年7月初版、2009年11月再版重印的《罗根泽古典文学论文集》中。假使把这些后期写作的论文看做他乐府研究园地中竞相怒放的异珍奇葩,那这本《乐府文学史》无疑为这片园地的姹紫嫣红提供了原始的萌芽和蓬勃的生机。因为这些论文的各种主题都可在此书中看出端倪,它们同此书的关系也只仿佛正文之于标题。

下面围绕所选第二章,来概括罗根泽研究汉代乐府诗歌的特点及其贡献。

第一,本书既为授课教材,所以资料翔实丰富又具有代表性。此章共分三小节,第一节为"三大乐府",即《房中歌》十七章、《郊祀歌》十九章、《铙歌》二十二曲,第二节为"乐府古辞及其他",论述"三大《乐府》以外之两汉乐府"。所论篇章,即便不是组诗全录,也精选其中代表性的数首全部抄录,故除去其中的鉴赏和考据文字,完全可以成为一本包罗万象的白文版式的汉乐府诗选,不熟谙汉乐府的读者亦可以借此书一览大概,这是此书求全的一面,也是它在文献学方面的价值。同时,由于作者对于传统诗歌有着独到的眼力和深刻的体验,故选出论述的诗歌也都具有独特的价值,否则不入作者的法眼,不熟谙汉乐府的读者亦可以借此书去粗取精,这是此书求精的一面,也是它在文艺学方面的价值。求全的同时一样不失精审,这也是此书直到今天仍受广大读者和乐府研究者青睐的原因。第三节为"汉代乐府源流变迁表"。

第二,作者在写作此书时分类说明,先将每一研究对象分成若干总目,总目下再设置若干子目,这一点颇得其师梁启超的真传。最具代表性的是第二节讲述三大乐府之外的"汉乐府古辞及其他",罗氏先将论题分为"非五言者"、"五言者"及"疑非汉讴者"三大类,标目(一)、(二)、(三);每大类下又列举代表篇目加以论述,标目(1)、(2)、(3)等;每一篇目之下如果存在辨伪的必要,又列举数条详细的原因,标目(a)、(b)、(c)等;这种提纲挈领式的做法,使本书具有清晰明了的特点。

第三,本书在论述乐府诗歌时有效地吸收了前人和同时代学者的研究成果,但并不盲从。在这一方面,罗根泽往往先引旧说,然后针对旧说作出判断:旧说不误者,罗氏往往继续用晓畅的语言加以解说阐释;旧说有误者,罗氏则举出反例加以辨析,这个方法也同样适用于对时贤的反驳。例如第二节"非五言者"论述第13个例子《艳歌何尝行》,此诗初为杂言体,收录于沈约的《宋书》中;后经文人修改,将诗题易作《双白鹄》后,以整饬的五言形式被收录到徐陵的《玉台新咏》中。于是罗氏得出结论:"由此知乐府歌行,多社会产物,先有雏形,然后迭经修改,成功现在之况。由此知其中通篇五言之歌,每非原为五言,而为五言盛行之后,渐次修改而成者。"这是对比收录者的生卒年先后做出的判断,罗氏也用此条材料考出此诗由杂言进步为纯五言的轨迹;而对于这同一母题的两首诗,胡适《白话文学史》第七章反认为五言产生在先而杂言产生在后,这一观点在罗根泽的上述考证下,已经是不正确的结论;故而罗氏在书中说道:"胡适之不知前一首始见《宋志》,只据《乐府诗集》,遂以后一首先于前一首,谓'故从汉乐府到郭茂倩,这歌辞虽有许多改动,而"母题"始终不变'。遂成为渐修改而渐不完美之现象,而文学演化之过程,益纷乱不可理矣。"罗氏在此书《自序》中说到此书"采取他人说最多的,两汉则有先师梁任公先生的《美文史》里《两汉乐府》一章(未刻),唐代则有胡适之先生的《白话文学史》里《八世纪的新乐府》一章",但他对于这些成果都有自己的看法,这表现出一个优秀学者治学时应有的实事求是的作风。

第四,汉乐府诗歌——尤以杂曲歌辞为多——中,有不少作品已经为前代的乐府研究家所怀疑;罗氏既研究汉乐府,自然不能避过这些作品,他迎难而上,在利用前人成果的基础上,也提出了自己的意见,这不妨看作是罗氏辨伪的成果。上述这类聚讼千古的作品较为集中地体现在了本章第二节第三小节"疑非汉讴者"里面;其间辨伪的成果,有的已经为当今学界大致认可,有的至今仍为学界热烈讨论的对象。但无论其辨伪结论的正误,罗氏所采用的一系列辨伪手段在今时今日仍然不失为极具参考价值的方法。罗氏身为梁启超得意弟子,故梁氏言传身教,治学方法对其影响尤巨,对于这些存疑作品的研究,罗氏自然也本色地体现出梁门高足特有的师承风范。罗根泽在此章第二节末总结道:"考订思想或文艺之真伪及年代,方法虽多,大别有二:一曰证据,一曰直观。"这种方法即来自于梁启超《中国之美文及其历史》第三章《汉魏时代之美文》第一节:"凡辨别古人作品之真伪,有两种方法:一曰考证的,二曰直觉的。"此书以这两种方法相结合来研究作品的典范,可以对《长干曲》的考证为例。罗氏引出此诗全文后，首先同《东飞伯劳歌》和《西洲曲》一起论述："三首作风格调，绮靡秀丽。以历代文学变迁之情形视之，知必出齐梁六代，非汉人所作。"这应用了直觉的方法；其后专论《长干曲》：其一，"扬子之名""为汉所未有"；其二，唐始制扬子县，且唐人始多有关"长干"之诗作；其三，《晋书·桓玄传》有"'长干巷，巷长干'之童谣"，这应用了考证的方法。两相结合，罗氏终于得出结论："诸歌与此，似不无关系，则亦或出于六代。要之，必非汉讴。"缜密的推断配合严密的证据，如此得出的结论即便不完全符合事实，也至少接近现实，可以为后世研究此领域的学者提供更加有利的平台。

第五，本书虽为学术研究著作，但其中不乏精彩的赏析语言，从这一点看，此书完成了文学研究与文学鉴赏的结合。这部分赏析文字虽然零散地存在于书中不同的部分，但细心研究，也可以感受到一个文学史家在文学鉴赏上表现出的特有的慧心。罗氏似乎最欣赏"清水出芙蓉，天然去雕饰"那一类直抒胸臆、不掩真情之作。例如他评论《铙歌·有所思》"纯将一时迸裂的情感，抒为文章，此种奇作，古今中外，皆不多观，专门诗家，更不能道其只字"，评论《铙歌·君马黄》"似可解似不可解，似有义似无义，顽而可爱"（此说实承继梁启超《中国之美文及其历史》第一章第三节评此诗："此首像纯是童谣，意义在可解不可解之间，但拙得有味。"），评论《江南曲》"此种歌词，并无深思奥义，盖为顽童嬉游得意时之自然歌唱"，评论此书第四章"南北朝乐府"的《那呵滩》第四、五两首"一问一答，顽痴可爱"，哪怕评论并非乐府的《童谣大观》里面的扬州童谣都说到"以深思大义绳之，丝毫无可取；但此乃真天地自然之文"，他论诗重清新自然的取向也就十分明显了。

当然，此书作为学术界第一部系统的乐府通史，是筚路蓝缕的开创之作，这也往往需要作者本人和后贤来哲的接踵耕耘。作者当然也深谙此理，因此在本书出版三年后（1934年）写作的学术论文《何谓乐府及乐府的起源》中已经说到此书"出版后，续有新获，觉应当增删之处仍甚多。二十年秋，又移讲席北平，在燕京大学讲'乐府及乐府史'，除以已出版之《乐府文学史》作教本外，又成《乐府中的故事与作者》及此文两篇"。这两篇论文也都收录到《罗根泽古典文学论文集》中，两相对比，我们便可以看出罗氏在治学路上不断探索的历程，也可感受到他不断修正自我的勇气。

（吕冠南）

中国诗史(节选)

陆侃如　冯沅君

上卷　第四篇　乐府

第一章　导论

……

这些(选者按：指汉乐府)民间歌曲或贵族乐章产生于两汉四百年中者，不在少数。其篇名之可考者，近三百曲，现存者约三分之一。这些乐府诗的分类，在东汉时有两种：

蔡邕论叙汉乐曰："一曰《郊庙神灵》，二曰《天子享宴》，三曰《大射辟雍》，四曰《短箫铙歌》。"(《宋书》卷二十《乐志》二)

汉明帝时乐有四品：一曰《大予乐》，郊庙上陵之所用焉。……二曰《雅颂乐》，辟雍飨狩之所用焉。……三曰《黄门鼓吹乐》，天子宴群臣之所用焉。……其四曰《短箫铙歌乐》，军中之所用焉。(《隋书》卷十三《音乐志》上)

这些分类的缺点，就在没包括民间歌曲在内。《宋书·乐志》并无明确的分类，就所录诗乐的次序看来，大概可分下列六种：《郊庙》、《燕射》、《相和》、《清商》、《舞曲》、《鼓吹》。吴兢《乐府古题要解》也不分类，但也可约略看出六种：《相和》、《舞曲》、《鼓吹》、《横吹》、《清商》、《杂曲》。他如张永、荀勖、王僧虔等人的《技录》，以及智匠的《古今乐录》等，或另有分类，但已不可考。宋代有郑樵、郭茂倩两种分类。郑樵分类见《通志》(卷四十九《乐略》一)，其五大类：《正声》、《遗声》、《祀飨正声》、《祀飨别声》、《文武舞》。每大类又分若干小类，共五十余小类。因为既琐碎，又不适当，后代治乐府者大都从郭茂倩。

郭茂倩的分类见《乐府诗集》，据《宋书》及吴兢而加以补充，虽不能算尽善尽美，但比较的最为合理。他共分十二大类，其中一部分再分若干小类，具列如下：

  《郊庙歌辞》(汉至五代)。
  《燕射歌辞》(晋至隋)。
  《鼓吹曲辞》(汉至唐)。
  《横吹曲辞》(汉至梁)。
  《相和歌辞》(汉)：
    《相和六引》(汉)。
    《相和曲》(汉)。
    《吟叹曲》(汉)。
    《四弦曲》(汉)。
    《平调曲》(汉)。
    《清调曲》(汉)。
    《瑟调曲》(汉)。
    《楚调曲》(汉)。
    《大曲》(汉)。
  《清商曲辞》(晋至隋)：
    《吴声歌曲》(晋至隋)。
    《神弦歌》(南朝)。
    《西曲歌》(南朝)。
    《江南弄》(梁)。
    《上云乐》(梁)。
    《雅歌》(梁)。
  《舞曲歌辞》(汉至隋)：
    《雅舞》(汉至隋)。

《杂舞》(汉至齐)。

《散乐》(汉至齐)。

《琴曲歌辞》(唐虞至隋唐)。

《杂曲歌辞》(汉至唐)。

《近代曲辞》(隋唐)。

《杂歌谣辞》(唐虞至隋唐)。

《新乐府辞》(唐)。

在过去各种分类中,这是比较最合理、最流行的一种。

但是我们还当加以修改。第一应该删去伪托的琴曲。郑樵说得好:

《琴操》所言者,何尝有是事?琴之始也,有声无辞,但善音之人,欲写其幽怀隐思,而无所凭依,故取古之人悲忧不遇之事,而命以操。……顾彼亦岂欲为此诬罔之事乎?正为彼之意向如此,不得不如此,不说无以畅其胸中也。(《通志》卷四十九《乐略》一)

崔述也说:

《琴录》之文,词意浅近,不惟非圣人之言,亦不类三代时语,乃后人闻相传有此事而拟作者耳。唐韩子亦尝有《拟拘幽操》,近世琴谱亦有称为文王所自作者。但此幸而有韩诗存,少知读书者,犹得辨其非实。若传之日久,不幸韩诗亡,则虽大儒亦必以为实矣。彼《琴录》所载,亦如是而已矣。(《丰镐考信录》卷二)

第二应该删去与《杂曲》重复的《近代曲》。郭茂倩说:

《近代曲》者,亦《杂曲》也。以其出于隋唐之世,故谓之《近代曲》也。(《乐府诗集》卷七十九)

他是宋人,故如此说,现在便当把这两类合并了。

第三应该删去不入乐的《杂歌谣》。郭茂倩说:

> 若斯之类,并徒歌也。《尔雅》曰:"徒歌谓之谣。"……《韩诗章句》曰:"……无章曲曰谣。"(《乐府诗集》卷八十三)

汉乐府本有些是赵、代、秦、楚之讴,经李延年等略论律吕,方成乐章。所以《宋书》(卷二十一《乐志》三)说《相和歌》原是"汉世街陌讴谣",而《晋书》(卷二十三《乐志》下)也说《吴声歌》"始皆徒歌,既而被之弦管"。则《杂歌谣》是乐府的原料而非乐府本身,至为明显,最好是分开。

第四应该删去《新乐府》。郭茂倩说:

> 《新乐府》者,皆唐世之新歌也。以其辞实乐府而未常被于声,故曰《新乐府》也。(《乐府诗集》卷九十)

这是自相矛盾的话。既然"未常被于声",那便与徒诗无异。诗人或者自题曰乐府,其实与乐府异,故当与《杂歌谣》同样分开。因此,郭茂倩所分十二大类,只剩八类了。

在这八类中,《相和》与《清商》所分小类,也有点错误。依《乐府诗集》所载,《清商曲》现存者始于晋,汉辞已亡佚了。其实他所收汉"相和"中,有一部分实是汉"清商"。梁启超是第一个改正这错误的,以为郭茂倩是上了吴兢、郑樵的当:

> 然樵有大错误者一点,在把《清商》与《相和》混为一谈。故于《相和歌》三十曲以外,复列《相和平调》、《清调》、《瑟调》、《楚调》四种;而《清商》则仅列七曲,附三十三曲,皆南朝新歌;一若汉魏只有《相和》,别无《清商》者。殊不知惟《清商》有《清》、《平》、《瑟》三调,而《相和》则未闻有之。凡樵据王僧虔《技录》所录之五十一曲,皆《清商》也。《宋书·乐志》云:"《相和》,汉旧曲也。丝竹更相和,执节者歌。本十七曲,朱生、宋

识、列和等合之为十三曲。"此十三曲《宋志》全录。……至于《清商》,则杜佑《通典》云:"《清商》三调,并汉氏以来旧曲。歌章古调与魏三祖所作者,皆备于史籍。"佑所谓史籍,即指《宋志》也。《宋志》录完《相和》十三曲之后,另一行云:"《清商》三调歌诗,荀勖撰旧词施用者。"此下即分列《平调》六曲、《清调》六曲、《瑟调》八曲,且此三调皆属于《清商》明甚。……而郑樵读《宋志》时,似将"《清商》三调荀勖撰"一行滑眼漏掉,漫然把《宋志》卷二十一所录诸歌全都归入《相和》,造出《相和平调》等名目。于是本来仅有十三曲的《相和》,无端增出几十曲来;本来有几十曲的《清商》,除《吴声》七曲外,汉魏歌辞一首都没有。樵亦自知不可通,于是复曲为之说,谓"汉所谓《清商》者,但尚其音耳,晋宋间始尚辞;观吴兢所纂七曲,皆晋宋间曲也"。殊不知《清商》三调本惟其音,不惟其辞。……郑樵说汉但尚音,实则晋宋何尝不是尚音?他说晋宋尚辞,实则晋宋间辞倒渐渐散亡了。……大抵替《清商》割地,始自吴兢,而郑樵、郭茂倩沿其误。今据王僧虔、沈约所记载,复还其旧。又《宋志》于《三调》之外,复有所谓《大曲》及《楚调》;其性质如何虽难确考,既王僧虔以类相次,则宜并属《清商》。(《中国之美文及其历史》,《饮冰室专集》之七十四,页50~51)。

梁启超的话很对,不过他与郑樵一样地冤枉了吴兢。《乐府古题要解》(卷上)所引七曲,第一曲便是《王昭君》,说:"汉人怜昭君远嫁,为作歌诗。"又引蔡邕的话:"《清商曲》,其词不足采,著其曲名,有'出郭西门陆地行车夹钟朱堂寝奉法'等五曲。"五曲名不易断句,其中"西门"疑即《大曲》中之《西门行》。可见吴兢并未替《清商》割地,更可证郑、郭所谓《相和》中确有一部分是汉《清商》。还有一点:《王昭君》为《吟叹曲》,而吴兢认为是《清商曲》,则《吟叹》亦不当如郭茂倩之列入《相和》中,至为明显。故《相和歌》的小类,只包含《相和曲》、《四弦》及《六引》。《六引》之确为《相和》,有《隋书》(卷十三《音乐志》上)可证;而《四弦》则《古今乐录》(《乐府诗集》卷三十引)说张永列入"《相和》之末,三调之首",恐不属《清商》。其余则都在汉《清商》范围之内。

乐府的分类既明，下文便分别研究。

第二章 郊庙歌及其他

汉乐府的八类，可依其性质合为三组。《郊庙歌》、《燕射歌》及《舞曲》为第一组，都是贵族特制的乐府。《鼓吹曲》与《横吹曲》为第二组，都是外国输入的乐府。《相和歌》、《清商曲》及《杂曲》为第三组，都是民间采来的乐府。

……

现在先研究《郊庙歌》。

汉《郊庙歌》有五种。其中有四种作于高祖时：《宗庙乐》、《房中祠乐》、《昭容乐》及《礼容乐》。《汉书》（卷二十二《礼乐志》）说：

> 高祖时，叔孙通因秦乐人制《宗庙乐》……。又有《房中祠乐》，高祖唐山夫人所作也。周有《房中乐》，至秦当曰《寿人》。凡乐乐其所生，礼不忘本；高祖乐楚声，故《房中乐》楚声也。孝惠二年，使乐府令夏侯宽备其箫管，更名曰《安世乐》。……高祖六年，又作《昭容乐》、《礼容乐》。《昭容》者，犹古之《昭夏》也，主出《武德舞》。《礼容》者，主出《文始》、《五行舞》。舞人无乐者，将至至尊之前，不敢以乐也；出用乐者，言舞不失节，能以乐终也。大氐皆因秦旧事焉。

其中除《昭容》、《礼容》作于高祖六年（前201年）外，余二种未详年代。《史记》（卷九十九《刘敬叔孙通列传》）说：

> 汉二年，汉王从五诸侯入彭城，叔孙通降汉。……汉王拜叔孙通为博士，号稷嗣君。汉五年，已并天下，诸侯共尊汉王为皇帝。于是定陶叔孙通就其仪号……

由此看来，《宗庙乐》的时代总在汉二年至五年间。不过项羽至五始败死，乐章的制作大约不会在此时以前。至于《房中祠乐》，大约也作于五年。

这四种中，除《房中祠乐》外，余三种均已亡佚。《宗庙乐》包括《嘉至》、《永至》（一作《礼至》）、《登歌》、《休成》、《永安》五篇，其中《登歌》一篇也许包含两章。服虔注《汉书》，于《休成》下特注"叔孙通所奏作也"一句，似乎这一篇是他的创制。其余都因旧辞，现在无从详考了。至于《昭容》、《礼容》二乐，则连篇名都失传。所谓某乐"主出"某舞，各家解释至为纷歧，当以刘奉世之说较为正确：

> 予谓"主出"者，此舞出则奏之。故下文云："出用乐者，言舞不失节，能以乐终也。"（《汉书补注》卷二十二引）

此亦祭歌舞曲有密切关系之一证。

《房中祠乐》是高祖时四种乐章之仅存者。上文曾说惠帝时改名《安世乐》。到《汉书》（卷二十二《礼乐志》）载此诗时，又改题"安世房中歌》十七章"，大约是合前二称而为一。后代总集如《乐府诗集》、《诗纪》等，大都沿用它，直到现在。歌辞应分十七章，但各本章数及分章段落，均极歧异，今已无从判其是非。各章标题大都失传，只剩"桂华"与"美若"二题。王先谦《汉书补注》（卷二十二）引三家之说：

> 《桂华》一章十句。"桂华冯冯翼翼"，此"桂华"前章之名也。古诗皆有章名，今此独两章存。《美芳》一章八句。（刘敞）
>
> "桂华"、"美芳"皆二章诗名。本侧注在前篇之末，传写之误，遂以冠后。后词无"美芳"，亦当作"美若"矣。（刘奉世）
>
> 此二字是《练时日》、《帝临》、《青阳》之类，所以记章数也。但存《桂华》、《美若》两章之名，其余俱脱去耳。（钱大昭）。

其他字句上的考订，如"其邻翼翼"句应否重复，"大海荡"、"高贤愉"应否重复"荡"、"愉"二字，均无关宏旨，今不赘论。

作者唐山夫人，为高祖姬，姓唐山，生卒及事迹不详。因为作者是女子，故后人对作品的性质也生出一种误会来。梁启超说：

> 因歌名《房中》，又成于妇人之手，后世望文生意，或指为闺房之乐。此种误解，盖自汉末已然。魏明帝时，侍中缪袭奏言："往昔议得，以《房中》歌后妃之德。……省读《汉安世歌》，说'神来燕飨'，'嘉荐令仪'，无有《二南》后妃风化天下之言……宜改曰《享神歌》。"今按：袭说甚是，《房中歌》盖宗庙乐章，故发端有"大孝备矣"之文。然虽经缪袭辨明，而后世沿讹者仍不少。郑樵依违其说，乃曰："《房中乐》者，妇人祷祠于房中也。"可谓瞎说。"房"本古人宗庙陈主之所，这乐在陈主房奏，故以"房中"为名。后来"房"字意义变迁，作为闺房专用，故有此误解耳。（《中国之美文及其历史》，《饮冰室专集》之七十四，页33）

这话很对。试看"房中"下原有"祠"字，便知不指闺房。《后汉书》（卷七《桓帝纪》）"坏郡国诸房祀"句注："房，谓祠堂也。"亦可助证。

篇中多祝颂及教训的话，尤其注重"孝"，前后说了六次。描写的部分较佳，如：

> 芬树羽林，云景杳冥。金支秀华，庶旄翠旌。

又如：

> 乘玄四龙，回驰北行。羽旄殷盛，芬哉芒芒。

这虽是四言诗，然而风格却近《楚辞》。不过《房中祠乐》并未能避免《诗经》的影响，如"德音孔臧"、"受福无疆"等句便是明证。

又如：

> 太山崔，百卉殖。民何贵？贵有德。

这种体裁绝近《国风》，虽然《诗经》中少三言诗。

以上四种均作于高祖时，第五种《郊祀歌》则作于武帝时。《汉书》(卷九十三《佞幸传》)说：

> 是时上方兴天地诸祠，欲造乐，令司马相如等作诗颂。延年辄承意弦歌所造诗，为之新声曲。

又说(卷二十二《礼乐志》)：

> 以李延年为协律都尉，多举司马相如等数十人造为诗赋，略论律吕，以合八音之调，作十九章之歌。以正月上辛，用事甘泉圜丘，使童男女七十人俱歌。皆祠至明，夜常有神光如流星，止集于祠坛。

周寿昌《汉书注补正》(王先谦《汉书补注》卷二十一二引)说：

> 《郊祀志》："其春既灭南越，嬖臣李延年以好音见。"是为元鼎六年。相如死当元狩五年，死后七年延年始得见。上定郊祀之乐，即安得而举之？……是相如前造诗，延年后为新声。"多举"者，言举相如等数十人之诗赋，非举其人也。

此十九章今载《汉书》(卷二十二《礼乐志》)。王先谦《汉书补注》(卷三十)以《艺文志》所著录"泰一杂甘泉寿宫歌诗十四篇、宗庙歌诗五篇"当之，恐未必然。所谓《宗庙歌诗》，当即上文所说《宗庙乐》，自《嘉至》至《永安》恰是五篇。

十九章的作者除司马相如外，可考者尚有邹阳。《汉书》于《青阳》、《朱明》、《西颢》、《玄冥》四篇下均注"邹子乐"二字，各家于此均无说。梁启超则以为是邹阳：

> 惟《青阳》，《朱明》，《西颢》，《玄冥》四章，注明为"邹子乐"，当是邹阳作。阳，景帝时人，似不逮事武帝，想是当时乐

府采其词以制谱。(《中国之美文及其历史》,《饮冰室专集》之七十四,页37)

这个假设虽无确据,但很有成立的可能。邹阳卒年不可考,可是他的朋友枚乘至武帝初年方死,那么《青阳》等四章也许作于武帝时。至于其他十余篇中何者为司马相如所作,殊不易确定。他死于前117年,则只有前122年的《朝陇首》或者是他作的。《天马》"太一况"章的时代有前120年及前113年两说,《五神》的时代也有前134年与前112年两种可能;它们是否是他的作品,尚难断定。此外,又有时代难考的《练时日》及《赤蛟》两章,或者也可算是他作的。

《郊祀歌》本十九章,但《天马》有两首,故实共二十篇。它们向称难懂,如《史记》(卷二十四《乐书》)说:

> 通一经之士,不能独知其辞;皆集会五经家,相与共讲习读之,乃能通知其意。多尔雅之文。

今据历代学者研究所得,略述它们的内容与时代于后:

1.《练时日》。此是迎神之词。《宋书》(卷二十《乐志》二)载谢庄《明堂歌》的《迎神歌诗》,注道:"依汉《郊祀》迎神,三言,四句一转韵。"可证。此章若是司马相如所作,则当在前140年至前117年间。

2.《帝临》。诗中有"制数以五"、"后土富媪"等句。颜师古注引张晏说:"此后土之歌也,土数五。"王先谦补注引王念孙说:"此即《月令》所谓'其神后土,其数五',张以为祭后土之歌,是也。"按《汉书》(卷六《武帝纪》)说:"元鼎……四年……十一月甲子,立后土祠于汾阴脽上。"则此章当作于前113年。

3.《青阳》。

4.《朱明》。

5.《西颢》。

6.《玄冥》。《史记》(卷二十四《乐书》)说:"使僮男僮女七十人俱歌。春歌《青阳》,夏歌《朱明》,秋歌《西暤》、冬歌《元冥》。"《宋书》(卷十九《乐志》一)说:"汉光武平陇蜀,增广郊祀。……迎时气五郊:春歌《青阳》,夏歌《朱明》,并舞《云翘》之舞。秋歌《西皓》,冬歌《玄冥》,并舞《育命》之舞。"所以王先谦(《汉书补注》卷二十二)说这四章是"迎时气之乐章"。它们若是邹阳的作品,则当在前140年顷。

7.《惟泰元》。吴仁杰《两汉刊误补遗》(《汉书补注》卷二十二引)说:"泰元者,泰一也。泰一与天地并,而非天也。《志》载天子'祠三一:天一、地一、泰一'。又载其赞飨曰:'天增授皇帝泰元神策……皇帝敬拜泰一。'又'为泰一镶旗,命曰灵旗'。故此章颠末有'泰元'及'灵旗'之文。"按《汉书》(卷六《武帝纪》)说:"元鼎……五年……十一月辛巳朔旦冬至,立泰畤于甘泉,天子亲郊见。"颜师古注:"祠太一也。"《汉书》(卷二十五《郊祀志》上)也说:"十一月辛巳朔旦冬至昒爽,天子始郊拜泰一。"故此诗当作于前112年。

8.《天地》。诗有"天地并况"句,王先谦《补注》:"《郊祀志》并祠天一、地一、泰一,所谓'三一'。"此外,他引《郊祀志》记泰一事以释此章者尚有数处。篇中又有"合好郊欢虞泰一"句,更可证此是泰一之作,其时代当与《惟泰元》同为前112年。

9.《日出入》。王先谦《补注》:"《郊祀志》:'朝朝日。'此其祀神歌。"按《汉书》(卷六《武帝纪》)说:"元鼎……五年……十一月辛巳朔旦冬至……朝日夕月。"《汉仪注》:"郊泰畤时,皇帝平旦出竹宫,东向揖日,其夕西向揖月。"(颜师古注引瓒注引)此诗当与祭泰一诸篇同为前112年之作。祭月诗不见,不知何故。

10.《天马》"太一况"章。《史记》(《乐书》)载此诗,题为"太一之歌"。《汉书》(卷二十二《礼乐志》)说:"元狩三年马生渥洼水中作。"则此诗作于前120年,时司马相如尚在。但《汉书》他处(卷六《武帝纪》)又说:"元狩……二年……夏马生余吾水中。……元鼎……四年……六月得宝鼎后土祠旁,秋,马生渥洼水中,作《宝鼎》、《天马》之歌。"据此则当作于前113年,时相如已死四年。二说未知孰是;但元狩三年之说,也许因二年马生余吾水中而误传的。

11.《天马》"天马徕"章。《汉书》(《武帝纪》)说:"太初……四年春,贰师将军广利斩大宛王首,获汗血马来,作《西极天马》之歌。"

又说(《礼乐志》)："太初四年诛宛王，获宛马作。"此章当作于前101年。

12.《天门》。王先谦《补注》："《郊祀志》：'封禅祠其夜若有光。'所谓'光夜烛'也。又云：'已封泰山，方士更言蓬莱诸神，若将可得；上欣然，庶几遇之，后东至海上望焉。'故末云'专精厉意逝九阂，纷云六幕浮大海'也。"按《汉书》(《武帝纪》)说："元封元年……四月癸卯，上还登封泰山。"又说(《郊祀志》)："四月……乙卯……封泰山。……丙辰禅泰山……下诏改元为元封。"此诗若是封禅泰山而作，则当在前110年。

13.《景星》。《汉书》(《礼乐志》)说："元鼎五年得鼎汾阴作。"王先谦《补注》："《武纪》得鼎在四年，五当作四。"按《武纪》载获鼎凡二次，一在元鼎元年，一在元鼎四年；而《郊祀歌》中因获鼎而作之歌亦有二，即《景星》与《后皇》。从先后的次序看来，《景星》应作于元年(前116年)，则"五"当为"元"之误。

14.《齐房》。《汉书》(《礼乐志》)说："元封二年芝生甘泉齐房作。"此诗又题作《芝房》，武帝元封二年六月诏："甘泉宫内中产芝，九茎连叶。上帝博临，不异下房，赐朕弘休。其赦天下，赐云阳都百户牛酒，作《芝房》之歌。"它的时代当是前109年。

15.《后皇》。诗有"物发冀州"句，晋灼注："得宝鼎于汾阴也。"(颜师古注引)王先谦补注："此得鼎汾阴时作。"上文曾说得鼎凡二次，《景星》为第一次作，本篇当为第二次作，在元鼎四年，即前112年。前引《武帝纪》称四年得鼎而作之诗为《宝鼎》，当即《后皇》之另一标题。

16.《华烨烨》。诗有"沛施祐，汾之阿"句。王先谦补注："此礼后土祠毕，济汾河作。"其时代当与《帝临》同为前113年。

17.《五神》。诗有"五神相"句，如淳注："五帝为太一相也。"(颜师古注引)王先谦补注："此云阳始郊见泰一作。五神者五帝坛环居其下也。"按《汉书》(《武帝纪》)说："元光……二年冬十月，行幸雍，祠五畤。"颜师古注："五帝之畤也。"则此诗当作于前133年，时司马相如尚在。不过，这篇也许与祭泰一诸诗同样的作于前112年，时相如却已死五年。

18.《朝陇首》。诗有"获白麟"句。《汉书》(卷二十二《礼乐志》)说:"元狩元年行幸雍,获白麟作。"又说(卷六《武帝纪》):"元狩元年冬十月行幸雍,祠五畤,获白麟,作《白麟》之歌。"可见此诗又题《白麟》,其时代为前122年,时司马相如尚在。

19.《象载瑜》。诗有"赤雁集,六纷员"句。《汉书》(卷二十二《礼乐志》)说:"太始三年行幸东海,获赤雁作。"又说(卷六《武帝纪》):"太始……三年春……二月令天下大酺五日,行幸东海,获赤雁,作《朱雁》之歌。"知此诗又题《朱雁》,其时代为前94年。

20.《赤蛟》。《宋书》(卷二十《乐志》二)载谢庄《明堂歌》的《送神歌辞》,注道:"汉《郊祀》送神亦三言。"即指此篇。其中"礼乐成……长无衰"句,与《九歌·礼魂》"成礼兮会鼓……长无绝兮终古"相近,而《礼魂》也是送神之诗,可作旁证。其时代无考。

由此可知,《郊祀歌》各篇大都是武帝期(前140—前87年)的作品。内容方面,除送神迎神二章外,有祀四时的四章、祀太一及五帝的三章、祀后土的两章、记祥瑞的七章、祭日与祭泰山的各一章。

此二十首诗,全载《汉书》(卷二十二《礼乐志》),而《史记》(卷二十四《乐书》)则只载《天马》二章,字句亦异。试举第一首为例:

  太一贡兮天马下,霑赤汗兮沫流赭。骋容与兮跇万里,今安匹兮龙与友。(《史记》本)
  太一况,走马下,霑赤汗,沫流赭。志俶傥,精权奇,籋浮云,晻上驰。体容与,迣万里,今安匹,龙为友。(《汉书》本)

第二首歧异更多,这或者由于乐工的增删,如《乐府诗集》所载《相和歌》即多此例。但最值得注意的是"兮"字。王先谦《汉书补注》(卷二十二),于《天地》"神奄留"句说:

  此"留"下当有"兮"字,而班氏删之。即上下文八字七字句。皆有"兮"字,无则不成一体。此班氏例删之文,《天马歌》及《司马相如传》可互证也。

又注《天门》"饰玉梢以舞歌"句说：

> 此上句中皆有"兮"字，班氏删之。下"月穆穆"、"神裴回"四句例同。

又注"幡比翇同集"句说：

> "翇"、"飞"下皆有"兮"字，"假清风"二句同。

又注"纷云六幕浮大海"句说：

> 自"函蒙"至此，每四字下有"兮"字。

又注《景星》说：

> 此歌亦每四字下有"兮"字。

除他所指出的外，其他如杂言的《日出入》大约也有"兮"字，否则协韵便不合常规。再以《天马》例之，则三言的《练时日》、《华烨烨》、《五神》、《朝陇首》、《象载瑜》、《赤蛟》等，亦当有"兮"字。总之，《郊祀歌》中除四言的《帝临》、《青阳》、《朱明》、《西颢》、《玄冥》、《惟泰元》、《齐房》、《后皇》八首外，余均用骚体。《汉书》所载者，是经李延年抑班固的修改，虽难断定，但非司马相如等人的原作，则可推知。

所以，《郊祀歌》受《楚辞》的影响是很易看出的。试举第一首《练时日》为例(依上述假定加入"兮"字)：

> 练时日兮侯有望，焫(选者按，应依《乐府诗集》卷一作"爇")膋萧兮延四方。九重开兮灵之斿，垂惠恩兮鸿祐休。灵之车兮结玄云，驾飞龙兮羽旄纷。灵之下兮若风马，左苍(选者按，应依《乐府诗集》卷一作"仓"。)龙兮右白虎。灵之来兮神哉

沛，先以雨兮般裔裔。灵之至兮庆阴阴，相放㷊兮震澹心。灵已坐兮五音伤，虞至旦兮承灵亿。牲茧栗兮粢盛香，尊桂酒兮宾八乡。灵安留兮吟青黄，遍观此兮眺瑶堂。众嫭并兮绰奇丽，颜如荼兮兆逐靡。被华文兮厕雾縠，曳阿锡兮佩珠玉。侠嘉夜兮茝兰芳，澹容与兮献嘉觞。

其风格之接近《九歌》与《招魂》，至为明显。不过，作者并非一味模仿《楚辞》，他们颇能自铸新词，故异于汉代一般骚赋家。例如《日出入》(亦假定加"兮"字)：

日出入兮安穷？时世兮不与人同；故春非我春兮夏非我夏，秋非我秋兮冬非我冬。泊如四海之池兮，遍观是邪谓何？吾知所乐兮独乐六龙。六龙之调兮使我心若，訾黄其何不徠下？

它颂日之伟大，却说日之四季非凡人之四季，也就是说日之生命是无穷的，而凡人的生命是短促的。这首与《九歌》中的《东君》，可说是异曲同工。

总之，《郊祀歌》在贵族乐章中有特殊的地位是没有问题的。即在四言的几首，尤其是"邹子乐"的四章，也不受《诗经》的束缚。我们若拿来和晋以后的祭歌作比较，其优劣真不可以道里计。

……

第三章　鼓吹曲及其他

汉乐府第二组是外国输入的乐府，包含《鼓吹曲》与《横吹曲》两种。今先研究《鼓吹曲》，因为它输入较早。

《鼓吹曲》的输入，见于《汉书》(卷一百上《叙传》上)：

始皇之末，班壹避地于楼烦。致马牛羊数千群。值汉初定，与民无禁。当孝惠、高后时，以财雄边。出入弋猎旌旗鼓吹。

然而《宋书》(卷十九《乐毒》一)却另有一说：

> 《鼓吹》盖《短箫铙歌》。蔡邕曰："军乐也，黄帝、岐伯所作，以扬德建武，劝士讽敌也。"《周官》曰："师有功则恺乐。"《左传》曰："晋文公胜楚，振旅恺而入。"《司马法》曰："得意则恺乐恺歌。"雍门周说："孟尝君鼓吹于不测之渊。"

《古今注》(卷中《音乐》第三)所言与此同。若说军乐在先秦已存在，那是很可能的；若说汉《鼓吹曲》源于黄帝时，则未免荒唐难稽了。《旧唐书》(卷二十九《音乐志》二)说："《鼓吹》本军旅之音，马上奏之，故自汉以来，北狄乐总归鼓吹署。"亦可助证汉曲来自北方。

"鼓吹"二字有三种不同的意义。第一种是最广的涵义，包括上文所论乐府分类中的《鼓吹》与《横吹》二类：

> 然则《黄门鼓吹》、《短箫铙歌》与《横吹曲》得通名"鼓吹"，但所用异尔。(《乐府诗集》卷十六)

> 《横吹曲》，其始亦谓之"鼓吹"，马上奏之，盖军中之乐也。(同上，卷二十一)

所以这二字似泛指一切外国乐。第二种涵义较狭，专指外国乐之用箫笳者。

> 其后分为二部：有箫笳者为"鼓吹"，用之朝会、道路，亦以给赐，汉武帝时南越七郡皆给"鼓吹"是也。有鼓角者为"横吹"，用之军中，马上所奏者是也。(《乐府诗集》卷二十一)

此即后代通常所采用的。第三种是最狭的涵义，把现在所谓《鼓吹》分成"鼓吹"、"骑吹"二种：

> 又《建初录》云："《务成》、《黄爵》、《玄云》、《远期》，皆《骑吹曲》，非《鼓吹曲》。"此则列于殿庭者为"鼓吹"，今之从行

鼓吹为"骑吹",二曲异也。(《宋书》卷十九《乐志》一)

但郭茂倩则力辩"骑吹"说之无稽:

> 按《西京杂记》,汉大驾祠甘泉汾阴,备千乘万骑,有黄门前后部鼓吹。则不独列于殿庭者《鼓吹》也。汉《远如期》曲辞,有"雅乐陈"及"增寿万年"等语,马上奏乐之意。则《远期》又非《骑吹曲》也。(《乐府诗集》卷十六)

《西京杂记》之说虽不可靠,然"骑吹"之名确是不常为人所采用。

现在我们所谓《鼓吹曲》,则专指第二义。这种与"横吹"分家而又包括"骑吹"的《鼓吹曲》,其应用大约有四种:一是朝会宴飨,二是道路从行,三是赐功臣,四是师有功。歌辞之存者有《铙歌》,然亦有谓《铙歌》非《鼓吹曲》者,如《宋书》(卷十九《乐志》一):

> 说者云:鼓自一物,吹自竽籁之属,非箫鼓合奏,别为一乐之名也。然则《短箫铙歌》此时未名《鼓吹》矣。……又孙权观魏武军作鼓吹而还,此又应是今之《鼓吹》。魏晋世又假诸将帅及牙门曲盖鼓吹,斯则其时谓之《鼓吹》矣。

郭茂倩辩明道:

> 《晋中兴书》曰:"汉武帝时,南越加置交趾、九真、日南、合浦、南海、郁林、苍梧七郡,皆假《鼓吹》。"《东观汉记》曰:"建初中,班超拜长史,假鼓吹麾幢。"则《短箫铙歌》汉时已名《鼓吹》,不自魏晋始也。(《乐府诗集》卷十六)

《铙歌》今存十八曲,《古今乐录》(《乐府诗集》卷十六引)说:

> 汉《鼓吹铙歌》十八曲,字多讹误。……又有《务成》、《玄云》、《黄爵》、《钓竿》,亦汉曲也,其辞亡。或云汉《铙歌》二

十一，无《钓竿》。

《钓竿》传系司马相如作：

> 《钓竿》，伯常子妻所作也。伯常子避仇河滨为渔父，其妻思之，每至河侧(选者按，当依明顾元庆《文房小说》本《古今注》卷中补"作"字)《钓竿》之歌。后司马相如作《钓竿》之诗，今传为古曲也。(崔豹《古今注》卷中《音乐》第三)

此说不知确否，但《鼓吹》以外国乐而有中土歌辞，亦在情理之中(吴兢《乐府古题要解》卷上，于《钓竿》亦采崔说，但又疑其不在《铙歌》之内。按《瑟调曲》亦有此曲，未知其详)。至其他各篇的作者，则更难考了。

此十八曲"皆声辞艳相杂，不可复分"(《宋书》卷二十二《乐志》四引《古今乐录》)。到清代始有庄述祖《汉鼓吹铙歌曲句解》(《珍埶宧遗书》本)、谭仪《汉鼓吹铙歌十八曲集解》(《灵鹣阁丛书》本)、王先谦《汉铙歌释文笺正》(虚受堂本)等专书，作校勘训诂的工夫。他如陈祚明《采菽堂古诗选》、陈沆《诗比兴笺》、陈本礼《汉诗统笺》等选本，也对《铙歌》有所贡献。现在我们抛开他们附会的话，来把这十八曲的内容及时代略加论述如下：

1.《朱鹭》。各家多以为是刺诗，恐怕是错误的。王先谦说："《朱鹭》旧曲，汉初颂美福应之歌也。考《潜确类书》，汉有朱鹭之祥。……梁元帝《放生池碑》：'朱鹭晨飞，当张罗于汉后。'……若武帝《白麟》、《赤雁》之歌。其时不可考，诗亦亡矣。乐府存其篇目，后人因旧曲易新词，遂为历代拟古之祖。"(《汉铙歌释文笺正》)他以现存歌辞为拟作，未免蛇足；但他以此篇为记祥瑞之诗，却尚合理。作期当在前2世纪。

2.《思悲翁》。各家多附会汉高祖时事，殊无谓。从"蓬首狗逐狡兔"等句看来，似是叙田猎的；但又有"夺我美人"的话，故不敢断定。时代无考。

3.《艾如张》。篇中有"山出黄雀亦有罗，雀以高飞奈雀何"等句，似亦写田猎。至于陈沆(《诗比兴笺》卷一)以为刺"法网苛细"、谭仪(《汉鼓吹铙歌十八曲集解》)以为写"王者天网求贤",则未免求之过深。诗的时代亦无考。

4.《上之回》。庄述祖(《汉鼓吹铙歌曲句解》)以为"纪巡狩也",似不误。有指为武帝时事者,如吴兢《乐府古题要解》(卷上)说:"右汉武帝元封初,因至雍,遂通回中道,后数出游幸焉。其歌称帝'游石关,望诸国,月支臣,匈奴服',皆美当时事也。"郭茂倩(《乐府诗集》卷十六)从之。亦有指为宣帝时事者,如陈沆(《诗比兴笺》卷一)说:"《宣帝纪》:神爵元年正月,上始幸甘泉。三月幸河东,祀后土。二年,匈奴日逐王来降,单于遣名王奉献。甘露元年正月,幸甘泉,郊秦畤(选者按,当依《汉书·宣帝纪》作"泰畤"),匈奴呼韩邪单于遣子入侍。三年春,上郊泰畤,因朝单于于甘泉宫。即此诗所咏也。"谭仪(《汉鼓吹铙歌十八曲集解》)从之。王先谦(《汉铙歌释文笺正》)驳陈谭而申吴郭:"武帝时《铙歌》也。或以为宣帝时作,非。考《汉书·宣帝纪》,终帝之世,五幸甘泉,并未一至回中,曲题何所取义?其武帝元封六年作乎?"他这话很对,故谭仪亦说"何必非武帝诗"。今依王说,假定此诗作于前105年。

5.《翁离》。各家多以为刺诗,似非。歌辞有"何用茸之?蕙用兰"之句,颇近《九歌·湘夫人》"芷葺兮荷屋,缭之兮杜衡"。但究何所指,殊难断定,时代亦无考。陈本礼(《汉诗统笺》)及王先谦(《汉铙歌释文笺正》)均以为讽上林,殊属附会。

6.《战城南》。这是《铙歌》中第一首明白易晓的诗。它写战争的罪恶,但时代难定。陈沆(《诗比兴笺》卷一)以为指武帝时事,王先谦《汉铙歌释文笺正》以为指楚汉相争时事,均无确据。

7.《巫山高》。此诗显然写归思,《乐席古题要解》(卷上)说得好:"右其词大略言江淮水深,无梁可度,临水远望,思归而已!"陈本礼(《汉诗统笺》)以为武帝时防守七国之戍卒思归,王先谦(《汉铙歌释文笺正》)以为高祖时賨民思归,皆嫌附会。庄述祖(《汉鼓吹铙歌曲句解》)以为咏楚襄王,则更荒谬。对于诗的时代,应该阙疑。

8.《上陵》。陈沆(《诗比兴笺》卷一)说:"又《宣纪》:神爵元年诏曰:'迺者金芝九茎,产于函德殿铜池中。'甘露二年诏曰:'迺者凤皇甘露,降集京师;黄龙登兴,醴泉滂流,枯槁荣茂;神光并见,咸受祯祥。'正此诗所咏者也。"诗中明言"甘露初二年,芝生铜池中",可证作于前52年。

9.《将进酒》。这显然是首宴饮之诗,故谭仪(《汉鼓吹铙歌十八曲集解》)说:"此《宾筵》之遗声,当非刺诗。"其时代无考。陈沆(《诗比兴笺》卷一)以为"武帝柏梁赋诗时事",殊无确据;若王先谦(《汉铙歌释文笺正》)说"武帝祀舜而作歌",则更无稽。

10.《君马黄》。此诗意义难明。从"美人伤我心"等句看来,似是首情诗,但不敢断定,其时代亦无考。各家附会均非,王先谦(《汉铙歌释文笺正》)以为枚乘作,尤误。

11.《芳树》。此曲句读难定,庄述祖(《汉鼓吹铙歌曲句解》)以己意改定,似嫌武断。篇中有"妒人之子愁杀人,君有他心,乐不可禁"等句尚可懂得,知道这是篇情诗,但时代无考。各家解说均误。

12.《有所思》。各家于此诗颇多谬说,王先谦(《汉铙歌释文笺正》)以为咏"武帝遣兵击南粤"事,尤不可信。从"闻君有他心"等句看来,其意义显然与《芳树》相近。时代无考。

13.《雉子班》。此篇句读难定。陈祚明《采菽堂古诗选》(卷一)说得好:"都不可诵,然不敢削,使后人得考焉。"其中"被生送行所中"等句,颇近《郑风·大叔丁田》"献于公所"。疑此亦田猎之诗。各家多说是刺诗,非。时代无考。

14.《圣人出》。谭仪(《汉鼓吹铙歌十八曲集解》)说:"是为汉颂。"从"圣人出,阴阳和……宜天子"等句看来,他的话不误。时代无考。陈沆(《诗比兴笺》卷一)说是宣帝时,王先谦(《汉铙歌释文笺正》)说是武帝时,均附会。

15.《上邪》。此篇与《战城南》一样的明白易晓,内容是情诗。各家尚无附会,惟庄述祖(《汉鼓吹铙歌曲句解》)的话比较合理:"亦指天日以自明也,此男慰女之辞。"不过也许是女慰男呢。时代无考。

16.《临高台》。此诗意义,以陈沆(《诗比兴笺》卷一)所谓"游宴颂美之词"及谭仪(《汉鼓吹铙歌十八曲集解》)所谓"饮酒上寿之辞",较为可信。不过陈沆指为"武帝南巡浮江时所作",谭仪说是"郡国臣吏"所作,均是蛇足。至于庄述祖(《汉鼓吹铙歌曲句解》)谓咏春申君事，王先谦(《汉铙歌释文笺正》)断定作于武帝元封五年，均难置信。对于此诗的时代，应当阙疑。

17.《远如期》。庄述祖(《汉鼓吹铙歌曲句解》)说："纪呼韩邪单于来朝也。……《宣纪》：甘露二年，匈奴呼韩邪单于款五原塞，原奉国珍朝。有司议礼仪宜如诸侯王，诏以客礼待之，位在诸侯王上。"各家均同。虽无确据，但与诗意不相背，不妨假定为前52年作，与《上陵》同时。

18.《石留》。各家均以为不可解，只有王先谦(《汉铙歌释文笺正》)以李陵事比附之，说："此司马迁为李陵作也。……或曰：此苏武别李陵作。"实难置信。

由此可知，时代大半无考。内容方面，以祝颂、田猎、言情为多。

就文学的价值而论，十八曲中当以言情者为最佳。今举《上邪》为例：

上邪！我欲与君相知，长命无绝衰：山无陵，江水为竭，冬雷震震，夏雨雪，天地合，乃敢与君绝。

我们读了感到诗中表情异常热烈。再举《有所思》一段为例：

闻君有他心，拉杂摧烧之。摧烧之，当风扬其灰。从今以往，勿复相思！相思与君绝！

爱便爱到极点，恨也恨到极点，这种直率而坚决的情调是极可贵的。

此外值得注意的诗，也还不少。如《战城南》颇有"非攻"之意：

战城南，死北郭，野死不葬乌可食。为我谓乌："且为客豪！野死谅不葬，腐肉安能去子逃？"

这是很杰出的，又如《上陵》的白描：

>桂树为君船，青丝为君筰，木兰为君棹（选者按，应依《乐府诗集》卷一六作"栏为君櫂"），黄金错其间。沧海之雀，赤翅鸿，白雁。随山林，乍开乍合，曾不知日月明。醴泉之水，光泽何蔚蔚！芝为车，龙为马，览遨游，四海外。

它的特点是在设色的浓艳，与情诗写爱的热烈相同。这些诗在形式方面，如每首的协韵及每句的字数，均极自由。故《铙歌》在汉乐府中是独树一帜的。
……

第四章　相和歌及其他

汉乐府第三组是民间采来的乐府，包含《相和歌》、《清商曲》与杂曲。这种采集的工作，始于西汉。《宋书》（卷十九《乐志》一）说：

>凡乐章古词之存者，并汉世街陌谣讴，《江南可采莲》、《乌生八九子》、《白头吟》之属是也。

此处所举例，如《江南》、《乌生》即《相和歌》，如《白头吟》即《清商曲》（《白头吟》属《清商》而不属《相和》，已详上文）。

在三组中，民间乐府的时代最迟。从表面上看来，采集的应全系西汉的作品。事实上却不然。《相和》、《清商》各曲时代大半无考，其偶有可考者，东汉却多于西汉。《杂曲》作者大都可考，全是东汉人。大约为了时代较早，西汉所采集者渐就散逸；而东汉的民歌则时代较近，故魏晋的乐工尚得演奏，《宋书》的作者尚得著录。不过《宋书》录曲时，若古辞已亡，便载后代诗人所作者。今仅研究汉代的作品，再参以《乐府诗集》（卷六十一至七十八）所载《杂曲》中之汉辞。

先论《相和歌》。

《宋书》（卷二十一《乐志》三）说：

>《相和》，汉旧曲也。丝竹更相和，执节者歌。本一部，魏

明帝分为二，更递夜宿。

《古今乐录》(《乐府诗集》卷二十六引)说：

> 凡《相和》，其器有笙、笛、节、歌(鼓?)、琴、瑟、琵琶七种。

所谓"汉旧曲"，《乐府诗集》(卷二十六)称之为《相和曲》。此外又加上《四弦》与《六引》二种，故《相和歌》可分为三小类。

为《相和歌》主体的《相和曲》，原有十七曲。《宋书》(卷二十一《乐志》三)说：

> 本十七曲，朱生、宋识、列和等，复合之为十三曲。

如何合法，今已无考。《古今乐录》(《乐府诗集》卷二十六引)则说：

> 张永《元嘉技录》，《相和》有十五曲：一曰《气出唱》、二曰《精列》、三曰《江南》、四曰《度关山》、五曰《东光》、六曰《十五》、七曰《薤露》、八曰《蒿里》、九曰《觐歌》、十曰《对酒》、十一曰《鸡鸣》、十二曰《乌生》、十三曰《平陵东》、十四曰《东门》、十五曰《陌上桑》。十三曲有辞：《气出唱》、《精列》、《度关山》、《薤露》、《蒿里》、《对酒》，并魏武帝辞；《十五》，文帝辞；《江南》、《东光》、《鸡鸣》、《乌生》、《平陵东》、《陌上桑》，并古辞是也。二曲无辞：《觐歌》、《东门》是也。《陌上桑》，歌《瑟调》古辞《艳歌罗敷行》"日出东南隅"篇。……古有十七曲，其《武陵》、《鹍鸡》二曲亡。

由此我们可以推想，所谓十七曲合为十三曲者，大约是从十七曲中除去已亡的二曲及无辞的二曲。果然《汉书》(卷二十一《乐志》三)所列，便无此四曲。不过它所载的《陌上桑》，乃是文帝的《弃故乡》篇及改作的《楚辞·山鬼》，而非《日出东南隅》篇。因此，上文引的《古今乐录》虽说古辞有六篇，实际上应除去本属《瑟调》的《陌上桑》。又《乐府诗集》(卷二十七)载《薤露》、《蒿里》，均于武帝辞外另录古辞，大约是根据《古今注》(卷中《音乐》第三)的。所以我们现在所能研究的汉《相和》，实共七曲。

这七曲中，时代可考者有三篇。《古今注》(卷中《音乐》第三)说：

> 《平陵东》，翟义门人所作也。王莽杀义，义门人作歌以悲之。《薤露》、《蒿里》，并丧歌也，出田横门人。横自杀，门人伤之，为之悲歌。言人命如薤上之露，易晞灭也，亦谓人死魂魄归乎蒿里。……至孝武时，李延年乃分为二曲：《薤露》送王公贵人，《蒿里》送士大夫庶人。使挽柩者歌之，世呼为"挽歌"。

《乐府古题要解》(卷上)说：

> 《薤露歌》、《蒿里传》，亦曰《泰山吟行》。右丧歌，旧曲本出于田横门人，歌以葬横。……《左氏春秋》：齐将与吴战于艾陵，公孙夏使其徒歌《虞殡》；杜预注：送葬歌也。即丧歌不自田横始矣。后有《泰山吟行》，亦言人死精魄归于泰山，《薤露》、《蒿里》之类也。

又于《平陵东》说：

> 此汉翟义门人所作也。义，丞相方进之少子，字文中，为东郡太守。以王莽篡汉，起兵诛之，不克而见害。门人作歌以悲之。

《平陵东》有"不知何人劫义公"句，则崔豹、吴兢所记或尚可信。翟义事见《汉书》卷八十四《翟方进传》末，他死于公元纪年7年，此歌当即作于此时。至于《薤露》、《蒿里》，或者是李延年时的作品，田横的传说未必可靠。挽歌起源于春秋，可以《秦风·黄鸟》为证；但若说此二曲起于田横以前，则难置信。《泰山吟》属《楚调》，殊不应混为一谈。

这七曲中最值得注意的是《江南》与《乌生》。《江南》说：

> 江南可采莲，莲叶何田田！鱼戏莲叶间；鱼戏莲叶东，鱼戏莲叶西，鱼戏莲叶南，鱼戏莲叶北。

这是首很质朴自然的民歌，几乎没有一种选本不选它。杜甫的《杜鹃》(《杜诗镜铨》卷十二)首四句即拟此曲末四句。《沧浪诗话》(卷二)以为此诗"全不押韵"，而黄节(《汉魏乐府风笺》卷一)引《大招》以证"西""北"相叶，恐非。

《乌生》是首禽言诗：

> 唶我！一丸即发中乌身，乌死魂魄飞扬上天。阿母生乌子时，乃在南山岩石间。唶我！人民安知乌子处？蹊径窈窕安从通？

这与《豳风·鸱鸮》同为借托鸟类的口吻，来诉述被伤害后的痛苦。禽言诗大都是寓言的、讽刺的，此风尤盛行于宋代以后，而《乌生》与《鸱鸮》则其椎轮。

关于《四弦曲》，《古今乐录》(《乐府诗集》卷三十引)说：

> 张永《元嘉技录》有《四弦》一曲，《蜀国四弦》是也。居《相和》之末，三调之首。古有四曲，其《张女四弦》、《李延年四弦》、《严卯四弦》三曲阙。

汉辞今全亡。其中《蜀国》一种大约以地名名曲，与《巴渝舞》同为西部的产品。余三种大约以人名名曲。李延年既是歌者，则张女、严卯当亦以歌著称，此三曲说不定就是他们创制的。《李延年四弦》的时代当在前100年顷，其余各篇的年代则不可考知。

关于《相和六引》，《古今乐录》(《乐府诗集》卷二十六引)说：

> 张永《技录》,《相和》有四引：一曰《箜篌引》、二曰《商引》、三曰《徵引》、四曰《羽引》。……古有六引，其《宫引》、《角引》二曲阙。

《六引》今全亡。《隋书》(卷十三《音乐志》上)载五引，无《箜篌引》，不知何故。《古今注》(卷中《音乐》第一)对于《箜篌引》有段很哀艳的传说：

> 《箜篌引》，朝鲜津卒霍里子高妻丽玉所作也。子高晨起，刺船而濯，有一白首狂夫，被发提壶，乱流而渡。其妻随呼止之，不及，遂堕河水死。于是箜篌而鼓之，作《公无渡河》之歌，声甚凄怆。曲终，自投河而死。霍里子高还，以其声语妻丽玉，玉伤之，乃引箜篌而写其声，闻者莫不堕泪饮泣焉。丽玉以其声传邻女丽容，名曰《箜篌引》焉。

此传说未必可靠，但由此生出一种误会，把《公无渡河》当作《箜篌引》。后代总集(如《诗纪》汉卷六)大都如此，甚至以此诗归入《相和曲》，则更错误了。据《古今乐录》(《乐府诗集》卷三十六及五十四引)，《公无渡河》属《瑟调曲》，则是《清商》而非《相和》，故《箜篌引》与其他五引是同样的不存在了。

……

【评 介】

陆侃如生平参见《乐府古辞考》评介。陆先生伉俪冯沅君(1900—1974)教授，河南唐县(今唐河)人。笔名淦女士。出生于书香世家，自幼学习四书五经、古典文学及诗词，与著名哲学家冯友兰和地质学家冯景兰为同胞兄妹。1917岁考入北京女子高师，参加过五四运动，后成为《语丝》的主要撰稿人之一。1922年毕业于北京女子高等师范学校。1925年毕业于北京大学文学研究院。1935年获法国巴黎大学研究院文学博士学位。曾任河北女子师范学院、武汉大学、中山大学、东北大学、山东大学教授。新中国成立后，历任山东大学教授、副校长，山东省文联、山东省妇联第一至第三届副主席，九三学社社员，第一至第三届全国人大代表。早年从事文学创作，后从事中国古典文学的教学与研究。以戏曲研究最为擅长。其文学研究论著有《宋词概论》、《张玉田年谱》、《冯沅君古典文学论文集》、《中国历代诗歌选》（主编）；其中戏曲研究专著有《古优解》、《古剧说汇》、《古剧四考》、《〈天宝遗事〉辑本题记》、《金院本补说》、《孤本元明杂剧抄本题记》。译著有《书经中的神话》、《法国歌曲价值及其发展》、《新法国文学》等。陆、冯二人除各自有丰厚的文学创作外，还合著了《中国诗史》、《中国文学史简编》和《中国古典文学简史》三本文学史。这些文学史既是两人的代表作，也是对古典文学研究界有着极大影响和非凡意义的作品。

我们今天要介绍的《中国诗史》，是一部有开创性的著作，1931年由大江书铺刊行。众所周知，诗歌往往是文学最初的样态和十分重要的组成部分。尤其在中国古典文学的领域，诗歌作为文学的正统，有着最漫长的历史、最广泛的创作和最核心的地位。中国是"诗"的国度，也是"史"的国度，然而作为两者结合的"诗史"出现得却远在其他各种文学史之后。《中国诗史》是一个里程碑式的、极其重要的作品，填补了"诗史"的空白。《文学季刊》1957年第2期曾评论《中国诗史》为"中国第一部、也是唯一的诗歌史"，这是不甚准确的，因为在1926年，李维曾用三个月的时间写了一部文言文的《中国诗史》（石棱精舍，1928年10月印行）。这本书在意识观念上已经颇具了现代文学史的觉悟，明确了诗史阐明中国诗歌传统的任务，但由于字数太少、写作时间短促和作者知识功底的薄弱，此书多拾前人陈说，缺乏新见，对作品仅仅简单罗列，疏于评点，对历史缺乏宏观的把握能力，厚古薄今，疏误亦随处可见，形制粗糙。这和我们这里要介绍的形态完整、内容详细、考据充分、创见倍出的《中国诗史》是无法比拟的。虽然不是"第一部"，但《中国诗史》可以说是我国第一部现代形态的"有系统的诗歌史"，也是迄今为止唯一一部有影响力的诗歌史。此书出版半个多世纪以来一直享有盛誉，和王国维的《宋元戏曲史》、鲁迅的《中国小说史略》、胡适的《白话文学史》并列为中国文学史的"四大名著"。鲁迅在致曹靖华的信中，推荐了"可看"的文学史五种，分别就是谢无量的《中国大文学史》（上海中华书局，1918）、郑振铎的《插图本中国文学史》（北平朴社出版部，1932）、王国维的《宋元戏曲史》（商务印书馆，1915）、鲁迅本人的《中国小说史略》（北新书局，1931）和此书（见于《鲁迅书简——致曹靖华》，上海人民出版社，1976）。《中国诗史》的问世，也影响了之后文学史的创作，相继出版的杨荫深的《先秦文学大纲》（华通书局，1933）、龙沐勋的《中国韵文史》（商务印书馆，1934）、刘经庵的《中国纯文学史纲》（北平著者书店，1935）、赵景深的《中国文学史新编》（上海光明书局，1935）等，都明示参考了和取资于《中国诗史》。而受《中国诗史》书写编撰体制影响的书目，更是不计其数。

作为一部视角宏观的文学史作，《中国诗史》旨在阐明中国诗歌的悠久传统、追溯和理清诗歌体裁演变的历史、梳理诗歌流派的产生更迭和消长的过程。简而言之，本书梳理了古代诗歌产生和变迁的大势。陆侃如认为"中国诗歌变迁的第一关键在汉，第二关键在唐"，并在导论中将整个的古代诗歌史分为了三个时代。古诗从起源到汉代，他称之为是"由诗"，也可以说是"诗的自由史"。中代自汉末到唐代，这一时期的诗歌"是于天然的美以外，更加以人工的美。……加一种人工，便多一种束缚……不妨称为'诗的束缚史'"。近代自唐末到清代，诗歌沿着两个方向变化："一个方向是拿乐律代诗律"，"还有一个方向是文字日渐解放"，可称为"诗的变化史"。这体现了进化论、唯物史观和"科学的美学"对陆先生的影响。根据这样的变化，作者将全书内容分为古代、中代和近代三个时期，每个时代为一卷；卷下有四篇，每篇述一个小时段（如"古代诗史"中就分了"诗歌的起源"、"诗经"、"楚辞"、"乐府"四个小时代）；每篇下有五章，用以导论综述及论述重要文学现象和代表性诗人（如"乐府"一篇，按照文学现象分类，分为"导论"、"郊庙歌"、"鼓吹曲"、"相和歌"、"附论：南北朝乐府"五章）。其中，上卷"古代诗史"和中卷"中代诗史"为陆侃如先生所写，下卷则出自冯沅君先生的手笔。我们今天所引的"乐府"一篇，正是陆先生的作品。上卷"古代诗史"为陆先生问学清华的毕业论文，最是详细，功力下在考据，征引诸说，分门别类，极为细致繁琐。只拿"乐府"一篇来说，每出一个观点必佐以两个或以上的文献征引，其引用的部分几乎占了全文的小半。关于门类的分别和诗目的陈列更是不厌繁琐、事无巨细，对乐府诗歌的介绍可以精确至每首诗的分析。这些都体现了陆先生极其严谨缜密的研究风格。中下卷的风格则与之不同，也许是跳脱了毕业论文束缚的缘故，这一部分以文本材料为牵系，信马由缰，新见频出。"上卷以功力胜，旁逸才情；中下卷以才情胜，管窥功力。"这样的评价还是很到位的。

一般的文学史，最主要的工作大概在于整理前人成果，这也是极注重文献征引的《中国诗史》所做到的。但这绝不是《中国诗史》最引人注目的成就。任何一个进入《中国诗史》的读者，都会被本书从大格局到小观点的"推陈出新"所惊叹，这些创新是"挑战权威"甚至"离经叛道"的。《中国诗史》中对旧观点的征引，绝非是单纯的征引；他们或作为作者的新观点所反驳的对象，或成为为新观点添砖加瓦的旁证。这本书通篇都在传递着作者自己的学术思考和研究理论，它并无意于建构一部客观、真实的中国诗歌通史，而仅是描画出在著者特殊视角观照下的几种主要诗歌体式的代兴史。这种"自我"的倾向在《中国诗史》写作之初就有显露了，陆侃如在1927年发表的《古代诗史·自序》一文中说："我国文学至少有三千年的历史（公元前1100—公元后1900年），然迄无一本差强人意的文学史——也有移译外人所著来充数的，也有杂抄文论诗话来凑成的。书的内容更是可笑——也有远论三皇五帝的文学的，也有高谈昆曲与国运之关系的。个个人都诅咒中国无好文学史，个个人都希望中国有好文学史，然而没有一个肯自己动手做一部文学史。在这种情形之下，我忍不住要来尝试一尝试。"这意味着《中国诗史》从最开始就不是一部陈陈相因的平庸之作，而是做好了"翻天覆地"的准备的。作者的第一个"偏见"就在于对所录诗歌范畴的裁剪和添加。首先它将"诗"的范畴扩充到"韵文"的范畴，将词、曲等一并纳入。《诗史》古代卷讲《诗经》、《楚辞》及乐府，舍去《诗经》以前的古歌谣、古逸诗之类；中代卷讲五七言古、近体诗及此一时期的代表性诗人、诗人群体，唐以后诗人作品尽管多如恒河沙数，但一并舍去；近代卷则专讲唐五代两宋词及元明散曲并介绍代表性词人、散曲作家，而不旁涉同一时期的其他任何一种诗体词体。而且，在陈述中引入了"诗经时代"、"乐府时代"这样的观念，并不以王朝兴替为时间线索，超越了传统史学和旧文学史理论中文章与时升降的观念，而是按诗体自身的演化情况来划分时段，形成了名副实际的"诗史"。影响作者做出这样大刀阔斧取舍和改变的首先是王国维"一代有一代之文学"的理论。就如清人焦循在《易馀籥录》中所说的那样："夫一代有一代之所胜……汉则专取其赋，魏晋六朝至隋则专录其五言诗，唐则专录其律诗，宋专录其词，元专录其曲，明专录其八股。"这几近受"进化论"影响的五四之后的中国学者心目中中国文学演化的规律，故广为接受。其次是出于"辨伪"的考虑。陆先生材料的要求非常苛刻，他在《导论》中说："我们认为一般文学史的失败，多半因为材料的取弃不能适当。"在《中国文学史简编》（大江书铺，1932 年）中也说："中国文学的起源是不容易讲的。一因真的材料太少，二因伪的材料太多。我们现在先把伪的材料加以辨明，其次再从真的材料中试探一下中国原始作品的情状。"对《诗经》前"邃古文学"的舍弃，就是出于这种考虑。再次是出于对优劣作品的分辨。《中国诗史》丝毫不迟疑对作品的优劣进行判断，它对于这项工作有着自成一体的标准。《中国诗史》评述作品，是以那些思想内容和艺术形式结合好的为主，突出了富有创新精神的诗歌，同时也兼顾了虽不是优秀之作、但在文学史上却有影响的作品。作者之所以不收晚唐诗歌，将"词盛行以后的诗及散曲盛行以后的词"都视为"劣作"，就是因为它们在思想或形式上并无创新和可圈点之处，在四言——骚体——乐府——五七言古近体诗——词——散曲的兴替演化史上，也不占有革命性的地位。

  上述创新之处在对"乐府"的阐述中也颇有体现。在文学成就偌大的汉代，作者单取"乐府"作为这个时代"之胜"，这是对乐府诗歌的艺术成就和在整个中国文学史上地位的肯定，不必赘述。其次，至于辨伪，在这里不止是对所研究材料真伪的辨别，更应该将其理解成对一切错误的前人旧说的反拨。在"乐府"一篇中，"辨伪"的精神处处可见，从对郭茂倩对乐府诗歌分类的否定，到对琴曲作伪的考证，到对《汉书》所载《郊祀歌》的质疑，到对"鼓吹曲"名称的正名，到对"清商"无汉辞的反驳，这些经过陆先生亲手搜集、整理、考证过的

"辨伪"成果都令人耳目一新，绝非陈词滥调。尽管是一部宏观的文学史，但作者并不介意在本应流畅的介绍和陈述中停下来，对一些有着学术意义的微观性问题进行大段落的辨析——我们上述所提到的每一个有着"辨伪"色彩的问题，都有着完整的材料征引和明确的观点展开，实际上具备一篇篇小学术论文的性质。这使《中国诗史》的学术性远远大于普及性，这是它非常不同于其他文学史的地方。陆先生提及的学术问题，都是乐府研究中争议性非常大的真正的"问题"，很多问题到现在都没有明确的定论。这显示了他对热点问题的敏锐度。他所持的大部分看法，几乎都和主流的观点格格不入，但能自成一家，让我们对这些问题有更客观全面的理解。比如清商曲和相和曲的分类问题，现在的主流观点都倾向于遵循郭茂倩《乐府诗集》的说法，认为相和曲和清商曲一脉相承，都是街陌谣讴合乐而成的产物，只是现存的相和曲为汉曲，清商曲汉辞都亡，现存者都是晋以后的作品。陆先生却认为是郭茂倩将一部分清商的汉辞划入相和了。再比如对《公无渡河》和《箜篌引》为一曲的否定，也和主流所持的观点不符，大部分诗选仍然将《公无渡河》的乐府门类注为《相和歌·相和曲》。最著名的公案是对《孔雀东南飞》成书年代的判断，陆先生在此书中依然坚持《孔雀东南飞》为六朝时的作品，引来了"汉魏派"的强烈反驳。这些和主流观点的分歧，并不能说明陆先生一定是错误的，而是提醒我们：许多看似真理的权威答案只是一个折中的议题，并不是全然没有异议的；很多问题还是模糊不清、有着很大探索空间的；乐府研究还是有很长的路要走的。另外，陆先生在《中国诗史》中标注出但没有解决的一些问题，也激励着后来的学者给出答案。比如此书中提出的"鼓吹乐"和"骑吹乐"的关系问题，王运熙曾在《乐府诗论丛》中给出了"鼓吹乐人乘车，骑吹乐人骑马"的猜测，可资一说。

  对作品优劣的判断和取舍也是此书在乐府研究方面的擅长之处。汉代的乐府诗，之前常有文学史只取乐府民歌，《中国诗史》却设了"贵族的乐府"、"外国的乐府"和"民间的乐府"三章，这个设置无疑是非常全面的。尤其是《郊祀歌》，大多学人都认为它晦涩难懂，不具民间性，艺术和思想价值均不高；不必说文学史，甚至连专门的诗选都很难看到《郊祀歌》的影子。但《中国诗史》却于此花了不短的篇幅。陆先生不仅对《郊祀歌》进行了大类的介绍，更有每篇详细的解题，并有对其艺术性的分析，认为《郊祀歌》师承骚雅，在艺术上"若拿来和晋以后的祭歌作比较，其优劣真不可以道里计"。这种观点是十分可贵的，资料上的丰富也使《中国诗史》成为了了解《郊祀歌》十分难得的材料。的确，《中国诗史》常常对所选诗歌进行艺术上的分析和评价，如评汉乐府《鼓吹曲》中的颂诗、情诗，写战争的、写田猎的、写饮宴的，"其特点在设色浓艳，表情热烈，用韵又极自由"。这就使《中国诗史》不会沦为按历史顺序排列起来的作家作品的汇编。陆侃如曾经讲过"文学史"要做的"三个工作"：小学、史学和美学；如此看来，在《中国诗史》这里，陆先生的文学史功夫可以说是做全了。

当然，《中国诗史》的缺点也是很明显的，比如说对于作品的取舍太过偏激，对于每篇作品的列举由于过于详细而趋于粗略，过分沉迷于细节考据而在宏观上失去了陈述重点等。然而，这看似"偏狭"、"片面"、"琐碎"的一面正是此书最可贵、最与众不同的地方：学者不再为写史而写史，而是为着阐述个人的诗歌理论和文学发展观，建构出一个体现主观个体的"历史"。作为乐府诗歌的研究者和爱好者，《中国诗史》是一个兼顾普及和提高的读物，读者既能从中了解乐府发展的宏观大概，又能关注到一些乐府研究中有争议的学术问题。另外，其中包含的关于乐府的文献相当丰富，重要诗歌每篇都有文献汇编、成书年代、诗旨的介绍，是了解乐府诗歌的非常重要的资料。本文选录了《中国诗史》"乐府"篇中前四章汉代乐府部分，于"导论"中去掉每篇乐府著作几乎都会有的乐府官制和"乐府"名称来历的介绍，从乐府的分类开始讲起，于后三章中只取"郊祀歌"、"鼓吹曲"和"相和曲"的部分，弃去其他，大致已能较全面反映本书的特色和重点之处了。

《中国诗史》20世纪30年代出版后在学界产生了极大影响。新中国成立后，作者又对该书作了进一步修订，1956年先后由作家出版社和人民文学出版社出版发行。1996年，山东大学出版社又将此书作为《山东大学文史书系》之一种进一步校勘整理出版。选文即节选于此。

（孔鹏音）

中国俗文学史(节选)

郑振铎

第三章 汉代的俗文学

七

汉乐府里有不少的民歌。乐府是王家的乐队所歌唱的东西。但王家未必喜爱文学侍从之臣的歌功颂德之作,深奥难解之文。故王家的乐队往往的很早的便采新声入乐,以娱帝王后妃。我们观于清代升平署所藏曲子的复杂,便可以知道其中的消息。汉代乐府之创始于武帝。刘彻自己虽是一个诗人,其趣味却很广泛。《汉书》(卷二十二)说道:

>(武帝)乃立乐府,采诗夜诵。有赵、代、秦、楚之讴。以李延年为协律都尉。

同书(卷九十二)又道:

>李延年中山人,身及父母兄弟皆故倡也。延年坐法腐刑,给事狗监中。女弟得幸于上,号李夫人……延年善歌,为新变声。是时上方兴天地诸祠,欲造乐,令司马相如等作颂。延年辄承意弦歌所造诗,为之"新声曲"。

是李延年不但收罗各地乐歌，而且也有造新声了。

到了哀帝的时候，方才把乐府官罢去。但乐府官虽罢去，而民间和贵族们之喜爱郑、卫之音则毫不受这位素朴的皇帝的影响。《汉书》（卷二十二）道："百姓渐渍日久，又不制雅乐有以相变，豪富吏民湛沔自若。"其实，即制雅乐也不会变更了民众的嗜好的。

《唐书·乐志》云："平调、清调、瑟调皆周房中曲之遗声，汉世谓之三调。又有楚调，汉房中乐也。与前三调，总谓之相和调。"此外，又有"吟叹曲"，也列于相和调。

《晋书·乐志》云："凡乐章古辞，今之存者，并汉世街陌谣讴。《江南可采莲》、《乌生八九子》、《白头吟》之属是也。"这话最为得其真相。今所见的古乐府，几乎都是带着很浓厚的民间歌谣的色彩的。

《江南可采莲》和《乌生八九子》均见于《相和歌辞》的《相和曲》里。《相和曲》是在"平""清""瑟""楚"四调及吟叹曲之外的。

　　　　江南可采莲，莲叶何田田！鱼戏莲叶间，鱼戏莲叶东，鱼戏莲叶西，鱼戏莲叶北。（选者按，引诗缺"鱼戏莲叶南"一句）

这是真正民歌的本色，只是声调铿锵，并没有什么意义。《乌生八九子》也是这样无甚意义（还有《鸡鸣高树巅》也是如此），而只是顺口歌唱着的。

在其间，《公无渡河》（一名《箜篌引》）是写得很好的：

公无渡河！公竟渡河！堕河而死，当奈公何！

《薤露歌》和《蒿里曲》都是实际上应用着的挽歌：

薤上露，何易晞！露晞明朝更复落，人死一去何时归！
蒿里谁家地？聚敛魂魄无贤愚。鬼伯一何相催促，人命不得少踟蹰！

在其间，《陌上桑》（一作《日出东南隅行》）是写得极好的一篇叙事歌曲，较之无名氏五言古诗里的《上山采蘼芜》一篇是进步得多了。

　　日出东南隅，照我秦氏楼，秦氏有好女，自名为罗敷。罗敷善蚕桑，采桑城南隅；青丝为笼系，桂枝为笼钩，头上倭堕髻，耳中明月珠，缃绮为下裙，紫绮为上襦。行者见罗敷，下担捋髭须；少年见罗敷，脱帽著帩头。耕者忘其犁，锄者忘其锄；来归相怨怒，但坐观罗敷。使君从南来，五马立踟蹰。使君遣吏往，问是谁家姝？"秦氏有好女，自名为罗敷。""罗敷年几何？""二十尚不足，十五颇有余。"使君谢罗敷，"宁可共载不？"罗敷前致词："使君一何愚！使君自有妇，罗敷自有夫。东方千余骑，夫婿居上头。何用识夫婿，白马从骊驹，青丝系马尾，黄金络马头，腰中鹿卢剑，可值千万余。十五府小吏，二十朝大夫，三十侍中郎，四十专城居。为人洁白皙，鬑鬑颇有须，盈盈公府步，冉冉府中趋，坐中数千人，皆言夫婿殊。"

《平调曲》里的歌辞，今所存者仅《长歌行》、《君子行》、《猛虎行》等三调。《君子行》："君子防未然，不处嫌疑间。"亦见于《曹子建集》。可见在魏、晋间，拟古乐府之风甚盛，其作风之逼肖，竟有令人不能分别之感。《长歌行》的一首，《青青园中葵》：

　　青青园中葵，朝露待日晞。阳春布德泽，万物生光辉。常恐秋节至，焜黄华叶衰！百川东到海，何时复西归？少壮不努力，老大徒伤悲。

乃是民间的格言歌。《猛虎行》是游子的哀怨之音：

　　饥不从猛虎食，暮不从野雀栖。野雀安无巢，游子为谁骄？

《清调曲》有《豫章行》、《董逃行》；此二者今存的皆为晋乐所奏，非古辞。又有《相逢行》、《长安有狭斜行》，则为古辞。凡为魏、晋所奏的歌辞，不是变得典雅，无生气，便是增饰得很多，变得臃肿不堪,只有在本辞(即乐府古辞)里,才可看出其本来面目。

相逢行

相逢狭路间,道隘不容车。不知何年少,夹毂问君家?君家诚易知,易知复难忘。黄金为君门,白玉为君堂。堂上置尊酒,作使邯郸倡。中庭生桂树,华灯何煌煌?兄弟两三人,中子为侍郎。五日一来归,道上自生光,黄金络马头,观者盈道傍。入门时左顾,但见双鸳鸯。鸳鸯七十二,罗列自成行;音声何噰噰,鹤鸣东西厢。大妇织绮罗,中妇织流黄,小妇无所为,挟瑟上高堂,丈人且安坐,调丝方未央。

长安有狭斜行

长安有狭斜,狭斜不容辇;适逢两少年。夹毂问君家。君家新市傍,易知复难忘。大子二千石,中子孝廉郎;小子无官职,衣冠仕洛阳。三子俱入室,室中自生光;大妇织绮纻,中妇织流黄,小妇无所为,挟琴上高堂。丈人且徐徐,调弦讵未央。

《瑟调曲》里的好歌最多,像《妇病行》、《孤儿行》都是民间产生的极漂亮的短篇的叙事歌曲,表现着最真切的社会的家庭的凄苦的生活之情景:

妇病行

妇病连年累岁,传呼丈人前一言。当言未及得言,不知泪下一何翩翩!"属累君两三孤子,莫我儿饥且寒。有过慎莫笪笞。""行当折摇,思复念之!"乱曰:抱时无衣,襦复无里,闭门塞牖舍。孤儿到市,道逢亲交泣,坐不能起。从乞求,与孤买饵,对啼泣,泪不可止。我欲不伤悲,不能已。探怀中钱,持授交。入门见孤啼,索其母抱。徘徊空舍中,行复尔耳。弃置勿复道!

孤儿行

孤儿生;孤儿遇生命当独苦。父母在时,乘坚车,驾驷马。父母已去,兄嫂令我行贾。南到九江,东到齐与鲁,腊月来归,不敢自言苦。头多虮虱,面目多尘。大兄言办饭,大嫂言视马。

上高堂，行趣殿下堂，孤儿泪下如雨。使我朝行汲，暮得水来归，手为错，足下无菲。怆怆履霜，中多蒺藜；拔断蒺藜肠肉中，怆欲悲。泪下渫渫，清涕累累。冬无复襦，夏无单衣。居生不乐，不如早去，下从地下黄泉。春风动，草萌芽，三月蚕桑，六月收瓜。将是瓜车，来到还家。瓜车反覆，助我者少，啖瓜者多；愿还我蒂，独且急归。兄与嫂严，当与较计。乱曰：里中一何诡诡，愿欲寄尺书，将与地下父母，兄嫂难与久居。

像那样深刻而婉曲的描述，乃是《上山采蘼芜》和《十五从军征》等古诗里所不见的；他们是率直的写着；但在这二篇里作者们已知道怎样的曲曲的描写入微了。这是一个大进步。

在《楚调歌》里，只有《皑如山上雪》和《怨诗行》二篇。《怨诗行》是平常的一首叹生命的短促而欲"游心恣所欲"的诗曲。《皑如山上雪》即是有名的《白头吟》，《晋书·乐志》所举的"汉世街陌谣讴"之一。晋乐所奏的此曲，分五解，较本辞约多出一倍。但本辞却是极凄丽的绝妙好辞。

皑如山上雪，皎若云间月。闻君有两意，故来相决绝。今日斗酒会，明旦沟水头。蹀躞御沟上，沟水东西流。凄凄复凄凄，嫁娶不须啼。愿得一心人，白头不相离！竹竿何袅袅，鱼尾何簁簁。男儿重意气，何用钱刀为？

于"相和歌辞"外，乐府古辞又有所谓《舞曲歌辞》及《杂曲歌辞》的。今存的《舞曲歌辞》像"铎舞歌诗"、"巾舞歌诗"均极不易解；其间有许多重复不可解处，当是有声无义的助语；今则很难将其分别出来。

"杂曲歌辞"里的好歌很多。有极轻茜可喜的《伤歌行》、《悲歌》和《古歌》。《伤歌行》大类五言古诗的一篇；也许原是古诗，入乐来唱的。《悲歌》和《古歌》均结之以"心思不能言，肠中车轮转"二语，正和有几篇古诗同以"愿为双黄鹄，高飞归故乡"二语作结的情形一样。我们在这里更可以明白：民间歌曲是并不避忌袭用习见的成语的。

伤歌行

昭昭素明月,辉光烛我床,忧人不能寐,耿耿夜何长!微风吹闺闼,罗帷自飘扬。揽衣曳长带,屣履下高堂。东西安所之,徘徊以彷徨。春鸟翻南飞,翩翩独翱翔。悲声命俦匹,哀鸣伤我肠。感物怀所思,泣涕忽沾裳。伫立吐高吟,舒愤诉穹苍。

悲歌

悲歌可以当泣,远望可以当归。思念故乡,郁郁累累。欲归家无人,欲渡河无船。心思不能言,肠中车轮转。

古歌

秋风萧萧愁杀人!出亦愁,入亦愁。座中何人,谁不怀忧!令我白头。胡地多飙风,树木何修修?离家日趋远,衣带日趋缓。心思不能言,肠中车轮转。

也有极富风趣的《枯鱼过河泣》:

枯鱼过河泣

枯鱼过河泣,何时悔复及?作书与鲂鱮,相教慎出入!

更有一首古代最长的叙事诗,《古诗为焦仲卿妻作》:

孔雀东南飞,五里一徘徊。……(选者按:原文从略)

这篇叙事歌曲凡一千七百四十五字,较之《上山采蘼芜》、《陌上桑》,乃至《悲愤诗》和《胡笳十八拍》均长得多了。

从《上山采蘼芜》,很快的便进步到《陌上桑》和《妇病行》、《孤儿行》,更很快的便进步到《古诗为焦仲卿妻作》,乃是很自然的趋势。很像滚丸下阪,不到底不止。

汉乐府尚有《鼓吹饶歌十八曲》,这些该是很古典的庙堂之乐了。但实际上仍有民歌在里面。像《战城南》、《有所思》、《上邪》等,都是绝好的民间歌曲。《有所思》和《上邪》，在民间情歌里是极大胆、极热情之作：

战城南

  战城南，死郭北。野死不葬乌可食。为我谓乌：且为客豪！野死谅不葬，腐肉安能去子逃？水声激激，蒲苇冥冥。枭骑战斗死，驽马徘徊鸣。梁筑室，何以南？何以北？禾黍不获君可食？愿为忠臣安可得！思子良臣，良臣诚可思。朝行出攻，暮不夜归。

有所思

  有所思，乃在大海南。何用问遗君？双珠玳瑁簪，用玉绍缭之。闻君有他心，拉杂摧烧之。摧烧之，当风扬其灰。从今已往，勿复相思，相思与君绝。鸡鸣狗吠，兄嫂当知之。妃呼豨，秋风肃肃晨风飕，东方须臾高知之。

上 邪

  上邪，我欲与君相知，长命无绝衰。山无陵，江水为竭，冬雷震震，夏雨雪，天地合，乃敢与君绝。

【评 介】

  郑振铎（1898—1958），杰出的爱国主义者和社会活动家，著名作家、诗人、学者、文学评论家、文学史家、翻译家、艺术史家、收藏家、训诂家。字西谛，书斋号"玄览堂"。原籍福建长乐人，1898年出生于浙江温州永嘉县。1917年入北京铁路管理传习所（今北京交通大学）学习，1919年参加五四运动并开始发表作品，1920年发起成立文学研究会，创办《文学周刊》与《小说月报》。曾任上海商务印书馆编辑，《小说月报》主编，上海大学教师，《公理日报》主编。1927年旅居英、法，回国后历任北京燕京大学、清华大学教授，上海暨南大学教授，《世界文库》主编。1937年参加文化界救亡协会，与胡愈之等人组织复社，出版《鲁迅全集》，主编《民主周刊》。1949年后历任全国文联福利部部长等数职，1958年10月17日率领中国文化代表团出国访问途中，因飞机失事遇难逝世。总体来说，他的治学"辽广"而"多变":趁着五四运动以来接受社会主义思想的契机,他进行了对东欧文学的翻译研究;而后,进行小说和杂文的创作;然后转移到了对中国古典文学的整理和对中国古代文物的探究中去。他的学术范围涵盖了文学、史学和考古学,但对中国文学史的研究是他研究成果中影响最大、最突出之处。1942年出版的《文学史略》,1927年的《文学大纲》,1932年的《插图本中国文学史》,1938年的《中国俗文学史》和《小说八讲》,及未完成的《中国文学史》(中世卷第三篇上)都是郑振铎先生在文学史研究方面的成果。我们这里所选的《中国俗文学史》,1938年由商务印书馆刊行,是上述著述中学术质量最高、影响最大、给作者带来声誉和争议都最多的文学史著作。

《中国俗文学史》最大的成就在于,标志了"俗文学"学科的建立。它是中国第一部全面系统地为"俗文学"构建专题文学史的开创性、奠基性著作,填补了许多中国文学史所欠缺的部分。只这个首创的特性,就决定了它将是一部后学者无法绕过的成果。对俗文学的关注,是在五四时代知识分子"到民间去"的氛围和文化革新的要求中逐步形成的。小说、戏剧、民歌等曾不被士大夫正眼视之的文体地位上升,打破了传统诗文中心格局,成为对贵族文学的反叛以及新文学创作、启蒙思想传播的依托。在新文化运动"白话文学"的引导下,北大歌谣征集处和北大歌谣研究会分别在1918年和1920年创立;搜集流传于田夫野老、蚕妇村氓中的口传文学、现世民谣、下等小说,发掘神话和古代遗落的俗文学,成为五四新文化运动中的重要潮流。"俗文学"这个词语第一次被提出,是在胡适1928年出版的《白话文学史》中。"大概西汉只有民歌;那时的文人也许有受了民间文学的影响而作诗歌的,但风气未开,这种作品只是'俗文学'……到了东汉中叶以后,民间文学的影响已深入了,已普遍了,方才有上流文人出来公然仿效乐府歌辞,造作歌诗。"胡适"白话中心说"第一次将民间文学的地位提到了相当的高度。在"白话运动"和"整理国故"的时代影响下,郑振铎开始了对通俗文学的关注和研究,并在次年的一篇名为《敦煌俗文学》(《小说月报》第二十卷第三期)的论文里将"俗文学"这个说法吸纳进来。这里的"俗文学"不再像是胡适那样泛泛地随口一提,而近似于一个规范的术语或概念了,所以很多人认为,现代中文语境下的"俗文学"概念，是由郑振铎创造的。在之后的时期里，王显恩的《中国民间文艺》（上海广益书局，1932）、洪亮的《中国民俗文学史略》（上海群众图书公司，1934）和陈光尧的《中国民众文艺论》（商务印书馆，1935）等著作也分别涌现，它们对俗文学学科的形成都贡献巨大，但对于"俗文学"概念的定义和理论的分析都不够清晰明确，对中国文学史上各种文体的俗文学作品的搜罗也不够体系、完整。这些问题，都随着《中国俗文学史》在1938年的出版有了解决。尽管此书在当时并没有受到太多的重视，但它标志着"俗文学"领域和"俗文学派"的诞生。此后的十余年时间里，在郑振铎的追随者努力下，各类俗文学刊物纷纷创刊，戴望舒在香港创立的港字号《俗文学》周刊、赵景深在上海创立的沪字号《俗文学》和傅芸子、傅惜华在北平创立的平字号《俗文学》三足鼎立的场面，成为了中国文坛争鸣的一大奇景。

　　学界对于这部著作的评价是毁誉皆有的。这部著作的长处是非常明显的，作为"俗文学"学科的发端，他解决了俗文学研究中一些重要的理论问题。居于其首的是"什么是俗文学"。郑先生在全书第一章《何谓俗文学》中对这个问题进行了清晰的说明解决："俗文学，就是通俗的文学，就是民间的文学，也就是大众的文学。换一句话，所谓俗文学就是不登大雅之堂，不为学士大夫所重视，而流行于民间，成为大众所嗜好，所喜悦的东西。"施蛰存于随笔中曾对俗文学的"俗"字有所辨析：一般人都以为俗文学的"俗"是"雅俗"的"俗"，"俗文学"就意味着鄙俗、粗俗、庸俗的文学，这就含有知识分子瞧不起民间创作的意味；而俗文学会成立的时候曾正式声明，这个"俗"字是"民俗学"（folklore）的"俗"，"俗文学"就是"民俗文学"（folk literature）的译名（《"俗文学"及其他》，见于《施蛰存七十年文选》，上海文艺出版社，1996）。而在《中国俗文学史》中，民间性和通俗性两个特性，似乎一样地成为了俗文学的必备条件。依此而言，站在两汉乐府研究的立场上，我们发现，汉乐府基本上属于郑先生所定义的"俗文学"。《宋书·乐志》云："凡乐章古词，今之存者，并汉世街陌谣讴。"这直接道明了汉乐府是产生、流传于民间的。《汉书·礼乐志》说："至武帝定郊祀之礼，乃立乐府，采诗夜诵，有赵、代、秦、楚之讴。"这说明汉乐府一方面是奉帝命的官方机构"乐府"的产物,但另一方面更是民间采风的结果。对于汉代是否有"采诗"、"举谣言"的制度,也有很多材料以证其存:据《后汉书》,光武帝曾"广求民瘼,观纳风谣,故能内外匪懈百姓宽息"(《循吏列传序》),和帝则派遣使者"微服单行,各至州县,观采风谣"(《方术传上·李郃》),直到后期汉灵帝还"诏公卿以谣言举二千石为民蠹害者"(《刘陶传》)。这都说明无论其后期改造如何,汉乐府在本源上是民间的。从乐府本身看来,很多诗歌,尤其是相和歌的部分,取材广泛,关注生活,长于抒情,甚至有些是明显的对贫苦人民生活的描摹,如《战城南》、《东门行》、《十五从军征》等。艺术手法上长于叙事,在文字上常常流露口语的痕迹,如《艳歌行》"故衣谁当补?新衣谁当绽?赖得贤主人,览取为吾组。夫婿从门来,斜柯西北眄。语卿且无眄,水清石自见。石见何累累,远行不如归"几句,问答叙述间民歌艺术特色表现无疑。这些都是乐府诗歌民间性的体现。在通俗性即与"雅"的对立方面看,乐府诗也是比较合格的俗文学。《中国俗文学史》发现了《诗经》中不可抹杀的民间色彩,但"入经"的"诗三百"在后世发展的过程中一直是登堂入室的雅之大统。王应麟《汉书艺文志考证(八)》引吕氏曰:"太乐令丞所职,雅乐也,乐府所职,郑卫之乐也。"乐府诗歌与《诗经》不同,汉代乐官分立两府,太乐管理宗庙礼乐,而乐府提供供皇上享用的世俗舞乐。即使是乐府中的《郊庙歌十九章》,也是李延年等奉汉武帝之命,采民间俗曲乐调所制,其性质很可能也是供皇帝私人享用的乐章。随着贵族对民间俗乐的喜爱,西汉后期郊祀乐出现废雅取俗的趋势,"天子下大乐官,常存肆之,岁时以备数,然不常御,常御及郊庙皆非雅声……而内有掖庭材人,外有上林乐府,皆以郑声施于朝廷"(《汉书·礼乐志》)。这直接导致了汉哀帝罢乐府的举措。我们从这些材料中可以看到,乐府作为俗乐,和雅乐有着漫长的此消彼长的斗争历史,这其中也不乏主流社会对它的蔑视和驱逐。

关于俗文学的特质,作者将其归纳为:一是"大众的",出生于民间,为大众所传播、喜爱,讲述大众生活;二是"无名的集体的创作",不知其作者与写作时间,容易被修改、润饰和传播;三是"口传的"，早先以口头方式流传，灵活易变，当被用文字记录下来时便有了定型；四是"新鲜的，但是粗鄙的"，尚未经文人士大夫修饰，有时不免粗糙；五是"想象力往往是很奔放的"，"作者的气魄往往是很伟大的"，这些远非一般所谓正统文学所可比，但也有一些比正统文学更顽固的封建观念；六是"勇于引进新的东西"，纳入了一些士大夫不敢正眼窥之的外来的歌调、事物与文体。从这六点来看，汉乐府是颇合郑先生对俗文学的审美要求的。乐府诗歌产自民间（已由上证），也的确是"无名的集体创作"。在《乐府诗集》中，汉代的乐府几乎都没有作者，标为古辞；偶尔几篇相传为卓文君（《白头吟》）、班婕妤（《怨歌行》）或诸葛亮（《梁父吟》）的作品，到头来也纷纷被证明不过是讹传和牵强附会而已。汉乐府的产生比一般的民歌经历了更多的环节，在从民间创造、传播、采风到乐工加工的过程中，其创作者、传播者、加工者、表演者都是乐府艺术的生产者，但他们都没有在历史上留下只字片语的记载。这和建安以后个人署名创作乐府的风气是大大不同的。同时，这个过程也成就了乐府诗歌初期口传和后期文本定型的特点。在乐府诗歌的文本里，我们可以明显地看到这两个时期的痕迹。《上邪》是汉乐府的名作，其篇名就是一个典型的口语语汇。《孔雀东南飞》目前基本被认定初创于建安年间，但文本记载却最早见于南朝徐陵编著的《玉台新咏》，这说明它经历了一个非常漫长的口头流传的过程。在文本定型的阶段，文人修饰乐府，使乐府中出现了很多典雅之辞，如郊祀乐，这都是民间所没有的。一些叙事诗，尤其像《孔雀东南飞》和后代北朝的《木兰辞》这样的长篇，其详略得当的叙事技巧和巧妙精彩的结构布局也意味着它们不可能没有经过文人的加工。而乐工在加工乐府时，出于合乐和表演的考虑，也使乐府文本中出现了割裂、拼凑、重复、套语、添加"解""艳""趋""乱"这些一般民歌所不具有的语言现象。关于第四五点，我们可以在"闻君有他心，拉杂摧烧之。摧烧之，当风扬其灰"和"山无陵，江水为竭，冬雷震震，夏雨雪，天地合，乃敢与君绝"这样的语句中，体会乐府粗犷率直的表意和惊天动地的想象。第六点在乐府诗歌中亦有体现，《乐府诗集》中的"鼓吹曲辞"和"横吹曲辞"都为北方羌胡的曲调，不是中原正调，其演奏乐器也是胡人所用的鼓角箫笳。它们是汉乐府的重要组成部分(以鼓吹曲辞为主,横吹曲辞的汉代部分已亡佚),其中不乏精品之作,如汉《铙歌十八曲》。

对应本书首章所给出的定义和特点,将汉乐府纳入"俗文学"的范畴几乎是桩没有疑义的事情。但细而观之,这样的断论并不是丝毫没有问题的,乐府诗歌中那些"不俗"的因素引起了我们的注意。有很多问题需要解决:无论如何,乐府国家机关是乐府诗歌的直接出产者,经过文人乐工修饰加工的乐府诗,其"民间性"还突出吗?乐府诗歌创作的直接目的是用于皇室及上层阶级的休闲娱乐,其本质是陈列于贵族厅堂之上的说唱音乐,这样的乐府诗可以说是为大众所传播、喜爱的吗?乐府诗中有数量巨大的为贵族服务甚至直接描摹贵族生活的诗句——贵族罗敷口中的"东方千余骑,夫婿居上头"、焦仲卿妻的"箱奁六七十,绿碧青丝绳"、夸富色彩强烈的"君家诚易知,君家复难忘。黄金为君门,白玉为君堂"、富家迎宾待客所用的"清白各异樽,酒上更华疏。酌酒持与客,客言主人持"、表达及时行乐的劝世诗、帝王将相追求长生不老的游仙诗、用作送王公贵人和送士大夫的挽歌《薤露》、《蒿里》——这些诗歌真的可以被定义成反映人民生活的"俗文学"吗?这些答案显然都不是肯定的。乐府诗歌中的确有其强烈的"俗文学"的一面,但我们不能拿"俗文学"的框架框住它,将它等同于俗文学。郑书用中国文学史上很多重要的文学作品来证明它的"俗文学中心说",但这些组成了文学史重要部分的文学作品究竟能不能严格地镶嵌到它所给出的"俗文学"的定义中去,也是有待商榷的。事实上,我们已经在本书中看到了作者一种潜在的倾向和矛盾的态度:他所真正欣赏的"俗文学",大多是那些经有才能的文人加工、转化后的民间作品。纯民间的作品过于新鲜活泛而又粗鄙幼稚,而那些被文人利用太甚、文学日益远离民间的又日趋僵化,最后又会被更新鲜的民间文学样式所取代。"在郑振铎看来,真正的好作品并不存在于自生自灭的民间文学(或曰俗文学),而是存在于天才文人与民间文学开始接触的那一段特殊时空。"(陈泳超《作为学术史对象的"民间文学"》,《民族文学研究》2004年第1期)当我们看到这样的句子——"她的第四个特质是新鲜的,但是粗鄙的。……有的地方写得很深刻,但有的地方便不免粗糙,甚至不堪入目。""她的第五个特质是其想象力往往是很奔放的……但也有其种种的坏处,许多民间的习惯与传统的观念,往往是极顽强的黏附于其中。任怎样也洗刮不掉。所以,有的时候,比之正统文学更要封建的,更要表示民众的保守性些。"——我们需要承认这样的猜测是有可能性的。另外,在整部书里体现的重书面轻口头的倾向更体现了作者对"口头"这一民间文学生命力源泉的漠视,以及知识分子与民间文艺的隔膜。更有批评家对他提出的"俗文学"的概念表示质疑,认为他没有将民间文艺和文人仿作的、类似民间文艺而不是民间文艺的"非民间文艺"区分开,在概念的分类和厘清上做得不如王显恩的《中国民间文艺》精确。总而言之,在一个没有"俗文学"的文学环境下创设出"俗文学"这个概念后,再进行清晰严格的分类是很困难的。"俗文学"这个领域的划分,大概不是为着文学史的研究而服务的,而在于对某种昂扬向上的文学精神的提倡和弘扬。

除了理论上的阐述外,此书另一个明显的长处是作者对相关文献材料的占有极为丰富。《中国俗文学史》的写作时间只有两年,但为此所做的资料准备工作却花了十多年。郑振铎是众所周知的藏书家,他一生藏书1.7万多种,近10万册,其收藏的重点是一般藏书家所不注意的戏曲、小说、民歌、宝卷、弹词之类的俗文学作品。在旅居英法的几年中,他在两国的国家图书馆里大量研读了国内所不易见的中国古小说、戏曲、变文等资料,同时接触了希腊罗马神话和外国的民俗学理论,翻译了《民俗学概论》和《民俗学浅说》,这都为《中国俗文学史》做了丰实的理论和资料的储备。《中国俗文学史》全书凡十四章,约三十七万字,论述除小说、戏曲外的其他各体通俗文学;其前后所出的同类著作,在所用资料和所涉及民俗文学文体上,都远没有本书丰富,而且多多少少都对郑氏的著作有所借鉴。另外,此书在资料的引用上取舍得当,人详我略,对于易得的材料讲述得少,比较难得的资料引例独多。它对小说、戏曲不做涉及,对五言诗则只讲到东汉为止,而建安的一个五言的大时代则不着只字,因为这些都有一般的文学史来加以论述。

但同时,对资料的过分看重也成为了《中国俗文学史》最大的弊病。本书绝大部分的篇幅都让位给了具体作品的征引,作者个人论述的部分则不到全书文字的十分之一。由于缺少对一代文学的分析考证和理论评价,它与其被说作是一部文学史,不如被当作一部优秀的通俗文学的选编本。这正如鲁迅曾揶揄过他的《插图本中国文学史》的那样:"诚哉滔滔不已,然此乃文学史资料长编,非'史'也。"(《鲁迅书信集·致台静农》)在它问世后,之所以受到多方责难,也大多是由于它没有表现出一部文学史所应该表现出的学术性。但作为草创之作,这些弊端均可谅解,其首创的特性和对时代精神的弘扬也足够让我们佩服作者的见地和勇气。对于乐府研究者而言,它不仅提示了我们对乐府诗歌"民间性"的思考,更是一部观点和材料都十分可看的资料集。

(孔鹏音)

汉魏六朝乐府文学史(节选)

萧涤非

第一编　绪论

第三章　乐府之界说与分类

乐府之范围,有广狭之二义。由狭义言,乐府乃专指入乐之歌诗,故《文心雕龙·乐府篇》云:"乐府者,声依永,律和声也。"而由广义言,则凡未入乐而其体制意味,直接或间接模仿前作者,皆得名之曰乐府。

然此二者之界限,并无当于今之所谓乐府也。窃谓在今日而谈乐府,其第一著即须打破音乐之观念。盖乐府之初,虽以声为主,然时至今日,一切声调,早成死灰陈迹,纵寻根究底,而索解无由,所谓入乐与未入乐者等耳。侈言律吕,转滋淆惑。故私意以为今日对于乐府之鉴别,宜注意下列两点:

(一)文学之价值

(二)历史之价值

前者为无时代性的,历万劫而不朽,如《妇病行》、《孤儿行》、《陌上桑》、《孔雀东南飞》之类。后者为有时代性,虽无永恒感人之力,然足考知一时代之风俗,或补有史之阙文,如《雁门太守行》、傅玄《庞氏有烈妇》、张华《轻薄篇》之属。准斯而论,则凡入乐如《郊庙歌辞》、《燕射歌辞》,虽具有十足之资格,且为历代《乐志》所备录靡遗者,吾人亦正不能不摈之于乐府之外。盖其文艺思想,类皆千篇一律，形同具文，了无生气也。反之，则未入乐如汉诸《杂曲歌辞》及唐人《新乐府》，其文学价值，不必尽高，然皆有其时代色彩，吾人亦正不能不视为乐府之珍品。乐府之立，本为一有作用之机关，其所采取之文字，本为一有作用之文字，原以表现时代，批评时代为其天职，故足以"观风俗，知薄厚"，自不能与一般陶冶性情，啸傲风月之诗歌，同日而语，第以个人之美感，为鉴别决择之标准也。是以宋之词，元之曲，唐之律绝，固尝入乐矣，然而吾人未许以与乐府相提并论者，岂心存畛域？亦以其性质面目不同故耳。

惟此亦各有例外。第一，如汉初《安世房中歌》、武帝时《郊祀歌》、缪袭《魏铙歌》、韦昭《吴铙歌》等，虽俱为贵族乐府，然或事属创作，或于诗体有关，自当论及。第二，如魏晋以下诸无聊拟作，亦在所不取。要之乐府，以入乐而复具以上两条件者为上乘，其未入乐而内容充实者次之。颂德歌功，句模字拟，虽协金石，吾不谓之乐府矣。

至于乐府之分类，亦随乐府自身之演变及各时代对乐府观念之不同而递有差异，大体可分为音乐的与非音乐的两种。分类之最早者，当推宋明帝时之汉乐四品：

（一）大予乐（《宋书·乐志》作"郊庙神灵"。）
（二）周颂雅乐（《宋志》作"大射辟雍"，列第三。）
（三）黄门鼓吹（《宋志》作"天子享宴"，列第二。）
（四）短箫铙歌（《宋志》同）

此自是一种以贵族为立场之狭义分类，故来自赵代秦楚之"相和歌辞"，亦以如班固所谓"不序郊庙"，致未见品列。尔后篇章既夥，观念复异，繁简之间，遂以不同。唐吴兢作《乐府古题要解》，乃分乐府为八类：

（一）相和歌
（二）拂舞歌
（三）白纻歌
（四）铙歌
（五）横吹曲
（六）清商曲

（七）杂题

（八）琴曲

以兹八类，较彼四品，其相同者，惟"铙歌"一项，其余吴氏并黜不载。又相和歌本汉乐府之精英，而汉人不自知爱惜，四品不收，自沈约录入《宋书·乐志》，始大显于世，吴氏因首列之，则知唐人之于乐府，已知趋重于文学价值方面也。

至宋郑樵作《通志·乐略》，独慨然于后世风雅颂之淆乱不分，于是以古今乐章分隶于正声、别声、遗声三者之下，而分乐府为五十三类。虽加精密，实嫌琐碎。惟郭茂倩《乐府诗集》，提挈纲领，网罗百代，增损吴氏之数而分为十二大类，最为赅备焉。

（一）郊庙歌辞

（二）燕射歌辞

（三）鼓吹曲辞

（四）横吹曲辞

（五）相和歌辞

（六）清商曲辞

（七）舞曲歌辞

（八）琴曲歌辞

（九）杂曲歌辞

（十）近代曲辞

（十一）杂歌谣辞

（十二）新乐府

此为一种兼容并包之广义分类，可谓集乐府之大成。自一至九，皆前此旧有，所谓"郊庙歌辞"，即相当于四品之"太予乐"及"周颂雅乐"之一部。所谓"燕射歌辞"，即相当于"周颂雅乐"及"黄门鼓吹"。余七者悉本吴兢所分，惟合"拂舞歌"、"白纻歌"为"舞曲歌辞"，易"铙歌"为"鼓吹"，易"杂题"为"杂曲"而已。自十至十二，始为郭氏所增，乐府本多出自歌谣，往往有足相印证处，其列入"杂歌谣辞"一类，实为创见。故元左克明《古乐府》，清朱乾《乐府正义》皆仍其例。"新乐府"虽未尝入乐，然实汉乐府之嫡传，乐府之变，盖至"新乐府"而极。吴兢为中唐人，故未及列入，郭氏以殿全书，亦属卓识。惟"近代曲"，似可合于"杂曲"，"近代曲者，亦杂曲也"，是郭氏已自言之。其余如"琴曲"多据不可信之《琴操》，实不能自成一类。"郊庙"、"燕射"两类，若衡以吾人今日所持之界说，亦可并从删汰。惟郭氏之书，本在求全，固无可非议也。

郭氏后，则有明吴讷《文章辨体》，分乐府为九类：（一）祭祀、（二）王礼、（三）鼓吹、（四）乐舞、（五）琴曲、（六）相和、（七）清商、（八）杂曲、（九）新曲。虽时标异名，盖无能出郭氏之范围矣。

大抵自《乐府诗集》以前，皆为一种音乐的分类法。此种分类法，于乐章声调尚存之时，自属必要；于乐章声调既亡之后，则无大意义。比之作文献之汇辑，或不无便利，若欲统观历代升降之迹，则甚非所宜。故自明以后，乃有一种非音乐之分类，如明刘濂《九代乐章》，分乐府为"里巷"与"儒林"两种，是为从写作之人而分者也。冯定远《钝吟新录》则分为七种：曰制诗协乐，曰采诗入乐，曰古有此曲，倚其声而作诗，曰自制新曲，曰拟古，曰咏古题，曰新题乐府，是又为从写作之方式而分者也。

兹编既为乐府文学史，自应注重历史之遭变，故今略仿九代乐章之例，分民间乐府，文人乐府二者而加以变通，如魏晋之世，实以文士制作为中心，并无里巷之音，则亦不以无为有，随各时代之所宜而无所固执焉。

第四章　论五言出于西汉民间乐府不始班固

今所存汉民间乐府之最古者，首见于沈约《宋书·乐志》。其中有五言者，有非五言者，而皆题曰"古辞"。沈氏云："凡乐章古辞，今之存者，并汉世街陌谣讴，《江南可采莲》、《乌生十五子》、《白头吟》之属是也。"所谓汉世，既未明指何时，复未分别前后，于是五言与非五言之后先，乃成问题矣。

此实为治汉乐府之第一关键。如对此问题无一明确之观念与解释，则不独于汉乐府之叙述，诸多抵牾，即对于后此文学之流变，亦殊难说明也。以汉乐府演进之历程观之，非五言较五言为早，自是事实。惟五言之发生究晚在何时？当西汉长短句盛行之际，五言是否并行而不悖？非五言与五言之间是否可划一截然之鸿沟？五言诗之成立,既由于民间乐府,则五言诗之发生,是否与民间乐府有密切之关系?凡此,皆有充分讨论之余地与必要也。

讨论五言发生问题者,自来即不乏人,然语多存疑,未为定论。迄乎晚近,勇于疑古,始多立异。至有谓五言发生于东汉中叶以后者,其为梦呓,可不置辩。兹谨就陆侃如先生以五言始于班固一说,略申所见。陆先生之说见《乐府的影响》一文(《国学月报》二卷二号),而罗根泽先生《乐府文学史》主之。并谓西汉无纯粹五言,举班固《咏史》,言其"技术拙劣","质木无文",以为五言诗最初发生之例证。于是举一切五言乐府而皆抑之于东汉之下,以言文学系统,实未见其为文学系统也。窃谓以五言为始于班固之说,其观点与态度之错误有三:

(一)误解乐府 西汉乐府作品有两种:一为贵族的。用之祭祀,多成自文士之手,始于高祖唐山夫人之《安世房中歌》,若武帝时司马相如等所作之《郊祀歌》,亦皆贵族乐章也。一为民间的。用之"夜诵",多出自街陌闾阎,始于武帝之采歌谣,若《汉书》所谓赵代秦楚之讴,皆民间乐章也。是二者性质面目,实判然不同,前者为说理的、教训的,而后者则为抒情的、写实的;前者为古典的,故多模拟《诗经》《楚辞》,而后者则为创作的,故无一依傍。五言为一种新兴之诗体,其不能出于因袭雷同之贵族乐府,而必出于富有创造性之民间制作,殆可断言也。而陆先生于此,似未加辨别,因有见于《安世》、《郊祀》诸歌之绝无五言,遂疑西汉一代并无五言,抑知《安世》、《郊祀》之为贵族乐章乎?抑知此种貌为诗骚之贵族乐章本不能产生新诗体乎?微论《安世歌》为十七章,《郊祀歌》为十九章,余敢断言曰:即使当日《安世歌》而为百七十章,《郊祀歌》为百九十章者,其中亦决不能有五言作品也。观与《安世歌》同时之《戚夫人歌》,寥寥六句,而四句为五言,与《郊祀歌》同时之《李延年歌》亦仅六句,而五句为五言,则知创作之不同于因袭,而根据因袭的贵族乐章之有无五言或计其中五言多寡之数,以断定五言发生之后先,实为根本错误。

(二)颠倒源流 个人始终相信,先有五言乐府,而后有五言诗。决非先有五言诗,而后产生五言乐府。当两汉乐府势力弥漫之秋,惟乐府为能影响文人著作，而文人著作决不能影响乐府。质言之，即只有文人模拟乐府之体制，而决无乐府反蹈袭文人。五言诗之成立，既由于乐府之发达，则五言诗之产生，亦必由于五言乐府之流行，乃理之当然。今以五言为始于班固，则是今所存五言乐府，皆班氏以后之作，而顾受班氏之影响而发生而盛行耶?! 以极短之时间，以"技术拙劣""质木无文"之《咏史》，其力量乃能产生如此辉煌灿烂之五言乐府，得不视为文学史上之奇迹？固知《咏史》之作，乃五言乐府演进中应有之点缀，在班氏以前，乐府本身，实自有其纯粹五言作品者在也。

（三）武断事实　由上第一点所论，吾人知五言乃出于民间乐府，而不出于贵族乐府。按《汉书·艺文志》所载西汉歌诗，凡三百十四篇，其中除高祖歌诗、宗庙歌诗等贵族乐府及重复之"河南周歌诗声曲折"七篇、"周谣歌诗声曲折"七十五篇外，其属于民间乐府者，盖亦将二百篇。今所存者虽绝寡，然要是一事实。然则从何见得，而一口断定，在此将近二百篇之歌诗中绝无五言作品之存在？况即以见存者论之，亦正不如陆、罗二先生所谓无西汉作品者乎！

今更就事实，申述两点如下：第一，以五言为始于班固说之不确。如班固以前，果无五言之作，犹可说也。考之史籍，则正不然。《汉书·五行志》载成帝时歌谣云："邪径败良田，谗口乱善人。桂树华不实，黄雀巢其颠。故为人所羡，今为人所怜。"又酷吏《尹赏传》载长安歌云："安所求子死？长安少年场。生时谅不谨，枯骨后何葬。"是歌亦作于成帝时。此非西汉已有全篇五言之铁证耶？安得谓始班固哉！西汉乐府，本采民谣，则其时乐府中已有纯粹五言，尚复何疑。（按《汉书·贡禹传》载当时俗语云："何以孝弟为？财多而光荣。何以礼义为？史书而仕宦。何以谨慎为？勇猛而临官。"贡禹，元帝时人，所引俗语六句皆五言，亦足为西汉已有五言歌谣之一旁证。）陆先生云："西汉乐府（按当云西汉贵族乐府），杂言中夹五言。乐府以外，《汉书》所载《戚夫人歌》及《李延年歌》亦然。"举戚、李二歌，而不及此二篇，乃排之"乐府以外"之以外，诚不知何说？罗先生乃云："至成帝时始有五言歌谣，至东汉班固，始有五言诗。"不知诗与歌谣，究有何天渊之别？《诗经》之十五国风，不皆歌谣乎？两汉之《相和歌辞》，不皆歌谣乎？今乃强为分疏，盖亦难以取信。不独《汉书》所载然也，其见于《后汉书·樊晔传》之《凉州歌》，亦为五言："游子常苦贫，力子天所富。宁见乳虎穴，不入冀府寺。大笑期必死，忿怒或见置。嗟我樊府君，安可再遭值！"本传云："晔与光武少游旧。隗嚣灭后，陇右不安。乃拜晔为天水太守，政严猛，凉州为之歌云云。"是此歌作于东汉光武时，亦在班固《咏史》之先也。此皆载在正史，班班可考。夫凉州为边鄙之地，作者乃蚩蚩之氓，而犹有此完善之五言，其在京畿大邑，顾不可想见耶？（本节所论可参阅古直先生《汉诗辩证》。）

第二，以五言为始于班固说之不通。陆先生于班固《咏史》谓为"技术拙劣"，于傅毅之《孤竹》，则又曰："全篇以比喻出之，深得风人之致，可证此时已不如从前的幼稚。"按班、傅二人同时，曹丕《典论·论文》所谓"傅毅之于班固，伯仲之间耳"者是也。以同一时代而产生两种艺术大相悬绝之作品，此亦不可解。罗先生于《咏史诗》亦引《诗品》谓为"质木无文"，而于张衡《同声歌》则信之不疑，且曰："以文学系统论，张衡时代有产生此种完美诗歌之可能。"考班固死于和帝永元四年（公元九二年），而张衡本传云衡于和帝永元中举孝廉，不行。则是上距班固，亦不过二三十年耳。在此极短时期，其间又未有人力之推移，而风格与艺术，何得有如此之遽变？

固知所谓"技术拙劣"，"质木无文"，乃咏史之体宜尔也。原为性质不同，并非由于时代之先后，不足引为原始作品之证。且从文学史上观之，一种新诗体之产生，皆抒情先于咏史，此亦可注意也。罗先生分汉乐府为"五言"与"非五言"两种，而独将五言之《江南曲》一首列之于非五言内，谓"以作风论，似乎发生时期较早"。既自乱其例，复隐约其词，所谓较早者，班固前耶？班固后耶？

综上所论，则以五言始于班固，其说自难成立。又西汉乐府之声调，亦有两种：一为中土固有之声调。如所谓"赵代秦楚之讴"。其中以"楚声"为最著（此与高祖楚人，乐楚声有关）。如《安世歌》、《郊祀歌》等皆楚声也。一为北狄西域之"新声"。如《铙歌十八曲》、《郊祀歌》之《日出入》一章。此两种声调，判然不同，故形于歌诗，亦复大异。大抵楚声及赵代秦声歌诗多整俪，而新声歌诗则多错杂。

五言之为体，盖亦整俪，自属出于中土固有之声调，与外来之新声无涉。而陆先生乃摘举《铙歌》中之《上陵》、《有所思》两篇之五言句，以为第一期发生之例，实为不类。若必拘拘于形迹，则远在铙歌前之《戚夫人歌》，不更具体而微乎？且《铙歌》之作，在汉初三大乐章中为时最晚，而《上陵》一篇又《铙歌》中之晚出者。以"甘露初二年"一语考之，盖宣帝时作品。甘露为宣帝末年号，时去武帝新声初入且四十年，故其格调与《日出入》及铙歌其他各篇迥乎不同，全篇皆趋于五言化。此其为受当时五言歌诗之影响而发生转变，概可想见也。（本节所论，可参阅朱逖先生《汉三大乐章声调辨》，《清华学报》四卷二期。）

以五言为始于班固，既难成其说，寻五言之根源于铙歌，复未见其是。然则五言在两汉之历程究如何？今谨就臆见，分四期说明于后。

（一）五言之孕育期（汉初迄武帝）　五言本出于民间歌谣，不出于文士制作。但在此时期中，民间是否已有一种五言歌谣，则无可征信。藉曰有之，而其时乐府尚未立为专署，复无采诗之举，亦必归于湮没无闻。今日吾人所可得而确言者，即此时虽无全篇五言，然已有全篇五言化之倾向。如《戚夫人歌》：

　　　　子为王，
　　　　母为虏。
　　　　终日舂薄暮，
　　　　常与死为伍。
　　　　相离三千里，
　　　　当谁使告汝？

《汉书·外戚列传》："高祖崩，惠帝立，吕后为皇太后，乃令永巷囚戚夫人，髡钳衣赭衣，令舂。戚夫人舂且歌曰云云。太后闻之，大怒曰：'乃欲倚汝子耶！'乃召赵王诛之。"是此歌作于汉之初年（约当公元前一九二年左右），而其体已如此，颇疑其时民间已有一种五言歌也。又此时新声尚未传入，而戚夫人习于楚歌（《史记·留侯世家》，高祖谓戚夫人曰:"为我楚舞,吾为若楚歌。"),此亦足证五言实出于中土固有之声调,而不当于《铙歌》中寻求五言之踪迹也。

(二)五言之发生时期(武帝迄宣帝) 《文心雕龙·明诗》篇云:"孝武爱文,《柏梁》列韵。严马之徒,属辞无方。至成帝品录,三百余篇,辞人遗翰,莫见五言。"此语自来即多误解。故钱大昕《十驾斋养新录》遂谓:"要之此体之兴,必不在景、武之世。"而或者又以为定谳,此实大谬。不知《文心》所谓"莫见五言"者,谓"辞人遗翰"耳,岂谓西汉一代乐府歌谣,并"莫见五言"哉?故下续云:"案《暇豫》优歌,远见春秋,《邪径》童谣,近在成世,阅时取证,则五言久矣!"引《邪径》童谣,其意正以明五言之兴,当在成帝以前也。又据上文所论,吾人已知五言出于民间,而民间歌谣之采集,则始于武帝,故吾人得一反钱氏之言曰:"要之此体之兴,必在武帝之世。"如见存相和歌辞中之《江南曲》,殆即武帝时所采之楚歌也。《江南曲》云:"江南可采莲,莲叶何田田。鱼戏莲叶间。鱼戏莲叶东,鱼戏莲叶西。鱼戏莲叶南,鱼戏莲叶北。"篇章之简短,文字之质朴,意境之单纯,在在足以表现初期作品之特性,度亦以此,易于传诵,故源远而流长焉。西北二字,古韵并通。观沈约《宋书·乐志》,于汉古辞,首录此篇,又凡所举证,亦必以此篇为冠,则其意,亦略可见。此种作品置之东汉班固下,不几成怪物耶。至可确定其为此时五言作品者,则有《李延年歌》:

北方有佳人,
绝世而独立。
一顾倾人城,
再顾倾人国。
宁不知倾城与倾国,
佳人难再得!

《汉书·外戚列传》:"孝武李夫人本以倡进,初,夫人兄延年性知音,善歌舞,武帝爱之。每为新声变曲,闻者莫不感动。延年侍上,起歌舞曰云云。"《玉台新咏》录此歌,去"宁不知"三字为纯五言诗。

意当时所采赵代秦楚之讴，其中必有纯五言者，延年出身微贱，"父母兄弟皆故倡"（《汉书·佞幸传》），今既为协律都尉，总领乐府，因效民歌体而为此歌。复于第五句故衍"宁不知"三字以为"新变声"。此三字者，亦如词曲中之衬字耳，吾人即认此篇为纯五言歌，固无不可也。

（三）五言之流行时期（元成迄东汉初）　此实为西汉乐府全盛之时。史称元帝"多材艺，善史书，鼓琴瑟，吹洞箫，自度曲被歌声，分划节度，穷极幼眇"。以帝王之尊，亲协律之事。更观《汉书》所载哀帝罢乐府事，尤可见其发达之情形。在此所谓"郑声尤甚"之时，五言与非五言，实有同等之长足进步。观前所举成帝时童谣及《尹赏歌》，光武时之《凉州歌》，并属五言，足证此体已风行于民间也。

其在乐府，则班婕妤之《怨歌行》与古辞《鸡鸣曲》，即属此期作品。班诗人多疑为伪作，盖未加细察，而犹有班固二字横隔其胸中。余则深信不疑：第一，以时代论，有产生此种作品之可能。第二，文如其人。"出入君怀袖，动摇微风发"，不管六朝，无论魏晋，总之非班姬不能道。第三，有历史之根据。按曹植《班婕妤赞》云："有德有言，实为班婕。"傅玄《班婕妤画赞》亦云："斌斌婕妤，履正修文。"至陆机《婕妤怨》："寄情在玉阶，托意惟团扇。"则明指此诗矣。可见自魏晋以来，代有识者，固不自昭明入选始也。陈延杰先生《汉代妇女诗辨伪》（《东方杂志》二十四卷二十四号）亦以为非班作，然既无确证，且曲解《诗品》"怨深文绮"之言，以成己说，殊觉厚诬古人。至《鸡鸣》一曲，则另有其历史之背景，同为成帝时作品，其详俱见下编。

（四）五言之成立时期（东汉中叶迄建安）　五言在当时虽为一种新兴诗体，然在一般朝士大夫心目中，其格乃甚卑，远不如吾人今日所估计。与后此词之初起，正复相似。故在第三期，五言乐府虽已流行，而文人采用者则惟班婕妤一首。然其时四言之体，弊不堪用，虽为之而难工，复以一时潮流所趋，故一方面诋乐府为郑卫之声，一方面仍不能不窃取乐府之体以为五言诗。班固之《咏史》，傅毅之《冉冉孤生竹》，即此期产物。厥后文人五言，则有张衡《同声歌》，辛延年《羽林郎》，蔡邕《饮马长城窟行》，宋子侯《董娇娆》等，皆乐府也。

·188·

若秦嘉之《赠妇》，郦炎之《见志》，赵壹之《疾邪》，高彪之《清诫》，则皆徒诗也。迄建安曹氏父子出，而五言遂成为诗坛之定体焉。

关于五言在两汉之历程，个人所见如此。要之，五言一体，出于民间，大于乐府，而成于文人，此其大较也。

当东汉之初，犹有一事堪注意者，即五言铭体之试用是也。按冯衍（王莽时人）《车铭》云："乘车必护轮，治国必爱民。车无轮安处？国无民谁与？"凡铭例用四言，西汉一代皆然。冯所作铭五篇，其四篇亦皆四言。此似无关大体，然足为当时五言已流行之佐证。与后此韩愈《尚书库部郎中郑君墓志铭》、《南阳樊绍述墓志铭》，借用七言古体诗之必在七言流行之后者，事理正同。后于冯衍《车铭》者有崔瑗（张衡同时）之《座右铭》，见之《文选》（本传未载），亦系五言，篇幅已较长，惟尚实之铭诔，终不敌抒情之诗歌，故自冯、崔而后，即无嗣作，仍以四言为常法，而五言遂为诗歌所专有矣。谓余说为非耶，则对此现象作何解释？宁得谓汉之五言乐府，亦导源于冯衍之《车铭》耶？

在昔文学之嬗变，原任自然，非有人力左右于其间，故一种文体之形成，往往须经长时间之酝酿，观《三百篇》之于《楚辞》，《楚辞》之于五七言，五七言之于近体，可知也。故余于叙述两汉乐府，一以风格、史实为据，更不囿于班固之说，因并申所见，其所不知，盖阙焉。

第二编　两汉乐府

第一章　论汉乐府之声调

吾国诗歌，与音乐之关系，至为密切，盖乐以诗为本，而诗以乐为用，二者相依，不可或缺。是以一种声调之变革，恒足以影响歌诗之全部。汉乐府之能以脱离诗骚之藩篱而别开生面者，虽亦缘诗骚之体，已弊不堪用，而声调之改换，殆其主因也。汉乐府所用之声调，其可考见者约有四种：

（一）雅声　即周代之遗声。然势力甚微，有名无实，聊备一格而已。《汉书·礼乐志》云："汉兴，乐家有制氏，以雅乐声律，世世在太乐官，但能纪其铿锵鼓舞，而不能言其义。"此雅声在汉初残阙之情形也。《志》又云："是时（武帝），河间献王有雅材，亦以为治道非礼乐不成，因献所集雅乐，天子下大乐官常存肄之，岁时以备数，然不常御，常御及郊庙，皆非雅声。"此雅声在武帝时敷衍之情形也。《志》复云："至成帝时，谒者常山王禹世受河间乐，能说其义，其弟子宋晔等上书言之。……事下公卿，以为久远难分明，当议复寝。"此雅声在西汉末年渐就消灭之情形也。是知在西汉一代，周世遗声，不绝如线，仅为一种点缀品，始终未能盛行也。

按汉相和歌有清、平、瑟三调，杜佑《通典》云："平调清调瑟调，皆周房中之遗声。"《旧唐书·乐志》亦云："平调清调瑟调，皆周房中曲之遗声，汉世谓之三调。"是以三调为出于雅声也。窃谓不然。考《仪礼》："若与四方之宾燕……有房中之乐。"注云："弦歌《周南》《召南》之诗，而不用钟磬之节，谓之房中者，后夫人之所讽颂，以事其君子。"观所歌之诗为二南，足见其声之为雅正。如三调果为房中之遗声，则班固早应言之，不当云"常御及郊庙，皆非雅声"，又云"皆以郑声施于朝廷"，此其一。又三调果为房中之遗声，则其中当有不少四言作品，今综计汉三调歌诗二十余篇，惟《善哉行》一篇为四言，其余半属五言，半属杂言，此其二。且周乐至汉，已奄奄一息，又安能产生三调乎？意三调乃出于汉之秦声，或其他赵代之声（详后），所谓雅乐，但有声无辞，或其辞即为《三百篇》。汉世歌辞之可确知其为出于此种雅声者，只有宣帝时王褒所作《中和》、《乐职》、《宣布》三诗。《汉书·王褒传》："益州刺史王襄，使褒作《中和》、《乐职》、《宣布》诗。选好事者令依《鹿鸣》之声，习而歌之。"今三诗者亦不传。故见存作品，盖无一为出于雅声者矣。然使当日河间古乐，死灰复燃，则汉诗恐尚停滞于四言时代中也。以既依其声，斯必效其体，褒作虽不传，度亦当为四言。

（二）楚声　汉初雅乐，既已沦亡殆尽，故不得不别寻新调，其取雅乐而代之者，则楚声也。楚声在汉乐府中，时代最早，地位最高，力量亦最大，《汉书·礼乐志》："凡乐，乐其所生。礼不忘本，高祖乐楚声，故《房中乐》，楚声也。"此楚声所以特占优势之故欤。

若武帝时《郊祀歌》及《相和歌辞》中之《楚调》曲，亦皆楚声也。

（三）秦声　自春秋以降，秦楚并称大国。虽高祖以楚人，乐楚声，然京师所在之长安，则固秦地也，度其时亦必有一种秦声流行。《史记·蔺相如传》："赵王与秦王会渑池，秦王曰：'寡人窃闻赵王好音，请鼓瑟！'赵王鼓瑟。蔺相如前曰：'赵王窃闻秦王善为秦声，请奉盆缻秦王，以相娱乐。'"李斯《谏逐客书》云："击瓮叩缶，弹筝搏髀，而歌呼呜呜快耳者，真秦声也。"据此，则知自战国以降，秦地原自有一种特殊声调也。《汉书·杨恽传》："家本秦也，能为秦声，妇赵女也，雅善鼓瑟。"恽为宣帝时人，据此，则知在西汉，此种秦声仍甚流行于社会，而为士大夫所爱好也。《汉书·礼乐志》载有秦倡员二十九人，秦倡象人员三人，诏随秦倡一人，并谓："至武帝乃立乐府，有赵、代、秦、楚之讴。"而《艺文志》亦载有《左冯翊秦歌诗》三篇，《京兆尹秦歌诗》五篇。据此，则知当时乐府中必有一种秦声歌曲也。

颇疑清、平、瑟三调即出于秦声，或与秦声有关。此核之三调中之作品及其所用之乐器而略可知也。今从《乐府诗集》录《相和歌辞》诸曲所用之乐器如下：

一、相和曲。其器有笙、笛、节、鼓、琴、瑟、琵琶七种。

二、平调曲。其器有笙、笛、筑、瑟、琴、筝、琵琶七种。

三、清调曲。其器有笙、笛、篪、节、琴、瑟、筝、琵琶八种。

四、瑟调曲。其器有笙、笛、节、琴、瑟、筝、琵琶七种。

五、楚调曲。其器有笙、笛、弄节、琴、筝、琵琶、瑟七种。

于此，可注意者，即平、清、瑟三调皆用筝，而相和曲则无之。按前引李斯上书，以弹筝为秦声，应劭《风俗通》亦云："筝，秦声也，蒙恬所造。"又曹植诗云："秦筝何慷慨。"是知筝确为秦声独擅之乐器，今三调中皆用之，足证与秦声有密切之关系。楚调曲本为楚声而亦用筝者，当系受秦声之影响而然。又平调曲不独用筝，而且用筑，筑亦为燕赵间流行之乐器，《史记》载："荆轲既至燕，爱燕之善击筑者高渐离。"其后"高渐离变名姓为人庸保，匿作于宋子，久之作苦，闻其家堂上客击筑，彷徨不能去"。按宋子属钜鹿（今河北赵县），战国时赵地，是其证矣。史又言：高渐离"击筑而歌，客无不流涕"。秦始皇闻而召之,"使击筑,未尝不称善"(并见《刺客列传》)。可知筑之为音,与慷慨之秦筝相近,故始皇爱之也。今一调之中,而兼用两种为西北民俗习用之乐器,则其为西方之秦声(或混合北方赵代之声),益可见矣。

至于作品中,亦足有徵信者。按清调曲有《长安有狭斜行》,瑟调曲有《陇西行》,陇西长安,并秦地也。若以《孤儿行》中"南到九江,东到齐与鲁"二语考之,则《孤儿行》当亦为秦地之歌。夫其歌既为秦歌,斯其声亦为秦声矣。要之三调不出周房中之遗声,如《通典》所云,则可断言耳。

(四)新声 即北狄西域之声。计前后输入凡两次:第一次在汉初。《乐府诗集》引刘瓛《定军礼》云:"鼓吹,未知其始也。汉班壹雄朔野而有之矣。鸣笳以和箫声,非八音也。"按《汉书·叙传》:"始皇之末,班壹避地楼烦……当孝惠、高后时,以财雄边,出入弋猎,旌旗鼓吹。"是为新声输入之始。然其时既未立乐府,又无妙解音律如李延年其人者,故于诗歌,未发生若何影响。第二次在武帝时。《后汉书·班超传》注引《古今乐录》曰:"横吹,胡乐也。张骞入西域,传其法于西京,唯得《摩诃兜勒》一曲。李延年因胡曲,更造新声二十八解,乘舆以为武乐。后以给边将。和帝时万人将军得之。"《晋书·乐志》云:"魏晋以来,二十八解,不复俱存。而世所用者有《黄鹄》等十曲。"所谓二十八解者虽不复存,然对于当时乐府影响之大,已概可见。现存之《铙歌十八曲》,即为出于此种新声者焉。

以上四声,雅声几等于零,故实只三声。按《汉书》曾一再言及赵代之讴,又《礼乐志》载有齐讴员蔡讴员等,是当时乐府中必尚有赵、代、齐、蔡诸地之声调,然已无迹可求,难以指实矣。要之,其势力足以与新声争衡者,厥为楚声与秦声。此二声者皆出中土,大抵节奏停匀,故文句亦多联整,其贡献在于产生五言诗体。而新声则节奏参差,故句读亦复长短不齐,有少至一字者,有多至十余字者,其贡献在开后世长短歌行一派。斯二体者,皆汉乐府所独擅,诗骚之所未有,而固有得于声调之助也。虽然,使无武帝之好大喜功,开边黩武,则新声或不即输入。即输入矣,而无采诗夜诵之事,则汉乐府所以异于后世者亦几希。岂所谓有非常之功,必待非常之人者耶!今更就上文所论，列一汉乐府声调表如下：

汉乐府声调表

国别	声别	时代	作品	作者	附注
中乐	雅声	周	《中和》、《乐职》、《宣布》	王 褒	词 亡
	楚声	汉	《安世歌》十七章	唐山夫人	见《汉书·礼乐志》
			《郊祀歌》十九章	司马相如等	
			《楚调曲》	民 歌	见《宋书·乐志》
	秦声	汉	平、清、瑟三调	民 歌	
夷乐	新声	汉	《铙歌》十八曲	无名氏	同 前
			新声二十八解	李延年	词 亡

第三章　两汉民间乐府

《汉书·艺文志》云："自汉武立乐府而采歌谣，于是有赵、代之讴，秦、楚之风，皆感于哀乐，缘事而发。亦足以观风俗，知薄厚云。"此汉民间乐府所由来也。

……

抒情之类　《文心雕龙》云："吐纳英华，莫非情性。"凡在诗歌，本皆挚情之结晶，而此独以情标类者，亦权其轻重，为便利计耳，无所过执可也。

(1)《怨歌行》(楚调曲)：

　　天德悠且长，人命一何促。百年未几时，奄若风吹烛。嘉宾难再遇，人命不可续。齐度游四方，各系太山录。人间乐未央，忽然归东岳。当须荡中情，游心恣所欲！

旧说岱宗上有金箧玉策，能知人年寿修短。《尔雅》："泰山为东岳。"《博物志》："泰山主召人魂。"

(2)《西门行》(瑟调曲)：

出西门，步念之：今日不作乐，当待何时？（一解）

夫为乐，为乐当及时。何能坐愁怫郁，当复待来兹！（二解）

饮醇酒，炙肥牛。请呼心所欢，可用解愁忧。（三解）

人生不满百，常怀千岁忧。昼短苦夜长，何不秉烛游？（四解）

自非仙人王子乔，计会寿命难与期！自非仙人王子乔，计会寿命难与期！（五解）

人寿非金石，年命安可期？贪财爱惜费，但为后世嗤！（六解）

此篇为晋乐所奏，汉"本辞"稍异。晋人每增加本词，写令极畅，或汉、晋乐律不同，故不能不有所增改。步念之者，谓步步念之也，盖重言而用一字。如《鸡鸣曲》："池中双鸳鸯。"谓双双也；《董逃行》："其端鹍鸡声鸣。"亦谓声声也，皆其例。《吕氏春秋》："今兹美禾，来兹美麦。"高诱注："兹，年也。"上二作，皆死生之感。

（3）《悲歌》（杂曲歌辞）：

悲歌可以当泣，远望可以当归。思念故乡，郁郁累累。欲归家无人，欲渡河无船。心思不能言，肠中车轮转。

按《文选》李善注引《古乐府诗》曰："还望故乡郁何累。"文句稍异。郁郁累累，谓坟墓也。汉诗用比，皆极新颖的当，如言人命短促，则云"奄若风吹烛"，"奄忽若飚尘"，"命如凿石见火"；言时光之一去不回，则云"百川东到海，何时复西归？"言君子之不处嫌疑，则云"瓜田不纳履，李下不正冠"。讥兄弟之不相爱，则云"虫来啮桃根，李树代桃僵"。此篇车轮之喻亦然。

（4）《古歌》：

秋风萧萧愁杀人。出亦愁，入亦愁。座中何人谁不怀忧？令我白头!胡地多飚风,树木何修修。离家日趋远,衣带日趋缓。心思不能言,肠中车轮转。

按此歌郭茂倩《乐府诗集》,左克明《古乐府》并不载。然其本身即为一含有音乐性之文字,观末二句与《悲歌》悉同,亦足证其出于乐府也。沈德潜曰:"苍莽而来,飘风急雨,不可遏抑。"良然!以上二篇皆写游子天涯之感者,古时交通不便,行路艰难,真有如所谓"一息不相知,何况异乡别"者。初不如吾人今日之瞬息千里,迅速安全,故古人于离别一事,乃甚多血泪之作。此则时代环境有以左右吾人之情感者也。

在汉乐府抒情一类中,最可注意者,厥为描写夫妇情爱一类作品。南朝清商曲,多男女相悦及女性美之刻画,汉时则绝少此种。盖两汉实为儒家思想之一尊时期,其男女之间,多能以礼义为情感之节文。读上《君子行》亦可见。故其所表现之女性,大率温厚贞庄,与南朝妖冶娇羞,北朝之决绝刚劲者,歧然不同。如云"他家但愿富贵,贱妾与君共铺糜";如云"若生当相见,亡者会黄泉";如云"愿得一心人,白头不相离";"使君自有妇,罗敷自有夫"之类,皆忠厚之至也。故即就此点以观,《孔雀东南飞》,亦决不能作于六朝。无他,风格太不类耳。

(5)《公无渡河》(瑟调曲):

公无渡河,公竟渡河。堕河而死,当奈公何!

按此曲《乐府诗集》附于《相和六引·箜篌引》下,《古乐府》及《汉魏诗乘》,又直以为《箜篌引》。按《古今乐录》云:"今三调中自有《公无渡河》,其声哀切,故入瑟调。"然则非《箜篌引》明矣。崔豹《古今注》云:"《箜篌引》者,朝鲜津卒霍里子高妻丽玉所作也。子高晨起刺船,有一白首狂夫,被发提壶,乱流而渡,其妻随而止之,不及,遂堕河而死。于是援箜篌而歌曰云云。声甚凄怆,曲终亦投河而死。子高还,以语丽玉,丽玉伤之,乃引箜篌而写其声,名曰《箜篌引》。"则《箜篌引》乃感此曲而作,此曲实《箜篌引》所托始,非《箜篌引》甚明。《古今乐录》谓"其声哀切",今其声虽不可得而闻,而读其词犹觉有余悲焉。此篇与后《孔雀东南飞》同为写夫妇殉情之作,虽修短悬殊,其于感人一也。魏晋以下,无闻焉尔。

(6)《东门行》(瑟调曲):

> 出东门,不顾归。来入门,怅欲悲。盎中无斗米储,还视架上无悬衣。拔剑东门去!舍中儿母牵衣啼:"他家但愿富贵,贱妾与君共铺糜。上用仓浪天,故下当用此黄口小儿!""今非咄行,吾去为迟。白发时下难久居!"

《东门行》有两篇,一为晋乐所奏,即所谓"古词"(文字颇有增改),一为汉乐府原作,即所谓"本词"(本词之名,首见唐吴兢《乐府古题要解》,宋郭茂倩《乐府诗集》因之),此处所录,乃未经晋乐修改之"本词"。不曰携剑、带剑,而曰"拔剑",其人其事,皆可想见。饥寒切身,举家待毙,忍无可忍,故铤而走险耳。"他家"数语,妻劝阻其夫之词。用,为也。古人迷信,谓天能祸福人,而杀人者必且报及后嗣,故又以父子之情动其夫。黄口,雏鸟,此指小儿。《淮南子》:"古之伐国,不杀黄口。"他家、我家、是家,皆汉人语也。明陆深《春风堂随笔》:"王忠肃公翱字九皋,盐山人,为太宰时,每呼二侍郎崔家、严家,今相传以公为朴直。此字亦有所本,盖尊敬之词。汉称天子曰官家,石曼卿呼韩魏公为韩家。若今人则为轻鲜之词矣。"按汉时称天子但曰"是家",尚无称"官家"者。《汉书·外戚传》:"是家轻族人,得无不敢乎?"谓成帝也。然当时称"家",确含尊意。"今非"以下,夫答妻之词。言今非咄嗟之间行,则吾去为已迟。应上"牵衣啼"。《尔雅》:"下,落也。"

(7)《艳歌何尝行》(瑟调曲):

> 飞来双白鹄,乃从西北来。十十五五,罗列成行。(一解)
> 妻卒被病行,不能相随。五里一反顾、六里一徘徊。(二解)
> 吾欲衔汝去,口噤不能开。吾欲负汝去,毛羽何摧颓。(三

解)

乐哉新相知,忧来生别离。踯躅顾群侣,泪下不自知。(四解)

"念与君离别,气结不能言。各各重自爱,远道归还难。妾当守空房,闭门下重关。若生当相见,亡者会黄泉!"今日乐相乐,延年万岁期。

此篇亦载《宋书·乐志·大曲》。沈约云:"'念与',下为趋,曲前有艳。"(郭茂倩曰:"诸调曲皆有辞有声,而大曲又有艳,有趋有乱。辞者,其歌诗也。声者,若羊吾夷伊那何之类也。艳在曲之前,趋与乱在曲之后。亦犹《吴声》、《西曲》前有和,后有送也。")按"念与"数语,为妻答夫之词。刘履《选诗补注》谓此为新婚远别之作。朱乾亦云:"此为夫妇相离别之词。妻字指白鹄,硬下得妙。"想当然也。汉魏乐府,结尾多作祝颂语,往往与上文略不相属,此盖为当时听乐者设,与古诗不同,不可连上文串讲也。

(8)《艳歌行》(瑟调曲):

翩翩堂前燕,冬藏夏来见。兄弟两三人,流宕在他县。故衣谁当补?新衣谁当绽?赖得贤主人,览取为吾绽。夫婿从门来,斜柯西北眄。——"语卿且勿眄,水清石自见!""石见何累累,远行不如归!"

此盖夫疑其妻之作。末四语对话,口角甚肖。李子德曰:"石见何累累,承之曰远行不如归,接法高绝。非远行何以有补衣之事?故触事思归耳。"按末二语,当是夫婿反唇相讥之词,有逐客之意。斜柯句神态如绘,黄晦闻先生曰:"案梁简文《遥望》诗'斜柯插玉簪',毕曜《情人玉清歌》'善踏斜柯能独立',段成式《联句》'斜柯欲近人',则斜柯原是古语,当为欹斜之意。"按孟启《本事诗》载崔护郊游寻春事,有"女子独倚小桃,斜柯伫立,而属意殊厚"之文,此斜柯似兼有斜视之意。览通作揽,说文:"揽,撮持也。"广韵:"绽,补缝。"

(9)《白头吟》(楚调曲):

皑如山上雪，皎若云间月。闻君有两意，故来相决绝。今日斗酒会，明旦沟水头。蹀躞御沟上，沟水东西流。凄凄复凄凄，嫁娶不须啼。愿得一心人，白头不相离。竹竿何袅袅，鱼尾何簁簁。男儿重意气，何用钱刀为！

此篇旧多误以为卓文君作。陈沆云："《玉台新咏》载此篇，题作'皑如山上雪'，不云《白头吟》，亦不云何人作也。《宋书·大曲》有《白头吟》，作古辞。《御览》、《乐府诗集》同之，亦无文君作《白头吟》之说。自《西京杂记》始附会文君，然亦不著其辞，未尝以此诗当之。及宋黄鹤注杜诗，混合为一，后人相沿，遂为妒妇之什，全乖风人之旨。且两意决绝，沟水东西，文君之于长卿，何至是乎？盖弃友逐妇之诗，非小星逮下之刺。愿得一心人，白头不相离，忠厚之至也。男儿重意气，何用钱刀为，慷慨之思也。勿以嫉妒诬风人焉。"

《礼记》："孔子曰：嫁女之家，三夜不息烛，思相离也。取妇之家，三日不举乐，思嗣亲也。"以此推之，则古时女子出嫁，亦必悲啼，所谓"嫁娶不须啼"者，实即嫁时不须啼耳。张萌嘉曰："凄凄二句从他人嫁娶时凭空指点，以为妇人有同一之愿。不从己身说，而己身已在里许。"袅袅，弱貌。簁簁，鱼尾长貌。二句谓钓者以竹竿得鱼，犹之男子以意气而得妇，结合之间，初不在金钱。"沟水东西流"，象征夫妻之离散。古人云"天生江水向东流"，而沟水则不必然，故隋庾抱诗云："人世多飘忽，沟水易西东。"

（10）《陌上桑》（相和曲）：

日出东南隅，照我秦氏楼。秦氏有好女，自名为罗敷。……
（选者按：原文从略）

汉时太守、刺史有"行县"之制，名曰"劝课农桑"，实多扰民，此诗即其证也。诗中写罗敷之美，分两层，首从正面描摹，亦止言其服饰之盛。次从旁面烘托，此法最为新奇！然亦正以行者、少年、耕者、锄者逗起下文使君。见得"雅俗共赏"，有如孟子所谓"不知子都之美者无目者也"意。唐权德舆《敷水驿》诗:"空见水名敷,秦楼昔事无。临风驻征骑,聊复捋髭须。"数百年后犹能使人如此神往,足见此诗之艺术魅力。末段为罗敷答词,当作海市蜃楼观,不可泥定看杀!以二十尚不足之罗敷,而自云其夫已四十,知必无是事也。作者之意,只在令罗敷说得高兴,则使君自然听得扫兴,更不必严词拒绝(请参阅拙作《汉乐府的诙谐性》)。

倭堕髻即堕马髻,见《后汉书·梁统传》。《风俗通》:"堕马髻者,侧在一边。始自梁冀家所为,京师翕然皆放效。"《古今注》:"堕马髻,今(指晋)无复作者。倭堕髻,一云堕马之余形也。"按温庭筠《南歌子》"倭堕低梳髻",是唐时犹有为之者。峭头一作绡头,《释名》:"绡头,绡,钞也。钞发使上从也。"沈德潜曰:"坐,缘也。归家怨怒,缘观罗敷之故也。"《汉书·隽不疑传》晋灼注:"古长剑首以玉作井鹿卢形。"古诸侯五马,汉太守甚重,比诸侯,故用五马。《汉书·酷吏·宁成传》:"(成)称曰:仕不至二千石,贾不至千万,安可比人乎?"今罗敷所以盛夸其夫婿者,亦至太守而极,盖一时观念然也。汉人似颇以有须为美观,如《汉书·霍光传》:"光长才七尺三寸,美须眉。与李通等起于宛,时年二十八。"又《马援传》:"(援)为人明须发,眉目如画。"皆其证。

盈盈冉冉,并行迟貌,二句一意,重言以成章耳。案汉世男女,皆各有步法。《梁冀传》谓冀妻能作"折腰步",又《孔雀东南飞》云:"纤纤作细步,精妙世无双。"此汉代女子步法之可考见者。《后汉书·马援传》:"勃(朱勃)衣方领,能矩步。"注云:"颈下施衿,领正方,学者之服也。矩步者,回旋皆中规矩。"服既为学者之服,则"矩步"当亦学者之步,与此诗所谓"公府步"者必自不同。此汉士大夫步法之可考见者。度其间方寸疾徐之节,必各有不同及难能之处,故彼传特表而出之,而此诗亦以为言也。闻一多先生云:"案古礼,尊贵者行迟,卑贱者行速,孙堪以县令谒府,而趋步迟缓,有近越礼,故遭谴斥(见《后汉书·儒林·周泽传》)。太守位尊,自当举趾舒泰,节度迟缓。此所谓公府步府中趋,犹今人言官步矣。"则是官步中,又有尊卑之别焉。(按《陌上桑》,实为我国五言诗歌发展史上之明珠,后世大诗人如曹植、杜甫、白居易等莫不为之醉心倾倒。曹

《美女篇》"行徒用息驾,休者以忘餐",显系从此脱胎。曹乃建安作者,则此篇产生时代之早,固约略可见,其早于《孔雀东南飞》,则可断言耳。)

第四章 东汉文人乐府

……
今所欲述者,为汉末无名氏之杰作《孔雀东南飞》。其作者虽失名,然要必出于文人(但非一人)之手,如辛延年,宋子侯之流,则绝无可疑。故不归之民间乐府,而从徐陵所编《玉台新咏》作"无名人",次于本章之后,且以明民间乐府之影响焉。

此篇首载《玉台新咏》,题为《古诗为焦仲卿妻作》(《乐府诗集》入《杂曲歌词》),其篇首有序云:"汉末建安中,庐江府小吏焦仲卿妻刘氏,为仲卿母所遣,自誓不嫁,其家逼之,乃投水而死。仲卿闻之,亦自缢于庭树。时人伤之,为诗云尔。"全诗长达一千七百余字,兹分段录如下:

孔雀东南飞,五里一徘徊。……(选者按,原文从略)

《孔雀东南飞》之产生,其必具之条件有二:一为文人乐府之盛行,一为五言诗体之成熟,序云"建安中",盖适当其时。此本绝作,如谓建安时代不能产生,则纵推而下之,以至于六朝、隋、唐、明、清,亦无能产生也!

全篇浑朴自然,犹是汉时风骨,惟以情事既奇,篇章复巨,而又历时久远,转相传写之间,不免失却几分本来面目,一犹长江大河,奔流万里,势必挟泥沙而俱下,则亦事或有之,不足为异。且如"足下蹑丝履",张为麟《孔雀东南飞年代袪疑》,以为丝履乃六朝时物,然观曹操《内诫令》:"前于江陵得杂彩丝履,以与家约,当著尽此履,不得效作也。"则汉末建安中已自有之,不始六朝矣。又如"进退无颜仪",《袪疑》谓"仪"字非用古韵,仪字由歌入支,始于魏文帝。按李尤《良弓铭》:"弓矢之作,爰自曩时。不争之美,亦以辨仪。"又蔡邕《济北崔君夫人诔》:"世丧母仪,宗陨宪师。哀哀孝子,靡所瞻依。"则仪字由歌入支不始魏文矣。又如"小子无所畏"、"下官奉使命",说者谓"小子"、"下官"为六朝时通用口语,足见此诗不作于建安。按小子一词,经传屡见。有含自谦之意者,如《尚书·汤誓》:"非台小子,敢行称乱。"有为尊对卑之称者,如《论语》"小子何莫学夫诗"、"吾党之小子狂简"、"小子鸣鼓而攻之可也"。皆孔子谓其门人者。亦有表贬斥之义者,如《诗·板》:"老夫灌灌,小子蹻蹻!"襄四年《左传》:"我君小子!朱儒是使。"又《后汉书·班超传》:"小子安知壮士志哉!"仲卿母于盛怒之下斥其子为"小子",夫何足异?至于"下官"二字,最早见于《汉书·贾谊传》:"君主斥罢软不胜任者,不谓罢软,曰下官不职。"为君斥臣之词。然观《后汉书·循吏·任延传》:"延拜武威太守,帝(光武)戒之曰:'善事上官,无失名誉!'延对曰:'臣闻忠臣不私,私臣不忠,上下雷同,非升下之福,善事上官,臣不敢奉诏。'"此所谓上下,即指上官下官,则已为群臣相对待之词,与诗意相近。考下之为言,本先秦两汉以来之常语,故有所谓下国、下县、下妻(见《汉书·王莽传》,即《外戚列传》所谓"小妻"),自谦则或曰下走、下才、下僚,此诗叙丞对太守而自称下官,亦情理之常。又如"新妇入青庐",说者引唐段成式《酉阳杂俎》:"北朝婚礼,青布幔为屋,在门内外,谓之青庐,于此交拜迎妇。"遂据以断此诗为作于六朝,不作于建安。按《杂俎·贬误》篇曾引《聘北道记》云:"北方婚礼,必用青布幔为屋,谓之青庐,于此交拜迎新妇。"然则所谓北朝婚礼者,本为北方婚礼,段氏窜易原文,殊属非是。故闻人倓《古诗笺》虽引段氏《杂俎》,而仍据《聘北道记》作北方,不作北朝。《世说新语·假谲篇》:"魏武少时尝与袁绍好为游侠,观人新婚,因潜入主人园中,夜叫呼,云'有偷儿贼'。青庐中人皆出观。"则是在北朝以前,北方固早有青庐之制矣。又诗有"交广市鲑珍",说者谓分交州置广州,始于孙权黄武五年(226),足证其非汉作。按黄武五年上距建安,不过六年,为时甚近,与《序》云"时人为诗"之言,无甚不合,盖其事发生于汉末,而诗或作于汉末稍后,如傅玄《庞氏有烈妇》,即其例也。此其一。考元左克明《古乐府》(《四库全书》本)"交广"作"交用",明梅鼎祚《古乐苑》、《汉魏诗乘》及冯惟讷《古诗纪》,并注"广"一作"用",而谢榛《四溟诗话》

引此句亦正作"交用市鲑珍",是"广"字已非定谳。且事在仓卒,以速为贵,交广去庐江重洋万里,非咄嗟可办,按之情理及上下文义,皆不当尔。疑后人习闻交州为产宝之区,故不觉由"交语速装束""交钱百万两走马"之交,而联想及交州之交,又因交州想及广州,因而妄改,实不足据。此其二。是故吾人即撇开此诗之风格不论,第从以上诸名物观之,亦无一能证明此诗之非汉作也。又《史记·刺客列传》"家大人召使前击筑",司马贞《索隐》:"韦昭云:'古名男子为丈夫,尊父妪为大人。'故古诗云:'三日断五匹,大人故嫌迟'是也。"如此诗为六朝作,司马贞肯称为古诗而引以注《史记》否?是亦足为考订此诗时代之一佐证矣。(本节所论,可参阅古直先生《汉诗辩证》,王越先生《孔雀东南飞年代考》。)

　　此诗本文有疑难者二处:一为"阿女含泪答,兰芝初还时。府吏见丁宁,结誓不别离。今日违情义,恐此事非奇。自可断来信,徐徐更谓之"数语。纪容舒《玉台新咏考异》谓:"奇字义不可通,疑为宜字之讹。"陈胤倩则云:"谓暂遣复迎,人家多有,不足为异也。"释奇字亦觉牵强,女子被出,系一大事,不得谓为人家多有,不足为异。按奇读如奇偶之奇,"违情义"谓违誓言,承上"结誓"句来。犹云:今日忽违誓更嫁,恐此非我一人能独自作主之事。兰芝自不欲更嫁,故浑其词以为推脱地耳。信,使也,指人言。"断来信",即谢绝媒人。汉魏六朝时,书是书,信是信,故多"信使"连文,杜诗犹有之。自中晚唐后,信与书始渐混而为一,如许浑《下第怀友人》云"一封书信缓归期",又王驾《古意诗》:"一行书信千行泪,寒到君边衣到无?""更谓之",陈氏解云:"更谓之,再与府吏言也。"以"之"字属府吏,亦胶固。按此语犹今人言"这件事我们慢慢再说罢",皆一时延宕之词,所谓"缓兵之计"也。

　　二为"媒人去数日,寻遣丞请还。说有兰家女,承籍有宦官"以下数语,纪氏《考异》云:"请还二字未详。又序云刘氏,此云兰家,或字之讹也。"闻人倓云:"按县令因事而遣丞请于太守也。"又释"说有"以下数句云:"按丞还而述太守之说如此。兰字或是刘字讹。"信如此说,则"说有"诸语,皆为丞对县令转述太守及主簿之言矣,显与下"阿母谢媒人"句不相衔接!按"寻遣丞请还"云者,谓不久太守复遣丞为媒人请婚而复至刘家也。"说有"以下，为丞对兰芝母转述太守及主簿之词，非对县令，故下紧接以"阿母谢媒人"云，文理固甚清晰。特上文"县令遣媒来"，用明述，此太守遣丞为媒，却用补叙，致生疑窦耳(请参阅拙文《关于孔雀东南飞的一个疑难问题的管见》)。又"贵贱情何薄"句，黄晦闻先生曰："贵谓大家子，宦台阁，贱谓妇也。贵贱相悬，遣妇不为薄情，'何薄'，言何薄之有也？"

《艺苑卮言》曰："《孔雀东南飞》，质而不俚，乱而能整，叙事如画，叙情如诉，长篇之圣也！"陈胤倩曰："历述十许人口中语，各各肖其声情，神化之笔也！"李子德曰："叙事敷辞，俱臻神品！"实则所谓神，所谓圣，总不外情理二字，无情则理无所寄，然理失则情亦违！此诗之感人，即在合乎理而得乎情事之真。例如"低头共耳语"数句，与上"举言谓新妇"数句，虽大体相同，然情有深浅，语有缓急，文有繁略，不但不可互易，抑亦各各不能增减。盖前后境地不同，心情自异也。又如"却与小姑别，泪落连珠子"，须知"上堂拜阿母"时，便已有了此泪，然向阿母落，则为不近情理，为不合兰芝个性。又如写兰芝被遣，云"还家十余日，县令遣媒来"，"十余日"三字，便甚有分寸，大有道理。与古所谓"出妇嫁于乡曲者良妇也"(见《史记·张仪传》)同义。又下文云"阿女含泪答"，含泪得是！曰"兰芝仰头答"、"登即相许和"，仰头得是！登即得是！盖前答对母，是初次危机，故犹存希冀之心。后答对兄，是再度逼迫，已心知无望，故态度亦转入于决绝崛强。此等处，正所谓"叙事如画"者。[按《通鉴·唐纪》五十七：(田)弘正闻之，笑曰："是(按指刘悟)闻除改，登即行矣，何能为哉！"胡三省注："言登时即行也。"盖犹今言马上或立即，乃汉以后口语，唐宋元明清诗文小说中仍多有之。]

此篇与后来北朝之《木兰诗》，唐韦庄之《秦妇吟》，可称为乐府中之三杰。胡应麟谓："五言之赡，极于《焦仲卿妻》，杂言之赡，极于《木兰》。"使胡氏而获见《秦妇吟》，吾知其必继之曰："七言之赡，极于《秦妇吟》。"靳荣藩云："庐江小吏一首，序述各人语气，有焦仲卿语，有仲卿妻语，有仲卿母语，有仲卿妻母语，有仲卿妻兄语，有县令语，有主簿语，有府君语，有作诗者自己语，沓杂淋漓，或繁或简，或因其繁而更繁之，或因其简而更简之，水复山重，曲折入妙，诗中创格也。"(《吴诗集览》引)信然。

【评　介】

　　萧涤非(1906—1991)，山东大学教授、博士生导师，著名文学史家、杜甫研究家。原名忠临。江西临川湖南乡人。父亲是个穷秀才，名雪初，号晴谷，能为人排难解纷，人称"晴谷先生"。母杨氏，生三子二女。未满周岁丧母，十岁成了孤儿。此前曾在父亲创办的三益小学读书，有时也放牛、扒松毛，亲见农民疾苦。此后随大哥辗转求学。1920年考入开封留美预备学校(即今河南大学前身)，后转学南昌心远中学，校名取自陶潜诗句"心远地自偏"，吴有训、夏征农等曾就读于此。1926年，由南京江苏省立一中同时考入清华大学和东南大学(即后中央大学)。因得一位堂叔资助，又慕梁启超之名，遂入清华大学中文系。在清华七年，师从著名学者诗人黄节，受益于闻一多、朱自清诸教授，同门友有游国恩、余冠英等。又因擅长足球，其间报章称为"华北足球健将"。1930年大学毕业论文是《历代风诗选》，把从《诗经》以下直到清末黄遵宪，所有反映社会现实和民间疾苦的诗，作了一番检查。这对他后来研究杜甫有很大影响。毕业后免试进入清华大学研究院。1933年研究院毕业论文是《汉魏六朝乐府文学史》。导师即第一个在大学讲授汉乐府的黄节先生。后被力荐至青岛国立山东大学中文系为专任讲师。1936年与著名爱国将领李烈钧的外甥女黄兼芬女士结婚。抗战八年，漂泊西南，任教四川大学、西南联大等。1947年重返山东大学直至逝世。历任山东大学副教务长、中文系主任，山东省文联副主席、省人大代表，第三届全国人大代表；"文化大革命"后任山东大学学术、学位委员会副主任(文科委主任)，山东省古典文学研究会会长，国务院学位委员会第一届学科评议组成员、国务院古籍整理出版规划小组顾问，第五、第六届全国政协委员，中国唐代文学学会第一任会长等。1990年首批获国务院特殊津贴。所著《杜甫研究》修订本被称为"建国三十多年来杜甫研究界的代表著作"，"代表了建国初期学术界试图运用历史唯物主义观点研究杜甫及其诗歌的最高成就"(许总《〈杜甫研究〉得失探》，《学术月刊》1986年第1期)。鉴于其杜甫研究成果、治学与做人的高度一致性，及其人生经历、诗风与杜甫的相似性，人称"当代杜甫"。并著《汉魏六朝乐府文学史》、《杜甫研究》、《杜甫诗选注》、《解放集》、《读诗三札记》、《乐府诗词论薮》、《有是斋诗草》，未出版的文稿有《杜诗体别》等；另与游国恩等主编《中国文学史》统编教材，与刘乃昌主编《中国文学名篇鉴赏辞典》。《辞海》1999年版收录"萧涤非"条。

《汉魏六朝乐府文学史》原为萧涤非1933年清华大学研究院毕业论文，由黄节先生指导。主要特点是阐发汉乐府民歌那种"皆感于哀乐、缘事而发"的现实主义精神，故对于"作品之本事及背景，求之不厌其详"，使读者通过了解一个时代乐府的得失，而对那个时代的社会政治状况有所认识。在写法上的特点，是"寓诵读于叙述之中"，凡所征引的作品，皆属全篇，这与以前一般概论的摘叙方法，很不相同。全书共六编二十七章。第一编为绪论，以下各编分述两汉、魏（附吴）、晋、南朝、北朝（附隋）各时期乐府。各编除对较重要的作家作品作具体而有系统的评述外，还往往注意揭示该时期乐府诗的特色与历史背景。

对于这篇论文，黄节曾写了两千多字的"审查报告"，多所称许。其中，关于两汉部分，照录如下：

> 论文第一章总论乐府之变迁(注：本书第一编第一章，系据闻一多先生在论文答辩时所提建议于一年后所补作，故此处所云"第一章"，实为本书第一编之第二章)。谓汉魏而后，民间乐府与贵族乐府实行分化，是为变迁之所由，探源得要，甚有见地。其论五言诗之始，谓先有五言乐府，而后有五言诗；非先有五言诗，而后产生五言乐府，所举证佐，至为切实。又谓魏三祖陈王，大变汉辞，以旧曲翻新调，变两汉质朴之风，开私家模拟之渐，所论皆洞悉源流。
>
> 论文论两汉乐府，谓新声之输入，由于汉武帝好大喜功，开边黩武，足见读史得间。至所论《安世房中歌》，能举歌辞以正《通志》之误。论《鼓吹铙歌》，能举《汉书·韩延寿传》以正《通考》之失，皆特见也。

论文论两汉民间乐府，谓班固著《汉书》，阙然不录一字，至沈约《宋书·乐志》始稍稍收入于正史，能发此论，其重在民间乐府，真有识之言。故其于东汉民谣，引《汉书·韩延寿传》及《后汉书·循吏列传·刘陶传》，以证民谣之独重，论据真确。观此始知《毛诗·正月》"民之讹言"，为非小事。至其于民间乐府说理一类，揭出当时儒家道家思想，引《君子行》、《长歌行》、《猛虎行》以明儒家思想之作品；引《艳歌行》、《豫章行》、《满歌行》、《枯鱼过河泣行》以明道家思想之作品，是从乐府本体研究得来。抒情一类，谓南朝乐府多男女相思及刻画女性，而汉乐府则描写夫妇之情爱，盖由儒家思想之一尊时期，其男女之间，多能以礼为情感之节文，引《公无渡河》、《东门行》、《艳歌何尝行》、《艳歌行》、《白头吟》、《陌上桑》诸篇以为证。因此并证明《孔雀东南飞》一篇，必产生于儒家思想一尊之世，决不能作于六朝，此论真从乐府中窥见大义者也。又叙事一类，举《陈遵传》遵之官，饮于故洛阳王外家左氏，起舞跳梁，顿仆坐上，暮而留宿，为司直陈崇所劾，以入寡妇之门为非礼，证明《陇西行》之妇为非好妇，而客亦非好客，亦从乐府中窥见大义者也。

论文论东汉文人乐府中，举班婕妤《怨诗》，谓本传无作《怨诗》之言，后人遂疑为伪作，不知婕妤为班彪之姑，班固为亲者讳，不欲以《怨诗》入传，是故《外戚传》赞语，于婕妤亦独不置一词，传无《怨诗》，不足为异。并引曹植、傅玄《班婕妤赞》，证其决非伪作，独申己见，可祛群惑。又举东平王苍《武德舞辞》证明舞之有辞，不始于晋，以正郑樵《通志》之误，读书心细，此为有补于史志之言。最后举《后汉书·西南夷传》田恭所作远夷《乐德》、《慕德》、《怀德》三歌，录其原文，以为吾国翻译诗文之最先作品，此亦有关于文化史上发明也。

黄先生最后总结道：

> 统观成绩全部，皆能从乐府本身研究。知变迁，有史识；知体制，有文学；知事实，有辨别；知大义，有慨叹，此非容易之

才。宜置超等。(注：此处原有的结语"宜置超等"，萧先生说："后来斗胆删掉了。"现予以恢复。当时清华同学会还赠他一个刻有"状元"二字的铜墨盒作为纪念。)

这篇论文，萧先生1935年在山东大学时曾改编为讲义，1944年在昆明西南联大时又再次修改，并由中国文化服务社出版。1984年，为适应读者需要，由人民文学出版社再版，1988年重印，2011年又出版了萧海川辑补的增补本；其间台湾长安出版社1976年、1981年两次重印。该书问世以来，得到学术界的重视。余冠英《汉魏六朝诗论丛》即有征引。王运熙《汉魏六朝乐府诗研究书目提要》作了专条介绍，认为"用力很深"，"成绩突过前此著作"，"论述多精警之处，如论五言出于西汉乐府民歌，不始班固，极有见地"。"论汉《短箫铙歌》内容之庞杂是由于其用途之广，均可成为定论。"(《乐府诗论丛》，古典文学出版社1958年，第153页)钱仲联致函著者，对该书《引言》谓在今日而研究乐府"惟有舍声求义。盖其声久佚，不可得而闻知"，许为"通人至论，足以振聋发聩"，并云"岂特乐府为然，宋人之词亦同此例"。有评论说："今天看来，黄节的评价仍然是非常中肯的。"本书不失为"乐府文学的最佳通史"(《文学书窗》1984年6月8日)。

本书再版后，王运熙先生更有专文评述，他说："乐府文学发展过程中民间作品对文人作品的深刻影响，萧先生在再版《后记》中曾有概括的说明"：

> 如果没有"缘事而发"的汉乐府民歌，便不会有曹操诸人的"借古题而写时事"的拟古乐府，也不会出现所谓"建安风骨"和"五言腾踊"的局面。数百年后，由杜甫开创的"即事名篇"的新题乐府，以及由白居易倡导的以"诗歌合为事而作"为号召的新乐府运动，也都无从产生。唐代是诗的黄金时代，成就是多方面的，但其中五、七言绝句之特见繁荣，显然也受到南北朝小乐府的影响。鲁迅先生说："旧文学衰颓时，因为摄取民间文学或外国文学而起一个新的转变，这例子是常见于文学史上的。"(《门外文谈》)汉魏六朝乐府民歌便是其中最明显的例子。

"全书便是本着这个基本观点,具体论述了乐府民歌对于文人作品的广泛深入的影响,从而显示了汉魏六朝时期民间文学的杰出成就和重要历史地位。"他认为,此书对作家作品的分析评论,常有精当深入的见地,主要表现在四个方面:一是关于作品产生年代和本事的考订,二是关于作品本事和历史背景的阐发,三是关于作品艺术特色的分析,四是关于词语解释。又说:"作者广泛而又认真地阅读各方面文献,上自汉魏六朝的史籍、小说和有关乐府的各种原始资料,下逮唐宋以来的许多笔记、诗话、诗歌评注选本,以及近人的有关论述,无不广收博采,精心选择;《礼记·中庸》曾云,做事要博学,审问,慎思,明辨,笃行,萧先生此书所体现的治学精神和成绩,可以当之无愧。"并指出:"此书堪称是一部成就卓越的分体文学史著作。"在"五四"以来上百种同类著作中,"有少数著作,功力甚深,创获不少,像刘师培《中国中古文学史》、鲁迅《中国小说史略》、王国维《宋元戏曲史》诸书,就一直受到人们的珍视,奉为本门学科的必读书。萧先生的这本乐府文学史,也是属于能够传之久远之列的著作"。"此书的再版和受重视,反映了学术界和广大读者的公正评判。"(《读〈汉魏六朝乐府文学史〉》,《乐府诗述论》增补本,上海古籍出版社,2006,第531、536、537页)

(萧海川)

乐府通论(节选)

王 易

述原第一

……

自来称诗篇之入乐者曰"乐府"。乐府者,官署之名也,始置于汉武帝,(《汉书·礼乐志》先载孝惠二年,使乐府令夏侯宽,更《房中乐》名为《安世乐》。后载武帝定郊祀之礼,乃立乐府。颜师古注:"始置之也,乐府之名盖起于此。"先后不免牴牾。宋郭茂倩乃谓孝惠时始以名官,至武帝乃立乐府。然未立乐府之先,即以乐府名官,似不近理。按司马彪《续汉书·百官志》,太予乐令一人隶太常,蒙意夏侯宽盖官乐令,其"府"字乃后籍传写所衍耳。)罢于哀帝。《汉书·张放传》:"使大奴骏等四十余人,群党盛兵弩,白昼入乐府,攻射官寺。"《霍光传》:"奏昌邑王大行在前殿,发乐府乐器。"《后汉书·律历志》:"元帝时,郎中京房知五声之旨,六十律之数;上使太子太傅韦玄成、谏议大夫章杂,试问房于乐府。"后世乃以乐府所采之诗即名之曰乐府,似不当矣(《日知录》曾引上述诸事而斥其误)。然此如《左传》所谓歌《王》歌《齐》,《韩非》所谓解《老》喻《老》耳,于意固无伤也(诸子之书皆以子名,《汉书·艺文志》称《史记》为《太史公》,亦此类)。惟是乐府之诗,固不妨省称乐府,而后世私家依题拟作,或自创新题,或别为专集者,亦沿称乐府,殆邻于滥,特推类为名,正亦不必过泥耳。

乐府辞之类别,前人论者不一。如郭茂倩云:"凡乐府歌辞,有因声而作歌者,若魏之三调歌,因弦管金石,造歌以被之是也;有因歌而造声者,若清商、吴声诸曲,始皆徒歌,既而被之管弦者是也;有有声有辞者,若郊庙、相和、铙歌、横吹等曲是也;有有辞无声者,若后人之所述作,未必尽被于金石是也。"(《乐府诗集》"新乐府辞"序)冯班云:"制诗以协于乐,一也;采诗入乐,二也;古有此曲,倚其声为诗,三也;自制新曲,四也;拟古,五也;咏古题,六也;并杜陵之新题乐府,七也。古乐府无出此七者矣。"(《钝吟新录》)按冯氏所区不免太琐,未若郭氏之得要。今就其声辞,题之新旧,析为四类:一、旧声旧辞。如汉郊庙、鼓吹、铙歌、相和诸曲,及吴声、西曲诸本辞是也(此类有辞即同时入乐)。二、旧声新辞。如魏晋鼓吹、相和诸曲,及隋唐清商部所奏诸曲是也(此类以辞附声可入乐)。三、旧题新辞。如晋宋以下诗人拟古诸作是也(此类虽未入乐,然苟非辞繁难节者亦可入乐)。四、新题新辞。如唐代诗人随事命题诸作是也(此类意主可歌而终未入乐)。由此例推:唐五代所起新词,亦第一类也;宋代倚声可歌之词,亦第二类也;宋元以后沿用旧谱之词,亦第三类也;明清词人所谓自度腔,亦第四类也。而要其所以入乐不入乐之由,皆视与前举二义之从违以为断焉。

关于乐府之旧籍可资考证者,诸史《乐志》外,有《通典》,《通考》之《乐门》,《通志·乐略》,宋陈旸《乐书》,唐吴兢《乐府古题要解》,无名氏《古今乐录》,明徐师曾《文体明辨》,吴讷《文章辨体》,徐献忠《乐府原》等;其辑录文辞者,有宋郭茂倩《乐府诗集》,明梅鼎祚《古乐苑》,刘濂《九代乐章》等。而言乐律之书,则繁杂难理。学者于其流变、体制、文辞诸端,研求既明,然后进探律吕宫调之梗概,则于此学思过半矣。

明流第二

世运之推移,盖日新而不已焉。自唐虞以降,国政民俗,世异时殊,质文递迁,礼乐代革,无相因之迹,有相成之理也。畋猎渔耕,料民异况,而均为求生;封建郡县,治国殊方,而均于求治。"穷则变,变则通,通则久",固《易》之通义,而庶类群品共由之轨辙也。

且民智之启，若木之由萌蘖而底于华实也。有一岁再实者焉，有十岁一实者焉。瞬荣者倏落，盘错者晚成，而要其生机不息则一也。学术之成，若水之由细流而汇为江河也。有千里汇流者焉；有九派分酾者焉。入峡者激湍，放原者潴泽，而要其盈科而进则一也。若文学者，民智之果，学术之渊，奄会众长，牢笼万象，从未有一成不变者。或始微而终大，或极盛而兆衰，或顺导而益昌，或反激而遂变。故古先有作不限后人，前修已成未妨改作。明乎此义，可与言乐府之流变矣。

论乐府之流变，首当明史实，次当通人情。史实者，流变之途径；人情者，流变之枢机也。两汉儒治极盛，礼乐备明；武功亦昌，声威远播。及其季也，天下三分，干戈俶扰，流风犹存。乃自永嘉之乱，胡祲弥漫，中原左衽，旧典湮沦。江左偏安，未遑修复。隋氏纠合南北，融混华夷风气之迁，视昔为甚。有唐承六代之遗，绍一统之局，文教特盛，卜世复长，三百年间，风骚颇近。五代纷纭，治无足称，而文有可述。及宋学术荟蔚，教化昌明。而夷祸相乘，几与始终。金元胡虏僭御，越百余年，汉族文明，仅延坠绪。明甫稍振，复沦于清。牢笼有方，而制作盖寡，修废起坠，赖士之笃学而已——此史实之显著者也。生民之性，实具爱美，耳目声色，好自天真。然守常而厌，见新而趋，其恒情一也；同以继武，异以出奇，其恒情二也；简而进繁，杂而求理，其恒情三也；久而必敝，敝而乃变，其恒情四也。缘此诸情，遂启因革。其进也，是渐而非骤；其变也，剔粗而取精。往而必复者，心；而难追者，迹也——此人情之固然者也。夫乐府，国家制作之一端也。盛衰兴废之间，故不能外乎国史；而消长去取之际，则惟视当于人心——此迹象所以屡变者也。诚能了于二者，而推索其流变之迹焉，斯若网在纲矣。

乐府流变之迹，可划为四期：自汉京讫西晋，国乐为主，夷乐为辅，一期也；自东晋讫陈，国乐夷乐相长并行，二期也；自隋讫唐，夷乐为主，国乐为辅，三期也；五代以下，夷夏混流，习久不辨，四期也。此四期中，声随器变，辞以声迁，后人但知寻绎其辞，而忽于其声器之沿革，故虽累牍言之，终莫得其条贯之所在。今述汉以后乐府之沿革，而兼及其声器之大要；至体制、文辞、音律，则分详于后篇。

汉以前之乐见于传记者,茫昧而不可考矣。(《庄子·天运》篇,黄帝论乐曰:"吾奏之以人,声能短能长,能柔能刚,变化齐一,不主故常,天机不张,而五官皆备,此之谓天乐。"故作《咸池》之乐,张于洞庭之野云。其后少皞作《大渊》,颛顼作《六茎》,帝喾作《六英》,尧作《大章》,舜作《大韶》,禹作《大夏》,汤作《大濩》,武王作《大武》,周公作《勺》。《汉书·礼乐志》云:"自夏已往,其流不可闻矣。殷颂犹有存者。周诗既备,而其器用张陈,周官具焉。""周道始缺,怨刺之诗起。王泽既竭,而诗不能作。王官失业,《雅》、《颂》相错,孔子论而定之。"自春秋以下,桑间濮上、郑卫宋赵之声并出。秦一天下,《韶》、《武》犹存。始皇二十六年,改周舞曰《五行》,周房中乐曰《寿人》,而二世好郑卫。)汉兴,乐家有制氏,以雅乐声律,世在大乐官,但能记其铿锵鼓舞而不能言其义。高祖时,叔孙通因秦乐人,制宗庙乐《嘉至》、《永至》、《休成》、《永安》。又唐山夫人作《房中》祠乐十七章,其声楚声也;惠帝二年,使乐令夏侯宽备其箫管,更名曰《安世乐》。初,高祖四年作《武德舞》,本以作《昭容乐》;六年改舜《韶舞》作《文始舞》,本以作《礼容乐》。文帝作《四时舞》。景帝作《武德舞》为《昭德舞》,至宣帝又改曰《盛德》。皆以奏之诸帝庙,大抵因秦旧事焉。武帝定郊祀之礼,祠太一于甘泉,祭后土于汾阴;乃立乐府,采诗夜诵,有赵、代、秦、楚之讴,以李延年为协律都尉;举司马相如等数十人造为诗赋,略论律吕,以合八音之调,作十九章之歌。然施之郊祀,未有祖宗之事;八音调匀,又不协于钟律。而内有掖庭材人,外有上林乐府,皆以郑声施于朝廷。虽河间献王献所集雅乐,然不常御,常御及郊庙皆非雅声,故汲黯尝讥之。宣帝时,诏减乐府乐人,而渤海赵定、梁国龚德等,以知音善鼓琴,为丞相魏相所荐,皆召见阙下。至成帝时,郑声尤甚,黄门名倡丙彊、景武之属富显于世。哀帝性不好音,又疾世俗奢泰文巧,诏罢乐府官;其郊祀乐及古兵法武乐在经而非郑、卫者,调奏别属他官(丞相孔光承诏将乐府八百二十九人罢四百四十一,留三百八十八,领属大乐)。然百姓渐渍日久,又不制雅乐有以相变,豪富吏民,湛沔自若。陵夷坏于王莽(略《汉书·礼乐志》,参《宋书·乐志》)。东汉明帝修复坠典，制作备明。分乐为四品：一曰大予乐，用之郊庙上陵；二曰雅颂乐，用之辟雍乡射；三曰黄门鼓吹乐，用之宴群臣；四曰短箫铙歌乐，用之军中。东京之乱，乐章亡缺，不可复知。及献帝建安十三年，曹操平荆州，得汉雅乐郎杜夔，以为军谋祭酒，使绍复先代古乐。又有散骑郎邓静、尹商，善咏雅乐；歌师尹胡能歌宗庙郊祀之曲；舞师冯肃、服养，能知晓先代诸舞；夔悉领之，而年老久不肄习，所得于诗者，惟《鹿鸣》、《驺虞》、《伐檀》、《文王》四篇，其声辞皆周京之旧（按四篇句调各异，《鹿鸣》三章八句，皆四言；《驺虞》二章三句，一句五言；《伐檀》三章九句，为长短句；《文王》七章八句，四言中三句五言）。至魏明帝太和末，又失其三，左延年所得者惟《鹿鸣》一章耳。至晋怀永嘉之乱，伶官乐器，没于刘、石，旧典不存，雅乐盖从此亡矣。

汉黄门鼓吹乐用之朝廷，短箫铙歌用之军中。而铙歌实亦鼓吹之一种也。汉鼓吹铙歌有《朱鹭》等二十二曲；至魏使缪袭改其十二曲；吴使韦昭亦改十二曲，而十曲并仍旧名；西晋傅玄则制二十二曲，并袭其声（详后）。汉又有相和曲，凡三调：平调、清调、瑟调，皆周《房中乐》之遗声；又有楚调、侧调，并汉时街陌讴谣。魏晋以来，多沿其声制辞。又有舞曲，沿周六舞之意变《武德》、《文始》、《四时》、《五行》之旧。分雅舞、杂舞，分用之郊庙宴会。东汉东平王苍作《武德舞》歌诗，晋傅玄作《正德》、《大豫》舞歌，皆为雅舞；魏《俞儿》、《舞歌》、《鼙舞歌》，晋《宣武》、《宣文》、《舞歌》，以及鼙舞、铎舞、巾舞、拂舞、白纻舞、杯盘舞等歌，则为杂舞；皆为中国之乐也。

夷乐之来中国，盖亦远矣。按《周礼·春官》："鞮鞻氏掌四夷之乐与其声歌。"郑注云："东方曰韎，南方曰任，西方曰株离，北方曰禁。"（《白虎通》谓："南夷之乐曰兜，西夷之乐曰禁，北夷之乐曰昧，东夷之乐曰离。"与此稍异。）又，"韎师掌教韎乐。"注云："舞之以东夷之舞。""旄人掌教舞散乐，舞夷乐。"《礼记·明堂位》："纳蛮夷之乐于大庙，言广鲁于天下也。"春秋时，鲁齐会于夹谷，有司请奏四夷乐，而孔子谓："吾两君为好会，夷狄之乐何为？"（见《史记》。）然是时中国幅员未广，所谓蛮夷，殆非甚遥。秦汉以降，则长驾远驭，边陲之交通益繁。观司马相如《上林赋》："俳优侏儒，狄鞮之倡。"（郭璞注"狄鞮"，"西方之乐名也"。按此据《王制》"西方曰狄鞮"。）知胡乐此时已渐入中国矣。武帝使张骞通西域，得其横吹马上乐《摩诃兜勒》一曲，传之西京。李延年因而更造《新声二十八解》以为武乐。东汉时以给边将。魏晋后，惟传《黄鹄》等十曲，谓之边声（详后）。则横吹皆胡声也（陈旸《乐书》以为此中国用胡乐之本）。东汉明帝永平中，有白狼王唐菆献乐诗，安帝永宁元年，有雍由调献乐，并见《西南夷传》。观班固《东都赋》："四夷间奏，德广所及，僸佅兜离，罔不具集。"左思《魏都赋》："鞮鞻所掌之音，韎昧任禁之曲，以娱四夷之君，以穆八荒之俗。"知胡乐此时已盛行矣。自是乐器有琵琶（应劭《风俗通义》作"批把"，谓"近世乐家所作，不知谁也"。而刘熙《释名》则谓"枇杷本于胡中，马上所鼓也"）、胡笳（应劭《汉卤簿图》有"骑执笳"，笳即笳也。蔡琰感胡笳之音作《十八拍》）之属，皆胡器也。故此期以夷乐辅国乐，为第一期。

……

辨体第三

乐府命篇，其名不一。明徐师曾《诗体明辨》（选者按：徐师曾所撰为《文体明辨》，清人有从中摘编本《诗体明辨》）尝列举十二名，谓"自琴曲之外，其放情长言，杂而无方者曰歌；步骤驰骋，疏而不滞者曰行；兼之曰歌行；述事本末，先后有序，以抽其臆者曰引；高下长短，委曲尽情，以道其微者曰曲；吁嗟慨歌，悲忧深思，以呻其郁者曰吟；因其立辞之意曰辞；本其命篇之意曰篇；发歌曰唱；条理曰调；愤而不怒曰怨；感而发言曰叹。又有以诗名者，以弄名者，以章名者，以乐名者，以思名者，以愁名者。"诸所释虽似明切，实亦强立界说耳。按诸古辞，未必一一符其意也。夫昔人命篇，每出偶然，声情所趋，无取琐屑。曰歌曰唱，曰行曰引，曰曲曰调，曰吟曰叹，曰辞曰篇，初未尝深致意于彼此之间。必求说以凿之，无乃拘墟！诚欲辨乐府之体，当舍是而别图也。

郭茂倩《乐府诗集》列乐府为十二体：一、郊庙歌；二、燕射歌；

三、鼓吹曲；四、横吹曲；五、相和歌；六、清商曲；七、舞曲；八、琴曲；九、杂曲；十、近代曲；十一、杂谣歌；十二、新乐府。吴讷《文章辨体》则列为六体：一、郊庙歌；二、恺乐歌；三、燕飨歌；四、琴曲；五、相和歌；六、清商曲辞。徐师曾《诗体明辨》则列为九体：一、祭祀；二、王制；三、鼓吹；四、乐舞；五、琴曲；六、相和；七、清商；八、杂曲；九、新曲。按三家所列各有异同。吴氏所谓恺乐，兼括鼓吹与横吹，然二者来源及用途并异（鼓吹铙歌皆汉乐，横吹则始自西域。黄门鼓吹用之燕飨，横吹则用之军中），不宜混为一谈也。徐氏所谓鼓吹，兼括黄门鼓吹、骑吹、横吹、短箫铙歌，及宋警严曲；然其所谓王礼者，即在鼓吹之中。皆不若郭氏区燕射、鼓吹、横吹为三之较当。至舞曲之雅舞虽用之郊庙，杂舞虽用之燕飨，然舞曲自应为一体，吴氏不列，亦未当也。

更就郭氏所列十二体商之：自一至八，皆划然不可移。九——杂曲则或近相和，（如《蜨蝶行》、《驱车上东门行》、《伤歌行》、《悲歌行》、《前缓声歌》、《东飞伯劳歌》、《枯鱼过河泣》古辞、张衡作《同声歌》、宋子侯作《董娇饶》、阮瑀作《驾出北郭门行》、辛延年作《羽林郎》、左延年作《秦女休行》等，皆相和之类。至曹植诸作如《齐瑟行》等，与相和四弦曲中《鰕䱇篇》何异？张华、傅玄、陆机、鲍照诸作，皆于相和曲之命题措辞无殊，可并入之。）或同清商，（如《自君之出矣》、《长干曲》、《于阗采花》、《饮酒乐》、《思公子》、《王孙游》、《秋夜长》等，皆吴声之类。如《长相思》、《西洲曲》、《荆州乐》、《大道曲》、《永明乐》、《携手曲》、《夜夜曲》、《春江行》、《江皋曲》、《桃花曲》、《越城曲》、《迎客送客曲》、《还台乐》等，皆西曲之类，可并入之。）或类横吹，（如后魏温子升作《安定侯曲》、《敦煌乐》，齐王融作《阳翟新声》，北齐魏收作《永世乐》，及无名氏作《阿那坏》、《舍利弗》、《摩多楼子》等，皆梁鼓角横吹之类。）或出近代，（如《喜春游歌》、《锦石捣流黄》，皆隋炀帝作，《三台》则唐曲。）可分别归并各体中。十一——近代曲一体，多出隋唐诸部乐，其中虽或为吴声、西曲之遗，（如《纪辽东》、《十索》、《堂堂》、《祓禊曲》、《穆护砂》、《思归乐》、《采桑》、《塞姑》、《回纥》、《甘州》、《濮阳女》、《山鹧鸪》、《竹枝》。）然按其时而谓之近代，无不可也。

（近人或以为此体亦杂曲，可附入杂曲，而不别立，不知其实开词体之先，不似杂曲之真可归并。）十一——杂歌谣一体，其中古歌及谣谚，皆诗谶之遗，不必厕于乐府；至其近于吴声、西曲、近代曲者（如《吴人歌》、《襄阳童儿歌》、《苏小小歌》、《中兴歌》、《淫豫歌》、《巴东三峡歌》、《渔父歌》等），各以类从，宜无不可，则此体可删也。十二——新乐府一体，其中属杂题者，或同近代，可附入近代曲中（如长孙无忌作《新曲》、白居易作《小曲新辞》、《扶南曲》、《横江词》、《青楼曲》、《朝元引》、《湘中弦》、《促促曲》、《堤上行》、《湘江曲》、《雀飞多》、《平戎辞》、《望春辞》、《思君恩》、《湖中曲》等）；或师古意，可附入相和或横吹曲中（如《公子行》、《老将行》、《洛阳女儿行》、《江夏行》、《邯郸宫人怨》、《吴宫怨》、《大梁行》、《永嘉行》、《征妇怨》、《织妇词》、《北邙行》、《斜路行》、《塞上曲》、《塞下曲》等）；其新题乐府以事名篇者，则属之此体可也（郭氏谓其辞实乐府，未尝被于声。故后人遂谓其不足当乐府，可不立体。然诗人拟作古题，诸体中皆有之，何独疑于创作邪）。如此区裁，则乐府可列为十体：一、郊庙乐；二、燕飨乐；三、舞乐；四、恺乐；五、横吹曲；六、相和曲；七、清商曲；八、琴曲；九、近代曲；十、新题乐府诗。今依次分释之，而互著其相关之点焉。

一、郊庙乐。《易》曰："先王作乐崇德，殷荐之上帝以配祖考。"《礼记》曰："乐施于金石，越于音声，用乎宗庙社稷，事乎山川鬼神。"是王者之乐，以用之郊庙之典为最重也。《周颂》三十一篇，率皆郊庙之乐章，所以象功昭德。（按《小序》之旨：《昊天有成命》郊祀天地，《时迈》告祭柴望，《般》祀四岳河海，《载芟》春祈社稷，《良耜》秋报社稷，《噫嘻》春夏祈，《丰年》秋冬报，《思文》后稷配天，《雝》禘太祖，《天作》祀先王先公，《清庙》祀文王，《我将》祀文王于明堂，《执竞》祀武王，《维清》奏象舞，《武》奏大武，《桓》讲武类祃，《酌》告成大武，《赉》大封于庙。先儒以为《时迈》、《武》、《酌》、《桓》、《赉》、《般》六篇，即大武六成之乐章。）两汉以降，代有制作，其所以用于郊庙朝廷以接人神之欢者，其金石之响，歌舞之容，亦各因其功业治乱之所起而本其风俗之所由。汉高初命叔孙通创制宗庙乐,(大祀迎神于庙门,奏《嘉至》以降神。皇帝入庙门,奏《永至》以为行止之节。乾豆上,奏《登歌》,不以管弦乱人声。《登歌》再终,下奏《休成》以美神明既飨。皇帝就酒东厢,坐定,奏《永安》美礼已成。)又命唐山夫人作房中祠乐(见前),所以乐其所生示不忘本也,故汉代先有庙乐。及武帝定郊祀之礼,祠太一,祭后土,使司马相如等造《郊祀歌》,以正月上辛用事甘泉圜丘,于是始有郊乐。东汉明帝分乐为四品,而太予乐用之郊庙上陵。时惟东平王苍造光武庙《登歌》一章,至郊祀则同用汉歌。……

二、燕飨乐。《周礼·大宗伯》:"以燕飨之礼,亲四方之宾客。"《大司乐》:"王大食三宥,皆令奏钟鼓。"《礼·王制》:"天子食,举以乐。"《仪礼·燕礼》及《乡饮酒礼》皆有歌诗之乐,则燕飨之乐,其来尚矣。汉明帝四品乐,其雅颂乐及黄门鼓吹,皆燕射及宴群臣之所用。至章帝定殿中御饭食举七曲(一、《鹿鸣》;二、《思齐皇姚》;三、《六骐骦》;四、《竭肃雍》;五、《陟吒根》;六、《维天之命》;七、《天之历数》),汉太乐有食举十三曲(一、《鹿鸣》;二、《重来》;三、《初造》;四、《侠安》;五、《归来》;六、《远期》;七、《有所思》;八、《明星》;九、《清凉》;十、《涉大海》;十一、《大置酒》;十二、《承元气》;十三、《海淡淡》),皆经乱亡缺。……

三、舞乐。《周礼·大司乐》:"以乐舞教国子,舞《云门》、《大卷》、《大咸》、《大磬》、《大夏》、《大濩》、《大武》。"《乐师》:"教国子小舞,凡舞:有帗舞(析五彩缯)、有羽舞(析羽)、有皇舞(杂五彩羽如凤凰)、有旄舞(氂牛尾)、有干舞(持盾)、有人舞(以手袖为仪)。"《通典》云:"乐之在耳者曰声,在目者曰容。声应乎耳,可以听知;容藏於心,难以貌观。故圣人假干戚羽旄以表其容,发扬蹈厉以见其意,声容选和而后大乐备矣。"然则舞者,乐之容也。舞有雅舞,有杂舞。雅舞者,郊庙朝飨所用;杂舞者,宴会所用也。雅舞若周六代之舞,杂舞则如乐师所教小舞之类是也。自秦而后,六代之乐,惟存《韶》、《武》。世以《大韶》属文舞,谓以揖让得天下也;以《大武》属武舞,谓以征诛得天下也。秦改《大武》为《五行舞》,汉高因而用之;又作《巴渝舞》,亦以为武舞也。高祖又作《武德舞》,改《韶舞》为《文始舞》。文帝作《四时舞》。景帝改《武德》为《昭德舞》,

宣帝又改曰《盛德》。光武郊祀明堂舞《云翘》、《育命》之舞；明帝为《大武》之舞。皆以乐之节为容，而不别作辞。自东平王苍作《武德舞歌》用于世祖之庙，是为舞曲之始。……

四、恺乐。《周礼·大司乐》："王司大献，则令奏恺乐。"《大司马》："师有功则恺乐献于社。"郑注云："兵乐曰恺，献功之乐也。"《司马法》云："得意则恺乐恺歌以事喜也。"是军礼之有恺乐，尚矣。至于鼓吹铙歌之名，则起于汉。明帝四品乐，黄门鼓吹用之宴群臣，则燕乐也；短箫铙歌用之军中，则恺乐也。崔豹《古今注》云："短箫铙歌，鼓吹之一章尔，亦以赐有功诸侯。"似铙歌包于鼓吹之中矣。汉别有横吹，亦军中乐，但铙歌汉乐，横吹胡乐，器固不同，源亦有别。且铙歌兼列于殿庭；横吹则惟奏于马上。律以献功之义，则惟铙歌足当恺乐也。汉铙歌有《朱鹭》等二十二曲，今存十八曲，辞或诘屈不可解(《建初录》谓《务成》、《黄爵》、《玄云》、《远期》四曲皆骑吹。然观《远如期》辞有"雅乐"、"陈增寿万年"之语，则未必为马上乐也)。……

五、横吹曲。横吹者，军中马上所奏之乐也。北狄诸国，皆马上作乐，自汉以来，总归鼓吹署，故世以混于鼓吹(鼓吹自是总名，铙歌亦属之。铙歌器用短箫，声必峻亢，故以为恺乐)。实则鼓吹用之朝会凯歌，而横吹则行军之乐，二者用不同也。旧以《周礼》"以鼖鼓鼓军事"，而黄帝战蚩尤，命吹角为龙鸣以御之，横吹或并鼓角称"鼓角横吹"，故世以二者混为一。(郭氏《横吹曲辞序》称《晋书·乐志》曰"横吹有鼓角"，遂谓"有鼓角者为横吹"，实《晋志》但谓"胡角者本以应胡笳之声，后渐用之横吹，有双角，即胡乐也"。)实则鼓角自古遗，横吹则胡乐，二者器不同也。(横吹即今之横笛也，笛一作篴，古以直吹，即马融所赋，今乃误称洞箫，实则洞箫乃骈一管为之，即王褒所附，今之所谓排箫也。胡人皆骑，马上乐不便直吹，故横吹生焉。又其度短而声急，故以行军为宜。)横吹乐传自西域，张骞初得《摩诃兜勒》一曲；李延年因胡曲更造《新声二十八解》，乘舆以为武乐(按此中国用胡乐之始，是时尚未有铙歌也)。后汉以给边，和帝时万人将军得用之。……

六、相和曲。相和，汉旧曲也。丝竹更相和，执节者歌。本一部,魏明帝分为二,更递夜宿,本七十二曲。朱生、宋识、列和等复合之为十三曲。(见《宋书·乐志》。《志》又谓其先有《但歌》四曲,出自汉世,无节弦作伎,最先一人唱,三人和,魏武帝尤好之。时有宋容华者,清澈好声,擅唱此曲,当时特妙,自晋以来不复传,遂绝。)其后荀勖又采旧辞施用于世,谓之清商三调歌诗,即沈约所谓"因弦管金石造歌以被之"者也。《唐书·乐志》云:"平调、清调、瑟调,皆周《房中乐》之遗声,汉世谓之三调。"又有楚调、侧调。楚调者,汉《房中乐》之遗声;侧调者,生于楚调,与前三调总谓之相和调。《晋书·乐志》云:"凡乐章古辞之存者,并汉世街陌讴谣,《江南可采莲》、《乌生》、《白头吟》之属也。"其后渐被于弦管,即相和诸曲是也。……

【评 介】

王易(1889—1956),原名朝综,字晓湘,号简庵,江西南昌人。他出生在一个有较好文化背景的家庭,其父王益霖是晚清民初兼通中西的学者,既擅长旧学,又对西学有研究。王易于1907年考入京师大学堂,1912年毕业。20世纪20年代先后执教于心远大学、北京师范大学和东南大学。1940年到江西中正大学任教,同时为该校国文系主任,并创办《文史季刊》。1949年后任职于湖南文史馆,1956年逝世于长沙。王易早年欲以文士成名,诗词、篆刻、音乐和书法,无不精通。中年之后,则倾心学术,治学范围广泛,除了对宏观国学有全局的把握之外,对于修辞学、词曲和乐府,也有精湛的研究。他的几部代表作,像《修辞学通诠》、《乐府通论》、《国学概论》和《词曲史》等,都是现代学术领域中的精品。

《乐府通论》初版于1933年,由神州国光社刊行。另有1948年中国文化服务社重印本、1961年台湾广文书局重印本。根据作者的序言,这本书完成于民国二十一年(1932年),是时作者"登讲南雍,复治乐府"。此处用"复治",盖因其对乐府的研究发轫于少时,其父"鉴其性近,因以利导,且为尚论风诗旨趣,辨析乐府源流,并指示琴篌声律理数,慨然于古乐之不复也",由此可见,他的父亲对他的乐府研究也有很早的引导。全书用典雅的文言文写成,骈散结合,文笔雅驯。正文共分五个部分，分别是：述原第一、明流第二、辨体第三、征辞第四、斠律第五。目录之所以排列成这样的顺序，是作者在考虑了研究汉乐府的难易程度以后才决定的，这个顺序对于研究乐府来说，是由易及难，层层深入的，用作者的话来说，就是"言乐律之书，则繁杂难理。学者于其流变、体制、文辞诸端，研求既明，然后进探律吕宫调之梗概，则于此学思过半矣"。简单说来，"述原"研究的是乐府的源头，即乐府产生之前，我国文献记载的用乐的历史；"明流"研究的是乐府产生之后的流变情况；"辨体"研究的是乐府体类的辨别划分问题；"征辞"研究的是辨体之后，每一体包括的诗歌的特点，后面附有大量的诗歌原文；"斠律"研究的是乐府诗歌的音律问题。这里选取的是前三章有关汉代乐府诗歌的部分。

第一章"述原"首先根据文献对"乐府"最初的含义进行界定，即创始于汉武帝而罢废于汉哀帝的采集音乐的官署。这样一来，把它所采集的民歌称作"乐府"，好像就不是很恰当了。但随后，王易认为把乐府诗歌称为"乐府"也无可厚非，因为在之前的先秦典籍中已经有类似的惯例，像《左传》把歌唱《诗经》里面《王风》或《齐风》中的诗歌，含糊地称为歌《王》歌《齐》；或者《韩非子》解释《老子》中的具体章节，也泛称解《老》喻《老》。所以作者总结道："惟是乐府之诗，固不妨省称乐府，而后世私家依题拟作，或自创新题，或别为专集者，亦沿称乐府，殆邻于滥，特推类为名，正亦不必过泥耳。"这个解释是比较有说服力的，与当前学界对于"乐府"概念的界定也很相近。在论述"乐府"含义之后，王易又对"乐府辞之类别"进行了探讨。他先提出两种旧说，一种是郭茂倩《乐府诗集》"新乐府辞"序提出的四分法"因声而作歌者"、"因歌而造声者"、"有声有辞者"和"有辞无声者"；另一种是冯班《钝吟新录》提出的七分法："制诗以协于乐，一也；采诗入乐，二也；古有此曲，倚其声为诗，三也；自制新曲，四也；拟古，五也；咏古题，六也；并杜陵之新题乐府，七也。"两相对比，王易认为"冯氏所区不免太琐，未若郭氏之得要"。这是符合实际情况的。因为郭茂倩紧紧围绕着乐府诗歌的"乐"字来划分，所以他分类所依据的标准是统一的；而冯班的分类依据并不划一，例如前四种的划分标准是成诗方式，后三种则以诗歌内容为划分标准。

随后，王易在郭茂倩的划分基础上，提出了自己的划分意见：一、旧声旧辞；二、旧声新辞；三、旧题新辞；四、新题新辞。虽然也是四分法，但却与郭氏四分法貌同心异。从这个分类来看，王易所依据的标准是全新的，即声、辞、题三者的关系。根据这个标准，王易将乐府以后的音乐文学也进行了梳理。唐五代词咏词牌本事，属于第一类"旧声旧辞"者；宋词根据旧词牌的声谱而填写新词，属于第二类"旧声新辞"者；宋元以后词牌虽存而音谱已废，故所为之词属于第三类"旧题新辞"者；至于明清词人另起新声、另填新词的自度曲，则属于第四类"新题新辞"者。可见这个全新的分类标准，不仅适合于乐府，也适合于后世词曲。在第一章的末尾，王易列出了研治乐府的参考书目，并把这些参考书分为"旧籍可资考证者"和"辑录文辞者"两大类，供有志者进一步研究。其中提到《古今乐录》为无名氏所作是不确切的，此书作者是南朝陈代的释智匠，见《隋书·经籍志》经部乐类："《古今乐录》十二卷，陈沙门智匠撰。"此书已散佚，清代王谟《汉魏遗书钞》有辑佚本。

第二章"明流"论述乐府的流变史，作者认为："论乐府之流变，首当明史实，次当通人情。史实者，流变之途径；人情者，流变之枢机也。"所以对乐府流变的研究，王易也采用了一分为二的方法。史实方面，他用简练儒雅的文字，从儒术极盛的两汉一直讲到牢笼有术的清代，梳理出了中国古代王朝更迭、变动不居的历史；人情方面，他用整饬的句子总结出了"人情之固然者"的四个方面，分别是"守常而厌，见新而趋"、"同以继武，异以出奇"、"简而进繁，杂而求理"、"久而必敝，敝而乃变"，可谓视界开阔，鞭辟入里。两个方面论述完毕后，作者站在一个新的高度，以宏观的视角对乐府的性质和地位做出了一个新的评价："夫乐府，国家制作之一端也。盛衰兴废之间，故不能外乎国史；而消长去取之际，则惟视当于人心——此迹象所以屡变者也。"这种国史与人心相结合的新鲜视角，确实是前代和同时治乐府者所没有的，这也是此书的独特之处。流变之因既可成竹在胸地加以推导，流变之迹亦必智珠在握地加以总结。在王易看来，乐府的流变史可以分为四期，即"自汉京讫西晋，国乐为主，夷乐为辅，一期也；自东晋讫陈，国乐夷乐相长并行，二期也；自隋讫唐，夷乐为主，国乐为辅，三期也；五代以下，夷夏混流，习久不辨，四期也"。由此看来，他划定这四个分期的依据仍然是音乐的变化——即国乐与夷乐的消长。四期之中，我们在这里只选取了与汉乐府相关的第一期。但在这里，我们可以觉察到，利用音乐来研治乐府，不啻为此书最特出之处。在这四期的发展过程中，音声随乐器而变，歌辞又随音声而变，故变化的主因还是乐器。而在王易看来，之前的学者研究乐府之所以所得甚少，正是因为他们"但知寻绎其辞，而忽于其声器之沿革，故虽累牍言之，终莫得其条贯之所在"。音乐的重要性，在此处再次得到强调。此外，通过王易上述的研究理路，还可以看出他除了将音乐的视角贯通全书之外，还有一个重要的着眼点，就是强调"变"。除了前面所论历史、人心之"变"，此处也强调了乐器之"变"，研究乐府发展情况，如果离开上述几个方面的变化，那么这样的研究无疑是静止的，而不是动态的。在把乐府流变划为四期之后，王易对每一个具体分期都进行了详细的论述，这些论述多来自对历史文献的引述。通过这里所选的第一期，可以看到他借助的材料主要来自于《汉书》，像介绍汉高祖到汉宣帝之前的乐府史主要来自《礼乐志》，而宣帝部分则来自《王褒传》。王易利用这些材料，梳理出了汉代乐府的历史沿革，使读者对于汉乐府的兴衰有了整体的把握。之后，王易又论述了汉相和曲、舞曲等"国乐"，并对当时的"夷乐"进行了考证，证明了这一期的特点，即"以夷乐辅国乐"。

第三章"辨体"对乐府曲辞的体类进行了细致的辨析。王易先对乐府篇名不同的原因表达自己的看法，他引用明代徐师曾《文体明辨》将乐府篇名析为十二类的说法，然后就这个意见提出自己的观点。他认为"虽似明切，实亦强立界说耳。按诸古辞，未必一一符其意也。夫昔人命篇，每出偶然，声情所趋，无取琐屑。曰歌曰唱，曰行曰引，曰曲曰调，曰吟曰叹，曰辞曰篇，初未尝深致意于彼此之间。必求说以凿之，无乃拘墟！诚欲辨乐府之体，当舍是而别图也"，这道出了民间文学创作的一个惯例，即发自自然，务达情性而不计工拙。所以徐师曾以文人的眼界去框定民间乐歌，自然得之一半，失之亦一半了。随后是对于乐府分体问题的探讨，王易像第一章一样，先列旧说，后标新说。他分别列出郭茂倩《乐府诗集》、吴讷

《文章辨体》和徐师曾《文体明辨》对于乐府分体的说法，认为后两者的分类不免有重合之处，"皆不若郭氏区燕射、鼓吹、横吹为三之较当"。那么郭氏的分体是不是就完美无缺呢？当然不是。民国时代凡治乐府的学者，都对郭氏分体提出过批评，并且也基本按照自己的想法，为乐府诗歌进行了重新的分体，王易自然也不例外。他认为郭氏所分十二类，"自一至八，皆划然不可移"，而后四类则确有可商榷之处，例如杂曲并包各种曲类，实可"分别归并各体"；近代曲的一部分实际是"吴声、西曲之遗"，划归近代曲只是因为它们产生于隋唐；杂歌谣中的"古歌及谣谚，皆诗讖之遗，不必厕于乐府"，而其中"近于吴声、西曲、近代曲者，各以类从，宜无不可，则此体可删也"。这样一来，王易将乐府体类分为十类，分别是：一、郊庙乐；二、燕飨乐；三、舞乐；四、恺乐；五、横吹曲；六、相和曲；七、清商曲；八、琴曲；九、近代曲；十、新题乐府诗。接下来，王易对这重新划分的十体乐府分别加以论述，十体之中，只有前六体有涉及汉代乐府的部分，这里选取的就是这几个部分。在这几部分中，王易利用保存下来的文献，先对汉乐府之前的音乐制度进行了考索，主要利用的材料是《毛诗》各篇"小序"和"三礼"，一脉相承地论述到汉代乐府。论汉乐府的部分，他运用的材料还是以《汉书·礼乐志》、《宋书·乐志》和《乐府诗集》的相关解题为主，所以不少部分与第二章相重复，这一点似乎还有完善的空间。当然，这一方面暴露出王易在材料剪裁和运用方面的不足，但另一方面也确实反映出历史文献中可利用的乐府材料并不丰富。

　　本书的第四、第五两章重在征引乐府本辞和校订乐府声律，这里虽然没有选取，但同样堪称精博。民国时代的乐府著作以写作方式论，可分两途，一为传统的文言笺述，一为新出的白话论证，此书无疑属于前者。但像本书这样以旧文体容纳新成果的著作，一样不可偏废。当然，书中还有一些小的问题，例如第一章作者对孝惠时期的"乐府令"进行考究时提出"按司马彪《续汉书·百官志》，太予乐令一人隶太常，蒙意夏侯宽盖官乐令，其'府'字乃后籍传写所衍耳"，但新中国成立后刻有"乐府"字样的秦编钟已经出土，可证这个机构确实设置自秦代；再如第一章作者通过《左传》记载有"歌《王》歌《齐》"

的例子，论述把乐府机构采集的诗歌也称为"乐府"，于情理上也讲得通。实际上宋代程大昌《考古编》卷一已经对《左传》这段记载有了新的解释，他认为《王风》、《齐风》等十三国风皆是不入乐的徒诗，故"歌《王》歌《齐》"也就不是歌唱其中的具体篇目了，"故季札所见，与夫周公所歌，单举国名，更无附语"。程大昌的这个看法正确与否是另外一个问题，但王易似乎没有看到这个观点，所以对《左传》的记载深信不疑。不过上述这些问题相比全书那些重要的研究成果而言，只是小缺憾而已，大醇小疵也不影响这本书的总体成就。本书虽然完成于八十年前，但时至今日，仍然具有不可忽视的价值。

（吕冠南）

乐府诗笺(节选)

闻一多

思悲翁

何承天《思悲公篇》作公，悲一作裴。案公翁皆男子尊称，作公亦通，悲作裴，字之误。诗似谓夫为贼所执，庐舍被劫，妻子逃散。

思悲翁，

悲如字。一说读为彼，《毛诗》每以匪为彼，悲之通彼，犹匪之通彼也。

唐思，

庄述祖云："唐思，徒思也。"案庄说是也。下文"但我思"，但亦徒也。唐但徒一声之转。

夺我美人侵以遇。

美人谓夫，即上之悲翁。以犹我也。《尔雅·释诂》"台，谓我也"，金文或作辝，或作以，《礼记·祭统》"对扬以辟之勤大命，施于烝彝鼎"，以辟即我君。遇读为寓，寓宇禹寓本同字。《说文》寓为宇之籀文，《大雅·桑柔》传："宇，居也。"侵以遇即侵我室家。

悲翁也，但我思。

上云"思悲翁"，我思翁也。此云"但我思"，翁思我也。我，妇人自谓。

蓬首狗,逐狡兔,食交君。

首一作蕞,《文选·西征赋》"蕞芮于城隅者百不处一",《注》:"蕞,聚貌。"《小尔雅·广诂》"最,丛也",蕞最同。最聚丛俱从取声。古字当同音同义。蓬蕞当读如蓬丛,本双声连语,字一作鬃鬏,多毛之貌也。《说文》"尨,犬之多毛者",《穆天子传》四"天子之尨狗",《注》:"尨,尨茸也,谓猛狗。"蓬蕞狗即尨狗矣。交君疑当为狡麕。《说文》"狅,猲犬也,一曰逐虎犬",犬能逐虎,则食麕当无不可。

枭子五,枭母六,拉沓高飞暮安宿!

枭,博綦胜采之名,此曰"枭子五,枭母六",用博綦术语,以喻母子。枚乘《梁王菟园赋》"徐飞弤猪",傅毅《舞赋》"拉㧺鹄惊",拉沓与拉㧺、弤猪同,飞貌也。暮读为莫,《战城南篇》"莫不夜归",《乐府诗集》作暮,是其比。兔麕已见侵害,因我枭高飞以远祸,妇人自儆敕之词。

艾如张

郭茂倩曰:"艾与刈同,《说文》曰'芟草也。'如读为而。"案晋《鼓吹曲·征辽东》下云"古《艾而张行》",字仍作而。

艾而张罗,夷於何,行成之。

"夷於何"皆声也,《说文》"咦,南阳谓大呼曰咦",夷咦同。於何犹乌乎,於即乌之隶变,何乎一声之转,本字即呵呼,义亦相近。

四时和,山出黄雀亦有罗,雀以高飞奈雀何?
以已通。

为此倚欲,

倚欲当为掎脚。《周礼·翨氏》注："置其所食之物于绢（羂）中，鸟来下，则掎其脚。"掎亦谓之脚之，《史记·司马相如传》"射糜脚麟"，《集解》："脚，掎足也。"或二字连言之，《说文》"𦢊，相踦𦢊也"，踦𦢊即掎脚。动词名化，则掎脚之器亦谓之掎脚，此诗之"倚欲"是也。《赵策》三"人有所置系蹄者而得虎，虎怒，决蟠而去"，捕鸟之器谓之掎脚，犹捕兽之器谓之系蹄矣。

谁肯磲室。

磲室未详，董说谓磲为磏之误，亦难定。室字不入韵，恐仍有讹夺。

将 进 酒

此纪宴饮赋诗之事，《楚辞·招魂》曰："结撰至思，兰芳假些，人有所极，同心赋些，酎饮尽欢，乐先故些。"足与此相发。

将进酒，乘大白。

《汉书·叙传》上"皆引满举白"，《注》："白者罚爵之名也。"《文选·吴都赋》"飞觞举白"，刘《注》："白，罚爵名也。"《说苑·善说篇》"饮不釂者，浮以大白"。乘读为承，《说文》"承，奉也"，《易》艮六二马《注》："承，举也。"

辨加哉，诗审博，

辨读为辩。辩者以言辞相角斗，故辩有斗义。加者，《说文》"加，语相增加也"，"诬，加言也"。案《匡谬正俗》一曰"刘昌宗周续等音加为架"，今俗语口角谓之吵架，即以恶言交相陵加之谓。此义与辩最近，故诗以辩加连文。或倒之曰加辩，《楚辞·大招》"伏戏《驾辩》，楚《劳商》只"，驾辩即加辩。（《庄子·庚桑楚篇》"譬犹饮药以加病也"，崔本加作驾。）诗犹辞也，《毛诗指说》引梁简文帝曰："诗者辞也，在辞为诗。"《说文》"审，悉也"，"悉，详尽也"。审博义近，《中庸》"博学之，审问之"，亦二字并用而为对文。"诗审博"

犹言其辞详尽而繁博也。宴饮赋诗，奇思黠语，转相陵加，以为戏斥，不胜者科以罚爵，世所传宋玉《大、小言》、《登徒子好色》及《讽赋》，司马相如《美人赋》，并孝武时柏梁诗赋，皆其类也。所作之辞，或有即席播为声乐者，故《大招》之《驾辩》，王《注》以为乐曲名。

放故歌，心所作，
放，弃也。故，旧也。言旧传之歌，悉弃而弗用，皆各抽密思，自铸新词也。

同阴气，诗悉索，使禹良工观者苦。
禹当为尔字之误也。古隶尔作爾，禹或作㐲若㐲，爾缺损，与㐲㐲相似，故尔误为禹。观当为歌，声之误也。歌观歌元对转，崔适谓伪古文《五子之歌》即《五观》之误，是其比。苦疑当为若，与白博作索韵。同即同律之同。《周礼·大师》："掌六律六同，以合阴阳之声。阳声，黄钟、太簇、姑洗、蕤宾、夷则、无射。阴声，大吕、应钟、南吕、函钟、小吕、夹钟。"《典同》"掌六律六同之和，以辨天地四方阴阳之声"，故《书》同作铜，郑众《注》曰："阳律以竹为管，阴律以铜为管，竹阳也，铜阴也，各顺其性，凡十二律。"同为阴声，故曰"同阴气"也。《尔雅·释言》"偠，声也"，《释文》曰"偠，草动声也"，《玉篇》"偠，小声也"，《广韵》"偠偠，呻吟也"。案悉索双声连语，犹偠偠也。声转为悉率，以为虫名，则作蟋蟀，蟋蟀者以其鸣声微细而得名也。若，顺也。此言歌律协六同之阴气，其音靡妙幽细，使歌者引声赴节，曲折浮沈，能尽其巧也。

雉 子 班

十八曲中，此及《圣人出》、《石留》等三篇，"言字讹谬，声辞杂书"（《宋书·乐志》引景裪《广记》语），最为难读。此类皆不可强解，今惟略诠一二，阙所不知。

雉子班如此之干雉梁无以吾翁孺稚子知得雉子，高蜚止，黄鹄高蜚之以重，

重一作千里。案重即千里二字之误合，子止里子为韵。吴兢《乐府古题要解》引正作千里。

王可思，雄来蜚从雌视子。

《晋语》八"叔鱼生，其母视之，曰'是虎目而豕喙，鸢肩而牛腹，溪壑可盈，是不可餍也，必以贿死'，遂不视"，韦《注》曰："不自养视。"

趍一雉雉子车大驾马。

一无马字。

滕被王，送行所中，

滕疑读为朕，朕（䏎）送古当同字，犹造古文作艁也。此滕送并出，疑有一衍。行所犹行在所，《上之回篇》有"上之回所中"。

尧羊蜚从王孙行。

尧羊读为翱翔。尧皋声近，《淮南子·主术篇》注："挠，刺船橈也。"尧通作翱，犹桡一曰橈也。翔从羊声，古音盖读如羊，《月令》"群鸟养羞"，《淮南子·时则篇》作"群鸟翔"，是其比。

鸡　鸣

鸡鸣桑树巅，狗吠深宫中。

宫谓墙垣。《周礼·小胥》"王宫县"，郑《注》曰："宫县，四面县……四面象宫室四面有墙，故谓之宫县。"《周书·大匡篇》"乐而不墙合"，孔《注》曰："墙合即所谓宫县是也。"《礼记·儒行》"儒有一亩之宫"，郑《注》曰："宫，墙垣也。"

荡子何所之？

荡子犹游子。《乌生》"秦氏有游遨荡子",《东光》"诸军游荡子"。字一作唐,(《文选·七发》"浩唐之心",五臣唐作盪,盪荡同。)《庄子·徐无鬼篇》"其求唐子也而未始出域",谓游荡忘归之子。

天下方太平,刑法非有贷,柔协正乱名。

《尔雅·释诂》曰:"柔,安也"。"协,服也"。柔协谓安抚其顺眼者。《周礼·大司马》"贼杀其亲则正之",郑《注》曰:"正之者,执而治其罪。"《礼记·王制》曰:"析言破律,乱名改作,执左道以乱正,杀。"正乱名,谓有乱名忤法者,则执而治其罪,即上文"刑法非有贷"之谓也。

黄金为君门,碧玉为轩兰堂,

碧本作璧,此从一本。碧以色言,黄金碧玉对文。《相逢行》:"黄金为君门,白玉为君堂。"可资参证。《说文》曰:"璧,瑞玉环也。"作璧,于义难通。本篇皆五字句,独此六字,疑"为"字涉上文及《相逢行》而衍。"碧玉轩兰堂",堂上栏干以碧玉为之也。

上有双樽酒,作使邯郸倡。

作使,犹役使也。《史记·货殖列传》曰:"民……多弄物为倡优也,女子则鼓鸣瑟,跕屣,游媚富贵,入后宫,遍诸侯。"然邯郸亦漳河之间一都会也。

刘玉碧青甓,

玉本作王,从《宋书·乐志》改。刘读为瑠,字一作琉。瑠玉即碧瑠,《说》曰:"瑠石之有光者,璧瑠也,出西胡中。"一曰璧流离,《汉书·西域传》上"罽宾国……出……璧流离",孟康《注》曰:"璧流离,青色如玉。"《梵书》曰吠琉璃,璧吠声之转,流离与琉璃音同。今世但曰琉璃,省称也。其物有自然人为二种。自然者,今名青金石。人为者又分三种,质纯而洁白明莹者曰玻璃,杂彩釉为之者曰珐琅,俗亦称玻璃,制法略异而质尤温润者曰瓷。玻璃、珐琅皆璧瑠声之转。古之珐琅,色青者多,以其始本欲象自然琉璃(青金石),故色独尚青也(说详章鸿钊《石雅》)。此曰"琊玉碧青甓"，当谓珐琅，琊玉言其质，碧青言其色，今之琉璃甎瓦是也。

后出郭门王。
郭门，外城门也。郭门王未详。

舍后有方池，池中双鸳鸯。
雌雄双栖，故曰双鸳鸯。

鸳鸯七十二，
《西京杂记》曰："霍光园中凿大池，植五色睡莲，养鸳鸯三十六对，望之烂若披锦。"

罗列自成行，鸣声何啾啾，闻我殿东厢。
《初学记》二四引《仓颉篇》曰："殿，大堂也。"古谓屋之高严者曰殿，非必王者所居。《孤儿行》"行取殿下堂"，义同。

兄弟四五人，皆为侍中郎，五日一时来，
《史记·万石君传》"每五日洗沐，归谒亲"，《集解》引《文颖》曰："郎五日一下。"一时犹同时，谓兄弟五人同时归来也。王囧《长安有狭斜行》："三子俱休沐。"

观者满路旁，黄金络马头，颎颎何煌煌！
《尔雅·释诂》曰："颎，光也。"颎颎、煌煌皆光耀貌。何，感叹词，与今语啊同。《焦仲卿妻》："隐隐何甸甸。"

桃生露井上，李树生桃旁。
《孟子·滕文公》下篇曰："井上有李，螬食实者过半矣。"是古多于井上植桃李之属。

虫来啮桃根，李树代桃僵。树木身相代，兄弟还相忘！

【评　介】

　　闻一多（1899—1946），原名家骅，又名亦多，字益善，一字友三，是我国现代著名的诗人、学者、民主战士。1899 年出生于湖北浠水一个书香家庭，自幼爱好古典诗词和美术。1912 年以扎实的中文基础考取北京清华学校。清华十年是其一生极其重要的阶段，使他比同龄青年更早更多地接触到西方文明，受到较全面的近代科学文化的启蒙。除文法、图画、数学、音乐、博物等课程外，课外还有各类学术讲座及文学、美术、戏剧、音乐、体育、演讲等众多社团活动。"五四"运动爆发以后，闻一多被推选为学生代表团成员并积极参加各种组织和宣传活动。1916 年开始在《清华周刊》上发表系列读书笔记（总称《二月庐漫记》），同时还创作旧体诗。1921 年清华文学社成立，闻一多成为其重要成员并作《诗的格律研究》的学术演讲，次年写成《律诗底研究》，开始对新诗格律化进行系统的理论研究。

　　1922 年 7 月，闻一多留学美国，专攻美术兼学西洋文学。1925 年 6 月回国后在全国多处高等学校任教。其间在新诗领域取得巨大成果，继《红烛》之后又出版了《死水》，是新诗从开拓走向成熟的代表作。同时又特别重视新诗理论研究，其《女神之时代精神》、《女神之地方色彩》、《诗的格律》等论文在新诗理论研究中颇有影响。针对五四运动以后新诗过于散漫自由的弊病，他特别强调新诗应讲求格律，要有音乐美、绘画美、建筑美，要善于"戴着脚镣跳舞"。其诗作、诗评、诗论是对中国新诗的重要贡献，由此也确立了他在中国新诗发展史上的重要地位。

　　抗日战争爆发后，闻一多在由北大、清华、南开三校组成的长沙临时大学任教。1938 年到昆明西南联合大学任教，同时开始广泛研究中国古代文化遗产。他博古通今，学贯中西，对唐诗、古代神话、甲骨文和钟鼎文、汉魏六朝文学等综合运用考据学、古文字学、音韵学、民俗学、人类文化学等方法进行研究，写成《神话与诗》、《唐诗杂论》、《古典新义》、《楚辞校补》等具有很高学术价值的作品。朱自清曾说"闻先生的专门研究是《周易》，《诗经》，《庄子》，《楚辞》，唐诗，许多人都知道。他的研究工作至少有了二十年，发表的文字虽然不算太多，但积存的稿子却很多。这些并非零散的稿子，大都是成篇的，而且他亲手抄写得很工整。只是他总觉得还不够完密，要再加些工夫才愿意编写成书。这可见他对于学术忠实而谨慎的态度。"闻一多既尊重古人研究成果，又大胆提出个人独到见解，涉猎之广，研究之深，深得学术界的称赞和推崇。郭沫若曾对闻一多的古文研究给予极高的评价，说他"眼光的犀利、考索的赅博、立说的新颖而翔实，不仅是前无古人，恐怕还要后无来者的"！

1944年闻一多加入中国民主同盟，并于抗战胜利后出任民盟中央执行委员、云南总支部宣传委员兼《民主周刊》社社长，成为积极的民主斗士。1946年7月15日在云南大学为李公朴举行的追悼大会上，闻一多慷慨讲演抨击国民党，当晚被国民党特务暗杀。全国上下震惊悲痛，掀起民主运动的又一次高潮。朱自清曾发表讲话说闻一多的被害是民主主义运动的大损失，又是中国学术的大损失。他一再强调闻一多在学术上的伟大功绩，告诉人们国民党反动派和美帝国主义残害了一个多么有价值的学者，摧残了中国学术界不可多得的人才！他下决心一定要把闻一多的全部遗著整理出版，也是作为对敌斗争的一种方法。他给学生王瑶写信说：一多先生之死，令人悲愤，其遗稿拟由研究所同人合力编成，设法付印。1948年《闻一多全集》编成共四卷，按内容分成八个部分：甲集《神话与诗》、乙集《古典新义》、丙集《唐诗杂论》、丁集《诗与批评》、戊集《杂文》、己集《演讲录》、庚集《书信》、辛集《诗选与校笺》(含《乐府诗笺》)。

《乐府诗笺》写作于1940年，最初发表于1940年1月至1941年1月《国文月刊》上，后收入《闻一多全集》第四卷，开明书店1948年出版，生活·读书·新知三联书店1982年8月再版。

闻一多对汉乐府三十多首诗所作的注解，看似短小，但诠释字义，旁征博引，诸多精彩注释体现了闻一多独到的注释方法和思维特性，其中解释字句，往往结合文字出现的时代背景和文献资料，指出很多诗句释义并多方引证，尤其把不同篇章中不同的字词有意排列指出其中规律，表面看是列举古籍，但仔细分析，却蕴涵了丰富的想象力和很强的逻辑性，值得后来者认真品味学习。

一、多方引证，找出通假，阐明意义。通假是传统训诂方法，闻一多在《楚辞校补》引言中也说，作品所用的语言文字，尤其那些约定俗成的白字（训诂家所谓"假借字"），最易陷读者于多歧亡羊的苦境。闻一多以其深厚的古文功底和严谨细致的考查态度，利用通假解决了很多字词注解问题。更为重要的是，闻一多的通假注解经常是通过多方引证和联系找出一系列的相关通假字，前后关联起来给很多表面文意蹊跷不通的词句以解释，让人豁然开朗。首先要提的是流传到今天已经仅剩寥寥数语的《翁离》，针对这仅剩的几句，闻一多也做出考证和解释，指出"拥"、"翁"音近通假，"翁离"即"拥离"。尤其值得注意的是对于"拥离"一词与人类身体的联想和引证，从"翁离""拥离""痈癃""癃"找到一连串的意义链条，解释"翁龙"也就是"拥肿"，叠韵连语。此外，闻一多指出"障"字以"形状"而得名，实即"泥沙淤积"成为"障"，还找出地理方面的证据。这样与前面"翁离"的意义正好吻合起来。另外《思悲翁》诗"蓬首狗，逐狡兔，食交君"一句也曾是令人费解之处。很多注家把"蓬首狗"直接解释成"多毛的狗"，有道理但有些突兀，况且能"逐狡兔，食交君"的狗应该不是一般的多毛狗。闻一多层层考证，得出"首"与"蕞、最、聚、丛"都有相通之处。"蓬首"即可写为"蓬蕞"。蓬蕞当读如蓬丛，本双声连语，字一作鬈鬆，多毛之貌也。这种不一般的多毛狗即"尨"，不仅多毛而且凶猛，蓬蕞狗即尨狗。这一解释也和下文"食交君"对应起来。闻一多说"交君"当为"狡麇"省写，而"麈"古同"麇"，指獐子，并引用《说文》"豻，猲犬也，一曰逐虎犬"，犬能逐虎，则食麈当无不可。就这样从"首"到"蕞"到"最"，从"蓬蕞""蓬丛""鬈鬆"到"尨"，层层剥茧，多方引证，遂得出一个精彩而圆满的解释。它如对《蒿里》题目二字，通过考察文献指出"蒿、槁、薨，殡，字异义同"，并解释"下里"也是与之相关。《下里》当即《蒿里》之曲。《董逃行》"吾欲上谒从高山"、"从高山"、"崇高山"、"嵩高山"读音字形相近，实际为一。闻一多对一些诗句利用通假进行解释，不仅给后来者理解诗句带来很大的帮助，也给学术界提供了很多新的参考和启发，注解看似简略实际逻辑性和思辨性很强，不是凭简单理解和猜测，而是一定找到确切的证据和根源。

二、结合句意，细致辨析，明确意义。很多难解的字不能一概用通假的方法加以注解，闻一多以其博学严谨作出细致的考证和解释，并指出一些与其他注解字义的细微差别。有时简单的一个字，也发掘出其内在的涵义来源。最精到的当属选文中对《艾如张》"为此倚欲，谁肯礦室"之"倚欲"的解释，考证出"倚欲"当为"掎脚"，且"掎""脚"同义。它如《上之回》"上之回所中，益夏将至，行将北以承甘泉宫。寒暑德"，解"承为次第之次"，在此为次舍之次，即甘泉宫为次舍也，相比有些注释直接解释为"承继"，要严谨确切。《上陵》"上林何美美"之"美"，很容易被理解为茂盛美丽之意，但闻一多提出"美"读为"枚"，幽静之意，和《上陵》诗意境非常吻合。关于《焦仲卿妻》，释"移我琉璃榻，出置前窗下"之"榻"与上文"槌床便大怒"、"媒人下床去"之"床"，实皆独坐之"枰"，不是一般理解的今天的"床榻"；称"汝今无罪过，不迎而自归"之"今""犹若也"，即"如果"之意。指出《陌上桑》"使君谢罗敷"之"谢"乃"问"之义；《长安有狭斜行》"夹毂问君家"之"夹"并非"狭"，就是"夹"；认为《有所思》"妃呼狶"可能是"悲欷歔"，乃乐工所记表情动作之旁注，等等。就这样，对很多看似容易理解但经过思考和推敲却有细微差别的字词，皆结合句意和古代文学、文化和语言资料给以细致辨析，指出其具体含义并广搜材料作证，做到前后一致，意义贯通。

三、对某些文字可能因为字形或读音相近而误写提出大胆的质疑。我们知道，因为年代久远和资料保护不善，很多典籍在流传中可能会发生误读误写误传的情况，这给后来传播和研究者带来很大不便，更容易发生以讹传讹的错误，闻一多以其大胆设想和小心求证指出了乐府诗中的某些文字错误，并给出了细致的分析。

（一）因字形相近而误写。《日出入》一诗"吾知所乐，独乘六龙。六龙之调，使我心若。訾黄其何不徕下"，"知"字如果按照现代汉语来理解为"知道"，似乎也能牵强过去，但总是显得有些蹊跷。闻一多认为："知疑当为私字之误也。言吾私心所好者独乘此六龙以遍观四海也。""知"和"私"字形的结构笔画甚至读音都非常相近，在古代典籍书写的时候很有辨认书写错误的可能，"私"相对于"知"使此诗更加通顺，意义也相对明了。与此相类似，"使我心若"之"若"字，认为应该做"苦"，且与下文意义吻合："下文'訾黄其何不徕下'，訾黄即六龙，以乘龙御天为苦，故呼之使下也。"接下来又从音韵学角度进一步说明："且古韵鱼部入声字，多不与平上去相叶，此本以苦下为韵，今作若，则失其韵矣。"它如以《临高台》"江有香草目以兰"之"目"为"苣"字误，"苣"缺损为"臣"，与目形近因误为目；以《芳树》"心中怀我怅，心不可匡，目不可顾"中之"匡"为"眶"字之误写；以《焦仲卿妻》"红罗复斗帐，四角垂香囊"之"复""疑当为覆"；以《雉子班》"黄鹄高蜚之以重"之"重"为"千里"二字之误合等等，亦皆由字形以释疑。

（二）因读音相近而误写。如分析《上陵》题目，指出"陵""林"音近，"上陵"实为"上林"之误；认为《战城南》"思子良臣，良臣诚可思"之"良臣"，"臣当为人"，因为一方面"人臣声类同"，另一方面"涉上文忠臣而误"，并称此诗乃妇人思夫之辞，故以"良臣"为"良人"更为恰当。它如认为《有所思》"秋风肃肃晨风飔"，"飔当为思"；《鸡鸣》"黄金为君门，碧玉为轩兰堂"，"碧"较"璧"更为合理；《翁离》"拥离趾中可筑室，何用葺之蕙用兰"，"用"当为"以"；《圣人出》"美人哉，宜天子"，"子"当为"哉"；《相逢行》"音声何嘈嘈，鹤鸣东西厢"，"鹤"疑当为"和"等等，又皆由读音以解惑。

四、考证古籍，结合诗歌背景和具体资料分析诗意。如结合历史背景和史实，分析《巫山高》之"巫山"并非长江三峡巫山，应是"濠西之巫山"。它如考察指出《董逃歌》和《董逃行》实是两首不同的诗歌，《董逃行》为乐府古辞，《董逃歌》为后汉童谣（原辞载《后汉书·五行志》）；提出《焦仲卿妻》"孔雀东南飞"句属于夫妇离别之苦"母题"，汉乐府《艳歌何尝行》、魏文帝《临高台》、《襄阳乐》都有此用法；分析《饮马长城窟行》"枯桑知天风，海水知天寒"，寓意沧海桑田，高下异处，夫妇远离不能会合。诸如此类，多有新意又言之有理。

当然，《乐府诗笺》个别注释也存在可商榷之处，如《朱鹭》篇"鹭何食？食茄下"中的"下"，称"下疑当为华，声之误也。鼓饰盖作鹭衔荷花之象"，其主题为"若有谏者来击鼓，当以此荷花遗之其人以旌异之也"，但在其《说鱼》篇"吃鱼的鸟兽"部分，又认为"诛"是"姝"之假借，朱鹭所衔为鱼，全诗意为讽刺男子与女子感情的若即若离、藕断丝连。关于古时"暮莫"相通，在解《思悲翁》中认为"暮"

读为"莫","暮安宿"即"莫安宿",不要安宿,故说此诗意为"兔麞已见侵害,因我枭高飞以远祸,妇人自儆敕之词";而对《战城南》"莫不夜归"之"莫"的解释,却没有用通假而是直接用其原字"莫字或作暮,非是","莫"就是"莫",上言"思子良人",下言"莫不夜归",思之而冀其勿死也,其解至为新异。

闻一多的《乐府诗笺》及其他一些古代文学研究著作的个别解释和观点在今天的确引起一些质疑,但正如傅璇琮谈闻一多唐诗研究时所说:"我们知道,对于闻一多的唐诗研究,学术界存有不同的看法。特别是近些年来,闻一多论述过的好几个问题,差不多有争论;但是我们知道科学研究是不断深化、不断发展的认识运动。科学史的实例表明,没有一个大师的观点是不可突破的。""在唐代文学研究取得相当大进展的今天,我们来谈论闻一多的唐诗研究,如果只是扣住某一些具体论点,与现在的说法作简单的对照,以此评论其得失,恐怕是没有什么积极意义的。对我们有意义的是,前辈是在什么样的情况下开拓他们的路程的,是风和日丽,还是风雨交加;他们是怎样设计这段路面的,这段路体现了创设者自身的什么样的思想风貌;我们对于先行者,仅仅作简单的比较,还是努力从那里得到一种开拓者的启示。"这段话,对于我们认识闻一多的汉乐府研究具有同样的价值和意义。

(柳卓娅)

乐府诗选(节选)

余冠英

前 言

一

乐府诗是由乐府机关搜集、保存,因而流传的,我们谈乐府诗不得不走一条老路,从这个机关开头。根据东汉历史家班固的话,我们知道汉武帝刘彻是"始立乐府"的人。

"乐府"是掌管音乐的机关,它的具体任务是制定乐谱,搜集歌辞和训练乐员。这个机关是相当庞大的,人员多到八百,官吏有"令"、"音监"、"游徼"等名目。

经过汉初六十年休养生息,中国人口增加了不少,财富也积累了不少,好大喜功的刘彻凭这些本钱一面开疆辟土,一面采用儒术,建立种种制度,来巩固他的统治。由于前者,西北邻族的音乐有机会传到中国来,引起皇帝和贵人们对"新声"的兴趣;由于后者,"制礼作乐"便成为应有的设施。这两点都是和立乐府有关的。班固《两都赋序》说:

> 大汉初定,日不暇给。至武宣之世,乃崇礼官,考文章。内设金马石渠之署,外兴乐府协律之事。

这里说明了刘彻这时始有立乐府的需要,也始有立乐府的条件,《汉书·礼乐志》说：

> 至武帝定郊祀之礼，乃立乐府，采诗夜诵。有赵、代、秦、楚之讴。以李延年为协律都尉。多举司马相如等数十人造为诗赋，略论律吕以合八音之调，作十九章之歌。

这里说明了乐府的任务，其中最重要的当然是"采诗"，就是搜集民歌，包括歌辞和乐调。《汉书·艺文志》说：

> 自孝武立乐府而采歌谣，于是有赵、代之讴，秦、楚之风，皆感于哀乐，缘事而发。亦可以观风俗，知薄厚云。

这里说明了采集歌谣的意义，同时说明了那些歌谣的特色。刘彻立乐府采歌谣的目的是为了兴"乐教"、"观风俗"，还是为了宫廷娱乐或点缀升平，且不去管它，单就这个制度说是值得称许的。一则当时的民歌因此才有写定的机会，才有广泛流传和长远保存的可能。二则因此构成汉朝重视歌谣的传统，使此后三百年间的歌谣存录了不少。这在文学史上是大有关系的事。

有人以为在刘彻之前已经有了乐府机关，说班固弄错了事实，因为《史记·乐书》说：

> 高祖崩，令沛得以四时歌舞宗庙。孝惠孝文孝景无以增更，于乐府习常肄旧而已。

但这也许是以后制追述前事。《汉书·礼乐志》也曾有"孝惠二年使乐府令夏侯宽备其箫管"，正是同类。其实立乐府是小事，采诗才是大事。乐府担负了采诗的任务，才值得大书特书。从"习常肄旧"这句话正可以看出武帝以前纵然有乐府，也不过是另一种规模的乐府，那时绝没有采诗制度。既然如此就不必相提并论了。

乐府采诗的地域不限于"赵、代、秦、楚"，《汉书·艺文志》著录的各地民歌有：

吴、楚、汝南歌诗十五篇；
燕、代讴，雁门、云中、陇西歌诗九篇；
邯郸、河间歌诗四篇；
齐、郑歌诗四篇；
淮南歌诗四篇；
左冯翊、秦歌诗三篇；
京兆尹、秦歌诗五篇；
河东、蒲反歌诗一篇；
洛阳歌诗四篇；
河南、周歌诗七篇；
周谣歌诗七十五篇；
周歌诗二篇；
南郡歌诗五篇。

  从这里看出采集地域之广，规模之大。但总数一百三十八篇却并不算多，大约此外还有些不会入乐的歌谣。也许汉哀帝刘欣"罢乐府"这件事不免使乐府里的民歌有所散失。《汉书·礼乐志》说刘欣不好音乐，尤其不好那些民歌俗乐，称之为"郑卫之声"。偏偏当时朝廷上下爱好这种"郑卫之声"成了风气，贵戚外家"至与人主争女乐"，使刘欣看着不顺眼，便决心由政府来做榜样，把乐府里的俗乐一概罢去，只留下那些有关廊庙的雅乐，裁革了四百四十一个演奏各地俗乐的"讴员"。此后乐府不再传习民歌，想来散失是难免的了。

  东汉乐府是否恢复刘彻时代的规模制度，史无明文，但现存古民间乐府诗许多是东汉的，可能东汉的乐府是采诗的，至少东汉政府会为了政治目的访听歌谣。据范晔《后汉书》的记载，光武帝刘秀曾"广求民瘼，观纳风谣"(《后汉书·循吏传叙》)。和帝刘肇曾"分遣使者，皆微服单行，各至州县，观采风谣"(《后汉书·季邰传》)。灵帝刘宏也曾"诏公卿以谣言举二千石为民蠹害者"(注云：谣言，谓听百姓风谣善恶，而黜陟之也)(《后汉书·刘陶传》)。由此也可推想当时歌谣必有存录，而乐工采来合乐也就很方便了。

到了魏、晋，乐府机关虽然不废，采诗的制度却没有了(参看萧涤非《汉魏六朝乐府文学史》)。旧的乐府歌辞，有的还被继续用着，因而两汉的民歌流传了一部分下来。六朝有些总集专收录这些歌辞(《隋书·经籍志》有《古乐府》、《古歌录钞》等书)，到沈约著《宋书》，又载《乐志》。

南朝是新声杂曲大量产生的时代，民歌俗曲又一次被上层阶级所采取传习，不过范围只限于城市，内容又不外乎恋情，不能和汉朝的采诗相比。

后魏从开国之初就有乐府。那时北方争战频繁，似乎不会有采诗的事。但《横吹曲辞》确乎多是民谣，传入梁朝，被转译保存，流传到现在。

从上述事实看来，汉、魏、六朝民歌的写定和保存，主要靠政府的乐府机关。但由于私家肄习，民间传唱而流传的大约也不少。汉哀帝罢除乐府里的俗乐之后，一般"豪富吏民"还是"湛沔自若"(《汉书·礼乐志》)，那时期该有不少民歌靠私家倡优的传习才得保存。现存古乐府歌辞有些是不出于"乐志"而出于"诸集"的(如《陇西行》古辞，《乐府解题》云："此篇出诸集，不入《乐志》。")，大约都和官家乐府无关。像《孔雀东南飞》这篇名歌，产生时期是汉末，见于记录却晚到陈朝(徐陵《玉台新咏》开始记录这篇诗)，在民间歌人口头传唱的时间是很长的。

二

顾亭林《日知录》说："乐府是官署之名……后人乃以乐府所采之诗名之曰乐府。""乐府"从机关名称变为诗体名称之后，又有广狭不同的意义，狭义的乐府指汉以下入乐的诗，包括文人制作的和采自民间的。广义的连词曲也包括在内。更广义的又包括那些并未入乐而袭用乐府旧题，或摹仿乐府体裁的作品。甚至记录乐府诗的总集，如《乐府诗集》之类，也简称乐府。

这一本选集所收的只是从汉到南北朝的乐府诗，主要的是入乐的民间作品，而以少数歌谣作为附录。

这些诗在宋人郭茂倩所编的《乐府诗集》里分别隶属于"鼓吹曲"、

"相和歌"、"杂曲"、"清商曲"、"横吹曲"和"杂歌谣辞"六类。《乐府诗集》是收集乐府诗最完备的书,其分类方法也被后人所沿用。前五类正是乐府诗的精华所在。

鼓吹曲是汉初传入的《北狄乐》,用于朝会、田猎、道路、游行等场合。歌辞今存《铙歌》十八篇。大约铙歌本来有声无辞,后来陆续补进歌辞,所以时代不一,内容庞杂。其中有叙战阵,有纪祥瑞,有表武功,也有关涉男女私情的。有武帝时的诗,也有宣帝时的诗,有文人制作,也有民间歌谣。

铙歌文字有许多是不容易看懂,甚至不能句读的,主要原因是沈约所说的"声辞相杂"(《宋书·乐志》四篇末所附识语云:"汉'铙歌'十八篇按《古今乐录》皆声辞艳相杂,不可复分。")。"声"写时用小字,"辞"用大字。流传久了,大小字混杂起来,也就是声辞混杂起来,后世便无法分辨了。其次是"字多讹误"(《乐府诗集》卷十六引《古今乐录》云:"汉'鼓吹铙歌'十八曲,字多讹误。")。这些歌辞《汉书》不载,到《宋书》才著录,传写之间,错字自然难免。再其次是近人朱谦之所说的"胡汉相混"(见朱谦之《音乐文学史》)。这是假定汉"铙歌"里夹有外族的歌谣,那也并不是不可能的。本编选录三分之一,都是民歌。

相和歌是汉人所采各地的俗乐,大约以楚声为主。歌辞多出民间。《宋书·乐志》说:"凡乐章古辞今之存者,并汉世街陌谣讴,《江南可采莲》、《乌生十五子》、《白头吟》之属也。"便是指相和歌说的。内容有抒情,有说理,有叙事,叙事一类占主要地位(叙事诗是汉乐府的特色所在)。所叙的以社会故事和风俗最多,历史及游仙的故事也占一部分。此外便是男女相思和离别之作,格言式的教训,人生的慨叹等等。其中的大部分被选入本编。

《乐府诗集》的《杂曲》相当于唐吴兢《乐府古题要解》的《乐府杂题》,其中乐调多"不知所起",因为无可归类,就自成了一类。这一类也是收存汉民歌较多的,和"相和歌辞"同为汉乐府的精华之精华。本编也选录其中大部。

南朝入乐的民歌全在《清商曲》之部。郭茂倩将这些民歌分为《吴声歌》、《神弦歌》、《西曲歌》三部分。《吴声》、《西曲》与相和曲及舞曲同属于隋唐清商部。

《乐府诗集》将相和歌与舞曲另别门类，所余吴声西曲等，因为本是清商的一部分，就姑从其类，名为清商（据王易《乐府通论》）。上述三部共四百八十五首，本编选入七十首。

横吹曲是军中马上所奏，本是西域乐，汉武帝时传到中国来。汉曲多已亡佚。《乐府诗集》的《梁鼓角横吹曲》是从北朝传来。其歌辞除二三曲可能是沿用汉魏旧歌（也是因流行于北方，辗转传到江南的）外，都是北朝民间所产。其中一部分从"虏言"翻译，一部分是北人用"华言"创作的（详见孙楷第《梁鼓角横吹曲用北歌解》，《辅仁学志》第十三卷第一第二合期）。本编选入三十八首。

《乐府诗集》的"杂歌谣辞"一类收录上古到唐朝的徒歌与谣、谶、谚语。其中最可注意的是那些民谣。民间歌谣本是乐府诗之源，附录在乐府诗的总集里是有意义的。不过《乐府诗集》所收，有些是伪托的古歌，有些是和"诗"相距很远的谶辞和谚语，另一方面，有些有意思的歌谣又缺而不载，其采录标准是有问题的。本编附录的歌谣不以《乐府诗集》所收者为限。

本编也选入几首"古诗"，这里应该说明。所谓古诗本来大都是乐府歌辞，因为脱离了音乐，失掉标题，才被人泛称做古诗。朱乾《乐府正义》曾说："古诗十九首，古乐府也。"虽不曾举出理由，还是可信的。从现存的古诗（不限于"十九首"）观察，其中颇有些痕迹表明它们曾经入乐，一是诗句属歌人口吻，如"四座且莫喧，且听歌一言，请说铜炉器，崔嵬象南山"（《玉台新咏》，《古诗八首》之一）。梁启超认为"正与赵德麐《商调蝶恋花序》中所说'奉劳歌伴，先调格调，后听芜词'，北观别墅主人《夸阳历大鼓书引白》所说'把丝弦儿弹起来就唱这回'相同，都是歌者对于听客的开头语"。梁氏并据此判定"流传下来的无名氏古诗亦皆乐府之辞"（《中国美文及其历史》）。二是有拼凑成章的痕迹，如"十九首"之一的《东城高且长》篇就是两首（各十句）的拼合（张凤翼《文选纂注》，王渔阳《古诗选》，刘大櫆《历朝诗约选》都将此篇分做两首。此篇后十句和前十句不但意思不相接，情调也不同，显然是两首的拼合）。《凛凛岁云暮》篇中的"眄睐以适意，引领遥相睎"二句也是拼凑进去的句子（胡克家《文选考异》曰:"'六臣本'校云:善无此二句。此或'尤本'校添,但依文义,恐不当有。"),其余如《孟冬寒气至》一首也有拼凑嫌疑。乐工将歌辞割裂拼搭来凑合乐谱,是乐府诗里常见的情形(详见余冠英《汉魏六朝诗论丛:乐府歌辞的拼凑与分割》),如非入乐的诗便不会如此。三是有曾被割裂的痕迹,如《行行重行行》篇。据《沧浪诗话》,宋人所见《玉台新咏》有将"越鸟"句以下另作一首的,可能这首诗曾被分割过,或因分章重奏,或因一曲分为两曲。这也是乐府诗才有的现象(详见余冠英《汉魏六朝诗论丛:乐府歌辞的拼凑与分割》)。四是用乐府陈套,如用"客从远方来"五个字引起下文,就是一个套子(同上)。惯用陈套又是乐府特色。五是古诗《生年不满百》一篇和相和歌《西门行》大同小异,正如《相逢行》和《长安有狭斜行》的关系,可能是"曲之异辞"。六是有几篇古诗在唐宋人引用时明明称为《古乐府》,如《迢迢牵牛星》,《兰若生春阳》等(前者见《玉烛宝典》,后者见李善《文选注》,另有几篇详本书注释)。这些情形似乎够证明朱乾和梁启超的假定了。《古诗》里有些反映农村,如《上山采蘼芜》,《十五从军征》,有些反映城市,如《青青陵上柏》,《西北有高楼》,都是"一字千金"。本编所选以具有上述第六项条件者为限。

三

汉魏六朝乐府诗所以是珍贵的文学遗产,一则因为它本身是反映广大人民生活,从民间产生的或直接受民间文学影响而产生的艺术果实;二则这些诗对于中国诗歌里现实主义传统的形成起了极大的作用。为了说明这两点,得先提《诗经》。

《诗经》本是汉以前的"乐府","乐府"就是周以后的《诗经》。《诗经》以"变风"、"变雅"为菁华。"乐府"以"相和"、"杂曲"为菁华。主要部分都是"感于哀乐,缘事而发"的里巷歌谣。都是有现实性的文学珠玉。诗经时代和乐府时代隔着四百年,这四百年间的歌声却显得很寂寞。并非是人民都哑了,里巷之间"饥者歌其食,劳者歌其事"(见何休《公羊传注》)这是照常的,可不会被人采集记录。屈原曾采取民间形式写出《九歌》、《离骚》等伟大诗篇,荀卿也曾采取民间形式写了《成相辞》,而屈荀时代的民歌却湮灭不见,这是多么可惜的事！因此我们更觉得汉代乐府民歌能够保存下来是大可庆幸的。

  汉乐府民歌被搜集的时候正当诗歌中衰的时代，那时文人的歌咏是没有力量的。将乐府民歌和李斯《刻石铭》、韦孟《讽谏诗》或司马相如等人的《郊祀歌》来比较，就发现一面是无生命的纸花，一面是活鲜鲜的蓓蕾。《江南可采莲》、《枯鱼过河泣》的手法固然不是步趋"骚"、"雅"的文人所能梦见；孤儿的哭声，军士的诅咒也不是"倡优所畜"的赋家所肯关心。乐府之丰富了汉代诗歌简直是使荒漠变成了花园，这是有目共睹的事实，说明倒是多余的了。南北朝民间乐府在颜延之、谢灵运、任昉、沈约的时代，又是文学的新血液，新生命，情形也正相似。

  那么，这些诗和《诗经》相比怎样呢？就诗的精神说，《诗经》和乐府是相同的。就具体的诗说，乐府绝不是《诗经》所能范围，虽然传统的看法是《诗经》的地位高得多。里巷歌谣也是发展进步的，四百年后的里巷歌谣必然有其"新变"。最显著的当然是诗形的进步，从语言观点看，五言的，七言的，杂书的乐府诗体当然胜出以四言为主的《诗经》体。再就题材说，像《雉子班》、《蜨蝶行》、《步出夏门行》、《孤儿行》、《妇病行》、《东门行》等等无一不是新鲜的。就是拿题材相同的诗来比，乐府诗还照样给人新鲜之感。将写爱情的《上邪》比《柏舟》，写战阵的《战城南》比《击鼓》，写弃妇的《上山采蘼芜》比《谷风》和《氓》，写怀人的《青青河畔草》、《冉冉孤生竹》比《卷耳》和《伯兮》，或各擅胜场，或后来居上，绝不是陈陈相因。假如把最能见汉乐府特色的叙事诗单提出来说，像《陌上桑》、《陇西行》、《孤儿行》、《孔雀东南飞》那样，相应着社会人事和一般传记文学的发展而发展起来的曲折淋漓的诗篇，当然更不是诗经时代所能有。

  总之，从乐府回顾汉武帝以前的文学，可以见出乐府的推陈出新，如再看看建安以下的文学，又可以发现乐府的巨大影响。

  中国诗史上有两个突出的时代，一是建安到黄初(公元一九六—二二六)，二是天宝到元和(公元七四二—八二〇)。也就是曹植、王粲的时代和杜甫、白居易的时代。董卓之乱和安史之乱使这两个时代的人们饱经忧患。在文学上这两个时代有各自的特色，也有共同的特色。一个主要的共同特色就是"为时而著,为事而作"的现实主义精神。"为时为事"是白居易提出的口号。他把自己为时为事而作的诗题做"新乐府",而将作诗的标准推源于《诗经》(见白居易《与元九书》)。现在我们应该指出,中国文学的现实主义精神虽然早就表现在《诗经》,但是发展成为一个延续不断的,更丰富,更有力的现实主义传统,却不能不归功于汉乐府。这要从建安黄初所受汉乐府的影响来看。

建安黄初最有价值的文学就是那些记述时事,同情疾苦,描写乱离的诗。例如曹操的《薤露行》、《蒿里行》,以乐府述时事,写出汉末政治的紊乱和战祸的惨酷。王粲的《七哀诗》也描写出当时的乱离景象。陈琳的《饮马长城窟行》,阮瑀的《驾出郭北门行》和曹植的《泰山梁甫行》又各自写出社会苦难的一面。这些都是本书已经选录的乐府诗。

此外如曹丕六言诗"白骨纵横万里,哀哀下民靡恃",也是写乱后情形,和曹操、王粲所注目者相同。至于蔡琰的《悲愤诗》,记亲身经历,更是惨痛。诗中写"胡羌"的残暴说:

> 卓众来东下,金甲耀日光。平土人脆弱,来兵皆胡羌。猎野围城邑,所向悉破亡。斩截无孑遗,尸骸相撑拒。马边悬男头,马后载妇女。长驱西入关,迥路险且阻。还顾邈冥冥,肝脾为烂腐。所掠有万计,不得令屯聚。或有骨肉俱,欲言不敢语。失意几微间,辄言"毙降虏。要当以亭刃,我曹不活汝!"岂敢惜性命,不堪其詈骂。或便加棰杖,毒痛参并下。旦则号泣行,夜则悲吟坐。欲死不能得,欲生无一可。彼苍者何辜,乃遭此厄祸!

也有不用乱离疾苦做题材,而从另一面反映社会的诗,如曹植的《名都篇》,暴露都市贵游子弟的生活。这也是有现实性的。这些例子表明这一个时代的文学精神,这精神是直接从汉乐府承受来的。这些诗百分之九十用乐府题,用五言句,用叙事体,用浅俗的语言,在形式上已经看出汉乐府的影响。如再把《东门行》、《妇病行》、《孤儿行》等篇和曹、王、陈、阮的社会诗比较,更可看出他们的渊源。这些诗人一面受西汉以来乐府诗影响，或许一面也受当时民歌的影响。当时的民间既产生《孔雀东南飞》，料想还有其他同类的民歌。

由于曹操父子的提倡，邺中文士大都勇于接受从乐府发展出来的通俗形式，也承受乐府诗"缘事而发"的精神。他们身经乱离，遭受或目击许多苦难，所以肯正视当前血淋淋的现实，不但把社会真相摄入笔底，而且贯注丰富的感情。这样的文学自有其进步性。晋宋诗人没有不受建安影响的，傅玄、鲍照独能继承上述的文学精神。到南齐、梁、陈，"众作等蝉噪"（韩愈诗），文学被贵阀和宫廷包办。许多作者生活腐烂，许多作品流于病态。建安以来的优良传统几乎斩断。幸而为时不长，唐代诗人从各阶层涌出，文学标准又有转变，"汉魏风骨"再被推崇（陈子昂《与东方左史虬》、《修竹篇序》）。陈子昂的《感遇诗》，大半讽刺武后朝政（参看陈沆《诗比兴笺》），格调和精神都"可使建安作者相视而笑"（《修竹篇序》），而且为"杜陵之先导"（《诗比兴笺》）。到杜甫时代，社会苦难加深。杜甫有痛苦的流离经验，有深厚的社会感情，了解生活实在情况。他继承建安以来的文学精神，并且大大地发扬了它。元稹、白居易佩服他的"三吏"、"三别"一类诗，尤其称赞他"即事名篇，无复依傍"（元稹《古题乐府序》），就是说他作乐府诗而能摆脱乐府古题，写当前的社会。他们也学杜甫的榜样，做"因事立题"的社会诗，称为"新题乐府"或"新乐府"。不过这种叙事写实的诗体还是从汉乐府来的，这种诗的精神也是从汉乐府来的，不是创自元、白，也不是创自杜甫。仇兆鳌说杜甫的《新婚别》"全祖乐府遗意"（《杜少陵集详注》），为了指明传统，这样说法是有意义的。

这个时代里许多作者如元结、韦应物、顾况、张籍等都有反映社会，描写现实的诗（大都用乐府题目和形式）。元、白两人且大张旗鼓来宣传提倡。他们事实上继承了汉乐府和建安诗人的传统，但同时抬出《诗经》来做旗帜。这时的诗人对《诗经》的看法已经和汉朝人不同，他们已经认识"风雅比兴"的真精神了。不过说到影响，比较起来汉乐府对于他们还是较切近、较直接的。在中国文学史上里巷歌谣影响文人制作并不止这一回，但是在内容上发生这么大作用的例子还不多，汉乐府在文学史上的价值也可以从这里去估量。

四

以下是关于本书体例的话：

一、关于选诗。选的范围和标准从上文已经可以见出。大致汉代乐府古辞选得最宽，因为流传的篇数本来少。其形形色色方方面面大都影响后来文学，也大都有值得注意之点。从本编所选，大体上可以认识汉乐府的精神和面貌。其次是北朝民间乐府，反映社会的面也算是广大的，其直率伉爽的风格，在中国诗里很突出，对唐诗颇有影响。本编也尽量多选。又其次是南朝（指东晋至陈末）民间乐府。这一类多写男女私情，题材既少变化，形式也差不多，选的时候着眼在感情的真挚健康与否，和表现手法的新鲜与否。去其重复和太"艳"的。附录歌谣，取其反映人民对于统治阶级的反抗，或歌颂民族英雄，描写人民生活，歌咏大自然，而艺术可观的。

二、关于校勘。各篇以影印汲古阁本《乐府诗集》做底子，和其他总集、乐志、专集、类书等互校。凡遇可供参考的异文便用小字夹注在正文之下。其中如有正误优劣很显明，校者认为应从"一本"的，便在夹注的字旁加着重点来表示。十分显明的误字就随手改正。必要的校语附在注释里。如有衍文或只表声音并无意义的字，用〔〕号表明。

三、关于注释。各篇先释字句，后述诗意（明白易晓的诗从略）。间有关于本事或背景的说明和作者介绍之类都附在后面。为了让读者省力，竭力少引书名人名，引用古书的时候，较难的都译为白话。注释者的创说也并不特别说明，因为普通读者不需要知道哪是旧说哪是新解，而专家学者不需说明自能辨别。至于篇题的解释往往从缺，因为乐府题只可从声调去解释，而声调久已失传，不可得闻。过去也有人"望文生义"地去求乐府题之"义"，那显然是行不通的。

笔者想象本书读者是语文修养相当于初中以上的程度，而且对于古典文学有兴趣的。注释虽用白话，有时为了依从习惯，省略字句，并不曾全汰去文言。例如"以，用也"或"亲交犹亲友"，都不是白话，但相信不会增加读者困难。

朱自清先生曾提倡用白话注解古典文学，他自己曾做过《古诗十九首释》(见《朱自清文集》第二册)。闻一多先生也曾发愿要做这样的工作，他的《风诗类钞》(见《闻一多全集》辛集)里一部分注解是用白话做的。本书注释曾参考他们的方法。

四、关于排列。各篇大致以时代为序，"铙歌"是西汉辞，排在最前。其次是"相和歌"，小部分是西汉辞，大部分是东汉辞。其次是"杂曲"，小部分时代不明，大部分是东汉辞(南朝"杂曲"二首，移到"清商曲"后)。再其次是"清商曲"，是晋、宋、齐辞。又其次是北朝歌，是苻秦到后魏的产品。附录歌谣大都反映历史，全依时代排列。并未打乱《乐府诗集》的分类，这样对于读者也有方便。

有几篇汉乐府"本辞"以外又有"晋乐所奏"的辞，因为字句有出入，可以参看，往往两辞同时选录。本编先列本辞，后列晋辞，和《乐府诗集》相反。

以上就是本书的凡例。笔者不敢妄想这本书成为完善的本子，但总希望它是一个可读的本子。在注释方面，不敢妄想解决乐府诗字句上所有的疑难问题，但希望比以往的注释多解决几个问题。这类工作本该是积累经验，逐渐进步的，假如做得有一点成绩，并不值得满足，不过表示不会敷衍塞责罢了。临了儿，谢谢给我许多帮助的吴组缃先生、俞平伯先生和马汉麟先生。他们都曾对我的工作提过宝贵的意见，使我随时发现应修改的地方。吴先生和我讨论的次数最多，他并曾将本书原稿细细校阅过一遍，指出每一个他认为可商量的地方，连标点符号也不曾放过。

现在这本书疏漏的地方一定还不少，希望读者随时指出来，帮助我改正。

余冠英

一九五〇年，十月二十四日。清华园

艳歌何尝行

飞来双白鹄，乃从西北来(一作方)。十十五五，罗列成行。一作十十将五五，罗列行不齐。一解。妻卒被病，行不能相随一无行字，一作忽然卒疲病，不能飞相随。五里一返顾，六里一徘徊。二解。"吾欲衔汝去，口噤不能开。吾欲负汝去，毛羽何摧颓。"三解。

"乐哉新相知,忧来生别离。蹰跱顾群侣,泪下不自知(一作泪落纵横垂)。"四解。"念与君离别,气结不能言。各各重自爱,远道归还难。妾当守空房,闭门下重关。若生当相见,亡者会黄泉。"一无此八句。今日乐相乐,延年万岁期。念与下为趋。

[鹄]天鹅。 [卒]同"猝",急也,暴也。 [被]负也。 [噤]闭口也。 [摧颓]损毁也。 [来]语词,"乐哉"和"忧来"相对。[蹰跱]住足也。 [气结]即气塞,气沮。 [关]就是门闩。
[题解]这篇是晋乐所奏。本辞不传,《玉台新咏》载《双白鹄》一篇,和这篇大同小异,从《双白鹄》可以窥测本辞面目。这篇晋辞应分做三部分:从开端到"泪下不自知",是原歌主要部分,写白鹄的生别离、"念与"以下八句写人的生别离,似晋代所增加。"今日乐相乐"两句是乐府套语,乐工所加,和正文意义本不相连。这十句在音乐上也是自成节段,不算正曲,叫做"趋"。"趋"是照例在正曲之后的。附《双白鹄》篇:"飞来双白鹄,乃从西北来。十十将五五,罗列行不齐。忽然卒疲病,不能飞相随。五里一返顾,六里一徘徊。'吾欲衔汝去,口噤不能开。吾将负汝去,羽毛日摧颓。''乐哉新相知,忧来生别离。跱蹰顾群侣,泪落纵横垂。'今日乐相乐,延年万岁期。"

梁甫吟

步出齐城门,遥望荡阴里(一作追望阴阳里)。里中有三坟,累累正相似。问是谁家墓,田疆古冶氏,力能排南山,文(一作又)能绝地纪。一朝被谗言,二桃杀三士。谁能为此谋?国相(一作相国)齐晏子。

[荡阴里]一名"阴阳里",在齐城(临淄)东南。有三壮士冢。[累累]就是"垒垒",丘陵起伏之貌。 [田疆古冶氏]田开疆、古冶子和公孙接是齐景公所养的三个壮士,因为他们得罪相国晏婴,晏婴劝景公除去三人,并替景公想出一个险毒办法。就是送给三壮士两只桃子,叫他们各自估量自己的功劳,功大的可以吃桃。首先,公孙接

自报了打虎功，拿过一只桃。其次田开疆自报了杀敌功，又拿过一只桃。这时古冶子站起来道："当年跟咱们主上过黄河，有大鼋鱼衔去拉车的马。俺在水里潜行十来里，捉住了鼋鱼，把它宰了。左手拿马尾，右手提鼋头，从水里跳了出来。岸上的人都道是河神出现。这样的功劳，该够资格吃桃吧？两位把桃子还出来罢！"说着拔出剑来。公孙接、田开疆都满脸羞惭，还过桃子，说："咱们本领不如人家，还抢着吃东西，好不丢人，不如拿出勇士派头来，自杀了罢！"他们说罢都自己割下脑袋。古冶子一看，后悔道："俺羞死了两个伙伴，独个儿活着，还成什么勇士？"也自刎了。这就是"二桃杀三士"的故事，出在《晏子春秋·谏下》篇。　[排南山]南山指齐国的牛山。"排"是推倒。　[文能绝地纪]"文"似当从《艺文类聚》(《西溪丛语》引)作"又"。三士以勇力出名，无所谓文。这两句诗，似本《庄子·说剑》篇："此剑上绝浮云，下绝地纪。"《庄子》两句都说剑，这里两句都说勇。地纪就是地基。[相国]晏子所居官名。

[题解]梁甫是山名，在泰山。古代相信泰山梁甫是人死后魂魄所归处。古曲《泰山梁甫吟》分为《泰山吟》和《梁父吟》二曲，都是葬歌，和《薤露》《蒿里》同类。这篇是齐地土风，或题诸葛亮作，是误会。

【评　介】

余冠英(1906—1995)，中国古典文学专家。1906年生于江苏扬州，1931年毕业于清华大学，后于清华大学、西南联大等著名高校任教。1952年任中国科学院文学研究所研究员，后任文学所副所长、学术委员会主任、《文学遗产》杂志主编。毕生致力于古典文学的教学和研究，教学上培养人才众多，研究上治学严谨，见解精到，成就卓越。其研究方向主要为先秦汉魏六朝文学。其学术成果中数量最大、影响最广、最为人称道的是出版于20世纪50年代包括《诗经选》、《乐府诗选》、《三曹诗选》和《汉魏六朝诗选》在内的几种古代诗歌选本。这几个选本，皆成为几十年以来同类著作中普遍性、通行性、权威性最高的选本，也成为了广大古典文学爱好者学习研究的依据和范本。我们今天所介绍的《乐府诗选》，正是这样一部成就很高的著作。若要推荐一个最能反映乐府诗歌面貌、最可读的本子作为乐府学习的参考教材，大概大多数人都会推荐余先生的这本《乐府诗选》。

《乐府诗选》1953年由人民文学出版社出版发行，它之所以能成为历经时光考验而不衰的乐府研究经典，大概要归功于本书于普及中有提高、于沿袭中有创新的写作风格。余先生在《乐府诗选·前言》中谈及该书的体例时，说："为了让读者省力，竭力少引书名人名，引用古书的时候，较难的都译为白话。注释者的创说也并不特别说明，因为普通读者不需要知道哪是旧说哪是新解，而专家学者不需要说明自能辨别。"这句话对《乐府诗选》普及性和学术性并重的写作目的做出了定位。的确，内容上，《乐府诗选》推陈出新，于总结前人的成果的基础上发展出了自己的心得，有学术研究的深度；但形式上，它又简化或忽略了学术研究的证明过程和所援引的参考材料，捡其要点以飨读者，有教育普及的广度。《乐府诗选》的普及性是显而易见，其注文参考了朱自清先生《古诗十九首释》和闻一多先生《风诗类钞》的方法，使用白话，夹杂浅显文言，行文平实生动，流畅简洁。如《梁甫吟》注释中对于"二桃杀三士"典故的解释，简明易懂，风味十足，颇具余先生的个人特色。《乐府诗选》的学术性也是值得称道的，我们在下文会进行详细介绍。一个本子，能以如此公允、平易的学风，举重若轻、深入浅出地体现乐府诗歌复杂的风貌，其背后所需要的作者广博扎实的功底、去繁就精的洞见、淘汰删拣的工夫是不易为读者所见的。

谈起《乐府诗选》的学术性，首先就体现在选目问题上。《乐府诗选》之所以能成为最为普遍通行的乐府诗歌选本，第一样就应归功于其精简得当的选诗。我们都知道，乐府诗歌数量巨大，其体系庞杂，历时悠久，所含内容芜杂不一。只《乐府诗集》中收诗便五千余首，分一百卷，十二大类。如何将其中可读、可赏的部分捡选给读者，又不失乐府整体的风味原貌，是每一个力求完满的乐府诗歌选本所面临的问题。在余冠英《乐府诗选》面世之前，乐府研究领域还是有很多有创见性的本子的，但在选目方面做得都不甚理想。如闻一多先生的《乐府诗笺》，所收作品仅三十余篇，数量稍为少；朱建新的《乐府诗选》，作为选本在形式上完整，体例上亦无大的缺陷，但其中所录作品芜杂，质量参差，没有一个明确得当的标准作为统筹权衡。相比之下，余先生一百零八首的选本不仅在规模上精当合理，更有独成一帜的去取标准。这些标准在上面选录的本书前言中都有体现，总结说来有二：一是看是否反映广大人民生活，二是看对后代文学的影响如何。

　　上述标准决定了《乐府诗选》的选诗并不是一本平均用力的乡愿之作，而是有着很强价值判断在其中的。余冠英先生认为，要想真正反映一代文学的精神风貌，并不能一味求全，必须去芜存菁。余先生于前言中也讲，虽然汉魏乐府古辞在《乐府诗集》中篇目不多，但在本书中却选得最宽，因为汉乃乐府起源且盛的时期，其形式和内容均为乐府诗歌的典范，影响也蔚为广远。这部分主要选取了鼓吹铙歌、相和歌和杂曲歌三项。这三项是乐府诗中民间性的作品的聚集区，的确是取了乐府诗歌的精华。北朝乐府也有较强的民歌性，格调耿直，故也有多录。南朝乐府的宫廷艳歌倾向是余先生所不喜的。虽然前言中也强调了选取时对艺术可观之作的偏爱，但我们不难发现，总体来讲，《乐府诗选》在选诗上将思想性排在了艺术性之前——换句话说，人民群众真挚感情的流露和对生活的歌颂是艺术性的真正来源。《乐府诗选》所选的，正是思想性和艺术性兼得的一些精品之作。甚至，在这样选篇标准的指导下，余先生打破常规，纳入了一些《乐府诗集》没有纳入却符合本选本标准的作品，如《咄喑歌》(见于《文选》卷十八潘安仁《笙赋注》)、《绵州巴歌》(始见于《五灯会元》卷十九，后收录于《古诗源》、《古谣谚》)。这是本书选目的一大创新，同时也对作者的文史阅读面、对文学史的理解力和对作品的判断力提出了要求。几十年来，人们在介绍或讲授乐府诗优秀作品时所征引的篇章，大体上不出这个选本的范畴；后来乐府诗歌选本的作者编者，也将余先生对《乐府诗选》选目上的处理引以为范本。但这样的选篇方式也并非尽善尽美的。在精简原则的要求下，许多不合于"民歌性"的诗歌没有纳入选本，但它们其实也是乐府诗歌的重要部分。比如，在余先生之后的很多乐府诗歌选本编者，都把"拒收"《郊庙歌辞》、《燕射歌辞》当作了乐府选诗的"传统"，以至于对于庙堂乐章的研究一度空缺。

其次要谈的是余冠英此本《乐府诗选》在注释、校勘上的创新。《乐府诗选》无疑是建立在整理前人旧说的基础之上的，但其中不乏对旧说的纠误和新说的创立。余先生向来注重对诗歌诗篇大意的把握，纠正了很多牵强附会、囿于本事的旧的诗旨解释。如《平陵东》，《乐府诗集》中以为王莽时翟义事，余先生却说明指出"这诗写官吏贪暴。有人拿王莽时翟义事附合这篇诗，与诗意不合"。《善哉行》为"宴会时主客赠答的歌"。《陌上桑》则"似从秋胡故事演变，从悲剧变为喜剧"。至于《梁甫吟》为诸葛亮所作、《白头吟》为卓文君所作、《怨歌行》为班婕妤所作、《艳歌行》为后宫怨歌等沿袭说法，也被一一否定，并对其性质作了中肯的再分析。如在解释《艳歌行(南山石嵬嵬)》时，说："这篇是写南山松树的遭遇，由野生野长到雕漆熏香，这遭遇在松树是认为可悲的。这是轻荣禄重自然的思想。以上两篇都为《艳歌行》，《艳》是音乐名辞，是正曲之前的一段。有人以为必有关于男女夫妇，是误解，以为'南山石嵬嵬'是一首写民间女子自充后宫，自伤离别，是由误解生出来的误解。"这一段文字，立正旨，别谬说，普常识，颇能体现作者条理清晰、稳健求真、实事求是的学术风格。

除了在诗歌立意上给予拨乱反正之外，此本对于字句的理解和翻译也颇有创见。依然是《艳歌行》，中有"谁能刻缕此？公输与鲁班"一句。关于对公输与鲁班到底是一人还是两人的问题，前人看法纷纭。在这句诗的注释中，余先生先引了《吕氏春秋》和《淮南子》高注说："公输，鲁班之号也。"表明了自己支持公输、鲁班为一个人的立场。然后将此句翻译为"第一个是鲁班，第二个还是鲁班"，取别无他人之意。相比那些究于字句考证而得出的旧说而言，这种翻译是非常灵动巧妙的。他的论文《说公输与鲁班》里更加详尽地介绍了这种"重言"的文法，即认为即使据典籍公输、鲁班分指两个人，但诗意未必要硬解为两个人，朱乾《乐府正义》中"公输鲁班非误用，言更无第二人也"的看法是可取的。这种灵活通达、融会贯通的注释，是无法通过生搬硬套的考据训诂来完成的。清调曲《长安有狭斜行》中，"小子无官职，衣冠仕洛阳"也是一句前后矛盾的难解之处，对此，余先生给出了上句是实叙、下句是虚拟暨祝愿的解释。关于此，余先生也发表过《说小子无官职衣冠仕洛阳》一文，现今与《说公输与鲁班》均收在《汉魏六朝诗论丛》中，可见其注释多有扎实独到的研究支持。

虽然选本不必在校勘上多费工夫，但《乐府诗选》在校勘上仍有新处，颇可圈点。乐府诗歌长期以来得到关注较少，很多诗歌其真实面貌也趋于模糊。余先生在校勘还原乐府诗歌本辞的工作上做出了不少努力。他以汲古阁本《乐府诗集》为底本，参以其他总集、专集、乐志、类书等，将所校问题在注释中做出简单标示。比如在《东门行》中，在首句"出东门，不顾归"下面用小字标出"顾，一作愿"，并在注释中指出"《乐府古题要解》和《通志乐略》引作'不愿'，可存疑"，因为"'不顾'是对于东门决然离去，'不愿'是对于归家踟蹰不前"。除了对通篇诗歌不同版本之间的校对外，他对乐府作品之间做出的互校更是引发了他对乐府歌辞的拼凑分割现象的直接发现，我们下文还会再提。

在余冠英此本《乐府诗选》的节选上，我们除列出某些能体现余先生上述独特学术创造力的诗篇释文外，最主要的是要把这本诗选的前言介绍给读者。几乎每篇乐府研究的著作或论文，都会征引此前言中的语句或观点。原因很简单：和这本书具有在文本层面上总览乐府诗歌的意义一样，本书前言是在历史层面对乐府的起源和在文学史中的位置进行梳理和总概。这篇前言的意义已经不单单是"写在前面"那么简单了；它是一个结构严谨、视角大气的学术论文，对乐府采诗源流、乐府的分类、乐府的民歌特色和乐府在文学史上的影响等基本乐府学问题进行了条理说明。

在这篇前言中，有两个观点是最值得关注的。一个是中国诗歌的现实主义传统问题。和列于经的《诗经》不同，乐府诗歌作为街陌谣讴之作，向来是不入大雅之堂的。乐府没有受到太多的关注，也一直被目为不具重要意义的娱乐游戏式的作品。乐府诗在文学史中的价值和意义何在，是一个不曾给出过明确解答的问题。《乐府诗选》之所以成为这样一个不凡的选本，其原因也在于，它的前言贯通历史，梳理出了一条现实主义诗歌传统的道路，并给乐府诗歌在这条道路上留下了相当光辉的位置。向前追溯，他将乐府和"圣贤书"《诗经》相比较，指出"《诗经》本是汉以前的'乐府'，'乐府'就是周以后的《诗经》"，"就诗的精神说，《诗经》和乐府是相同的"，甚至在诗形、题材和叙事上是进步的。往后放眼，他指出建安黄初乃至唐代诗歌中关注现实、关怀疾苦的现实主义精神都是从汉乐府来的。这样的观点是崭新的；这样高瞻远瞩的站位和纵横历史的气势也是未有过的。

另一个是乐府的拼凑与分割的问题。余先生特别论及有些古诗原是乐府，并提出六点理由和证据说明古诗中确有些诗曾经入乐。"所谓古诗本来大都是乐府歌辞，因为脱离了音乐，失掉标题，才被人泛称做古诗。"作为证据之一的乐府歌辞的拼凑与分割是余冠英先生所提出的重要观点。如他考校古辞《步出夏门行》与《陇西行》，指出《陇西行》是拼凑而成，其"起头就是《步出夏门行》的尾声"，而《步出夏门行》则"语意未完，《陇西行》中'凤凰鸣啾啾'四句似乎原来也属于此篇"。由此提出乐府"上下文不连贯的地方不必勉强串解"。关于这个问题，余先生在《汉魏六朝诗论丛·乐府歌辞的拼凑与分割》中有更多叙述。他认为古乐府重声不重辞，"声辞杂写"现象是乐工随意剪裁合并歌辞以合乐的结果，并举出八种并合裁剪现象：一、本是两辞，合为一章；二、并合两篇，联以短章；三、一篇之中插入他篇；四、分割甲辞，散入乙辞；五、节取他篇，加入本篇，六、联合数篇，各有删节；七、以甲辞尾声为乙辞起兴；八、随意凑合套语。余先生的这些成果，不仅在很大程度上还原了乐府的原貌，减少了人们理解乐府的困难；更重要的是，为乐府研究从文献研究走向音乐研究和文学研究作出了重要的铺垫。

最后要说到的是，本文开头所列余先生撰作的四本诗选，于2012年由中华书局结集为《余冠英作品集》而加以出版。据"出版说明"介绍："此次出版《余冠英作品集》，以余冠英先生生前最后的修订本为底本。"考虑到这种学术价值，我们本次编选《乐府诗选》即以中华书局本为底本。

（孔鹏音）

乐府古诗(节选)

徐澄宇

导 言

谈到《乐府古诗》,须先明了"诗"的定义。

《尚书》里面首先提到"诗言志"(《尚书·虞书》),《毛诗·大序》说"诗者志之所之也",这是我们祖先最早提出的诗的定义。当然,诗是我们劳动人民内心的呼唤,所谓"饥者歌其食,劳者歌其事"(何休《公羊传注》),是从古至今不能变更的定义。后来荀子另外替诗字下定义说:"诗者弦歌讽谕之声。"又说是"中声之所止"(《荀子·儒效》)。这是从音乐方面来说明的。这两种定义,表面上好像不同,实际上诗是离不开音乐的。所以《尚书》里说:"诗言志,歌永言,声依永,律和声,八音克谐。"《诗大序》又说:"情发于声,声成文谓之音。"

所谓"声"就是宫、商、角、徵、羽。所谓"文"就是疾、徐、亢、坠、清、浊、疏、数等音节。虽然是先有诗而后有乐,但古代的音乐是没有离开诗而独奏的。所以一说到诗就连到乐,一提到乐就连到诗。诗与乐是分不开的。

《周礼》,是儒家理想中的一部标准"宪法",虽然是晚周儒家学派所写定(周礼出于晚周儒家,已渐为学者所公认,恕不详述),但保存了许多珍贵的古代史料则是无可否认的。《周礼》说:"乐师掌国学之政,以教国子小学。"(国学指国立学校,小学指小学生)又说:"瞽矇("瞽矇"即乐师,古代乐师都是瞎子。如师旷、师涓、师襄,皆盲人也，故曰"瞽矇"）掌六诗（六诗：风、雅、颂、赋、比、兴）之歌。"可知周代已有"采诗之官"。从民间采取的即是风谣，即是现存《诗经》中的"十五国之风"。"风"是"六诗"之一。"六诗"中的"雅、颂"是朝廷士大夫的作品。"十五国之风"和"雅、颂"都曾经乐师谱入弦歌，所以春秋时吴国季札到鲁国请观《周乐》，鲁太师谓之歌雅、歌周南、召南和其他十二国之风。拿诗歌配乐既为太师的"专业"，民间不复流传，其后一般士大夫阶层也就不能学习，在文人学者中几乎失传。唯有孔子留心礼乐，并加整理，所以"诗三百篇，孔子皆弦歌之"（《史记》）。这又可以知道古代诗与音乐的关系了。

谈到此处，我们对于管理乐府的机关"乐府"的来源已经可以"思过半矣"。后人但以"乐府"之名始见于《史记》，还以为此项官署创始于西汉，而不知"乐府"的实际组织，早已创始于西周。不过到春秋末期，各国政治文教一齐衰退下来，国际上只有军事斗争，诗乐方面更无人过问，所以提倡礼乐的儒家才有"礼坏乐崩"之叹，而不是在西汉以前并无乐府机关的实际组织。

经过战国时代的大混乱之后，晚周以前"乐府组织"的实际情况，我们无从也不必详考。西汉乐府之官，则见于《史记·乐书》。《乐书》说：

> 高祖崩，令沛得以四时歌舞宗庙。孝惠、孝文、孝景无所增更，于乐府习常隶（肄）旧而已。

这是记载当日的实情。《汉书·礼乐志》还有"孝惠二年使乐府令夏侯宽备共箫管"的记载。"乐府令"是官名，大概相当于周朝的太师，不过不是瞎子而已。

汉初一切制度多半承袭亡秦旧典，可能"乐府"的设立还是周末"遗制"。但从"备共箫管"一语看来，可知战国同"秦汉之际"的"乐府组织"不过是"聊备一格"的冷衙门，所以连乐器都不完备。经过汉初六十七年的休养生息，社会大大地安定下来，人口增加了不少，财富也积累得很多。好大喜功的汉武帝（刘彻），凭那些雄厚的物质条件，一方面开辟疆土，向外发展势力，一方面"表章儒术"，对内设施制度，用来巩固他的统治，并且"粉饰承平"。由于"粉饰承平"和"表章儒术"的结合，"制礼作乐"便成了当时最时髦的任务。由于向外发展，引起了文化交流，输入了西北邻族的音乐（汉张骞出使西域之后，乐器乐谱传入甚多。《摩诃兜勒》曲由张骞带回），变化了中国的古乐。再由于这两点的结合，"聊备一格"的冷衙门一变而为组织庞大的新机关。有"都尉"、"令"、"音监"、"游徼"等官职，人员多到八百。所以班固在《两都赋序》里说：

> 大汉初定，目不暇给。至武、宣之世，乃崇礼官，考文章，内设金马石渠之署，外兴乐府协律之事。

连乐器都不备的冷衙门，当然谈不上"采诗"。现在既然要复兴，一方面派专人作"乐章"，一方面"采诗"当然是"乐府"重要的任务。所以《汉书·礼乐志》说：

> 至武帝定郊祀之礼，乃立乐府，采诗夜诵（清·王先谦《汉书补注》引周寿昌曰："夜静诵之。"按採与采同），有赵、代、秦、楚之讴。以李延年为协律都尉（协律都尉为"乐府"之最高首长）。多举司马相如等数十人造为诗赋，略论律吕以合八音之调，作十九章之歌。

司马相如等所作的乐章等于《诗经》的雅、颂，在当时分量不多。赵、代、秦、楚之讴则等于"十五国之风"，当然，向民间采集的诗歌成为最重要的部门。其民歌的内容，有歌辞和乐调。至于采诗的用意则为"明古兴化"。《汉书·艺文志》说：

> 自孝武立乐府而采歌谣，于是有赵、代之讴，秦、楚之风，皆感于哀乐，缘事而发，亦可以观风俗，知厚薄云。

"观风俗，知厚薄"就是为了"制礼作乐"，"制礼作乐"才能"明古兴化"。当然，这一套"官话"的本质是为了粉饰太平和寻求娱乐。

但无论如何，汉武帝（刘彻）这一措施在中国文学史上是有它重大的意义的。则当时的民歌因此得到写定的机会，而可以长期流传下来（余冠英《乐府诗选·前言》里也提到过）。二则由于政府之重视民歌因而转变了诗人的作风。三则由于外族音乐的输入，酝酿了中国诗歌上的"新声"。不成问题，这是中国文学史上一个转折的重点，后两点尤为促成新体诗歌发展的关键。在文学史上，这不能不说是汉武帝（刘彻）的伟大成就。

西汉以后，虽仍有"四言诗"，但"四言诗"的时代，早已跟着晚周过去了。中间经过楚辞的时代，然后转移到代替"四言诗"而起的"五言诗"。这和汉武帝的复兴乐府是有血脉相连的关系的。汉武帝任命的协律都尉李延年为推荐他的妹子入宫，做了一首有名的歌，被收入"乐府"。歌辞是：

> 北方有佳人，遗世而独立。一顾倾人城，再顾倾人国。宁不知倾城与倾国，佳人难再得。

若去掉三个字，就是一首五言诗，足够证明"五言诗"和"乐府"的渊源了。（但那三个字是去掉不得的。有人去掉"宁不知"三字，便不成话。）

"乐府"本来是官署的名称，后人索性就把"乐府"所采的诗名之曰乐府（明·顾炎武《日知录》亦有说明），大概本来叫乐府诗，后来省去诗字，在梁萧统编的《文选》中已名为乐府。从机关名称转变而为诗体名称，就"名正言顺"上讲是不很正确的，不过相延已久，姑且听之。乐府诗从西汉以来，采集既多，流传亦广。虽然汉哀帝（刘欣）一度裁减了演奏地方俗乐的"讴员"，致"乐府"不再传习民歌，不免把以前采集的民歌散失了许多，然而一到光武帝（刘秀）上台，又"广求民瘼，观纳风谣"（见《后汉书·循吏传序》），和帝（刘肇）也"分遣使者，观采风谣"（见《后汉书·李郃传》），又恢复了"武、宣之世"的盛况。

关于"乐府"机关的废兴盛衰，这里不必多讲。且谈乐府诗的成分。乐府诗本来是采集风谣配合乐谱而成的。汉魏以来的文人"闻风而起"的大事模仿,有不谐音律的,因而有"不入乐"(宋·郭茂倩《乐府诗集·新乐府辞序》)的乐府,还有"借题发挥"(如《巫山高》本游子怀归之诗,拟作则转写神女。《猛虎行》本写壮士自重自爱之意,拟作则但咏猛虎。皆借用旧题,别抒新意)和"新题乐府"(《乐府诗集·新乐府辞序》)之类。"新题乐府"一出,又称汉、魏以来的为"古乐府",如元人左克明的《古乐府》只编录到隋代,更加扩充了乐府的领域。又因"永明声论"(永明是齐高帝的年号,当时因沈约、王融在写作中讲究对偶声律等,后世称为"永明声论")之出,加速了"近体诗"的发展而把不合于近体规律的一切诗歌通名之曰"古体诗"或"古诗"。惟既有"不入乐"的"乐府",当然就有"不入乐"的"古诗",于是在"古诗"范围里就有"乐府"和"非乐府"两种。又因"近体诗"的成立,诗人依声作歌,或"乐府"采入制谱,如唐王维《送元二使安西》本不为"乐府"作,而"乐府"采入为《渭城曲》之类,于是"近体诗"中也有"乐府"与"非乐府"之别。又因唐朝是"近体诗"由发展到壮大而完成的时代,于是乎从唐人起,习惯上又把唐以前除《诗经》、《楚辞》以外的诗歌通叫做"古诗"。(明冯惟讷《古诗纪》和清沈德潜《古诗源》都是编录唐以前的诗,郊庙乐章,童谣里谚无不备采,即是根据此种习惯法。)因此"古诗"与"古乐府"乃至于非近体诗的"新乐府"一概叫做"古诗"。这有点"俗说混淆",然而也确有根据,因为"近体诗"有一定的句法和平仄声韵的限制,而其他各体无论"乐府""非乐府"一概自由不拘。所以就一般而论,只有"古诗"与"近体诗"之别。总结下来,所谓"古诗"的含义应该是两种:

(一)近体以外的各体诗都叫"古诗"。

(二)唐以前除《诗经》以外的都叫"古诗"。

本编所选的都叫"古诗"是根据这两种定义而来的。从汉到隋,包含"乐府"诗,所以叫做"乐府古诗"。至于宋元以后连"辞"、"曲"都入"乐府"更扩张了"乐府"的范围,已与本文无关,姑且不谈。

上面说明了"乐府古诗"的种种意义、来历和变迁概况,现在应该谈到"类例"。宋人郭茂倩所编的乐府诗集在郊庙歌和燕射歌两种"庙堂之乐"以外,把汉以来的乐府诗分鼓吹曲、横吹曲、相和歌、清商曲、舞曲歌、琴曲歌、杂曲歌、近代曲、杂谣歌、新乐府等十大类。各类中又分若干子目，兹分述如下：

鼓吹曲有：鼓吹曲、铙歌、凯歌、鼓吹铙歌、凯乐歌。

横吹曲有：横吹、鼓角横吹。

相和歌有：相和引、相和曲、吟叹曲、四弦曲、平调曲、清调曲、瑟调曲、楚调曲。

清商曲有：吴声歌曲、神弦歌、西曲歌。

舞曲歌有：雅舞、杂舞。除"雅舞"为"庙堂之乐"外，杂舞有部分民歌。

琴曲歌无子目。

杂曲歌有：杂曲、齐瑟行。摄类甚广。

近代曲不分类。专收隋唐的"初期近体"及"近体诗"，并摄入初期词曲如宫中调笑、浪淘沙之类。宋、元而后以词曲入"乐府"，已见于此。

杂歌谣有：歌、谣。

新乐府有：乐府杂题、系乐、补乐歌、新题乐府、乐府倚声、乐府杂咏等目，专收唐人新制。

本书于上述十类中，除琴曲歌、近代曲、新乐府之外都有所选录。至于各类别和子目的名称意义及其流变，太详细的讲下去就超出本文范围之外，不必多谈。只将大略应该知道的(未选录者除外)，简述如下：

鼓吹曲是汉初从"北狄"输入的音乐，最初多半用于行军及田猎等事。鼓铙都是军中用以发号施令的乐器。其后又用于朝会、道路、游行等处。郭氏所收汉铙歌仅十八篇。铙歌原来大概有声无辞，谱调传入中国后，国人先徒补作歌辞。既依谱作歌，所以歌辞内容亦极庞杂。就中有咏物的如《朱鹭》，有咏田猎的如《艾如张》，有歌颂"巡行"的如《上之回》，有诅咒战争的如《战城南》，有形容旅愁的如《巫山高》，有纪述游行的如《君马黄》，也有叙说男女恋爱的如《有所思》。有民间歌谣，有文人制作，有武帝(刘彻)时的作品，也有宣帝(刘询)时的作品。

郭氏引陈人智匠的《古今乐录》曰："汉鼓吹铙歌十八曲字多讹误。"(字多讹误可能有两种，一种是沈约所说的大小混杂，一种是字体抄错。)铙歌文字之不易了解是"从古已然"。其原因正如沈约《宋书·乐志》所说的"声辞体相杂"。"声"即"谱字",本用小字旁注,"辞"即"歌辞",用大字写在正行。"体"是曲前的"引子"。辗转抄写,大小混杂,后世不易分别,再加以"字多讹误",就弄得连句读都无法点定。

横吹曲原来也叫做鼓吹,是一种马上奏的军乐。其始出自西北邻族,汉武帝时传入中国,收入乐府。其后分为二部。有箫笳的名为鼓吹,用于朝会、道路等处。有鼓角的名为横吹,用于军中,马上奏之。横吹有"双角"的就是"胡乐",张骞从西域带回的有《摩诃兜勒曲》,李延年根据此曲声别创"新声"二十八解。魏、晋以后渐渐失传,唐吴兢《乐府古题要解》说:"存者不过十曲。"汉曲已多不传。《乐府诗集》所收梁鼓角横吹曲则从北朝而来。其歌辞可能有二三曲尚沿用汉、魏旧歌,其余都是北朝民间产生的。有的出于"胡人"之口,用汉语翻译,如《企喻歌》中的"钜鉾"之类,可能是"虏言"的译音。内容是从"军事"写到"离别"、"羁旅"和"男女相思"之苦的。

相和歌是汉朝乐府机关从民间采集的"俗乐",大约都是"楚辞"的"遗声"(见《唐书·乐志》)。《晋书·乐志》说:"凡乐章古辞之存者,并汉世街陌讴谣。《江南可采莲》、《乌生十五子》、《白头吟》之属,其后渐被于弦管,即相和诸曲是也。"内容有说理、叙事、抒情,而抒情、叙事尤占主要部分。叙事以社会故事或民情风俗为主,也有讽刺官吏贪暴的如《平陵东》,有祝颂神仙长寿的如《长歌行》中的"仙人骑白鹿",还有描写贵族阶级之腐化生活和统治阶级之昏愦糊涂的如《相逢行》和《折杨柳行》,此外便是写男女之情的。

清商曲本汉、魏以来旧曲,其辞皆古调。古辞多失传,汉末则始于曹操、曹丕、曹睿(选者按,应依《三国志》作"曹叡")祖孙父子。永嘉之乱,流入西凉。苻坚灭凉,又取回传于二秦,最后刘裕破姚秦,又转入江东(详《乐府诗集·清商曲辞序》)。于是此类"依声制辞"的民歌就广泛的流播南朝,南朝入乐的民歌就全入清商曲的部门里。乐府时代把它分为吴声歌、神弦歌、西曲歌三类。吴声和西曲与相和歌及舞曲本来同属于隋唐清商部。《乐府诗集》把相和歌及舞曲另立别门,所余吴声、西曲等既是清商之一部,则姑从其类名为清商

(用今人王易《乐府通论》说)。内容大体上都是写男女之情。郭引刘宋人王僧虔说："今之清商，实由铜雀。魏氏三祖，风流可怀。京洛相高，江左弥重。"(见《乐府诗集》引王僧虔《论三调歌》)铜雀就是铜雀台，曹操住美人的"别宫"，后人为咏铜雀台辞，多半是写宫廷艳事，或语含讽刺。清商曲既源于铜雀，内容就可知了。

　　舞曲歌是配和舞蹈合唱的歌，有雅舞、杂舞。杂舞多采民歌配乐。此类民歌出自各地，如巴渝出自蜀汉，吴俞儿出自江南。舞者手执巾拂鞞铎，故又有所谓鞞舞、铎舞、拂舞、白纻舞等类。由民间传入宫廷，然后有出自文人手笔的歌辞。内容大抵歌颂武功，为统治阶级点缀升平。但文人所作，亦有"借题发挥"用以讽刺豪门荒淫的如《白纻歌》之类。

　　杂曲歌大都是"不知所起"和"无类可归"的，郭氏将它合在一起。故曰："杂曲者历代有之，或心志之所存，或情思之所感，或宴游欢乐之所发，或忧愁愤怨之所兴，或叙离别悲伤之怀，或言征战行役之苦，或缘于佛老，或出自'夷虏'，兼收备载，故总谓之杂曲。"(见《乐府诗集》)此类所存汉朝的民歌较多，和相和歌同为汉代乐府诗中最精华的部分，后人摹仿的名作也最多。

　　杂歌谣者，本上世"徒歌"。《尔雅》："徒歌谓之谣。"《韩诗章句》："有章曲曰歌，无章曲曰谣。"(见《乐府诗集》)又有"讴"、"歈"、"艳"、"哇"、"凯"等等，以及《阳陵》、《白露》、《朝日》、《鱼丽》、《白水》、《白雪》、《江南》、《阳春》和《长歌》、《短歌》、《雅歌》、《缓歌》、《浩歌》、《放歌》、《怨歌》、《劳歌》(见《乐府诗集》)等等名目。《乐府诗集》所收是从上古到唐代的歌谣之类。其内容之复杂又不待言了。

　　"古诗"既然与乐府有血缘的关系，已如前述，现在再谈"古诗"必然更方便了。魏、晋以下以"五言古诗"著名的大诗人，除了少数的如阮籍、左思、郭璞、陶潜、谢灵运、江淹等人而外，很少不以"乐府"诗擅长的。尤其是曹氏父子兄弟、王粲、陈琳、陆机、鲍照、萧氏父子兄弟以及齐、梁、陈、隋诸家。即使是《古诗十九首》也是"古代乐府"。所以《驱车上东门》、《冉冉孤生竹》，郭氏都收入《乐府诗集》的杂曲歌类。《北堂书钞》引《青青陵上柏》为古乐府。《玉烛宝典》引《迢迢牵牛星》为古乐府。以此类推，汉、魏到隋的古诗很少不与"乐府"有缘的(余冠英《乐府诗选·前言》"选入古诗"条推论甚详)。

虽然如此，"亲缘"毕竟会变"疏缘"，而且可以"疏"得完全不相干。这是不可否认的事实，而研究中国诗歌史的人所不能不注意的。不用说陶潜"田园之作"，谢灵运"山水诸篇"没有"乐府"气味，就是传说与"十九首"时代相同的"苏武、李陵"诗也难说与"乐府"有缘。(乐府与古诗的分别在字句上音节上都可看出。谢灵运也有乐府诗，但不是他擅长的，不算高明。)因此我们可以说："乐府"是"古诗"，"古诗"却不一定是"乐府"。所以这本书叫做《乐府古诗》。

现在应该再谈谈历史的发展。

历史的发展，就是渊源流别。渊源流别正如长江大河，是不可分割的，尤其不可以从半途讲起。为了这点，应该提到《诗经》。

《诗经》本是汉以前的《乐府》，《乐府》就是周以后的《诗经》(余冠英《乐府诗选·前言》)一点也不错。《诗经》和《乐府》大部分都是从民间搜集的歌谣，由之而发展到《乐府》以外的"古诗"，由"古诗"而发展到"近体诗"，是汉、唐"史诗"上的三大阶段。假如说：春秋以前是"《诗经》的时代"，那汉朝就是"乐府的时代"，而魏、晋六朝就是"古诗的时代"，唐朝则是"近体诗的时代"了。

大家公认的：《诗经》以"变风"、"变雅"为精华，"乐府"则以《相和歌》和《杂曲》为精华。但两者骨子里并不同其渊源，汉乐府并不是从《诗经》发展而来。而两者又确有相同之点，因为两者都是极富于"现实性"的"人民文学"——"里巷歌谣"。两者都是从人民口中搜集的活生生的"口语"。

谈"诗史"，还有《诗经》与《楚辞》的对比，应该交代的。以地区而论：《诗经》是北方文学，楚辞是南方文学。《诗经》时代和乐府时代相隔四五百年，这四五百年是楚辞的时代。屈原以前很久的"越人"《翠被之歌》(原来是越人的民歌，楚人翻译的。见《说苑》)，已经是"楚声"，战国末期北方的《易水歌》乃至西汉初期的《虞兮歌》、《大风歌》、《秋风辞》和《落叶哀蝉曲》(《易水歌》，荆卿作。《虞兮歌》，项羽作。《大风歌》，刘邦作。《秋风辞》和《落叶哀蝉曲》，刘彻作。并见《史记》《汉书》），都是"楚声"。这个时代被屈原掌握了，采取了民歌的形式写出《离骚》和《九歌》等伟大的诗篇。荀卿也采取民歌的形式写出了《成相篇》。但这一支"新体诗歌"发展的方向另外成就了两汉的"赋"体，"别支旁出"的脱离了"诗史"的"正统"。一方面有了新的收获，另一方面这四五百年的真正民歌却由于他们的"脱胎换骨"反而失传了。所以由《诗经》到乐府，中间四五百年是民歌消沉的时代。而汉代乐府之复兴，以上继"《诗经》时代"的"绝绪"而保存和流传了珍贵的民歌倒是极可庆幸的事。

时代到了两汉，《诗经》式的四言诗早已"落后"了，《楚辞》走了另外一条路，乐府的复兴刚好替"四言诗"和"五言诗"搭上一只跳板而配合了时代的要求。乐府虽不是从《诗经》发展下来的，但"来历"既同，则"形式"上自然不能差别太大，所以汉初乐府中如《公无渡河》、《善哉行》等通篇还是四言，《孤儿行》和《满歌行》也几乎通篇四言，虽然都和《诗经》式的四言不同。《朱鹭》、《战城南》等篇又以杂言出之，愈是晚出的愈是五言多。虽然《诗经》和乐府同样的各有各的"时代精神"，但就诗的本质而论，乐府的范畴要比《诗经》大得多。就形式而论，就语言音节而论，五言、七言、杂言的诗体生动自由，当然比《诗经》式的旧体要进步得多。以时代而论，乐府时代比《诗经》时代的社会情况要复杂得多，当然诗歌的内含要比旧的丰富得多。同时，由于楚辞文学的发展，传记文学的勃兴，社会一切人事关系的复杂，配合到诗歌上，产生了长篇的"纪事诗"，摹绘人情物理，曲折淋漓，沉着痛快，更不是《诗经》时代所能"同日而语"的。发展到《孔雀东南飞》的诗歌，再也不是《谷风》一类轻描淡写的手法所能奏功的。而《击鼓》、《东山》也远非《战城南》、《十五从军征》之比。

文学受"时代背景"的影响，也受"文化交流"的影响。汉代乐府就是二者的合并，在前面已有说明。汉乐府诗在汉代完成了"承先启后"的任务，所以建安以后的文学不能不受到乐府的巨大影响。由于这两种影响，我们在中国诗史上可以看到几个突出的时代，尤其是"五言古诗"完成以后。

第一个时代是汉建安到魏咸熙（一九六—二六四）。由于董卓之乱,继以魏晋之变,四海分崩,一时文人学士横历丧乱,饱经忧患,发出了"生命的呼声",用委婉而雄健的口吻,替自己喊出了悲愤也替人民喊出了悲愤。时代的不安,政治的紊乱,战祸的残酷,人民的疾苦,都反映在作品中。其代表人是曹植、王粲和阮籍诸人。而曹植受乐府的影响,尤其是字烹句炼,声光并茂。所谓"五色相宜,八音朗畅",是曹植作品的技巧上的定评。阮籍身经"亡国之痛",思苦尤深,言危意远,也开前人未有的境界,而下启来学。这要从他的"艺术"上看他与乐府的渊源(曹植),从他的"心声"中听他所吁嗟的隐痛(阮籍),而不能单从所谓"社会诗"来比较,则又不可不知。

第二个时代是晋义熙到宋元嘉(四〇五—四五三)。经过了曹植、阮籍以来诗学的进步,到东晋以后,作者更加讲求体势。且晋、宋之间,国家多故,陶潜不侍新朝,隐居田园,谢灵运登山临水,好事游览,大都披陈胸臆,直抒性灵,体物缘情,有足多者。于是乎歌咏自然风物和隐居生活的新体就到达了"最高峰"而自成为表现一个时代面貌的伟大风气。尤其是他们在发展的途程中上承了十九首、"苏李"和阮籍以来"幽深澹远"一派的"前轨",下开了张九龄、陈子昂、王维、孟浩然、韦应物、柳宗元、元结、孟郊、贾岛、姚合,乃至北宋的惠崇、文兆等"九僧"。南宋的徐照、徐玑等"四灵",明朝的钟惺、谭元春等一派"清迥孤峭"的风格,在诗史上别成一支。谈文学发展的不可不知。此时期比较复杂的,则是一方面陶、谢成为"大宗",而别出一支的鲍照却又继承了汉魏乐府的精神下开唐人的七言歌行一体。

第三个时代是齐永明到建武(四八三—四九七)。出于佛教之流入和"佛典文学"之盛,影响到文字声韵之学,到宋、齐之间发生"四声八病"之说,而"永明声论"便成古近诗体的重要转关。其代表人为沈约、谢朓、王融。他们的技术造诣都非常高,文艺理论也非常深。由于他们的倡导,对于光辉灿烂的唐代"近体诗"乃至唐以后千余年历史的"近体诗"创造了条件,起了决定性的因素,使它得以滋养长成,是无可否认的历史事实。但若"单"从"为诗而著、为事而作"的精神上着眼,这个重要的时代,可能被人忘掉的。

第四个时代是唐天宝到元和(七四二—八二〇)。由于安、史之乱，与建安时代有相同之点，加以天宝以前西域传来了许多音乐，构成了"新声"的条件。其代表人为李白、杜甫和王维、李颀、高适、岑参、"大历十子"乃至阮籍、白居易。此一时代的诗歌，不在本书范围之内，不过顺便谈谈。至于由"新声"的关系而发展到词曲，更是不在题内。

　　本书除乐府而外，对于前三个时代所选特别多也特别精，几乎每一首诗都是"一字千金"。这是可以向读者声明的。

　　最后谈到编选的"体例"。古代选诗的"总集"，现存最早的是萧统的《文选》。文选是分类编录，但因题立名，未免琐碎。其选录的标准注重在"沈思翰藻"，见于他的自序。其次是陈徐陵的《玉台新咏》，从书名上看就知道他注重在"美文"方面。大体上以时代为次序，但已有错乱，不是徐陵的原编。到了明、清，有冯惟讷的《古诗纪》和沈德潜的《古诗源》都按时代编次。但冯编在于"纪"，"有闻必录"，所以遗文佚句，一一登载。沈编在于"源"，"探溯渊源"，所以童谣里谚，无不入编。由艺术的观点上看，都不甚理想。近代王闿运嫌冯编太繁，沈编太简，因而折中为之，别辑《八代诗选》，除了特别注重"齐、梁新体"外，其"不甚理想"与冯、沈同。至于收录到唐以下的古诗选，更是"又当别论"。

　　本编为提供一般高中以上学生及文学教学工作者和古典文学爱好者的阅读，进一步让他们对我国珍贵的"文学遗产"有深切认识和研究，体例与上述诸书都不能相同。

　　1. 编次：从十九首到《木兰辞》，不分类别，大体依着时代的次序，使读者可以看出"历史的发展"。

　　2. 标准：选诗标准，从上文已经可以大略看出。本书篇幅有限，约之又约，所选都是最有代表性的，以富有人民性、现实性、反映时代面貌、历史背景并结合爱国主义的作品为标准。而且我要着重技巧方面，使读者能够体会到我国古典文学的文艺价值之崇高伟大，虽所收不多，但"尝鼎一脔"，也可以知味了。

　　3. 内容："乐府"有汉、魏乐府古辞，南北朝乐府民歌，汉、隋歌谣及文人所作乐府诗。鼓吹、横吹、相和、清商、舞曲、杂曲、杂歌谣，或多或少，都有采录。"古诗"自十九首以下到隋，以能代表时代的精品为主。

4. 校勘：以胡刻《文选》、冯刻《玉台新咏》和影印汲古阁本《乐府诗集》、原刻本《古诗纪》做底本，再参照其他的总集专集专书和类书。凡有异文或折中异本的均以小字附注正文之下。或明知错讹如《孔雀东南飞》的"大人故嫌迟"一本误作"丈人"则选作"大人"，不再注明。如遇衍文或有声无意之字，概用【　】号表明。有字句颠倒的如曹操的《短歌行》之类，并依善本校正，以帮助读者了解其原貌。

5. 注释：每篇先释字词句名。解释名物，依据原文就事论事，再引古代记载解释。如"伸腰再拜跪"（《陇西行》），只能依古书所记拜跪形式配合原文来解释。若勉强"结合实物"如照沂南石刻和营城子书有全身伏地的，武梁石刻有半伏而拜，或拱手示敬的，都与原文所叙的拜跪不同，不能解决问题，反而会讲错的。在地下实物发掘未全，或形式复杂的情况中，还是依据记载为妥。虽然实物可以参考，但也不能太机械或盲目的"结合实物"。孔子说"文（按即记载）献（按即实物）不足征"，可见古人考证古事，未尝不"结合实物"。"结合实物"而成的记载，当然可以依据。若认为记载不可靠，遇到实物失传（实物比较最易失传）或不全，就无可奈何了。次释诗旨，其明白晓畅者从略。次为对作者的介绍或解题，其不必解释不必解者从略。偶有关于本事或背景者亦随篇说明。本书读者对象既为高中以上的人，所以行文有时为方便起见，也顺带文言，总以不增加读者困难为主。凡引成说，必加注明。凡一名词或字义，前已注者，后不重出；但同字异义者各注。又乐府诗注，间亦采用余冠英《乐府诗选》中的注释之可用者。余注亦多有从《文选》及各种乐府注释中译出的，不更表明。

6. 标句：近人标点诗句者有一普遍的点法，往往把相对的两语点成一句。如《陌上桑》的"头上倭堕髻。耳中明月珠"，明明各明一事，各完句义，而通常断句者都连成一句，而以上语为一读，其实是不妥的。对偶中只有两相照映的"呼应对"、"交互对"或"流水对"，或"点数句"才可以作一句看。如《长歌行》中的"少壮不努力，老大徒伤悲"（呼应）、辛延年《羽林郎》中的"位倚将军势，调笑酒家胡"（流水）、十九首中的"不惜歌者苦，但伤知音稀"（呼应）、"盈盈一水间，脉脉不得语"(流水)、谢朓《游东田》中的"不对芳春酒，还望青山郭"(交互)、《为焦仲卿妻作》的"十三能织素，十四学裁衣，十五弹箜篌，十六诵诗书"(点数)，否则少有不是各成一句的。

　　本书匆匆编就，不足以言"完善"，然要可供一般的参考，或不失为一可读之书。如有疏略之处，则"补苴罅漏"，请竢异日。

　　　　　　　　　一九五五年三月十日徐澄宇记于上海寓斋。

　　　　　　　公无渡河一首
　　公无渡河，公竟渡河。堕河而死，当奈公何！

　　[公]对年长男子的尊称。　[无]同毋，制止之辞。

　　【说明】这是乐府中最短的一首，和最长的《孔雀东南飞》同是写夫妇殉情的事。魏崔豹《古今注》："朝鲜津卒霍里子高晨起刺船，有一白首狂夫披发提壶乱流而渡。其妻随而止之不及，遂堕河而死，妻援箜篌而鼓之，作《公无渡河》之曲，声甚凄怆。曲终亦投河而死。子高还语其妻丽玉，丽玉伤之，乃作箜篌而写其声，名曰箜篌引。"引是歌的别名，箜篌是从西域来的乐器，二十三弦、体曲而长。奏时抱在怀中，两手拨弦。亦作空侯、坎篌。乐府部门属《相和歌·相和引》。凡无题目的诗歌，古人多取首句为题，下同。

　　　　　　　桓帝初小麦童谣一首
　　小麦青青大麦枯，谁当获者妇与姑。丈夫何在西击胡。吏买马，君具车。请为诸君鼓咙胡。

　　[丈夫]指壮丁。　[君]通指尊者。　[鼓咙胡]"咙胡"喉咙。沈德潜《古诗源》注："鼓咙胡，不敢公言，私咽语也。"

　　【说明】这是一首反战争的歌谣。《后汉书·五行志》说："元嘉(汉桓帝年号)中凉州诸羌一时俱反，命将出师，每战常贪，故云云。"当时汉朝征调壮丁极多，农田荒废，农事全归妇女。官吏只贪车马，拼命的是人民，人民觉得不平，但又"敢怒而不敢言"，只好吞在喉咙里。"吏买马，君具车"，正是说官吏之贪污，或说"官吏只担任买马具车",好像官吏也同人民一样有负担,不过负担轻一点,似乎不对,因为《五行志》明说这些将帅"每战常贪"。乐府部门属《杂歌谣》。

【评　介】

　　徐澄宇(1902—1980),名英,湖北汉川人。22岁考入北平中国大学哲学系,从章太炎、黄季刚、林公铎诸先生问学。大学毕业后历任上海交通大学、暨南大学、大夏大学、安徽大学、中央政治学校大学部、中央大学等校文科教授,上海东吴法学院文史教授。1952年院系调整后任复旦大学中文系教授。1958年被错划为右派分子,与时在上海中医学院讲授古典文学的妻子陈家庆一起调至新疆石河子医专。1961年双双返沪,次年同被聘为上海市文史馆馆员。1964年徐先生又因言辞贾祸而系狱,1979年错划问题获得纠正。1980年因病逝世。一生从事教学、著述与吟咏,颇有成就。为南社成员,其个人诗作为章士钊、吴宓、林损、樊增祥所推重,有"雄浑典雅"、"沉雄高逸"的风格。学问涉及经学、诗学、文字学、哲学、史学,亦以诗学为主。著作已出版者有《诗经学纂要》、《甲骨文理惑》、《黄山揽胜集》、《徐澄宇学术论著集》、《楚辞札记》、《徐澄宇诗集》、《论语会笺》、《林公铎先生学记》、《诗法通微》、《乐府古诗》、《张王乐府》、《高青丘集校点》。未刊者有《杜诗学》、《杜诗系年辨正》、《名理甄微》、《韩非子札记》、《中国哲学史论》、《中国文学史纲》及诗稿、文稿等,在"文化大革命"浩劫中悉遭焚毁。其中《张王乐府》被认为是张王乐府的最佳读本,足见徐先生对乐府诗歌的兴趣和研究乐府的功力。

　　《乐府古诗》1955年由春明出版社出版发行。该书的目的,和余冠英《乐府诗选》一样,在于以可理解的形式和可接受的规模,向普通读者介绍古代诗歌中的精品。《乐府古诗》亦有着于普及中兼顾提高的特色,选诗方面博观约取、一字千金,注释方面删繁就简、准确精要,行文方面浅显易懂、平实流畅。《乐府古诗》在数量众多的"古诗"中选诗百十余首,使用白话和浅显文言,每首诗取其要紧字词注释,博采旧说而不再繁引其旧说出处,后缀题解说明诗歌题旨和乐府分类，版本校勘过程中所得的异文于注释中给出简单标示，这些工作都为普通的古代文艺爱好者们了解乐府古诗提供了方便。《乐府古诗》在注释上采用了不少余注，其总体风格和写作目的和《乐府诗选》也是如出一辙的，故在此不再多加赘述。

《乐府古诗》之所以能成为一个不同于其他乐府诗歌选本的特别之作，大概是因为它有着"乐府"加"古诗"这样一个独特的选诗框架。初读书题我们就会发现，这并不是一个完全局限于乐府诗歌的选本。此诗选采用的底本并不止于郭茂倩的《乐府诗集》，还有胡刻《文选》、冯刻《玉台新咏》和原刻本《古诗纪》，其大致形态应是一个唐之前优秀古体诗歌的精选。所以本书导言的一大工作，便是将"乐府"、"古诗"这两大概念以及之间关系作出厘清。这也是乐府研究史上的一个十分重要的问题。

首先要分别理清什么是乐府和古诗。在解释"乐府"前，作者先从发生学的角度对上古时代的诗乐关系进行了论述，认为"诗是离不开音乐的"，"音乐是没有离开诗而独奏的"，"一说到诗就连到乐，一提到乐就连到诗。诗与乐是分不开的"。这就自然而然地解释了"乐府"这一诗乐结合的产物的诞生，同时也为下文乐府和古诗的合论张本。解释了发生源头后，作者对"乐府"进行释名，对"乐府"这一名称的含义从"汉代官方音乐机构"——"汉代乐府机构通过采集或创作而得的入乐歌诗"——"包括文人模仿的不入乐的新题乐府在内的乐府形制的诗歌"——"包括部分近体诗歌在内的乐府形制的诗歌"的流变进行了梳理。同时，"古诗"的概念随着近体诗的产生而得以引进：作者表明，习惯上把唐以前除《诗经》、《楚辞》以外的诗歌通叫做"古诗"，"古诗"即近体以外的各体诗，包括"古乐府"和非近体诗的"新乐府"。这样一来，乐府和古诗之间的关系也就明晰了：乐府是古诗，古诗却不一定是乐府，古诗中有乐府也有非乐府的部分，乐府是古诗的组成部分之一。

作者对两个概念的历史流变和定义解释的条理是非常清晰的，作者的选诗也正是基于对上述定义的总结厘清之上。也许有人会疑问，既然乐府是古诗的一部分，本书的取诗范围又以古诗为限，那么题目又何必要提到"乐府"呢？这是出于徐先生对"乐府"这一特殊诗歌文体的特别强调。作者认为,在"古诗"的时代中,乐府诗是最富特色的,是汉至唐这段时代的文学标示。我们后文还要谈到,对乐府诗艺术价值的强调和时代功用的推重贯穿了整本书的写作思想,这也是我们为什么要将《乐府古诗》这本非严格意义上的乐府研究著作列入两汉乐府研究史的原因。

有一点是值得注意的。徐先生关于"乐府"和"古诗"的梳理固然是有理的,但他并不是从两汉乐府研究的角度说明问题,而是站在整个中国古代文学史的立场上,这就导致了他对这两个概念,尤其是"古诗"的概念,理解较为宏观,将其定义为除近体诗歌以外的所有古体诗歌。但我们在学习研究汉乐府的过程中,由于没有"近体诗歌"这一概念的干涉,所接触到的"古诗"概念往往是狭义的。古诗,常常是指古体诗歌中非乐府的部分,和乐府这一概念两相区别。但是,狭义古诗和乐府之间的关系又是非常复杂的,它们之间的界限时有模糊,所占区域又似有重叠。如《文选》古诗《冉冉孤生竹》《驱车上东门》二首,郭茂倩却收入《乐府诗集》;《北堂书钞》引《古诗十九首》中的《青青陵上柏》为古乐府;《玉烛宝典》引《迢迢牵牛星》亦为古乐府。十九首之外的一些诗歌,身兼乐府与古诗两个头衔,在一些典籍中被称为乐府,在另一些中被认为古诗。如《孔雀东南飞》,《玉台新咏》编为古诗,《乐府诗集》收为乐府;《上山采蘼芜》在《玉台新咏》中被称古诗,《太平御览》称为古乐府;《皑如山上雪》在《文选》中被定为古诗,《乐府诗集》、《玉台新咏》称之为古乐府。古今学人早已对这种情况困惑已久,最终出现了一种将诗与乐府完全混同起来,不究其区别的倾向。马茂元在《古诗十九首初探》(陕西人民出版社,1981)中提道:"古诗和乐府除了在音乐意义上有所区别而外,实际上是二而一的东西。"清人冯班在《钝吟杂录》中也说:"伶工所奏乐也,诗人所造诗也,诗乃乐之词耳,本无定体,今人不解,往往求诗与乐府之别。钟伯敬至云某诗似乐府,某乐府似诗,不知何以判之?……古人之诗皆乐也,文人或不娴于音律,所作篇什不协于丝管,故但谓之诗,诗与乐府从此分区。"这段话指出了诗乐在源头上的一体,认为古人所作之诗皆可歌、皆合乐,诗只是乐的歌辞,只不过后来文人徒诗不再配乐,才造成了诗乐的分离。不仅"凡诗皆乐",

钱木庵更是认为"自汉以迄唐、五代,凡乐皆诗也"(《唐音审体》),这就进一步地将诗乐在起源上等同了。这和徐澄宇先生的观点基本上是一致的。关于诗乐同源的说法,我们不可随意置其否,但单单根据诗、歌、乐在古代曾经合用,就推断"凡诗皆乐"、"凡乐皆诗"、诗和歌乐卒无分别,这是不严谨的。诗和歌乐在古代究竟有没有独立存在的形态,很多学者另持别说,可资参考。闻一多先生曾经在《歌与诗》(见于《闻一多全集》第一卷,开明书店,1948)中探讨了"歌"和"诗"的起源。他从音韵训诂的角度证明了"歌"字就是"啊"字,"歌"说到底是那些用以表达情绪的感叹虚字。而"诗"则是"志"字,据甲骨卜辞可考"志"即"止于心","诗"最初是指一切文字的记载。这就证明了"歌"和"诗"的不同源,一个是抒情的性质,另一个则是记事的性质。然而在韵文散文区别日益明显的影响下,"诗"和"志"的用途逐渐分离,"诗"最终在"诗三百"处与"歌"进行了会合,从此"诗"和音乐就有了联系,"诗歌"也成了我们常用的词语。闻先生的文章有力地证明了诗和乐在本源上是两种独立的东西,这对我们研究乐府和古诗的关系是大有帮助的。自古以来,诗之不可歌、不合乐者不可胜计,诗与乐府,自古并存不悖。章炳麟谓"汉世所谓歌诗者",特乐府而已,而"乐府外无称歌诗者"(《国故论衡》,日本东京,1910)。"汉人穷经,声歌、意义,分为二途,太常主声歌,经学之士主意义,即失夫子《雅》、《颂》正乐之意"(吴乔《答万季诗问》,见《清诗话》),这也是诗乐分途的旁证。作为音乐歌辞的乐府诗,尽管有很大一部分是文人作词,但"制诗"也只是用于"协乐",最主要的蓝本还是民间歌谣,其音乐性决定着它和纯文本性的古诗上有着本质上的区别。徐先生在《乐府古诗》中只是强调了乐府和古诗之间的联系,却没有对这种本质上的区别进行有效的说明,是一点小小的缺憾。但他也意识到了乐府和古诗是有分别的,比如导言中说陶潜、谢灵运、苏武、李陵的诗歌没有"乐府"气味时,提道:"乐府与古诗的分别在字句上音节上都可看出。"但没有对这种分别进行具体的说明。关于"古诗"和"乐府"在"气味"上的不同,古人早有记载,如沈德潜在《说诗晬语》中说:"就五言中较然两体:苏、李赠答,无名氏十九首是古诗体;《庐江小吏妻》、《羽林郎》、《陌上桑》之类,是乐府体。"关于乐府和古诗的差异，大概最直观的是诗歌风格的不同。吴乔曰："汉固有高澹、浓诡二种诗，皆人歌喉，皆在乐府……十九首皆是高澹之作，后人遂以此为古诗，而以《羽林郎》、《董娇饶》等浓诡者为乐府。后人所见固谬，而此二种诗，终不可相杂也。"（《围炉诗话》）所谓的高澹和浓诡，体现的正是文人诗和民间歌谣的差距：一者含蓄，一者浅直；一者醇雅，一者俚俗；一者精炼，一者铺陈。沈德潜曰："乐府之妙，全在繁音促节，其来于于，其去徐徐，往往于回翔屈折处感人，是即依永和声之遗意也。"（《说诗晬语》）《陌上桑》中述罗敷之铺张冗长、面面俱到，和十九首中"胡马依北风，越鸟巢南枝"、"弹筝奋逸响，新声妙入神"所体现的对仗炼字功夫，是不可同日而语的。另外值得注意的是，乐府"宁朴毋华，宁拙勿巧"式的浅白铺张，不仅是协律入乐所要求的，更是为其叙事功用服务的。乐府和古诗最显著的区别，大概就是述事、主情之别。张笃庆云："乐府主纪功，古诗主言情。"（《师友诗传录》）这是一个很有意思的现象，因为诗和乐的原始功用在发展的过程中进行了对换。十九首中"思君令人老，岁月忽已晚"，及"弃捐忽复道，努力加餐饭"的语句，句式整饬，详略得当，直抒心怀，情景交融，无疑是非常优秀的抒情作品，和交待首尾、事无巨细的乐府叙事作品是非常不同的。

除了交待乐府和古诗的关系之外，《乐府古诗》导言的一大长处便是从历史宏观的视角对乐府诗歌在中国古代诗歌史上的位置做出了定位。这和《乐府诗选》前言所作的工作是一脉相承的，不同的是它对乐府在诗歌史上的作用格外推重。首先，作者将"乐府"这一名词向上追溯，将汉代的乐府机构追溯到《诗经》时代的"采诗"，认为西周已经产生了乐府的"实际组织"。这个创见起着"正名"作用，旨在说明乐府诗歌在诗歌史上有着悠久的历史和深厚的根蒂。接下来，作者明确提出："春秋以前是'《诗经》的时代'，那汉朝就是'乐府的时代'，而魏、晋六朝就是'古诗的时代'，唐朝则是'近体诗的时代'了。"在这里，作为"街陌谣讴"的乐府和雅之大统的《诗经》又一次并列了。作者梳理了乐府和《诗经》同根异源的关系，指出了乐府补充了《诗经》之后四五百年民歌的空白，恢复了诗史的正统。不止如此，作者还将乐府和《诗经》中的篇目做了比较，指出"就诗的本质而论，乐府的范畴要比《诗经》大得多"。乐府较《诗经》的进步之处，不仅在于完成了从四言到五言这一中国诗歌形式的重要过渡，还在于语言音节更加自由，诗歌内容更加丰富，对于人情物理的描摹更加畅快。余冠英曾将《诗经》和乐府中同题材的诗歌归类，将《上邪》比《柏舟》，将《战城南》比《击鼓》，看出了乐府与《诗经》的一脉沿袭，徐澄宇则认为在这些同题材作品的比较中，乐府在艺术手法中更高一筹。"发展到《孔雀东南飞》的诗歌，再也不是《谷风》一类轻描淡写的手法所能奏功的。而《击鼓》、《东山》也远非《战城南》、《十五从军征》之比。"而后，徐先生接着列出了颇受乐府诗歌影响的四大诗歌时期，完整了乐府诗歌从发生到传播到影响的历史链条。强调乐府诗歌在诗歌史上承前启后作用的，徐澄宇先生并不是第一个，余冠英的《乐府诗选》也做过相似的分析。但不同的是，余先生着重的是乐府诗歌中所蕴含的现实主义精神，徐先生关注的则多为乐府在诗歌艺术形式上的开创和影响。乐府诗歌从《诗经》时代的四言，逐渐发展出五言，然后在汉魏六朝的历史中逐渐酝酿出近体诗歌和七言，这样一个过程，是我们在诗歌研究中十分值得注意的。因此，徐先生所列出的四个诗歌时代，几乎都是以诗歌艺术形式发展的线索得来的，如齐永明到建武诗歌时代，因为缺乏"为诗而著、为事而作"的现实主义精神而备受贬低和忽略，但古近诗体的转化关键点其实就发生在这一时期，所以被徐先生专门提出。正是因为徐先生这种对艺术的关注和取人所不取的学术风格，我们如今才得以以更全面、客观的视角来理解乐府诗歌。

由于《乐府古诗》并不是一个以乐府诗歌为范围的诗歌选本，其中乐府和古诗交杂，所覆盖的历史又较长，所以两汉乐府数量较少，很多精品都没有纳入其中。不过从"乐府"加"古诗"的角度来说，其选诗是合理的，包括了很多汉诗中的优秀作品，可供读者感受比较乐府和古诗的区别。

（孔鹏音）

乐府诗论丛(节选)

王运熙

汉魏两晋南北朝乐府官署沿革考略

乐府诗原是乐府机关配合音乐而演唱的歌词,探讨历代乐府官署的沿革,将有助于乐府诗的研究。乐府歌诗始作于汉,至唐而长短句代兴,乐府诗的主要时代是汉魏两晋南北朝。本篇述乐府官署,也限于这段时期。清官修《历代职官表》卷十对历代乐官建置考订颇详,今剌取其文,再加补充阐发。

汉魏两晋南北朝音乐,一般可分为雅乐、俗乐两大部分。雅乐歌诗为郊庙、燕射等歌辞,俗乐歌辞则以清商曲为大宗。二者因性质用途不同,职掌的乐官也常区分开来。

从西汉讲起。西汉乐官有太乐、乐府二署,分掌雅乐、俗乐。雅乐主要的为沿自周代的乐章,俗乐则以汉武帝以后所采集的各地风谣为大宗。《汉书·百官公卿表》:"奉常(即太常),掌宗庙礼仪,属官有太乐令丞。少府,掌山海池泽之税,以供给养,属官有乐府令丞。"(《续汉书·百官志》曰:"少府,掌中服御诸物,衣服宝货珍膳之属。")太乐官署汉初即已设置,乐府则始建于武帝之世。王应麟《汉书艺文志考证》(八)引吕氏曰:"太乐令丞所职,雅乐也;乐府所职,郑卫之乐也。"刘永济先生说:"二官判然不同。盖郊庙之乐,旧隶太乐。乐府所掌,不过供奉帝王之物,侪于衣服宝货珍膳之次而已。与武帝以俳优畜皋朔之事,同出帝王奢侈荒淫之心。"(《十四朝文学要略》第二卷四章)这话正确地道出了封建君主对雅乐、俗乐二者不同的态度：一边是装模作样的礼仪，一边是赏心悦耳的娱乐。(《汉书·礼乐志》："哀帝即位，下诏罢乐府官。郊祭乐及古兵法武乐，在经非郑卫之乐者，条奏，别属他官。丞相孔光、大司空何武奏：可领属太常。奏可。"[节录]是乐府在西汉兼领非郑卫之声的郊祭乐及兵法武乐。故《历代职官表》卷十说："西汉司乐署，分为二官，太乐令丞属太常，乐府令丞属少府。其古兵法武乐，其初与郊祭乐俱属于乐府；则自哀帝以前，太乐并不领朝庙乐章，实存肄者，惟制氏所得、河间所献之雅乐，仅于乡射一用之而已。"[原注：《礼乐志》载：平当议为河间雅乐，立之太乐，春秋乡射，作于学官，希阔不讲，公卿大夫不晓其意是也。]这叙述很对，汉代的郊祭乐及武乐，从与先王雅乐对立而言，实际也是新声或郑卫之声，故开始仍由乐府管辖。郊祭乐章即现存的郊祀歌十九章，《汉书·礼乐志》云："天子常御及郊庙，皆非雅声。"又云："今汉郊庙诗歌，未有祖宗之事，八音调韵，又不协于钟律。"岂非雅声甚明。但到后汉，此种郊祭乐就被升级为雅乐，由太予乐令执掌了。所谓"古兵法武乐"，实际混杂汉代传自异域的新声，即鼓吹曲[短箫铙歌]、横吹曲。它也是一种俗乐，故由乐府职掌。)

东汉乐府官署，也分为两部门。其一为太予乐署，相当西汉的太乐。《后汉书·明帝纪》："永平三年秋八月戊辰，改太乐为太予乐。"《续汉书·百官志》云："太常官属有太予乐令，掌伎乐。凡国祭祀，掌请奏乐；及大享用乐，掌其陈序。丞一人。"职守与前汉太乐同。其二为黄门鼓吹署。《后汉书·安帝纪》："永初元年九月壬午，诏太仆少府减黄门鼓吹，以补羽林士。"章怀注引《汉官仪》曰："黄门鼓吹有四十五人。"按黄门鼓吹，《续汉书·百官志》无记载。《唐六典》（卷十四）云："后汉少府属官有承华令，典黄门鼓吹百三十五人（人数与《汉官仪》不同），百戏师二十七人。"承华令与前汉的乐府令同属少府，可知它即为乐府令的后身。

后汉蔡邕的《礼乐志》，分汉代的乐章为四类："一曰太予乐，郊庙上陵之所用焉；二曰雅颂乐，辟雍飨射之所用焉；三曰黄门鼓吹乐，天子宴群臣之所用焉；四曰短箫铙歌乐，军中之所用焉。"(《隋书·音乐志》上，节录。)一、二两项为雅乐，由太予乐令执掌；三、四两项为俗乐,由承华令管辖。
……

清乐考略

一、绪论

1 清乐的范围

清乐是清商乐的简称,它是汉魏六朝时代俗乐的总名。宋沈括《梦溪笔谈》卷五说:"唐天宝十三载,以先王之乐为雅乐,前世新声为清乐,合胡部者为宴(燕)乐"。这里所谓雅乐是指先秦之乐,清乐是指汉魏六朝的音乐,宴乐是指隋唐时代盛行的从西域传入的音乐。在文学方面,配合清乐歌唱的歌词便是汉魏六朝的一些乐府歌辞,主要是相和歌辞和清商曲辞。这些歌辞是乐府歌辞中最精彩的一部分。

清乐及其歌辞,依照时代前后,可分两个阶段。前一个是汉魏阶段,是清商旧乐阶段;后一个是六朝阶段,是清商新声阶段。《隋书·音乐志》(下)说:"清乐,其始即清商三调是也,并汉以来旧曲。乐器形制,并歌章古辞,与魏三祖所作者,皆被于史籍。"这里所说的汉代古辞与曹魏三祖的作品,是清商旧曲,其歌辞主要就是《乐府诗集》中的相和歌辞。《旧唐书·音乐志》(二)说:"清乐者,南朝旧乐也。永嘉之乱,五都沦覆。遗声旧制,散落江左。宋梁之间,南朝文物,号为最盛,人谣国俗,亦世有新声。"这里所说的遗声旧制就是指清商旧曲的声制,而所谓宋梁之间的新声,便是清商新声,其歌辞主要就是《乐府诗集》中的清商曲辞。

汉魏时代的国都在北方,所以清商旧曲盛行于北方。晋代南渡,清商旧曲的一部分声制被带至江左,随着时代、地域、人情好尚的不同,从清商旧曲,渐渐蜕变出适合演唱江南民歌的新的声调,这样便形成了清商新声。

清乐主要的乐曲,除汉魏的相和歌和六朝的清商曲外,此外较重要的便是鞞、铎、巾、拂等杂舞曲。杂舞曲汉代已有,当时与相和歌同属黄门鼓吹乐,但当时大约还不列入清商。到南北朝,杂舞曲列为清乐的一部分,则史有明文。如《魏书》卷一〇九《乐志》说:"初高祖讨淮汉,世宗定寿春,收其声伎,江左所传中原旧曲明君、圣主(均鞞舞曲)、公莫(巾舞)、白鸠(拂舞曲)之属,及江南吴歌,荆楚四(当作西)声,总谓清商。虽于殿廷宴飨,则兼奏之。"隋唐时代的清商乐,承南北朝之遗规,主要包括相和歌、杂舞曲及清商曲三大部分。

2 清乐的特点

清乐是汉魏六朝时代的俗乐。一切俗乐的特点是声音清越,哀怨动人。清乐也是如此。这种特点跟雅乐的所谓和平中正之音互相对立。《乐府诗集》卷六十一杂曲歌辞题解有一段话,很好地说明了俗乐的这种特点,钞录如下:

> 自晋迁江左,下逮隋唐,德泽寖微,风化不竞,去圣逾远,繁音日滋,艳曲兴于南朝,胡音生于北俗,哀淫靡曼之辞,迭作并起,流而忘反,以至陵夷。原其所由,盖不能制雅乐以相变,大抵多溺于郑卫,由是新声炽而雅音废矣。昔晋平公悦新声,而师旷知公室之将卑。李延年善为新声变曲,而闻者莫不感动。其后元帝自度曲被声歌,而汉业遂衰;曹妙达等改易新声,而隋文不能救。呜呼!新声之感人如此,是以为世所贵。虽沿情之作,或出一时,而声辞浅近,少复近古。故萧齐之将亡也,有《伴侣》;高齐之将亡也,有《无愁》;陈之将亡也,有《玉树后庭花》;隋之将亡也,有《泛龙舟》:所谓烦手淫声,争新怨衰,此又新声之弊也。(杂歌曲辞中绝大部分歌辞风格同于相和歌辞清商曲辞,只因某些根本未入乐,某些虽入乐而后世曲调不明,故郭茂倩另立一类以统称之)

郭氏所谓新声,即指俗乐。李延年、汉元帝所制的新声主要是相和歌;"兴于南朝"的艳曲主要是清商曲中的吴声歌曲和西曲,《伴侣》、《玉树后庭花》、《泛龙舟》等都是吴声西曲的曲调。相和歌、吴声、西曲是汉魏六朝清乐的主要部分,它们的特点正是"争新怨衰",以致被视为亡国之音。

清乐之具有此种特点，跟它使用的乐器是分不开的。雅乐乐器主要用金石，故声音庄重；清乐用丝竹。《宋书·乐志》（三）说："相和，汉旧歌也，丝竹更相和。"《大子夜歌》："丝竹发歌响，假器扬清音。"这说明清乐乐器用丝竹。《乐记》："丝声哀，竹声滥。"《吴越春秋·吴王寿梦传》："金石之清音，丝竹之凄唳，以之为美。"这说明丝竹在发音上具有哀怨的特色。

对具有此种特点的清乐，历代统治阶级中的一部分正统派，往往采取鄙视排斥的态度，把它叫做"郑卫之音"或"亡国之音"。但大部分的统治阶级人士，还是喜欢它的。因为他们在娱乐方面需要新鲜动人的俗乐，雅乐是无法满足他们的。早在先秦时代，齐宣王就"直好世俗之乐"（《孟子·梁惠王下》）；魏文侯"端冕而听古乐，则唯恐卧，听郑卫之音则不知倦"（《礼记·乐记》）。汉魏六朝统治阶级的大部分人士，对音乐的态度也是如此。《汉书·礼乐志》记载西汉时代俗乐昌盛，即使哀帝废罢乐府，而"豪富吏民，湛沔自若"。《南齐书》卷四六《萧惠基传》说："自宋大明以来，声伎所尚，多郑卫淫俗；雅乐正声，鲜有好者。"可见一斑。

3　清商一名的涵义

中古的俗乐为何称做清商曲，清商一名的涵义如何，是值得探讨的问题。

按《魏书·乐志》："神龟二年，陈仲孺言：依琴五调调声之法，以均乐器，其瑟调以角为主，清调以商为主，平调以宫为主。五调各以一声为主，然后错采众声以文饰之。"近人梁启超、陆侃如以为清商一名，当即由"清调以商为主"而来。陆侃如说："我们想，大约因为清调以商为主，便举一以概其余。"但他接着说："这不过是一种臆测，确否不可知。"（旧版《中国诗史》卷上第四篇四章）

我以为清商一名，古人常泛指声调凄清的俗乐，其范围包括颇广，"清调以商为主"之说，恐不足信。况且陈仲孺说的是北魏情况，汉魏是否如此，也很难说。按近人陈思苓《楚声考》（见《文学杂志》第三卷第二期）解清商一名，颇为合理，兹节录其说于下：

音清之调，系采用清声之律。《乐记》郑玄注："清谓蕤宾至应钟,浊谓黄钟至仲吕。"按《礼记·月令》自蕤宾至应钟,含有商徵羽三声,其中又以商声居首。此三声既同属清音,且能因变化而产生。《淮南子·坠形训》:"变徵生商,变商生羽。"

陈氏以为清商一名,由此而起。上面说过,清商曲是中古时代谣俗之曲,其特点是声调清越,故陈氏的解释,我以为相当可信。《淮南子·本经训》高诱注:"商清宫浊。"声调清越是商声的特色。又按《礼记·月令》,商声应秋天,商声的清越正与凉秋的节候相应。《说文》:"商,秋声也。"《文选·古诗十九首》之一:"清商随风发,中曲正徘徊。"李周翰曰:"清商,秋声也。"商声不但清越,而且哀伤。蔡邕《释诲》:"宁子有清商之歌。"《文选》成公绥《啸赋》李善注说:"《淮南子·道应篇》曰:戚饭牛车下,望桓公而悲,击牛角而疾商歌曲。宁戚卫人,商金声清,故以为曲。"清越哀伤,正是谣俗之曲的特色。正因从这样意义上来理解清商,所以清商一名,出现颇早。如宁戚的商歌,又如贾谊《惜誓》:"二子拥瑟而调均兮,余因称乎清商。"到了汉魏,把出自街陌谣俗的三调唤作清商三调,当也由于它们具有一般俗曲的特色。

二、清商旧曲

1 概说

汉自武帝开始采集俗乐的工作。《汉书·礼乐志》说:"至武帝乃立乐府,采诗夜诵,有赵代秦楚之讴。"各地俗乐与民间歌谣从此大量流入乐府。此后直至哀帝罢乐府。其间诸帝,都颇爱好俗乐,因此乐府人员,甚为庞大。哀帝罢乐府时,孔光、何武奏称乐府员工"大凡八百二十九人,其三百八十八人不可罢,可领属太乐,其四百四十一人不应经法,或郑卫之声,皆可罢"(《汉书·礼乐志》)。其罢免的四百四十一人中,有竽工员一人,琴工员三人,柱工员一人,绳弦工员四人,郑四会员六十一人,张瑟员七人,安世乐鼓员十九人,沛吹鼓员十二人,族歌鼓员二十七人,陈吹鼓员十三人,商乐鼓员十四人,东海鼓员十六人,长乐鼓员十三人,缦乐鼓员十三人,治竽员五人,楚鼓员六人,常从倡三十人,常从象人员四人,诏随常从倡十六人，秦倡员二十九人，秦倡象人员三人，诏随秦倡一人，雅大人员九人，楚四会员十七人，巴四会员十二人，铫四会员十二人，齐四会员十九人，蔡讴员三人，齐讴员六人，竽瑟钟磬员五人，师学七十人。其中大多数是演唱各地俗乐的人员。

西汉乐府所演唱的各地俗乐乐章，据《汉书·艺文志》所载，有下列诸种：吴楚汝南歌诗十五篇，燕代讴雁门云中陇西歌诗九篇，邯郸河间歌诗四篇，齐郑歌诗四篇，淮南歌诗四篇，左冯翊秦歌歌诗三篇，京兆尹秦歌诗五篇，河东蒲反歌诗一篇，洛阳歌诗四篇，河南周歌诗七篇，周谣歌诗七十五篇，周歌诗二篇，南郡歌诗五篇。这些歌诗现在绝大部分已告亡佚，现存汉代俗乐歌诗大抵是后汉的产品。(参看本书《汉代的俗乐和民歌》篇第三节)

现存汉魏清乐乐章，主要见于《乐府诗集》的相和歌辞一类。相和歌辞，《乐府诗集》分为十项：(1)相和六引(2)相和曲(3)吟叹曲(4)四弦曲(5)平调曲(6)清调曲(7)瑟调曲(8)楚调曲(9)侧调曲(10)大曲。其中"平调、清调、瑟调，汉世谓之三调"(《旧唐书·音乐志》)，简称清商三调。以上十项歌曲，以相和曲、清商三调、楚调五种的曲调为最多，歌词也最繁富。大曲是曲前有艳、曲后有趋、结构较为复杂的乐曲，其音调则同于瑟调，故"大曲十五曲，沈约(《宋书》)并列于瑟调"(《乐府诗集》卷二六)。相和歌各项曲调的分别，是音乐上的问题；今日古谱已失，我们除掉知道，它们所用乐器各不相同外，很难从歌词方面辨明它们的分野，只有结构复杂的大曲才是例外。

乐府歌辞中有不少汉魏时代的杂曲歌辞，其歌词风格，与相和歌颇为类似，在当时当亦属于相和歌。后因年代久远，不明属于何种曲调(有些根本未入乐)，遂被列入杂曲。例如《羽林郎》、《焦仲卿妻》。

杂舞曲也属于清乐。产生于汉魏的杂舞曲有下列诸种：(1)巴渝舞曲(2)鞞舞曲(3)铎舞曲(4)巾舞曲(一名公莫舞曲)。其乐章均不多。

除相和、杂曲、杂舞曲外，尚有一部分琴曲也属于清乐，例如唐时尚演唱的《白雪曲》。《旧唐书·音乐志》说："自周隋以来，惟弹琴家犹传楚汉旧声及清调、瑟调、蔡氏杂弄。"《新唐书·礼乐志》说："唯琴工犹传楚汉旧声，及清调、蔡邕五弄，楚调四弄，谓之九弄。"由此可见清商曲常被弹琴家演奏，故与琴曲关系较密切。

2 相和一名的涵义

《宋书·乐志》(三)在著录相和歌辞之前有这样一段叙述：

> 但歌四曲，出自汉世。无弦节，作伎，最先一人唱，三人和。魏武帝尤好之。时有宋容华者，清澈好声，善倡此曲，当时特妙。自晋以来，不复传，遂绝。相和，汉旧歌也。丝竹更相和，执节者歌。本一部，魏明帝分为二，更递夜宿。本十七曲，朱生、宋识、列和等复合之为十三曲。

但歌与相和连在一起叙述，二者关系必甚密切。二者原来都是民间的俗歌曲，其主要区别仅在但歌唱时无弦节，相和则有丝竹伴奏。

相和一名的涵义，据《宋志》，是由于"丝竹更相和"而来。《汉书·礼乐志》："初高祖过沛，作《风起》之诗，命沛中僮儿百二十人习而歌之。至孝惠时，以沛宫为原庙，皆令歌儿习吹以相和。"(节录)这里也以管乐器来和歌。但歌的"一人唱，三人和"，是用人声来和，自与用乐器来和不相同。按张衡《西京赋》："发引和，校鸣箛。"引和即是相和歌(详下节)。薛综注云："发引和，言一人唱余人和也。"我以为相和一名，原当泛指"一人唱余人和"而言，其用以和者可以是人声，可以是丝竹声，也可以是人声与丝竹声兼有；《宋书·乐志》的界说似较狭窄。汉代的相和歌本渊源于先秦的俗曲，它的"一人唱余人和"的方式，在先秦的楚歌中已经如此，《宋玉对楚王问》中说"国中属而和者"，是人声相和。其后演为乐曲，就配上乐器了。

3 "引"与"和"

相和歌中有相和引，它与此外的相和歌常并称为引和。张衡《西京赋》："发引和，校鸣箛。"(薛综注："发引和，言一人唱余人和也。")《宋书·律志》："晋太始十年，中书监荀勖，中书令张华，命郝生鼓筝，宋同吹笛，以为杂引相和诸曲。"按时先唱引，后唱和。

故夏侯淳《笙赋》云："初进《飞龙》，重继《鹍鸡》，振引合和，如合如离。"又嵇康《琴赋》："《飞龙》《鹿鸣》，《鹍鸡》《游弦》。"李善注："《汉书》：房中乐有《飞龙》章。古相和歌有《鹍鸡》曲。"李善说《鹍鸡》为相和歌是对的。《乐府诗集》卷二六相和曲题解说明相和曲"古有十七曲，其《武陵》《鹍鸡》二曲亡"，可证。李善说《飞龙》是"汉房中乐"之一章，却是错的，《飞龙》是《飞龙引》，是相和引之一。

《乐府诗集》相和六引中虽无《飞龙引》，但琴曲歌辞中却有《飞龙引》（见卷六十），此琴曲中之《飞龙引》即相和之《飞龙引》。何以见得呢？第一，上面说过，当时一部分琴曲亦属清乐，故琴曲曲调常与相和相通。例如相和六引中的《箜篌引》，据《乐府诗集》卷五七琴曲歌辞题解，原为琴曲九引中之一。第二，《乐府诗集》卷四一楚调曲题解引《古今乐录》说："又有但曲七曲：《广陵散》、《黄老弹》、《飞龙引》（"龙"字原缺，今补入）、《大胡笳鸣》、《小胡笳鸣》、《鹍鸡游弦》、《流楚窈窕》，并琴筝笙筑之曲。"《广陵散》、《大胡笳鸣》，《小胡笳鸣》均属琴曲（《乐府诗集》五十九琴曲歌辞《胡笳十八拍》题解云："《琴集》曰：《大胡笳》十八拍，《小胡笳》十九拍，并蔡琰作。"），可推知《飞龙引》也是其类。它既与相和的《鹍鸡游弦》并列，自可作为相和引之一。第三，傅玄《琵琶赋》云："启《飞龙》之秘引兮，送奇妙于清商。"（《初学记》卷十六）明白指出飞龙是"引"。《乐府诗集》相和歌辞首列相和六引，其后是相和曲，大约也是按照演奏乐歌的原来次序的。

4 相和歌与清商三调

相和歌是一个大类的名称，如上所述，它又包括了相和六引、相和曲等十项曲调。梁启超在《中国之美文及其历史》一书中认为相和与清商是两类歌曲，清商三调不应当包括在相和之内（见《古歌谣及乐府》篇第三章），黄晦闻已辨其非（见《与朱自清先生讨论乐府清商三调书》，载《清华周刊》第三九卷第八期）。这里再提出两点，以补充黄说。

（一）《宋书·律志》："晋太始十年，中书监荀勖，中书令张华，命郝生鼓筝，宋同吹笛，以为杂引相和诸曲。"按《宋书·乐志》（三）："清商三调歌诗，荀勖撰旧词施用者。"荀勖的主要工作是制作清商三调歌曲，《宋书·律志》仅云杂引相和，不提及清商三调，即因三调包括在相和之中的缘故（参见本章第 10 节）。

（二）《隋书·经籍志》有《三调相和歌辞》五卷。审其题名，三调当为相和的一部分。因为假使如梁氏所说，相和三调为两类，相和为汉旧歌，时代在前，清商三调是魏晋乐曲，时代在后，则此书题名应为相和三调歌辞，而不是三调相和歌辞。

5 侧调曲

《乐府诗集》卷二六相和歌辞题解云："侧调者生于楚调。"但《乐府诗集》相和歌辞类实际并无侧调曲歌辞一项。仅卷六二杂曲歌辞《伤歌行》题解云："《伤歌行》，侧调曲也。"但列入杂曲而非相和，未知何故。按《文选》六臣注《伤歌行》题注："吕向曰：侧调。"《乐府诗集》当本此。《乐府诗集》注明为侧调曲者，仅《伤歌行》一首。

谢灵运《会吟行》："六引会清唱，三调伫繁音。"李善注："沈约《宋书》曰：第一平调，第二清调，第三瑟调，第四楚调，第五侧调。然今三调盖清、平、侧也。"按今本《宋书·乐志》仅有平调、清调、瑟调、楚调（前三者合称清商三调），并无侧调。《乐府诗集》卷二六相和歌辞题解说："平调、清调、瑟调、楚调、侧调，所谓清商正声，相和五调伎也。"侧调既与平、清、瑟、楚并称相和五调，但今本《宋书》竟无侧调曲一项，《乐府诗集》仅有《伤歌行》一首，且列入杂曲而非相和，均颇不可辨。《四库提要》说《宋书》"至北宋已多散失"，今本《乐志》难保没有残缺。

李善说唐时三调指清、平、侧，也是对的。按宋王灼《碧鸡漫志》卷五"清平乐"条说："盖古乐取声律高下合为三，曰清调、平调、侧调，此之谓三调。明皇止令就择上两调（案指玄宗命李白为清平调词一事），偶不乐侧调故也。"（《知不足斋丛书》本）可为佐证。又沈括《梦溪笔谈》卷五说："古乐有三调声，谓清调、平调、侧调也。"凌廷堪《燕乐考源》卷一说："侧调即《宋书》之瑟调。"案"侧""瑟"声近；王灼、沈括均解音律，两人谈古乐三调，仅举清平侧，而不提及瑟调，因此，凌氏的话或许是可信的。《文选》六臣注《君子行》题注："吕向曰：瑟有三调：平调、清调、侧调。"此说恐不足据。

《初学记》卷十六引《琴历》云："琴曲有长清、短清、长侧、短侧、清调等。"其详不可知。

6 相和歌与楚声

汉乐府的相和歌曲，最初原是各地的俗歌曲，所谓赵代秦楚之讴。各地的俗歌曲，在先秦时候已很昌盛了。《楚辞·大招》："代秦郑卫，鸣竽张只。"《礼记·乐记》："郑音好滥淫志，宋音燕女溺志，卫音趋数烦志，齐音敖辟乔志，此四者，皆淫于色而害于德，是以祭祀弗用也。"《汉书·礼乐志》："桑间濮上、郑卫宋赵之声并出。"（《汉书补注》引王念孙《读书杂志》曰："汉祀赵作楚，是也。"）指的都是先秦时代的各地俗乐。汉代的相和歌，当然就是先秦时代的这种俗乐的继续和发展。

各地的俗乐、楚声在相和歌中的地位显得重要，作用也特别大。《汉书·艺文志》著录的各地歌谣数量，其中吴楚汝南歌诗十五篇，较一般为多。相和歌中有楚调曲，是楚声。《乐府诗集》卷二六说："楚调者，汉房中乐也。高帝乐楚声，故房中乐皆楚声也。"又《旧唐书·音乐志》述唐代清乐状况时说："惟弹琴家犹传楚汉旧声及清调、瑟调、蔡邕杂弄。"以楚汉连称，可见楚声与汉相和歌的密切关系。楚声在相和歌中的地位重要、作用特别大，大约有两个原因。其一，是先秦时楚地俗乐非常发达，民间和歌之风甚盛，我们可于《楚辞》及《宋玉对楚王问》文中的描叙见之。其次，是由于汉代统治者的故乡在楚地的沛，"凡乐，乐其所生"（《汉书·礼乐志》），故西汉帝王均喜欢楚歌。这两种原因都不能不大大地影响于相和歌。底下我们再从相和歌中体制方面的某些特点来说明楚声对它的影响。

（一）大曲的艳与趋、乱 《乐府诗集》卷二六："诸曲调皆有辞有声，而大曲又有艳、有趋、有乱。艳在曲之前，趋与乱在曲之后，亦犹吴声西曲前有和后有送也。"考《宋书·乐志》著录大曲共十五曲，其中四曲有艳有趋，一曲有艳，二曲有趋。此七曲大曲中有题名为艳歌者三首：《艳歌罗敷行》、《艳歌何尝行飞来双白鹄》篇、《艳歌何尝行何尝快独无忧》篇。题名艳歌，当即以曲前具有艳辞之故。按歌曲之有艳与趋，乃楚地歌曲的特点之一。左思《吴都赋》："荆艳楚舞，吴愉越吟。"刘渊林注："艳，楚歌也。"崔豹《古今注》："吴趋曲，吴人以歌其地也。"战国时吴地为楚所有，故其地歌曲也属广义的楚歌。

《宋志》所录大曲无乱，所载陈思王《鼙舞歌》五篇，二篇有乱。又《乐府诗集》瑟调曲《孤子生行》也有乱。乱与趋性质相同，均在歌曲末尾。乱辞是楚歌结构上的特点之一，是很明显的，《离骚》、《九章》中《涉江》、《哀郢》、《抽思》、《怀沙》诸篇和《招魂》均有乱辞。乐府楚调曲《白头吟》原有乱辞，也是一种佐证。(《乐府诗集》卷四三大曲题解："《宋书·乐志》曰：'大曲十五曲：十五曰《白头吟》。'其《白头吟》一曲有乱。"[节录]检今《宋书·乐志》及《乐府诗集》卷四一《白头吟》均无乱辞，想系未录，与宋志不录《罗敷行》、《艳歌何尝行》之艳辞同例。《乐府诗集》大曲题解又说："按王僧虔《技录》，《白头吟》在楚调。"《乐府诗集》即据王录编《白头吟》入楚调。)

大曲的特点是结构比较复杂，其音调同于瑟调，故"大曲十五曲，沈约并列于瑟调"(《乐府诗集》卷二六)。上面考证瑟调当即是侧调，侧调生于楚调；这样，大曲受楚歌影响极大，是很自然的事情。

(二)和送之声 《乐府诗集》说大曲前有艳后有趋，情况相当于吴声西曲之前有和后有送。事实上，相和歌也有和送之声。相和一名，原本指群相唱和的意义，已如上述。《乐府诗集》卷三八瑟调曲《上留田行》，有曹丕、谢灵运所作六言歌诗各一首，每句后有"上留田"三字。《续汉书·五行志》有东汉灵帝时的《董逃歌》(三言)一首，每句后有"董逃"二字。陆机的《日重光行》则在每句之前有"日重光"三字。"上留田""董逃"与"日重光"，都是和声。《乐府诗集》卷三十引《古今乐录》说："凡三调歌弦一部竟，辄作送歌弦。今用器又有大歌弦一曲，歌'大妇织绮罗'，非管弦音声所寄，似是命笛理弦之余。亦谓之《三妇艳》诗。"(节录)所谓送歌弦、大歌弦，即是送声。

这种和送之声，疑也起源于楚歌。楚人和歌风气之盛，从《宋玉对楚王问》一文可以概见。又按《淮南子·说山训》："欲美和者，必先始于《阳阿》、《采菱》(均楚歌)。"高诱注："《阳阿》、《采菱》，乐曲之和声。"以"阳阿"、"采菱"二字为和声，正跟"上留田""董逃""日重光"的情况相似。送声跟乱均在歌曲末尾，性质相同，我颇疑心它是一个东西。清蒋骥《山带阁楚辞余论》(卷上)说："余意：乱者，盖乐之将终，众音毕会，而诗歌之节，亦与相赴，繁音促节，交错纷乱，故有是名耳。孔子曰，洋洋盈耳，大旨可见。"这解释很精确可信。后汉马融《长笛赋》描绘演奏俗乐送声时的情景有云："曲终阕尽，余弦更兴。繁手累发，密栉叠重，蹢跇攒仄，蜂聚蚁同。众音猥积，以送厥终。"由"余""送"等字眼，可知它即是送歌弦。其"众音猥积"的情况，正跟蒋骥所释乱的内容符合。但此种送声，为三调所共有，不像乱那样一般地属诸大曲（不是大曲的曲调有时也有乱，如上所说的鼙舞歌）。

7　三调与房中乐

拿《诗经》相比，相和歌正是国风一类的歌谣。故郑樵《通志·乐略》将相和歌列入"风雅正声"。清朱乾《乐府正义序》也说："以三百篇例之，相和杂曲，如诗之风。"前人有清商三调出于周房中乐的说法，大约即是基于此种理由而言的。如《旧唐书·音乐志》（二）说："平调、清调、瑟调，皆周房中曲之遗声，汉世谓之三调。"清朱嘉徵解释它说："唐《乐志》曰，三调皆周房中之遗声，其风之遗乎？"（《乐府广序》卷一《汉风序》）

什么是周房中乐呢？《仪礼·燕礼》："若与四方之宾燕，则有房中之乐。"郑玄注云："弦歌《周南》《召南》之诗，而不用钟磬之节。谓之房中者，后夫人之所讽诵，以事其君子。"可见房中乐即是周召二南，为国风之一部分，与三调都是出乎民间的东西，性质相同，所以三调是房中的遗声。

三调与房中乐除渊源相同（出自民间）外，其所用乐器与用途也相同。乐器方面，二南为弦歌之乐，不需钟磬，与三调的"丝竹相和"相合。用途方面，房中乐宾燕用之，故一名燕乐；三调相和歌，汉世属于黄门鼓吹乐，是"天子宴群臣所用"（蔡邕《礼乐志》）之乐，二者在宫廷中的用途也相同。以上两特点（乐器、用途）是跟第一点（渊源）密切联系着的。因为二者都是出于民间的乐曲，性质轻松活泼，故用管弦乐器；因为它们性质轻松活泼，故被统治者用于娱乐宾客。

前人说三调出于房中，大约是由于上面所说的二者相同之点。至于二南多四言，三调多五言，二者声折自不会尽同。要之前人所谓三调出于房中的说法，犹如《汉书·艺文志》所谓"某家者流出于某官"一样，主要就其性质的类同言，不必有亲子式的承递关系的。

汉代鼓吹曲考

一、鼓吹曲与黄门鼓吹

汉代乐章分为四品：一曰太予乐，二曰雅颂乐，三曰黄门鼓吹乐，四曰短箫铙歌乐。第一第二两品是雅乐，由太乐署掌管，第三第四两品是俗乐，由黄门乐署掌管。《乐府诗集》（卷十六）鼓吹曲辞题解说："崔豹《古今注》曰'汉乐有黄门鼓吹，天子所以宴乐群臣也。短箫铙歌，鼓吹之一章尔。亦以赐有功诸侯'。然则黄门鼓吹、短箫铙歌与横吹曲，得通名鼓吹，但所用异尔。"这解说是对的。汉代的短箫铙歌与横吹曲，均受西方外族音乐的影响，在当时均为俗乐，故与出自民间的第三品黄门鼓吹乐同由掌管俗乐的黄门乐署统辖，同由黄门鼓吹乐人演奏，故"得通名鼓吹"。

短箫铙歌、横吹曲都是军乐，故在汉代亦称为黄门武乐。《后汉书·祭遵传》："帝东归过汧，幸遵营，劳飨士卒，作黄门武乐，良夜乃罢。"李贤注："黄门，署名。前书曰：是时名倡皆集黄门。武乐，执干戚以舞也。"沈钦韩《后汉书疏证》曰："武乐，即短箫铙歌也。"按崔豹《古今注》（卷中）曰："横吹，胡乐也。张博望（骞）入西域，传其法于西京，唯得《摩诃兜勒》一曲（顾氏文房小说本《古今注》作"二曲"，非。此据《四部丛刊》三影宋本《古今注》。按《后汉书·班超传》注引《古今乐录》，《乐府诗集》卷二十一横吹曲辞题解均作"一曲"，似当以"一曲"为是）。李延年因胡曲更造新声二十八解，乘舆以为武乐。后汉以给边将军，和帝时万人将军得用之。"然则《祭遵传》的"黄门武乐"，不一定指短箫铙歌，可能指横吹曲，也可能兼指二者。至于四品乐章中没有横吹曲，大约是由于横吹曲有声无辞的缘故。

演奏鼓吹曲（短箫铙歌）的乐人由黄门署统率，史籍也有彰明的记载。卫宏《汉旧仪》云："黄门令，领黄门、谒者、骑吹。"（《平津馆丛书》本）骑吹系鼓吹的一种（详下），又按《后汉书·卫宏传》：

"宏作《汉旧仪》四卷,以载西京旧事。"这证明前汉的鼓吹队隶属黄门。《梁冀别传》说:"元嘉二年,又加冀礼仪,大将军朝到端门若龙门,谒者将引增掾属,令人令史官骑鼓吹各十人。"(《续汉书百官志注补》引)谒者系黄门的属官,可知后汉的鼓吹队亦隶属黄门。

二、鼓吹曲的用途及内容

晋孙毓《东宫鼓吹议》云:"鼓吹者,盖古之军声,振旅献捷之乐也。施于时事,不常用。后因以为制,用之朝会焉,用之道路焉。"(《北堂书钞》卷一○八、一三○引)用之朝会、道路,是鼓吹曲的两大用途。

汉代鼓吹用于朝会的例,如蔡质《汉官仪》所载三朝会的仪式:"……钟声并作。乐毕作鱼龙曼延,小黄门鼓吹三通。"又记拜皇后之礼云:"皇后伏起拜,称臣妾讫,黄门鼓吹三通。"(俱见《续汉书礼仪志注补》引)《汉书·礼乐志》说:'丞相孔光、大司空何武奏:郊祭乐人员六十二人,给祠南北郊大乐鼓员六人,嘉至鼓员十人,邯郸鼓员二人,骑吹鼓员三人,江南鼓员二人,淮南鼓员四人,巴渝鼓员三十六人,歌鼓员二十四人,楚严鼓员一人,梁皇鼓员四人,临淮鼓员三十五人,兹邡鼓员三人,凡鼓十二员百二十八人,朝贺置酒陈殿下,应古兵法。"其中的"骑吹鼓员三人",也是用于朝会的。

汉代鼓吹曲用于道路从行的例,如《续汉书·百官志注补》云:"案大驾卤簿,五校在前,各有鼓吹一部。"丁孚《汉仪》说:"皇后出,置虎贲、羽林骑、戎头、黄门鼓吹……"(《续汉书礼仪志注补》引)都是。

鼓吹除帝皇用于朝会道路之外,还用以给赐。给赐的情况有下面诸种。第一是分封的诸国君王,《后汉书·楚王英传》:"乃废英,徙丹阳泾县……使伎人、奴婢、工技、鼓吹悉从,得乘辎轩。"又《梁节王畅传》:"所受虎贲官骑及诸工技、鼓吹、苍头奴婢、兵弩厩马,皆上还本署。"都是。第二是异国归附的君主。《后汉书·东夷传》:"武帝灭朝鲜,以高句骊为县,使属玄菟,赐鼓吹伎人。"又《南匈奴传》:"建武二十六年秋,南单于遣子入侍,奉奏诣阙。诏赐单于冠带衣裳……乐器鼓车(鼓车是载鼓吹乐队的车子,详见下文)。"都是。

第三为给赐臣下。《续汉书·百官志》："大将军官属有御赐官骑三十人及鼓吹。"注补引《汉官仪》："鼓吹二十人，非常员。"《北堂书钞》卷一三〇引《晋中兴书》："汉武帝时，南平百越，始置交趾、九真、日南、合浦、南海、郁林、苍梧，凡七郡，立交州刺史以统之。以州边远，山越不宾，宜加威重，七郡皆假以鼓吹。"都是。第四为赠大臣之葬。《后汉书·杨秉传》："永元三年卒，赐以朱棺玉衣，将作大匠穿冢，假鼓吹，五营骑士三百余人送葬。"又《杨赐传》："中元二年九月薨……及葬，又使侍御史持节送丧，兰台令史十人，发羽林骑、轻车介士、前后部鼓吹。"都是。

　　此外，《后汉书·光武纪》(下)注引《汉官仪》："北郊坛在城西北角……其鼓吹乐及舞人御帐，皆从南郊之具。"郊祭用鼓吹，其例可比诸朝会。又《宋书·礼志》(第五)及《隋书·礼仪志》(第六)均有"诸官鼓吹"的名目，疑此种"诸官鼓吹"，也肇始于汉代。上引《续汉书·百官志注补》云："案大驾卤簿，五校在前，各有鼓吹一部。"此五校之五部鼓吹，虽列在大驾卤簿之中，疑即为"诸官鼓吹"之一部分；但这种鼓吹，已不属于黄门了（繁钦《与魏文帝笺》："顷诸鼓吹，广求异妓……及与黄门鼓吹温胡，迭唱迭和。"可知魏时除黄门鼓吹外也尚有其他鼓吹）。

　　以上所说的鼓吹都是短箫铙歌而非横吹曲。今考汉短箫铙歌十八曲内容，除《战城南》一曲咏战事外，其《朱鹭》、《上陵》、《将进酒》、《远如期》四曲歌词内容与朝会有关；《上之回》、《圣人出》、《君马黄》三曲歌词内容与道路有关；《艾如张》、《雉子斑》、《临高台》三曲歌词内容讲狩猎之事，也与道路有关。《思悲翁》、《翁离》、《芳树》、《石留》四曲歌词，字句不易解，内容不大明白。《巫山高》、《有所思》、《上邪》三曲歌词，疑本系赵代秦楚之讴一类，为短箫铙歌所借用者。考《宋书·乐志》(第一)曰："汉太乐食举十三曲：六曰《远期》(《乐府诗集》卷十六《远如期》题解云："远如期，一曰远期。")，七曰《有所思》。"按食举乐属于太乐（即太予乐），是雅乐；今铙歌《远如期》曲中有"雅乐陈，佳哉纷"等语，知该曲原当是食举乐歌词，而为铙歌所借用的。铙歌既与食举乐都用于朝会，歌词自不妨借用。又本节上面所引《汉书·礼乐志》所载"应古兵法"的乐人，有邯郸、江南、淮南等各种演奏地方音乐的鼓员，其情况与相和歌的演奏赵代秦楚之讴，颇为相像。那么地方民歌如《有所思》、《上邪》等为武乐之一的铙歌借用入乐，也是有其缘故的吧。

三、鼓吹曲与横吹曲

《乐府诗集》卷二十一横吹曲辞题解说："横吹曲，其始亦谓之鼓吹，马上奏之，盖军中之乐也。北狄诸国，皆马上作乐，故自汉以来，北狄乐总归鼓吹署。其后分为二部，有箫笳者为鼓吹，用之朝会道路，亦以给赐，汉武帝时南越七郡皆给鼓吹是也。有鼓角者为横吹，用之军中，马上所奏者是也。……横吹有双角，即胡乐也。汉博望侯张骞入西域，传其法于西京，唯得《摩诃兜勒》一曲。李延年因胡曲更造新声二十八解，乘舆以为武乐。后汉以给边将，和帝时，万人将军得用之。"此段文字，叙述鼓吹曲与横吹曲的区别颇为清晰。鼓吹曲与横吹曲都得用以给赐。鼓吹曲给赐的情况，已如上节所述；若横吹曲，则专用以给赐边将，所谓以军乐壮其声势。

《北堂书钞》卷一三〇引《东观记》曰："建初八年，拜班超为将兵长史，假鼓吹幢麾。"此条记载，《乐府诗集》卷十六鼓吹曲辞题解亦引之，以为鼓吹是指短箫铙歌。但李贤注《后汉书·班超传》则以为假给班超的鼓吹，是指横吹曲，并说："横吹麾幢，皆大将所有，超非大将，故言假。"注文引《古今乐录》叙述横吹曲的一段文字，跟《古今注》（见第一节引）相同。按班超，是所谓边将，假给他的鼓吹当是横吹曲，因为横吹如郭茂倩所说，"其始亦谓之鼓吹"。

四、鼓吹曲与骑吹曲

《宋书·乐志》（第一）说："《建初录》云：'《务成》、《黄雀》、《玄云》、《远期》，皆骑吹曲，非鼓吹曲。'此则列于殿廷者为鼓吹，今之从行鼓吹为骑吹，二曲异也。"上面说明鼓吹曲用于朝会，也用于道路；《宋书》以为鼓吹曲与骑吹曲的区别，即在用于朝会与道路的不同，这解释是不正确的。《乐府诗集》卷十六鼓吹曲辞题解驳之曰："按《西京杂记》：汉大驾祠甘泉汾阴，备千乘万骑，有黄门前后部鼓吹，则不独列于殿廷者为鼓吹也。"很对。

鼓吹与骑吹既同得用于道路从行，那么其区别何在呢？我以为在于那些乐人从行时所乘工具的不同。鼓吹乐人乘的是车，骑吹乐人则为马。《汉书·韩延寿传》说："延寿在东郡时，试骑士，治饰兵车，总建幢棨，植羽葆，鼓车歌车。"鼓车歌车，孟康注曰："如今郊驾车上鼓吹也。"（颜师古注："郊驾，郊祀时所备法驾也。"按孟康此条注释也可谓本文第二节郊祭用鼓吹的证据）《续汉书·舆服志》（上）说："乘舆法驾卤簿，后有黄门鼓车。"黄山曰："此车载黄门鼓吹乐人也。汉乐人皆曰鼓员，见前书《礼乐志》，故车亦曰鼓车，实即鼓吹车。"（王先谦《后汉书集解》引）可见汉代鼓吹乐人从行时恒乘车，其车就唤作鼓车。这制度至后世犹然，如《梁书》卷五十六《侯景传》："景受禅，以辒车床载鼓吹。"至骑吹则顾名思义，当为骑乘于马上的鼓吹乐人。魏武《军令》曰："往者有鼓吹而使步行，为战士爱马也。"（《太平御览》五六七引）这里的鼓吹即是骑吹，所以用马。

《隋书·礼仪志》（四）说："鼓吹车上施层楼，四角金龙衔流苏羽葆。凡鼓吹，陆则楼车，水则楼船，在殿廷则画筍虡为楼，楼上有翔鹭栖乌，或为鹄形。"这里记载鼓吹乐人乘坐的工具及工具上的装饰颇为详细，疑此种制度是沿袭汉代的。汉短箫铙歌十八曲中，《朱鹭》篇讲到鹭，《临高台》篇讲到鹄，或许与鼓吹车上的装饰有关。

杨慎《词品》说："鼓吹曲，其昉自黄帝记里鼓之制乎？后世有鼓吹、骑吹、云吹之名。……水行则谓之云吹。《朱鹭》、《临高台》诸篇则鼓吹曲，《务成》、《黄爵》则骑吹曲，《水调》、《河传》则云吹曲。……梁简文诗：广水浮云吹，江风引夜衣。此言云吹也。"按云吹一名，不见古籍记载，况且《水调》、《河传》是隋唐以后的新乐曲，与汉魏鼓吹曲无关。杨慎喜欢自我作古，这里"云吹"一名，大约也是附会简文诗句而杜撰的。

五、鼓吹两字的含义

《宋书·乐志》（一）说："雍门周说孟尝君鼓吹于不测之渊。说者云：鼓自一物，吹自竽籁之属，非箫鼓合奏，别为一乐之名也。"这段文字告诉我们两点：第一，鼓吹曲"鼓吹"两字的含义，是由于同时打鼓吹箫，即所谓"箫鼓合奏"；第二，不是箫鼓合奏，也有使用

"鼓吹"字样的，如孟尝君之例。

鼓吹曲的乐器，实际除箫和鼓外，还有笳。刘瓛《定军礼》说："鼓吹，鸣笳以和箫声。"（《乐府诗集》卷十六引）此仅举笳箫。陆机《鼓吹赋》："鼓砰砰以轻投，箫嘈嘈而微吟。"此仅举箫鼓。《隋书·音乐志》（上）称陈制："鼓吹一部，十六人，则箫十三人，笳二人，鼓一人。"是比较完整的记载。箫和笳都是吹（《宋书·乐志》第一："茄（同笳），号曰吹鞭。"），与鼓合奏，故名鼓吹。

但汉代的黄门鼓吹乐人，除奏鼓吹曲外，还演奏民间的俗乐相和歌；而汉乐四品中的黄门鼓吹乐，已剔除鼓吹曲（短箫铙歌），仅指相和歌及杂舞曲而言（参看本书《说黄门鼓吹乐》篇）。那么，演奏相和歌与"鼓吹"有何关系呢？汉时黄门倡乐亦多用鼓。如杂舞曲中的鼙舞曲、鼓舞曲，更以鼓为主。考《汉书·霍光传》载光等奏昌邑王罪状有云："大行在前殿，发乐府乐器，引内昌邑乐人，击鼓歌吹作俳倡。会下还，上前殿，击钟磬，召内泰壹宗庙乐人辇道牟首，鼓吹歌舞，悉奏众乐。"这里上面说"击鼓歌吹"，下面说"鼓吹"，然则"鼓吹"当即"击鼓歌吹"的省称。而所谓"歌吹"，主要指丝竹相和的俗乐。《汉书·礼乐志》说："初高祖既定天下，过沛，与故人父老相乐，醉酒欢哀，作《风起》之诗。令沛中僮儿百二十人习而歌之。至孝惠时以沛宫为原庙，皆令歌儿习吹以相和，常以百二十人为员。"《宋书·律志》说明俗乐因"无厢悬钟声，以笛有一定调，故诸弦歌皆从笛为正"。习吹以相和，实际上是以笛为主来学习丝竹之乐。

以上说明相和歌、杂舞曲与短箫铙歌都可以叫做鼓吹的理由。汉代，相和歌等与短箫铙歌同属黄门鼓吹乐署。魏晋以后，黄门鼓吹署衍为鼓吹署（《通典》（二五）《职官典》："后汉有承华令，典黄门鼓吹，属少府。晋置鼓吹令丞，属太常。"），专典武乐，别设清商乐署专门管理三调相和歌等俗乐，此后鼓吹一名，遂为汉黄门武乐一系所专用了。

【评　介】

王运熙（1926—2014），江苏金山（今属上海市）人。1926年出生，1947年毕业于复旦大学中文系，后历任复旦大学讲师、副教授、教授、中国语言文学研究所所长、中国古代文论学会第一届常务理事。中国民主同盟盟员,中国共产党党员。其研究阶段主要分三个时期。20世纪40年代末到50年代中,他致力于汉魏六朝乐府诗歌的研究,其重要作品有《六朝乐府与民歌》(上海文艺联合出版社)和《乐府诗论丛》(古典文学出版社)。这两本里程碑式的论文集填补了乐府研究史的空白,奠定了王运熙在乐府研究界的地位。从50年代中期开始,他的研究重点转移到唐代文学,60年代起,研究重点又转移到中国文学批评史方面。王运熙先生在这些领域中都取得了丰厚的研究成果,先后所著论著有《汉魏六朝唐代文学论丛》、《文心雕龙探索》等。除个人著作外,王运熙先生还参与主编了不少的著作和辞书,如《李白诗选》、《李白研究》、《中国文学批评史》(上卷)、《辞海》、《中国大百科全书》、《中国文学批评史》(中、下卷)、《中国文学批评通史》(七卷本),获奖颇丰。总而言之,王运熙先生是一位中国古典文学和文学理论批评领域的名家,其研究所长在汉魏六朝乐府、唐代文学和《文心雕龙》等领域。

乐府诗研究是王运熙先生第一个涉及的研究领域。在王运熙先生还是一个大学毕业不久的青年研究者的时候,他在陈子展先生的建议下决定对汉魏六朝的游戏文学进行研究。在研究过程中,《八代诗选》"杂体诗"一卷中利用谐音双关语表达男女恋情的"风人诗"引起了他的兴趣,这种谐音双关是清商曲辞中吴声与西曲的一大特点。为了获取更丰富的材料,他广泛涉猎《乐府古题要解》、《乐府诗集》和汉、晋、南朝诸史,最终写出了《论吴声、西曲与谐音双关语》。在1948之后的两年时间里,王运熙先生围绕着六朝乐府这一专题,对六朝乐府诗的时代、地域、渊源及作者、本事等一系列问题作了考订勘查,集结为《六朝乐府与民歌》论文集,受到学术界的普遍赞誉。随之,他又把研究范围扩大到汉乐府,用详审史料的方法对乐府官署的起始与沿革、乐府曲调的界定和划分、曲辞的演变、乐府与民歌的关系、乐府作品的思想艺术价值等问题做出分析解答,并将研究论文辑成我们今天所看到的《乐府诗论丛》。

《乐府诗论丛》1958年由古典文学出版社出版,是一本辑集王运熙先生20世纪40至50年代以来关于乐府问题的论文的学术论文集,其中包含了 11 篇论文，分别是《汉魏两晋南北朝乐府官署沿革考略》、《汉武始立乐府说》、《清乐考略》、《说黄门鼓吹乐》、《汉代鼓吹曲考》、《杂舞曲辞杂考》、《汉代的俗乐和民歌》、《论孔雀东南飞的产生时代、思想、艺术及其问题》、《南北朝乐府中的民歌》、《汉魏六朝乐府诗研究书目提要》及附录《七言诗形式的发展和完成》。其中前六篇文章倾向于对乐府诗歌在文献方面进行考证，以相和歌辞为重点，兼及乐府官署、清乐沿革等问题，旨在解决乐府研究中一些概念性和知识性的基本问题。第七至第九篇论文，其研究重点开始有所转变，从文献研究转向了文学研究，从知识考订变化为价值评估，以《孔雀东南飞》、《陌上桑》几部大家耳熟能详的乐府名作为例，其侧重点主要是分析作品的内容主题、思想情感、文学价值。需要特别提到的是《汉魏六朝乐府诗研究书目提要》一文，它分四大类将从古迄今的乐府研究书籍分门别类加以著录，追溯源，探得失，是一部难得的乐府研究目录书兼学术史，极大地方便了后代学人的研究。附录的《七言诗形式的发展和完成》虽不属乐府研究的范畴，但在探讨七言诗诗体生成的历史过程时颇有独到之见，可以说是乐府诗歌后世影响的一个侧面体现。

前六篇文章是《乐府诗论丛》的精彩之处和特色所在。它的研究方法具有强烈的"考史"色彩，即通过对详细史料所作的系统搜集分析，描绘乐府诗的诸多方面的历史面貌，以论述乐府研究中的重要选题。其中，《汉魏两晋南北朝乐府官署沿革考略》、《汉武帝始立乐府说》二文对乐府时代——汉魏两晋南北朝——的乐府官署的沿革作了详细考证。《清乐考略》是一部汉魏六朝清乐的流变史，其中对清乐的范围、名称的由来、乐曲的特点、和相和歌的关系等问题作出了厘清。《说黄门鼓吹乐》则考证了黄门鼓吹乐的内容和职掌，指出它以相和歌曲和杂舞曲宴乐嘉宾的功效，纠正了前人学者在这个问题上的误解。《汉代鼓吹曲考》、《杂舞曲辞杂考》则对鼓吹和杂舞曲的乐曲及歌词进行了专题考证。我们可以发现，这些论文所涉及的都是乐府研究中非常知识性、基础性的命题。在 20 世纪二三十年代，乐府学迎来了现代研究的开端，而一门学问在创始之时自然最致力于基本问题的架构。这一时期胡适、闻一多、陆侃如等人的乐府研究，其兴趣点除撰写通史外，便是探究乐府的创制时间、官制的流变、乐曲分类的标准、乐名的由来、雅俗乐的分辨等这些基本问题。《乐府诗论丛》中的文章撰写于 20 世纪四五十年代，距离最初的乐府现代研究已经有一段时间，其研究范畴和热点问题已渐于成型，在这个时候王运熙先生的研究的出现对整个乐府研究来说是有着一定的总结和集大成的意义的。他在研究古籍的基础上吸收了闻一多、萧涤非等人的学术成果，并纠正了之前乐府研究中许多不正确的说法，其中很多颇有创见的新论断或对某一个话题的总结性论述被之后学界所广泛接受。其贡献很大的领域在于清商乐，除了将清商乐做出系统的解释整理之外，厘清了很多清乐上模糊不清或走入误区的问题，比如在《清乐考略》中，他就清商名称的由来驳斥了陆侃如清商出于"清调以商为主"的简单说法（旧版《中国诗史》第四篇第四章），而提出清调一名来源于其音乐清越哀伤的特点，将曲名称和音乐特点联系起来。在清商三调的划分归属这一旷日持久的争端问题上，驳斥了梁启超认为相和和清商三调是两类歌曲的看法，用《宋书·律志》引相和不引清商，《隋书·经籍志》有"相和三调歌辞"而非"三调相和歌辞"的题目来证明清商三调包括在相和曲之中。这也是我们现在普遍常用的分类方法。我们也能够从中看到，《乐府诗论丛》有着非常明确的问题意识：它的每一篇文章都是一个专题，简明扼要，条理清晰，指向明确；它从不蓄意制造问题，而是为乐府研究填补空白，供其所需；它尽管谈论的依然是一些关乎分门别类、溯源清本的老问题，但无论在结构、论证还是结论上，都有颇为不同于之前乐府研究的创新和进步。这也恰恰是《乐府诗论丛》能够成为乐府研究中里程碑式著作的原因。

在研究方法上，民国时期的乐府研究多承袭清人学风，在字句训诂和注释上大下功夫，代表作品为黄节《汉魏乐府风笺》和闻一多《乐府诗笺》。王运熙在考证方法上走的是乾嘉朴学流行以后部分历史学者"考史"的路数，虽与训诂派不同，但同样具有重材料、善归纳的优长。本书的考证是建立在对文献材料竭泽而渔式的占有之上的：我们在阅读时会发现，佐证专题的材料来源广泛，甚至来源于类书、地理志、笔记小说、画论、人物品评这样一般人容易忽略的地方，再通过对材料的分析，恢复历史的面貌，发现隐藏其中的内在联系。在

《说黄门鼓吹乐》一文中,作者用《汉书·礼乐志》中"是时郑声尤甚,黄门名倡丙疆景武之属,富显于世"和《汉书·张放传》"薛宣奏放知男子李游君欲献女,使乐府音监景武强求不得"两则材料,通过西汉人物景武既是黄门名倡,又任乐府音监这一事实,证明了西汉黄门和乐府两机关之间的密切关系,从而得以为黄门鼓吹曲包含俗乐相和歌这一论点提出证据。能在广大浩瀚的文献史料中留意到这样细微的证据并加以关联,是极为不易的,但在《乐府诗论丛》中,像这样广搜、细查、巧用材料的精彩考证段落比比皆是。

注重点与面、宏观与微观的结合是《乐府诗论丛》的又一特长。由于论文集是单个问题的研究集合,所以常常呈现出分散的布局,很少能向读者展示出学科的概况或全貌。但《乐府诗论丛》却在单篇论文的集解中蕴藏了一定的系统性。这六篇文章中,除了《汉武始立乐府说》探讨的是细节性的问题,其余文章都是关于某一类乐府诗歌的"通论"。尽管每一篇"通论"中也不乏对细节问题的考证和争鸣,但文章大框架的组织相当有条理,重要概念和范畴的厘清一定是放在细节讨论之前的。《清乐考略》一文是很好的范例。因为清乐数量很多,所跨时代很长,艺术价值高,几乎是乐府诗歌中最重要的部分,而清乐本身概念和范围的界定以及和相和歌的关系又恰恰是乐府研究中一桩争议不断的疑案,所以要将清乐的问题讲清楚并不是一件容易的事情。《清乐考略》由绪论部分先下定义,再按时代顺序分叙新旧清商曲,条理清晰,面面俱到,即使是一个对乐府少有涉及的读者,通读全文便几乎懂得什么是清乐,清乐研究中主要问题有哪些。而将每一个专题尽数读过之后,关于整个乐府诗歌的一些基本知识就可以架构起来了。

另外我们要谈到的是《乐府诗论丛》在乐府音乐研究上的前瞻性。王运熙之前的乐府研究多致力于文献,并没有过多重视乐府的音乐性,最多涉及音乐制度这个层面。《乐府诗论丛》同样着眼于文献研究,但在音乐方面也有了一些之前未曾有过的注重和倾斜。它不仅仅详尽地陈列了乐府制度的沿革,还对各个曲调种类产生的年代、地域、渊源、体式、修辞及部分具体曲目进行深入细致的考证,很有示范意义。当然,这和之后研究演奏场景、歌者服饰、乐器伴奏、曲调考证、传播方式这些更成熟的乐府音乐研究是不可同日而语的，但音乐研究的这个倾向在本书中已经有所体现了。

前六篇之后的文章，从第七篇起到第九篇，作者将研究重点转换到了乐府诗歌的文学价值和艺术造诣上，旨在探讨乐府诗歌的"民歌性"。这也正是20世纪50年代乐府研究的特点。比如《论孔雀东南飞的产生时代、思想、艺术及其问题》一文，作者从妇女反抗封建礼教的角度，将《孔雀东南飞》定义为暴露封建社会矛盾的人民诗篇，马克思客观唯物主义色彩颇浓。这种研究角度自然取得了成绩，但将乐府等同于民歌和人民性，乐府诗歌思想和艺术的丰富性就大大地损伤了。乐府诗歌不仅在数量上远远超过《诗经》和《楚辞》，时间跨度也是《诗经》、《楚辞》等所不及的；其表达内容极为广阔多样，涉及祭祀、宫廷、仙话、战事、爱情、哲理；其作者、传唱者、表演者和记载者更是遍布深入至各个社会阶层和历史时期——这些都是乐府丰富性的体现，决定了乐府研究必须要多角度，宽视野，全方位。除此弊端之外，这几篇文章也颇有可取之处，它恰恰补充了此书的前半部分所没有的文学研究的内容，使其成为一部集文献考证和文学鉴赏于一身的佳作。

最后谈一下我们节选该书取舍的依据和标准。节选《汉魏两晋南北朝乐府官署沿革考略》和《清乐考略》等文章中和汉乐府相关的内容，其目的在于展现作者考证和论断的深厚功力。其中汉代乐府官署的设置和沿革是乐府研究中的重要知识和争议问题，清乐和汉代鼓吹乐是汉乐府中重要且存疑较多的分类，介绍这几个部分将有助于读者建构一个较完整的汉乐府知识体系。尤其清乐，是王运熙先生乐府研究中最擅长之处，论述精彩、条理清晰、系统自成，故节录最多。

（孔鹏音）

汉铙歌十八曲新解

陈 直

汉铙歌十八曲，虽不见于《汉书》，其词句之诘屈，较郊祀歌为尤古。因郊祀歌载在汉志，传习者尚递有注释，若铙歌魏晋以来，则向无解诂。后人多以畏难束之高阁，时代愈久，了解愈难。以崔豹《古今注》、智匠《古今乐录》、《宋书·乐志》诸说，综合推测，有属于军乐者，有属于宴饮乐者，亦有属于赏赐诸侯王乐者。类型既杂，时代又不一致，但最迟者，不出于西汉宣元之际。沈约有云："乐人以音声相传，训诂不可复解，凡古乐录，皆大字是辞，细字是声，声辞合写，故致然耳。"此说最为精当。现在所存十八曲歌辞，亦杂有表声字，纠缠混合，有时颇难区别，汉镜铭中亦有声辞合写者，例如昭明镜云：

內而清而以而昭而明光而象而夫而日而月而□而

此镜铭见《小校经阁金文》卷十六，四十四页，镜文本为"内清白（此铭脱白字）以昭明，光象夫日月"，中间夹杂十一个而字，是表声字，用而字表声，亦无定义。余在西安所见昭明镜，有而字者，不下十余面，著录于其他考古书者，更数见不鲜，上述不过仅举一例。昭明镜皆为西汉中晚期作品，与铙歌十八曲时代正相适合。但在十八曲中表声字所见不同，在镜铭中表声字则皆用而字，十八曲偶然见有表声字，镜铭则每字系以表声字，这是相异的一点。此类镜铭，因有其他同文之铭，可以互相对勘，比较易解。若十八曲绝无相近之歌辞，故从事研究者，更万分困难。今就管窥所得，先通句读，次为训诂，在一篇之中，其易知者，或仅简述，甚或略而不述。其所不知者，仍付阙知，不敢加以臆断。清代治此学者，如庄述祖有《铙歌句解》，王先谦有《铙歌释文笺注》，谭仪有《汉铙歌十八曲集解》等书。而集解中所收有陈祚明、陈沆、庄述祖、张琦、龚自珍、刘履诸家之说。近人则以闻一多氏《乐府诗笺》，最为精审。余冠英氏之《乐府诗选》，十八曲注释，多用闻说，只有《雉子斑》一首，尚有创见。余在本篇中皆有所采摭，惟闻氏用庄述祖《有所思》与《上邪》两首合为一篇之说，因言十八曲实止十七首。其实魏缪袭所撰魏鼓吹曲以《应帝期》当汉之《有所思》，以《太和》当汉之《上邪》。吴韦昭所撰吴鼓吹曲，以《从历数》当汉之《有所思》，以《玄化》当汉之《上邪》。魏吴人去西汉未远，并无以两篇合一之说，此庄氏之失，而闻氏信之，殊不可从也。

一、朱鹭

朱鹭为鼓饰，此篇为宴饮时所奏之乐。

> 朱鹭，鱼以乌。路訾邪，鹭何食？食茄下。不之食，不之吐，将以问谏者。

朱鹭，鱼以乌。直按：《小校经阁金文》卷十三、十页，有永元十三年鹭鱼洗。《积古斋钟鼎款识》卷九，二十三页，有汉安二年鱼鹭洗。两洗左右分画鹭鱼各一，中间一行为铭文，足证鹭鱼在汉时为吉祥之图象画，本曲当亦同例，非如旧说鹭鱼仅用为鼓饰也。鱼以乌谓捕鱼时发出上下相征逐之乌乌声音。庄述祖说，乌为歍字省文，《说文》云："歍，心有所恶若吐也。"

路訾耶。闻一多氏《乐府诗笺》云："路訾耶虽为表声字，然与鹭鹚呀三字音相近。"其说是也。直按：此篇交错用韵，乌吐为韵，下者为韵。

食茄下。直按：《说文》云："茄，荷也。"《汉书·扬雄传》《反离骚》云："衿芰茄之绿衣兮，被夫容之朱裳。"颜师古注云："茄亦荷字也,见张揖《古今字谱》。"

二、思悲翁

此篇描写悲翁之妻与子为贼所劫略情况。闻一多氏以为悲翁本人被掠,与余之见解尚有不同。

> 思悲翁,唐思,夺我美人侵以遇。悲翁也,但我思蓬首。狗逐狡兔食交君。枭子五,枭母六,拉沓高飞暮安宿。

思悲翁。直按:此题或作思悲公,何承天作思裴翁,此说很可能。悲为裴字之假借,据何说因疑为边塞裴翁之妻子,为匈奴虏去,雁门云中人民,作为此诗,代鸣不平,汉武帝时,被采诗官收集,遂传播于乐府,故在宴饮时歌奏,亦借示不忘敌忾之意。《汉书·艺文志》叙诗赋有燕代讴、雁门、云中、陇西歌诗九篇,是其明证。又按:《新唐书·宰相世系表》裴氏云:"非子之支系,封𪨊乡因以为民,今闻喜𪨊城也。六世孙陵,乃去裴(选者按,应为"去邑")从衣为裴,陵裔系盖,汉水衡都尉侍中,九世系敦煌太守遵,自云中从光武平陇蜀,从居河东安邑。"《元和姓纂》亦同。又按:《金石萃编》汉三,有永和二年敦煌太守云中裴岑纪功碑,足证在两汉时,裴氏确居云中,与《元和姓纂》、《新唐书·宰相世系表》吻合。裴氏既居云中边塞,与匈奴最为接壤,其妻与子为匈奴所虏亦常有之事。

唐思。直按:唐思,空思也。《庄子·田子方篇》云:"是求马于唐肆也。"李注:"空也。"又《尔雅》"康瓠"李巡注:"康,空也。"盖唐与康,康与空皆一声之转,此句言思翁空思也。夺我美人侵以遇。直按:美人指悲翁之妻而言,此句极为明显。侵以遇当为侵以耦之假借。《尔雅·释言》:"遇,耦也。"《释名·释亲属》:"耦,遇也。"谓偶其家室也。

但我思蓬首。直按:我,翁自谓也。蓬首指其妻,盖用《诗》"自伯之东,首如飞蓬"之意,与上句耦首为韵。

狗逐狡兔食交君。直按:狗逐狡兔喻被虏时仓皇情状。食谓食时，《史记·淮南王传》云："安为离骚传且受诏，日食时上。"又《居延汉简释文》卷一、六十六页，有残简云："黄昏时尽，乙卯日食时匹五束。"汉人以日中为食时，是习俗语。交为校字省文，《说文》云："校，囚也。"《易》"荷校灭耳"，若今枷项也。君指其妻而言，总言食时房君带刑具以去也。既以食时被房，故下文云暮安宿也。

枭子五，枭母六。直按，此诗以汉代六博之习俗语相比喻。六博以枭为贵，以散为贱。《盐铁论·结和篇》云："闾里常民，尚有枭散。"枭散二字，在西汉时本相联用，除见枭子、枭母以外，其中还隐有散字，喻离散之意。又按：《韩非子·外储说》云："齐宣王问庄贾曰，儒者博乎？对曰，博者贵枭，胜者必杀枭，是杀其所贵也。儒者以为害义，故不博。"《战国策·楚策》唐且见春申君条云："夫枭棊之所以能为者，以散棊佐之也，夫一枭之不胜五散亦明矣，今君何不为天下枭，而令臣等为散乎。"可见枭散二字，是先秦两汉人之常语。《四川书象集》，有六博图，博者持六箸，以唐且之言证之，当为一枭五散。此篇独云枭子五，枭母六盖翁妇共数则为六人，去妇则为五人也。余于此诗，解为塞上裴翁之妻与子为匈奴所执，是一家之言，不强同于他人，故篇首仍称为描写悲翁之妻为贼所劫略情况。

三、艾如张

此篇叙述罗捕黄雀，疑为宴饮之乐。一作艾而张，而如两字，在汉代通用。

> 艾而张罗，夷于何，行成之，四时和。山出黄雀亦有罗，雀以高飞奈雀何。为何倚欲，谁肯磹室。

艾而张罗。直按：艾为刈字之假借，《说文》云："刈，芟草也。"将地面之草芟除，以便罗捕。

夷于何。直按：夷于何为表声字，夷为姨字省文：《说文》云："姨，南阳谓大呼曰姨。""夷于何"疑即"姨如何"之意。

行成之。直按：行当读为行列之行。

为何倚欲。直按：闻氏云：倚欲当为掎脚之假借。《周礼·翨氏》，郑注：" 置其所食之物于绢中，鸟来下则掎其脚。"

谁肯礫室。直按：礫字说文未收，疑为幪字假借。《说文》云："幪，盖衣也。"此句谓鸟倦则飞入室中。谁肯礫室，使鸟不飞入，与上句为何倚欲正相联系。

四、上之回

上之回所中，益夏将至，将北以承甘泉宫。寒暑德，游石关，望诸国，月支臣，匈奴服，令从百官疾驱驰，千秋万岁乐无极。

上之回所中。直按：《汉书·武帝纪》："元封四年冬十月，行幸雍，祠五畤，通回中道，遂北出萧关。"此曲首句五字，曲名截取前三字，犹汉人称《论语》首篇为学而也，此例在十八曲篇名中最多。

益夏将至。闻氏云：益夏，疑谓盛夏，《广雅·释诂》云："溢，盛也。"

寒暑德。直按：《释名·释言语》云："德，得也，得，事宜也。"谓寒暑均得宜也。

游石关。直按：司马相如《上林赋》云"蹷石关，历封峦"是也。

月支臣。直按：汉代隶书，月字写法与肉字不分。汉不知名铜器，上有"宜月"二字（见《小校经阁金文》卷十三，七十九页），即宜肉也。

千秋万岁乐无极。直按：此汉代通常之吉祥语。西安白氏藏有空心大砖，亦有"千秋万岁乐无极"七字。至千秋万岁瓦当，在西安汉城遗址，及济南、诸城各地区，出土更为普遍。

五、拥离

此篇亦作翁离。《释名·释姿容》云："拥，翁也，翁抚之也。"与离字殊不联系。疑为宴饮之乐。

拥离趾中可筑室，何用茸之蕙用兰。拥离趾中。

拥离趾中可筑室。直按：全篇大意说是雍县离宫水址中可以筑室，试分别言之。拥与雍通，《战国策·秦策》"雍天下之国"，即拥字也。故雍离一变为拥离，再变为翁离。《汉书·地理志》，雍县属右扶风，即今之凤翔县地。《武帝纪》，元封四年冬十月行幸雍，祠五畤是也。又按：《小校经阁金文》卷十一，五十页，有雝棫阳宫厨鼎。《长安获古编》卷二，八页，有雝橐泉宫鼎盖。《汉金文录》卷一，三十一页，有雝平阳宫鼎。棫阳宫、橐泉宫，皆在雍县，见于《地理志》原注。《苏武传》亦言："前长君为奉车，从至雍棫阳宫。"独《三辅黄图》以棫阳宫秦昭王所作，在今岐州扶风县东北。又《黄图》记平阳封宫云："武公元年，伐鼓戏氏，至于华山下，居于平阳封宫。"然平阳宫鼎，上冠以雍字，则又为雍州地名之泛称。本曲之雍离，似亦泛指雍州境内之离宫而言。趾为沚字之假借，《尔雅·释水》："水中可居者曰州，小州曰渚，小渚曰沚。"楚辞《九歌·湘夫人》曰："筑室兮水中，葺之兮荷盖。"盖此简何用茸之蕙用兰，即本于《九歌》也。蕙用兰当作蕙与兰解。此篇似非残缺，但不入韵，十八曲中，亦有多句不入韵者，思悲翁前段最为显例。

六、战城南

此篇为军乐，所谓铙歌者，指此等曲而言。

战城南，死郭北，野死不葬乌可食。为我谓乌，且为客豪，野死谅不葬，腐肉安能去子逃？水深激激，蒲苇冥冥。枭骑战斗死，驽马裴回鸣。梁筑室，何以南，何以北，禾黍不获君何食？愿为忠臣安可得？思子良臣，良臣诚可思。朝行出攻，暮不夜归。

且为客豪。闻氏云：豪读为嚎，字一作号。《庄子·齐物论》云："叫者嚎者。"即号哭也。野死谅不葬。直按：谅疑倞字之假借，读如映。《小尔雅·广言》云："映晒也。"野死当谓为野尸，与尸字通。

何以南，何以北，禾黍不获君何食。吴闿生云：何南何北，即河南河北，其说是也。

直按：以禾黍不获君何食之句证之，此指武帝时边郡屯田而言。余昔著《西汉屯戍研究》，曾考屯田种谷，有麦、谷、大麦、小麦、杭麦、穬麦、穈、穇穬、黄米、秋、胡麻等十一种名称，皆据敦煌、居延两木简而加排次者。又《居延汉简释文》卷二、七十页，有"记第二亭长舒，受代田仓临粟二十六石"简文（其他记代田仓粟者尤多，兹仅略举一例）。又释文卷三，三十五页，记戍卒祭祠用品，有"鸡一，黍米一斗，稷米一斗，酒二斗，盐少半升"之简文。可据居延屯区，是大量种禾，兼可种黍。此诗大意，禾黍不获，则不能士饱马腾，虽欲为忠臣，不可得也。下文良臣，与忠臣同名异称，犹君马黄篇之美人与佳人，二者名异实同也。

七、巫山高

此篇疑描写汉高祖都南郑时军士思归之情，属于军乐类。旧说有以宋玉巫山高唐之事相附会者，恐不可信。

> 巫山高，高以大，淮水深，难以逝。我欲东归，害梁不为，我集无高曳。水何深，汤汤回回，临水远望，泣下沾衣。远道之人，心思归，谓之何？

淮水深。直按：楚汉战争时，高祖所用，多丰沛子弟，久战思归，见于《汉书·韩信传》。其时都于南郑，属于巴蜀地区，故歌曲以巫山为代表，与淮水互相对照。后高祖初拟都洛阳时，军士皆欲东归，皆与此诗可以互证。此歌虽未必即为西汉初作品。至迟亦在西汉中期。

害梁不为。直按：害曷也，即何不为桥梁，下文之水何深，即水无梁之意。

我集无高曳。直按：《广韵》："集，众也。"我集即我众也。又高曳，闻氏云："疑篙栧二字之假借，即篙楫也。"其说是也。

八、上陵

此篇据《古今乐录》云："汉章帝元和中，有宗庙，食举之曲，加重来，上陵二曲，为上陵食举。"《续汉书·礼仪志》云："正月上丁祀南郊，次北郊、明堂、高庙、世祖庙谓之五供，礼毕以次上陵。西都旧有上陵，东都之仪，太官上食，太常乐奏食举。"按上两说，皆指此为西汉上陵时所奏之乐章，究其词义，皆以神仙舟楫车马为题材，盖为宴饮之乐。上陵是描写登览在高敞平原，与下津义相对举，以下又杂说鸿雁芝草各祥瑞事，试问西汉十一陵，现物存在，无有近水者。东汉录另有上陵乐曲，与此名同实异，《古今乐录》及《礼仪志》之说，似不可信。

> 上陵何美美，下津风以寒。问客从何来，言从水中央。桂树为君船，青丝为君笮，木兰为君櫂，黄金错其间。沧海之雀赤翅鸿，白雁随山林，乍开乍合，曾不知日月明；醴泉之水，光泽何蔚蔚；芝为车，龙为马，览遨游，四海外。甘露初二年，芝生铜池中，仙人下来饮，延寿千万岁。

上陵何美美。直按：上陵谓上登高陵。闻氏疑上陵为上林之假借，径将本文改为上林何美美，林陵二字，古虽通用，然上林苑无作上陵苑者。在古籍中，如《史记·张释之传》、《汉书·百官公卿表》、《酷吏咸宣传》、《九章算术·均输篇》，柏梁台联句诗，乌生诗，无不作上林者，此例多不可枚举。在于古物中，如上林瓦，上林镫，上林谏铜鼎，建平上林漆杯，上林郎池印，汉张迁碑等，绝无假借作上陵者，闻氏之说，至不可信。

下津风之寒。直按：《说文》云："津，渡也。"黄金错其间。直按：汉代铜器，多用涂金，此诗所叙楫棹，则为木器，用金丝或银丝镶嵌，故云错金。在铜器上镶嵌金银丝者，亦称错金。王莽一刀平五千钱，《汉书·食货志》所谓一刀二字错金是也。

沧海之雀赤翅鸿。直按：《汉书·武帝纪》，太始三年，行幸东海，获赤雁，作朱雁之歌。《礼乐志》郊祀歌第十八有象载瑜，一赤雁歌是也。

白雁随山林。直按：西汉获白雁，不见于古籍，西安汉城遗址六和堡曾出雁范，在侧刻有"白雁雌"三大字，篆书略带隶书，笔画奇古，决为西汉中期作品，余在《关中秦汉陶录》卷一已著录，与为篇正合。

醴泉之水，光泽何蔚蔚。直按：《小校经阁金文》卷十五，九十二页，上有华山镜铭云："食玉英，饮醴泉，驾飞龙，乘浮云。"

览遨游，四海外，直按：《小校经阁金文》卷十五，一十三页，有尚方镜铭云："尚方作竟真大好，上有仙人不知老，渴饮玉泉饥食枣，浮游天下遨四海，寿如金石国之保。"遨游四海，盖为两汉人之习俗语，此镜出土最多，仅略举一例。

甘露初二年，芝生铜池中。直按：《汉书·宣帝纪》，神爵元年诏曰："乃者神爵仍集，金芝九茎，产于函德殿铜池也。"与本篇正合，甘露为宣帝纪年，此诗为宣帝时作品，最为明显，所谓初二年者，即元二年也。

延寿千万岁。直按：西安汉城遗址内出土有"延寿万岁"瓦，当为汉人之吉祥习俗语。

九、将进酒

此篇纪宴饮赋诗之事，闻氏云：《楚辞·招魂》曰："结撰至思，兰芳假些。人有所极，同心赋些。酎饮尽欢，乐先故些。"足以与此相发。

> 将进酒，乘大白。辨加哉，诗审博。放故歌，心所作，同阴气，诗悉索，使禹良工观者苦。

乘大白。直按：《汉书·叙传》云"皆饮满举白。"注白者罚爵之名。

辨加哉,诗审博。直按:此两句概括《礼记·中庸》博学之,审问之,慎思之,明辨之,笃行之大义。加之嘉字省文。西安谢文清氏,藏有"加气始降"、"加露沼沫"两瓦当,均省嘉作加,嘉与佳通,故此诗一本作佳。

放故歌。直按:故歌指安世房中歌等而言,放当与放郑声之放同义。

同阴气。闻氏云:同即同律之同。《周礼·太师》:"掌六律六同,以合阴阳之声。阳声黄钟,太簇,姑洗,蕤宾,夷则,无射。阴声大吕,应钟,南吕,函钟,小吕,夹钟。《周礼·典同》:"掌六律六同之和,以辨天地四方阴阳之声。"故书同作铜。郑司农云:"阳律以竹为管,阴律以铜为管,竹阳也,铜阴也,各顺其性,凡十二律。"直按:同阴气指乐府所奏之乐。再《续封泥考略》卷一,十一页,有"乐府钟官"封泥(钟官与水衡都尉属官之钟官令不同),可证西汉乐府令署中,设有钟官。此诗之同阴气,或亦指奏钟乐而言。

诗悉索。直按:《说文》云:"偞,声也,读若屑。"《尔雅·释言》:"偞,声也。"《玉篇》:"偞,小声。"《说文通训定声》云:"蟋蟀亦连语状虫之声,字或作蟋蟋,或作偞啐。"本文之悉索,与偞啐声音相近。审博喻饮酒后赋诗风格之美,悉索喻奏乐后赋诗声咏之美。

使禹良工观者苦。直按:禹当为工人之名。证之《小校经阁金文》卷十一,五七页,有元朔三年(公元前一二六年),工禹所造龙洲宫铜鼎。又同年有工禹所造龙洲宫铜熏炉。工禹与此诗时代相当,疑即其人。工禹为当时良工,而且专为铜工,故在歌诗中列举其名,与上文同阴气相呼应。苦字龚自珍以为若字之误,是也。郊祀歌日出入篇,"使我心苦(选者按,"苦"当为"若")",若一作苦。两字相似,传写易于混淆。马融训《尚书》迁若曰为若顺也(选者按,"迁若"当为"曰若";后一"曰"字疑衍),与本诗相通。

十、君马黄

此篇为君臣聚会宴饮之乐,以易之有骢句定之,应为武帝时作品。

君马黄,臣马苍,二马同逐臣马良。易之有虒蔡有赭,美人归以南,驾车驰马,美人伤我心。佳人归以北,驾车驰马,佳人安终极。

君马黄,臣马苍。闻氏云:《汉高·高祖纪》(选者按,"汉高"当为"汉书"):"吕公曰,臣少好相人。"张晏注:"古人相与语,多自称臣,自卑下之道也,若今人相与言自称仆也。"直按:汉人自卑称臣,是不错的,汉穿带印,皆曰臣某某,但皆是单行用的,此诗君臣二字,互相对举,与闻氏之说,显有不同。

易之有虒蔡有赭。直按:《说文》云:"虒马浅黑色。"《尔雅·释畜》:"彤白杂毛騢。"郭舍人注(马氏《玉函山房辑佚书》):"赤白杂毛,今赭白马騢。"宋颜延之有《赭白马赋》此虒、赭二字之普通解释。又按:《汉书·张骞传》云:"初天子发书,易曰(书字当绝句,易作卜字解),神马当从西北来,得乌孙马好,名曰天马。及得宛汗血马,益壮,更名乌孙马曰西极马,宛马曰天马。"颜师古引邓展注:"发易谓发易书以卜之也。"又按:《汉书·西域传》载武帝诏略云:"古者卿大夫与谋,参以蓍龟,不吉不行。"又云:"易之卦得大过,爻在九五。""方士、太史、治星、望气,及太卜龟蓍,皆以为吉,匈奴必破,时不可再得也。"本诗易之,谓发书占之,蔡谓蓍龟也。《论语》臧文仲居蔡,何晏集解,龟出蔡地,因以为名是也。易之二字,易本书名,由名词变为动词,与《汉书·西域传》正同。又按:《汉书·礼乐志》天马歌云:"虎脊两,化若鬼。"颜师古注:"言其变化若鬼神。"余谓此颜氏之望文生训,鬼即虒字之省文,谓颜色变化如虒马也,即此诗之易之有虒。天马歌又云:"沾赤汗,沫流赭。"赭谓赤色,比天马之沫赤如赭也,非形容马毛杂色如赭也,即此诗之蔡有赭。以《汉书·武帝纪》、《西域传》及天马两歌,综合研究,知武帝每在出兵之前,必用易筮,或龟卜以定吉凶,此句完全指武帝获天马而言。因歌君臣之马,而联及乌孙大宛新获之天马,经余疏通证明,始无隔阂。陈沆解为易州之地出虒马、上蔡之地出赭白马,后人多从其说，但易州出騏马，上蔡出赭白马，于古籍毫无根据，纯属想像之谈，上下文均失去联贯性，便全不可通。

美人伤我心。直按：美人与佳人，是文辞上之变化。汉镜铭云："竽瑟会，美人侍。"又有"宜佳人"镜，及"昭阳镜成，宜佳人兮"镜（此镜未著录，西安汉宫遗址出土，吴兴沈氏藏），二名并无区别。武帝秋风辞："怀佳人兮不能忘。"李延年歌云："北方有佳人，遗世而独立。"其词汇与美人亦不易区分。旧说以美人比君，以佳人比臣，恐未必然也。

十一、芳树

此篇为宴饮之乐，陆机《鼓吹赋》云："咏悲翁之流思，怨高台之登临。"又云："奏君马，咏南城，惨巫山之遐险，欢芳树之可荣。"芳树当即芳树，疑《艺文类聚》引陆赋之误字。

> 芳树日月君，乱如于风，芳树不上无心温而鹄三而为行临兰池，心中怀我怅，心不可匡，目不可顾，妒人之子愁杀人。君有他心，乐不可禁。王将何似。如孙如鱼乎？悲矣。

芳树日月君。直按：君疑星之误字，西安汉城遗址曾出半瓦，绘有日月星图案。或有以君字属下句者，亦不可通。

乱如于风。闻氏云：如读为拿。枚乘《七发》云："众芳芬郁，乱于五风，从容猗靡，消息阳阴。"此诗乱如于风，犹乱于五风。

芳树不上无心温？直按：温下二而字，疑为表声字，与上述汉镜铭而字相同，上下又有误字，仍不能通其句读。

行临兰池。直按：《史记·秦始皇本纪》云："逢盗兰池。"正义引《括地志》："兰池陂即古之兰池，在咸阳县界。"又按：《咸阳县志》："兰池宫当"瓦，出咸阳东乡。兰池作兰沱，盖假借字。此瓦自乾隆时即有出土，现今仍继续发现。兰池本为秦宫，汉代依然存在，兰池宫当瓦，则为汉物。秦代宫殿至汉代保存者至多，如凤翔所出橐泉宫兰，宝鸡所出羽阳千岁两瓦，皆汉物也。

心不可匡。直按：《尔雅·释诂》云："匡，满也。"

妒人之子愁杀人。直按：古诗云："白杨多悲风，萧萧愁杀人。"

如孙如鱼乎。闻氏云："孙读为荪，一作荃。《九歌·少司命》：'荪独宜兮为民正。'《九章·抽思》：'数惟荪之多怒兮。'又'荪佯聋而不闻'，荪并一作荃。《庄子·外物篇》：'荃者所以在鱼。'释文引崔注曰：'荃音孙，香草也，可以饵鱼。'如荪如鱼者，谓彼妒人之子如香饵，王则如鱼，将受其欺。行临兰池，即目生感，语拙朴而哀音动人，作者其陈皇后、班婕妤之流与。"直按：闻说是也。但荃亦可解作鱼筌，不必泥一于香饵，大意是比妒人之子如钓师，比王鱼之在筌。汉代多女作家，如唐山夫人、班婕妤、徐淑、蔡文姬之类，人所共知，《艺文志》又有未央才人歌诗四篇，此诗似亦为汉代女子作品。

十二、有所思

此为男女相恋相绝之辞，当为武帝平南越以后作品，亦为宴饮之乐另一种类型。庄述祖谓与《上邪》疑本为一篇，然在汉代原篇次，《有所思》在第十二，《上邪》在第十五。魏吴拟代篇次，《有所思》在第十，《上邪》在第十二，中间隔有芳树一篇。总起来说，在汉代及魏吴时代，此两篇皆不相联系，知庄氏之说，未必可信。

> 有所思，乃在大海南。何用问遗君，双珠玳瑁簪，用玉绍缭之。闻君有他心，拉杂摧烧之，摧烧之，当风扬其灰。从今以往，勿复相思！相思与君绝，鸡鸣狗吠，兄嫂当知之。妃呼豨，秋风肃肃晨风飔，东方须臾高知之。

何用问遗君。直按：《汉书·酷吏郅都传》云："问遗无所受。"与本诗正合。又本诗《朱鹭》云"将以问谏者"，亦做遗字解。

双珠玳瑁簪。直按：古绝句云："何用通音信，莲花玳瑁簪。"

用玉绍缭之。直按：《说文》云："绍一曰紧纠也。"

当风扬其灰。闻氏云：《史记·龟策传》云："祝曰：……不信不诚，则烧玉灵扬其灰，以徵后龟。"

鸡鸣狗吠。直接：诗意谓妇已与夫绝，自怨自艾，归宁母家，以清白自矢，故云鸡鸣狗吠，兄嫂当知之。梁时梁武帝、费昶、庾肩吾、王筠，皆有拟作，亦皆描写离思。与此大意相似。

妃呼狶。直按：妃与斐同，朱氏《说文通训定声》云："妃字在古韵，楚辞远游叶歌飞夷蛇徊等字。"妃呼狶虽为表声字，疑与噫吁嚱三字声音相近。

十三、雉子班

余冠英氏《乐府诗选》云："此诗写雄鸟亲子死别的哀情，三次呼唤雉子，语调情感，大有区分。第一个雉子是爱抚，第二是叮咛，最后是哀呼。"余以为余说近是。与余氏意见不同者，句中有"王可思"、"被王送行所中"等语，或为汉廷赏赐诸侯王之乐。

雉子班，如此之干，雉梁，无以吾翁孺。雉子！知得雉子高蜚止，黄鹄蜚之以千里，王可思。雄来蜚从雌，视子趍一雉，雉子！大驾马腾，被王送行所中，尧羊蜚从王孙行。

雉子班。直按：西汉因吕后名雉，故改称雉为野鸡。《汉书·谷永传》云："臣闻野鸡著怪，高宗深动。"西安汉城遗址六和堡曾出土有"野鸡"范题字（见余所著《关中秦汉陶录》卷一），皆因避讳而改称。但不得已仍用雉字，如《易》之"雉膏不食"，《论语》之"由梁雌雉"，屈子《天问》之"彭铿斟雉帝何飨"均是也。班为斑字假借，犹班固因虎斑得姓，本应作斑固也（刘宋爨龙颜碑写班作斑，犹存古义）。

如此之干。直按，干为翰字之假借，《淮南子·俶真训》云："浩浩瀚瀚。"即浩浩汗汗。《逸周书·王会篇》："文翰，若皋雉，一名鷮风，周成王时蜀人献之。"

雉梁。直按：雉梁即《诗》维鹈在梁之意。

无以吾翁孺。余氏云："吾为悟字省文，老雉语小雉，见老翁与小孩，皆要防备。"直按：汉印中有"周翁孺印"（吴兴沈氏藏），翁孺二字连文，为汉人之习俗语。

知得雉子高蜚止。余氏云：谓雉子被捕也。

黄鹄蜚之以千里。直按：雉子被捕，老雉羡黄鹄之高飞。

王可思。直按：王可思谓思高祖鸿鹄高飞，一举千里之歌也。此句杂入汉廷赐诸侯王乐之语气，与上句正相联系。

被王送行所中。直按：行所犹行在，《上之回》篇云："上之回所中。"与此同义。尧羊蜚从王孙行。闻氏云："尧羊当读为翱翔。"其说是也。

十四、圣人出

此篇为宴饮之乐。

圣人出，阴阳和，美人出，游九河，佳人来，骈离哉。何，驾六飞龙四时和。君之臣明获不道，美人哉，宜天子，免甘星巫乐甫始。美人子，含四海。

游九河。直按：楚辞《九歌》云："与汝游兮九河。"

佳人来。直按：此诗与《君马黄》篇，皆以美人与佳人平列，作为文辞上之变化。

骈离哉。直按：《说文》云：骈骈行不止也。"离谓光彩陆离也。

何。直按：何为表声字，疑读与啊同，有人以何字属上句者恐非。

驾六飞龙四时和。直按：《艾如张》篇亦有"四时和"之句，柏梁台联句武帝首句云："日月星辰和四时。"与此诗辞句正相同，作品时代亦相当，知联句确非拟托。

君之臣明获不道。直按：不道疑为丕道之省文。

免甘星巫乐甫始。直按：《史记·天官书》云："在齐甘公。"《正义》引《七录》云："甘公楚人，战国时作《天文星占》八卷。"此句谓不用甘公之天文，及其他巫策，而采用乐府也。乐甫当读为乐府。又按：《汉书·百官表》，少府属官有乐府令丞。再《续封泥考略》卷一、十一页，有乐府钟宫封泥。《张安世传》，有乐府音监及乐府游徼，此乐府令属官之可考者。
美人子。直按：子疑于之误字，于为愉字假借。
含四海。直按：含与函通，为涵字省文。

十五、上邪

此篇为男女相恋，男子乌头马角自誓之辞，与《有所思》皆为宴饮乐中之同一类型。

上邪！我欲与君相知，长命无绝衰，山无陵江水为竭，冬雷震震夏雨雪，天地合乃敢与君绝。

长命无绝衰。直按：楚辞《九歌·礼魂》云："长无绝兮终古。"《汉书·礼乐志》郊祀歌云："托玄德长无衰。"皆与本诗相合。

十六、临高台

此篇为宴饮之乐，陆机《鼓吹赋》云："咏悲翁之流思，怨高台之登临。"士衡以为怨诗，看不出哀怨之音，盖晋人之传说也。

临高台以轩，下有清水清且寒。江有香草目以兰，黄鹄高飞离哉翻，关弓射鹄，令我主寿万年。收中吾。

临高台以轩。直按：登高凭轩窗下，望见江水清且寒也。
江有香草目以兰。直按：目以兰犹言称以兰也。
收中吾。刘履曰：收中吾，疑曲调之余声如乐录所谓"羊无夷"、"伊那何"之类。

十七、远如期

此篇记呼韩邪单于来朝，为纪事之乐章，盖宣帝时作品，与《上陵》篇时代相当。

> 远如期，益如寿，处天左侧。大乐万岁，与天无极。雅乐陈，佳哉纷。单于自归，动如惊心，虞心大佳，万人还来，谒者引乡殿陈，累世未尝闻之，增寿万年亦诚哉。

远如期。直按：谓匈奴远道如期来朝。《汉书·匈奴传》卷下云：宣帝甘露二年，"呼韩邪单于款五原塞愿朝。三年正月，汉遣车骑都尉韩昌迎，发过所七郡，郡二千骑为陈道上。单于正月朝天子于甘泉宫，汉宠以殊礼，位在诸侯王上，赞谒称臣而不名。"此诗专纪其事。处天左侧。直按：《汉书·匈奴传》云："中行说令单于以尺二寸牍及印封皆令广长大，倨骜其辞，曰天地所生，日月所置，匈奴大单于，敬问汉皇帝无恙。"此诗处天左侧，即指匈奴方位而言。大乐万岁。直按：西安汉城遗址，曾出"大万乐当"瓦，与此诗语句相似。

与天无极。直按：西安汉城遗址，出土"与天无极"瓦当极多。又《簠斋藏镜》卷下三页，有宜文章镜铭曰："延年益寿去不羊，与天毋亟，如日之光。"与本诗均相同，盖为汉人吉祥习俗语（无极，瓦文亦有作毋亟者）。

谒者引乡殿陈。直按：《汉书·百官表》云：郎中令"属官有大夫、郎、谒者"，"谒者掌宾赞受事，员七十人，秩比六百石，有仆射，秩比千石"。

十八、石留

何承天石留作石流，此篇句读，最不可通。

> 石留凉阳凉，石水流为沙，锡以微河为香，向始黙冷将风阳，北逝肯无敢与于扬，心邪怀兰志金安薄北方，开留离兰。

结 束 语

汉铙歌十八曲,有属于汉廷乐府所自作者,如《朱鹭》、《艾如张》、《上之回》、《拥离》、《战城南》、《巫山高》、《上陵》、《将进酒》、《君马黄》、《芳树》、《雉子班》、《圣人出》、《临高台》、《远如期》等十四篇是也。有疑属于地方歌诗,由汉廷采入乐府者,如《思悲翁》、《有所思》、《上邪》等三篇是也。《石留》一篇,句读难通,尚不能区分其性质。余之解诂心得,以《朱鹭》取证于汉铜器,以《思悲翁》为《思裴翁》,为西汉边郡之诗,以《拥离》为雍州之离宫,《巫山高》为描写高祖时战士思归之情,《君马黄》所言易之有駓蔡有赭,以駓指天马,蔡指蓍龟之类,皆为前人所未道,陶诗所谓"奇文共欣赏,疑义相与析"者,仿佛近之。西汉时有庙堂之乐,有燕会之诗,在燕会歌曲中,君臣共聚,庄谐杂作,脱略形迹,如《君马黄》之推重臣马,《芳树》之语涉宫闱,《有所思》与《上邪》两篇,写男女相恋相绝,相怨相誓之辞。家常琐屑,亦可以被之管弦,正合风诗之义。犹之柏梁台联句、郭舍人之齿妃女唇、东方朔之窘迫诘屈,汉武亦不之罪。在清代治此学者,思想束缚,言必奏乐,于是有以美人比君者、佳人比臣者,支离附会,谰语连篇,就中以谭仪、王先谦两家之注释,为代表类型。独庄述祖以《有所思》及《上邪》两篇,为男女相倡答之辞,打破当时学术之锢网,确实难能可贵。但庄氏两章本为一章之说,与余意见尚有出入也。另撰篇名次第表,借可以考见原诗之次序,对于解说全诗,在次第上也起有一定帮助之作用。

附铙歌十八曲篇名次第对照表

曲名	西汉原来篇次	魏拟篇次	吴拟篇次	晋拟篇次	宋拟篇次	曲名异称
朱 鹭	1	1	1	1	1	
思悲翁	2	2	2	2	2	思悲公　思裴翁
艾如张	3	3	3	3		艾而张

续表

曲名	西汉原来篇次	魏拟篇次	吴拟篇次	晋拟篇次	宋拟篇次	曲名异称
上之回	4	4	4	4		
拥离	5	5	5	5	3	翁离
战城南	6	6	6	6	4	
巫山高	7	7	7	7	5	
上陵	8	8	8	8	6	
将进酒	9	9	9	9	7	
君马黄	10			13	8	
芳树	11	11	11	11	9	
有所思	12	10	10	10	10	
雉子班	13			14	11	雉子班（选者按，当为斑）
圣人出	14			15		
上邪	15	12	12	12	12	
临高台	16			16	13	
远如期	17			17	14	远期
石留	18			18	15	石流

上表魏拟鼓吹曲为十二首，吴拟为十二首，晋拟为二十二首（合于本篇目者有十八首），宋拟为十五首。与西汉原诗对勘。在晋以前，《朱鹭》至《将进酒》，次第完全皆同。以下各篇，魏吴晋所拟代，皆是有所思在芳树之前，这一点今本所传汉诗次第，或有错误。

【评　介】

陈直（1901—1980），原名邦直，字进宧，号摹庐，又号弄瓦翁。祖籍江苏镇江，后迁居江苏东台。他出生在一个贫困的读书人家庭，在家庭的熏陶下，13岁即系统研读《史记》、《汉书》，此后每两年必通读一次，相沿为习。为糊口，17岁即到扬州宜之斋碑店当学徒，后又做家庭教师、县志编辑、义务教员等。在紧张劳作之余，自学不辍。24岁时，撰成《史汉问答》二卷，39岁前刊行的著作有《楚辞大义述》、《楚辞拾遗》、《汉晋木简考略》、《汉封泥考略》、《列国印制》、《周秦诸子述略》、《摹庐金石录》等多种。其中不少受到国内外学界的好评，如《楚辞拾遗》，与洪兴祖、戴震等鸿儒巨匠的著作并列，为研究楚辞的必读之书。抗战爆发后他辗转抵达陕甘。为谋生计，在西安、兰州从事与学术无关的工作，但又充分利用关中地理优势，收集整理秦汉瓦当、货币、玺印、陶器等文物，用以作为研究秦汉历史的资料，也挽救保护了许多稀世国宝，仅陶器就收藏200余件。1949年经著名学者马叙伦推荐，西北大学校长侯外庐邀请，陈直自1950年开始执教于西北大学历史系，从此才得以集中精力从事学术研究。1955—1966年，是其科研硕果累累的时期，200余万字的学术巨著《摹庐丛书》、百余篇学术论文，主要完成于此时。《摹庐丛书》中收录的《汉书新证》、《史记新证》取材广泛，考证精到，发前人之所未发，被学术界奉为《史记》、《汉书》研究之圭臬。"文化大革命"期间，在险峻的政治形势和经济窘迫的情况下，他以惊人的毅力，在极其困难的条件下修订旧稿，并把全部文稿亲手用毛笔抄写了四份，整个工程在1000万字以上，给后人留下了一份丰厚的文化遗产。

陈先生生前任西北大学历史系教授，考古研究室与秦汉史研究室主任，西北大学学术委员，西安市文物管理委员会委员，陕西省政协委员，陕西省社联及史学会顾问，中国考古学会理事，中国秦汉史研究会筹备小组组长等职。

陈直治学，师承清代朴学传统的同时，也深受王国维近代考据学二重证据法的影响，既重文献资料亦重考古资料，提出了"使文献和考古合为一家"，"使考古为历史服务"的学术主张。特别是在扩大资料来源方面，他独辟蹊径，别开生面，把人们不太注意的瓦当、砖文、玺印、封泥、货币、钱范、铜镜、陶器、漆器等寻常古物，出神入化地引入文史研究殿堂，获得了突出的成就。

《文史考古论丛》是陈直的论文选集，1988年出版。原题《述学丛编》，后改今名，共收入文学、史学、考古论文61篇。其中收录的

《汉铙歌十八曲新解》最早发表于《人文杂志》1959年第4期。《汉铙歌十八曲》词句诘屈聱牙，又于歌辞之中颇杂表声字，很难区别。况且十八曲不似汉铜镜铭文之有相近的歌辞，故研究起来十分困难。而该文既重视文献资料，亦重考古资料，将两者结合，同时又十分注重考据文字句读和运用汉代习俗，逐篇研究了《汉铙歌十八曲》。其特点是先通句读，然后再做训诂，论述简略得当，较为人知的地方或是略而不述，在一些要表达自己见解的地方往往就着墨较多，如《思悲翁》。但于无法求解的篇章，如《石留》，则说"此篇句读，最不可通"，阙而不述，决不加以臆断。总体上来说，陈氏广泛参考前人的研究成果，注重采撷诸家中有创见的合理的说法。尤其在运用考古资料上充分体现了自己的特点，即把一些不为人注意的瓦当、砖文、铜镜铭文、钟鼎款识等考古资料引入汉铙歌研究中，独出己见新见。这无疑扩大了汉乐府研究的资料来源，使汉铙歌研究进一步深入，也解决了前人在分析其中某些篇章诗旨时没有充分考虑当时社会情况的问题。

最能代表陈氏解诂特点的是以下几处：

一、运用诸如铜镜铭文、瓦当、砖文、钟鼎款识等考古资料来帮助解诂。如，"以朱鹭取证于汉铜器"，此为陈氏解《朱鹭》篇所用的文物资料。旧说鹭鱼仅用为鼓饰，陈氏利用《积古斋钟鼎款识》中的鱼鹭洗上的图画及铭文，证鹭鱼在汉代的时候是为吉祥的图像画，非仅为鼓饰。又如，对《上陵》篇中"白雁随山林"的训释，鉴于古籍中没有获得白雁于西汉的记载，就运用西安汉城遗址六和堡出土的西汉中期的雁范来证明。

在帮助训诂的同时，陈氏利用出土的瓦当、铭文指出一些诗句应是西汉习俗用语，从中可以看出两汉乐府诗所涉及的广度，也可以看到汉乐府的研究范围在拓宽，比如可以稍微探知汉乐府的表演性。如：《上之回》篇"千秋万岁乐无极"，他说不仅有刻"千秋万岁乐无极"字样的空心大砖，西安汉城遗址及济南、诸城等地也出土过一些千秋万岁瓦当。《上陵》篇"延寿千万岁"亦是汉人之吉祥用语，依据是西安汉城遗址也出土有"延寿万岁"瓦当。再如，《远如期》中"与天无极"一句，不仅有"与天无极"瓦当，而且《簠斋藏镜》中镜铭也有

"延年益寿去不羊，与天毋亟，如日之光"。可见这样的吉祥用语之多，不胜枚举。

二、根据古籍文献资料和历史事实来解诗，有很多是道出了前人所未道的观点。最突出者当是解《巫山高》为描写高祖时战士思归之情，以反驳旧说有以宋玉巫山高唐之事附会者的观点。他认为汉高祖的兵士多丰沛子弟，其时又都于南郑，与淮水互相对照，用此诗表达思归之情。又如在《君马黄》这一篇中根据《汉书·武帝纪》、《西域传》和天马两歌指出武帝每次出兵前必用易筮、龟卜定吉凶，以此指出蔡指蓍龟，其解颇为精到。进而指出"易州出骥马，上蔡出赭白马，于古籍毫无根据"，指出陈沆的谬误。此外，他用《史记·张释之传》、《汉书·百官公卿表》、《酷吏咸宣传》等史料为佐证，以反对闻一多径将"上陵何美美"改为"上林何美美"的做法，陈氏说："林陵二字，古虽通用，然上林苑无作上陵苑者。"还有，陈氏在肯定庄述祖打破清人解《有所思》、《上邪》"以男女比君臣"之局限的同时，又根据《宋书·乐志》和魏吴晋宋模拟篇名次第指出其谬误。可见陈氏考据态度之严谨。

三、注重对具体文字的训诂，以求得某些篇章的诗旨。最能代表陈氏一家之言的是他将"思悲翁"训释为"思裵翁"，并认为此诗是西汉边郡之诗，这与前人见解不同。他认为"悲"是"裵"字之假借，又据史料证明了裵氏居于云中边塞，与匈奴接壤，其妻与子也常有为匈奴所虏之事；又以拥离为雍州之离宫，据《战国策·秦策》"雍天下之国"以训"拥"字为雍，又据史书和考古材料证明了拥离是为雍州之离宫的可能性。

陈氏将一些不为常人注意的考古材料运用到汉乐府研究中的做法，前无古人，后启来者，也给整个汉乐府研究注入了一种新鲜的血液，具有极为重要的开创性意义。

（张少辉）

中国古代音乐史稿(存目)

杨荫浏

【评　介】

　　杨荫浏(1899—1984),音乐教育家,字亮卿,号二壮、清如,无锡人。自幼酷爱音乐,从近邻道士颖泉学习笛、笙、二胡等民族乐器。12岁起加入无锡"天韵社",从名曲师吴畹卿学唱昆曲及演奏琵琶、三弦等乐器。1916年考入江苏省立第三师范学校,后入辅仁中学学习。1920年至1930年从美国传教士郝路易女士学英文、钢琴和作曲,后又得到丁燮林博士帮助,学习音响学。1923年进上海圣约翰大学文学系学习,后转入光华大学经济系。1926年辍学回乡,先后在无锡、宜兴任中学教师。1929年应基督教圣公会之聘从事赞美诗译制、编辑工作,1931年任圣公会联合圣歌委员会委员、总干事。1936年至1937年任北平"哈佛燕京学社"音乐研究员,并在燕京大学音乐系讲授中国音乐史。1941年至1949年在重庆、南京任国立音乐学院教授兼国乐组主任、国立礼乐馆编纂和乐曲组主任、金陵女子大学音乐系教授。

　　新中国成立后,杨荫浏任中央音乐学院研究部研究员、教授,音乐研究所副所长、所长,中国音乐家协会常务理事。1979年起任中国艺术研究院顾问,兼任民族音乐委员会主任、第三届至第六届全国政协委员等职。1984年2月25日在北京逝世。他一生致力于民族音乐遗产的搜集整理和中国音乐史、乐律、音韵、古谱的研究。1950年,他专程回无锡抢救录制阿炳的6首名曲,并整理编成《阿炳曲集》出版。杨荫浏毕生著述除巨著《中国古代音乐史稿》外,先后出版著作27种,论文近百篇。其中有《天韵社曲谱》、《雅音集》、《文板十二曲琵琶谱》、《古琴曲汇编》、《关汉卿戏曲乐谱》、《语言音乐学初探》等。由中国艺术研究院音乐研究所编，江苏文艺出版社2009年12月出版了《杨荫浏全集》，全集凡十三卷本共170余篇目，涉及音乐史学、音乐考古学、乐律学、古谱学、传统音乐研究和民族音乐理论、乐种学、乐器学、语言音乐学、戏曲、曲艺学等多学科门类，甚至还包括音乐译著、诗歌和歌曲创作。这些著述作为一个时代国乐研究表率而汇为一体，可谓集20世纪中国音乐史、传统音乐研究及民族音乐理论代表著作之大成。

《中国古代音乐史稿》1982年由人民音乐出版社出版。撰写时间始于1959年7月，终于1977年7月，长达十八年之久。其间经历了"文化大革命"等特殊时期，《中国古代音乐史稿》因此不可避免地带有时代的局限。如他在肯定历代宫廷雅乐在音乐文化方面的确曾起过一定的作用的同时，又将统治者综合、集中的功绩的基础，看作是"过去和当时的无数劳动人民所创造"的"客观成就"，这不免陷入主观想象的空疏。单就周代宫廷的雅乐来看，雅乐对于华夏音乐文明所作出的巨大贡献，就不应仅据所谓"劳动人民创造历史"的理论来降低其创造功绩，更别说是历代宫廷对于音乐的贡献了。再者对汉乐府集中并促进了俗乐的发展没有给予公正的评判，尤其是在谈到乐府的社会功能时，只强调它为统治阶级服务的特点，对汉乐府机构的历史性功绩缺乏肯定。

但该书毕竟是杨先生毕生研究古代音乐史和传统音乐的概括性总结性巨著，全书以丰赡的资料、浩大的篇幅论述了我国各个历史时期的音乐发展史，劳动人民创造音乐文化的累累成果。包括对音乐的起源问题，中国历代社会背景与音乐发展的联系，各种音乐形式发展的历史沿革，音乐内容的多种体裁和题材，乐曲和乐器的分析介绍，音乐美学思想的研究与介绍，对我国古代的音乐文献、乐谱资料的保存情况做了细致的考察，并对音乐史研究中有争议的问题提出了自己的看法。如在乐学律学方面主要有：春秋战国时起，古、新两种音阶并存和确立的判断；两晋南北朝时期对何承天"新律"，荀勖笛律的解释；隋代出现八声音阶以及关于清商调音阶的判断；中国历史上二种律制并存、异律并用的判断等等。其在音乐历史与民族音乐、音律学等方面综合研究的丰硕成果，使得我国音乐史成为有乐谱的音乐历史。无论是在广度方面和深度方面都超过以往中国古代音乐通史著作的成就，是半个世纪以来中国古代音乐通史学发展的里程碑。

另外，杨先生在该书"后记"中表达了要摆脱唯心史观、转向唯物史观的愿望，其间也不乏极有意义的尝试。这主要表现在他对民间俗乐的研究贡献上。如论述西汉乐府时，肯定了它集中民间音乐歌舞的作用和对其后几百年间中国音乐发展具有一定的推动作用。在对汉乐府的作品内容作出具体分析之后，判断它们大部分是民间音乐，指出了鼓吹曲的民间基础，这与统治阶级用为军乐则不能完全对称。在对汉代相和歌进行分析时，指出了乐府中音乐形式的多样化，不是少数音乐工作人员在短时间内所能集中掌握并加以固定的。尤其是对大曲曲式"解"、"艳"、"趋"、"乱"的分析，指出这种曲式安排的多样和精妙绝非一时所能固定。除此之外，他又结合后世乃至现代的民间音乐进行分析，这对研究汉代乐府的音乐性不仅有着开拓性的贡献，而且还对此后的从事汉乐府研究的学者有着启示性的作用。又如在第五章中，指出了"百戏"、"傀儡戏"包含初期的戏剧因素。论述唐宋以降民间俗乐诸多乐种时，不仅资料详实而且常与前代联系起来，迭出创见，如唐代的曲子，宋代的词直到明清的小曲等，不仅将它们看作纵向发展的历程，而且分析它们与说唱、戏曲之间的联系。杨荫浏先生还认为宋金元明清时期的市民音乐包括艺术歌曲、说唱、乐器和器乐，宋金元明清时期的戏曲艺术包括诸多剧种、声腔的发展历程；而且还指出了自先秦以来逐渐成长的线索（散乐、百戏、歌舞戏、院本、杂剧、南戏等）。这都充分肯定了民间音乐对我国音乐文化的积极作用。

孟子云："观水有术，必观其澜。"（《孟子·尽心》）人之观书亦如是，不能见其所短而仅执一隅。不仅要针砭其失，起发其短，更要观其所长，更何况杨先生这部著作一定程度上填补了我国音乐史的空白，对我们今后的文学研究尤其是汉乐府艺术研究有着十分重要的意义。

（张少辉）

乐府散论(节选)

王汝弼

鼓吹曲辞

汉铙歌 四首

沈约《宋书·乐志》引蔡邕《礼乐志》云：

> 短箫铙歌，军乐也，黄帝岐伯所作，以建威扬德，讽敌劝士也。

蔡邕的说法和《宋书·乐志》所载的《铙歌》十八曲的具体内容对照，除《战城南》、《圣人出》以外，大都和叙战阵、述功德无关。因此庄述祖《汉铙歌句解》说：

> 短箫铙歌之为军乐，特其声耳；其辞不必皆叙战陈(阵)之事。

陈本礼《汉诗统笺》也说：

> 今所传铙歌十八曲，不尽军中乐，其诗有讽有颂，有祭祀乐章。其名不见于《史记》，亦不见于《汉书》，唯《宋书·乐志》有之，似汉杂曲，历魏、晋传讹；《宋书》搜罗遗佚，遂统名之曰

《铙歌》耳。

近人余冠英《乐府诗选注》则在结合诗歌内容、概括前人旧说的基础上，提出自己的观点说：

> 大约铙歌本来有声无辞，后来陆续补进歌辞，所以时代不一，内容庞杂。其中有叙战阵，有解祥瑞，有表武功，也有关涉男女私情的。有武帝时的诗，也有宣帝时的诗，有文人制作，也有民间歌谣。

我认为陈氏"似汉杂曲"之说，最是卓见。余冠英同志所说"内容庞杂"，也很切合实际。但对铙歌的"铙"字到底应当如何理解？则大都存而弗论，保持一种阙疑的慎重态度。我的看法，"铙歌"的本意，当即"杂曲"的异称。知之者，《后汉书·五行志》载，桓帝末，京都童谣云："茅田一顷中有井，四方纤纤不可整，嚼复嚼，今年尚可后年铙。"此处的"铙"字的本义不是乐器，而是杂乱的意思。因此《五行志》下文解"后年铙"说："陈窦被诛，天下大坏。"正是因为这样，应劭《风俗通》引此作"今年尚可后年譊"。譊，亦或叠言称"譊□(选者按：□应作譊)"，《孤儿行》"里中一何譊□(选者按：□应作譊)"，亦杂乱之意。由此可见，"铙歌"并非因乐器而得名；况且把内容各不相同的歌曲，使用一种乐器托腔伴奏，亦使人难于置信。解为"杂曲"，则此疑可以涣释。

……

上邪

上邪！我欲与君相知，长命无绝衰。山无陵，江水为竭，冬雷震震，夏雨雪，天地合，乃敢与君绝！

这首诗自清代庄述祖《汉铙歌句解》创为"《上邪》与《有所思》当为一篇……叙男女相谓之言"之说，以后闻一多《乐府诗笺》、余冠英《乐府诗选》附和之，后出注本遂多信从。然庄说按之两篇具体内容，取譬不同，归趣亦异，实在令人感觉对不上口径，其说非是。

考《史记·高祖功臣侯者年表》引《封爵之誓》：

"使河如带，泰山若厉，国以永宁，爰及苗裔。"始未尝不欲固其根本，而枝叶稍陵夷衰微也。余读高祖侯功臣，察其首封所以失之者，曰："异哉所闻！"

细察文意，似汉高祖刘邦封功臣为诸侯时，曾经对他们发过"使河如带，泰山若厉，国以永宁，爰及苗裔"的四句誓言。开国皇帝虽然做过这个誓言，则揣情度理，臣僚不能不作出反应。而这首《上邪》，不是最有针对性的赓和之辞吗？《铙歌》内容极其庞杂，有民歌，也有大臣和文学侍从表忠心或歌功颂德之作。时间可能早到汉初，晚到西汉中、末叶。从《铙歌》的排列次第看，《上邪》并非紧次于《有所思》之后，所以庄述祖的说法，是缺乏内证与旁证的，不足信据的。

注释：

"上邪"，意即皇上呀。汉人习称皇帝为"上"或"今上"。此在史籍例证不胜枚举。庄述祖"亦指天日以自明"，乃是臆说。

……

相和歌辞

相和曲

江南

江南可采莲，莲叶何田田！鱼戏莲叶间：鱼戏莲叶东，鱼戏莲叶西，鱼戏莲叶南，鱼戏莲叶北。

黄节《汉魏乐府风笺》卷一：

郗昂《乐府解题》云："《江南》古辞，盖美芳辰丽景，嬉游得时也。"

按黄氏此节，本于郭茂倩《乐府诗集》卷二十六《相和歌辞·相和曲》，只引《乐府解题》而不著撰人名氏郄昂所作，根据《新唐书·艺文志》，当为《乐府古今题解》，而非《乐府解题》。《乐府解题》，《崇文总目》著录一卷，而云"不著撰人名氏"。《乐府诗集》所引并同。钱东垣以为即《旧唐书》一〇二卷《刘𫗧传》的《乐府古题解》，恐怕亦属臆测之词，尚待详考。

此歌当是江南采莲女所唱。前三句当系唱词，后四句当系和词。和词可能是按东西南北四个不同的方位，由四个人轮唱。因系轮唱，所以不用押韵。黄节笺援据古书，谓古代西、北两韵相叶，乃牵强附会，不足信据。

薤露　古辞
薤上露，何易晞！露晞明朝更复落，人死一去何时归！

这首歌，《乐府诗集》卷二十七，编入《相和歌辞·相和曲》。按《文选》宋玉《对楚王问》：

其为阳阿、薤露，国中属而和之者数百人。

是为《薤露》见于著录的最早文献。崔豹《古今注》（此书多疑后人伪托）：

《薤露》、《蒿里》并丧歌，本出田横门人，横自杀。门人伤之，为作悲歌，言人命奄忽，如薤上之露，易晞灭也。亦谓人死魂魄归于蒿里。至汉武帝时，李延年分为二曲，《薤露》送王公贵人，《蒿里》送士大夫庶人，使挽柩者歌之，亦谓之挽歌。

《古今注》谓《薤露》、《蒿里》并田横门人为挽横作，到了汉武帝时，协律都尉李延年始分为二曲，以《薤露》挽王公贵人，以《蒿里》挽士大夫庶人。其附会田横事迹部分，固未必可信，然其谓以《薤露》挽王公贵人,以《蒿里》挽士大夫庶人,则验以作品的具体内容,还是比较切合实际的。下面我们想对《薤露》做一点具体分析。

有生必有死,这是必然的规律,用不着忧愁害怕。忧愁害怕也没有用。但一般说来,王公贵人,贪生怕死的多。因为他们不劳而获,坐享安富尊荣,所以妄想长生不老。即使他们活得年岁较长,也总是嫌寿命短促。这就是这首诗头两句"薤上露,何易晞"的感叹所由生。正是因为这样,所以古人有时很自然地把"薤露易晞"的感叹和富贵无常的杞忧联系在一起,如杜甫的《送孔巢父谢病归游江东》诗"惜君只欲苦死留,富贵何如草头露"就是这样。但如果生活是另一种情况,譬如人民,《老子》说"民不畏死",对"死"的态度和王公贵人全然不同,自然不在话下。就连部分的封建士大夫,只要他们在政治上受到打击迫害,象唐朝的韩愈那样,也会写出如《忽忽》篇"忽忽乎,余未知生之为乐也,愿脱去而无因……死生哀乐两相弃,是非得失付闲人"的诗句,把死生置之度外,以期在精神上得到解脱。

"薤上露,何易晞"的另一种涵义是:王公贵人,生无益于世,死无闻于后,即使他们年过百岁,其生之日,犹死之年,所以这些人的生命确实是短暂的,所以这种感叹,只能发生于这些人。至于那些对人类社会历史有巨大贡献的人,他们是既不轻生,更不怕死的。因为这些人是"与天地兮比寿,与日月兮齐光"的。他们自然的生命尽管是有限的,但是历史的生命却是无穷的。

……

蒿里　古辞

蒿里谁家地?聚敛魂魄无贤愚。鬼伯一何相催促!人命不得少踟蹰。

崔豹《古今注》说:"李延年……《蒿里》送士大夫庶人。"这个说法从内容看,是切合实际的。因为这首挽歌写墓主,即使到死,魂魄还要受鬼伯的追逼,连一点人身自由都没有,这不是奴隶们永世甚至死后不得翻身的悲惨命运的写照吗?

注释:

"蒿里"：《汉书·武帝纪》："太初元年，禪高里。"注："伏俨曰：'山名，在泰山下。'师古曰：'此高字自作高下之高，而死人之里谓之蒿里，或呼为下里者也，字则为蓬蒿之蒿。或者见泰山神灵之府，高里山又在其旁，即误以高里为蒿里。'"按：颜说是。蒿里既然是士庶人之墓地，而士庶人是没有条件置备棺椁的。所以袭用最原始的"草葬"的办法。《易·系辞》下说："古之葬者，厚衣之以薪，葬之中野，不封不树……后世圣人易之以棺椁……"蒿是薪的一种，"里"的孳乳派生字为野，所以"蒿里"的本义当为草葬的墓地，北方习称为"乱葬岗子"的就是。此诗首句"蒿里谁家地"？就是很形象地刻画了"蒿里"得名的缘起。

……

饮马长城窟行　古辞

青青河畔草，绵绵思远道。远道不可思，宿昔梦见之。梦见在我傍，忽觉在他乡。他乡各异县，展转不相见。枯桑知天风，海水知天寒。入门各自媚，谁肯相为言！客从远方来，遗我双鲤鱼。呼儿烹鲤鱼，中有尺素书。长跪读素书，书中竟何如？上言加餐饭，下言长相忆。

此诗《乐府诗集》卷三十八入《相和歌辞·瑟调曲》。首见《文选》，题为"乐府"、"古辞"。李善注："言古诗，不知作者姓名，他皆类此。"他的意思是说：这首诗《文选》的编者萧统认为是无名氏所作，所以题为"古辞"。但徐陵《玉台新咏》卷一收此诗题为蔡邕作，盖别有所本。今按此诗内容，只是一般地写了在家的思妇怀念远方的劳人之情，初不及"饮马长城窟"的事。尽管《文选》题为古辞，但必非最早之作，因为"乐府诗"一般惯例，总是截取诗的首句为标题者多，而此诗则是"青青河畔草"，文字与"饮马长城窟"邈不相涉，可见它绝不是最早的民歌。《玉台新咏》题为蔡邕，从确定作家主名来说，固然未必恰切无误；但认为它是作家的作品，而不是最早的民歌，这一点还是很有见地的。因为首句与乐府古题已分道扬镳，这样比较符合文人拟乐府的一般体式。

这首诗从开头到"海水知天寒"都是两句一换韵，两句一变意，读起来就象"流风回雪"那样圆转自如。而且用叙事来抒情，用抒情来叙事，二者浑融无迹，逸趣横生。尤有进者，在通篇以缠绵悱恻为基调的吟叹中，忽然插入"枯桑知天风，海水知天寒"的两句兴寄豪迈之词，这一突兀的奇峰，振起全篇，使整个作品情调，旖旎而不纤弱，英挺而不偾张，真可说是五言句的异采奇葩。

这首诗虽然主要是抒情不是叙事，但是在情节的安排上也是颇具匠心的。当我们读到"入门各自媚（选者按：当为"媚"），谁肯相为言"的时候，我们不禁有点"替古人担忧"，怀疑诗人的思路要走进死胡同了，想不到下面又有"客从远方来"的一段叙写，心地也随着作品开朗了起来，有如陆游诗所写的"山重水复疑无路，柳暗花明又一村"那种快慰心情的再现，这时诗人的整个希望，都倾注在这"双鲤迢迢一尺书"上了，但是书中到底给人送来什么好的消息呢？"上言加餐饭，下言长相忆"，意思是"后会有期，而目前无望"，但不用直说而用曲笔，这就比唐人"君问归期未有期"耐人玩味得多。所谓"不着一字，尽得风流"。确是议诗胜境。

饮马长城窟行　　旧题陈琳作

饮马长城窟，水寒伤马骨。往谓长城吏："慎莫稽留太原卒！""官作自有程，举筑谐汝声！""男儿宁当格斗死，何能怫郁筑长城？"长城何连连，连连三千里。边城多健少，内舍多寡妇。作书与内舍："便嫁莫留住。善待新姑嫜，时时念我故夫子！"报书往边地："君今出语一何鄙：'身在祸难中，何为稽留他家子？'""生男慎莫举，生女哺用脯。君独不见长城下，死人骸骨相撑拄？""结发行事君，慊慊心意关，边城苦，贱妾何能久自全？"

这首诗始见收于徐陵的《玉台新咏》，题为陈琳作，其后郭茂倩编《乐府诗集》因之，卷三十八入《相和歌辞·瑟调曲》，嗣后纂言者相沿无异辞。然我始终怀疑这是《饮马长城窟行》的真正古辞，而《文选》所录《青青河边草》题为"古辞"的那一首，乃是后人拟作，不过是被徐陵驾名"蔡邕"而已。

我所持的理由：

一、此诗全篇叙事，是汉乐府民歌的标准体裁；而且句法长短不齐，结体极为自由；与好用整齐的五、四言体以抒情达意的建安诗人作品有着明显的不同，而和《孤儿行》、《东门行》等名篇极其相似。

二、此诗中有"慎莫稽留太原卒……男儿宁当格斗死，何能怫郁筑长城"。揣度语气，确定无疑是被封建统治者赶到边疆修筑长城的太原卒的愤怒抗议。正是因为这样，所以下面才有"边城多健少，内舍多寡妇"的感叹。这不是《饮马长城窟行》是出于太原卒集体创作最强有力的内证吗？

三、陈琳是广陵（今江苏江都县东北）人，早年虽曾参加过袁绍的幕府，充当过记室（秘书），但他基本上是个文人，绝对不能胜任修筑长城的苦役，而象《饮马长城窟行》这样的作品，则决非没有生活实践经验者所能杜撰。这篇乐府诗，论行动，论思想感情，都充分体现了劳动人民的英雄性格、崇高品质，更非一般封建文人所能向壁虚造。如果认为陈琳和这篇名作决不会没有一点关系，那么他做为一个文人，因为欣赏它而把它采下来，这种可能性是存在的，即使事实仅只是这样，我们也不应该抹煞他的这点功绩。

注释：

"往谓长城吏：慎莫稽留太原卒"：这两句诗的主语就是"太原卒"，因涉下文对话中必有"太原卒"而省。这样既经济，又完整。在修辞上可以说"疏而不漏"。长城吏，是监工，是封建统治者的爪牙，是人民的死敌。"太原卒"，是戍卒，是劳动人民，又应当是这首乐府诗的真正集体作者。他们的成分是戍卒，是武士。据《汉书·地理志》下记载："太原、上党，又多晋公族子孙……矜夸功名，报仇过直（过火或过度），汉兴，号为难治。常择严猛之将，或任杀伐为威。父兄被诛，子弟怨愤。至告讦刺史二千石，或报杀其亲属。"可见太原人民，习俗剽悍，反抗性强，在任何暴力下，都是不肯低头的。则这句"慎莫稽留太原卒"的语意语气，都不难索解了。意思不是分明在警告那些长城的监工们："眼睛放亮些！不要留难我们，太原来的哥儿们不是好惹的！"

333

"官作自有程,举筑谐汝声!"豺狼成性的长城吏全不理解群众的情绪,仍然打着十足的官腔命令群众说:"力役短长,上边自有规定,你们的责任是要打夯用力,号子叫齐!"

"男儿宁当格斗死,何能怫郁筑长城":冷酷的官腔,激发了戍卒们的热潮怒吼:"爷们儿宁可打仗死掉,也不愿忍气吞声成年筑这没完没了的长城!"雷霆般的怒吼,立刻压住了虫豸的"官腔"。

"长城何连连?连连三千里。边城多健少,内舍多寡妇":头两句写长城蜿蜒塞北,长至三千里,这一方面反映它的工程浩大,耗费的人力已经难于计数;另方面它又暗示三千比之万里,量工不及三分之一,力役虽繁,但还处在方兴未艾的过程中。人民的苦难,真如大海无边,不知何日才到尽头?"边城多健少,内舍多寡妇",上两句写边疆兴役,下两句写人民遭殃。这两个矫健有力的偶句,形似平列,意实相承。是旨在揭露封建统治者好大喜功,不恤民力,要破坏多少幸福家庭,要产生多少旷夫怨女?但是我们应当知道,这里表达的不是一两个人的愤怨,而是汇集了千百万人民的吼声。这只能是人民自己的创作,而决不会是骚人墨客的感遇之辞。关于此点,只要我们试翻一下"七子"迄今遗存的全部诗篇,就可以证明我们言之非诬。

从"作书与内舍"直到篇末,是通过戍卒家书的反复叮咛,体现了人民舍己为人的崇高品质的另一个侧面。此诗前面写人民对压迫者的斗争是英勇无畏的,而后面写人民对自家内部则完全是另一种态度。他们首先考虑的不是个人的安危,而是对方的幸福。当男的已经预感到自己生还无望的时候,就毫不迟疑地给妻子写信,劝她马上改嫁;这还不算,甚至连她改嫁后要怎样适应新环境以至生儿生女要如何不同对待的问题,也都替她筹划得无微不至。如此发自深心地关怀对方,是决定于对自己前途估量已经完全绝望的时刻,请看这是多么崇高、真挚的思想感情!这种思想感情,一切损人利己的剥削阶级不仅不会产生,抑且也决非他们之所能理解。所以我们肯定这是一篇人民的集体创作,不但是言之成理的,而且是持之有故的。

读完这首诗,回头再看汉朝另一首古诗中的"昔为倡家女,今为荡子妇,荡子行不归,空床难独守"四句诗,大家又会产生什么感想?

……

艳歌行

　　翩翩堂前燕,冬藏夏来见。兄弟两三人,流宕在他县,故衣谁当补?新衣谁当绽?赖得贤主人,览取为吾组。夫婿从门来,斜柯西北眄。"语卿且勿眄,水清石自见。""石见何累累!远行不如归。"

　　这首诗始见于徐陵《玉台新咏》第一卷,郭茂倩《乐府诗集》卷三十九收入《相和歌辞·瑟调曲》。详其内容,是一篇流浪者之歌,写一个游子寄人篱下,为好心肠的女主人所照顾,却引起了她丈夫的猜忌,充分反映了"八方各异气,千里殊风雨"的古代封建社会,给背井离乡而远走四方的飘泊者所带来的痛苦。章法紧凑而风格清新,有浓厚的生活气息,反映了当时人民生活的一个侧面。

　　这首诗题目叫《艳歌行》。据左思《吴都赋》"荆艳楚舞,吴歈越吟"之言,似乎"艳"和"歈"、"吟"是同类性质,原义为楚地的歌曲名,所以刘渊林注:"艳,楚歌也。"左思《吴都赋》虽晚出,但其用词必非仅限于晋代。所以解释《艳歌行》似当以此为依据,别的说法,咸恐未当。

　　此首前面皆主人公游子独自之辞。自"语卿且勿眄"以后四句,方进入主客对话。《相和歌》得名于对唱。所以张玉榖《古诗赏析》:

　　语卿二句,客晓居停妇夫之词,以喻出之。言简意括,末(末)二夫答客之词,蒙上喻接口而下,言心迹虽明,不如归去之嫌疑自释也。

　　他的解释,我们认为是正确的,应当采用。

　　"翩翩堂前燕,冬藏夏来见",用比兴领起。燕鸟巢于堂屋,比游子的寄人篱下。既然是寄人篱下,自不免感受"客子畏人"之苦,因而转入下面正文。"故衣谁当补,新衣谁当绽"?此两"谁"都应当解为"何"字,意为"哪件",或"哪个地方"?旧衣服哪地方破了,应当补上?新衣服哪个地方绽了线,应当缝两针?衣服开线叫"绽",

把绽线的地方缝起来也叫绽。"组"的意思是兼"补"、"绽",如同现在说"缝缝连连"。"斜柯西北眄","斜柯",吴兆宜注:"柯,一作倚。"这句诗的整个意思是:向着西北侧目而视。"水清石自见",再用比兴,意思是:"将来总会有个水落石出。请您不用大惊小怪。""石见何累累?远行不如归。"这话出自男主人之口,是很冷酷的,对于听受者是很难堪的。两方面的对话并不多,但是体现了两造极其尖锐的思想冲突。

【评 介】

王汝弼(1910—1982),原名王绍通,又名闻夫,汉族,河北省蓟县人。中国民主同盟盟员,现代著名古典文学专家。他自幼好学,1929年考入北平师范大学国文系,师从钱玄同、黎锦熙、高步瀛诸位先生,打下了坚实的古文献和古文学的基础。毕业后曾在西北师范学院(西北师范大学前身)国文系工作,1946年北平师范大学迁回北平,他也随学校返回北平,此后一直任教于北京师范大学中文系,历任北平师范大学国文系副教授、北京师范大学中文系教授兼古典文学教研室主任,民盟北京师范大学区分部中文系小组长等职。

王先生治学主要还是得益于高步瀛先生经、传、子、史、集的影响,其学术成就亦如其老师高步瀛,主要表现在对古书和文学作品的疏证和笺释上。早年曾著有《离骚笺证》、《九歌笺证》、《汉魏六朝唐宋诗笺证》、《屈赋发微》等,但是除了《屈赋发微》中部分篇章发表之外,其余都是手稿,未曾刊印。新中国成立后又著有《白居易选集》、《乐府散论》和与聂石樵合著的《玉溪生诗醇》,代表作当属《白居易选集》,乃用十年时间完成,倾注了他大部分心血,是目前有关白居易诗文的最好的笺注本之一。

《乐府散论》完成于1980年,于1984年(也即作者去世两年后)由陕西人民出版社出版。该书首先通过探讨乐府诗与乐府的关系、乐府诗内容与形式、乐府民歌与文人所作以及乐府民歌对中华民族文化的卓越贡献等四个方面,系统论述了汉魏六朝乐府的产生、演变、发展。前后选录了大约140余首乐府诗,大体按照《乐府诗集》编排的顺序,对一些作者认为重要的篇章作了分析研究,提出来一些与前人不同的见解。所论不限名篇，又长短不一。作者也说这样"全书的组织体例就不容易保持条理性、系统性"，所以取名为《乐府散论》。

该书前言中虽说要用"历史唯物主义和辩证唯物主义的观点和方法解释文学现象"，但是对某些篇章的解释并没有真正做到这一点，由于受到20世纪六七十年代特定时代的影响，往往机械运用劳动起源论，过多带着阶级分析的眼光去评述内容丰富复杂的作品，难免会失之偏颇。

但该书在学术上也有很多可取之处。

一、对具体文字的笺释上，斟酌词句，考稽史事史料。如对《汉铙歌》的解释，在概括了蔡邕、庄述祖、陈本礼以及今人余冠英的观点的基础上，提出了自己的见解。他认为"'铙歌'的本意，当即'杂曲'的异称"，接着引用了《后汉书·五行志》中的京都童谣中的"铙"字的解释作为外证，又依据《孤儿行》"里中一何譊譊"亦是杂乱的意思为内证，进而圆说《汉铙歌》并非因乐器得名，而是内容各不相同的杂曲。此说虽仅为一说，但也给《汉铙歌》研究提供了一种思路，实为可贵。

又如：《战城南》中"梁筑室，何以南，何以北？"对这句话的解释历来就有一些分歧，王先生认为："梁字上可能有'乘'或'架'字的脱文。'乘'或'架'梁筑室，与下文'禾黍不获君何食'一气贯注"，都是农民在家常做的事情。这跟从军在外耽误家里的劳动自然就结合了起来，也就有了"何以南，何以北"的疑问。此种解释更能说明统治者的穷兵黩武对百姓造成的伤害。

二、对具体篇章的解释上，依据史实，做出了一家之言的解释。如对《上邪》诗旨的解释，自清人庄述祖《汉铙歌句解》中疑《上邪》和《有所思》当为一篇，又说皆为"叙男女相谓之言"之后，有很多人附和之，如闻一多、余冠英诸先生。而王先生则认为这两篇"取譬不同，归趣各异"，又考《史记·功臣诸侯年表》引《封爵之誓》和《上邪》的文意，得出此篇是刘邦封诸侯时，群臣对皇帝誓言的"赓和之辞"。剖析之微、采摘之广，足可见其功力。

（张少辉）

乐府诗史(节选)

杨生枝

第二章 汉代——乐府创始期(节选)

四 外族歌曲之影响

……

鼓吹曲

……

短箫铙歌

"短箫铙歌",简称"铙歌",是军中所用之凯乐。

"短箫铙歌"之名虽不见于《史记·乐书》,亦不见于《汉书·礼乐志》,但《宋书·乐志》所载的汉明帝四品乐和蔡邕叙汉乐中,却有"短箫铙歌"之名,并独列一乐。可见"短箫铙歌"在西汉就有,由乐府职掌。根据《汉书·礼乐志》记载,西汉乐府兼领非郑卫之声的郊祭乐及兵法武乐(《汉书·礼乐志》:"哀帝即位,下诏罢乐府官。郊祭乐及古兵法武乐,在经非郑、卫之声音,条奏别属他官。丞相孔光、大司空何武奏:可领属太常?奏可。")。《历代职官表》卷十也说:西汉乐署分为二官,"太乐令丞属太常,乐府令丞属少府。其古兵法武乐,其初与郊祭乐俱属于乐府;则自哀帝以前,太乐并不领朝庙乐章"。所谓西汉的郊祭乐,即"郊祀歌十九章";所谓"古兵法武乐",实际上是吸收了边疆少数民族及外国之乐的短箫铙歌。因而沈钦韩在《后汉书疏证》中说:"武乐,即短箫铙歌也。"短箫铙歌发展到

· 338 ·

东汉，则被称为"黄门武乐"。《后汉书·祭遵传》记载："帝东归过汧，幸遵营，劳飨士卒，作黄门武乐，良夜乃罢。"因为东汉武乐，由黄门鼓吹署职掌，由黄门鼓吹乐人演奏，所以作为武乐的短箫铙歌，则被称之为"黄门武乐"。短箫铙歌在东汉虽属黄门鼓吹乐之一章，但黄门鼓吹乐用之宴群臣，属宴乐；短箫铙歌奏之于军中，属军乐。因此东汉末年，人们便将短箫铙歌和黄门鼓吹乐并列于四品乐中。

据《古今乐录》所载，"汉铙歌"古辞存二十二曲（见《乐府诗集》卷十六引）：

《朱鹭》、《思悲翁》、《艾如张》、《上之回》、《翁离》、《战城南》、《巫山高》、《将进酒》、《君马黄》、《上陵》、《有所思》、《雉子斑》、《圣人出》、《芳树》、《上邪》、《临高台》、《远如期》、《石留》、《务成》、《玄云》、《黄爵》、《钓竿》。

在这二十二曲中，《务成》、《玄云》、《黄爵》、（一作《黄雀》）虽属汉曲，但曲词已亡。《钓竿》一曲传说是民间乐歌，后司马相如作诗；虽传为古曲（崔豹《古今注·音声》记载：《钓竿》（选者按：应为竿）》，伯常子妻所作也，伯常子避仇河淀为渔父，其妻思之，每至河侧作《钓竿》之歌。后司马相如作《钓竿》之诗，今传为古曲也。），但汉铙歌古辞中却无此篇，见于记载的仅是魏晋后人的拟作。这样，汉铙歌古辞实存十八曲。

这十八篇古辞，曲名皆取篇中首句，而且魏、吴、晋改汉铙歌所作的"鼓吹曲"，也是取篇中首句为题。以此推之，《务成》、《玄云》、《黄爵》、《钓竿》之名，也当是从篇中首句而来。因此，从曲名而推之传系所作的说法，也当是后人之附会。

现存的这十八篇古辞中，文字多不易看懂，内容也多不能索解，如《思悲翁》，诸说多附会汉高祖事，但从"蓬首（一作蕞）狗，逐狡兔"之话来看，似是叙田猎；又从"夺我美人侵以遇"来看，似又非此。《翁离》，一作《拥离》（首句为"拥离趾中可筑室"）（《翁离》，目录作《拥离》。左克明《古乐府》卷二注："一作《拥离》。"），歌词有"何用茸之蕙用兰"，究何所指，无法理解。《芳树》无法句读；《石留》更不可解，有人说此为苏武别李陵作，则毫无根据。为什么会出现这些情况呢？究其原因，大致有五：

一是沈约所说的"声辞相杂"。沈约《宋书·乐志》中说："汉'铙歌'十八篇……皆声辞艳相杂，不可复分。"这种情况正象余冠英先生说的那样，古时"'声'写时用小字，'辞'用大字。流传久了，大小字混杂起来，也就是声辞混杂起来，后世便无法分辨了"(余冠英《乐府诗选·前言》)。例如古辞《朱鹭》，在宋影印本的《乐府诗集》中，歌辞如下：

朱鹭鱼以乌路訾邪鹭何食食茄下不之食不以吐将以问诛(一作谏)者(《朱鹭》断句是："朱鹭，鱼以乌。[路訾邪]鹭何食？食茄下。不之食，不以吐，将以问诛[一作谏]者。")

这篇中，"路訾邪"表声字，补乐中之音，无意义，与曲有别。声、词在传写时大小相混，流传久了，后人就很难分辨清楚。

二是智匠所说的"字多讹误"。智匠在《古今乐录》中说："汉'鼓吹铙歌'十八曲，字多讹误。"由于这些古辞不见于汉代，最早著录于沈约《宋书·乐志》。中间历经魏、晋传讹，到了南朝齐、梁才把传文搜罗起来，这样，"字多讹误"在所难免。如《雉子斑》，据《乐府解题》说："古辞云：'雉子高飞止，黄鹄飞之以千里，雄来飞，从雌视'。"歌词明白晓畅。可是到了《宋书·乐志》，其辞传讹，就使人不好理解了：

"雉子，斑如此！之(干)[于]雉梁。无以吾翁孺，雉子！"知得雉子高蜚止。黄鹄蜚，之以(重)千里，王可思。雄来蜚从雌，视子趋一雉。"雉子！"车大驾马滕，被王送行所中。尧羊蜚从王孙行。

这里写小雉鸡被狩猎的王孙捉住，载在车上；老雉则双双尾随车后，连呼"雉子"，声声凄惨，哀切动人。诗中老雉啼号索子，宛若汉代专制当局驱迫人民入伍，父母索子，拦道痛哭的情形。可见这是篇奇特的寓言诗。然而由于字多讹误，文字就不容易使人看懂，如"之(干)

[于]雉梁"的"干"字误,当作"于";"之以(重)千里"原作"重","重"字旁注"千里","重"为"千里"之误。和《乐府解题》中所载的"古辞"相比,则意义难明。虽然传写之间,字多讹误,但如陈祚明所说:"然不敢削,使后人得考焉。"(陈祚明《采菽堂古诗选》卷一)

　　三是入乐的需要和乐工的增改。乐词以声为主,因此在采歌入乐时,为谐节奏起见,乐工就要根据乐曲的需要增加几句,或删改几句,或增添声字、尾声,致使内容不好理解,甚至无法句读。正如曹元忠在《彊村丛书序》中说:读汉铙歌十八曲至《有所思》之"妃呼狶",《临高台》之"收中吾",虽已索解无从,然据《古今乐录》尚可了解。独至宋'鼓吹铙歌'《上邪》、《晚芝田》、《艾如张》诸曲,几于满纸皆'几令吾'、'微令吾',令人口呿舌挢,不知其作何语。"

　　四是由于乐曲失传,遂无文义可寻。我们知道,一种乐曲内部包含有很可能被利用来配上不同歌词的因素,一曲用多种场合的情况也很多,汉铙歌正是如此。如《宋书·乐志》记载,"汉上陵食举"中有《上陵》,"太乐食举"中有《远如期》(《乐府诗集》卷十六,《远如期》题解云:"远如期",一曰《远期》。")、《有所思》。除《有所思》外,从《上陵》、《远如期》的歌词来看,这二篇确是食举乐歌词,后为铙歌所用。又如《巫山高》、《有所思》、《上邪》等,疑本系赵代秦楚之讴,也为铙歌用之入乐;加之乐谱佚失。这就使后人无法探其本源,原其本意,造成了铙歌内容的不大明确。

　　五从后人的考释来说,由于不知道声辞合写之源,强为索解,又迷宗旨。如《巫山高》:

　　　　巫山高,高以大;淮水深,深以逝,我欲东归,害[梁]不为? 我集(当作"今")无高曳,水何[梁]汤汤回回。临水远望,泣下霑衣。远道之人心思归,谓之何!

游子身在蜀土,东归不得,只能临淮远望。《乐府古题要解》(卷上)说得好,"其词大略言江淮水深,无梁可度,临水远望,思归而已!"可是有的却认为这是武帝时之戍卒思归(陈本礼《汉诗统笺》),有的认为这是高祖时赛民思归(王先谦《汉铙歌释文笺正》),还有的认为这是咏楚襄王(庄述祖《汉鼓吹铙歌曲句解》)。他们用平素熟悉的史实来印证歌诗的翔实，结果多为纰谬，漫为臆说，又为人们对古辞的理解蒙上了迷雾。

正因为上述原因，不仅汉铙歌古辞多难以理解，而且时代也大都无考。其可推定具体时间者，仅有《上之回》和《上陵》两篇。《上之回》有指为武帝事者，如吴兢说："汉武帝元封初，因至雍，遂通回中道，后数出游幸焉。其歌……皆美当时事也。"(吴兢《乐府古题要解》)也有指为宣帝时事者，如陈沆说："《宣帝纪》：神爵元年正月，上始幸甘泉。……三年春，上郊泰畤，因朝单于于甘泉宫。即此诗所咏也。"(见陈沆《诗比兴笺》卷一)而王先谦却驳此说："考《汉书·宣帝纪》，终帝之世，五幸甘泉，并未一至回中，曲题何所取义？"(王先谦《汉铙歌释文笺正》)所以陆侃如等先生均从王说(陆侃如、冯沅君著《中国诗史》[上])。但这一说法也值得商榷，因为质疑之处是在于武帝还是宣帝，究竟谁到过回中道，这就涉及对诗篇首句"上之回所中"的理解。固然，在西汉元封四年(前107)，武帝自雍县(今陕西凤翔县)经回中(今陕西陇县西北)道，北出萧关。但"上之回所中"，既不是上之去回中，也不是上从回中返，而是说皇帝从外边回来，到了"益夏将至"的时候，才"行将北，以承甘泉宫寒暑德"，这与武帝元封四年冬十月"通回中道"之事无涉。我们知道，武帝经常到甘泉宫(故址在今陕西淳化县西北甘泉山)避暑，接见诸侯王、郡国官吏及外国客；而且歌诗也说皇帝在甘泉宫避暑。至于"游石关"，一作"游石阙"，《乐府诗集》曰："按石关，宫阙名，近甘泉宫。"司马相如《上林赋》云"蹷石阙，历封峦"，即指此。"令从百官疾驱驰，千秋万岁乐无极"，显然是写苑囿之大，游戏之乐，与司马相如的《子虚赋》、《上林赋》如出一辙。而且从甘泉宫之戏游和"望诸国，月支臣，匈奴服"之时事，可知此诗是武帝时所作。至于是否是"元封六年"作，则无从知道。

《上陵》为汉宣帝刘询时代的作品。因为诗中明言："甘露初二年，芝生铜池中。""甘露"为宣帝年号；并且史书又记载，甘露二年(前52)诏曰："迺者凤皇(凰)甘露，降集京师；黄龙登兴，礼泉滂流，枯槁荣茂；神光并见，咸受祯祥。"(见陈沆《诗比兴笺》卷一)这篇歌所咏者正是指此。可见，此诗是宣帝时代的纪祥之作。

其余诸篇，时代虽然不一，但内容却较清楚。其内容有叙功德者，如《圣人出》、《远如期》；有颂游宴者，如《将进酒》；有叙射猎者，如《艾如张》、《临高台》；也有似为情诗者，如《君马黄》、《有所思》、《上邪》等。而其最佳者，当属采入的民间情歌。如《有所思》：

有所思，乃在大海南。何用问遗君？双珠玳瑁簪，用玉绍缭之。闻君有他心，拉杂摧烧之。摧烧之，当风扬其灰。从今以往，勿复相思！相思与君绝！鸡鸣狗吠，兄嫂当知之。[妃呼豨]秋风肃肃晨风飔，东方须臾高知之。

这是写一个女子知道了自己的心爱之人有了"他心"，恨不得立刻把正要相送的礼物摧毁烧掉；但当她一想起当初的定情幽会，便又觉得情思难断。"勿复相思"正见其相思之深，这一矛盾的内心痛苦，正表现了女子对爱情的真挚深厚。

又如《上邪》：

上邪！我欲与君相知，长命无绝衰。山无陵，江水为竭，冬雷震震，夏雨雪，天地合，乃敢与君绝！

这是女子自誓之词。清人庄述祖说："《上邪》与《有所思》当为一篇……叙男女相谓之言。"（庄述祖《汉鼓吹铙歌曲句解》）又说这是男慰女之词。但从诗篇的情感来看，《上邪》与《有所思》一样，都是女子之言，一个表示决绝；一个发出誓言。在表现妇女对爱情的诚挚上，都是一致的。

由上可以看出，"短箫铙歌"虽为军乐，但题材比较庞杂，内容也较为广泛。叙战阵之事的，仅有《战城南》一篇：

战城南，死郭北，野死不葬乌可食。为我谓乌："且为客豪，野死谅不葬，腐肉安能去子逃？"水深激激，蒲苇冥冥。枭骑战斗死，驽马徘徊鸣。（梁）筑室，何以南，何以北！禾黍不

> 获君何食？愿为忠臣安可得？思子良臣，良臣诚可思：朝行出攻，暮不夜归！

这是首暴露当时人民在不义战争中苦痛生活的写实诗篇。人们一般称此篇为武帝时期军旅数发，连年用兵，前方战尸狼藉，乌啄兽食之景况惨不忍睹；后方荒芜凋零，人民遭受痛苦的情形不可言喻。全篇托为战死者的自诉。"为我谓乌"数句，情本悲愤，其后又以愤激之语，哀悼之词，将人民的不满和盘托出，真可谓"千古诅咒战争之绝唱"。

"汉铙歌"虽《战城南》一篇叙战争，但原为军乐是可信的。庄述祖《汉鼓吹铙歌曲句解》中说："短箫铙歌之为军乐，特其声耳；其辞不必皆叙战陈（阵）之事。"大约铙歌开始只是一种壮其声势的音乐，奏其乐而不歌其辞。在不同场合运用这一音乐时，或先乐后歌，或歌乐相间，流传既久，歌名便替代了乐名。也可能因为乐人以声相传，在演唱时，或补进新歌，或借用歌词，所以其辞不必皆叙战事。今所传的铙歌十八曲，也可能多为后起之作，正如王先谦《汉铙歌释文笺正》中所说："十八曲不皆铙歌，盖乐府存其篇名，在汉时已屡增新曲。"或屡易新辞。正因为铙歌本在其声而不在其辞，所以必求辞乐一致，则未免拘泥。但不管怎么说，现存的铙歌十八曲不尽为军中所用则是肯定的。因此，这十八篇古辞中，有文人制作之歌诗，有民间流传之风谣；有的出于应制，有的随感而发；有的古涩难懂，有的显豁易晓，不仅风格不同，而且形式多变。但总的来说，铙歌古辞富有歌词入乐的显著特点，格调激昂多变，句法长短不一，用韵也无限制。与汉代的雅乐歌舞比较起来，从天上降到了人间，内容形式都有了长足的进展。

……

五　民间乐歌之采用

……

相和诸歌

……

（1）相和引

《乐府诗集》相和歌辞首列"相和引",其后是"相和曲",这大概是按照演奏乐歌的原来次序的。

　　相和引的"引",乐曲体裁之一,有序奏之意。马融《长笛赋》"故聆曲引者,观法于节奏",即"曲引"的意思。而相和引,就是《宋书·律志》说的"杂引相和诸曲"。大约演唱相和诸曲时,总是要先奏乐或先唱曲,以此作为序奏,然后引出相和诸曲。张衡《西京赋》云:"发引和,校鸣箛。"王运熙先生认为"引和即是相和歌",又说"歌时先唱引,后唱和"(王运熙《乐府诗论丛·清乐考略》),本身自相矛盾。薛综注云:"发引和,言一人唱余人和也。"我以为"发引和",是言以人声或丝竹声杂引和声。如夏侯淳《笙赋》云:"初进《飞龙》,重继《鹍鸡》,振引合和,如合如离。""振引合和"即是此意。

　　关于"相和引",《古今乐录》说:《技录》载相和四引。即"箜篌引"、"商引"、"徵引"、"羽引"。又说古有六引,即前四引再加"宫引"、"角引",所以《乐府诗集》称作"相和六引"。这六引中,有人以《公无渡河》为《箜篌引》之曲辞,如崔豹《古今注》卷中《音乐》第三,《诗纪》汉卷六都是如此(可是《古今乐录》却将《公无渡河》划属瑟调曲;《乐府诗集》卷五十七琴曲歌辞题解又说《箜篌引》原为琴曲九引之一)。王运熙先生在《清乐考略》中又将夏侯淳《笙赋》所说"初进《飞龙》"中的《飞龙》,即琴曲九引的《飞龙引》,也认为"是相和引之一"。这样,琴曲九引都可划属相和引,相和引也就不限于这几引了。可见上述说法值得探讨。

　　在我看来,"相和引"当为五引:"宫引"、"商引"、"角引"、"徵引"、"羽引",其余诸"引"不应属此。因为这些"引"虽都是乐调的名称,但"宫"、"商"、"角"、"徵"、"羽"五引是以音声为名,《箜篌引》是以乐器定名,《飞龙引》是以乐歌定名。《箜篌引》者,"乃引箜篌"而歌(崔豹《古今注》载其本事),如果以乐器之名为"引",那么每种乐器都可为"引",如琴曲九引中的《琴引》也属此类,也要为相和引了?如果以乐歌定名,琴曲九引中的《思归引》、《霹雳引》、《走马引》等何尝不可为相和引?不管是以什么作为"曲引",实际上都要用"宫"、"商"、"角"、"徵"、"羽"这五引中之一"引",因为其中以任何一音为引,均可构成一种调式,起着定音的作用。如唐沈佺期的《霹雳引》中写道:"客有鼓瑟于门者,奏霹雳之商声。始戛羽以骖(选者按:应为"骤")耒,终扣宫而砰駴。"显然此曲是以商声为"引"的。由于这五引有声无辞,所以只存其名。

从乐章的记载来看,古人也多是以这五引为"相和引"的。如琴曲九引就没列入相和引,而别立一类。《古今乐录》中说"梁具五引";沈约、萧子云作的梁相和五引,正是指的这五引。另外,《隋书·音乐志》中也只载此五引,并无《箜篌引》,这很可能就是上面所说的原因。

(2)相和曲

相和引演奏之后,便就是"相和曲"。《古今乐录》说:"凡相和,其器有笙、笛、节歌、琴、瑟、琵琶、筝七种。"

所谓"相和",指的是一种演唱方式,可以一人唱余人和,也可以群唱相和。其用以和者,有以乐器来和歌的,如《宋书·乐志》说:"丝竹更相和,执节者歌。"就是如此。丝为琴瑟,竹为箫管,这里表示以管乐器来唱和。也有用人声来和歌的,这在先秦的楚歌中就已如此,如《宋玉对楚王问》中说"国中属而和者",就是指以人声相和。还可以是人声与丝竹兼有。不论是以丝竹相和,或是以人声相和,还是人声与丝竹兼和,反映在歌词上便就是相和曲之歌诗。

《古今乐录》记载,"相和歌"古有十七曲:

《气出唱》、《精列》、《江南》、《度关山》、《东光》、《十五》、《薤露》、《蒿里》、《觐歌》、《对酒》、《鸡鸣》、《乌生》、《平陵东》、《东门》、《陌上桑》、《武陵》、《鹍鸡》。

这十七曲中,《武陵》、《鹍鸡》二曲已亡,所以《元嘉技录》认为"相和有十五曲",没有包括这二曲在内。《觐歌》无词。《东门》,《元嘉技录》也认为无词,但瑟调曲有古辞《东门行》(也称古辞《东门》)(《古今乐录》曰:"二曲无辞,《觐歌》、《东门》是也……《东门》,张录云无辞……或云歌瑟调古诗《东门行》'入门怅欲悲'也。");《陌上桑》虽有古辞,却也属瑟调曲(《古今乐录》曰:"《陌上桑》歌瑟调。"),而且二曲又都兼属大曲。另外,《气出唱》、《精列》、《度关山》、

· 346 ·

《对酒》四曲古辞均亡，魏、晋乐人所奏皆为拟作。至于《十五》一篇虽无古辞，魏、晋乐人所奏为曹丕拟作(《古今乐录》曰："《十五》歌文帝辞。")，然而清人朱乾《乐府正义》曰："古辞有'十五从军征'诗，疑即此'十五'，而魏文拟之也。"此诗见"梁鼓角横吹曲"中的《紫骝马》，从内容看约是东汉后期的歌谣。因此，相和曲实际上有八曲：

《薤露》、《蒿里》、《东光》、《乌生》、《鸡鸣》、《十五》、《江南》、《平陵东》。

这八曲曲名，均出自古辞首句。

这八篇歌诗的内容比较庞杂，其中《薤露》、《蒿里》都是以寄哀音的挽歌，人死出殡时使挽柩者歌之。

《薤露》言人命短促如薤上之露，易晞灭也；《蒿里》谓人死后魂魄归于蒿里。蒿里又名"薧里"，"蒿"就是"薧"，也就是"槁"，人死则枯槁，所以死人的居里就叫蒿里。《薤露》和《蒿里》都是春秋战国时代产生的谣讴，《蒿里》比《薤露》更流行些。《宋玉对楚王问》说：有人唱"下里"(就是蒿里)，几千人和着他唱，等他唱"薤露"，只有几百人和他唱。可见此二曲流传甚早。至于《古今注》和《乐府古题要解》(卷上)所说二曲"出于田横门人，歌以葬横"，则不足为信。从其辞来看，《薤露》是丧歌；而《蒿里》属葬歌；到了以后分为两种：《薤露》为王公贵族出殡时所用，《蒿里》为士大夫庶人出殡时所用。

其余六篇，有讽刺贵族统治者盛衰无常的。如《鸡鸣》，其辞先综括天下太平，荡子虽然一朝贵幸，但终不免犯法受诛。接着从正面铺陈荡子贵幸以后炫赫一时的情形："黄金为金门，璧玉为轩堂；上有双樽酒，作使邯郸倡"；"兄弟四五人，皆为侍中郎"，"黄金络马头，颍颍何煌煌!"最后用李代桃僵，以喻遇祸之后兄弟间的互相倾陷。明人冯惟讷在《古诗纪》中认为，此歌诗"前后辞不相属"，疑有"错简紊误"；余冠英先生疑此诗是由三段不完整的作品联缀拼凑起来的(余冠英《汉魏六朝诗论丛》)。事实上，这篇歌诗"首尾乃正意，中故作诘曲"，是一篇完整的讽刺诗作。至于其刺卫青、霍光或王莽，乃附会之说，不必以此强加解释。

还有控诉官吏压榨良民的，如《平陵东》、《乌生》就属此类。《平陵东》曰：

> 平陵东，松柏桐，不知何人劫义公。劫义公，在高堂下，交钱百万两走马。两走马，亦诚难，顾见追吏心中恻。心中恻，血出漉，归告我家卖黄犊。

崔豹《古今注》说："《平陵东》，翟义门人所作也。王莽杀义，义门人作歌以怨之。"但歌词写的是贪暴的官吏以"绑票"手段向良民百姓勒索财物，要"交钱百万"，两匹马。良民实在拿不出来，但畏惧"追吏"的凶暴，只好卖去仅有的小牛以满足官府的勒索。可见此歌，与悼起兵讨莽不胜而死的翟义之事，是不相合的。

在表现受迫害者的悲惨境遇方面，《乌生》却是一篇奇特的歌诗。《乌生》写乌鸦母子端坐于桂树之上，"一丸即发中乌身"，不料为秦氏荡子弹丸射中而惨死。老乌魂魄悲愤至极，悔不该从"南山岩石间"搬迁到桂树之上。但转念一想：山中的白鹿、天上的黄鹄、深渊的鲤鱼，虽都善于逃避祸患，但也难免遭人"烹煮"；自己即使在南山林中，未必就能避其灾祸。这种无可奈何的安命思想，表现了弱者的善良，也揭露了迫害者的残暴。这首寓言诗"其造语之精，用意之奇，有出于三百、离骚之外者"（陈本礼《汉诗统笺》）。

此外，也还有描写人民在不义战争中所受苦痛的写实诗篇。如《东光》篇云："东光平，苍梧何不平！苍梧多腐粟，无益诸军粮。诸军游荡子，早行多悲伤。"反映出武帝出征西南时士兵的不满情绪。张永在《元嘉技录》中说："《东光》，旧但有弦无音，宋识造其声歌。"宋识是魏人，很可能是宋识将此古辞配以乐曲，为魏晋乐所奏。再如《十五从军征》，更是值得注意之作。《十五从军征》即《十五》：

> 十五从军征，八十始得归。道逢乡里人："家中有阿谁？""遥望是君家，松柏冢累累。"兔从狗窦入，雉从梁上飞。中庭生旅谷，井上生旅葵。舂谷持作饭，采葵持作羹。羹饭一时熟，不

知贻阿谁？出门东向望，泪落沾我衣。

此篇见于《乐府诗集》"梁鼓角横吹曲"，名《紫骝马》，前面还有四句是："高高山头树，风吹叶落去。一去数千里，何当还故处。"可是郭茂倩在解题中引《古今乐录》说："'十五从军征'以下是古诗。"现在一般把它当作《十五》的古辞来看。因为相和曲中的题目都是从首句而来，而且据《乐府古题要解》说，此歌晋代就已入乐，很可能是汉末时期的民歌。这首歌暴露了封建社会中不合理的兵役制度和对劳动人民的残酷奴役。杜甫的《无家别》受此歌影响较深。

……

（4）五调曲

所谓"五调曲"，即《乐府诗集》相和歌辞中的平调曲、清调曲、瑟调曲、楚调曲和侧调曲，总谓之五调曲。这五调中，前三调（平调、清调、瑟调）汉世谓之"清商三调"，后又有楚调、侧调，《乐府诗集》卷二十六"相和歌辞"题解中称为"清商正声"（也称相和五调）。

五调曲，大约是在演唱中互相变换的五种调式。这五调性质相近，有其共同的特点：

五调曲，都是出于民间的东西，具有一般俗曲的特色，而且又都以楚声为基调。《旧唐书·音乐志》说："平调、清调、瑟调，皆周房中曲之遗声，汉世谓之三调。"而周"房中曲"，郑玄注云："弦歌《周南》、《召南》之诗，而不用钟磬之节。谓之房中者，后夫人之所讽诵，以事其君子。"可见，周房中乐即周、召"二南"，而"二南"大都是江、汉、汝坟的作品，地属楚国，又名"楚声"。可见，平、清、瑟三调之曲，基本上是楚声。至于楚调，《乐府诗集》卷二六说："楚调者，汉房中乐也。高帝乐楚声，故房中乐皆楚声也。"所以也是"楚声"。侧调又"生于楚调"，同样也是"楚声"。当然它们并不是纯粹的"楚声"，而是以"楚声"为基调的各种新声。

五调曲的曲名，大都曰"行"。明徐师曾《诗体明辨》中说："步骤驰骋，疏而不滞者曰行。"这类歌曲一般来说音乐感较强，技巧比较成熟，篇章也较多。此外，也有少数曲名曰"吟"，徐师曾说："吁嗟慨歌，悲忧深思以呻其郁者曰吟。"当然，也有个别篇章并非曰"行"、曰"吟"，但从总体上看来，曲名是比较规则的。这说明五调曲在乐曲上有着一定的共性。

既然它们都是以楚声为基调的民间俗曲，在乐曲上有着一定的共性，那为什么又会分为"平"、"清"、"瑟"、"楚"、"侧"五调呢？案《魏书·乐志》："神龟二年（即北魏孝明帝元诩），陈仲儒言：依琴五调调声之法，以均乐器，其瑟调以角为主，清调以商为主，平调以宫为主。五调各以一声为主，然后错采众声以文饰之。"此外，宋人王灼《碧鸡漫志》卷五"清平乐"条说："盖古乐取声律高下合为三，曰清调、平调、侧调。"以此推之，五调曲何尝不是取声律之高下。正因为这五曲各以一声为主，所以它们使用的乐器和歌诗之情调也就不尽相同。

……

【评 介】

杨生枝，1947年生，陕西长武人。1975年毕业于陕西师范大学中文系。陕西省教育委员会办公室主任、陕西省作家协会会员、司马迁研究会理事。2007年4月至今，任西安欧亚学院党委书记。曾在《光明日报》、《陕西师大学报》、《陕西教育》等报刊多次发表散文、论文。主要作品有学术专著《乐府诗史》，长篇历史专著《三秦变迁史》，学术论著《司马迁与中国教育》。传略载入《中国当代青年作家名典》。

《乐府诗史》由青海人民出版社于1985年1月第一次出版，全书约41万余字。由于我国是一个诗歌大国，而且诗歌的体式较多，汉至隋唐之诗、唐五代的曲子、宋词、元曲等都可称为乐府。该书在首章就对其论述的乐府进行了限定，即，由乐府官署入乐演唱的歌诗、后人的拟作、隋唐文人用乐府旧题所作的诗篇以及称为"新题乐府"或"新乐府"诗。简言之，即是对宋郭茂倩《乐府诗集》中所收集的诗歌，按其时代及分类逐一进行分析研究。

作者在首章论述了乐府诗体的起源、名称的演变、歌诗的特点以及历来对这些歌诗的分类，这是全书的纲领，也是了解该书的关键所在。继而，作者又根据乐府诗的发展特点对其进行了分期，即，汉代为乐府的创始期，魏晋（西晋）是乐府拟作期，六朝乃新变期，北朝为渐兴期，隋唐则是完成期。每一期为一章，逐一论述该时段乐府歌诗的特点，充分分析了乐府歌诗的演变进化。在展现这一演化过程的同时，又指出永嘉时期单纯模拟雅化的乐府诗的僵化，而南北朝言志缘情之作、民间乐歌的兴起和南北的融合，则给隋唐文人开辟了一条新路。这种分期分类叙述研究，能使读者较好地把握乐府歌诗及其发生发展的脉络。

在论及汉代——乐府创始期这一章时，作者依据基本的历史脉络，从高祖好楚声入手，到汉武帝扩建乐府采集民歌，再到东汉拟作的兴起，逐次分析了民间楚声的入宫，汉初制典作乐的需要和祭祀雅歌的新变，舞曲乐歌的兴盛，民间杂舞的入宫，外族歌曲对乐府的影响以及对民间乐歌的采用；又指出在乐府的始创时期，文人拟作也在逐步兴起，其创作受到个人的遭遇以及时代风气的影响也渐渐自觉了起来。其间虽有简单的用现实主义和浪漫主义来分析乐府诗歌的部分，也有近似直译式的解说原诗的情况（如对《平陵东》的分析），没有点出一些诗的特质。但是在介绍汉乐府诗乐舞的情况及乐府诗的发展状况时，常能带着艺术的眼光分析乐府诗。如对《短箫铙歌》、相和引、《大曲》的曲式的分析等。其中对《大曲》的曲式的分析，基本上采用了杨荫浏先生《中国古代音乐史稿》第五章对"解"、"艳"、"趋"和"乱"分析的成果，此处就不再录出。

《汉铙歌十八曲》内容驳杂、主旨不一，大多很难解读。作者根据郭茂倩《乐府诗集》所提供的文献资料，结合具体篇章，指出由于铙歌十八曲声辞相杂、字多讹误，歌辞入乐的需要和乐工的增改，乐曲失传导致无文义可寻，而后人考释又强为索解，这样十八曲的歌辞就多难以理解，时代也大多不可考订。在对文本难读进行如此切合实际的分析之后，作者道出了自己的观点，"'汉铙歌'虽《战城南》一篇叙战争，但原为军乐是可信的"。铙歌古辞显然具有歌词入乐的特点。首先这组诗句法长短不一，用韵也没有限制；其次歌辞大都格调激昂多变，尤其是《上邪》、《有所思》；继而指出了"铙歌本在其声而不在其辞"。这种把汉乐府诗当作一门音乐艺术进行分析，算是跳出了历来囿于辞乐一致的窠臼。但作者并没有唐突地说现存的铙歌十八曲尽为军乐，这是作者立论平稳之处。

"相和引"，《乐府诗集》称作"相和六引"，即《古今乐录》所说《技录》载相和四引，即"箜篌引"、"商引"、"徵引"、"羽引"，又说有"宫引"、"角引"。作者指出"宫引"、"商引"、"角引"、"徵引"、"羽引"这五引属于以声为名，而《箜篌引》是以乐器定名，王运熙先生所说的《飞龙引》是以乐歌定名。结合实际来看，哪种引都要用"宫"、"商"、"角"、"徵"、"羽"五引中的一引构成一种调式，用以定音。作者又援引《隋书·音乐志》只载此五曲为佐证，说明自己猜测的合理性。较之一些臆断之辞，这种分析自然中肯。

在一些具体问题上，作者比较敢于提出自己的论断。如关于清人庄述祖提出"《上邪》与《有所思》当为一篇……叙男女相谓之言"及称《上邪》是"男慰女之词"，作者表示不能同意，因为"从诗篇的情感来看，《上邪》与《有所思》一样，都是女子之言，一个表示决绝；一个发出誓言。在表现妇女对爱情的诚挚上，都是一致的"；在谈到"相和曲"中的《薤露》与《蒿里》时，称"'蒿里'又名'薧里'，'蒿'就是'薧'，也就是'槁'"；又如把《宋玉对楚王问》中的《下里》当成《蒿里》；还有在论述五调曲时说"周房中乐即周、召'二南'，而'二南'大都是江、汉、汝坟的作品，地属楚国，又名'楚声'"等等。如果对这些说法能够作进一步考辨和论证，其论断才能成为一说。

（张少辉）

汉乐府研究(节选)

张永鑫

第四章　　两汉乐府

第二节　西汉乐府的民间性质甄辨

长期以来,一些学者根据《汉书·艺文志》和《礼乐志》的记载,一致认定武帝立乐府后曾进行了广泛的采集民间诗歌的工作,认为乐府是搜集和整理民间诗歌的专门机构。……

这些论断毕竟已经经历时间的考验,得到过广泛的承认,因此,有它们的合理性。但也不能说这些定论都是尽善尽美、无懈可击的。汉武帝时代乐府的性质问题,特别是关于它的民间性问题,还有作一些甄别和再探讨的必要。

一、西汉乐府"采歌谣"与古之采诗制有别

班固在《汉书·艺文志》和《礼乐志》中对西汉乐府的论述中,有一个十分突出的问题,即似乎在西汉初年,武帝曾通过乐府进行过广泛的采诗活动。这个问题,必须首先作一甄辨。

据史载,汉初与汉武帝时代,并没有古之采诗制度。班固在《汉书·食货志上》所谈到的"行人振木铎徇于路,以采诗,献之大师,比其音律,以闻于天子"的采诗制度,记述的只是上古诗官采诗的事。上古诗官采诗的制度是否通行于汉代,班固并未作出明确的说明。相反,《刘歆与扬雄书》云:"三代、周、秦,轩车使者,遒人使者,以岁八月,巡路求代语、童谣、歌戏。"只是涉及秦而未及汉。

《宋书·乐志一》也说:"秦、汉阙采诗之官,歌咏多因前代,与时事既不相应,且无以垂示后昆。"可见汉并无采诗之制。又,白居易《与元九书》云:"洎周衰秦兴,采诗官废。上不以诗补察时政,下不以歌泄导人情,乃至于谄成之风动,救失之道缺。"所以"周灭秦兴至隋氏,十代采诗官不置"(白居易《采诗官》)。由此可见,西汉并未实行采诗制。所以班固《汉书·礼乐志》的"采诗"与《汉书·艺文志》的"采歌谣",其含义应与古之"采诗"之义有根本的区别。

二、西汉乐府制礼作乐大多与民歌无关

武帝既定郊祀、立乐府后,可供郊祀礼的乐舞数量不足,因为原有雅乐已不能或不敷应用。为了解决这个矛盾,所以感到有重新制作或改作乐歌的必要。重置或改制乐歌,其途径不外有二:第一是从"赵、代、秦、楚之讴"中选取;第二是把文学侍从与宫廷学者所制作的乐辞加以配曲、协曲。而从这两方面来看,西汉乐府所进行的制礼作乐工作都与民歌关系不大。

先从"赵、代、秦、楚之讴"选取来说。《汉书·礼乐志》所说的"采诗夜诵,有赵、代、秦、楚之讴",正如传统定论所说,里面有这些地区的民间歌诗在内;但这仅是问题的一方面。另一面,还可作这样的理解:《汉书·礼乐志》这一段话的真实含义不是采集这些地方的民间诗歌,而是指采择赵、代、秦、楚之讴或是研习这些地方曲调供"夜诵"使用。什么是"夜诵"?颜师古《汉书·礼乐志》注云:"夜诵者,其言辞或秘,不可宣露,故于夜中歌颂也。"清何焯《义门读书记》云:"'夜诵'与'秘祝'不同,岂为不可宣露哉?下文云'昏祠至明',盖虑临祭或以倦惰获罪于天神地祇,故先教之夜诵,以肄习学童也。"认为是夜间教习祭仪。王先谦《汉书补注》云:"钱大昭曰:颜说非也。'夜诵官员五人',古宫'掖'之'掖'亦作'夜',因诵于宫掖之中,故谓之夜诵。"周寿昌《思益堂日札》云:"诗辞为上所欲秘,则不得使人诵;为下所欲秘,则不得令官采。且既诵矣,虽夜终能秘乎?《志》后云:'夜诵员五人',是置官选诗合于雅乐者,夜静诵之。……古人习业,夜亦不辍。"今人范文澜《文心雕龙·乐府篇》注云:"细审语意,'采诗夜诵'谓采取百姓讴谣而夜诵之……窃案:《说文·夕部》:'夜从夕,夕者相绎也。''夜''绎'音同义通,是'夜诵'即'绎诵'矣……反复推演之

谓之绎。"在上面各家的多种说法中，范说似乎比较近于情理。"夜诵"是与武帝郊祀礼有关的一项仪典，"夜诵"一词的"夜"，是因汉时祀太一尊神祭典由昏夜至明而得名。可以《史记·乐书》所谓的"汉家常以正月上辛，祠太一甘泉，以昏时夜祠，至明而终"以及《汉书·礼乐志》所谓的"昏祠至明"、《汉书·郊祀志上》祠太一"常以夜"等记述为证。而"诵"则是音乐术语。《礼记·春官·大司乐》云："以乐语教国子：兴、道、讽、诵、言、语。"这里所谓的"乐语"，就是用歌辞来表情达意。《周礼》所说的六种"乐语"，现在很难准确区分它们的含意，但说的全是乐歌的歌辞，当无问题。大概"兴"与"道"（"导"）是指合奏；"讽"与"诵"是指独奏；"言"与"语"，则是将歌辞应用于日常生活之中。所以，"夜诵"是指专门祀礼太一尊神的祭歌独奏者。因为自汉初至武帝，把祀礼太一神作为最隆重、最尊贵的仪典，所以有专设多名夜诵员的必要。

其次，对"讴"也有稍作释义的必要。关于什么是"讴"，《正字通》云："讴为歌之别调。"而《释名·释乐器》又云："人声曰歌。"则"讴"便是"曲调"的意思了。"赵、代、秦、楚之讴"即是赵、代、秦、楚之地的曲调；所以，"采诗夜诵，有赵、代、秦、楚之讴"，那就是为郊祀礼挑选赵、代、秦、楚之地的曲调供独奏演练。正如郑樵《通志》《乐略·乐府总序·正声序论》中所说："采诗入乐自汉武始。武帝定郊祀，乃立乐府，采诗夜诵，则有赵、代、秦、楚之讴，莫不以声为主。"郑樵所谓"莫不以声为主"，并不是说采集各地区的民间诗歌，它说的只是指演习各地曲调供"夜诵"使用而已。

汉武帝为应郊祀之礼，乐府又必然要由文人作家来主持创作乐辞，然后再由乐工为它配曲，来完成郊祀礼的乐舞制作。文人制作乐舞，就更能说明武帝时的乐府不是一个采集和保存民歌的机构。西汉乐府为文人乐辞谱曲，制作乐辞的作家，有司马相如、吾丘寿王、东方朔、枚皋、董仲舒等人（《汉书·礼乐志》《两都赋序》）。乐辞的形式有诗赋或诗颂。其实，诗赋即诗颂，因汉武之世，在枚乘《七发》、司马相如《子虚》、《上林》等大赋繁兴之前，赋亦称辞。同时，赋亦称颂，如王褒《洞箫赋》，一作《洞箫颂》；《郊祀十九章》中的《白麟》、《赤壁》、《芝房》、《宝鼎》诸诗也被称为赋（班固《两都赋序》)。故"诗赋"、"诗颂"实为一体。《汉书·艺文志》中所列举的《泰一杂甘泉寿宫歌诗》、《宗庙歌诗》等,就是由司马相如等一大批文人作家创作的应制之作。

但是,司马相如等人创作的乐辞连"通一经之士,不能独知其辞,皆集会五经家,相与共讲习读之,乃能通知其意,多尔雅之文"(《史记·乐书》)。所以,它们的突出特点就是过于艰深,过于古奥,因此难以理解,难以合乐。从这一意义上说,这也算得是一种"采诗",即必对文人乐辞加以挑选方能入乐。但不管怎样,这些文人乐辞之不具有民间性质却是毋庸置疑的。因此,从定郊祀礼取词合乐的两个途径来看,都有可能说明武帝时的乐府,并不是一个完全以采集民歌与搜集民歌为其主要职能的机构。

再说,当乐府的乐工(以李延年为首)或者选用各地曲调与文人乐辞合乐、配乐或者另创新调为文人乐辞合乐、配乐之时,必然会有不入乐、不协律的情况出现。就像吴莱所说的那样:"武帝定郊祀,立乐府,举司马相如等数十人作为诗赋,又采赵、代、秦、楚之讴,使李延年稍协律吕,以合八音之调。如以辞而已矣,何待协哉!必其声与乐家多抵牾者多。"(《论乐府主声》)"声与辞""抵牾者多",所以要李延年这批乐工"略论律吕"(《汉书·礼乐志》),"稍协律吕","次序其声"(《史记·乐书》),这样创制出的郊祀曲,便是武帝时代新创制的一种新乐章,史籍称之为"新声曲"。《汉书·李延年传》云:"延年善歌,为新变声。是时上(武帝)方兴天地诸祠,欲造乐,令司马相如等作诗颂。延年辄承意弦歌所造诗,为之新声曲。"关于这种"新声曲",刘勰《文心雕龙·乐府篇》说得很明白:"暨后郊庙,惟杂雅章,辞虽典文,而律非夔、旷。"应劭《风俗通义》也说:"周室凌迟,礼崩乐坏,诸侯恣行,竞悦新习,《桑间》、《濮上》,郑、卫、赵、宋之声,弥以放远,滔湮心耳,乃忘平和,乱政伤民,致疾损寿,重遭暴秦,遂以阙志。汉兴,制氏世掌太乐,颇能纪其铿锵,而不能说其义。武帝始定郊祀,巡省告封,乐官多所增饰,然非雅正。"又一种情况就是乐府以其所掌的俗乐直入宫廷庙堂,经乐家创制新章,堂而皇之地与礼相结合,因而"裁音律之响,定郊丘之祭,颇杂讴谣,非全雅什"(《隋书·音乐志上》)。刘勰、应劭也好,《隋书·音乐志》也好，他们无不指出武帝定郊祀之礼而让李延年等乐家创制出的"新声曲"其性质是一种"辞虽典文，而律非夔、旷"、"乐官多所增饰，然非雅正"、"颇杂讴谣，非全雅什"之类的新乐章。武帝的郊祀乐，是一种新雅乐，文辞典雅，但内容与曲调都已与三代、秦代的雅乐全然不同，是一种既非"夔、旷"又非"雅正"、"颇杂讴谣"的"赵、代、秦、楚"曲调的改造、变调或仿制的乐章。所以，汉武帝时代的乐府，从字面上看，"采诗夜诵，有赵、代之讴，秦、楚之风"，给人以一种采集民间诗歌的感觉，但在实际上，它只是从事于创制新声曲，亦即新雅乐而已。然而，就是李延年等人"次序其声"的这种"新声曲"，却被后人误认为全是"民歌"，被误认为是《汉书·礼乐志》所说的"皆以郑声施于朝廷"的"新声"。

总之，西汉初年并无古之采诗制。古之采诗，是采集怨刺之诗。汉武帝时代乐府的采诗，其中有一个内容，则是选择那些适用于郊祀祭礼的曲调与曲辞，或加改制，或创新曲，而这两方面都与民间性质的关系不大。把"采诗夜诵，有赵、代、秦、楚之讴"全部当作是采集民歌和保存民歌，那完全是一种误解。

三、《汉书·艺文志》所录歌诗的民歌性质应予甄别

现在，再让我们来考察一下班固在《汉书·艺文志》中所录的关于冠有地名的歌诗的性质问题。可以比较肯定地说，这类歌诗其实大多不具有民间性质。

现在人们所看到的《艺文志》所著录的"歌诗二十八家"中，共计三百一十四篇，大约可以分作两大类。第一大类歌诗，包括《高祖歌诗》、《泰一杂甘泉寿宫歌诗》、《宗庙歌诗》、《汉兴以来兵所诛灭歌诗》、《出行巡狩及游歌诗》、《临江王及愁思节士歌诗》、《李夫人及幸贵人歌诗》、《诏赐中山靖王子哙及孺子妾冰未央材人歌诗》、《黄门倡车忠等歌诗》、《杂各有主名歌诗》、《杂歌诗》、《诸神歌诗》、《送迎灵颂歌诗》等总为十三家，凡九十六篇，从它们有主名以及从它们的性质而论，这一大类均可断定为非民间歌诗无疑。除此九十六篇外，所余者则别为第二大类。这一大类大多是被冠以地名而无主名的歌诗，计十九郡国及地区、凡十五家，包括"声曲折"在内数篇，共计二百二十篇。这十五家歌诗，过去一向全被肯定为民间诗歌。

但如果细加深究，比如"秦歌诗"之冠以"左冯翊"、"京兆尹"，据《汉书·地理志上》和《百官公卿表上》，左冯翊、京兆尹本为秦内史地、内史官，汉为郡名。武帝太初元年分别更名为左冯翊、京兆尹，均为拱卫长安的三辅之一。因此，"秦歌诗"之冠以"左冯翊"、"京兆尹"，实际上可能是汗京畿三辅所献之诗，并不一定是民歌。又比如"河南周歌诗七篇"（另"声曲折"七篇）、"周歌谣诗七十五篇"（另"声曲折"七十五篇），连及"周歌诗二篇"，此三家共合"声曲折"诗达一百六十篇之多，占《艺文志》著录地名歌诗的半数以上。而"河南"一地，据《太平寰宇记》三《河南县》、《金史·地理志》《河南府》等记载，其古为郏、鄏地，汉为河南县，属河南郡，实为故周王室洛邑地域；它不仅是故周王室封地，而且从其附有"声曲折"来看，这些歌诗很有可能是周王室所存的遗诗。所以，那些表面上冠以地名的无主名歌诗，并不能排除其中有一批是汉武帝时代的乐府所保存的周代的旧诗歌章，这些旧诗歌章的民歌性也还不能加以肯定。又据《汉书·王莽传》载，曾有遣大司徒陈崇等风俗使者"言天下风俗齐同，许为郡国造歌谣，颂功德，凡三万言"的事。"风俗使者"的职责是"观采风谣"。但是风俗使者却能"诈为郡国造歌谣"，他们所观采的三万言歌谣，当然都出自各地区的官府、文人的伪造。所以，武帝时代的乐府所保存的歌诗，是否有郡国所献者，也是应该存疑的。

总之，《汉书·艺文志》所录的冠以地名的无主名歌诗，决不能泛泛而论，一概目为民歌，应该对它们作必要的甄辨才对。

四、西汉乐府中的民间艺人问题

现在再来讨论一下武帝时乐府中的歌工乐人问题。

《汉书·礼乐志》所载的"蔡讴员"、"刘讴员"、"邯郸鼓员"、"淮南鼓员"、"沛吹鼓员"、"陈吹鼓员"、"郑四会员"、"楚四会员"、"秦倡员"等等，这些在乐府中从事各种乐舞活动的工作人员，大多是从各郡国、地区应召入乐府后早已脱离民间艺术活动转为宫廷专业歌舞的歌工乐人。汉以前的陕西、山西、河北一带，那里的男男女女都善舞能歌，他们后来流入城市，成为公侯豪家的倡优乐伎。这一情况在西汉有了进一步的发展。《史记·货殖列传》云：山东、中山的士众，"多美物，为倡优，女子则鸣琴，跕躧，游媚富贵，入后宫，遍诸侯"。"今夫赵女、郑姬，设形容，揳鸣琴，揄长袂，蹑利屣，目挑心招，出不远千里，不择老少者，奔富贵也。"比如较早的刘邦的宠妃戚夫人，自幼生活于民间，会弹瑟击筑，擅美歌舞，后来流入汉宫，《西京杂记》卷三说她"侍高帝，尝以赵王如意为言，而高祖思之，几半日不言，叹息凄怆而未知其术，辄使夫人击筑，高祖歌《大风》诗以和之。……在宫内时，尝以弦管歌舞相娱，竞为妖服以趋。良时十月十五日，共入灵女庙，以豚黍乐神，吹笛击筑，歌《上灵》之曲，既而相与连臂踏地为节，歌《赤凤凰来》。至七月七日，临百子池作《于阗乐》。乐毕，以五彩缕相羁谓为相连爱。……三月上巳，张乐于流水，如此终岁焉"。又说，戚夫人"善鼓瑟击筑……善为翘袖折腰之舞"，"歌《出塞》、《入塞》、《望归》之曲，侍妇数百皆习之。后宫齐首高唱，声入云霄"（《西京杂记》）。又如武帝卫皇后子夫，原是平阳公主蓄养的歌妓；武帝的宠姬李夫人是中山人，原是歌舞乐倡；武帝的另一宠妃尹婕妤也是歌妓出身；武帝时著名的音乐家李延年也是中山人。又如王翁须，早年曾在邯郸民间表演歌舞，后被征入武帝太子府，最终成为太子之子史皇孙的妃子。像李延年这样一些有名望的有技艺的艺术家，一旦供职于乐府，基本上便已失去他们原有的民间艺术家的身份。所以，乐府中大量从事歌舞艺术的乐工，他们原来的阶级地位和身份，并不能用来证明乐府就是一个具有民间性质的艺术机构。

……

第六章　　歌舞结合的汉乐府

第二节　诗与歌舞的结合在音乐专名上的体现

……在汉乐府中，常见的约有"解"、"艳"、"趋"、"乱"等音乐专名。在这些专名中，包含着极为丰富的音乐或舞蹈内容。现在将这些专名依次介绍如下。

一、"解"的音乐性

……

所谓"解"，它是中国古典音乐单音旋律的时序中呈现多变特点的体现，它应含有以下几方面的含义：

(1)解是快速的、急促的曲调。在乐歌情感的表达上，表示一种力度，在美学上是一种阳刚之美。

(2)解在情调上，不是"淡雅"、"清雅"的，也不是"清淡"、"淡和"的，而是一种强烈、奔放、明快、热烈的；按这种风格、情调言，解似应多用于武曲。

(3)解常用在乐曲的结尾；在乐曲结构的层次上，它前面的乐曲是主体，而"解"多是主体乐曲的附加部分。对主体部分而言，它以"变"为特点。

(4)解还大多用在多次反复歌唱的乐歌中，或多用在多次反复演奏的曲调中；凡反复一次，就可以在乐歌歌节之后用一次"解"。

(5)在一个完整而庞大的乐曲中，在由几个小歌节组成一个较大的歌节作为一个段落时，在这较大的段落上，也可以仅用"解"一次。

(6)有些独立、短小而快速的曲调，特别适宜于用作别的乐曲的"解"；这样的曲调就被特称为"解曲。"

在汉乐府歌辞中，凡是注明有"解"的乐歌，大约都能有不同程度地体现出上述一种或某几种"解"的含义。

现在我们就以那首最早见于《宋书·乐志》题为《艳歌罗敷行》(《玉台新咏》题作《日出东南隅行》、《乐府诗集》题作《陌上桑》)的汉乐府诗作例子来加以说明。……全诗注明有三"解"，都在三个歌节段落之后。当该乐歌在描绘罗敷形象时，先综合运用了铺陈、夸张、衬托的多种艺术手法，来显示罗敷的美。芙蓉似的朝阳升起在碧天如洗的晴空，她用万道柔光照着楼中严妆初罢的罗敷的倩影，照射着城南道上持筐采桑的罗敷的倩影。不言罗敷之美，却已使读者得到了美的感受。接着便转为描写罗敷器用之精、服饰之丽及旁观者之羡，却又无一字正面写及罗敷的容貌之美，虚处着笔，引人想象，使罗敷形象栩栩如生，呼之欲出。这一节共十八句，其五言句式所构成的音部几乎都是一致的(或二二一、或二一二)，而且又几乎都是以双句来描写"行人"、"少年"、"耕者"、"锄者"等人物的动态，这样便给人以这一歌节的无论在形式或节律上所呈现出的匀称与平板的感觉。因此在这一歌节的结尾处，便用"解"一次。这一音乐性的处置，便打破这一歌节那种雍容大度、舒缓从容、典雅庄矜的格局，顿使全歌节充满爽朗、明快、热烈的气氛，使罗敷的形象在多层次、多角度的雕塑中更加光彩照人。

由于第一次用"解"，所以《陌上桑》的第二歌节的表现手法也起了变化。它的第二歌节便转为全部运用简短的对话来描绘罗敷的坚贞。罗敷与使君，双方的问答之语，很是平淡，辞令有余，魅力不足。但当一歌节结尾又用一次"解"时，便使罗敷的答语"使君一何愚！使君自有妇，罗敷自有夫！"字字如金石掷地，铿锵作响，体现出一种力的美。这"力"击向使君一伙，有大快人心之感。《艳歌罗敷行》的第三歌节又变换艺术表现手段，全用罗敷的长篇自述，把罗敷的形象塑造得十全十美。这一歌节的最后又用了一次"解"，特别渲染了"坐中数千人，皆言夫婿殊"的气势，使罗敷虚拟出一个貌美才俊、显赫高贵的丈夫如泰山之势压倒太守，突出表现了罗敷性格的机智敏慧。罗敷的形象，至此也就塑造完成。

所以，汉乐府的"解"是一种音乐情调性的处理。它是塑造人物、深化诗旨的重要手段。

……

二、"艳"和"趋"的音乐性

（一）"艳"的音乐性

……

"艳"，考证起来，原是楚国的古歌曲名。晋左思《吴都赋》云："荆艳楚舞，吴愉越吟。"《初学记》卷十五云"四夷乐"条引梁元帝《纂要》曰："齐歌曰'讴'，吴歌曰'歈'，楚歌曰'艳'，淫歌曰'哇'。"《初学记》同卷"杂乐"条又引梁元帝《纂要》曰："古'艳曲'有《北里》、《靡靡》、《激楚》、《结风》、《阳阿》之曲。"这些资料表明，把"艳"看作是歌或舞的形式，大抵是不错的。

由此可知，所谓"艳"，大多置于乐曲之前，起到概括和提示乐歌内容的作用，宛如乐曲的引子或序曲。同时，"艳"是一种音乐、舞蹈。作为音乐或曲调，它又大多具有宛转激越、悠扬流丽的情调；作为舞蹈，它又大多具有艳丽华美、潇洒蕴藉的风韵，两者配合，既有舞姿和节奏，又有形象和伴声，把乐歌表现得完美而淋漓。……

《诗经·豳风·东山》的"我徂东山,慆慆不归。我来自东,零雨其濛",又大约是在音乐的配合下,表现出戍卒在凄风苦雨中艰难行进的情状。《九章·抽思》的"倡曰",从诗意大致可以推知,"歌"用以揭示诗人屈原放逐汉北后的瞋目扼腕、悲愤激越的内心活动;"舞"则以奔放刚烈、呵天斥地式的舞蹈动作,再现诗人的悲切情绪。

在汉乐府诗中,《艳歌何尝行》一诗有"艳"。《宋书·乐志三》云:"曲前有艳。"《艳歌何尝行》,这是一首写夫妇离别的诗。诗的前半部分采用比兴手法,写雌鹄中途突然染病,与一雄鹄生别离;后半部分则由鹄的生别离转到正面写人的生别离,丈夫即将远行,妇病不能相随,所以向临行前的丈夫倾吐衷曲。全诗写得缠绵悱恻,凄艳动人,情意深切。由此可以推知曲前失落的"艳",当是一段黯然销魂、千回百折、动人心魄、碎断肝肠的乐舞,以表现、概示"悲莫悲兮生别离"这一"千古情语之祖"(来钦之《楚辞述注》引王世贞语)的思想内容,试看它的前段:

    妻卒被病,行不能相随。
    五里一返顾,六里一徘徊。

    吾欲衔汝去,口噤不能开。
    吾欲负汝去,毛羽何摧颓。

    乐哉新相知,忧来生别离。
    躇踌顾群侣,泪下不自知。

由前段内容推知,《艳歌何尝行》曲前的"艳",当是一些伴着歌声、烘托全诗生离死别内容的凄艳绝人的舞蹈场面。
……
(二)"趋"的音乐性
……"趋",原是快疾的之意,与"艳"一样,应是乐舞形式。而且,"趋"大部分都出现在乐章之末。……它只是表现为一种快速、急骤、强烈、紧张的音乐和舞蹈动作。

……

汉乐府中《白鹄》(一名《艳歌何尝行》,一名《飞鹄行》)一诗,在"解"、"艳"、"趋"上最为完备。《白鹄》古词全诗共有四解。

"艳":《宋书·乐志三》原注"曲前有艳"。

"歌":

飞来双黄鹄,乃从西北来。十五十五,罗列成行。一解
妻卒被病,行不能相随。五里一反顾,六里一徘徊。二解
吾欲衔汝去,口噤不能开。吾欲负汝去,毛羽何摧颓。三解
乐哉新相知,忧来生别离。躇踌顾群侣,泪下不自知。四解

"趋":《宋书·乐志三》云:"'念与君生别离……'下为'趋',曲前有'艳'。"

念与君离别,气结不能言。各各重自爱,远道归还难。
妾当守空房,闭门下重关。若当生相见,亡者会黄泉。
今日乐相乐,延年万岁期。

从《白鹄》一诗来看,《白鹄》的第一大部分是"艳",前已说过,其音乐必是宛曼轻约、柔美浓郁的乐调,配合着"五里一徘徊"的凄楚迟回的舞姿、舞态。《白鹄》的第二部分为乐歌歌辞,包括四节歌曲,每曲结尾均有一次"解"。从其内容来看,重在抒写情怀与心理刻画。但第一曲较舒缓,第二曲较强烈,第三曲较宽缓,第四曲又较激烈。因此第一曲之"解"由缓而促,第二曲之"解"由迫转缓,第三曲的"解"又由缓约转成急促,第四曲"解"再变迫促为舒徐。歌辞重在抒情的,"解"辅之以力度;歌辞重在舒曼的,"解"则应之以疾速。如此更番交迭,轮流转换,一弛一张,一紧一松,一徐一疾,一刚一柔,所谓"情悇而词迫也",形成对比,较有层次地把乐歌所表达的内容推向高潮,并收到相应的艺术效果。第三部分为"趋",是全曲的高潮,感情激切,节律鲜明,乐舞明快。《白鹄》诗由"艳"、"歌"、"趋"组成,使全诗结尾一体,成为一首完美的乐歌,很能体

现出汉乐府与乐舞结合的特点。而"趋"的音乐性在《白鹄》一诗中发挥了突出的效用。

三、"乱"和"声"、"和"的音乐性

(一)"乱"的音乐性

……从《大武》、《关雎》、《离骚》来看,"乱辞"必处于乐舞、乐歌、诗章的高潮,其次,它必出现在乐舞、乐歌、诗章的结尾或篇末。最后,"乱辞"必是充沛、丰满、洋洋洒洒、美听动人的。它既可表现为雄壮、热烈的,也可以是庄严、和穆的,也可以是典雅、华丽的,也可以是悲壮、愤激的,它也是为突出主题、揭示主旨在音乐情调上所作的特殊处理。

……

《妇病行》的"乱曰"特长。从相对的容量言,已超过正文,几与《楚辞·招魂》一样,成为乐歌内容的延伸和补充,使乐歌变得更为完整。《妇病行》的"乱曰"出现在病妇去世之后。一当病妇去世,病妇弥留时遗言中的可怕现实便立即出现:儿孤、儿饥、儿夭、儿乞,整个家庭挣扎在死亡线上,行将破灭,行将不存。这是多么凄惨的现实。"乱曰"仍然起到了突出、加强高潮和烘托主题的作用。由于汉乐府叙事性强的特点也反映到了"乱"上,所以《妇病行》的"乱曰"里也出现了情节和人物活动,使"乱"文字增多,变得更为复杂曲折。因此,汉乐府的"乱曰",可以说是对先秦以来乐舞、乐歌乱辞的发展和创新。

……

第十五章 汉乐府的艺术特质

第一节 汉乐府的语言之美

汉乐府的艺术特质,首先就表现在它的语言之美上。汉乐府的语言,总的来说,十分朴素生动,精炼真切。这一点,早已为历代乐府研究者们所注目。明胡应麟《诗薮·内编》卷一"古体上·杂言"云:"惟汉乐府歌谣,采摭闾阎,非由润色。然质而不俚,浅而能深,近而能远,天下至文,靡以过之。后世言诗,断自两汉,宜也。"又说:"矢口成言,绝无文饰,故浑朴真至,独擅古今。"这是很恰当的评价。试看《孤儿行》、《上山采蘼芜》、《十五从军征》等诗,其语言无一不具"质而不俚,浅而能深,近而能远"、"矢口成言,绝无文饰"等特点。如《孤儿行》一诗,全诗写了"行贾"、"行汲"、"瓜车翻倒"三节,它运用的几乎全是自然流畅的口语:

  春气动,草萌芽。三月蚕桑,六月收瓜。将是瓜车,来到还家。瓜车反覆,助我者少,啖瓜者多。"愿还我蒂,兄与嫂严,独且急归,当兴校计。"

  这一节语言,可说句句是活生生的口语,句句是朗朗上口的生活语言,但却一无雕琢的痕迹。正如胡应麟所说,"入俗语则工","无意于工,而无不工者,汉之诗也"(《诗薮内编》卷一,"古体上·杂言")。

  又如以"闾巷口语,而用意之妙,绝出千古"(《诗薮内编》卷一,"古体上·杂言")的《上山采蘼芜》一诗:

  上山采蘼芜,下山逢故夫。长跪问故夫:"新人复何如?""新人虽言好,未若故人姝。颜色类相似,手爪不相如。""新人从门入,故人从阁去。""新人工织缣,故人工织素。织缣日一匹,织素五丈余。将缣来比素,新人不如故。"

  这首诗的女人公是一个值得同情的弃妇。全诗只是撷取了她和前夫偶然相遇时的问答之辞来展开描写,但却巧妙地不正写弃妇的痛苦,而只写那个"故夫"的念旧。令人惊叹的是,这里的描述也全无一句藻丽的语句,而弃妇与故夫这一对人物的声音、动态,却好像活在纸上,令人有如见其人如闻其声的感觉。正如陆时雍所论:"古乐府多俚言,然韵甚趣甚。后人视之为粗,古人出之自精,故大巧者若拙。"(《诗镜总论》)胡应麟也说,《上山采蘼芜》具有"随语成韵,随韵成趣,辞藻气骨,略无可采,而兴象玲珑,意致深婉,真可以泣鬼神,动天地"的特点(《诗薮内编》卷一,"古体上·杂言")。

……

第二节 汉乐府的形式之美

一、形式的灵活与多变

汉乐府诗的第二个艺术特质是它的形式多变,自由灵活,具有一种飞动之势和流动之美。

由于汉代社会生活的繁复,《诗经》时代的四言形式,单纯而缺乏变化,板滞而过于凝固,已经不能满足社会发展的要求。骚体形式,因为汉代辞赋的发达,也越来越失去了它的吸引力。汉乐府便在形式方面,既取《诗》、《骚》形式之长,又弃《诗》、《骚》形式之弊,创造了一种灵活多变的新形式,其句式有两言的,三言的,四言的,五言、六言、七言的,呈参差历落、不拘一格之态,显辗转流动、奔逸飞动之势。如《东门行》一诗:

出东门,不顾归;来入门,怅欲悲。盎中无斗米储,还视架上无悬衣。拔剑东门去,舍中儿母牵衣啼:"他家但愿富贵,贱妾与君共铺糜。上用仓浪天故,下当用此黄口儿。今非!"

"咄!行!吾去为迟!白发时下难久居。"

《东门行》一诗是以一言到七言的多种句式组成的。其中"咄!行!"是两句一言,却十分准确地恰到好处地表达了诗中男主人翁那种坚决而愤怒的感情,一种反叛封建秩序的正义气势,借助了句式的变化跃然纸上;而且又产生了一种使读者如见其人、如闻其声的艺术效果。

……

第三节 汉乐府的叙事之美

明代徐祯卿的《谈艺录》曾说:"《乐府》往往叙事,故与《诗》殊。"他独具慧眼一语点出了汉乐府多叙事性的这个特质。因此汉乐府的艺术特质还应该包括富于生活情趣而生动概括的叙事性。

……

汉乐府不仅以情节曲折、故事生动显示其叙事性,它还往往对所要表现的事件不作全面的有头有尾的叙述,而是恰当地选择足以充分表现生活矛盾和斗争的一个侧面,加以突出地、集中地来描写。因此,它篇幅虽然短小,却能给人以鲜明而深刻的印象。《东门行》这首汉乐府,从一家人家的一件极平凡而琐细的事件中,提取了一个富有典型性的题材,叙述了汉时普遍存在的下层人民如何由饥寒交迫、求取生存进而起来斗争的全过程。从这一个小小的镜头中,通过简炼的叙事艺术手段,却反映出当时整个社会的实质和症结。

此外,汉乐府的叙事性在人物塑造方面也独具特点。它一般不用第三者的口吻作平衍枯燥的叙述,而往往通过对话和行动让人物自身出来发展故事情节。比如《战城南》用人与鸟的对话,《陌上桑》全诗用了三次对话,长篇的《孔雀东南飞》全诗竟用了三十次对话,《东门行》一诗其前半首集中写人物的行动,下半首便着重用对话来表现主题。用人物对话和行动显示叙事性,是汉乐府叙事性的又一特长。

……

【评 介】

张永鑫,江苏省无锡市人,1937 年生。1961 年毕业于北京大学中文系。1961 年至 1974 年执教于郑州大学中文系;1974 年至 1984 年在江苏师院、苏州大学中文系任教。后为无锡教育学院中文系副教授,现为江南大学中文系退休教授。专攻先秦、两汉、魏晋南北朝文学。著有《汉魏六朝小赋选》、《汉乐府研究》、《古典诗文论丛》,另有《水浒全传》新注校本(合著)、《汉诗选译》(合著)、《陆游诗词选译》(合著)等。并发表《骚艺论微》、《贺双卿及其著作》等论文数十篇。

《汉乐府研究》于 1992 年 6 月由江苏古籍出版社出版。该书分编探讨了乐府考源与界说、汉乐府的音乐性、汉乐府的分类和编集以及汉乐府的特质,征引材料丰富,广泛采撷众说,论证观点明晰,能使读者对汉乐府的形成及汉乐府的艺术特质有一个较为全面深入的掌握。开篇作者便说乐府的原始涵义是一种综合性的艺术创作活动,包含了音乐性、文学性和舞蹈性三大因素，可见分析汉乐府的艺术特质是《汉乐府研究》的主要任务。而这种对汉乐府的全面的艺术研究在本书出现之前论文尚不多见，更不用说是专著了。

在对乐府进行考源这一编中，作者从原始乐舞开始探讨，论及了夏代乐舞、殷商乐舞、周代乐舞、秦代乐府和两汉乐府。认为"《汉书·礼乐志》所谓的'至武帝定郊祀之礼……乃立乐府'，并非指武帝始立乐府，而是指武帝始定由奉常掌理的郊祀之礼，同时又把它立之于乐府"，由此断定乐府并非始立于汉武帝，秦代乐府才是乐府发展史上的开端。虽未为确论，也算是一家之言。随后作者论西汉乐府采诗与歌谣应与古代采诗之制不同，汉武帝采诗多是选择适用于郊祀祭祀礼仪的曲调曲辞，是"新声曲"新雅乐而已，而并非就是民歌俗乐，据此提出我们应对《汉书·艺文志》中所录的冠有地名的歌诗性质加以甄别。这些论断都有其合理性，也纠正了以往大多数人认为"赵、代、秦、楚之讴"尽是民歌的误解。但其间也有它的局限，按照作者所论述的思路来看，可以说汉武帝时的郊祀之乐大多与民歌无关。而作者所说的"西汉乐府所进行的制礼作乐工作都与民歌关系不大"，终究缺乏实证，因为《汉书·艺文志·诗赋略》中记载的大量只见分类、不见具体篇名与歌辞的西汉乐府诗中，应该采集有大量民歌，不然班固又怎么会在《诗赋略》小结中说"皆感于哀乐，缘事而发，可以观风俗，知薄厚"呢？

在汉乐府的音乐性这一编中，作者受到了刘勰《文心雕龙·乐府》"乐府者，'声依永，律和声'也"的启示。由此，在考察汉乐府的音乐性时，不仅联系乐府本身包含的音乐、诗歌、舞蹈特点来研究，而且结合着乐府歌辞协律与"徒诗入乐"的特点来考察。其中较为精彩的是对诗舞结合体现在音乐专名上的论述。作者虽采用了音乐史家杨荫浏先生《中国古代音乐史稿》中对大曲曲式"解"、"艳"、"趋""乱"的研究成果，却对这些音乐专名逐一进行了严密的考察论证，并结合具体作品进行分析。如对《白鹄》的"解"、"艳"、"趋"逐一作了分析，指出曲前的"艳"，应是伴着歌声的凄楚迟回的舞蹈场面——"解"，以此来烘托全诗生离死别的主旨，这样"歌辞"和"解"依次从舒缓到强烈到宽缓再到激烈。最终通过"趋"，歌辞激切，乐舞凄艳明快，达到了全曲的高潮。这足以体现出汉乐府诗与音乐舞蹈相结合的特点，可以说明汉乐府的表演性质，当然也是作者论述精妙之处。

论述汉乐府的特质时，作者采撷众说，分析了汉乐府诗的思想特质和艺术特质。在分析汉乐府的思想特质时，注意将汉乐府和它所处的时代结合起来，指出汉代丰富多彩的物质生活、精神生活和社会生活自是汉乐府产生的基础，而汉乐府反映了社会的各个方面，更是两汉复杂多姿的社会生活的百科全书。分析汉乐府艺术特质时，则从语言之美、形式之美、叙事之美和悲音美几个方面着手。汉乐府语言生动朴素自然不必多说，也非仅为汉乐府所有，但是其中的"闾巷口语"为诗，自是其独特的特点。作者不仅抓住了汉乐府的这一特质，而且对具体作品进行分析时，也十分中肯。如分析《上山采蘼芜》，并没有像有些论者那样简单地批判封建社会对女性的压迫，而是说该诗以问答之辞展开描写，全诗多俚言，"巧妙地不正写弃妇的痛苦，而只写那个'故夫'的念旧"，可为探得此诗诗旨。论及汉乐府的形式美时，称乐府"既取《诗》、《骚》之长，又弃《诗》、《骚》形式之弊，创造了一种灵活多变的新形式"，也是中肯的，但是说四言形式板滞凝固，骚体因汉代辞赋的发达愈加失去了它的吸引力，则不免偏颇。骚体在屈子那里已经达到了巅峰状态，后人难以企及，望而却步，所以才会另辟蹊径，另创高峰。

总的来看，无论作者在研究中吸取了劳动起源论的观点，还是从歌舞表演的音乐角度切入研究，都是以继承和发扬朴学严谨的学风为前提。无论是对乐府始立时间、西汉乐府性质的考察，对汉乐府诗中记载的音乐专名、命名命篇的音乐性的把握，还是对不同时代、不同人物所作汉乐府作品的分类以及对乐府集子编集的标准、过程、特点及价值等问题的论述上，都以古代文献材料为主，兼及其他材料，进行详细考证，并对这些问题逐一甄别。这样广泛采撷材料和前人相关的成果，得出的论点自然都持之有故，言之成理，堪称一家之言。

（张少辉）

汉诗研究（节选）

郑 文

朝廷乐章

安世房中歌

……

《汉书·礼乐志》说：凡乐，乐其所生，礼不忘本。高祖乐楚声，故房中乐楚声也。

照此说来，《安世房中歌》歌词的句式应该像《楚辞》和相传的楚歌。——楚歌虽不像《楚辞》那样有一个总集流传下来，就现存的资料来说，它们的句式一般都有"兮"字。

……

试将《安世房中歌》这种四字句纳入《三百篇》所用兮字的句式，不但显不出《国风》那种特具的中原民歌的风味，抑且组合起来语气不易联贯。试将《安世房中歌》纳入《楚辞》的句式，便可发现它的句式宛然是《楚辞》的句式被省去了兮字的。如就第一章的，它的句式可写作：

　　大孝备矣兮，休德昭清；高张四县兮，乐充宫廷。芬树羽林兮，云景杳冥；金支秀华兮，庶旄翠旌。

这和《楚辞·七谏·初放》有些句式正好相似：

平生于国兮，长开原野。言语讷讴兮，又无强辅。浅智褊能兮，闻见又寡。数言便事兮，见怒门下。……

它的句式也可写作：

大孝备矣，休德昭清兮。高张四县，乐充宫廷兮。芬树羽林，云景杳冥兮。金支秀华，庶旄翠旌兮。

这和《楚辞·九章·橘颂》有些句式正好相似：

深固难徙，廓其无求兮。苏世独立，横而不流兮。闭心自慎，不终失过兮。……淑离不淫，梗其有理兮。年岁虽少，可师长兮。行比伯夷，置以为像兮。

就第十二章说，它的句式可写作：

磑磑兮即即，师象兮山则。鸣呼兮孝哉，案抚兮戎国。蛮夷兮竭欢，象来兮致福。兼临兮是爱，终无兮兵革。

这和《楚辞·九怀·尊嘉》的句式正好相似：

季春兮阳阳，列草兮成行。余悲兮兰生，委积兮从横。江离兮遗捐，辛夷兮挤臧。伊思兮往古，亦多兮遭殃。伍胥兮浮江，屈子兮沉湘。运余兮念兹，心内兮怀伤。……

或者可写作：

磑磑即即兮，师象山则。鸣呼孝哉兮，案抚戎国。蛮夷竭欢兮，象来致福。兼临是爱兮，终无兵革。

这和《楚辞·九章·怀沙》有些句式正好相似：

　　滔滔孟夏兮，草木莽莽。伤怀永哀兮，汩徂南土。……易初本迪兮，君子所鄙。章画志墨兮，前图未改。

就第八章说：它的句式可写作：

　　丰草葽兮女萝施，善何如兮谁能回？大莫大兮成德教，长莫长兮被无极。
　　操吴戈兮被犀甲，车错毂兮短兵接。旌蔽日兮敌若云，矢交坠兮士争先。

……

　　《汉书·礼乐志》载《郊祀歌·天地》："神奄留，临须摇。"王先谦《汉书补注》说："此'留'字下当有'兮'字，无则不成一体，此班氏例则之。下《天马歌》及《司马相如传》可互证也。"自然，这是对《郊祀歌》说的，但也可用以解说《安世房中歌》被班氏删去了兮字。
　　于此，可以小结说：《安世房中歌》的句式，本来出自《楚辞》与楚歌，也就是本来是楚调，由于兮字被删，使得它的句式与《大雅》或《小雅》的四言相类似，而和《楚辞》不同，其实这只是一种假象。
　　《安世房中歌》的句式既出自《楚辞》和楚歌，因而联想到它的内容也可能因袭楚地之传统而来。《郊祀歌·天地》说："千童罗舞成八溢，合好効欢虞太一，《九歌》毕奏斐然殊，鸣琴竽瑟会轩朱。"这里所奏的《九歌》，正是《楚辞》的《九歌》。《楚辞·九歌》在武帝时这样奏用，那在高帝也应该这样奏用，如将"合好効欢虞太一"与《九歌·东皇太一》联系看，不但《安世房中歌》的首章与《东皇太一》的光景逼肖，而且"泰一"就是"太一"。至于《安世房中歌》的第二章与《云中君》、《湘君》、《湘夫人》、《大司命》、《少司命》……诸篇的气氛也类似。它的第六章的"飞龙秋，游上天"，第十一章的"乘玄四龙，回驰北行，羽旌殷盛，纷哉芒芒"与《九歌》所描绘的神灵往来也相仿佛。也许这些都是偶然的现象罢，但从中可以看出楚地祀神乐章对

《安世房中歌》的影响。

这里也要提及的是，《史记·封禅书》说：后四岁，天下既定。……长安置祠祝官女巫。其梁巫祠天地、天社、天水、房中、堂上之属，晋巫祠五帝、东君、云中、司令、巫社、巫族人、先炊之属，秦巫祠社主、巫保、族累之属，荆巫祠堂下、巫先、司命、施糜之属，九天巫祠九天，皆以岁时祠宫中。（《汉书·郊祀志》除个别字外，均同。）

可见《九歌》所祀的有些神灵，在当初仍然继续被祠祀的。汉初的所歌的乐章虽然已无可考，照理说来，也应由于高帝的乐楚声而有所继承；何况《郊祀歌》明言"《九歌》毕奏"呢？

在这儿，须辨明的，梁巫所祀的房中，《史记索隐》认为："《礼乐志》有《安世房中歌》，皆谓祭时房中，堂上歌先祖之功德也。"《汉书疏证》说："《后汉·桓纪》：'坏郡国诸房祀。'《栾巴传》：'巴悉毁坏房祀，翦理奸（选者按：奸字原著缺）巫。'注云：'谓为房堂而祀者'。"意谓梁巫所祠的房中就是房祀。

考《史》、《汉》所说的梁巫、晋巫、秦巫、九天巫所祠的，皆指具体的神，而不是指其他。如梁巫之所祠者为天地之神、天社之神、天水之神、房中之神、堂中之神，和晋巫所祠的是五帝之神、东君之神、云中之神、司命之神、巫社之神、巫族人之神、先炊之神相同。如以为这里的"房中"即《安世房中歌》的房中，不但与《史》、《汉》行文体例不合，果如所说，抑且将"堂上"、"堂下"解作"在堂上"与"在堂下"了。何况所谓"房中、堂上歌先祖之功德"，有什么根据呢？即以《安世房中歌》说，它明明歌高帝的德，颂高帝的功，而与高帝的先祖无关，也与其他无涉；更不论高帝起陇亩之中，他的祖先本来就没有功德可歌呢？

"房中"是否就是房祀呢？《史》、《汉》并说"长安置祠祝官女巫"，其中梁巫所祠者有"房中"，而《后汉·桓纪》明言"坏郡国诸房祀"，则非指首都所祠之"房中"可知；章怀注也说："房，谓祠房也。《王涣传》曰：'时惟密县存故太傅卓茂庙、洛阳留今王涣祠'。"可见房祀与"房中"不是一回事。

"房中"既不同于房祀，而为汉初所祀的房中之神，虽与《安世房中歌》之房中不同,而在长安立祠,与《安世房中歌》是否有关?参《礼乐志》所云唐山夫人之作,乃源于周之房中乐,由于"高祖乐楚声,故《房中乐》楚声也"。汉初所祠之"房中",则为当时梁巫所祠的房中之神,两者表面上的文字虽同,而所含的意义不同。

……

考唐山夫人作《安世房中歌》的时间,在高帝六年到十年之间。这时天下初定,就须要说,创作时间在六、七年间的可能性最大。唐汝谔《古诗解》说:"若唐山夫人之作,其于形容圣德之中,叙次详悉,义有儆戒,犹有商周《雅》、《颂》遗风。"这样说法,是有见地的。

就表现方法说,首先是它用朴质的语言,作恳切的宣谕,很少用华丽的辞藻,作过分的渲染;其次是写得严肃庄重,大大方方,没有一般妇女忸怩作态的习气,而篇幅简短,显出它是源于楚歌。其次是一十七章,各章的立意虽然有别,共同的趋向则又一致。这就由单章独立的楚歌,发展成为一十七章的组诗。这在先秦诗歌中是没有的,在汉初也是独特的。如果勉强地附会,也许《楚辞·九歌》的布局,曾给它以影响。其次是它使用的语言,近乎楚国先代的钟鼎铭文和《三百篇》的《雅》、《颂》,既与《楚辞》有异,也与楚歌有别,也许由于讴歌汉德,称颂汉政,不得不用这样端庄郑重的词汇,以显示皇家的尊严。

郊祀歌

……

一、对《汉书·礼乐志》一段话的理解

……汉代初年,只是郊天。到了武帝时候……才开始祀后土,而完成郊天祀地的典礼。所以《礼乐志》说:

> 至武帝定郊庙之礼,祠太一于甘泉,就乾位也;祭后土于汾阴泽中,方丘也。乃立乐府,采诗夜诵,有赵、代、秦、楚之讴,以李延年为协律都尉,多举司马相如等数十人造为诗赋,略论律吕,以合八音之调,作《十九章》之歌,以正月上辛用事甘泉圜丘(选者按,原著缺"圜"字,据《汉书·礼乐志》补),使童

男女七十人俱歌，昏祠至明，常有神光如流星，止集于祠坛。天子自竹宫而望拜，百官侍祠者数百人，皆肃然动心焉。

由这段记载可见：

1. 《郊祀歌》的作者不止一人，而且都有相当的文化，并熟谙音乐。由于乐辞深奥，非一般人所能理解，所以《史记·乐书》说："通一经之士，不能独知其辞，皆集会五经家，相与共讲习读之，乃能通知其意，多尔雅之文。"

2. 李延年以好音见，在元鼎六年（公元前一一一年），司马相如死，在元狩五年（公元前一一八年），是相如死后七年，延年才得见武帝而定郊庙之乐。延年不能举司马相如等人，是很清楚的。《汉书·李延年传》："延年善歌，为变新声。是时上方兴天地诸祠，欲造乐，令司马相如等作诗颂，延年辄承意弦歌所造诗，为之新声曲。"是在延年为协律都尉之前，武帝已命相如等作诗颂，而延年承相如等所作诗颂之辞意而作歌曲。这样的歌曲，与以往不同，所以叫做"新声曲"。

3. 《郊祀歌》中哪些是相如等作的？虽然没有标明，但就《十九章》的具体情况而论，还是可以寻求的。现在把各章的创作时间写在下面：

《天马》作于太初四年（公元前一〇一年）

《景星》、《齐房》作于元封二年（公元前一〇九年）。

《后皇》、《华烨烨》作于元鼎四年（公元前一一三年）。

《五神》、《惟太玄》作于元鼎五年（公元前一一二年，实际作于公元前一一一年）。

《日出入》、《象载瑜》作于太始三年（公元前九四年）。

《天门》作于元封元年（公元前一一〇年）。

《天地》作于元鼎六年（公元前一一一年）。

《朝陇首》作于元狩元年（公元前一二二年）。

其余迎神曲的《练时日》、送神曲的《赤蛟》以及《帝临》、《青阳》、《朱明》、《西颢》、《玄冥》七章不知作于何时，用理推测，约在延年以好音见武帝之前，很可能是相如等作的。考《郊祀志》云：

"后二年，郊雍，获一角兽，若麃然。有司曰：陛下肃祗郊祀，上帝报享，赐一角兽，盖麟云。"

《武帝本纪》云："冬十月，行幸雍，祠五畤，获白麟，作《白麟》之歌。"

是《郊祀志》所载谬忌所奏祠的泰一方和有人上书所言的祠三一，都是元朔五年(公元前一二四年)的事，也就是在相如死前祠五帝的乐章已具备了。迎神、送神二曲，为祭祀所必须，郊祀大典，更应具备了。这正与《李延年传》所云"是时上方兴天地诸祠，欲造乐，令司马相如等作诗颂"相符。

4.《青阳》、《朱明》、《西颢》、《玄冥》四章，都题作"邹子乐"。邹子的名字、里居、年代、官职已不可考，就祠四方之辞而言，则与祠五言帝(选者按，"言"字疑衍)所歌为同时之产物。由是可知，相如可能参加写作的诗颂，仅《帝临》、《练时日》、《赤蛟》及《朝陇首》。

5. 说《郊祀歌》是新声曲，乃就李延年承意弦歌的而言，非就《郊祀歌》所用诗颂之全辞而言。故周寿昌氏解《礼乐志》"多举司马相如等数十人造为诗赋"为："多举者，言举相如等数十人之诗赋，非举其人也。'多举'至'诗赋'为句，为，犹作也，言昔相如等所造作之诗赋。"(引自《汉书补注》)

二、《郊祀歌》与《楚辞》的关系

就《郊祀歌》的歌辞看来，《礼乐志》明言："采诗夜诵，有赵、代、秦、楚之讴。"是它受了四地讴歌之影响，就它本身整体而言，特别受了楚地歌谣的影响。

首先，《礼乐志》说："凡乐，乐其所生，礼，不忘本。高祖乐楚声，故房中乐楚声也。"正由高帝乐楚声，他的后嗣也乐楚声，因而《郊祀歌》模仿《楚辞》及其它楚地诗歌——楚歌，而不同于《三百篇》之《雅》、《颂》。其次，《天地》云："千童罗舞成八溢，合好効欢虞泰一，《九歌》毕奏斐然殊，鸣琴竽瑟会轩朱。"虽然这里的泰一，不见得就是《楚辞·九歌》的东皇太一，而且"千童罗舞"的场面，也远非"扬枹兮拊鼓，疏缓节兮安歌"之所能比，但"鸣琴竽瑟会轩朱"，显然和"陈竽瑟兮浩倡"、"五音纷兮繁会"，有相似之处，何况下文"展诗应律銅玉鸣，函宫吐角激徵音，发梁扬羽申以商，造兹新声永久长",正从《东君》"缊瑟兮会舞,应律兮合节,灵之来兮蔽日"脱胎而来,而"《九歌》毕奏"又俨然表明郊祀之演奏《九歌》。至于《练时日》所写的"灵之车,结玄云,驾飞龙,羽旄纷;灵之下,若风马,左仓龙,右白虎;灵之来,神哉沛,先以雨,般裔裔",固然描写神灵之情,但与《离骚》所写之神及《远游》所写之仙游,有甚相通之迹。《练时日》之"灵已坐,五音饬,虞至旦,承灵亿,牲茧粟,粢盛香,尊桂酒,宾八乡;灵安留,吟青黄,徧观此,眺瑶堂,众嫭并,绰奇丽,颜如荼,兆逐麋,被华文,厕雾縠,曳阿锡,佩珠玉;侠嘉夜,茝兰芳,澹容与,献嘉觞",固然与《东皇太一》所写之供神妆饰有相类之处,而供神女乐之媚神与王逸所谓"昔楚国南郢、沅、湘之间,其俗信鬼而好祠;其祠必作歌乐鼓舞以乐诸神"(《楚辞九歌章句序》)的精神相似。其次在《十九章》中删去兮字的有:一、《天地》之"神奄留,临须摇"下,王先谦认为:"此'留'字下当有兮字,而班氏删之;即下文七字句皆有兮字,无则不成一体,此班氏例删之。下文《天马歌》及《司马相如传》,可互证也。"(《汉书补注》下同)二、《天门》之"饰玉梢以舞歌,体招摇若永望"下,王氏认为:"此上句中皆有兮字,此二句'歌'下有兮字,班氏删之。下'月穆穆'、'神徘徊'四句例同。"三、"幡比比披回集,贰双飞常羊"下,王氏认为:"'披'、'飞'下,皆有兮字,'结清风'二句同。"四、"纷云六幕浮大海"下,王氏以为:"自'永蒙'至此,每四字下有兮字。"五、《景星》之"穰穰丰年四时荣"下,王氏以为:"此歌亦每四字下有兮字。"其实,除王氏所指出的以外,一句之间、两句之间,或两句之末被班氏删去的兮字还不少。如果补上兮字,则成为:

  练时日兮侯有望,焫脊萧兮延四方。九重开兮灵之游,垂恩惠兮鸿祜休……
  帝临中坛兮四方承宇,绳绳意变兮备得其所。清和六合兮制数以五,海内安宁兮兴文匽武。……

前者和汉乐府《陌上桑》之"今有人,山之阿,被服薜荔带女萝。既含睇,又宜笑,子恋慕予善窈窕。……"所从变来的《楚辞·九歌·山鬼》的句型一样。后者和《楚辞·九章·怀沙》的"章画志墨兮前图未改，内厚质正兮大人所晟"的句式差不多。如就《郊祀歌》整体说它的形式和《九歌》的结构也相类，虽然它们的具体内容不同。如《东皇太一》与《礼魂》为《九歌》的迎、送神曲，其余分别祭祀的是自然神与人鬼；《郊祀歌》除《练时日》与《赤蛟》为迎、送神曲外，所祀五帝及《惟泰玄》、《日出入》八章都祀的自然神，其余则是颂瑞之作。自然，在这八章之中，除《日出入》祀日神同于《九歌·东君》之外，其他七章所祀的具体之神，都和《九歌》不同，但不能因此就说它们之间没有一定的联系。

三、《郊祀歌》中的神灵

就《郊祀歌》所祀的具体神灵说。《帝临》为祀中央黄帝之歌，《青阳》为祀东方青帝之歌，《朱明》为祀南方赤帝之歌，《西颢》为祀西方白帝之歌，《玄冥》为祀北方玄帝之歌。《楚辞·九章·惜诵》云："令五帝以折中兮。"王逸以为："五帝，谓五方神也，东方为太皞，南方为炎帝，西方为少皞，北方为颛顼，中央为黄帝。"《吕览·月令》也以四方配五帝，而其所谓之帝，与王氏之说相合。是汉祀五帝与《惜诵》所言相同。但考《史记·封禅书》云："周东徙洛邑，秦襄公攻戎救周，始列为诸侯。秦襄公既侯，居西垂，自以为主少皞之神。作西畤，祠白帝。……其后十六年(《汉书·郊祀志》作十四年。按：应从《汉书》)，秦文公……作鄜畤，用三牲郊祭白帝焉。……秦宣公作密畤于渭南，祭青帝。……秦灵公作吴阳上畤，祭黄帝，作下畤，祭炎帝。……秦献公自以为得金瑞，故作畦畤栎阳而祀白帝。"(《十二诸侯年表》："秦襄公八年，初立西畤，祠白帝。"与《封禅书》同。)

由此可见……可能五帝之祀，先秦已经流行，不仅秦楚为然。

至于泰一之祀，是否起于汉代？《封禅书》与《郊祀志》虽然都说："亳人谬忌奏祠泰一方，曰：'天神贵者泰一，泰一佐曰五帝。'"接着又说："古者天子以春秋祭泰一东南郊，日一太牢，七日，为坛，开八通之鬼道。"既曰"古者"，则祀泰一，就不起于汉武帝了。

《史记·天官书》、《汉书·天文志》并载："中宫天极星，其一明者泰一之常居也。"《索隐》引《合诚图》云："紫微大帝室，泰一之精也。"《正义》云："泰一，天帝之别名也。"《书》、《志》又云："旁三星,三公,或曰子属。"《汉书补注》云:"三星合极星、明星为五。"……这个太一之星,亦即太一之神,与《惟泰玄》所赞颂的"经纬天地,作成四时,精建日月,星辰度里,阴阳五行,周而复始,云风雷电,降甘露雨,百姓蕃滋,咸循厥绪"的意义和作用相符。

此太一,是否《楚辞·九歌》之东皇太一?考《楚辞·九歌》的赤(选者按,应为东)皇太一,似乎指的太一之神是楚国东部的最尊之神,而按之具体歌辞,显为迎神之曲。且既云"东皇",必有西皇与之相对称,东皇既最尊,则与之相对称的西皇也应最尊;而在《离骚》中,不特恰有西皇之神,且可受屈子之(选者按,空字原著缺)以涉之。王逸以此西皇为少皋。《远游》之"遇蓐收乎西皇",也以之为:"西方庚辛,其帝少皓,其神蓐收,西皇,即少昊也。"可见王逸以少皋、少皓、少昊相同。果如其说,则西皇并非最尊,且不与东皇之太一相称。又,西皇既为少皋,照先秦相传,则东皇应为太昊,太昊之神在先秦神话传说中是最尊吗?考《远游》所谓天帝之居,乃"太微之所居",是太微乃天帝所居之所的别名。故继云:"集重阳入帝宫兮,造旬始而观清都。"接着是"朝发轫于太仪兮,夕始临于於微闾"向东游去,然后"过乎勾芒,历太皓(即太昊)以右转","凌天地以径度","遇蓐收乎西皇";再后"指炎帝而直驰,吾将往乎南疑",再后是"祝融戒而还衡","舒并节以驰骛兮,卓绝垠乎寒门,轶迅风于清源兮,从颛顼乎增冰"。可见太昊和少昊、祝融、颛顼同为四方之帝,并不是像太微所居者那样尊于四帝的天帝;也可见太微所居者的天帝,即《天官书》、《天文志》所谓之太一。由是可知:东皇太一地位与太一所具的地位不相侔,而把它们两者合二为一称为"东皇太一"是不当的,很可能是后人弄错了的。

……

汉祀太一,虽起于元朔五年(公元前一二四年)或其以前,但《惟泰玄》既言"灭除凶灾,列腾八荒",又言"招摇灵旗,九夷宾将",则与《封禅书》、《郊祀志》所言"为伐南越,告祷太一,以牡荆画幡日月北斗登龙,以象泰一三星为太一鐽旗,命曰灵旗,为兵祷,则太史奉以指所伐国"相应,是此歌之作在元鼎四年(公元前一一三年),因《汉书·武帝纪》云:"元鼎五年十一月辛巳朔旦冬至,立泰畤于甘泉，天子亲郊见朝日夕月。诏曰：'……望见泰一，修天文禮。……'"而《书》、《志》并云："十一月辛巳朔冬至昒爽，天子始郊拜泰一，如雍郊礼。"这里要辨别的是：同时祀太一于五帝始于何时？《郊祀志》于谬忌奏祠太一方时说："于是天子令大祝立其祠长安城东南郊，常奉祠如忌方。"王先谦曰："始专为泰一祠，不并祠五帝。"（《汉书补注》）这是元朔五年间事。《郊祀志》又曰："上遂郊雍，至陇西，登空同，幸甘泉，令祠官宽舒等具泰一祠坛。祠坛放亳忌泰一坛，三陔，五帝坛环居其下，各如其方，黄帝西南，除八道鬼道。泰一所用，如雍一畤物，而加醴、枣、脯之属，杀一犛牛，以为俎豆牢具，而五帝独有俎豆醴进。其下四方为绣，食群神从者及北斗云。……祭日以牛，祭月以羊彘特，泰一祝宰则衣紫及绣，五帝各如其色，日赤月白。"这不仅与《武帝纪》所戴（选者按，应为载）"（元鼎）五年冬十月行幸雍，祠五畤，遂踰陇，登空同"相合，且由之可见同时祀泰一与五帝及群神的情形。

《书》、《志》又云："其后，人上书言：古者，天子三年一用太牢祠三一：天一、地一、泰一。天子许之。令大祝领祠之于忌泰一坛上，如其方。"所用祭歌就是《天地》。歌云"天地并况"，又云："合好効欢虞泰一"，正明此歌所祀之神，而《史记·秦始皇本纪》载："古有天皇、有地皇、有泰皇，泰皇最贵。"殆即指此之天一、地一、泰一之神被人格化为古帝王者。

既有《惟泰玄》以歌颂泰一，为什么又为《天地》以兼颂三一？首先，由于有或人之奏，武帝采纳了他的意见。其次，彼歌云："经纬天地，化成四时，精建日月，星辰度理，阴阳五行，周而复始，云风雷电，降甘露雨，百姓蕃滋，咸循厥绪。"俨然地位在天地之上而开物成物，是宇宙间的最尊之神，用以"灭除凶灾"，故汉伐南越，告祷泰一，以牡荆画日月北斗登龙，以象泰一三星，为泰一鐽旗，似乎彼歌作于元鼎五年；而自其中"钟鼓竽笙，云舞翔翔"、"招摇灵旗，九夷宾将"看来，乃作于元鼎六年（公元前一一一年）。此歌则在思求降神之路，而以娱神为主。故曰："恭承禋祀，缊豫为纷，黼绣周张，承神至尊。千童罗舞成八溢，合好効欢虞泰一，《九歌》毕奏斐然殊，鸣琴竽瑟会轩朱。璆磬金鼓，灵其有喜，百官济济，各尽厥事，盛牲实俎进闻膏。"而冀神之久留。及神之将去，又"展诗应律铣玉鸣，函宫吐角激徵清，发梁扬羽申以商，造兹新音永久长，声气远条凤鸟翔"，而盼神之馨享，因而使寒暑不差，以明赐君。如自"千童罗舞成八溢"观之，此歌显即《郊祀志》所谓："其春既灭南越，嬖臣李延年以好音见，上善之，下公卿议，曰：'民间祠有鼓乐舞，今郊祀而无乐，岂称乎？'公卿曰：'古者祠天地皆有乐，而神祇可得而祀。'或曰：'泰帝使素女鼓五十弦瑟，悲，帝悲不止，故破其瑟为二十五弦。'于是塞南越，祷祠泰一、后土，始用乐舞。益召歌儿，作二十五弦及箜篌瑟，自此始。"故歌继云："《九歌》毕奏斐然殊，鸣琴竽瑟会轩朱。"是此歌作于既灭南越之后，时在元鼎六年。

与此相联的是《天门》。就歌的主旨而言，在表达武帝希望众神降临，馨享宴乐，赐以祉福，以获致长生，游于天地之间，而与蓬莱诸仙为伍。歌云："饰玉梢以舞歌，体招摇若永望。"明是灭南越以后之作。又云："光夜烛，德信著。"与《郊祀志》下列记载相应：

望气王朔言：侯独见填星出如瓜，食顷，复入。有司皆曰："陛下建汉家封禅，天其报德星云。"其来年冬，郊雍，祀五帝，还拜，祝祠泰一，赞享曰："德星昭衍，厥惟休祥，寿星仍出，渊耀光明，信星昭见，皇帝敬拜泰祝之享。"

可见作于元封二年。

虽然《练时日》已有"众嫭并，绰奇丽，颜如荼，兆逐靡。被华文，厕雾縠，曳阿锡，佩珠玉"之文，是否即灭南越后始用之乐舞？考《练时日》此文，仅言娱神女乐之妆饰，而无歌舞协调的场面，不能与《惟泰玄》、《天地》及《天门》并论。

正因元鼎六年之前，没有用乐舞，不但在唐山夫人所作的《安世房中歌》中，不见乐舞之痕，即在《帝临》、《青阳》、《朱明》、《西颢》、《玄冥》、《天马》(元狩三年马生渥洼水中作)、《华烨烨》(元鼎四年礼后土祠毕济河作)、《五神》(元鼎五年作)、《朝陇首》(元狩元年作)及送神曲《赤蛟》中，也不见乐舞之迹。为什么《天马》、《齐房》、《象载瑜》、《日出入》也没有乐舞之辞？

按：元狩三年(应为元鼎四年，说见后)为马生渥洼水中而作的《天马》不说了，太初四年作的《天马》，在写天马东来之经历。时间与助武帝之遥举，而往昆仑之山，以登天悦己为中心，旨在抒发逸兴，不须歌舞，是以不言歌舞。元封二年，甘泉宫内产芝，九叶连茎，武帝认为"上帝博临，不异下房，锡朕弘休"(《武帝纪》下同)，即歌所谓"玄气之精，回复此都"，纪祥瑞而作歌。当时以为此事"赦天下，赐云阳都百户牛酒"，已足回报，没有举行歌舞娱神之必要，因而歌中没有乐舞。《象载瑜》是"太始三年，行幸东海获赤雁作"(《礼乐志》)，即《武帝纪》所谓《朱雁》之歌。歌旨称其祥瑞，显示神之赐福而已；当时在行幸途中，既未以歌舞娱神，故歌中无歌舞之辞。《日出入》言日月无穷，人生有限，以有限之人生较之日，不异小池之于太海。故乐乘六龙而登仙，而趣訾黄之来下。这也是太始三年"幸琅琊，礼日成山，登之罘，浮大海"(《武帝纪》下同)而作，当时也在行幸之中，没有歌舞娱神之举，自然歌辞没有言及乐舞。

至于元鼎四年十一月甲子，立后土于汾阴，这是以后土配皇天的大事。在《华烨烨》(选者按：原著缺"烨烨"二字，据《乐府诗集》补)中，赋颂"神之游"、"神之出"、"神之行"、"神之徕"、"神之揄"、"神安坐"、"神嘉虞"，希望因而获致"福滂洋，迈延长，沛施佑，汾之阿"。恰巧次年二月，得宝鼎于后土祠旁；秋天，马生渥洼水中。在武帝看来，这是祠后土感神所致，因而对于这次的祭祀特别重视，不但为之作《宝鼎》、《天马》之歌，而且祭太畤于甘泉下诏说：

> 巡祭后土，以祈丰年，冀州瞧壤，乃显文鼎，获荐于庙。渥洼水出马，朕其御焉。战战兢兢，惧在克任，思昭天地，内惟自新。……亲省边陲，用事所极，望见泰一，十有二明(《武帝纪》)

又在《后皇》中颂扬"后皇嘉坛，立玄黄服，物发冀州，蒙祉福"，而相信"沉沉西塞，假狄合处，经营万亿，咸遂厥宇"。更在《景星》中提出"汾脽出鼎，皇佑元始"，因鼎出而开始改元，并且追改以往的年号，可见对祭后土之后出鼎的重视。《景星》之作，不如《礼乐志》

所云"元鼎五年得鼎汾阴作",而是元封二年塞决河后所作。所以它既云"河龙供鲤醇牺牲",又云"冯蠵和疏写平",而"五音六律,依韦享昭,杂变并会,雅声远姚,空桑琴瑟结信成,四时递代八风生,殷殷钟石羽籥鸣",正是对乐舞的形象描写。

《五神》中写道:"璧玉精,垂华光。……交于神,若有承。"此即《郊祀志》所谓:

> 有司云:"祠上有光。"公卿言:"皇帝始郊见泰一云阳,有司奉瑄玉,嘉牲牲享,是夜有美光;及昼,黄气上属天。"太史令谈、祠官宽舒等曰:"神灵之休,佑福兆祥,宜因此地光域,立泰兆坛以明应,令太祝领秋及腊间祠,二岁(按:二应作三),天子壹郊见。"

也和《武帝纪》所谓元鼎五年十一月"立泰畤于甘泉,天子亲郊见,朝日夕月,诏曰云云"相合。由此可见,它是元鼎五年始郊见泰一而作,也可见武帝及时人对祠后土得宝鼎的重视。

至于元狩元年行幸雍获白麟而作的《朝陇首》所谓"爰五止,显黄德",这是武帝还以为汉当土德的表现,又云"图匈虐,熏鬻痤",这是武帝以匈奴为巨患的证明;而兴好风之感,抚怀柔之心,则因获白麟之祥所导致的见解。

综上所述,《郊祀歌》十九章(实际是二十章)中,绝大部分与祭祀有关;有些虽未言及祭祀而颂扬瑞应,实际与神灵有关……

四、《郊祀歌》的句型及其表现的特点

《帝临》、《青阳》、《朱明》、《西颢》、《玄冥》五章,各章十二句,句各四字,每章用语,都密切结合所颂之神的职能与地位,可见当时写这些歌的时候,是有计划安排的。因而这样整齐。如《帝临》开始,即云"帝临中坛,四方承宇",显示临坛之帝为中央土,它和四方之帝不同,——四方之帝各承其宇之坛,而己则居中坛之位。同样,《青阳》之"青阳开动,根荄以遂",《朱明》之"朱明盛长,勇与万物",《西颢》之"西颢沆砀,秋气肃杀",《玄冥》之"玄冥陵阴,蛰虫盖藏",都显示了各自的时节、方位、作用……的特点,而不能互相移易与更替。其他各句,也都具体地描述了这些特点,从而表现出这些歌的内容紧紧地扣住所奉神灵的特性。这是这五章在《郊祀歌》中首先不同于其他各章的地方。

其次,歌以娱神。娱神则须颂神之德、扬神之功、赞神之貌、显神之灵。于是炫耀其事,诡谀其辞,浮言泛滥,乞祥求福。这五章歌却只是按照神灵自己的作用,一一写出,不蔓不支,恰如其分,而五帝之功德自然呈现,祀者的心愿,自在其中。

其次,将神灵职司之节候所象征的政治设施,在歌辞中反映出来,既显示了应采的政策,更歌颂了本朝的政策,如《西颢》的"烨伪不萌,祅孽休息。隅辟越远,四貉咸服。既畏兹威,惟慕纯德。附而不骄,正心翊翊"是这样,《玄冥》的"易乱除邪,革正异俗,兆民反本,抱素怀朴,条理信义,望礼五岳",也是这样。

……

句各三字的有:《练时日》、《天马》、《华烨烨》、《五神》、《朝陇首》、《象载瑜》和《赤蛟》七章。

考四言迟而不促,每苦文繁而意少;三字急而难缓,用兮字于两句之间,则可舒展其势。这七章的两个三言之间,原有兮字,其句型相当于《楚辞·九歌·山鬼》,由于班固删去兮字,遂成三言今型。

……

《天马》两章,《礼乐志》以为前章是元狩三年马生渥洼中作的。考之《武帝纪》,元狩三年,没有记载这事,而在元鼎四年"六月得宝鼎后土祠旁",载有:秋,马生渥洼水中,作《宝鼎》、《天马》之歌,十一月辛巳朔旦冬至,立泰畤于甘泉,诏曰:"……故巡祭后土,以祈丰年。冀州脽壤,乃显文鼎,获荐于庙。渥洼水出马,朕其御焉。"是渥洼水出马,在元鼎四年而非元狩三年。作歌之时,应在元鼎五年,实际是元鼎四年十一月,于甘泉郊礼太一之后,故歌云:"太一况,天马下。"《史记·乐书》则直名之曰《太一》之歌。渥洼之马与凡马异。是以言其异象,则曰"霑赤汗,沫流赭";言其异意,则曰"志俶傥,精权奇";言其异能,则曰"筴浮云,晻上驰,体容与,迣万里,今安匹,龙为友"。由于有这些异点,所以称为"天马"。

虽然这样,渥洼水中所生之马,毕竟只是较异于凡马之马,而不是真正的天马;真正符合天马之实的,是太初四年诛宛王所获得的宛马。这宛马不但迥于凡马,抑且迥异于渥洼水中所生之所谓"天马"。试观所产之地,远在西极。为了它,远涉流沙,征服九夷,费了多大力量。它的皮毛如虎脊之形两两相对,有时变化而成鬼马之色(鬼为魁之省写,从陈直说,见一九五九年《人文杂志》第四期《汉铙歌十八曲新解》)。这样异象之马,自然不同于凡马。异象之马具有异象的质,因而它才能循顺东道,经历碛卤无草之地几千里,在太初四年到达长安。具有这样特点的马,便有它的特别用途,那就是:从此天子可以奋发高举以抵于不可预期之地,开启远门,乘天马而往昆仑;更将招致神龙,游阊阖以观玉台。这虽是从想象出发,却恰好符合武帝希冀訾黄徕下之旨。

……

杂言的四章,即《天地》、《日出入》、《天门》和《景星》。

……

《天门》句式更富于变化。它既有三言、四言、五言、六言、七言,更有八言,——不过这一"灵寝平而鸿长生豫"的八言句式,应如王先谦氏所说:"八字不成句义,'平而'二字当衍,颜注亦未为'平'字释义,衍文明矣。"两个三字之间,与《天马歌》相同删去了兮字。问题在"穆并骋以临享"是两个三言句呢?抑六言句呢?

考"穆并骋以临享"的句式,在《楚辞》中有以下诸例:

君迴翔兮以下(《九歌·大司命》)。
杳冥冥兮以东行(《东君》)。
采三秀兮于山间(《山鬼》)。
虎兕争兮于庭中(《九思·逢尤》)。
欲窜伏兮其焉如(同上)。

就"君迴翔兮以下"言,一本"以"字作来,闻一多作《楚辞校补》认为:"案:以,当从一本作来。"其说甚当。就"杳冥冥兮以东行"言,一本无"以"字。按:兮字在此,已起"以"字的作用,闻氏直解为"杳冥冥兮以东行",已有论证,兹不重复。就"采三秀兮于山间"言,郭沫若氏《楚辞今译》认为"于山"即巫山,其说确极。以上四例,均与本句加兮字的句型不同。

就"虎兕争兮于庭中"与"欲窜伏兮其焉如"说,句之上下文各句都是上三下三而间以兮字,这两句不应例外;上下文各句都把兮字作语气辞,这两句也不应例外。如将本章中各句补上兮字,则本章前几句的句式是:"天门开兮诛荡荡,穆并骋兮以临享。光夜烛兮德信著。灵寖鸿兮长生豫。"它的体式和《九思·逢尤》相同。因此,"穆并骋兮以临享",应视作两个三言句。

"大朱涂广兮,夷石为堂","饰玉梢以舞歌,体招摇若永望",分列而论,《楚辞》有这样的句型,若合为一组,《楚辞》就没有了。我曾怀疑"大朱涂广,夷石为堂"和"饰玉梢以舞歌,体招摇若永望"各自或上或下缺了二句,但自古以来《汉书》所载就是这样的;而堂、望叶韵,合乎道理;就意义说,"大朱涂广,夷石为堂",说的是神灵所临明堂的建筑形势,"饰玉梢以舞歌,体招摇若永望",说的是娱神者持饰玉的竿和图画招摇的旗而歌舞;一言享神所在,一言娱神所为;上承群神来享可得长生之乐,下开天报德星,光照紫幄,文气一贯。由是可见:这里已把《楚辞》的两种句型结合起来了。

"幡比翄回集,贰双飞常羊"这样的五言句式,实际是"幡比翄兮回集,贰双飞兮常羊"删去兮字,仍从《楚辞》句型变来;"月穆穆以金波,日华燿以宣明"这样的六言句式,实际是"月穆穆以金波兮,日华燿以宣明"删去兮字,也是从《楚辞》句型变来,但把它们在四句之内组成一组,便将《楚辞》的句型加以变化,而成为一种新的样式了。下面"假清风轧忽,激长至重觞。神斐回若留放,殣冀亲以肆章"的情形,与此相同。

由是可知,本章在句法上的突出特点,是把《楚辞》的句型加以变化,而增添了诗歌中句型的样式,对于后世骈文的句式结构,起了导先路的作用。

又,"幡比翄"以下八句,均为舞者在自夜达旦的美景中的动作,有的比翼回旋而停止舞步,有的成双成对飞而得意逍遥。于是,神灵借长远的清风,继续馨享,流连不去,而祭者得有觐见的希望以陈己词,从而为后八句作准备。

后八句的前四句说:天知赐福之期,已陈长生之求;后四句幻想得到神灵之赐,那就可以留心于九天之上,兴作于六合之中,而与蓬莱诸仙为伍。把这八句和《郊祀志》所载"天子既已封泰山,无风雨,而方士更言蓬莱诸神若将可得,于是上欣然庶几遇之,复东至海上望焉"合参,确道出了他追求长生之愚妄。至于每句一韵,每二韵一转,声调转促,表达了祭者急切而热烈的希求。

就句式的变化与行文的流畅言,写得最生动活泼、最出色的,还要数《日出入》。

它运用散文的笔势,为祭日之祀歌,参差错落,最为奇特。全章仅六十三字,有四言、五言、六言乃至一十七言。首两句五言与六言赞日之出入无穷,不同于人之在世暂促,明颂日之永生,暗惜人之寿短。紧接一十七字,一气呵成,显得一年景色虽富,人能享用无多。这是无穷与有限对照,通过说理,开下求仙长生之思。"泊如"二句就海大池小对比而言,形象地显出人命危浅,朝不虑夕,而日轮运行,阳光永照。这就为下文乐龙升天预留地步。泊者水貌,池读为沱与何相叶。"四海之池",犹言四海与池(《尚书·立政》:"惟有司之牧夫。"王引之云:"言有司与牧夫也。"解"之"为"与",此亦宜然)。"是"指"四海之池"之言,"邪"犹今之呀字。"泊如四海之池,遍观是邪谓何",译成今语,意思是:犹如四海的水与池中之水,遍观他们的对比之后,还说什么?这样地以散文入诗,不但显现了无可反驳的口吻,而且增添了生动活泼的文气,是《郊祀歌》中最突出的。

……

乐府古辞

鼓吹曲辞

《宋书·乐志》说:

雍门周说孟尝君鼓吹于不测之渊,说者云:鼓自一物,吹自竽籁之属，非箫鼓合奏，别为一乐之名也。

由之可见，鼓吹曲之"鼓吹"含义，是说同时打鼓吹箫之"箫鼓合奏"。自然，箫只是吹的乐器之一，吹的乐器还有竽、籁、笙、笳等管乐乐器。《隋书·音乐志》说陈制："鼓吹一部，十六人，则箫十三人，笳二人，鼓一人。"谈得明白具体，不知汉代是否这样配备的。

《汉书·叙传》说：

> 始皇之末，班壹避地于楼烦，致马牛羊数千群。值汉初定，与民无禁。当孝惠、高后时，以财雄边，出入弋猎旌旗鼓吹。

有人据之，认为鼓吹曲是由外国输入的。果如所说，则"孟尝君鼓吹于不测之渊"，不是在班氏以前吗？即就《汉书·叙传》论，也只是说班壹"出入弋猎旌旗鼓吹"而已，并没有说他从外国输入了鼓吹曲呀。何况吹的乐器和鼓，都是我国早有的乐器，不能只有外国才能把两种乐器合起来演奏，而我国古代就不能吧？

《乐府诗集》卷十六云："鼓吹曲，一曰短箫铙歌。"似乎鼓吹曲就是短箫铙歌。联及蔡邕《礼乐志》所言"短箫铙歌、军乐也"，似乎鼓吹曲就是军乐了。前引崔豹《古今注》说"《短箫铙歌》，鼓吹之一章尔"，则短箫铙歌只是鼓吹曲的一部分。盖古人语法不周密，无意中以一概全。因而有这样意同而语异的现象。至于《乐府诗集》所载鼓吹曲，固然只有《汉铙歌》，但《汉铙歌十八曲》中，只有《战城南》一曲与军事有关。

……

这十八曲《古今乐录》以为"皆声辞相杂，不可复分"，因而解说纷纭，莫衷一是。到了清代的庄述祖《汉鼓吹铙歌曲句解》、谭仪《汉鼓吹铙歌十八曲新解》、王先谦《汉铙歌释文笺正》等书，作了许多校勘训诂的工作，才比较可读；不过由于他们的解释，多所附会，有的地方反而使人迷糊不清。陈祚明《采菽堂古诗选》、陈沆《诗比兴笺》、陈本礼《汉诗统笺》等选本，也提出了他们的看法，由于不免附会，有些地方不能令人首肯。只有闻一多氏的《乐府诗笺》，有许多精辟说法，显然特别出色。

……

三、艾如张

艾而张罗，夷于何行成之，四时和。山出黄雀亦有罗，雀已高飞奈雀何？为此倚欲，谁肯礞室（选者按："室"，原著作"石"，据《乐府诗集》改）？

艾与刈同，意为芟草。而，读如。夷于何，表声字，没有意义。行成之连上文是说：按照刈如张罗的行为而完成它，那就合于古代春、夏、秋、冬狩猎的制度而四时和顺。黄雀句是说：微物黄雀在远山之中也有人在那里张设罗网，尽力搜求的意思，自言在外。雀已句是说：黄雀见几而作，已经高飞远去，张罗者将把它怎么办呢？倚欲，当作掎脚，意为偏引其脚。礞是蒙的误写字。室是矢的误写字。这两句是说：如果做出这样偏引其脚的事，哪谁肯蒙受矢石的祸，而不高翔远引呢？由此可见，本曲是讥刺统治者法网苛密、逼民远去，而不愿受他的迫害，如黄雀的高飞以避网罗一般。前三句是说法网宽疏，民得和乐，和后面正相对照。用网比法，古已有之，本曲正用它作比喻，写得形象而深刻。

四、上之回

上之回，所中益。夏将至，行将北。以承甘泉宫，寒暑德，游石关，望诸国。月支臣，匈奴服，令从百官疾驱驰，千秋万岁乐无极。

上，指皇上。之，作往讲。回，指回中，宫名，在陕西省汧县。所，即行在所，天子所到的地方。益，丰饶。这两句是说：天子幸回中宫，回中的行在所因而各物增益饶多。德，指物得其宜。这两句是说：回中的游幸，是承继甘泉宫的游幸的，是想要寻求寒暑之得其宜，也就是住在气候适合的地方。考武帝幸回中，元狩四年和六年在冬季，太初二年在正月，都和本曲"夏将至"不合，只有天汉二年春天,行幸东海回来,再幸回中的时间相合。《汉书·武帝纪》在这次幸回中之后,写"夏五月,贰师将军三万骑出酒泉,与右贤王战于天山"。可见,这次回中之幸,是想炫耀武力以助贰师的威风。至于"月支臣,匈奴服",属于颂祷的话,同末两句合看,可见作者在迎合武帝的意旨。

……

六、战城南

战城南,死郭北,野死不葬乌可食。为我谓乌:"且为客豪!野死谅不葬,腐肉安能去子逃?"水深激激,蒲苇冥冥,枭骑战斗死,驽马徘徊鸣。梁筑室,何以南?何以北?禾黍不获君何食?愿为忠臣安可得?思子良臣,良臣诚可思,朝行出攻,暮不夜归!

豪,即号哭之号的借用。梁,即桥。桥上筑室,阻碍交通,与上下文意不贯。疑"梁"应补一个动词的字。则既用民力建桥,又用民力筑室,浪费民力,妨害耕种,所以接着说:"禾黍不获君何食?愿为忠臣安可得?"一本"不"字作"如",疑非是。君尚无食,民饥更甚,以饥军御敌无不败者,这就是城南郭北所以多死人的原故。两"何以"责问其多,也正所以责问致败之由。这是一首诅咒战败并哀悼阵亡将士的曲子。首先从战死者将被乌食而暴露战后的惨象,从作者向乌所言,更见无人收尸,而将帅不恤士卒自在言外,既是讽刺语,又是愤激语。"水深"四句,写战后荒凉景况。"梁筑室"几句,是说致败之由。结束四句,正面悼念阵亡将士。

七、巫山高

巫山高,高以大;淮水深,难以逝。我欲东归,害梁不为?我集无高曳,水何梁汤汤回回。临水远望,泣下沾衣。远道之人心思归,谓之何?

以,作且解。害,读盍 hé,何的意思。梁,表声字,没有意义。

害不为，是说何不为东归之事。这是游子思乡，欲归不得，托巫山、淮水之高深，说明不能归去的原因，不是人在巫山、淮水的地方。倘坐实地名，那就西东两地不可强合；而从下文看来，只说水阻，是用山来兴水的。

……

十四、圣人出

圣人出，阴阳和；美人出，游九河。佳人来，骓离哉何，驾六飞龙四时和。君之臣明护不道，美人哉，宜天子；免甘星筮乐甫始。美人子，含四海。

骓离哉何，这是把"骓何离哉"颠倒过来叶韵。骓是骏马。离是丽的意思。"骓何离哉"即骓何丽哉，盛赞骏马何其丽，那其中的服马之丽可知。佳人的马之丽已经这样，那圣人、美人的马之丽可知。所以紧接说：驾六飞龙四时和。驾六飞龙四时和，虽然形容天子的驾六马，实际承袭《易·乾》的"时乘六龙以御天"来，以赞乾（象征天子）之为德。所以接着说：四时和。四时和，即阴阳和，是用来称誉圣天子在位的功德造化的。明，读为萌，萌与民通；君之臣明、即君之臣民。护读为 xu。是 xu 縠。获不道。即诛杀不道。君之臣民诛杀了不道之徒，所以美人宜于为天子。免，指精于占天卜筮姓免的人。甘，指精于占候卜筮姓甘的人。星，占天术。筮，用蓍草占卦。这句是说，运用免、甘两家占候卜筮的学问，研求理兵理政的方法，高兴他们开始有成功了。所以下文接以"美人子，含四海"。这里"美人子"的"子"字应作哉字。含四海，等于说奄有四海。由此看来，这是一首歌颂圣人出的曲子，标题便把主题思想显示了。

相和歌辞

……

乙、相和曲

相和曲，本是汉代的旧曲，用弦乐和管乐互相配合，唱的人执节而歌，因名相和曲。

......

二、东光

《汉书·武帝纪》：元鼎五年（公元前一一二年）夏四月，南越王相吕嘉反，杀汉使者及其王、王太后。秋，遣伏波将军路博德出桂阳，下湟水；楼船将军杨仆出豫章，下浈水；归义越侯严为戈船将军，出零陵，下漓水；甲为下濑将军，下苍梧；皆将罪人，江淮以南楼船十万人。越驰义侯遗别将巴蜀罪人，发夜郎兵下牂柯江，咸会番禺。本曲正是反映这次从征越南的军士的悲怨之情。开始二句，指瘴雾笼罩，不见日光，卑湿之地，人以为苦。所以次二句虽说仓梧多粟，而无益于诸军。末二句直说悲伤之因，怠战的心情，自然呈现。

......

八、艳歌罗敷行一作陌上桑，又名日出东南隅行

《古今注》说：《陌上桑》者，出秦氏女子。秦氏邯郸人，有女名罗敷，为邑人千乘王仁妻。王仁后为赵王家令。罗敷出，采桑于陌上，赵王登台，见而悦之，固置酒欲夺焉。罗敷巧弹筝，乃作《陌上桑》之歌以自明。赵王乃止。

《乐府解题》说：古辞言罗敷采桑，为使君所邀，盛夸其夫为侍中郎以拒之。

二说不同。朱熹《语类》则言：《罗敷行》"使君自有妇，罗敷自有夫"，正相戏之辞；又观其气象，即使君也。得此一解，旧说可废。"青丝为笼系"以下，明明写出是富贵人妻，而非寻常采桑妇也。"使君遣吏往"，既得其姓名，又悉其年岁，明知是妻，因以共载戏之。罗敷答之云云，则已明识其夫而戏之云尔。

又说：此辞与旧说赵王家令王仁事不同，而与秋胡事颇类。但称《陌上桑》有二，一为《罗敷行》，一为《秋胡行》。王筠《陌上桑》云"秋胡始停马，罗敷未满筐"，李白《陌上桑》"使君且不顾，况复论秋胡"，盖为一事矣。然安知不为秋胡本辞，王仁妻即引用本辞以拒赵王，而后人遂误为王仁妻为邯郸耶？

所说的不是没有理由，可是府君之称，五马之辞，此曲显出后汉；而文艺作品，不同于历史记载，夸张又是常用的方法。如以服饰之美、年龄之少与采桑妇矛盾，则《羽林郎》中之酒家胡，不得"头上

蓝田玉，耳后大秦珠"，而且年龄才十五了。至于汉之赵王，皆被杀或自杀而早死，自身且不保，岂有夺王仁妻之事？说到《秋胡行》古辞，魏武以下，多翻为别调之曲，而所传《秋胡行》的主题思想和题材，都和本曲不同。朱氏欲二者而一之，可能出于不想有官民对峙的现象吧。

曲分三解：首解写罗敷之美，极尽夸张之能事。中间问答，可见使君的无行；末段夸夫，可见罗敷之机智。全篇情节逼真，形象生动，不仅以夸饰陪衬见长。

丙、吟叹曲

……

王子乔

《乐府诗集》卷二十九说：刘向《列仙传》曰：王子乔者、周灵王太子晋也。好吹竹，作凤鸣，游伊洛之间，道人浮丘公接以上嵩高山。三十余年后，求之于山上。见桓良曰："告我家，七月七日待我于缑氏山头。"至时，果乘白鹤驻山头，望之不得到，举手谢时人，数日而去。为立祠于缑氏山下及嵩高之首焉。

这自然是荒诞的说法，但这篇古辞的第一段，却写的王子乔"参驾白鹿云中游"。第二段写他仙游所达之地，皆系想象之词，不必确有其地，倘用世俗的地方去证实，反而滞塞不通。第三段自是对于当时帝王的颂扬，也是对当时帝王的希望。第四段写他仙游的惬意同时祝祷帝王万寿无疆。值得注意的是：既然祝寿，为什么又说"悲吟"？伤痛感人叫悲，义也同于哀。所以筝声之动人者叫哀筝，琴声之感人者曰哀琴，笳音之感人者叫做哀笳，人声之感人者叫哀响。而魏文帝《与吴质书》言"清风徐起，悲笳微吟"，杜甫《奉先县咏怀》"煖客貂鼠裘，悲管逐清瑟"，潘岳《金谷集作诗》"扬桴抚灵鼓，箫管清且悲"，悲之为义，也是感人的意思。可见"悲吟"的意思，就是感人之吟，等于说是哀响。如果解为悲伤的悲，自然与本曲主旨在借敷写王子乔的仙游来作颂圣的篇章不合，而且与上下文也不联贯。

……

庚、瑟调曲

……

三、步出夏门行

朱乾《乐府正义》认为：东汉之末，宦竖弄权，手握天纲，鸿都、西邸，趋炎纳贿，踪迹诡秘，可想而知；故托为神仙之说以讽。曰"邪径"，曰"空庐"，则言其如鬼如蜮之状；"卒得神仙道，上与天相扶"，则言其翻云复雨之力；曰"离天四五里"，则见呼吸可通帝座；曰"将吾上天游"，则见出入禁闼，直如私门；"天上"云云，乃视九重举动，纤悉必知，如数家珍者也。王父母及赤松，必实指其人，今不可考矣。山岳配天，故曰"太山隅"。

逐句逐词解说，似乎有理，仔细推究，止是由于曲首"邪径"二字引起误解。由邪径而过空庐，不过说好人独居的住所，怎见得就"言其如鬼如蜮之状"？天下之大，邪径极多，走的人不知凡几，未必这些人都是坏人。住空庐也是一样的，未必住空庐的人，就是如鬼如蜮的。本来我国诗歌，自古就有寄托之法；但运用这样的方法，是有限度的，是合情合理的，否则，任意牵扯，不但不能正确理解古人的作品，而且穿凿附会的结果，反而失去了原意。朱氏上面的解说，便是没有掌握这样的分寸，因而误入了歧途。本曲只是写好人得道上天，与仙为伍及仙游所见而已，分明是汉代的神仙家言，其立意无非宣扬求仙的乐趣，而希望他人之信其言。过于求深而以寄托当之，反而失了原意。

……

九、妇病行

张琦《古诗赏析》说：此刺为父不恤无母孤儿之诗。然不恤意在病妇口中、亲交眼中显出，绝无一语正写。盖斥父不慈，非以教孝。此诗人忠厚得体处也。妇病已久，夫不在旁，欲言必待传呼，未言先已下泪，写景凄苦。"抱时"二句，指孤儿之小者，无衣无裹，应前"寒"字；"闭门"七句，指孤儿之大者，乞钱买饵，应前"饥"字。后八句叙亲交见而悲伤，交钱送归，空舍徘徊，显出其父不在，"行复尔"，"勿复道"，言母死几时，竟至于此。父且不顾，我且奈何！

张氏的分析自是，所要补充的是：本曲写贫人妻死儿幼之惨况，妻言凄楚，固然可见慈母的心情，"乱曰"以下，更显出饥寒苦境。遭受这样的境遇，怎得不"我欲不伤悲不得已"？汉时贫民生活，在这里可以推想出来。全文只是客观叙述，没有一语说到贫穷，而贫穷之情自见。由客观叙述表达主观倾向，汉人篇什，往往这样，本曲更是突出。

……

十三、艳歌行

《乐府诗集》卷三十九说：《古今乐录》曰：《艳歌行》非一，有直云《艳歌》，即《艳歌行》是也。若《罗敷》、《何尝》、《双鸿》、《福钟》等行，亦皆艳歌。王僧虔《技录》云：《艳歌双鸿行》、《荀录》所载《双鸿》一篇、《艳歌福钟行》、《荀录》所载《福钟》一篇，今皆不传。《艳歌罗敷行·日出东南隅》篇，《荀录》所载《罗敷》一篇，相和中歌之，今不歌。《乐府解题》曰：古辞云"翩翩堂前燕，冬藏夏来见"，言燕尚冬藏夏来，兄弟反流宕他县，主妇为绽衣服，其夫见而疑之也。

李因笃《汉诗音注》说：起二句如六义之兴，以见久旅忘归，不及梁燕之知时也。"石见何累累"，承之曰："远行不如归。"接法高绝，非远行何以有补衣之举？故触事思归也。

张琦《古诗赏析》说："语卿"二句，客晓居停夫妇之词，以喻出之，言简意括。末二，夫答客之词，蒙上喻接口而下。言心迹虽明，不如归去之嫌疑自释也。

二说可取。而朱嘉徵《乐府广序》以为：《艳歌行》歌"翩翩堂前燕"，幸自明其惑也。昭帝之明，能辨霍子孟之诬，非惑也；如萧望之、刘更生于汉元帝，至水清石见，宁非快事？唐明皇幸蜀而思曲江，晚矣。收调"石见何累累"，远接"流宕在他县"，文情淡而益旨。

牵涉史实过远，不免支离，或心有所感，而借此以发挥吧？其实，凡事之涉嫌者，贵在分清界限，有守有节，乃可免不必要之纠纷，否则人言可畏，纵有理由，岂可户说而人道之？

《艳歌行》歌南山，很像隐居之士被人主所征召，而且将被大用，但曲辞明说"松树窃自悲"，则是指出仕不是时候，而有忧生之嗟。何况轻荣禄而重自然的人，古来很多，本曲命意，或者在此。至朱乾《乐府正义》认为：

凡歌辞出自男女夫妇者，皆谓之艳歌。此与《豫章行》绝相类，而于艳歌何所取义？疑时朝廷采取民间女以充后宫、自伤离别，故以南山松柏为比，亦谓之艳歌。

按：《乐府诗集》卷二十六引王僧虔云：诸调曲皆有辞有声，而大曲又有艳、有趋、有乱。辞者，其歌诗也。声者，若"羊吾夷"、"伊那何"之类也。艳在曲之前，趋与乱在曲之后，亦犹吴声、西曲前有和，后有送也。

考艳歌大都施于宴会，用以娱宾、祝贺，只有《今日乐相乐》这一篇，极其铺陈，淋漓尽致，使热情洋溢，借以渲染欢乐的盛况。这正是艳歌的本色，如果以为艳歌必有关于男女恋情之事，那就不对了。

辛、楚调曲

……

一、白头吟

《乐府诗集》卷四十一说：《古今乐录》曰："王僧虔《技录》曰：《白头吟行》歌古《如山上雪》篇。"《西京杂记》曰："司马相如将聘茂陵女为妾，卓文君作《白头吟》以自绝，相如乃止。"

司马相如和卓文君的结合，本是一场古代的佳话。司马迁和班固把这一场历史佳话载入史书之中，固然体现了司马相如这位赋家风流倜傥的面貌，更透露了他不为封建礼教所束缚的叛逆精神。就《史》、《汉》通篇而论，都突出他鲜明的个性。因此，如果当时真有卓文君的《白头吟》，不仅表现出他是一个喜新厌旧的无行文人，而且也是一个因富有而堕落的腐化分子；尤其如文君果有《白头吟》之作，在五言诗的发展上，是一个了不起的贡献，司马迁和班固对于这样一件新生事物，站在历史家的立场上，是不会不加以记载的。无如"成帝品录，三百余篇，朝章国采，亦云周备，而辞人遗翰，莫见五言"（《文心雕龙·明诗》）。

《宋书·乐志》曾说：凡乐章古词之存者，并汉世街陌谣讴，《江南可采莲》、《乌生十五子》、《白头吟》之属是也。

据此，则《白头吟》也像《江南可采莲》、《乌生十五子》那样出于民间，而不是有主名者的乐曲，更不是卓文君的作品。

《玉台新咏》题《古乐府六首》，第五即《皑如山上雪》。注云："一作《白头吟》。"加以对照，两者确是一样，不过题名不同罢了。倘若它是文君之作，《玉台》为什么不题为她的作品，而归之于古乐府呢？又，《古今乐录》引王僧虔的《技录》说："《白头吟》歌古《皑如山上雪篇》。"可见南朝当时的权威著作，认为它是乐府古辞，而不是文君的作品。

《乐府解题》说：

> 古辞云"皑若山上雪，皎若云间月"，又云"愿得一心人，白首不相离"。始言良人有两意，故来与之相决绝；次言别于沟水之上，叙其本情；终言男儿重意气，何用钱刀为。若宋鲍照"真如朱丝绳"，张正见"平生怀直道"，唐虞世南"气如幽径兰"，皆自伤清直芬馥，而遭铄金玷玉之谤，君恩以薄，与古文近焉。（转引自《乐府诗集》卷四十一）

撮取主要词句，以显本旨，没有承认是文君作的。

冯舒《诗纪匡谬》说：《宋书》大曲有《白头吟》，作古辞。《乐府诗集》、《太平御览》亦然。《玉台新咏》题作《皑如山上雪》，非但不作文君并题亦不作《白头吟》也。惟《西京杂记》有文君为《白头吟》以自明之说，然亦不著其辞。或文君自有别篇，不得以此诗当之也。宋人不明其故，妄以此诗实之。如黄鹤《杜诗注》、《合璧事类》引《西京杂记》之类，并入此诗。《诗纪》因之，《诗删》选之。今人遽云："有此妙口妙笔，真长卿快偶。"可笑，可怜！

依据古笈，言而有理，不过，相信《西京杂记》，以本曲为文君作，并非始于宋人，李白的两篇《白头吟》，便是这样了。

朱嘉徵《乐府广序》说：《白头吟》、刺贰也。风人尚专一之思，许其怨，故次之楚调。古人务立身无过，而后可以责望君父。鲍照曲："直如朱丝绳，清如玉壶冰。"同立言之意。唐李白曲："两草犹一心，人心不如草。"又曰："城崩杞梁妻，谁道士无心。"可方汉曲。

虽没有什么特别见解，但也不承认它是文君的作品。

陈沆《诗比兴笺》说：……及宋黄鹤注《杜注》，混合《皑如山上雪》与《白头吟》为一，后人相沿，遂为妒妇之什，全乖风人之旨。且两意决绝，沟水东西，文君之于长卿，何至是乎？盖弃友逐妇之诗，非第小星逮下之刺。"愿得一心人，白首不相离"，忠厚之至也。"男儿重意气，何用钱刀为"，慷慨之思也。

提出自己的见解，也不认为它是文君之作。

持《西京杂记》见解的，恐怕要数吴景旭了。他在《历代诗话》卷二十四说：《古今注》云：伯常子避仇河滨，为渔父，其妻思之。每至河侧，作《钓竿》之歌。后司马长卿作《钓竿诗》，今传为古曲也。故文君言"竹竿"，《鱼尾》，正引伯常子事，以讽长卿耳。

除此以外，检查古笈，不但没有发现相如作的《钓竿诗》，也没有发现相如作《钓竿诗》的事，并无其他佐证，何足凭信？就此二句而论，脱胎于《毛诗·竹竿》是很显然的，又何必另生枝节呢？《竹竿》云："籊籊竹竿，以钓于淇。"《毛传》："籊籊长而杀也。钓以得鱼，如妇人待礼以成室家。"

……

【评　介】

郑文（1910—2006），1910年生，四川省资中县人。1942年毕业于国立中央大学，西北师范大学教授。从事高等教育工作50年，主攻《楚辞》、唐宋文学及汉代哲学。解放前曾发表《从汉字中考见之古代妇女的社会地位》（重庆《妇女争鸣》），《〈文选·李陵答苏武书〉甄伪》（重庆《文史杂志》），《陪都赋》（重庆《国民公报》及南京《大刚报》）、《释兮》、《屈原传》（并南京《中央日报》），出版《汉魏六朝文选》（中国文化服务社）。解放后的著作情况：《王充哲学初探》1958年由人民文学出版社出版，《〈六一诗话〉〈白石诗说〉校点》1962年由人民文学出版社出版，《汉诗选笺》1968年由上海古籍出版社出版，《杜诗檠诂》1992年由巴蜀出版社出版，《汉诗研究》1994年由甘肃民族出版社出版，《论衡析诂》1999年由巴蜀书社出版，《扬雄文集笺注》2000年由巴蜀书社出版，《金城丛稿》2000年由齐鲁书社出版，与单芳合著《魏晋南北朝文选注译》2000年由甘肃文化出版社出版，

《历代爱国文选注译》2004年由甘肃教育出版社出版,与及门弟子合著《金城续稿与纪念文集》2004年由齐鲁书社出版。共计发表及出版著作已超过600万言,可谓著作颇丰。

《汉诗研究》原是1981年由西北师范学院印行,作为交流教材之用,后被收入赵逵夫先生主编的《诗赋研究丛书》(含《楚辞我见》、《汉诗研究》、《建安诗论》、《李杜论集》四部著作),1994年由甘肃民族出版社出版。该书收录了《汉安世房中歌试论》、《驳铙歌十八曲都是军乐说》(是为驳夏敬观1933年著《汉短箫铙歌注》中认为十八曲都是"军乐说"而作)、《论"枚乘诗"》、《论所谓汉武帝秋风辞》、《论太初正历以前汉用夏正》、《论李陵与苏武三首的假托》、《论所谓班婕妤怨歌行》、《王昭君怨诗试论》等论文。作者在序言中说"之前有关汉诗著作,大多偏于乐府诗;论述乐府诗者,大都摒弃庙堂之作",有此感而论及现在所存汉代诗歌,尤其是对汉代朝廷乐章、杂言诗、四言诗等的研究,补充了以往学者只重视民间乐府和五言诗的遗漏。本书刊行时又收录了先生后作《古诗为焦仲卿妻作浅论》、《汉诗管窥》、《汉郊祀歌浅论》等文章,再加调整,成为既系统又完整的论述汉代诗歌的著作。

作者在论述汉代诗歌时,充分利用了所收集的丰富的文献资料和有关汉诗的许多可靠的注本,对汉代诗歌作品进行具体的考证。在进行具体考证时,运用的注本或选注本有十几种之多,如:明代朱嘉徵《乐府广序》、清人李因笃《汉诗音注》、朱乾《乐府正义》、庄述祖《汉鼓吹铙歌曲句解》、谭仪《汉鼓吹铙歌十八曲集解》、陈沆《诗比兴笺》、王先谦《汉铙歌释文笺正》、陈本礼《汉诗统笺》、近人闻一多《乐府诗笺》、余冠英《乐府诗选》等,可谓收集资料之广。

在论述乐府诗时,该书不仅以对汉乐府诗歌作品的具体资料考证见长,而且根据当时的研究状况以及朝廷乐章和乐府古辞不同的特点,论述时各有侧重。在对朝廷乐章进行分析时,作者更注重这些作品内在的统一性,毕竟《安世房中歌》和《郊祀歌》都是组诗,而且也各有其独特的政治背景。而在研究乐府古辞时,则更加注重逐篇进行具体分析。

由于各家对汉代朝廷乐章的笺注和研究极少,作者在研究中多是采用可靠的史料进行考证分析，从创作缘起的考辨到内容和形式的分析，以及其艺术成就和在文学史上的地位影响等，都独辟蹊径，有着相当深入的论述。

在对汉《安世房中歌》的研究中，作者根据《汉书·礼乐志》所说"凡乐，乐其所生，礼不忘本。高祖乐楚声，故房中乐楚声也"，指出《安世房中歌》的歌词的句式应该像《楚辞》和楚歌。在对《诗经》、《楚辞》"兮"字句式不同做出具体分析之后，作者又大胆尝试将《安世房中歌》纳入《楚辞》的句式，在两个四字句中间或是最后加上一个"兮"字，发现它的句式宛然是《楚辞》的句式被省去了兮字。据此，又细致分析了《安世房中歌》的思想内容，可以看出楚地祀神乐章对《安世房中歌》的影响。同时，作者又指出《安世房中歌》的诗旨是讴歌汉德，称颂汉政，不得不用显示皇家尊严的端庄郑重的词汇，则与楚地祀神乐章不同。

《郊祀歌》语言艰涩，极不好懂。除了艺术性较强的《日出入》，其他篇章前人很少论及。在论述中，作者从《郊祀歌》摹仿《楚辞》及楚歌入手，探究了《郊祀歌》与《楚辞》的关系。又结合当时的史料指出了这组诗多为祭祀、见事和祥瑞，只是在体式上是承《楚辞》而来。在《郊祀歌》的句型及其表现的特点这一节中，作者根据各章的句型特点，将《郊祀歌》分成了四个部分进行研究。其中分析较为具体也较为精彩的是《天门》、《日出入》杂言两章。作者指出《天门》句式富于变化，三言、四言、五言、六言、七言甚至于八言等句，实际都是据《楚辞》句型变化而成为新的样式，这就增添了诗歌句型的样式。这种句法上的特点对于后世骈文的句式结构，起了先导的作用。以散文入诗的《日出入》，无论是句式的变化，行文的流畅，还是文气的生动活泼，都被认为是《郊祀歌》中艺术成就最突出的。这些考源和艺术分析上的看法都颇中肯綮。唯一不足的是，不知"班固删去兮字"的说法所据何在。

不同于朝廷乐章，历朝对乐府古辞的模拟、笺注或是研究要多得多。乐府古辞本身的松散也使得作者采取与朝廷乐章不同的论述方式，即：在对各类曲辞进行总体把握的同时，参考各家的见解逐篇进行评述分析，又能间出己意。

在论述鼓吹曲辞时,作者根据《宋书·乐志》"雍门周说孟尝君鼓吹于不测之渊,说者云:鼓自一物,吹自竽赖之属,非箫鼓合奏,别为一乐之名也",说鼓吹的乐器都是我国早有的乐器,又怎么能说是由外国传入的呢?这样的分析虽有揣测之感,却也是一种独特的分析思路。

由于作者仅从诗的角度来分析,这就造成了作者的分析仍停留在评述前人的层次上,而没有更进一步的突破。所以我们在摘录时,只录能够体现作者看法的篇章。作者在承认清人校勘工作的贡献的同时又指出清人解释颇多附会。诸家解释之中有许多精辟说法,所以作者多采撷合理的观点以驳斥其他的说法,如:对《陌上桑》的分析,作者罗列出了《古今注》王仁妻说,《乐府解题》说:古辞言罗敷采桑,为使君所邀,盛夸其夫为侍中郎以拒之。又引出了朱熹《语类》中"罗敷夫妇相戏之辞"和《罗敷行》一为《秋胡行》、盖为一事的说法;进而指出两诗在主题思想、题材和艺术特点都不相同,不可能是一曲;又据史实,指出《乐府解题》的说法最为贴切。或以一说为基础提出自己的看法,如《艳歌行》一章中,以朱乾《乐府正义》"凡歌辞出自男女夫妇者,皆谓之艳歌"的说法为基础,考证出艳歌大都用于宴会,用以娱宾、祝贺,夸饰铺陈、淋漓尽致、热情洋溢,借以渲染欢乐的盛况。

总的来看,作者主要还是以传统诗论的角度来看待汉乐府,即从语言、主题、史实、艺术形式等角度来分析;并没有把这些诗当作一种"声依永,律和声"的综合性的音乐艺术来看待,所以在分析具体诗作时有些会失之偏颇。但这并不影响该书的价值,作者在对汉代朝廷乐章、杂言诗、四言诗等的研究上填补空白的作用仍是相当重要的。

(张少辉)

汉代乐府制度与歌诗研究(节选)

赵敏俐

第四章 汉代歌诗艺术生产的基本特征

第一节 占主导地位的寄食式艺术生产与特权式消费

由于受生产力水平相对低下和财富分配制度不平等的影响,在两汉时期,国家的宗教政治需要与统治者的享乐仍然是两汉社会歌诗艺术消费的主要渠道,相对应的艺术生产方式仍然以歌舞艺人的寄食式(或统治阶级的豢养式、官养式)为主。

所谓寄食式,也可以称之为寄食制,最早是由法国学者埃斯卡皮(R. Escarpit)提出来的,他说:"寄食制,就是由某一个人或某一个机构来养活一个作家,他们保荐他,反过来又要求他满足他们的文化需要。这种门客—君主的关系和顾客—老板之间的关系不能不说没有共同之处。作为封建组织形式的寄食制,与建立在独立实体基础上的社会结构相适应。没有一个共同的文化阶层(中等阶级的缺乏教养或者根本不存在中等阶级),缺乏有效的传播手段,财富集中在几个豪门之手,一小撮杰出人物具有极高的文学造诣,等等,所有这一切必然形成几个封闭式的体系。在这种体系里,作家被认为是提供奢侈品的工匠;于是,他也根据物物交换的原则,用自己的产品换取他人对自己的供养。"([法]埃斯卡皮:《文学社会学》,于沛译,浙江人民出版社1987年版,第32页。)埃斯卡皮在这里虽然说的是作家的寄食制,但是其理论同样适用于封建社会的歌舞艺人。在这里我们之所以把它称之为寄食式而不是寄食制，是因为在我看来，它更像是一种生产方式而不是生产制度。同时，在中国封建社会里，由于大部分歌舞艺人都是被宫廷贵戚或者达官显宦、富商大贾养起来的，我们也可以把它称之为豢养式或者官养式。这种现象，越在中国封建社会的早期越明显。在汉代的歌诗艺术生产中，寄食式无疑是最主要的生产方式，在歌诗艺术形态的发展中也起着最重要的作用。

一、宫廷雅乐寄食式生产方式的历史传承

在寄食式的歌诗艺术生产中，最典型的还是宫廷雅乐生产中的寄食式。

所谓宫廷雅乐生产中的寄食式，具体讲，也就是从事宫廷雅乐生产的艺术人才，都寄食于国家的音乐机关，国家给他们安排一定的官职，发放一定的俸禄。而他们的职责也很简单，那就是专门演奏宫廷雅乐。

我们知道，这种寄食式的艺术生产方式，随着阶级的出现、国家的产生而产生。早在商周时期，国家就设立了专门的音乐机构，而那时的歌舞艺术人员的生产机制，基本上也都属于寄食式。他们的日常生活由国家来供养，而他们则专心为统治者进行艺术生产。

周代社会这种寄食式的生产方式，主要是依托朝廷音乐机构组织的方式来实现的。具体来讲，那就是国家视音乐歌舞的需要而设定人员，按一定的级别安排他们从事各种具体的工作，享受一定的级别待遇。《周礼·春官宗伯》："礼官之属：大宗伯，卿一人；小宗伯，中大夫二人；肆师，下大夫四人。上士八人，中士十有六人，旅下士三十有二人。府六人，史十有二人，胥十有二人，徒百有二十人。"从这段话中可以看出，当时朝廷中的音乐歌舞艺术人才，是根据其职位高低而有不同级别的。《周礼·天官冢宰》郑玄注："自大宰至旅下士，转相副二，皆王臣也。"孔疏："凡官尊者少，卑者多，以其卑者宜劳，尊者宜逸。是以下士称'旅'，以其理众事，故特言旅也。""自士以上，得王简册命之，则为王臣也。对下经府、史、胥、徒不得王命，官长自辟除者，非王臣也。"关于"府"、"史"之职，郑玄注："府，治藏。史，掌书者。"孔疏："府、史，皆大宰辟召，除其课役而使之，非王臣也。"关于"胥"和"徒"，郑玄注："此民给徭役者，若今卫士也。"孔疏:"案下《宰夫》八职云:'七曰胥,掌官叙以治叙。八曰徒,掌官令以征令。'郑云:'治叙,次序官中,如今待曹伍伯传吏朝也。征令,趋走给召呼。'案:《礼记·王制》云:'下士视上农夫食九人,禄足以代耕。'则府食八人,史食七人,胥食六人,徒食五人,禄其官并亚士,故号'庶人在官者'也。郑云'若今卫士'者,卫士亦给徭役,故举汉法况之。"以上记载可能带有理想化的成分,但大抵应该不差。从中可知,当时国家音乐机构中的人员,可以分为两种,一种是自卿、大夫至士,可以称之为"王臣"。这其中,卿与大夫有较高的政治地位和待遇,属于管理者,其俸禄,"下大夫食七十二人,卿食二百八十八人";士则属于下层贵族,其食禄,"下士禄食九人,中士食十八人,上士食三十六人"(以上并见《礼记·王制》)。而府、史、胥、徒等人员则不属于"王臣",只是供驱使的下层艺人。他们从下层社会征召而来,就如同征劳役一样被役使。其中一些人可能享受一定的食禄,所谓"府食八人,史食七人,胥食六人,徒食五人",能有这样的待遇,就可以相当于"亚士",号称"庶人在官者"了。至于更下的一层"百工"之属,也就是那些"可以击钟"的"杂技艺"者,则"各以其器食之"(以上并见《礼记·王制》及郑注、孔疏),恐怕已没有什么俸禄,只是由朝廷供饭而已。总之,在国家的音乐机构中,享受较高待遇的人只是少数,而大多数人都属于下层。正所谓"凡官尊者少,卑者多"(《周礼·天官》)。那些宜逸的尊者只能是少数,多数人还是那些宜劳的卑者。如掌管"六律六同"的大师,其职级不过是个下大夫,小师也不过是上士,其下属则有"瞽矇,上瞽四十人,中瞽百人,下瞽百有六十人;眡瞭三百人。府四人,史八人,胥十有二人,徒百有二十人"(以上并见《周礼·春官》)。

汉代的音乐机构沿袭秦制,其官职名称虽有不同,其生产方式大体一样。按《汉书·百官公卿表》所记,汉代的太乐归奉常(后改为太常)所管,奉常的秩禄是二千石,其下有丞,秩千石。太乐属有令丞,秩六百石。(《汉书·百官公卿表上》:"卫尉……属官有……旅贲三令丞。"颜师古注:"令秩六百石。")乐府归少府掌管,其下有乐府令丞,其秩也应是六百石。汉武帝时乐府地位有了提高,音乐家李延年因为裙带关系而成为协律都尉,又号"协声律",秩二千石,是个特例。其下有乐府三丞,秩千石。但是在乐府和太乐之下是否还有其他官员,其俸禄是多少,史书中却没有明确记载。由《汉书·礼乐志》,我们可知在乐府下的诸多艺人都被称之为"员"、"工"、"象人"、"倡"、"师学"等等,从名称上看,他们的地位都不高,都难以称得上是"官",其食禄显然是不会丰厚的。《汉书·百官公卿表上》:"百石以下有斗食、左使之秩,是为少吏。"颜师古注:"《汉官名秩簿》云,斗食月俸十一斛,佐使月俸八斛也。一说,斗食者,岁俸不满百石,计日而食一斗二升,故云斗食也。(按《汉语大词典》附录《中国历代量制演变测算简表》,汉代一斛约合今20000毫升,换成粮食重量大约在20公斤左右。按此推算,月俸十一斛,折合粮食220公斤。也就是说,一个太常大予乐员吏一个月只能挣220公斤粮食。这些粮食如果养活一个八口之家,除去吃饭,所剩无几。)在东汉,太常大予乐吏的俸禄是百石,太常大予乐员吏的俸禄是斗食(月十一斛)(参见[唐]杜佑:《通典·职官十八》,第990页,[元]马端临:《文献通考》,卷六十六,第597页),是汉代吏员中最低的一等。从名目上看,西汉乐府中以"员"为称者,也应该属于斗食这一阶层。

在封建社会的艺术生产过程中,寄食式应该是一种主要的形式,其中尤以寄食于朝廷最为典型。之所以如此,是因为在封建社会里,一方面国家在祭祀宴飨等活动中赋予音乐以一种特殊的意义,需要大批的音乐歌舞艺术人才;一方面从事这些歌舞艺术需要充足的物质条件,也需要有充分的技艺训练的时间保证。只有国家才有这样的需求和满足这种需求的物质条件。因此,在生产力不发达、传播手段落后的封建时代,寄食式的音乐歌舞生产方式,就是最基本最典型的方式。在阶级社会里,艺术是一种奢侈品,越是专门的艺术高雅的艺术越需要专门的人才,越需要消耗大量的财力。而有资格享受这种消费的人,只能是上层贵族和那些达官显宦。从这个意义上讲,寄食式的艺术生产方式在封建社会中出现,乃是一种必然的现象。一方面讲,这是一种社会的不公,另一方面来讲,舍此就没有艺术的进步,艺术可能就会永远停留在低水平的重复之中。汉代社会寄食于朝廷的歌舞艺人的俸禄虽然很低,但他们毕竟可以免去劳役之苦,专注于歌舞艺术,这使得许多人成为优秀的专职艺术家,形成了代代相传的技艺。他们所从事的虽然都是雅乐表演,带有较强的宗教实用性,但这种艺术本身仍然需要高超的艺术水平和技巧。而且在一定程度上说,正因为其具有了高超的艺术技巧和水平,才能称得上是"雅乐"。他们规定了古代雅乐艺术的基本范式,满足了统治者的宗教需求、政治需求,同时包括享乐需求以及审美欣赏等各种需求。对于这种艺术生产方式所达到的成就,我们是不能低估的。可惜的是,由于这些人的社会地位低下,历史很少能留下他们的名字,他们的生平事迹已不可考。这是历史的遗憾。

二、以俗乐生产为主的寄食式制度在汉代的发展

和先秦时代相比,两汉艺术生产方式最大的变化还是以俗乐生产为主的寄食式的大发展。这是因为,在汉代,除了寄食于宫廷的歌舞艺人仍然保持着较大数量之外,寄食于达官显宦之家的歌舞艺人也有了明显的增加。

我们知道,由于受等级制的限制,在先秦时代,各级贵族之家所豢养的歌舞艺人是有一定限制的。《左传·隐公五年》:"考仲子之宫将万焉,公问羽数于众仲,对曰:'天子用八,诸侯用六,大夫四,士二。'"杜预注:"唯天子得尽物数,故以八为列,诸侯则不敢用八。"《论语·八佾》载孔子谓季氏:"八佾舞于庭,是可忍,孰不可忍也?"何晏注:"天子八佾,诸侯六,卿大夫四,士二。八人为列,八八六十四人。鲁以周公故受王者礼乐,有八佾之舞。季桓子僭于其家庙舞之,故孔子讥之。"可见,直到春秋后期,诸侯或大夫在用乐的人数上还有严格的限制,超过此限制则被称之为"僭越",是违背当时制度的。

但是,随着经济的发展和新兴地主阶级的崛起,周代社会的这种礼乐制度到战国时期就已经遭受了严重的破坏。世俗的享乐艺术新声,在诸侯国的宫廷中演出规模越来越大,如《楚辞·招魂》所言:"肴羞未通,女乐罗些。陈钟按鼓,造新歌些。《涉江》《采菱》,发《扬荷》些。美人既醉,朱颜酡些。嬉光眇视,目曾波些。被文服纤,丽而不奇些。长发曼鬋,艳陆离些。二八齐容,起郑舞些。衽若交竿,抚案下些。竽瑟狂会,搷鸣鼓些。宫庭震惊,发《激楚》些。吴歔蔡讴，奏大吕些。士女杂坐，乱而不分些。放陈组缨，班其相纷些。郑卫妖玩，来杂陈些。《激楚》之结，独秀先些。"《招魂》中对楚国宫廷中的这种大规模歌舞娱乐活动的描写，过去曾被人视为夸张。但是，随着近年来曾侯乙墓编钟的出土，我们可以认为，楚辞中的这种描写是符合实际的。楚国是这样，齐国也是如此，《韩非子·内储说上》记齐宣王爱听吹竽，每次必要三百人，廪食者有数百人，这虽然略带有寓言的性质，但是也不能说没有一定的根据。

两汉社会继承战国而来，在歌舞娱乐方面有了更大的发展，寄食于宫廷的歌舞艺人也就更多。如《西京杂记》所言，汉高祖时戚夫人"善为翘袖折腰之舞，歌《出塞》、《入塞》、《望归》之曲，侍婢数百皆习之。后宫齐首高唱，声入云霄"。汉武帝时表演郊祀歌舞也是"千童罗舞成八溢，合好效欢虞太一"（《郊祀歌十九章·天地》），可见其歌舞享乐之盛。而"公卿列侯亲属近臣……奢侈逸豫，务广第宅，治园地，多畜奴婢，被服绮縠，设钟鼓，备女乐"（《汉书·成帝纪》），"富者钟鼓五乐，歌儿数曹。中者鸣竽调瑟，郑舞赵讴"（《盐铁论·散不足》）。成哀之际，歌舞更盛，"黄门名倡丙彊、景武之属，贵戚五侯定陵、富平外戚之家，淫佚过度，至与人主争女乐"（《汉书·礼乐志》）。由此可知汉代歌舞艺术的发展水平。那些从先秦遗留下来的所谓天子用八佾、诸侯用六佾、卿大夫用四佾、士用二佾的礼乐制度早已经不适用了。

两汉社会是寄食式的歌诗艺术生产大发展的时代。之所以如此，是因为这种寄食式的歌诗艺术生产方式，必须要以整个社会的经济生产繁荣和秩序稳定为基础。没有这一基础，就不会有一个庞大的歌诗艺术消费团体，也不会有日益增加的歌诗艺术消费需求，自然也就不会出现更多的专业的歌诗艺术生产者，不会出现像李延年家那样的歌诗艺术生产世家，不会出现像中山、赵地那样以培养歌舞艺人为主的人才生产基地，不会出现像刘仲卿那样以专门培养歌舞艺术人才，或者我们也可以说身兼训练、贩卖、拐骗歌舞艺人这样数职的歌舞音乐"经纪人"。

由于汉代社会经济的发展和统治者娱乐需求的增加，这些寄食于宫廷、贵戚、达官显宦、富商大贾之家的歌舞艺人，在客观上就成为生产和传播新声的主要艺术生产者；也正是这支庞大的队伍，成为推动汉代歌诗艺术向着新方向发展的主要力量。这当中，李延年就是杰出的代表。

我们在这里之所以要把俗乐的寄食式与雅乐的寄食式分开，是因为二者虽然同为寄食式，但是在艺术生产的目的上有相当大的不同，因而在寄食的方式上也有很大的不同。首先，朝廷雅乐的寄食式的目的主要是为了生产朝廷的雅乐，是为了国家的祭祀、燕飨等重要活动服务，有较强的政治功利性；而俗乐的寄食式的主要目的是为了各级贵族的艺术消遣和享乐。其次，雅乐的寄食式属于国家的一项政治制度，其歌舞艺术人才也都隶属于国家，是国家官僚机构中的一部分。尽管他们大多数人的地位很低，但总属于国家官吏或者其属员，享受国家的俸禄。而俗乐的寄食式则是封建社会世俗生活的一部分，是各级贵族、达官显宦、富商大贾享乐的需求与歌舞艺术人才谋生需求的一种自然结合，它已经成为封建社会一种特殊的生产关系——艺术的生产与消费关系。这种生产关系更接近于埃斯卡皮所说的寄食式，由某一个人或某一个家庭来养活一个歌舞艺人，他们保荐他，反过来又要求他满足他们的文化需要。在这种体系里，歌舞艺人被认为是提供奢侈品的工匠；于是，他也根据物物交换的原则，用自己的产品换取他人对自己的供养。这些歌舞艺人不属于国家机构中的一员，他与所寄食者之间只是一种供养与服务的关系。当然，这两种寄食式中也并非没有沟通。一些供职于皇亲国戚家的杰出的歌舞艺人，他们可能有机会进入朝廷的音乐机构，如李延年那样由"故倡"而变为"协律都尉"。但大体来讲，他们还是属于两个不同系统的。

在汉代的这两种寄食式当中，对于歌诗艺术发展影响更大的，还是俗乐生产中的寄食式。之所以如此，是因为在先秦以来雅俗两种艺术的斗争中，俗乐才代表了艺术发展的趋势，也是艺术发展的主流。同样，也正是这种以生产俗乐为主的寄食式，最能满足新兴地主阶级的艺术消费需求，也最适合当时社会生产力的发展水平，适应那个社会的生产关系。在雅乐与俗乐的斗争中，俗乐之所以能够取得胜利，和这种以俗乐生产为主的寄食式的大发展，也是有直接关系的。

与这种寄食式的生产方式相对应，汉代歌诗艺术消费的主要方式自然也就是特权式消费。无论是由国家养活的雅乐人才还是由宫廷贵族、达官显宦、富商大贾养活的俗乐人才，他们生产的雅乐和俗乐，都是专门供这些人来消费、来享乐的。他们拥有政治和经济上的特权，国家的财富都集中到他们手中，同时也就拥有了消费上的特权。由他们所豢养的那些歌舞艺术人才，主要也是为他们服务的。不要说那些在宫廷中表演的歌舞，普通老百姓没有资格也没有条件看到。就是那些在达官显宦、富商大贾之家所表演的歌舞，也只限于少数人消费娱乐。在这方面，汉代画像石（砖）给我们留下了无数生动的例证。按廖奔分析，汉代歌舞表演的典型形态是厅堂式演出和殿庭式演出，也有少量的广场式演出，都属于"帝王、贵族的家庭、官署娱乐"（廖奔：《中国古代剧场史》，中州古籍出版社1997年版，第27~31页）。一般情况都是由一个或者一组歌舞艺人在厅堂或者殿庭上表演，旁边是主人观赏享乐。"宴客乐舞，是上层社会生活的写照。四川郫县1号石棺的浮雕上，便有这样隆重的场景。画面上一个贵族家庭，门前车马喧哗，客人络绎不绝。歇山式楼堂中，宾主席地吃喝，一群艺人或抚琴演奏，或施杂耍。"（《中国画像石全集》编辑委员会：《中国画像石全集》第7卷《四川画像石》，山东美术出版社、河南美术出版社2000年版，第12页。图片见第96页第122—124图，文字介绍见"图版说明"第39页）南阳王庄乐舞百戏图，"主室西壁北假门门楣，上饰帷幔。左三人，一女伎挥长袖蹁跹起舞，一男子头戴面具，赤裸上身作滑稽戏；一女子双手撑地作倒立之技，左一人鼓瑟，余四人皆执桴作挥动状"（《中国画像石全集》编辑委员会：《中国画像石全集》第6卷《河南汉画像石》，"图版说明"第53页。图片见第122页第152图）。山东汉画像石图五七《庖厨、楼堂、乐舞画像》："画面三格：左格，庖厨。一人汲水，二人烧灶，一人切肉，二人杵臼，一人躬腰端盆，另有二人席地而坐。中格，楼堂。楼上二人六博游戏，四人宴饮，另有侍者三人；楼下三人中蹬梯，门外有人、马。右格，乐舞。虎座建鼓立中央，羽葆飘两旁，二人击鼓，二人观看；下有二人长袖起舞，旁有乐人伴奏。"（《中国画像石全集》编辑委员会：《中国画像石全集》第2卷《山东汉画像石》，"图版说明"第19页。图片见第49页第57图）这些特权式消费方式，对于汉代歌诗艺术生产的繁荣产生了巨大的影响。

第十五章 汉代歌诗的语言艺术形态

第一节 汉代歌诗的一般演唱方式

两汉歌诗艺术是以供娱乐和观赏为演出目的的，为了达到更好的娱乐和观赏效果，自然要在演唱方面下功夫。它不是简单的吟唱，而是诗乐相结合的演唱。据现有的文献记载和出土文物考证，当代人一般认为汉代的歌舞娱乐演唱主要在三种场合举行，那就是厅堂、殿庭、广场。从出土文物看，其中最常见的是厅堂式演出，如"四川成都北郊羊子山1号东汉墓画像石，即展现了一个贵族家中的宴饮观剧场面。画面中帐幔悬垂，表示这是室内演出。左侧宾主分席，列几而坐，前有酒爵肉鼎供宴，后有妖姬美妾侍奉。主客前面的场地上，有12人在演唱骇目惊心的百戏，内容包括跳丸、跳剑、旋盘、掷倒、盘鼓舞、宽袖舞等等，场面热烈、情绪紧张。右侧有5个乐人坐席伴奏"。这不能不让我们想起史书中的相关记载，如《汉书·张禹传》所言张禹常"入后堂饮食，妇女相对，优人管弦，铿锵极乐，昏夜乃罢"。其次是殿庭式演出。"这是贵族富民之于家中演出百戏的又一种形式，只是将演唱的场所由屋内迁移到屋外院子里，一般是主客坐在堂屋之中宴饮，伎人在庭院里演唱。山东出土的汉画像石里常见这样的画面：正面刻出一座堂屋，屋里主人居中端坐，旁边排列宾客侍从，堂屋两旁有两座阙。堂屋前面的庭院中，有伎人在演唱乐舞百戏。"第三种是广场式演出。据说汉武帝为夸耀声威，就曾在元封三年(前108年)春天举行过一次大型的百戏会演，"三百里内皆观"(《汉书·武帝纪》)，三年之后，汉武帝又进行了一次大规模的百戏会演："夏，京师民观角抵于上林平乐馆。"(出处同上)对此，张衡的《西京赋》和李尤的《平乐观赋》都有生动的描述(以上关于汉代歌舞演出的场合的论述见廖奔《中国古代剧场史》，第27~32页)。还有的人认为，在汉代已经有了专供演唱用的戏楼，如现藏河南项城县文化馆的一个三层陶戏楼，"中层正面敞口，有前栏，栏上横列三柱支撑屋檐；两侧壁为镂孔花墙半敞。次层为舞台，中间横隔一墙，分前后场，隔墙右半设门供出入。前场有两个乐伎俑：一人一肢支撑，一肢扎跪，一手伸于胸前，一手上举摇鼗；一人跽坐，仰面张口，左手扶膝，右手扶耳为讴歌者"（周到：《汉画与戏曲文物》，中州古籍出版社1992年版，第188页）。

如此众多而又广阔的演出场所，为汉代社会歌舞演唱提供了最好的舞台，也使其艺术表现形式较前代有了极大的发展变化，显得更加丰富多彩。根据现有的文献资料，我们大体上可以把这些歌诗演唱分为以下几种情况：

一是单人的独弹独唱。《古诗十九首·西北有高楼》："西北有高楼，上与浮云齐。交疏结绮窗，阿阁三重阶。上有弦歌声，音响一何悲！谁能为此曲，无乃杞梁妻。清商随风发，中曲正徘徊。一弹再三叹，慷慨有余哀。"《相逢行》："小妇无所为，挟瑟上高堂。"《善哉行》："何以忘忧，弹筝酒歌。"从以上诗句来看，当时的歌诗中有相当大一部分是可以独弹独唱的。又，从晋人崔豹《古今注》记载看，《箜篌引》也是一首可以自弹自唱的歌曲。

《箜篌引》在郭茂倩《乐府诗集》中归入相和歌辞，属于相和引。但蔡邕《琴操》却把它列入古琴曲"九引"之一。仔细考察《琴操》所列诸琴曲，其演唱模式都是一个人独弹独唱的形式。由此可知，这种独弹独唱在汉代应该是很普遍的现象，或者是歌舞艺人的独弹独唱式的演唱，或者是抒情者自身独弹独唱式的写志抒情。如传说司马相如与卓文君二人的故事中，就提到这种演唱方式，其一见诸《史记·司马相如列传》，说临邛令请司马相如与县中名士饮酒，"酒酣，临邛令前奏琴曰：'窃闻长卿好之，愿以自娱。'相如辞谢，为鼓一再行。是时卓王孙有女文君新寡，好音，故相如缪与令相重，而以琴心挑之"。此事又见于《玉台新咏》，说"司马相如游临邛，富人卓王孙有女文君新寡，窃于壁间窥之。相如鼓《琴歌》挑之"。其二见于《西京杂记》："司马相如将聘茂陵人女为妾，卓文君作《白头吟》以自绝，相如乃止。"这一才子佳人的故事显然有后人传说附会的成分，但是汉人以自弹自唱的形式来抒情写志，应该是普遍现象。如《汉书·西域传》所记，乌孙公主刘细君本为江都王刘建之女，元封中，汉武帝以之嫁乌孙王昆莫。公主至其国，自治宫室居。昆莫年老，言语不通，公主悲，亦自作歌抒写自己的悲愁，这显然也是自歌自唱的形式。

　　第二种情况是一人主唱，其他人或伴乐或伴唱。汉乐府相和歌的主要表演形式可能是这种类型。《宋书·乐志》曰："但歌四曲，出自汉世。无弦节，作伎，最先一人唱，三人和。……相和，汉旧曲也。丝竹更相和，执节者歌。"由此记载我们知道，汉代有一种但歌，也就是不配乐器的徒歌，由一个人主唱，三个人相和。还有一种叫相和歌，其演唱形式是一个人手里拿着一种叫做节的乐器，一面打着节拍，一面唱歌。其他人在一旁用弹弦乐器或管乐器伴奏。其实，无论是以人相和还是以乐器相和，这种形式都是早自先秦就有的（《庄子·内篇·大宗师第六》记载："子桑户死，未葬。孔子闻之，使子贡往侍焉。或编曲，或鼓琴，相和而歌曰：'嗟来桑户乎！嗟来桑户乎！而已反其真，而我犹为人猗！'"《淮南子·精神训》："今夫穷鄙之社也，叩盆拊瓴，相和而歌，自以为乐矣。"由此，知"相和"本是中国古代一种流行于民间的歌唱形式。《汉书·礼乐志》又记载汉高祖过沛，"作'风起'之诗，令沛中僮儿百二十人习而歌之。至孝惠时，以沛宫为原庙，皆令歌儿吹以相和"）。《乐府诗集》卷二十六载："《晋书·乐志》曰：'凡乐章古辞存者，并汉世街陌讴谣，《江南可采莲》、《乌生十五子》、《白头吟》之属。'其后渐被于管弦，即相和诸曲是也。魏晋之世，相承用之。……又诸调曲皆有辞、有声，而大曲又有艳、有趋、有乱。辞者其歌诗也，声者若羊吾夷伊那何之类也。艳在曲之前，趋与乱在曲之后，亦犹吴声西曲前有和，后有送也。"由此，知相和这种古老的民间歌唱形式，在汉代逐渐蔚为大观，又演化出《相和引》、《相和曲》、《四弦曲》、《五调曲》(包括《平调曲》、《清调曲》、《瑟调曲》、《楚调曲》、《侧调曲》)、《吟叹曲》、《大曲》以及《杂曲》等多种形式。其中不同的曲调，所配的乐器也不相同，如《平调曲》中所配的乐器有笙、笛、筑、瑟、琴、筝、琵琶七种，而《清调曲》所配的乐器则有笙、笛(上声弄、高弄、游弄)、篪、节、瑟、琴、筝、琵琶八种(以上并见《乐府诗集》)，但无论如何变化，有人演唱、有人声或乐器相和是其最基本的形式，这也是汉代歌诗主要的演唱形式。

除了相和歌诗作品本身之外，我们在史书中也可以经常看到用这种形式演唱的记载。如《汉书·高帝纪》所记，刘邦伐英布而还，"置酒沛宫，悉召故人父老子弟佐酒。发沛中儿得百二十人，教之歌。酒酣，上击筑，自歌曰：'大风起兮云飞扬，威加海内兮归故乡，安得猛士兮守四方。'令儿皆和习之"。又据《汉书·张释之传》所记，有一次，文帝与慎夫人来到霸陵，"上指慎夫人新丰道，曰：'此走邯郸道也。'使慎夫人鼓瑟，上自倚瑟而歌，意凄伦悲怀"。身为帝王的汉文帝尚且如此，社会上其他人物，尤其是一些上层贵族和官僚文人这一类的唱和活动当会更多。

第三种情况是以歌舞伴唱。中国古代诗乐舞三位一体，歌舞伴唱本是情理中事。历史上相关的记载很多。如《汉书·张良传》记高祖谋立赵王如意为太子不成，乃召戚夫人，"戚夫人泣涕，上曰：'为我楚舞，吾为若楚歌'"。又据《西京杂记》所记："高帝、戚夫人善鼓瑟击筑。帝常拥夫人倚瑟而弦歌，毕，每涕下流涟。夫人善为翘袖折腰之舞，歌《出塞》、《入塞》、《望归》之曲，侍婢数百皆习之。后宫齐首高唱，声入云霄。"又云："戚夫人侍儿贾佩兰……又说在宫内时，尝以弦歌管舞相欢娱，竞为妖服，以趣良时。十月十五日，共入灵女庙，以豚黍乐神，吹笛击筑，歌《上陵》之曲。既而相与连臂踏地为节，歌《赤凤凰来》。至七月七日，临百子池，作于阗乐。"（[西晋]葛洪：《西京杂记》，卷一、卷三，第2页、第19页。）仅从汉高祖刘邦与其宠妃戚夫人的故事，可知在汉代以歌舞伴唱的形式是多么普遍。在出土的汉代画像石和画像砖里，歌舞相结合的演出更是其中的主要题材。至于国家的宗庙祭祀和朝廷礼仪燕飨所用的歌舞，汉武帝时代的《郊祀歌》十九章里更是有着生动的描写。

不过，就现在传世的汉代歌诗来看，大多数都属于诗乐相结合的作品，而留下来的舞曲歌辞却很少。郭茂倩《乐府诗集》卷第五十二云："自汉以后，乐府浸盛。故有雅舞，有杂舞。雅舞用之于郊庙、朝飨，杂舞用之宴会。"在汉代，雅舞可能有歌词，但是也有好多雅舞没有歌词。相和诸调歌诗大体上不用舞，但是有个别的大曲可能有舞蹈相伴。《古今乐录》曰："凡诸大曲竟，黄老弹独出舞，无辞。"这种情况说明，虽然现存的汉代舞曲歌辞很少，但是我们并不能否定歌舞相伴这种艺术形式在汉代的繁荣这一事实。

从以上三种情况看，两汉社会的歌诗艺术演唱形式是丰富多彩的，而这些丰富多彩的歌诗艺术演唱形式，也必然会影响歌诗的语言，推动汉代歌诗语言艺术形式的大发展。

【评　介】

赵敏俐，1954年生，男，汉族，内蒙古赤峰人，文学博士。从1987年至1994年在青岛大学任教，1994年晋升教授。1997年3月调入首都师范大学，任中文系教授，博士生导师。曾被评为北京市跨世纪人才、首都师范大学首批中青年学科带头人、北京市首批创新拔尖人才、北京市高等学校教学名师、国务院政府特殊津贴获得者。现任教育部省属高校人文社会科学重点研究基地——首都师范大学中国诗歌研究中心主任（2001年3月起）。科研主要方向为先秦两汉文学与文化、中国古代诗歌、中国现代学术史，在先秦诗歌特别是汉代诗歌研究方面有比较突出的成就，近年来的主攻方向是运用艺术生产的理论进行中国古代歌诗研究，在学术界产生了比较大的影响，《北京市社会科学年鉴》2003年版曾有介绍。曾先后承担过国家社会科学基金重点项目、一般项目、教育部人文社会科学基金一般项目、青年项目、山东省和北京市哲学社会科学规划项目多项。出版过《两汉诗歌研究》、《汉代诗歌史论》、《文学传统与中国文化》、《二十世纪中国古典文学研究史》、《先秦君子风范》、《周汉诗歌综论》、《中国古代歌诗研究——从诗三百到元曲的艺术生产史》等学术专著，合作主编了《先秦大文学史》、《两汉大文学史》、《中国文学通论·先秦两汉卷》等著作。先后荣获国家、省部级教学和科研成果奖。

《汉代乐府制度与歌诗研究》由商务印书馆于2009年12月出版，全书分为三编。

上编为《汉乐府制度与歌诗艺术生产》，将艺术生产的理论运用于中国古代文学研究，结合汉代乐府制度的变革，系统探讨了汉代"歌诗"这一特殊的艺术形态的发生演变过程，揭示其复杂的生成机制、丰富的内容、独特的艺术表现方式及其在中国诗歌史上的特殊地位和巨大影响，有助于从新的角度认识中国古代诗歌的艺术本质和生成发展规律。如有学者评论这部著作:"一个重要的亮点,同时也是全书的理论支撑,运用艺术生产和消费的理论来研究中国古代文学,赵敏俐在学术界是首倡。汉代歌诗研究有两个难点,一是分类,二是断代。古今对汉代歌诗的分类多种多样,所持标准也无法统一。这部书从诗歌与音乐的关联切入,把汉代歌诗分为楚歌、横吹鼓吹与相和歌三大类。这种划分所持的标准是一致的,并且简单明晰。《汉代乐府制度与歌诗研究》还勾勒出三种歌诗兴衰迭替的轨迹:汉初到汉武帝阶段是楚歌兴盛期,武帝到西汉末年是横吹鼓吹兴盛期,东汉则是相和歌兴盛期。这种描述同样明快清晰,合乎历史的实际。"对于汉哀帝罢乐府这个重要事件,书中既承认它对新乐的打击,同时又指出,它"从一定程度上还将汉武帝以来的一部分俗乐提升到了雅乐的位置"。得出的结论富有辩证性,有很强的洞彻力。"再如对于黄门鼓吹问题,书中列举大量材料证明,专门的黄门鼓吹署不曾存在过。这对于后汉乐府机构的考察避免走入误区,具有警示作用。"(李炳海:《乐府制度与汉代诗歌——〈汉代乐府制度与歌诗研究〉的贡献》,《人民政协报》2010年8月16日)

  中编为《汉代歌诗艺术分类研究》,赵敏俐重点研究了汉初雅乐与《安世房中歌》的关系、《安世房中歌》在内容上的革新和艺术上的创造;《郊祀歌》十九章的产生与汉武帝定郊祀之礼的关系,《郊祀歌》十九章产生的具体时间、内容分类和艺术方面的创新;《汉鼓吹铙歌》十八曲的名实问题、它与汉代外族音乐的输入及其在本土化过程中的形态变迁的关系;《相和歌》的名称来源和分类,相和诸调中各种音乐称谓的讨论;《琴曲歌辞》、《舞曲歌辞》、《杂曲歌辞》各自不同的表现形态;两汉民间歌谣的分类与区别等,指出汉代所采的诗歌谣谚,并不等于今天所说的民歌,从而纠正了所谓乐府大规模收集民歌的说法,对乐府的功能作了准确的定位。此书或者是在相关的研究上再进一步,或者开拓新的研究思路。作者不仅对以往汉代各类歌诗分类研究进行系统总结,还就一些以往不为学人所注意的问题进行新的探讨,以期更好地把握汉代各类歌诗独特的艺术本质。除此之外,本书还专辟两章讨论汉代的贵族歌诗与文人歌诗的问题,因为中国古代歌诗从汉代到魏晋南北朝的发展过程中,上层贵族和文人阶层发挥了越来越大的作用。作者指出以往人们认为汉代歌诗生产的主体都是无名氏作者，其实，上层贵族和文人阶层也是其中的一支重要力量。

下编为《汉代歌诗艺术成就研究》，重点研究了汉代歌诗的文化功能和艺术特征、语言艺术形态及其成就和历史地位，是在前两编的基础上对此进行的开创性的研究。作者主要讨论了汉代歌诗的三种主要文化功能——宗教礼仪功能、娱乐功能和抒情写志功能；考察了它的两种主要表现形态——首先是抒写各种情感类歌诗，其次是关注现实生活类歌诗；考察了汉代歌诗以悲为美的美学形态。以此为基础作者探讨了汉代歌诗不同于一般诗歌的艺术表现方法，如演唱的戏剧化特征与片段叙事，代言体歌诗与泛主体抒情，历史故事原型下的歌诗新唱，歌唱艺术的程式化、独特的章曲结构、口头传唱的特点与套语套式的运用等。正是两汉歌诗的这种独特的艺术风貌与表现特征，最终成就了它在中国诗歌史上的特殊地位，开创了封建地主制社会歌诗艺术的新篇，创造了中国歌诗新的艺术形式，走出了一条中国歌诗发展的新路。本书提出一个有趣现象：汉代的叙事诗繁兴，出现了许多像《孔雀东南飞》这样的杰作，为什么到后代反而衰退？作者认为，正是由于歌诗的演唱性质、内容必须诉诸一个人物或一个故事，突显其戏剧化特征，而后代诗歌渐渐与乐舞分离，成为诵读之物，戏剧性减弱，抒情言志成了重心，故叙事诗反湮而不显。

该书在紧密围绕汉代的国家政治制度和文化制度的基础上，充分考虑到了"歌诗"的歌唱性和表演性特点，以此来展开研究，并因此而有了许多重要的学术发现。"打通音乐与诗歌之间的关系，从歌诗的原生态出发来研究歌诗这一特殊的艺术形态，是中国古代诗歌研究的必由之途。从这一角度而言，该书的意义，已远远超过了汉代诗歌研究本身，在一定程度上具有发凡起例的作用，为中国古代诗歌研究提供了方法论意义上的范例和样本，本书的学术价值，正在于此。"（冷卫国：《汉代歌诗研究的成功范例——读赵敏俐〈汉代乐府制度与歌诗研究〉》，《中华读书报》2011年12月14日）

（柳卓娅）

汉魏乐府艺术研究(节选)

钱志熙

上编　汉魏乐府的音乐与诗

肆　乐府歌辞的娱乐功能和伦理价值

三、乐府诗通过娱乐功能产生伦理价值的艺术机制

在乐府系统中，各部分产生的娱乐功能，其效果和娱乐的性质也有一定的差异。上层欣赏的乐舞百戏，常常带有女乐和秘技的特点，追求的最多的是感官的声色之娱。而歌辞则除了演唱艺术具有较高的娱乐效果外，其自身则主要是通过一定的故事情节和绘声绘色的语言表达来产生娱乐效果的。乐府歌辞娱乐功能的造成，最重要的机制就是故事性，而这是相和歌辞的说唱文学体制造成的，这一点在前面论述相和歌辞的体制时已经分析。《诗经·国风》的最基本的性质是抒情性的歌谣，其基本艺术方法为赋兼比兴，乐府相和歌辞则为说唱歌词，以赋写叙述为主，少比兴。就乐府整体的娱乐效果而言，舞、乐、戏的效果更为直接，"诗"则间接一点，通过对故事情节、人物性格行为的把握、语言艺术的欣赏、主题的理解来达到娱乐效果。这个道理，傅毅在《舞赋》中说得很清楚。赋中"宋玉"向"楚襄王"说："歌以咏言，舞以尽意，是以论其诗不如听其声，听其声不如察其形。"这就是说，从娱乐的效果来看，阅读、评论诗篇，不如听其歌唱之声，但歌唱之声又不如舞蹈之形。但反过来从表达一定的思想内容及现实生活的情感，发挥伦理教化的功能来说，却观舞乐不如听歌

唱，听歌唱不如直接"论其诗"。所以，在整个乐府系统中，与伦理教化关系最为直接的就是乐府歌辞。

从现存的汉乐府诗来看，在伦理功能方面也表现得不太平衡。一部分的乐府歌章，以作乐、风俗、求仙为题材，如《江南》、《鸡鸣》、《王子乔》、《陇西行》之类。其题材本身就是娱乐性的，没有直接表现伦理教化的内容，但也真实地反映了社会生活，具有一定的认识价值。另一部分作品则直接反映社会问题，《孤儿行》反映汉代社会普遍存在的兄嫂虐待弱弟的问题，《妇病行》、《东门行》反映社会的贫困化问题及其带来社会不安定因素，《平陵东》反映吏治的腐败，等等。这些可以说都是民间的不平之声，表达了鲜明的是非好恶观念。还有一部分是通过寓言的形式，来表现一定的思想倾向，如《乌生》、《枯鱼过河泣》、《艳歌何尝行》。最后还有直接说教性的作品，如《长歌行·青青园中葵》、《君子行·君子防未然》、《折杨柳行·默默施行违》，都是以教化为本旨的，可以说是乐府诗中教化色彩最为浓厚的作品。

乐府诗文本中包含的伦理功能，在它的当代是通过俗乐的歌、舞、曲这个表演艺术传达出来的。纯文学传达伦理观念所依持的审美载体只有一种文学的艺术形式，乐府诗则在此外还依持音乐舞蹈的艺术形式。从这一点来讲，它的审美的、娱乐的形式更加丰富，功能也更加突出。所以无论乐府诗文本表现的伦理功能强弱的程度如何，都不是以文本独立地发挥出来，而是借整个娱乐艺术体制发挥出来的。因此，乐府诗的伦理功能是依附于娱乐功能的。从接受者的角度来说，是在娱乐活动中自然而然地进入文本的意义系统中，自然而然地得到教益。吴同瑞、段宝林等编的《中国俗文学概论》在论述俗文学的价值时，指出俗文学具有娱乐、教育、认识、审美等几大功能，并指出"这几种功能之间不是互相孤立的、互不相干的，而往往是交融在一起的"。在论到俗文学的娱乐功能时说：

> 娱乐性、消遣性是俗文学的最显著的文学和特性。因为在创作观念上，俗文学往往不像正统诗文那样，被当作是"经国之大业，不朽之盛事"，其作者不以"载道"、"言志"为旨归，而多把

它视为一种娱乐的工具,"自娱"也好,"娱人"也好,创作者和接受者都在这点上达成共识和美妙的和谐。

从传播方式上讲,俗文学供大众在茶余饭后闲暇时间欣赏(包括读、视、听),其性质类同于"游戏"。正如威廉·斯蒂芬森在《传播的游戏理论》中所讲的:"它是自愿的,不是一种任务或一种道义职责。从某种意义上说,没有个人利害关系,只提供暂时的满足。"纯文学是借助语言的深层意义来强化它的教育功能、认识功能,俗文学则是凭借它的传奇性、趣味性和世俗性来强化其娱乐功能,然而它是"寓教于乐"的,并不缺乏认识功能和教育功能。(吴同瑞、段宝林等编:《中国俗文学概论》,北京大学出版社,1997年,第16~17页。)

这里对俗文学娱乐功能的分析,也完全符合于汉乐府诗。但需要进一步指出的是,俗文学的娱乐功能和审美功能其实是一致的。这是因为俗文学的娱乐功能的获得,正是依恃其特有的审美形式。《中国俗文学概论》将俗文学的审美功能概括为情感美、传奇美、人物美、谐趣美四者,正是这些审美价值的单独或综合的作用造成了俗文学的娱乐功能。这几种美感类型,传奇美、谐趣美也可在纯文学中出现,但只有在俗文学中表现得最为突出。至于情感美和人物美,当然不是俗文学所独有的,但在俗文学中表现情感以及表现方式、所塑造的人物以及塑造方式,都与纯文学有所不同。

乐府诗正是依恃外在的乐府音乐歌舞戏形式和文本内在的各种俗文学的娱乐、审美特征来达到伦理价值的实现。前者随着音乐系统的坠失而失效,后者则仍然潜藏在文本中,等待一种合理的鉴赏心态去发掘。

在明晰俗文学的伦理功能通过娱乐功能来实现这一点后,我想进一步指出汉乐府歌辞这一类民间性俗文学类型伦理功能与娱乐功能之间关系的另一方面,即伦理功能与娱乐功能之间,不是一种消极的表现与被表现的关系,而是积极的相互交融、相互作用的关系。在一些淳朴、健康,真正产生于大众之中并且为大众所接受的娱乐艺术和俗文学中,不仅只有娱乐功能的圆满才能发挥伦理的功能,而且也是只有与大众的伦理观念的调谐，表现了大众的是非好恶的作品，才会发生圆满的娱乐效果。这个问题需要从其创作和欣赏的主体来分析，作为俗文学主体的大众，并非空虚的接受体，而是一些有着坚定的、淳朴的伦理观念和很具体的是非好恶情感的能动的接受者，所以只有符合了他们的伦理判断的作品，才能使他们真正获得娱乐的快感。比如《妇病行》、《孤儿行》、《孔雀东南飞》、《乌生》等悲剧故事。其悲剧效果之发生，正是因为故事中所包含的伦理价值观念，是与接受者的伦理观念符合的。从这角度来看，娱乐与伦理是能够统一的。乐府歌辞等成功的俗文学，其伦理功能与娱乐功能的高度谐合，正是植根于这一主体的心理机制中。与纯粹的教化文学比较，乐府歌辞在表现伦理价值方面，完全是自然的、内在的。

下编　汉魏乐府丛考

叁　相和歌辞与清商三调关系问题

相和歌辞与清商三调的关系，也是乐府研究中有争议的问题。《宋书·乐志三》记汉魏俗乐歌词，为如下排列：

相和，汉旧歌也，丝竹更相和，执节者歌。本一部，魏明帝更递夜宿。本十七曲，朱生、宋识、列和等复合之为十三曲。

相和：

《驾六龙》(《气出倡》武帝词)、《厥初生》(《精列》武帝词)、《江南可采莲》(《江南》古词)、《天地间》(《度关山》武帝词)、《东光》(《东光乎》古词)、《登山有远望》(《十五》文帝词)、《惟汉二十世》(《薤露》武帝词)、《关东有义士》(《蒿里行》武帝词)、《对酒歌太平》(《对酒》武帝词)、《鸡鸣高树颠》(《鸡鸣》古词)、《乌生八九子》(《乌生》古词)、《平陵东》(《平陵》古词)、《弃故乡》(原注：亦在瑟调《东西门行》、《陌上桑》文帝词)、《今有人》(《陌上桑》《楚词》钞)、《驾虹蜺》(《陌上桑》武帝词)。

(今案:"相和"一目之下所列十五首,其中《陌上桑》一曲有三首。正为十三曲。)

清商三调歌诗:荀勖撰旧词施用者。
平调:
《周西》(《短歌行》武帝词、六解)、《秋风》(《燕歌行》文帝词、七解)、《仰瞻》(《短歌行》文帝词、六解)、《别日》(《燕歌行》文帝词、六解)、《对酒》(《短歌行》武帝词)

(今案:平调唯《短歌行》、《燕歌行》二曲,共五篇。"短歌"、"长歌"之义,历来说法不一,或以篇幅长短说之,有以生命长短言之,此处不作详论。余以为短歌之短,是既非篇幅,更非内容上言生命之长短,而是指歌词句子(乐句)的长短,《短歌行》皆四言体,此为短歌之义。郑樵《通志·乐略第一·正声序论》:"且古有《长歌行》、《短歌行》者,谓其声的长短耳。崔豹、吴兢,大儒也,皆谓其人寿命之短长,当其时已有此说。今之人何独不然。"又曹丕《燕歌行·秋风萧瑟天气凉》中"短歌微吟不能长",正沈德潜说"句句用韵、掩仰徘徊,短歌微吟不能长,恰似自言其诗"(《古诗源》)。陈祚明论本诗亦云:"盖句句用韵者,其情掩抑低回,中肠摧切。故不及为激昂奔放之调,即篇中所言'短歌微吟不能长'也。故此体之语,须柔脆徘徊,声欲止而情自流,绪相寻而言若绝。"(《采菽堂古诗选》)

可见《燕歌行》就歌唱体制而言,实亦短歌。所谓"短"与"长",主要是指歌唱时的音节,无关于篇幅。乐府《长歌行》"青青园中葵"篇幅实短,但为五言歌辞,引声自长,故为长歌。而曹操《短歌行》篇幅实长,但因为是四言,引声自短,故为短歌。《燕歌行》为七言,初看较五言多出两字,应为长声吟唱。实际不然,因句句用韵,节奏反而不像五言那么长。五言诗是十字为开合,此诗则七字为乐句,故引声反而比五言短。七言实际上从楚歌句式过来,像"秋风萧瑟天气凉",化为楚歌吟诵之体,则为"秋风萧瑟兮,天气凉",其节奏与四言两句,正好相近(钱志熙:《魏晋南北朝诗歌史述》,北京大学出版社，2005年，第244~245页）。"故由四言体与由骚体变化来的句句用韵的七言体，都属短歌体。其歌唱风格，近于吟诵，即'短歌微吟不能长'也。以此而言，平调的特点，大概是近于吟诵的。"

清调：

古词一篇：《董逃行》。曹操四篇：《晨上》(《秋胡行》武帝词)、《北上》(《苦寒行》武帝词)、《愿登》(《秋胡行》武帝词)、《上谒》(《董逃行》古词)、《蒲生》(《塘上行》武帝词)、《悠悠》(《苦寒行》明帝词)。

(今案：清调四曲六篇。)

瑟调：

《朝日》(《善哉行》文帝词、五解)、《上山》(《善哉行》文帝词六解)、《朝游》(《善哉行》文帝词、五解)、《古公》(《善哉行》武帝词、七解)、《自惜》(《善哉行》武帝词、六解)、《我徂》(《善哉行》明帝词八解)、《赫赫》(《善哉行》明帝词、四解)、《来日》(《善哉行》古词、六解)。

(今案：瑟调唯《善哉行》一曲，八篇。)

大曲：

《东门》(《东门行》古词、四解)、《西山》(《折杨柳行》文帝词、四解)、《罗敷》(《艳歌罗敷行》古词、三解)、《西门》(《西门行》古词、六解)、《默默》(《折杨柳行》古词、四解)、《园桃》(《煌煌京洛行》文帝词、五解)、《白鹄》(《艳歌何尝》一曰《飞鹄行》、古词、四解)、《碣石》(《步出夏门行》武帝词、四解)、《何尝》(《艳歌何尝行》古词、五解)、《置酒》(《野田黄雀行》、《箜篌引》亦用此曲，东阿王词、四解)、《为乐》(《满歌行》古词、四解)、《夏门》(《步出夏门行》、一曰《陇西行》、明帝词、二解)、《王者布大化》(《棹歌行》明帝词五解)、《洛阳行》(《雁门太守行》、古词八解)、《白头吟》(与《棹歌》同调、古词五解)。

楚调怨诗：
《明月》(东阿王词、七解)

计此组歌曲，共分"相和"、"清商三调(平调、清调、瑟调)"、"大曲"、"楚调怨诗"共六种。其中"相和"类、"清调"类未注明有"解"，其他四类都分解，不知何故？关于此组歌曲的分类与彼此间的从属关系，历来争议之点，在于相和与清商三调的关系。一种看法认为相和与清商三调为两类，并不相统属。一种看法认为清商三调在大类上也属于相和。按《宋书·乐志》载刘宋顺帝升明三年王僧虔上表论乐："今之清商，实由铜雀，魏氏三祖，风流可怀。京洛相高，江左弥重。谅以金悬干戚，事绝于斯。而情变听改，稍复零落，十数年间，亡者将半。"按僧虔此处所言，即指上述此组歌曲，"清商"为其总名。据《通志》所引王僧虔《大明三年宴乐技录》列"相和歌"、"相和歌吟叹曲"、"相和歌四弦曲"、"相和歌平调曲'、"相和歌清调曲"、"相和歌瑟调曲"，此即僧虔论乐表中的"今之清商"，可见清商与相和是两个可以互用的名称。至隋时，又称为清乐，《隋书·音乐》："清乐其始即清商三调是也，并汉来旧曲。乐器形制，并歌章古辞与魏三祖所作者，皆被于史籍。属晋朝迁播，夷羯窃据，其音分散。苻永固平张氏始于凉州得之，宋武平关中，因而入南，不复存于内地，及平陈后获之。高祖听之，善其节奏，曰：此华夏正声也，昔因永嘉，流于江外，我受天明命，今复会同。虽赏逐时迁，而古致犹在。可以此为本，微更损益，去其哀怨，考而补之以新定律吕，更造乐器。其歌曲有《阳伴》，舞曲有《明君》、《并契》。其乐器有钟、磬、琴、瑟、击琴、琵琶、箜篌、筑、筝、节鼓、笙、笛、箫、篪、埙等十五种，为一部。工二十五人。"按此处所谓清商三调，"歌章古辞与魏三祖所作者，皆被于史籍"，即指《宋书·乐志》所载的相和曲、清商三调歌诗等六种。可见并以"清商""清乐"称之，则"清乐"这个概念中自然包括上述诸种。唯此处所说史籍，梁启超直接以《宋书·乐志》当之，但细玩其行文，在说了"皆被于史籍"之后，再说"属晋朝播迁"，则似指更早于《宋书·乐志》的有关史籍，可能在《宋书·乐志》之前，已经有史籍对相和曲、清商三调曲的系统记载。吴兢《乐府古题要解》录《江南曲》、《度关山》、《长歌行》、《薤露歌》、《鸡鸣》、《对酒行》、《乌生八九子》、《平陵东》、《陌上桑》、《短歌行》、《燕歌行》、《苦寒行》、《董逃行》、《塘上行》、《善哉行》、《东门行》、《西门行》、《煌煌京洛行》、《艳歌何尝行》、《步出夏门行》、《野田黄雀行》、《满歌行》、《棹歌行》、《雁门太守行》、《白头吟》等曲，并按云："以上乐府相和歌。案相和而歌，并汉世街陌谣讴之词，丝竹更相和，执节者歌之。本一部，魏明帝分为二部，更递夜宿。本十七曲，后为十三曲。今所载之外，复有《气出倡》、《东光引》等三篇。自《短歌行》以下，晋荀勖采旧词施用，以代汉魏，故其数广焉。"后世郑樵、郭茂倩诸家，以相和为相和曲与清商三调、楚调、大曲之总名，即始于此。及《旧唐书·乐志》亦云："平调、清调、瑟调皆周房中曲之遗声，汉世谓之三调。又有楚调、侧调。楚调者，汉房中乐也。高祖乐楚声，果房中乐皆楚声也。侧调生于楚调，与前三调总谓之相和调。"吴氏以相和为宋《志》六种曲之总名，为私家著述之说。但吴为唐初史家，所见史籍丰富，他以相和为各种之总称，应非其本人之推测，而是应该有依据的。尤其是《唐书·乐志》正史著述，称清商三调为相和三调，并称诸种调皆为"相和调"，更应该是有直接的音乐实物与文献方面的依据的。吴兢又列晋宋以来吴声西曲《子夜》、《莫愁》等为"乐府清商曲"，至郭茂倩、郑樵承之。郑樵《通志·乐略》及张永《元嘉技录》、王僧虔《大明三年宴乐技录》等，总叙乐府歌曲，列"相和歌三十曲"、"相和歌吟叹四曲"、"相和歌四弦一曲"、"相和歌平调七曲"、"相和歌清调六曲"、"相和歌瑟调三十八曲"、"相和歌楚调十曲"、"大曲十五曲"、"白纻歌一曲"、"清商七曲"，于是清商有汉魏清商与晋宋清商两类。两者都是俗乐歌词，在晋宋各朝都由清商署掌管，其区别在于一为汉魏旧宴乐，一为晋宋以来的新声宴乐，因都归清商署管理，所以俱名清商，其使用乐器也接近。但是它们毕竟是两种歌诗，所以自吴兢及郭茂倩、郑樵诸人，皆将两者分出来，并在名称上做了区分，将汉魏之清乐，称为相和歌曲。以本来为十三曲专名的相和歌,扩大至为全部相和、清商三调之通称。这当然是因为他们在音乐上本属一大类,但又不废其清商旧名,故称"相和平(清、瑟)调曲"。而清商则成为晋宋以来新声的名称。但诸家溯清商之渊源,又都要追溯到三调,并有沿承隋唐志书之说,追溯其渊源至周房中乐,为清乐之创始。实则此时清乐之概念,为隋唐七部乐、九部乐中中国原有音乐之总称了。总结而言,相和等六种汉魏宴乐歌诗,晋宋之际多总称清商,而隋唐以降以与晋宋宴乐新声区别,改称相和。以此而言,清商、相和,俱可为此组汉魏宴乐歌诗之总称。古人于此,并未特别的着意。《隋书经籍志四》载梁代旧籍有"《三调相和歌词》五卷"、"《三调诗吟录》六卷",亦可证三调又可称相和三调。所以清商三调与相和三调,所指称的是同一对象。

在厘清古代相和、清商关系之史实之后。我们再来回顾近今乐府史研究者在这个问题的聚讼情况。首先提出这个问题的是梁启超,梁氏《中国美文之历史》第一章《古歌谣及古乐府》转录郑樵《通志·乐略》之歌曲表后有这样一段分析:

  右郑樵所搜录者如此,其后郭茂倩虽有分合,然大体皆与樵同(郭茂倩北宋末人,实早郑樵。梁氏此处误。后人多沿之。王运熙先生已予指出[《乐府诗述论》第379页])。内曲名重复互见者虽甚多,然搜辑之勤,我们对他总该表谢意。然樵有大错误者一点,在把清商与相和混为一谈。均于《相和歌》三十曲以外,复列相和平调、清调、瑟调、楚调四种,而清商则仅列七曲,附三十三曲,皆南朝新歌,一若汉魏只有相和别无清商者。殊不知惟清商为有平、清、瑟三调。(原注:楚调别出,是否为清商未可知。)而相和则未闻有之。凡樵据王僧虔《技录》所录五十一曲,皆清商也。……《宋志》录完十三曲之后,另一行云:"清商三调歌诗,荀勖撰旧词使用者。"引下即分列《平调》六曲,《清调》六曲,《瑟调》八曲,则三调皆属于清商甚明。王僧虔所录,平调增一曲,瑟调增三十曲。僧虔与沈约同时,所增者约盖亦见,但作史有别裁,不能全录,但录荀勖造谱之二十曲耳。而郑樵读

《宋志》时,似将"清商三调荀勖撰"一行滑眼用掉。漫然把《宋书》卷二十一所录诸歌,全部归入相和,造出"相和平调等名目"。(中略)大抵替清商割地,始自吴兢,而郑樵、郭茂倩沿其误。今据王僧虔、沈约所记载,复还其旧。(梁启超:《中国之美文及其历史》,东方出版社,1996年,据中华书局1936年版编校再版,第55~56页)

梁氏此说一出,立即引起赞同与反对两方面的意见。先是陆侃如据梁氏未发表的文稿,采用其说:"陆侃如《诗史》卷上一九八页引梁任公未发表文稿,云:'唯清商则有三调,相和则未闻之。'"(《汉魏六朝乐府文学史》,第98页)将相和与清商两组分开来。相和本十七曲,清商三调等不属于相和。如云:"《公无渡河》属瑟调曲,则是清商而非《相和》。"其论清商曲时说:"一部分学者以此七类混入《相和》内,其错误已在上文说明。"(陆侃如、冯沅君:《中国诗史》,初版于30年代,山东大学出版社,1995年,第171~175页)黄节著文(1933年)分析梁氏之误,他的主要的观点,是认为《宋书·乐志》中"相和,汉旧曲"这一介绍,是其下相和歌、清商三调歌诗、楚调、大曲等类的总提要。(这是笔者的分析,黄氏本文中并无此语。)他从《宋书·乐志》这几类曲中拣出属于汉古词及楚词抄的十七曲,认为正是《宋书·乐志》所说的相和本十七曲。至于所说的合十七曲为十三曲,是指列和、朱生等人从汉相和旧曲中选出六曲,合上魏武帝、文帝所歌七曲,为十三曲。而汉相和旧曲中的其余十一曲,复为荀勖所采,分别进入《清商三调歌诗》(黄节原文载1933年《清华学刊》中《乐府清商三调讨论》,此据萧涤非《汉魏六朝乐府文学史》[1933年清华研究院毕业论文]第二编《两汉乐府》附录:黄节先生《相和三调辨》,人民文学出版社1984年第1版,第98页)。黄节此论发表后,朱自清以信函的形式质疑,但基本上是分析梁氏旧说,且辞意支离,没有提出足以推翻黄说的见解。黄节又发表《答朱佩弦先生论清商曲》,举《晋书律历志》荀勖奏条牒诸律问列和意状:"令郝生鼓筝,宋同吹笛,以为杂引相和诸曲。"认为"此条足与《宋书·乐志》载荀勖撰旧词施用者,互相证明"。这的确是十分有力的证据,说明荀氏所撰旧词中，即有汉相和旧曲。后来《文史》第十辑（1982年）发表的逯钦立遗著《相和曲调考》更举出"《隋书经籍志》'三调相和歌词'五卷，《三调诗吟录》六卷，郝生撰"一条，也是一条有力证明（《文史》第十四辑，第223页）。据黄氏此说，更可推出这样的事实，汉旧曲总名相和，其音乐性质则为清商，但其原来的歌调性质，可能比较随意。荀勖对声律作过认真的研究，并且研究出平、清、瑟三调之分别。从汉魏旧词中选出一部分，配以三调，称为清商三调。而《宋书·乐志》所载："本十七曲，朱生、宋识、列和等复合之为十三曲。"此十三曲，则历汉、魏、晋而未大变，原本就是固定的一部乐。荀氏所撰旧词，实出此十三曲或十七曲外与此组曲性质相同的清商相和曲。所以，清商三调荀勖用新律整理过的一组歌曲，是荀氏研究乐律的新成果。故此组曲，实为清商三调相和曲。吴兢以此为入相和，是完全正确的。总之，一方面，《宋志》所载的相和十七曲，与清商三调歌诗，在音乐上的确有不同，但就大类而言，两组诗都是既可称相和，也都可称清商。相和指其演奏方式，清商则为其音乐性质。三调之严格区分，则为荀氏等人研究新声律的成果。逯钦立氏《相和歌调考》，是这个问题讨论得最深透的一篇，他仔细分析相和歌与清商三调的乐器使用与演奏情况，得出结论认为，清商三调中仍有相和的音乐形式，是相和歌的变体。相和歌曲名无"行"字，结构不分解。有"行"字与分"解"，是清商三调的特点。这一结论最为可取，几乎可以息此问题的纷争了。

【评 介】

钱志熙，1960年出生于浙江乐清。1990年8月获北京大学博士学位留校任教，现为北京大学中文系教授，古代文学专业博士生导师，古代文体中心常务副主任、中文系学术委员、教育部中文教学指导委员会委员。《国学研究》编委，唐代文学学会常务理事，《文选》学会常务理事。现任北京大学精品课程、北京市精品课程中国古代文学课主持人，国家级精品课程古代文学课的主要组织者。曾获北京大学"一九九六至一九九七年度青年教学优秀奖"、"安泰奖教金"及1998年度宝钢优秀教师特等奖。入选第三批跨世纪人才，获得国务院特殊津贴。自20世纪80年代中期迄今，在《文学遗产》、《北京大学学报》等刊物已发表学术论文130余篇，陆续出版《魏晋诗歌艺术原论》、《唐前生命观与文学生命主题》、《活法为诗》、《汉魏乐府的音乐与诗》、《黄庭坚诗学体系研究》、《魏晋南北朝诗歌史述》、《汉魏乐府艺术研究》等重要的学术专著。其成就获得海内外同行的一致肯定，为本学科的领军式人物。他在古典诗学研究、文学生命主题等方面的一系列重要成果，对学术界有切实的影响，推动了该领域学术的发展。在汉乐府研究方面，钱志熙更关注乐府诗歌与音乐歌舞的关系，把乐府放在汉代社会娱乐文化和歌舞艺术的大背景中，系统研究汉魏乐府艺术的生成、演变、发展及其与历史文化的关系。

《汉魏乐府艺术研究》2011年由学苑出版社出版。全书由上下两编构成，上编系统研究了汉魏乐府艺术的生成、演变、发展及其与历史文化背景的关系；下编是作者对汉魏乐府的一些具体音乐史实与文献问题的系列考证，对一些原始的乐府文献进行梳理，为汉乐府研究提供相对坚实的文献基础。

乐府及其诗歌的研究尤其是中国古典诗歌与音乐的关系问题，越来越引起文学界学者的注意，如钱志熙在该书后记中所说："乐府则因为有着音乐学方面的隔阂，一直觉得是自己所不太敢染指的。但是，越深入到诗歌史内部，就越觉得诗与音乐的关系问题，是无法回避的。既然无法回避，就只有迎头直上。""力求将汉乐府放在其原来所依附的音乐娱乐艺术体系中来把握其艺术特点，即是笔者在这方面的一个尝试。"作为该书上编组成部分的《汉魏乐府的音乐与诗》就是他迎难而上研究的阶段性成果。这一部分曾作为北京大学中国传统文化研究中心主编的《中国历史文化知识丛书》的一种，在2009年由大象出版社印行。钱志熙在其引言中这样写道：

> 汉魏乐府是由多种艺术样式组成的，其中诗和音乐是两个最重要的构成部分。它们之间不是简单的相加，而是血肉包容的，有些因素甚至是共同的。甚至可以这样说，乐府整体上就是一种完整的、有机的"乐"，诗与曲调构成"歌乐"，乐器为"器乐"，有时还加上舞蹈动作形成"舞乐"，戏剧性的表演而形成"戏乐"。

所以其中的诗,并非独立产生,而是在此艺术整体中产生。其整体对于部分的影响,当整体不复完整存在时,可从仍然存在着的部分中体察出来。当然,我们还可以根据音乐文艺的一般的产生规律和特征来考察汉魏乐府诗。

本书的写作目的,就是想尽可能地将汉魏乐府诗放在当时的社会文化背景和乐府艺术的整体中去考察,突破将乐府诗作为一种纯粹的诗艺、一种单独的诗体,或是作为一种可以借之考察汉魏社会的史料等等研究上的局限。希望在吸取前人有价值的研究成果的基础上,对汉魏乐府诗及其艺术体系作出一个尽可能完整一些的介绍。

《汉魏乐府的音乐与诗》写作虽然结束,钱志熙对乐府的研究与思考却没有结束。本书下编《汉魏乐府丛考》,就是他十年来研究乐府的部分成绩。其中收录的八篇考论性文章对汉魏乐府的一些具体音乐事实与文献问题进行了考证,对一些汉乐府研究中有争议的问题提出自己的看法,有些甚至提出最终的结论性观点。

《论蔡邕叙"汉乐四品"之第四品应为相和、清商乐》一文,针对蔡邕提出"汉乐四品"但又未言明"第四品"到底为哪种音乐进行探讨。对此问题,学术界从古到今几乎一致遵承《宋》、《晋》诸"乐志"以短箫铙歌为汉乐四品中的第四品的说法,似从未有置疑的论点。但短箫铙歌实属鼓吹乐,不能作为独立的一品,钱志熙提出宋《志》、隋《志》这些权威的文献在转录蔡氏《乐意》时,是做过关键性的改造的,同时钱志熙发现作为汉代大宗的诸乐相和乐,在蔡邕的《乐意》中没有任何反映,提出蔡邕叙"汉乐四品"之第四品应为相和、清商乐,结合相和为汉魏宴乐之一部,及蔡邕对"清商乐"之看法,以及晋乐"太乐、总章、鼓吹、清商"分类及次序,最后证明得出蔡氏《叙乐》四品,一为太子乐,二为周颂雅乐(即总章乐),三为黄门鼓吹,四为清商相和之乐。这一考证结果可以说终于为这个从古至今有所存疑但又没有新的看法以至于要以讹传讹的问题算是给出一个结论,也给学术界带来了新的思考以重新认识汉代相和清商音乐的地位和价值,同时"这一全新的观点,将会影响人们对整个汉代音乐格局的认识"

(梁海燕：《乐章歌诗的诗学建构——〈汉魏乐府艺术研究〉读后》，《书品》2012年第2辑)。

《周汉"房中乐"考论》针对一直以来不甚清晰以致发生误解的"周房中乐"的真相尤其是对于汉《安世房中歌》与周房中乐的关系，以及周汉房中乐的性质、功能问题进行考证。钱志熙从文献著录的角度，对有关周汉房中乐的原始记载与后人研究做一番系统的梳理，即为"房中乐"这一具体问题建立一微观性质的早期"学术史"，明了此问题的来龙去脉。对"房中乐"的名义、性质及周汉房中乐的关系，做出了合理的解释。最后得出结论：周之房中乐，为国君夫人之燕乐，但其中也有房中祭祀之乐。后妃夫人，不仅侍御君子时用乐，祭祀之时亦用乐。高祖姬人唐山夫人以后宫才人之身份，制作《房中祠乐》，实援上述数种意思为依据，其"房中"一义，实兼有后妃夫人之房中与"祖庙"祠堂之"房中"两义。但在周代，"房中乐"并非某种乐曲专称，而是对路寝、后妃房中、祭祠房中之作乐之通称，总之，凡于各种房中所作之乐，皆可称房中乐。而《国风·二南》的房中燕乐与唐山夫人的"房中祠乐"，只是其中的两种，并非房中乐之全部。但是自唐山夫人以"房中乐"为其所作歌诗的专名，房中乐这个名称，就由周代之各类房中作乐之俗称，缩小为唐山夫人《房中祠乐》的专称。名义即由泛称而变为专称，所以后世学者以汉房中乐来理解周房中乐，就会发生种种误解。尤其是对周房中乐的燕乐性质、二南的燕乐性质，就不能得到完整的认识。钱志熙的研究，为我们阐明了周汉房中乐之渊源关系及唐山夫人作乐的真相，也由房中乐的燕乐性质，寻究了国风二南的原本性质。

相和歌辞与清商三调的关系也是乐府研究中有争议的问题，《相和歌辞与清商三调关系问题》一文，厘清古代相和、清商关系之史实，回顾近今乐府史研究者在这个问题的聚讼情况，整理了各家观点，通过对比分析得出二者的关系和异同，并指出其中可取的合理的结论。

由于原始的文献信息的缺乏，以及音乐学方面研究未能充分展开，作为乐府题名的"行"的本义，仍然不能完整呈现，尤其是在文献方面还有进一步探讨的余地。钱志熙《乐府"行"之本义再探讨》尝试在以前诸家的基础上，引用前人研究未曾注意到的一些文献资料，主要是依据向来未被学者关注的《隋书·音乐志》关于"行曲"的记载和宋代学者郑樵"散歌谓之行"的说法，来对乐府"行"的本义再作探讨。另外，前述诸家讨论"行"的本义，只注意到音乐演奏的体制，而对相和歌、清商三调的演唱体制及汉魏乐府歌词的内容特点则较少关注，本文则重点从相和歌辞说唱体制方面来探讨"行"的本义，提出了另一种解释："'行'实为一种叙事的歌曲，'行'指说唱、叙述之意。"大大推进了学术界对这一传统问题的认识。

《关于李延年依胡乐造"新声二十八解"的问题》针对学术界对李延年依胡乐造"新声二十八解"和相关文献记载的一些疑义作了分析，肯定了李延年依胡乐造"新声二十八解"之事，并指出其意义："出边塞之乐，汉初已有，如秦汉之班壹以鼓吹雄边，也是一例。这种音乐，一开始就有异域边声的特点，不同于中土音乐，李延年因张骞所得《摩诃兜勒》，无疑是最重要的，也是最大的一次得到胡乐。他以自己的音乐天才，将此胡乐改造成新声二十八解，为乘舆武乐，当然会吸收前此的同类的音乐，可以说是边塞音乐的一次大发展。"

《〈汉书·艺文志·诗赋〉所列歌诗目录集考、集说》，《汉乐府佚诗〈河东蒲反歌诗〉考索》，《〈汉书〉、〈宋书〉著录汉代歌诗存佚篇目综述》等篇目则对收集汉代诗歌的一些文献做了篇目的考证和探讨，对我们全面把握汉代诗歌包括汉乐府诗歌的收集流传情况、了解汉代诗歌艺术特点有很大帮助。

总之，《汉魏乐府艺术研究》一书结合音乐学、文献学、诗歌学等，解决了汉乐府研究中一些论争激烈的问题。但作者最后也提出了自己的期待："具体的诗歌艺术研究与诗歌史研究的学术境界的提高，亟须有一种打通古今中外，类似于比较诗学之类的整体的诗歌学的建立。这种诗歌学应该是不完全等同于我们所熟知的诗歌艺术研究、诗歌史研究，也不同于一般的诗歌美学，而应该在比较宏大的文化背景中探讨人类诗歌发生、发展的一般规律与样态。"

(柳卓娅)

现当代两汉乐府论著提要

1924 年

中古文学概论

徐嘉瑞著,上海亚东图书馆 1924 年出版。全书共分五编,前有胡适作的序。书中对以鼓吹、横吹和相和歌辞为代表的汉乐府诗的产生渊源、与音乐的关系、艺术特点等进行了比较深入的分析,并对它们在文学史上的地位给予了极高的评价。

1927 年

陈去病诗文集·诗学纲要

陈去病著,东南大学 1927 年出版印刷。2009 年社会科学文献出版社出版《陈去病诗文集》,《诗学纲要》在第七卷。本纲要原是作者晚年执教于东南大学所作讲义,共十九篇,包括对从先秦诗歌起源到清代诗歌进行的论述。第六篇《乐府之发轫》是其对乐府诗的论述,简要论述了乐府诗的由来变迁,作者认为秦代焚坑斯文道丧,无风雅可言,惟大江南北楚歌极盛,如《大风歌》、《房中歌》,并给后者以很高的评价,称"渊懿朴茂,格调高严,纵非雅颂之遗声,亦属楚歌之极轨"。作者认为"高祖乐楚声,所以《房中乐》皆楚声"是不对的,"然当时他人所做其声调未必尽谐律吕而能恰弦管者,遂得自明其制为词为曲,以独擅其长,由是诗之与乐乃截然遽分为两"。"诗三百初皆被之管弦,诗辞乐不分二体,诗亡乐废,屈宋代兴,九章以抒情见推,九歌以娱神合节,诗乐始渐趋乎两歧。汉兴虽有制式以雅乐声律世世在太乐官,然但能纪其铿锵鼓舞,而不能言其义。叔孙通因之作宗庙乐亦徒有其名而无其词。孝惠二年,命夏侯宽为乐府令,仅改房中歌为安世乐,他无所闻也。文景两朝,习常肆旧,曾未有所增损。及孝武既定郊祀之礼,乃立乐府",李延年、司马相如等人负责曲词制作的《郊祀歌》,作者认为是"颂声之流"。最后略提了相和歌和铙歌十八曲,但未展开论述。文章最后作者选取了十几首乐府诗并对个别字句作了简单说明。

1929 年

汉魏六朝文学

陈钟凡著,上海商务印书馆 1929 年出版。《百科小丛书》之一。全书共六章:绪论、汉代文学、建安文学、魏晋文学、南朝文学、北朝文学。第一章即绪论部分,第一节探讨汉魏六朝文学在中国文学史的地位,提出对待文学史应该用客观冷静的态度,针对苏轼提出韩愈"文起八代之衰之说",具体分析了八代文学的各种文体,强调"八代文学实为上承周楚,下启隋唐的一个枢纽","是中间必经的一个过程","若比较优劣、强分盛衰那就比较多事"。具体到汉代,指出"汉代最大的文体,一派是楚辞出来的辞赋,一派是近于三颂的乐府诗"。绪论第二节分析汉以前文学界的情况,认为秦人尚法,反对文学,所以汉人在文学方面没有受秦代影响,而是受周楚诗骚影响。第二章为汉代文学部分,第一节从政治、思想、风俗等方面分析汉代文学社会背景,第二节为汉代辞赋。第三节集中论述汉代诗歌部分包括汉乐府。作者把汉代诗歌分为汉初杂言诗、两汉乐府诗、东汉末五言诗三类并进行了论述。第一类杂言诗,多用楚人旧调,可称为楚辞派的诗,是一种介于楚辞和汉诗之间的楚调歌诗,列篇目二十一首,多是贵族诗,诗作短小但趣味隽永,只是因属楚辞余波寿命不长久。第二类乐府诗,模仿《诗经》中的三颂或东方夷乐,或采自民间,可称为乐府派的诗。由于当时资料所限,作者认为汉代乐府起于孝惠二年夏侯宽任乐府令,设此官后在文学上并无创作,不过是习常肆旧,用楚声歌唱,未脱楚辞范围。到汉武帝时设"乐府"官署,乐府才大兴,创制新乐府,和楚辞大不相同,内容分为四类:郊庙歌,使用"新声",是汉代文学脱离楚声独立的一种新纪元,属贵族作品。鼓吹曲和横吹曲,分析了名称、乐器、来源、篇目、铙歌十八曲难读原因,并对一些诗作内容进行了简要解读,认为汉人铙歌十八曲未必都是军乐,属异族来乐。相和歌,属汉代民间文学作品,简要分析了其音乐构成并认为其乐调虽然已失但歌法可考。舞曲歌,起源于殷周时的万舞,汉代有用于郊庙的雅舞和用于宴会的杂舞,属贵族作品。第三类五言诗,多流行于民间,可称为平民派的诗。作者认为前人所说五言诗起于汉代皆不可信，认为西汉人的五言诗皆为伪品并作了具体分析。五言诗是由平民口中流传的乐府嬗变而来，五言诗发生的时间为东汉，大成的时间为东汉末年。

1930 年

中国歌谣

朱自清著，这是朱自清1930年前后在清华大学讲授"歌谣"课程时的讲稿。原计划写十章，未能完成。为了讲课的需要，他首先编写了《歌谣释名》、《歌谣的起源与发展》、《歌谣的分类》、《歌谣的结构》四章，并以《歌谣发凡》的书名油印流传。1931年，又增补了《歌谣的历史》、《歌谣的修辞》两章，作为第三和第六章，全书改题《中国歌谣》。浦江清在他所写的跋记里面说，朱自清在这部书里"材料通乎古今，也吸取了外国学者的理论，别人没有这样做过，可惜没有写成，单就这六章，已足见他知道的广博，用心的细密了"。作者广泛收集了我国古代和近代歌谣，保存了大量原始文献。在前人研究成果的基础上，作者借鉴西方的研究方法从歌谣的释名、起源与发展入手，梳理了歌谣发展的历史，对歌谣的分类、结构，修辞等作了论述。其中有很多涉及汉乐府的部分。

第一章歌谣释名首先引用了大量文献从是否入乐的角度分析古人对歌谣的认识。然后从歌谣二字的本义考察歌谣在古代的意义。作者指出中国所谓歌谣的意义向来极不确定，一是合乐与徒歌不分，二是民间歌谣与个人诗歌不分，而且后者关系更大。《乐府诗集》所选以"乐府体"为主之故，两种混淆都有。作者还提到汉乐府中的叙事歌类似英国民歌中18世纪以来成为"抒情的叙事短歌"的专称的ballad。

第二章论歌谣的起源与发展，介绍了外国关于歌谣起源的学说、中国关于歌谣起源的学说、传疑的古歌、歌谣起源的传说、歌谣里的第一身与歌谣的作者、歌谣的传布转变与制作、歌谣所受的影响、追记的(《弹歌》、《腊辞》)依托的(《康衢谣》)构造的(《献帝初京师童谣》)改作的摹拟的(拟作的乐府)歌谣。

第三章论歌谣的历史。第一部分为古歌谣与近世歌谣部分，作者提出歌谣在著录时，不免被改变而不能保全其真相。这种改变，在乐工的手里，便是为了音乐的缘故。乐府里往往同一首歌"本辞"很简单明白，入乐后续复拖沓，正可作一旁证。其实就是那些本辞，也未必不经文人润色。第二部分论《诗经》中的歌谣。作者谈到乐府所载入乐的歌，与本辞相较，确多用重叠，但也只增加句子，分分解数。《诗经》与乐府的时代相去不远，乐府入乐的办法或与《诗经》有关。汉以后的乐府也有变民间徒歌而为乐歌的。第三部分集中谈乐府中的歌谣，首先简要介绍了乐府设置和乐府诗，从班固的记载，知道当年所搜集的乐府，可分两种：一种是民间的歌谣，一种是文人的作品。但这两种都未必能协表器之律，故李延年为协律都尉，把它们增删一下，或修改一下，使它们都能入乐。有通晓音律的人，能够自铸乐辞。另外，还介绍了《汉书·艺文志》所录歌诗和乐员情况。关于汉代雅乐衰微，作者引用朱希祖说"汉三大乐歌"皆非中国旧有之雅乐，乃从别国新入之声调，差不多可代表汉乐府全体的声调。所谓新入之声调，又可分为两种，一为楚声，一为北狄西域之声即新声。汉初年的歌诗，大概都属于楚声。至于新声，虽为李延年所造，然出于西域《摩诃兜勒曲》，即为北狄之马上曲。则此种声调，即发生于当时匈奴西域可知。但朱自清认为雅乐与楚声，新声句调整散长短不同，三大乐歌的声调，也不能代表五言乐府诗。作者还介绍了历来各家乐府诗的音乐分类、思想内容、时代、曲调构成、兴废等情况。后面又较为详细地介绍南北朝以后的歌谣、舞曲等。

　　第四章歌谣的分类，简要介绍了古今中外各种角度的民歌分类标准和方法，并引用大量例子分析儿歌和民歌的不同和各自侧重内容。

　　第五章论述歌谣的结构，主要有重叠的表现法，综为三说：重叠是个人的创作、合唱的结果、乐工所编制。主要介绍了重叠的格式（如《巾舞歌诗》只用极少几个字，反复成篇）、重叠的表现以及其他表现法。

　　第六章为歌谣的修辞。

中国文学流变史

　　郑宾于著，上海北新书局1930年10月出版。本书结合文学史的一些问题来论述文学演变，其中第三章"诗的再造期"论述汉代诗歌包括汉乐府的相关问题，主要有两汉的徒歌、三言四言五言六言七言产出的先后、三言四言五言六言七言的继起、古诗十九首、其他的古诗。

中国音乐小史

许之衡著,上海商务印书馆 1930 年 4 月出版。全书从历史的角度综合研究了中国二千余年来音乐的沿革及原理,内容浅显有趣,是初学中国乐律不可或缺的书籍,也是 20 世纪初中国音乐研究的开拓性著作之一。全书共分二十章,第六章为"汉乐述略",简要介绍了汉代用乐情况。

1931 年

汉短箫铙歌注

夏敬观著,上海商务印书馆 1931 年出版,台湾广文书局 1970 年 10 月重印。作者对汉代铙歌进行了注释,并认为"汉铙歌"十八首古辞全是军乐歌辞,铙歌在汉世不名鼓吹,纯是王师大捷大献所奏之恺乐,故凡十八曲歌词内容,专以扬德、建武、劝士、讽敌为旨。

1933 年

汉代乐府笺注

曲滢生著,北平我辈语社 1933 年出版,《我辈语社丛书》之一。1999 年 2 月由学海出版社再版。存目。

1934 年

汉魏六朝诗研究

陈家庆著,安庆安徽大学出版组 1934 年 1 月铅印本。存目。

1935 年

中国音乐文学史

朱谦之著,上海商务印书馆 1935 年出版,并于 1936 年由日本学者横利一川译成日文在日本出版。2006 年 8 月上海人民出版社再次出版发行。本书是我国近代第一部考察中国文学与音乐关系的专著,由作者在其前期著作《音乐的文学小史》基础上扩充而成，共八章，陈钟凡作序。第一章论音乐与文学的关系，第二章论中国音乐与文学的关系，后面六章分论中国历代音乐与文学相结合的具体形态：论诗乐、论楚声、论乐府、唐代诗歌、宋代歌词、论剧曲。附录有《凌廷堪燕乐考原跋》。与汉乐府有关的第五章《论乐府》共有四个部分，第一部分作者对历来各家对乐府的理解进行了辨析，强调"晓得乐府未必专取其辞而以声为主，便对于乐府的观念，应该完全换一个态度"，"只认定有'相和五调'，所谓'相和六引'平常，实在却是重要，因这样一来，讲乐府的才能'以诗系于声，以声系于乐'；而一切断章取义，把义理讲乐府的，都可避免。而文学和音乐合一的价值，也大可宣明了"。第二部分探讨乐府在音乐上的位置，并指出"由楚声到乐府，其音乐上的情形，是由简单而趋于复杂，这一层是显明无可疑的"。第三部分为五言古诗与乐府，认为本来五言诗发生和乐府同时，自汉武帝促新声，多五言连用，于是《古诗十九首》同苏李赠答，相继成篇，成为一种"五言体"。五言诗现在虽不可歌，而在当时却是和管弦合奏的。第四部分为乐府节解谱考，指出乐府即是后世所谓"教坊"，所以收到"乐府"里去的，通通是可歌的。音乐因为保存乐谱，才增加尾声，《乐府诗集》所以并录本辞乐辞，是因为要保存两代乐府的真面目。现在我们对乐府怎样唱法虽答不出来，但乐府的音乐节拍，却是可以考证的。

1936 年

中国韵文史

[日本]泽田总清著，王鹤仪编译，台湾"商务印书馆"1936 年 1 月出版，日本《中国文化史丛书》之一。该书汉代诗歌主要有乐府、汉诗、武帝以后的诗、汉的女流诗人、后汉的闺秀诗人等几部分。

乐府诗选

朱建新编著，南京正中书局 1936 年 9 月出版，《国文精选丛书》之一。本书是较早的乐府诗歌选集，选取乐府诗中汉乐府三十多首，书中记载了一些前人评论，诗后有个别字句的解释。

1937 年

古诗论

洪为法著,上海商务印书馆 1937 年 5 月出版。本书第四章"衍变"列"古诗与乐府的分合"一部分,指出古诗是由乐府中不入乐的诗歌发展而来。

1940 年

中国韵文演变史

吴烈著,上海世界书局 1940 年 10 月出版。全书共三十九章,简要论述了中国韵文从《诗经》到散曲的发展历程,主要包括《诗经》、楚辞、汉赋、乐府、建安文学、自然诗、近体诗、词、散曲九大类,其中第十一章至第十四章集中论述汉代乐府。第十一章为"什么叫做乐府",认为乐舞是人性的表现,是与生俱来的。乐府是官署名称,专门掌管乐集诗歌,谱以八音之调,使入于乐。后人遂称这官署保存下来的诗歌为乐府。后来文人模仿民歌而成的乐歌,或模仿古乐府而成但不能入乐的诗歌也称乐府或新乐府,并强调民间歌曲为中国纯粹文学的唯一生命线。第十二章为乐府的分类,作者辨析了吴兢、蔡邕、《晋书乐志》、郑樵、郭茂倩对乐府的几种分类,提出音乐的标准和文学的标准,认为假使站在音乐史的立场,以前的分类未尝不可用,但如果站在文学史的立场,凡仿效乐府的作品应该把它们一视同仁,一概列入乐府文学才好。并再一次强调民间文学对于文学演变的重要作用。第十三章乐府诗的发达,指出乐府诗在当时不但得到一般文人的歌唱,甚至为当朝者极力倡导,但有些作品的时代和作者无从确定。作者选取了《薤露》、《蒿里》、《陌上桑》、《公无渡河》、《上邪》等几首典型的诗歌作了讲解。第十四章乐府与五言诗的关系,作者分析了五言诗这种诗歌形式在西汉时逐渐兴盛,认为五言诗是始于民歌,渐渐转入文人仿作与创作,而开了建安黄金时代的先河。

1946 年

乐府诗选

叶楚伧主编,南京正中书局 1946 年印行。本书分为上下两编,上编选汉魏六朝入乐的作品,下编选魏晋以后入乐或不入乐、拟作或创作的作品。上编取材和分类依郭茂倩《乐府诗集》,并认为郊庙燕射舞曲三类,除舞曲杂曲一小部分略有文艺价值,均贵族乐歌,旨在祝颂,了无意味,一律不选。琴曲基本依据《琴操》,系后人所托,一概不选。在前言部分作者把乐府分为四类:创制之入乐者、模拟之入乐者、创制之不入乐者、模拟之不入乐者,前两类是名实相符的乐府,后两类是名存实亡只具形式的乐府。汉乐府诗选择了铙歌、相和歌辞相和曲、清商曲辞平调曲、清调曲、楚调曲、侧调曲、杂曲歌辞等部分诗歌进行了注释。所选诗歌前面引用古人评论作介绍,诗歌后面有重点字词注释。

诗歌文学纂要

蒋祖怡编著,南京正中书局 1946 年 11 月出版。全书分为四编:绪论、歌唱文学、表演文学、余论。

第一编绪论,作者开篇就点明诗歌和普通文学的不同就是以音乐为灵魂,其形式的改变也和音乐有莫大的关系,所以诗歌需要动人的感情和韵律的美,除了诗词曲之外,还有很多民间的韵文形式,而且都与音乐有关系,作者把一切诗歌文学分为两类——"歌唱文学"和"戏剧文学"。绪论分为两章,第一章为诗歌文学之起源,认为民歌应该是后世所称的诗歌的原形,形式应该是先有口头传诵,再有文字记录。第二章诗歌文学之特质,指出与"词"、"曲"并列的"诗"是狭义的说法,古人以"志"或"意"解释"诗",意为"诗"是表达感情的工具而已,并不指定某种形式。为了区别狭义的"诗",作者把广义领域的"诗"称为"诗歌文学"。但同时"诗"与歌、乐有不可分离的关系,本身重于韵律。诗辨平仄,词曲辨四声及阴阳,民歌求协韵和字句的奇偶,都是因为受了音乐的刺激而保存了韵律的美。此外,音乐性还表现于"反复"的美、整齐的和不整齐的美、调和的和不调和的美,古乐府就是重在参差、错综之美。作者总结诗应该是抒发感情而有感染性的文字，同时又是有音乐性的，文字的修饰、意境的陶炼、音律的变化都是诗歌文学必需的条件。第三章诗歌文学的流变，指出诗歌的演变与音乐有关。一种诗歌文学最初一定盛行于民间，后播之于音乐而迎来全盛时代，于是一般文人群起仿效，但是因为文人并不完全了解音乐，于是音乐和文字渐渐脱离了关系，这种诗歌文学也趋于没落衰老，而同时另一种诗歌文学会在民间滋长，代替刚没落的那一种，这是中国诗歌演变的一大原则。乐府就是在《诗经》、楚辞之后合乐的一类。诗歌文学的演变，主要是形式上和内容上，形式上演变的原动力为音乐的变易，内容上改变的原动力则为政治学术的刺激。本书把诗歌文学中的"歌唱文学"由口诀式发展为繁音促节的词曲，"表演文学"由简单的"巫舞"发展为角色分明、故事曲折的戏剧。

第二编歌唱文学，歌唱文学是诗歌文学的原始形式，即使有了乐器也重在歌颂；表演文学是诗歌文学的扩大，不但歌诵合乐而又可以表演。歌唱文学的先驱是民歌，庙堂文学是民歌的变体。下列八章：《诗经》系统、楚辞系统、乐府系统、古诗系统、律绝系统、俗曲系统、词曲系统、新诗系统。第三章集中论述乐府。作者指出乐府诗较以前诗歌有很大进步，可歌可舞，文字方面有很大进步，乐舞也分化出来。第一节乐府的起源及其概况，重点讲汉代乐府。作者认为最早的乐府是刘邦的《大风歌》，而汉武帝乐府的设立，音乐带来了诗歌文学的勃兴，乐府与胡乐和民间歌谣有很大关系。作者对乐府诗集十二类诗歌中除徒歌的杂曲歌辞、近代曲辞、杂歌谣辞、新乐府辞之外其他合乐的八类歌辞分别作了简要说明。郊庙歌辞，是祀明堂社稷之歌，纯是帝王所用，特别提到汉代郊祀歌十九首里有几首颇似楚调。燕射歌辞，古辞已失，现存的是两晋南北朝的作品。舞曲歌辞古辞大多亡逸。鼓吹曲辞，鼓吹曲从外输入，以铙歌最为有名，文辞较其他有更多进步。横吹曲辞，也是从外输入，现存十八曲，是否古辞已不可考。相和歌辞，吟叹曲今存《王子乔》，相和曲存于今日并能确定为古辞的是《薤露》、《蒿里》、《平陵东》。清商曲辞，清商旧曲与相和曲混合，作者取相和三调中的诗歌为例，并指出其中的抒情作品很是深刻。杂曲歌辞，无可归类，故单列一类，认为其中文辞，多有可观者。但作者认为《冉冉孤生竹》按《文心雕龙·明诗篇》，应列入古诗一流。第二节六朝乐府之鸟瞰。汉代乐府被很多魏晋文人拟作，同时又古诗盛行，乐府诗出现古诗化。至六朝时庙堂的乐府与古诗没落，而民间的乐府勃兴。第三节为乐府的没落与唐代的新乐府。

第四章古诗系统也有很多与汉乐府有关的内容。诗是与乐府相对的名词，指乐府之外文人吟咏不合乐的诗歌。作者引用郎廷槐《师友诗传录》谈乐府与古诗的不同有四点：乐府可歌，古诗不可歌；乐府多长短句，古诗多五七言；乐府多纪功述事，古诗多抒情；乐府贵遒劲，古诗多温雅。此外又补充乐府是民间的产物，古诗来自士大夫阶层。第一节五言七言诗的起源，作者辨析历来观点之后认为五言诗起源于东汉，成熟于东汉之末，是受童谣和乐府刺激的缘故，并强调乐府与五言诗都是受到民歌的影响。七言诗也是来自乐府，到唐代成熟。

第三编表演文学，其中作者提出戏剧出于古代的舞蹈，歌唱与舞蹈同出一源。汉乐府中《公莫舞》已是歌唱与表演结合。

第四编余论，下列三章分别论述音律、文章、体制。

1957 年

乐府诗研究论文集

作家出版社编辑部编，北京作家出版社 1957 年 4 月出版。本书收集了 1954 年至 1956 年发表在报纸杂志上的乐府诗研究散篇论文 29 篇。王瑶的《乐府诗》、郑孟彤的《汉代乐府诗里所反映的社会生活》、王运熙的《汉代的俗乐和民歌》对乐府进行了总体介绍，并对汉魏乐府总体社会内容和艺术特点进行了论述，展现了当时研究以阶级性、人民性和社会性为指导的特点。具体作品研究集中在对乐府诗歌经典作品《陌上桑》、《孔雀东南飞》、《木兰诗》的思想、人物、语言艺术的论述和论争上。在当时庸俗社会学观念的主导下，有些学者几乎以是否符合"人民性"作为单一的价值标准，把阶级分析的观点和方法运用到了学术批评中，形成了学术研究和论争的一段特殊历史，如萧学鹏《批判胡适在评价汉乐府诗中的形式主义观点》、王运熙《汉代的俗乐和民歌——兼斥胡适白话文学史对乐府诗的歪曲和诬蔑》、任哲维《关于"'陌上桑'的人物"的讨论》、萧涤非《评俞平伯在汉乐府"羽林郎"解说中的错误立场》、徐朔方《评"孔雀东南飞"的一篇考据文章》等等，皆带有这种色彩。但是难能可贵的是，在这种大背景之下，还是出现了一些学术价值较高的文章，如俞平伯的《乐府诗"羽林郎"》和《漫谈"孔雀东南飞"古诗的技巧》等。俞平伯在《再说乐府诗"羽林郎"》中有这样一段话："我们都希望古典文学中的人民性强烈一点斗争得尖锐一点这完全可以理解的。不过古典文学的本身便是客观的物证，若有先入之见，便难免歪曲了。一有歪曲，不但违反了历史的观点，而且损害对于文学艺术的忠诚老实的态度。"作者还在文章的末尾指出繁琐考据的流弊："读古人的书应求正确的解释，但若过于求深，好为立异，反而妨碍了正确的理解。'五柳先生'说：'好读书不求甚解。'陶潜难道不懂古书，曰'不求甚解'者，只是反对穿凿附会而已。"

1959 年

汉魏六朝民歌选

人民文学出版社编辑部编，北京人民文学出版社 1959 年 6 月出版，《文学小丛书》之一。本书编著工作基本依照余冠英《乐府诗选》，注解方面吸取了孙楷第的一些见解。共选汉魏六朝诗 40 首，包括汉代经典诗歌 20 首，对所选每首诗歌进行了简要说明和主要词语注释。

1961 年

乐府诗选注

龚慕兰辑注，台北广文书局 1961 年出版。存目。

1963 年

乐府诗粹笺

潘重规著，香港人生出版社 1963 年 6 月出版。存目。

评乐府论词法

何敬群著，香港人生出版社 1963 年 11 月出版。存目。

1965 年

沧州集

孙楷第著,中华书局 1965 年 12 月初版,2009 年 2 月又据孙楷第手批本酌加校订、重新录排出版。本书收入《孙楷第文集》。书中所收论文依其内容分为六卷。卷一、卷二皆论小说,卷三、卷四皆论戏曲,卷五论诗歌词赋兼论史事,卷六则涉训诂。卷五涉及汉乐府的有《九歌为汉歌辞考》、《宋书乐志今鼓吹铙歌词考》、《宋书乐志铎舞歌诗二篇考》。

1966 年

汉魏南北朝乐府

李纯胜著,台湾"商务印书馆"1966 年 10 月出版。《人人文库》之一。存目。

1967 年

中国诗史

[日]吉川幸次郎著,日本筑摩书房 1967 年出版。章培恒与复旦大学古籍整理研究所人员译本由安徽文艺出版社 1986 年 12 月出版,后复旦大学出版社再版。本书是从吉川幸次郎多方面的学术成果中选出的有关中国诗歌及诗人的论著的一部分,按研究对象的时代先后,编排而成。与汉乐府有关的主要有三篇。

《项羽的〈垓下歌〉》简要介绍了《垓下歌》的背景和文献记载情况,并认为这首歌表达了一个曾经登上成功绝顶的强有力人物一下子坠入失意的深渊时的悲哀。但作者"更关心的是,他那种把不幸的到来完全归之于命运的捉弄的歌唱","项羽的这首歌,把人类看作是无常的天意支配下的不安定的存在,像这样一种情感,在这首歌以前的中国诗歌里是很少见的,而在这首歌以后的中国诗歌里却屡见不鲜。也就是说,在这首歌出现的那个时期,流动于中国诗歌深处的人生观,已经发生了一场变化"。作者在文章最后写道:"我的这篇论文,是要努力寻找这种强烈的情感的源头在哪里。由于这种情感在后代的文学中非常普遍，所以很容易使人觉得从最古时期开始即已经是这样了。但研究的结果却表明事实并非如此。如果我的解释不致大错，那末，文学史上的这种现象一定是和思想史的发展有关的，它的背景也必须用社会史来说明。不过解释这一切，并不在我的职责与能力范围之内，我想还是等待这方面专家的指教吧。"

《汉高祖的〈大风歌〉》认为"大风起兮云飞扬"这句强烈的句子所暗示的是急剧的、动荡的气氛，因而最能感觉到天意的无常。高祖认识到天意的无常，认识到自己的成功是偶然的。"这首歌里有不安。因为这是一首感慨于环境突然变得幸福了的歌，所以反过来也就会忧虑幸福的丧失。可以说，正因为有不安而且要消除不安，才使这首歌焕发出一层强烈的意志之光，因而产生了它的壮丽奇伟。但是，和消除不安的强大意志相对应，不安也是强大的。"项羽的《垓下歌》与高祖的《大风歌》，一个是失败的英雄的悲歌，一个是成功的英雄的欢歌，方向相反，但其深处的感情则是相通的。

《关于短箫铙歌》中作者指出："我这篇论文的目的，是想指出：汉铙歌十八曲所具有的炽烈的内容，在中国诗歌史上，划出了一个新的时期。如前一章所述，这些歌曲的伴奏音乐可以想像是炽烈的，与此相比毫不逊色，其歌辞的内容也同样是炽烈的。虽然这些歌辞中充满了难解的文字，但在这难解的文字内部若隐若现、能够看出其炽烈感情的部分，也还不少。而且可以看出，这样炽烈的程度，是先秦文学中所缺乏的。"

1968 年

乐府诗纪

汪中著，台湾学生书局 1968 年 7 月出版。存目。

1969 年

汉诗研究

方祖燊著，台湾正中书局 1969 年 4 月出版。此书对那些名列西汉的虞姬、枚乘、无名氏、卓文君、李陵、苏武、辛延年、班婕妤、宋子侯及其他佚名的优秀五言诗进行了全面的订伪和考证，认为对这些诗持怀疑或否定态度的说法是没有根据的,文人五言诗到东汉才算成熟这种流行观点也是错误的。

1970 年

汉代乐府与乐府歌辞
张寿平著,台湾广文书局1970年2月出版。存目。

1974 年

乐府古辞钞
汪中编辑,台湾学海出版社1974年1月出版。存目。

1976 年

汉魏六朝乐府研究
陈义成著,台湾嘉新水泥公司文化基金会1976年10月出版。嘉新水泥公司文化基金会研究论文第354种。存目。

1978 年

乐府诗研究
江聪平著,台湾兴国出版社1978年3月出版。存目。

1979 年

两汉乐府诗之研究
张清钟著,台湾"商务印书馆"1979年4月出版。本书共分为上、中、下三篇。前言部分认为乐府诗历来不受文人学士的重视,大概是因为《文心雕龙》乐府篇说"乐心在诗,君子宜正其文",而乐府多俗,似有违雅正,所以不遭驳斥,即被漠视。作者认为中国音乐文学,《诗经》、楚辞、乐府、唐诗、宋词、元曲、明人山歌、清人道情与山歌,乃一脉相承。乐府诗具有相当重要的地位与价值,不仅继承《诗经》、楚辞之遗风,自成一种新文体,而且奠定后世各种诗体和曲词的基础。乐府民歌应是一种值得研究、推展的民间文学与社会文学。

上篇为"绪论——乐府诗概说",第一章"乐府诗之定义及范畴",简要介绍了乐府概念的定义变化,并总结各家学说把乐府诗分类:一、创制之入乐者,凡乐府所用本曲,即郭氏所谓:(1)有声有辞者,若郊祀、相和、铙歌、横吹等曲是也。(2)因歌而造声者,若清商、吴声诸曲,始皆徒歌,既而被之管弦是也。其来源有二:(1)普通之作品经修改而入乐。(2)通晓音律之人所创制者。二、模拟之入乐者。依乐府本曲制辞,其声亦被弦管者。郭氏所谓因声作歌者,也有两类:(1)拟古而袭用标题及音乐者。拟古乐府始于东汉,如东平王刘苍的《武德舞歌诗》和无名氏的《雁门太守行》。(2)拟古而只用其音节。改掉标题,只用音节。如历代之鼓吹曲。三、创制之不入乐者。四、模拟之不入乐者。并强调严格来说,乐府诗不论其创制或模拟应以入乐与否为基本条件。第二章乐府诗之起源及产生背景。起源部分认为汉乐府最早是刘邦的《大风歌》和唐山夫人的《安世房中歌》,并武帝"立乐府"。产生背景部分提到五点:自然之趋势即乐府在《诗经》、楚辞的没落中产生;国家之富庶;帝王之提倡;胡乐之传入;民间之疾苦。第三章"乐府之区类",历数各代分类,主要有汉明帝、蔡邕、《晋书·乐志》、唐吴兢、宋郭茂倩、梁启超、陆侃如的分类法。并对郭茂倩和陆侃如作了肯定。第四章为"乐府诗之格调及命题"。主要论述乐府诗的句式;声调:主要介绍了解、声、艳、趋、乱、和、送;命题:简要介绍了歌、行、歌行、引、曲、吟、辞、篇、唱、调、怨、叹、诗、弄、章、度、乐、思、愁、畅、操。

中篇"本论——两汉乐府诗之介述"。第一章引言,总体介绍汉乐府的诗歌创作情况,并分为民间歌谣和贵族文人诗赋,总体分为八类。后面分章对每一类歌辞的留存情况用图表作了清晰的说明,并对流传至今的歌辞作了简要论述。第二章郊庙歌辞,主要介绍了汉代郊庙歌辞的沿革、种类以及现存的《安世房中歌》、《郊祀歌》及其艺术特点,认为《郊祀歌》颇富创造性,承《诗经》颂体和楚辞《九歌》之后,而另辟蹊径。(一)在声律上,脱离楚声,一改周秦之雅乐而为一种特制之"新声"。称其"非雅乐"尚可,称其"郑声"则有欠公允。(二)在题材与气格上,虽沿自《诗经》雅颂与楚辞,但并不沿袭雅颂与楚辞的面目,而自成一种新生命。第三章燕射歌辞,主要介绍其种类。第四章舞曲歌辞，主要介绍其种类和今存的几首相关诗歌。第五章鼓吹曲辞（附横吹曲辞），介绍了鼓吹曲的传入和留存情况，并对曲辞及其特点作了说明。后简要介绍了横吹曲词的情况。第六章介绍相和歌辞，后附清商曲辞的简要介绍。第七章杂曲歌辞。

下篇"总论——两汉乐府之评价"。第一章两汉乐府诗之流变，认为乐府诗创于汉代，盛于南北朝，衰于隋唐。第二章两汉乐府诗之特质，主要有三点：一、以歌为主，辞视歌而变；二、多采自民间，内容广泛，写意真切；三、题材活泼，富生命力。第三章两汉乐府诗之影响：一、建立乐府之风格；二、建立诗体之系列；三、创立词体之雏形。第四章为余言。

乐府诗选注

汪中著，台湾学海出版社1979年5月出版。存目。

1980年

两汉乐府研究

亓婷婷著，《两汉乐府研究》，台湾学海出版社1980年3月出版。存目。

乐府诗（上）（下）

洪顺隆评注，台湾林白出版社1980年7月出版。存目。

1983年

两汉乐府诗欣赏

何权衡编著，郑州中州书画社1983年11月出版。《古典文学小丛书》之一。本书精选两汉乐府诗四十首加以简要注释和艺术赏析，以生动、通俗的语言分析了每首诗的艺术表现手法。

1984年

古诗别解

徐仁甫著，上海古籍出版社1984年1月出版。此书《自叙》中说要"寓训诂于诗词欣赏"，旨在"对前人于诗之误解、误读，加以纠正"。"别解"取的是"别"有"另"义，可叫做"另解"。全书共有八卷，包括《诗经》别解、楚辞别解、古逸诗汉诗别解、魏诗别解、晋诗别解、宋齐梁陈北周隋诗别解、唐宋诗别解。"古逸诗汉诗别解"部分对古逸诗和汉代诗歌（大部分是汉代乐府诗）中的疑难之处进行了近80条的解释、辨析和论述。

汉乐府小论

姚大业著，天津百花文艺出版社1984年7月出版。本书共有四部分。

第一部分论西汉"乐府"官署在我国文学史中的地位和作用。作者提出历来认为乐府的建立对诗歌的保存和发展起到重要作用的看法，全都是属于误解。"乐府"官署里面采集全国各地民歌，是为了制乐的需要；同时，我们在史籍中又找不到汉武帝观赏民歌的具体事件，这就很难说它对我国文学的发展起过什么积极的作用。我们必须分清，民歌经"乐府"官署采集后通过"乐府"官署的传播和推广，而影响了我国文学的发展，和民歌经过本身的流传，从民间影响到文人，才影响了我国文学的发展，这是两件事情，不能混为一谈。作者强调所说民歌影响我国文学的发展，是针对民歌歌辞的具体内容而言，是针对民歌歌词的现实主义精神而言，不是针对其样式而言。汉代从司马相如到扬子云，从班孟坚到冯敬通，都没有写出具有现实主义精神的民歌体的诗歌创作，这一问题，不能不引起我们的注意。有汉四百年间，民歌的现实主义精神未能影响文人的诗歌创作，这是历史的事实。至于汉魏文人写出一些具有现实主义精神的诗歌，这是由于他们在东汉末年的乱离生活中，直接受到民歌的熏陶，从而影响到他们的诗歌创作的结果，而与"乐府"官署无关。"乐府"官署没有积极传播民歌，但是个别的民歌篇章，在赋予了特定的意义之后，也作为"乐府"官署演唱的歌曲来公开演唱，这是一种特殊情况，比如《薤露》、《蒿里》。同时作者对《铙歌十八曲》的歌辞是否西汉时代的作品表示怀疑。汉《铙歌十八曲》曲谱已经失传，现存的歌辞又没有被"乐府"官署用来演唱过，那么，其中的几首民歌也就没有被"乐府"官署演唱过。所以，"乐府"官署实际演唱的民歌，只是两首丧歌。从此看来，汉代民歌不可能通过"乐府"官署影响到我国文学的发展。总而言之，"乐府"官署在我国音乐史上起着进步作用，在文学史上没有起过什么作用。

第二部分为汉郊庙歌考论。《安世房中歌》是汉高祖时的祭歌，《郊祀歌》是汉武帝时的祭歌。文辞虽很典雅，在曲调上吸取民间元素改变了古雅的音律，这在音乐的发展上，应该说是个进步。在歌辞上也改变了古颂诗的内容，反映出对天地祖宗信仰的变化，揭示出汉代统治者把以往的人和神的血缘关系清除殆尽，改变了以往的统治思想，把自己的地位看得比神更重要。

第三部分论东汉的音乐官署与民歌。作者通过考察古籍文献认为东汉所谓的大予乐，不是掌管音乐曲官署，而是郊庙乐的另一个名称；统辖大予乐也就是郊庙乐的官员，叫作"大予乐官"。与此有关，在汉明帝"改郊庙乐曰大予乐"以前，"汉乐四品"即把音乐分成四种不同等级的规定就已存在了，而汉明帝只是把第一种的名称做了改变。大予乐并不是西汉的"太乐"，也不是统一掌管东汉音乐的官署名称。通过对汉乐四品的考察，作者认为东汉没有掌管音乐的统一官署，西汉的制乐机构"乐府"，东汉并没有沿续下来，其乐章主要是沿用西汉的乐章。汉代统治者喜欢的"新声变曲"，是根据民间曲调加以改变谱制成的新曲。

第四部分为汉乐府民歌集评。书中共选四十多首民歌，文人仿作概不收录。每篇民歌先列歌辞，再列集评，集评部分只取总评，没有字词解释。诸家评论以时代先后为序，文后附有引用书目。

汉魏六朝文学论集

逯钦立著，陕西人民出版社1984年11月出版。逯钦立的老师，原西南联大北京大学文科研究所副所长、原南开大学副校长、著名的明清史专家郑天挺为此书写了序言；书后附录有逯钦立的夫人罗筱蕖写的《逯钦立传略》。全书正文分为三编。

第一编收入了《〈古诗纪〉补》、《汉诗别录》和《〈先秦两汉三国两晋南北朝诗〉后记》三篇文章。第二编收入了考证陶渊明居里，注释、评论陶渊明作品和思想等方面五篇文章。第三编收入了有关文体、声韵、作家与作品考证和评论方面的十一篇文章。

《〈古诗纪〉补》是逯钦立做研究生时（1939—1942）所作。此论文除对明代冯惟讷《古诗纪》（汉至隋十一朝诗）"补其遗漏，正其谬误"外，还为校补古诗制订了三十六条原则。

《汉诗别录》乃逯钦立继《〈古诗纪〉补》之后，在校辑汉魏六朝诗时的研究心得，其"辨伪"一节中，明确指出苏武、李陵赠答诗和班婕妤的《怨歌行》皆属"不可据信之诸作"，提出苏、李赠答诗为灵、献时物，班氏《怨歌行》为曹魏时的产物，古诗十九首大部分产于桓、灵二代，也有新莽时代作品，而《柏梁诗》则出于西京。"考源"一节，对五言、七言诗的产生年代，做了大量翔实的考证。"明体"一节，对两汉乐府章法、乐谱进行了精辟的论述。第一，汉代乐府，杂用各言，长短参差（五言乐府姑不论），其句法又变换无方，不拘一格，而且结体自由，常无韵脚，多附虚声，以存音奏，所以才能极其纵横抑扬不可捉摸之致，并与文士乐府有很大不同。汉世的街陌讴谣，能升之乐府并为后世一再称赞，从这里可以看出绝非偶然。第二，乐府之分拼离合，见于汉武一朝，则凡古辞杂凑之曲，出当时伶工之手，此其重在音律不问文义，固汉曲之特色，其不始于曹魏。惟汉末丧乱，礼崩乐坏，魏武修复古乐，志存旧典，殆多删取可歌，被以管弦。而文、明二帝，祖述不变，故为后人之所乐道。第三，汉曲声辞杂写，本文以《铎舞》（《代圣人制礼乐篇》）和《巾舞》（《〈公莫篇〉》）二曲为例，以说明汉、晋以来之乐谱格式及其变化，并分析其声辞合写特点。

《〈先秦两汉三国两晋南北朝诗〉后记》一文，乃逯钦立用数十年心血校辑二百五十多万字古诗所做的总结。文中可以看出，原计划仅校辑汉魏六朝的古诗，后因研究情况的发展，使校辑工作又扩及先秦。逯钦立所校辑的古诗，使明代冯惟讷的《古诗纪》和近代丁福保所编的《全汉三国魏晋南北朝诗》均相形逊色。他兼取冯、丁之所长，校正其编录时的错误，所收诗的数量，又远远超过冯、丁。这是中国诗歌史上的一大成就。

1985 年

乐府诗词论薮

萧涤非著，济南齐鲁书社 1985 年出版。本书是在 1959 年山东人民出版社出版的《解放集》的基础上，重新整理并扩充的一部古典诗歌论文集。共编入论文27篇。几乎囊括了著者当时除专著以外的所有发表过的有关古典诗歌的单篇文章。其中有才思敏捷的少年之作，也有深思熟虑的中年之作和雄风犹在的老年之作。不仅反映了作者在各个时期治学的轨迹，实际上也是对其《汉魏六朝乐府文学史》等书的某些补充和发挥。该书按照所论及的作品或作家的时代先后来编次，分为上卷乐府、下卷诗词及附录三部分。上卷有七篇是谈汉乐府的，所以把《关于"乐府"》放在第一篇。该文分六项介绍乐府：一、乐府的涵义，二、汉乐府的来源与内容，三、南朝乐府的来源与内容（略谈对恋歌的看法），四、北朝乐府的来源与内容，五、乐府与一般古诗的关系和区别，六、乐府的影响。指出："汉乐府是一种具有音乐性和现实性的诗。"内容有三个特点，一是广泛的叙事性，即使像《公无渡河》那样短短的只十六个字，也可以编成剧本，搬上舞台；二是强烈的斗争性，傅玄《艳歌行》对《陌上桑》的改窜就是证明；三是真挚性和真实性，如《孤儿行》、《十五从军征》。可见此篇是对《汉魏六朝乐府文学史》的一个补充。1980年写的《〈东门行〉并不存在"校勘"问题——答王季思先生》，是与老友争鸣的学术文章，文章重申了作者在《中国文学史》中所表述的观点："(《东门行》)这首民歌曾为晋乐所奏，但添上了'今时清廉，难犯教言，君复自爱莫为非'一类封建说教，又抽去了'白发时下难久居'，换上'平慎行，望君归'这样一条'温柔敦厚'的尾巴，这就把一个逼上梁山的老百姓涂改成为后来一般评论家所说的'贫士'，大大削弱了诗的意义。"文章最后质问道："既然认为那几句是统治阶级篡改的东西，就应该根据实际情况，理所当然地把它拒诸门外，为什么反要通过并不存在的所谓'校勘'的途径把它引进来？这是颇令人费解的。"文章还说明把《东门行》"今非咄行"四字读成一句、作为丈夫回答妻子的话的依据，是黄节《汉魏乐府风笺》。作者认为"这一读法比较圆通，无须破句，上下句语气紧相呼应，又将'咄行'解为'咄嗟之间行'(即马上就走)也符合古人语言习惯"。并指出对方未注意"本词"与"古词"的区别，把"本词"也称为"古词"，给讨论带来很大不便的问题。表现了前辈学者"和而不同"的学术风范。《乐府的诙谐性》一篇，发表于20世纪40年代的《国文月刊》，旨在说明两汉民间乐府独有的一个特点，即滑稽趣味与夸诞手法，如谓"汉铙歌《战城南》，居然腐肉而作人语，以极诙谐的笔调写极沉痛的情绪"等，但《解放集》未收，鉴于由北京大学中文系编撰的《两汉文学史参考资料》在《陌上桑》一诗的注释中谈到"实则罗敷对于她'夫婿'的叙述，原是'子虚乌有'的"时，曾征引该文道："近人萧涤非说：'因为作者必须如此夸诞，才能使罗敷扬眉吐气，压倒对方。罗敷越说越高兴，自然那'五马立踟蹰'的太守便越听越扫兴，更用不着义正词严地拒绝了。如果我们认为句句实在，那真成'痴人前说不得梦'。"（高等教育出版社 1959 年版第 520 页）故一并编入。此外，还收入《关于〈孔雀东南飞〉的一个疑难问题的管见》、《评〈羽林郎〉解说中的错误》、《〈胡笳十八拍〉是董庭兰作的吗？》、《再谈〈胡笳十八拍〉》等篇。

汉唐贵族与才女诗歌研究

张修蓉著，台湾文史哲出版社 1985 年 3 月出版。本书主要对汉代和唐代的贵族与才女的诗歌进行研究，并在广泛搜罗资料的基础上对其文化背景和内涵尽行解读，其中包括十几首汉代乐府诗歌。

汉魏六朝诗歌鉴赏集

人民文学出版社编辑部编，人民文学出版社 1985 年 7 月出版。《中国古典文学鉴赏丛刊》之一。本书主要由古典文学研究专家对汉魏六朝的经典诗歌进行的赏析组成，其中包括对十多首汉代乐府经典进行的赏析。

乐府诗选讲

杨磊著，北方妇女儿童出版社 1985 年 12 月出版。本书根据宋代郭茂倩的《乐府诗集》，参考了余冠英的《乐府诗选》，共选讲了两汉、南北朝的乐府诗四十首，其中汉乐府二十多首。除极少数几篇文人的仿作外，都是广泛流传的民间乐府。所选原诗大体按照时、序排列，每篇都加了简要的字词注释和详细的赏析，通俗地分析乐府诗的思想内容、意义和写作特点。

1986 年

汉诗选笺

郑文笺注，上海古籍出版社 1986 年 2 月出版。本书选取选录了二百多首汉诗并详加注释，并且大部分为乐府诗歌，对汉乐府的学习和研究者是很好的学习资料。

汉魏六朝乐府诗

王运熙、王国安著，上海古籍出版社 1986 年 9 月出版，2011 年 7 月稍加修改再版。本书对于乐府诗的基本概念和情况，如乐府和乐府诗、乐府诗的分类和特点、乐府诗的发展和编集等，都作了必要的介绍，并重点阐述了汉魏六朝各代乐府诗的内容和艺术特色，介绍了乐府诗代表作家和代表作品。全书共分四章。第一章乐府诗概述，主要论述乐府的建立和乐府诗的兴起、乐府诗的范围和分类、乐府诗的特点、乐府诗的发展、乐府诗的编集。第二章两汉、魏、西晋乐府诗，主要介绍汉代贵族的郊庙和鼓吹曲辞、"感于哀乐，缘事而发"的汉俗曲歌辞、杰出的叙事长篇《孔雀东南飞》，并介绍了魏晋文人乐府诗的繁荣情况。第三章论述东晋南北朝乐府诗，第四章论述乐府诗的地位和影响，主要有三方面：一、绍继《风》、《雅》，发扬现实主义传统；二、创新体裁，推动诗歌形式的进步；三、沾溉诗坛，丰富历代作家的创作。

1987 年

乐府故事

金大业著，燕山出版社 1987 年 4 月出版。本书主要针对青少年和具有初中文化水平的读者。前面有庄之明所写的《雅俗共赏的〈乐府故事〉》代序。本书前言部分介绍了乐府的由来、特色、演变，主体部分用讲故事的形式介绍乐府诗及其作者，并对诗作的艺术特点进行了颇有趣味的分析，其中涉及汉乐府的故事有二十多个，都是入乐的歌辞。

汉代乐府民歌赏析

曾德珪选析，广西教育出版社 1987 年 8 月出版。《中国古典文学作品选析丛书》之一。本书选录汉代乐府民歌民谣近 60 首，民歌都是无名氏的作品，每一首诗后面都有词语注释和赏析。本书在诗歌诠释方面，参考了余冠英《乐府诗选》及北京大学中国文学史教研室编选的《两汉文学史参考资料》，诗中衍文或泛声字，多已删去。凡有异文，除少数在注释中说明外，择一而从，没有一一注出。

1988 年

乐府诗名篇赏析

许逸民、黄克、柴剑虹著，北京十月文艺出版社 1988 年 2 月出版，周振甫为之作序。本书选取汉、魏、晋、南北朝、隋代的乐府诗 79 首，其中包括汉乐府 30 首左右。本书指出两汉乐府是乐府诗的光辉开端。其赏析文章对入选乐府诗曲调的特点、主题思想逐篇作了介绍，并着重对篇章结构和艺术手法进行了详尽分析，或指出入选乐府诗在艺术上的创新和其独特的艺术表现手法，或揭示其刻画人物和抒写感情的特点，或结合历史背景和所用典故来分析，或引证前人及今人对这首诗的评说来赏鉴。

历代乐府诗选析

傅锡壬译注，台湾五南图书出版公司 1988 年出版。存目。

1990 年

乐府诗鉴赏辞典

李春祥主编，中州古籍出版社 1990 年 3 月出版。本书共收汉至明清近代民歌 136 首，243 位诗人的诗作 418 题，468 首诗，计 604 篇乐府诗作。按时代顺次再按乐府体裁分类编排并详加分析、鉴赏，是继宋代郭茂倩《乐府诗集》后对乐府诗歌的一次全面整理。该书不仅展示了乐府诗自身的演绎变迁，而且为研究我国古典诗歌的发展提供了依据。所选诗歌中有两汉乐府 72 首，每一首诗歌后面都有详细的分析和鉴赏。该词典的最后还附有乐府诗题要解和乐府诗要籍简介。

1991 年

汉代乐舞百戏艺术研究

萧亢达著，文物出版社 1991 年 12 月出版，2010 年 1 月再版。本书分为五个部分，运用了文献和出土文物资料包括乐器实物、乐舞壁画、乐舞画像石（砖）并结合文史、考古和乐舞杂技方面的专业知识对汉代乐舞百戏艺术进行了系统研究，向我们初步展示了汉代乐舞百戏艺术的辉煌盛况,也为汉代艺术研究提供了珍贵的资料。第一章绪论部分简要介绍了汉朝乐舞管理机构及其职能、汉代的雅乐和俗乐、汉乐四品、汉代俗乐乐人的社会身份。第二章结合文献资料详细系统地对文物资料所见各种汉代乐器及其演奏艺术做了介绍、分析和研究,涵盖了中国古代按乐器制造材料所分金、石、土、革、丝、木、匏、竹的8类乐器共28种和汉代中外各族交流乐器及少数民族乐器共14种。第三章对汉代演唱和舞蹈艺术进行研究。汉代舞蹈艺术包括自娱性舞蹈和娱人性舞蹈,后者主要结合文物资料介绍研究了7种舞蹈。同时还介绍了中、外各族歌舞的交流,包括音乐、舞蹈、东南亚各国铜鼓所见舞蹈图像。第四章对文物资料反映的汉代百戏艺术进行研究,主要包括倒立、柔术、逆行连倒、跳丸、跳剑、跳丸剑、耍镡、乌获扛鼎与舞轮、旋盘、都卢寻橦、高絙(陵高履索)、冲狭燕濯等杂技艺术,还有幻术、角抵艺术、斗兽与驯兽、象人之戏、俳优与谐戏、傀儡艺术。同时还介绍了中、外各族百戏艺术的交流。第五章余论部分分析汉代乐舞百戏的演出场地,主要有殿堂、庭院、广场。其次还简要研究了汉代舞台美术和汉代乐队情况。最后附了常用画像石(砖)壁画资料书刊及其简称。

1992 年

中国古代乐府诗精品赏析

叶桂刚、王贵元著,北京广播学院出版社1992年出版。《中国古代文学精品赏析丛书》之一。本书分上下两册,上册第一部分即为"汉魏乐府古辞"。本部分共选取了汉魏乐府51首经典乐府诗作进行赏析,每一首诗后面都有字词注释、诗文翻译和详细的赏析。

另一种声音:中国乐府诗

[美]约瑟夫·艾伦著,密执根大学中国研究中心1992年出版。存目。

1993 年

两汉诗歌研究

赵敏俐著,台北文津出版社1993年5月出版。本书是由赵敏俐的博士论文修改而成,论文完成于 1987 年 12 月,原题为《汉诗综论》。1993 年 5 月台北文津出版社出版时改为《两汉诗歌研究》,2011 年 7 月由商务印书馆再一次出版。

  本书从汉代政治变革与社会生活变迁入手,结合诗人的思想变化与诗歌发展道路,在创作方法、艺术风格与语言形式诸方面,对两汉诗歌的发展、时代特色、独特艺术成就以及在中国诗歌史上承前启后的地位等,进行了深入的阐发和详细论证。全书分为七个部分,绪论介绍两汉诗歌研究状况及其方法论;第一章论述两汉诗歌与两汉社会;第二章论述两汉诗歌创作中新的思想倾向;第三章论述两汉诗歌新的发展道路;第四章论述两汉诗歌的创作方法与艺术风格;第五章论述两汉诗歌的语言形式;结语论述两汉诗歌的历史地位及其对后世诗歌的影响。为纪念导师杨公骥诞辰 90 周年,附录为纪念杨先生古代文学研究的文章《一个追求真理的思想家——怀念我的导师杨公骥先生》。本书阐明汉诗的发展变化和它的独特成就,主要不是就它本身,而是力图从它与先秦及魏晋诗歌的不同之处加以把握。在比较分析中,看到汉代诗人的那种继承和改造传统的能力,以及由此而形成的不同于前代和后代的独创性的东西,从而真正认识汉诗的特点,确定它在文学史中的地位。作者指出从中国诗歌发展史的角度讲,两汉诗歌要远比魏晋六朝诗歌具有更为重要的开端意义,两汉诗歌处于承前启后的重要位置,它是中国上古诗歌的结束,中国中古诗歌的开端。我们甚至可以这样说:没有两汉诗歌的新的开拓,就没有六朝诗歌的蓬勃发展,也没有唐诗繁荣的出现。

1994 年

中国古典文学在国外

  宋柏年主编,北京语言学院出版社 1994 年 10 月出版。季羡林和乐黛云分别为之作序。本书在编写体例上,采取了以中国文学的发展为线索的作法,将全书分为先秦、两汉魏晋南北朝、唐、宋元、明、清六编。第二编"两汉魏晋南北朝文学在国外"部分的第二章介绍了乐府民歌和古诗十九首在国外的传播和研究情况。第一节"苏、德学者对乐府民歌的研究"提到苏联汉学家对中国的乐府民歌十分重视和欣赏，把它提到中国古典文学的显著地位，认为它是"中国诗歌史上与《诗经》齐名、最早的对后世诗歌影响最大的诗歌作品。"1959年苏联国家文学出版社曾出版过一本瓦赫金翻译的《乐府·中国古代诗歌选》。瓦赫金长期从事中国古代诗歌研究，曾以研究汉魏南北朝乐府的论文获语文学副博士学位。在这本诗选中他译介了汉乐府诗50首，其余皆为南北朝乐府民歌，其中有南朝乐府276首及北朝乐府19首。除翻译乐府诗歌外，瓦赫金还介绍了乐府产生的时代背景、社会意义以及乐府诗的特点。瓦赫金指出，"中国诗歌和音乐的血缘关系正是在乐府影响下产生的"，并指出："乐府对中国诗歌的影响是巨大的。正是乐府为包括唐王朝统治时期在内的中国诗歌的繁荣作了准备，乐府仿佛是架设在著名的《诗经》和唐代泰斗诗歌之间的一座桥梁。"此外该章还介绍了法国学者戴密微和桀溺以及日本学者对汉诗的研究。

先秦两汉文学史稿·两汉卷

聂石樵著，北京师范大学出版社1994年4月出版。两汉卷包括西汉和东汉两章。"西汉之文学"一章第七节专门论述西汉乐府与诗，分为四个部分：诗、乐府、汉诗辨伪和五言诗七言诗之起源。作者介绍了汉乐府的基本知识并指出"乐府"与"诗"是一种文学样式的两个方面，二者是内容与形式的关系。汉诗有可歌也有不可歌的。乐府诗主要有三个来源：采集民间歌谣、令文人作诗颂、音乐家自作歌辞。汉乐府按性质不同可分为庙堂文学和民间文学，并以《郊祀歌》、鼓吹曲辞、相和歌辞为代表进行讲解。汉诗辨伪部分主要针对李陵和苏武赠答诗、班婕妤《怨歌行》、汉武帝《柏梁台联句》进行辨析，指出其伪作性质，并强调这些诗的真伪问题关乎五七言诗的起源问题，不可不辨。五言诗七言诗之起源部分认为五言诗是依附于乐府而产生的。从乐府歌诗看，五言诗起源于武帝之设立乐府，产生于两汉之间，发展于东汉。关于七言诗的起源，作者着重分析了汉代镜铭、字书、谣谚对文人七言诗的影响。"东汉之文学"一章第六节专门论述乐府，下列三个部分：相和歌辞、杂曲歌辞、杂歌谣辞。认为现存民间乐府，具体写作时间很难确定，但一般为东汉之作。西汉采诗为音乐的需要，东汉采诗是政治的需要。相和歌辞是民间乐府成就最高的部分。杂曲歌辞是乐府诗中的珍品。杂歌谣辞作者也举例作了分析。

1995 年

汉代诗歌史论

赵敏俐著,吉林教育出版社 1995 年 12 月出版。《中国诗歌史论丛书》之一。本书以实事求是的态度来研究汉诗的创作情况,认识汉诗的发展历史,把握汉诗的艺术特质,从而试图对汉诗做出正确的评价。本书共分六章,除第三章总论汉赋外,其他五章都涉及或专门研究汉乐府诗歌。

第一章汉代诗歌创作概论,介绍汉诗创作整体概况、分类述要和发展大势。本书认为汉代曾经是一个诗歌创作繁荣的时代,而且时代特色鲜明。作者采用广义的汉诗概念把诗赋都纳入汉诗的领域,具体分析了汉人诵读之赋和歌唱之诗的分别。以诵读为主的汉赋和以歌唱为主的汉诗以及其内部的差异,从深层本质上看并不仅仅属于表演方式的不同,而且标示着汉代文艺思潮的变化和文体发展趋势,从而也是我们要深入研究汉诗必须确立的一个认识起点。两汉诗歌的发展大势,乃是在时代变迁下诗歌内容和诗体变化的一种综合动态。它以诗体的变革为经,时代的变动为纬,形成了一个随社会变革而逐渐清晰的诗体变更曲线。随着这条诗体变更曲线涌动的,则是汉代社会以来的新的文艺思潮。正是这一切,构成了两汉诗歌发展的历史。

第二章汉初诗风变革论,主要论述汉初雅乐在继承中表现了新的时代精神(并附《安世房中歌》作者、时代考);汉初贵族新诗章从情感的抒发来讲已经没有比较浓厚的宗族伦理情感,从艺术风格上来讲出言直率,感情直露,毫不含蓄。更重要的是从创作态度上看没有把诗作为教化手段的观念,而是为了表达自己心中的喜怒哀乐。汉初文人的诗赋作品虽然不多,但是已开始表现出比较强烈的怀才不遇、忧愤感伤的情绪;看重个体生命,以老庄思想求解脱以至于享乐意识等也都初露端倪。最后作者从变通与守旧、教化与娱乐、诗歌形式等角度论述了汉初诗歌之意义。

第四章乐府新声流变论主要论述乐府歌诗在汉代的发展流变,首先介绍乐府诗的产生与界说,认为汉武帝之大兴乐府,在中国文学史上的确有着极为重要的客观意义,并强调乐府是一个广义的概念,即汉代歌诗的代名词，而且古代"歌谣"的概念也决不等同于今天的"民歌"。《郊祀歌》十九章乃是武帝时的重要作品，它不但在汉代思想史上有重要价值，在诗歌史上也值得重视。真正代表西汉诗歌创作成就的是乐府中其他各阶层的歌诗创作，从总体上都是以短篇的个体抒情诗为主，诗歌抒情内容呈现出复杂性和丰富性，诗中的美刺倾向也大都具有个性化色彩，其认识价值和感人程度，同样取决于个人美刺所表现的社会生活深度和它所包含的生活广度。这种抒情主题的巨大变化，同时决定了汉代诗体的转变。东汉两类乐府诗包括异出而同源的两类：一类侧重于对社会生活采取表象反映的形式，客观描写、叙事性较强；一类侧重于对社会生活采取情感意象的反映形式，个人感情的抒发，想象与议论的成分较多，对现实生活具体事件的描摹较少。和西汉抒情诗相比，东汉乐府诗中的抒情诗显得内蕴更为丰厚。但是尽管东汉两类乐府诗从表面上看存在着表现方式的差别，但是从它们所反映的思想以及所采用的具体方法来看，二者和汉代生活都紧密相关，存在着内在的一致性。本章后附《〈汉鼓吹铙歌十八曲〉考论》，对于《汉鼓吹铙歌》十八曲，强调不仅应该把它当作一组具有独特风格的作品来研究，而且应该把它当作文学史和文化史上的现象来研究。它说明中华民族以其特有的开阔胸怀，很早就具备吸收乃至同化异族文化的能力和气度。它同时也说明，中国的诗歌艺术形式，早在汉代初期就已经受到异族文化的冲击，并在文学史上产生了深远而又广泛的影响。

　　第五章文人五言诗新论，主要包括文人五言诗起源概论、文人五言诗与汉代社会思潮、文人五言诗的艺术价值。两汉文人五言诗作为产生于汉代的一组特殊作品，不但表现了汉代社会思潮，文人士子的世俗情怀和生命意识，还以其比较成熟的语言形式，以真为主的风格，整体浑成的艺术特征，较高的文化修养和艺术境界的开拓等几个方面显现了它不朽的艺术价值，并代表了汉诗创作成就的一个重要方面，得到后人的重视和喜爱。作者强调正因为文人五言诗可从属于乐府，具有鲜明的娱乐和言世俗之情的特质，因此与前代的诗骚传统和周代的赋体都有明显的不同。它说明文体的差异不仅仅在于形式，而且还在于形式符合内容的表现程度，也在于人们在不同的文体中所表现的不同创作态度和情感投入。当然它也要求我们这些研究者必须充分注意到这些重要的差别,由此才能更好地把握这些作品的思想内蕴。

第六章汉诗艺术成就论,作者提出汉代诗歌是中国上古诗歌的结束,中国中古诗歌的开端。汉诗的产生与发展,开创了中国封建专制社会诗歌历史的新纪元,它为六朝诗的兴盛提供了条件,为唐诗的繁荣奠定了基础。汉代诗歌抒新的情感、写新的内容,用新的语言和创新的形式,冲破了先秦礼乐文化观念的束缚,走上了一条新的独立发展的道路。

1996 年

两汉南北朝乐府鉴赏

陈友冰著,台湾五南图书出版有限公司 1996 年 5 月出版。存目。

1997 年

汉代的乐府诗

倪其心著,大象出版社 1997 年 12 月出版。《中国历史文化知识丛书》之一。本书小引强调"秦、汉之际,从诗歌艺术的低谷走出,推波助澜,涌起浪潮的,是包括楚歌在内的全国各地民歌,是在汉代以'乐府'为名称的乐府歌辞,以及由乐府歌辞而来的'古诗'。两汉乐府的历史地位和价值,并不在于它如《诗经》般风雅,楚辞似幻丽,唐诗样绚烂,而是开始了古代诗歌艺术发展的一个新阶段。五、七、杂言古近体从这里兴起,魏晋及唐代诗人从它们那里汲取滋养"。"两汉乐府,新在哪里?一言以蔽之曰:俗。古诗佳丽,佳在何处?总而言之曰:雅。两汉乐府的新俗是相对于《诗经》的典雅而说的,古诗的文雅则是从乐府的俚俗发展提高而来的。宏观看来,古代诗歌发展的绵延山脉,从《诗经》到两汉乐府,从典雅的高峰陡然跌落至浅俗的低谷,好像曾经裂变,出现断层,形成鸿沟。而注视汉代诗歌发展的主流,从乐府到古诗,却是一脉相承,逐渐提高,从歌到诗,从语到文,从俗到雅,从叙事到抒情,从里间到文士,从取决于歌曲的长短不定的歌词形式,到取决于主题构思的整齐划一的五言诗体,成为文士大夫求仕与交际的一种手段及诗歌艺术的一种新的雅体,从而取代传统的以《诗经》为规范的四言雅体。两汉乐府其实是古代社会演变、文化发展的必然产物,所以在两千年封建社会生活中,从五言开始的古近体诗歌艺术不断发展,一直是文学艺术的主要形式之一,同时也是文人士大夫的必备交际手段之一。从这个角度看,两汉乐府也可谓开始了一个新阶段。"本书主体共分为十四个小部分,以通俗流畅的笔调结合汉代的社会历史论述了汉乐府机构设置和沿革变化,并对汉乐府的经典诗歌类别和经典作品进行了深入细致赏析。书后小结作者再一次强调两汉乐府开始了古代诗歌艺术的新阶段,开创了叙事的乐府体和抒情的五言体,留下了许多优秀的作品,大体上反映着一种新的诗歌的兴起发展的过程。正如一些文学史论著所阐述的那样,这个开创过程是:从民间歌曲到文人创作,从歌词到徒诗,从叙事到抒情,从四言到五言。

诗经楚辞汉乐府选详解

靳极苍著,山西古籍出版社1997年4月出版。《注释学系列丛书》之一。本书前言部分强调古典诗词的注释方法必须改革,指出了"古典诗词注释十弊":一、注词不顾句,解词不解句;二、解句不顾章;三、难解当解者不解,易解易查即繁解;四、解与不解即相等;五、形象语言不予以解释;六、注释忘了作者;七、特殊词语解成一般,一般词语解成特殊;八、不同的解为相同,相同的解为不同;九、引书不查原书多致错误;十、不寻语源而妄加臆测。作者提出改革提高的方法为"三体会":体会作者、体会作品、体会形象;"三解释":解释原事本义、具体处所的意义、构成形象后的意义;"四分析":分析作品的时、地、人、事,分析作品用多种研究方法。在这种注释方法理念之下,作者选取了《诗经》、楚辞、汉乐府的35首诗进行了注释和赏析。其中汉乐府部分作者选择了荆轲《易水歌》、刘邦《大风歌》、刘彻《秋风辞》、古诗《行行重行行》《涉江采芙蓉》《冉冉孤生竹》《迢迢牵牛星》、苏武《留别妻诗》、乐府《战城南》《病妇行》《有所思》《陌上桑》《羽林郎》《十五从军征》、曹操《蒿里行》、乐府《孔雀东南飞》。每一首诗都有题解、诗句详解、小议。

1998 年

汉魏六朝乐府观止

赵光勇编,陕西人民教育出版社 1998 年 1 月出版。《中国古典文学观止丛书》之一。共选汉魏六朝乐府诗歌三百多首,包括汉乐府诗歌 60 多首,每一首诗都有诗歌介绍、词语注释、诗句今译、编者点评,另外又择取古人和时人评论编成"集说"部分,以开阔视野,启发思路。

1999 年

汉魏六朝乐府赏析

陈友冰著,安徽文艺出版社 1999 年 4 月出版,《中华古诗文赏析丛书》之一。本书前言部分不仅对乐府的重要价值、乐府机关的设立和功能、汉魏六朝诗歌的保存情况做了介绍,而且对汉代和六朝乐府的思想内容及其社会背景、艺术特点、对后代的影响做了详细阐述。本书共选了 39 首汉代乐府诗,每类诗歌前面都有类别介绍,每首诗后都有详细的作品解析。

乐府诗三百首

刘烨、刘筑琴、张来斌、何一锋编注,三秦出版社 1999 年 9 月出版。《中国传统文化丛书》之一。本书收录了古代各朝著名的乐府诗三百首,汉乐府近四十首,每首诗前面有作者简介,诗后有词语注释和诗作赏析。

2000 年

汉魏六朝乐府诗评注

王国安选析评注,王运熙审阅,齐鲁书社 2000 年 1 月出版。《中国古典名著普及丛书》之一。本书收集了汉魏六朝乐府诗共 190 首,既较多地选录了相和歌辞、清商曲辞、杂曲歌辞以及横吹曲辞,也有少量的郊庙歌辞、鼓曲歌辞、琴曲歌辞,而杂歌谣辞、燕射歌辞、舞曲歌辞、近代曲辞、新乐府辞则一概未收。其中汉代乐府有 30 多首,多是鼓吹曲辞和相和歌辞。所选作品基本按《乐府诗集》所分类别编排，个别略有调整，按不同曲题先列古辞，后附文人拟作。每篇都附有题解、注释、鉴赏等，力求详明，但依据具体内容也不苛求面面俱到。

乐府故事集

张巨才主编，中国文联出版社 2000 年 1 月出版。《中华文史故事文库》第一辑。本书以讲故事的形式给读者介绍了乐府诗中的精彩篇章，所选民间歌谣和文人诗歌并重，民歌主要从曲名来历、历史背景等方面介绍，文人诗主要从诗人生平、文化意蕴、时代背景等方面介绍。涉及汉乐府的故事近四十个。

乐府诗选

曹道衡选注，余冠英审定，人民文学出版社 2000 年 12 月出版。选本由六部分组成：汉魏西晋郊庙乐曲及民歌、汉魏西晋文人乐府诗、东晋南朝乐府民歌、东晋南朝文人乐府诗、北朝乐府民歌、北朝文人乐府诗。对于汉乐府，本书除选录较多的相和歌辞、鼓吹曲辞、杂曲歌辞、杂歌谣辞以外，还选录了一些郊庙歌辞和文人乐府。作者对入选的诗篇，都作了比较简明的注释，另外对部分典故比较生僻和文字艰深之处，又引证典籍或举出例证加以说明，以帮助读者增进理解。

2001 年

乐府百首选讲

杨燕、罗青编著，中国盲文出版社 2001 年 9 月出版。本书收录了百余首乐府诗，除两汉乐府，还有魏、晋、南北朝乐府和文人乐府。编者认为诗、词、曲作为近体诗，已经成为特定的体裁和概念，不再考虑收入。从内容上侧重挑选那些反映下层人民生活情绪、人生理想的作品，而帝王后宫乐舞、郊庙祭祀歌乐则基本不选。每首诗都配有详细的词句注释、翻译和评述。

乐府：汉英对照

林希今译，杨宪益、戴乃迭等译，外文出版社 2001 年 1 月出版。《古诗苑汉英译丛丛书》之一。本书选取的乐府中，包括 23 首汉代乐府经典篇目：《战城南》、《有所思》、《上邪》、《江南》、《陌上桑》、

《饮马长城窟行》、《东门行》、《白头吟》、《怨歌行》、《枯鱼过河泣》、《孔雀东南飞》、《上山采蘼芜》、《乌生》、《艳歌行》、《孤儿行》、《蜨蝶行》、《悲歌行》、《冉冉孤生竹》、《迢迢牵牛星》、《长歌行》、《平陵东》、《羽林郎》、《妇病行》。每一首诗的译注都由六部分组成：诗歌简介、插图、诗歌原作、词语注释、诗歌中文翻译、诗歌英文翻译。译注者努力保持了乐府诗的韵律美、民歌风格和音乐性。

两汉诗歌与传统文化

阮忠著，中国文联出版社 2001 年 12 月出版。《文化与学术丛书》之一。本书分七章，分别论述了两汉诗歌的传统文化背景，两汉诗歌与道德传统，两汉诗歌与神仙文化，两汉诗歌与婚恋文化，两汉诗歌与享乐文化等。作者认为两汉的楚声、乐府诗和成熟的文人五言诗都有它独特的地方是显而易见的，同时两汉作为传统文化定型的重要时期，对诗歌影响的结果是使两汉诗歌有自身独特的文化面貌，与前后时期的诗歌都有所不同。这应该说是社会的文化形态不同导致两汉诗歌具有不同于其他时代诗歌的内涵，因此本书用了一定的笔墨论述两汉文化，然后从两汉文化切入两汉诗歌，从两汉诗歌反观两汉文化，使对它们的研究相得益彰。

2002 年

萧涤非说乐府

萧涤非著，上海古籍出版社 2002 年出版。该书是在萧涤非先生逝世十年后，由其晚年高足林继中从其所著《汉魏六朝乐府文学史》、《乐府诗词论薮》和《杜甫研究》三本书中，精选其论乐府的有代表性或经典性的文字结集而成。共 25 篇。其中论两汉乐府的有 13 篇，除节选自《汉魏六朝乐府文学史》的 5 篇：《乐府之界说与分类》、《论五言出于西汉民间乐府不始班固》、《论汉乐府之声调》、《两汉民间乐府》、《东汉文人乐府》之外，还有《乐府诗词论薮》的七篇和单篇文章《说〈汉乐府·孤儿行〉》。该书以此为基点，既纵向体现著者自汉至唐"一正三变"(即以两汉乐府为"乐府之正则"，以魏晋、六朝、唐代为乐府三变)的乐府变迁观，又横向展示著者对于各个时期乐府的整体观照。该书《导言》首先结合著者身世指出:"是生活玉成了先生,使之对反映民生疾苦的作品如乐府、杜诗等灵心善感,在学术上能'知大义,有慨叹',造他人不能到之境。"然后说:"《汉魏六朝乐府文学史》采用民间乐府与文人乐府并叙的'双线结构',且冠以提纲挈领之篇章,明其源流。"如"第四章《论五言出于西汉民间乐府不始班固》,是该编很精彩的一章。以大量翔实的材料论证了'先有五言乐府,而后有五言诗',将长期被颠倒的源流颠倒回来,并得出'只有文人模拟乐府之体制,而决无乐府反蹈袭文人'的带有规律性的结论。这一章是以'缘事而发'推导源流成功的一例,窃以为读者不可不读。"又说:"最值得介绍的,还在于整体性的研究方法",并以《孔雀东南飞》为例,分四点说明,(一)以大观小,(二)以小见大,(三)内外取证,总而治之,(四)尚友古人,感会诗心。如萧先生云"'却与小姑别,泪落连珠子',须知'上堂拜阿母'时,便已有了此泪,然向阿母落,则为不近情理,为不合兰芝个性"等等,"细腻妥贴,甚得诗心。经萧先生这一分析,兰芝委屈而不失仪态之神情如见,而汉代儒风披靡亦在其中矣"。而后来《关于〈孔雀东南飞〉的一个疑难问题的管见》,对"媒人去数日,寻遣丞请还"一节的解问,更是赏析与考证有机结合的佳例。《评〈羽林郎〉解说中的错误》依据翔实史料,就辛延年运用"陈古讽今"的讽刺手法,表现了汉乐府的最大特征,即现实性、社会性,独抒己见。末篇《说〈汉乐府·孤儿行〉》是作者唯一一篇鉴赏汉乐府作品的文章,体现了作者以汉民间乐府为主体的基本观点,揭示了《孤儿行》与杜甫"三别"在表现手法上的渊源关系,且不无身世之感,"后母之憎前子,兄嫂之疾孤弟,几为吾国数千年来之通病,此亦一社会问题也"。故萧先生在课上讲此篇,眼泪都快掉下来了,以至于有传言称:"萧先生上课,讲哭了全班同学。"(董治安、吴长华语)可知治学与做人的统一。总之,以新视野知人论世,较全面系统地反映萧涤非治乐府的独特成就,是该书的显著特点。

周汉诗歌综论

赵敏俐著,学苑出版社2002年11月出版。《中国诗歌研究中心学术丛刊》之一。本书主要收入作者曾经公开发表的关于《诗经》和汉代诗歌的论文，全书分为上下两编。

上编以《诗经》研究为主，涉及汉乐府的有《音乐对先秦两汉诗歌形式的影响》。作者文章开始即指出"先秦两汉时代，是中国诗歌与音乐的关系最为紧密的时代"，文章主体分两大部分，第一部分为"音乐对《诗经》、《楚辞》文体形式的影响"，第二部分为"歌与诵：诗与赋的分途及音乐对汉代诗歌的影响"，作者认为汉代诗歌体式演变的一个重要标志，是赋这种介于诗与散文之间的文体的出现和五言诗与乐府诗的产生，这恰恰与音乐有着极大的关系。

下编为以汉代诗歌研究为主的13篇文章。《汉帝国的统一强盛与汉诗创作的繁荣》认为随着汉帝国的统一与强盛，两汉诗歌也以同样的大一统的气势向前发展。《两汉社会生活变化与诗歌创作》把两汉诗歌作为窥见时代生活的窗口，从汉帝国的兴起强盛与两汉颂赞诗的新内容、社会关系变化与两汉群众性诗歌创作的新方向、商业经济的繁荣与汉诗创作中的新意识三个方面，说明时代变化对两汉诗歌创作的影响，从而找出汉诗在表现社会生活方面的时代特色。《论两汉诗人思想变革及其意义》论述了在新的社会条件下，两汉诗人的思想意识，的确发生着重要变化，主要表现为在宗法制经济破坏后对个人私利的进一步追求，在新的君臣关系中个人独立性格的萌芽，对自身生存价值的重新认识，和对个体生命追求的新的人生态度等几个方面。这种思想意识变化对中国诗歌创作发展有着重要意义。汉代诗歌揭示人与自然、人与社会方面的矛盾，追求人的个体自由发展的哲学命题不断得到深化并对后世有重要影响。《论中国诗歌发展道路从上古到中古的历史变更》一文提出以抒个人之情和以娱乐为主的中国诗歌的新的发展方向的确立，是从汉代开始的。中国的诗歌发展道路，是在汉代完成了从上古到中古的历史方向变更。《论汉武帝"立乐府"的文学艺术史意义》提出汉武帝改造乐府的举措，客观上适应了中国歌诗艺术发展的趋势，同时推动了它的发展。《论两汉诗歌语言形式的发展及其在文学上的意义》从新的时代需要对诗歌语言形式提出新的要求、诗骚体与五言诗结构特征比较和两汉诗人对形式美的自觉追求三个方面展开论述，提出两汉诗歌创作形式的发展，是中国诗歌语言形式发生转变的最重要的历史阶段。《汉代社会歌舞娱乐盛况及从艺人员构成情况的文献考察》对汉代社会歌舞艺术的繁荣情况进行了比较细致的文献考察。本书还有两篇文章对《汉鼓吹铙歌》十八曲和汉《郊祀歌》十九章进行了研究。此外本编还有《论班固〈咏史诗〉与文人五言诗的发展成熟问题——兼评当代五言诗研究中流行的一种错误观点》、《论汉代文人五言诗与汉代社会思潮》、《论汉代文人五言诗的艺术特征》、《20世纪汉代诗歌研究综述》等论文。

汉魏乐府

陈晓选注，珠海出版社2002年8月出版，2004年1月再版。《中国传统文化精粹丛书》之一。本书所选注的主要是汉代乐府民歌和南北朝乐府民歌，也有少量的古诗和童谣，诗后有词句的详细注释和全诗的简要点评。

2003 年

古诗十九首乐府诗选评

曹旭著，上海古籍出版社2003年12月出版，《中国古代文史经典读本》之一。本书所选的诗歌除了旧题是苏武、李陵、枚乘、傅毅和辛延年、宋子侯等作的以外，绝大多数都是汉魏六朝无名氏的作品。具体为古诗十九首、旧题苏李诗及其他古诗、汉乐府、南朝乐府、北朝乐府。汉乐府30多首皆为经典诗作，每一首诗有作品、字词注释、作品赏析，个别诗歌配有插图和相关介绍。

2004 年

乐府民歌百首

张小平评注，安徽文艺出版社2004年1月出版。《传世经典袖珍本文库》之一。该书分为汉代乐府民歌、南朝乐府民歌以及北朝乐府民歌三大部分，共收入百首乐府民歌作品。书中对于每一首作品均配有"注释"和"评析"。

2005 年

中国古代歌诗研究——从《诗经》到元曲的艺术生产史

赵敏俐等著，北京大学出版社2005年9月出版。本书采用艺生产的理论与方法按时间顺序对中国古代从《诗经》到元曲的"歌诗"（可以歌唱的诗）进行了研究，共分十二章，汉代歌诗在第三、第四章。第三章为历史文化转型后的两汉歌诗生产，主要介绍了从宫廷皇室到豪富吏民的歌舞娱乐盛况和从事歌舞娱乐的专业人员的基本情况；分析了汉武帝立乐府的政治文化意义和艺术生产史意义；研究了寄食式、卖艺式、自娱式三类汉代歌诗艺术生产的基本特征；并对汉代歌诗重新分类。第四章研究艺术生产视野下的两汉歌诗艺术成就，第一节从艺术生产的角度看汉代歌诗的创新，一方面研究了宗教诗的政治化以及与大众生活的远离，另一方面研究世俗化的娱乐歌诗在汉代的生产。第二节从艺术表演的角度看汉乐府歌诗的艺术形式，分析了关于汉乐府歌诗的一般表演方式，表演的戏剧化对叙事性歌诗体裁形式的影响，歌唱艺术的程式化与汉乐府歌诗的语言结构。

中国诗歌与音乐关系研究

赵敏俐主编，学苑出版社2005年12月出版。本书是分别召开于2002年和2003年的第一届和第二届"中国诗歌与音乐文学"学术研讨会的论文合集，共收录主要以中国诗歌与音乐的关系为研究对象的论文共40篇。全书分为上下两编，内容涉及口头诗学、诗歌史、永明体、乐府文学、先秦两汉诗歌、金元词曲演变、古代歌诗艺术、上古乐奏等。很多论文与汉乐府研究关系比较密切。

赵敏俐《关于加强中国诗歌与音乐关系研究的几点思考》提出几条重要的意见：全面、准确地把握中国诗歌的艺术形式，重视对历代诗歌发展与音乐关系问题的研究；突破"意识形态说"的文学史观念，深化对于中国诗歌艺术本质的认识；从艺术生产和消费的角度，对乐舞活动、诗的生产与社会生活等问题进行新的研究，是我们认识中国诗歌发展史的重要一环。作者还有其他两篇论文《中国古代歌诗艺术生产与消费的基本方式》、《音乐对先秦两汉诗歌形式的影响》也在其中。

姚小鸥《汉魏六朝曲唱文本的破译及其在乐府文学研究中的意义》提出，作为与文学文本并存的珍贵文献，汉魏六朝曲唱文本的存在及其破译在学术史上具有不可替代的重要性。

姚小鸥《关于〈巾舞歌辞〉的角色辨识字问题》指出，杨公骥首次在学术史上揭开了《巾舞歌辞》的真实面貌，证明它是西汉歌剧巾舞《公莫舞》的科仪本。杨校本析出"母""子"两种角色标识字，为确认《巾舞歌辞》系代言体歌舞剧剧本奠定了基础。

刘怀荣《西晋故事体歌诗与后代说唱文学之关系考论》也认为我国表演艺术的发展，在汉代就产生了以音乐伴唱演述故事的相和曲、鼓吹曲和杂曲歌，其中《陌上桑》已极具戏剧色彩，《焦仲卿妻》（属杂曲歌辞）则情节更加曲折、完整。同时还出现了以讲说和唱诵故事为主的俗赋，以及将诗乐舞等多种艺术形式融为一体、表演故事的歌舞戏雏形，而这三种艺术之间又必然会相互影响，相互促进。

2006 年

乐府诗述论(增补本)

王运熙著，上海古籍出版社 2006 年 7 月出版。本书分为上、中、下三编。上编"六朝乐府与民歌"和中编"乐府诗论丛"过去曾分别单行出版，本书作为增补本大体保存原貌，只在少数地方作了一些修订。下编为"乐府诗再论"。

上编"六朝乐府与民歌"以吴声、西曲为研究对象，考察它们产生的时代、地域及其渊源，说明它们怎样从里巷风谣发展成为贵族阶级的乐曲，以及它们在那个时代的进步意义。对《子夜》、《读曲》等重要曲调的作者、本事等问题，作了详细考证；并通过对乐曲中和送声作用的阐明，解答了现存许多歌词内容与原始传说不相符合的疑问。对歌词的一种重要修辞手段——谐音双关语的运用，也搜集了丰富的材料，作了比较详细的分析。

中编"乐府诗论丛"收集 11 篇论文，大体可分三个方面：一是关于乐府官署、汉魏六朝清乐沿革、汉代黄门鼓吹乐和鼓吹曲、汉魏晋杂舞曲等情况的介绍和考证；二是对汉代、南北朝乐府民歌的时代背景和思想艺术的分析；三是对汉魏六朝乐府诗研究书籍的评述。最后附录《七言诗形式的发展和完成》一文。七言诗体起源于民间，早期七言诗多用乐府诗题写作，所以把该文作为附录。

下编"乐府诗再论"共收 18 篇文章，大多针对乐府研究的具体问题所作。涉及汉乐府的主要包括《略谈乐府诗的曲名本事与思想内容的关系》、《乐府民歌和作家作品的关系》、《相和歌、清商三调、清商曲》、《读汉乐府相和、杂曲札记》、《蔡琰与〈胡笳十八拍〉》、《郭茂倩与〈乐府诗集〉》、《读〈汉魏六朝乐府文学史〉》、《论乐府诗绝句四首》。

本书附录有《研究乐府诗的一些情况和体会》，作者对研究乐府诗歌的后学介绍了自己的做法和经验。

乐府诗的历史

吴德新著，重庆出版社2006年3月出版，《阅读新姿态丛书》之一。本书结合诗歌的历史背景、社会风情、文人生活情况对所选作品进行详细注释及品评，使读者在阅读中史与诗相互参照。主要分为六卷：卷一感于哀乐、卷二诗的故事、卷三文人仿辞、卷四帝王艳曲、卷五北地悲歌、卷六乐府新声，最后为三个附录：乐府小知识、乐府诗人小传、西汉—隋朝皇帝世系表。其中卷一卷二为汉魏乐府部分，主要分专题介绍了汉魏乐府的历史资料和故事背景，并选取了30首汉乐府诗歌进行注释和品析。

汉魏六朝文学考论

许云和著，上海古籍出版社2006年11月出版。全书分为三编。第一编为诗文文献考论，主要研究出土文献和佚书；第二编为佛教与六朝文学考论；第三编为乐府考论。

《乐府考论》主要包括4篇文章。第一篇为《汉乐府研究三题》，分别研究了汉鼓吹铙歌第十一曲《芳树》、第十八曲《石留》及汉代文献中所称"巴俞"之乐目，作者对《芳树》、《石留》分别逐句作了详细的考据和解释，并通过考证得出汉之"巴俞"非"巴歈"。第二篇是对《宋书·乐志》"今鼓吹铙歌三首"即《上邪曲》四解、《晚芝曲》九解及《艾张曲》三解的研究，作者分析了逯钦立、叶桂桐对今鼓吹铙歌三首的研究，通过研究发现了今鼓吹铙歌三首的乐谱性质，认为今鼓吹铙歌三首之文字即汉鼓吹铙歌《上邪》、《晚芝》及《艾如张》之曲谱，并对今鼓吹铙歌三首之记声文字进行了大胆推测。最后在本文结论中作者强调汉代以前的乐谱，目前所见唯有《礼记·投壶》载录的两个鼓谱，而自此以后至梁代丘明的《碣石调·幽兰》文字谱，中间就再未见有流传下来的乐谱，汉代记写的今鼓吹铙歌三首之文字谱的发现,可以说是填补了这段空白,这在中国诗歌及音乐文化史上无疑具有重要的意义。其余两篇为对梁三朝乐《上云乐歌舞伎》的研究和对古辞《欢闻》与《欢闻歌》的考论。

萧涤非文选

萧涤非著,萧光乾选编,山东大学出版社2006年出版。本书是为纪念萧涤非先生诞辰一百周年,作为山东大学文学院《望岳文库》的一种,由郑训佐、廖群两位教授委托萧先生三子选编的一部萧涤非古典诗歌论文集。其特点是突出萧先生学术研究的两个高峰:汉乐府和杜甫诗。凡四十三篇。以萧先生《我是怎样研究起杜甫的》谈话为"代前言"。上卷为汉魏六朝乐府诗歌、唐诗、宋词及毛泽东诗词评论;下卷是杜甫及其诗歌的评论,其中《关于〈杜甫全集校注〉编写工作的笔记(1979年)》等四篇是首次发表,以见其运用治汉乐府经验草创"注杜"的实况;《杜诗的声调之美》是继续《论汉乐府之声调》的音乐视角。附录《读诗三札记》,并选先生《有是斋诗草》论诗五首:《自题〈汉魏六朝乐府文学史〉》、《〈杜甫研究〉再版漫题》、《重谒杜甫诞生窑》、《重谒邙山少陵墓》、《李白读书歌》,大抵吻合先生一生从汉乐府到杜甫诗的治学轨迹。本书论析两汉乐府的文章有七篇。《〈汉魏六朝乐府文学史〉引言》读来哀切感人,其对先师知遇之恩的追念贯穿全篇,而所言"四事",则是阅读该书的向导,如其一曰,若在今日研究乐府,"唯有舍声求义",表明其重在文学性的音乐视角,联系该书中所言:"汉乐府之能脱离诗骚之藩篱而别开生面者,虽亦缘诗骚之体,已弊不堪用,而声调之改换,殆其主因也。"又言:"诗体之变迁,恒由音乐之变迁为转移。""乐府之叠句,泰半由音乐关系,然当其所叠,往往为篇中主旨所在。"便可立见其始终关照乐府与音乐之天然联系而又重在其文学性的独特视角。其二曰"感于哀乐,缘事而发",此实乐府之一大特性,亦乐府与诗之一大分野。其三曰一切诗体皆从乐府出。其四曰文学诗歌,贵乎涵咏。均为该书论述的张本。《汉魏六朝乐府文学史》论析《孤儿行》曰:"'下从地下黄泉'句后,忽然荡开,间以'春风动,草萌芽'二语,令读者耳目心情,随之一豁,然后再折回本题,转到'收瓜'事上,所谓乐府之妙,往往在于回翔曲折处感人。"此篇《说汉乐府〈孤儿行〉》,不作纵的复述式的剖析，只就表现手法的几个特点加以说明，在说明中又对逯钦立提出诗中"面目多尘"一句的句尾要添一"土"字、"大兄言'办饭'！大嫂言'视马'！"两句的句首去两"大"字的问题，从多方面进行缜密论证，以为不添不去为是。林继中认为："萧先生的乐府研究，对作品的艺术鉴赏是很独到的，本身就有很高的价值，决不可轻易放过。"(《萧涤非说乐府·导言》)

本书收入论两汉乐府的其他五篇论文是《论五言出于西汉民间乐府不始班固》、《关于"乐府"》、《〈东门行〉并不存在"校勘"问题——答王季思先生》、《关于〈孔雀东南飞〉的一个疑难问题的管见》、《乐府的诙谐性》。

中国古代诗歌研究论辩

费振刚、韩兆琦主编，檀作文、唐建、孙华娟著，百花洲文艺出版社 2006 年 5 月出版。本书共有七章，分别论述了《诗经》研究论争、《楚辞》研究论争、汉代诗歌研究论争、魏晋诗歌研究论争、南北朝诗歌研究论争、隋及初唐诗歌研究论争、盛唐诗歌研究论争，主要搜集整理了 20 世纪百年间有关诗歌方面讨论的一些主要问题，载录了论辩各方的一些基本观点。第三章汉代诗歌研究论争部分主要论述了两个问题：第一为乐府机构的初设年代问题之论争；第二为《孔雀东南飞》写作年代之论争，主要有三部分：20 世纪二三十年代关于《孔雀东南飞》写作年代的论争、二三十年代之后关于《孔雀东南飞》写作年代的论争以及梅祖麟所作《从诗律和语法来看"焦仲卿妻"的写作年代》。

汉魏六朝文学与乐舞关系研究

田彩仙著，文化艺术出版社 2006 年 12 月出版。本书包括绪论和六个章节：绪论主要是文学与乐舞的历史关系考察以及意义研究。第一章是汉魏南北朝乐舞发展概况，从乐舞的角度介绍朝廷雅乐舞的盛衰变化，民间乐舞的繁荣和演变，宫廷女乐地位的升迁变化，女乐乐舞的盛行及其特点，乐舞功能的演变，角抵百戏的属类及其对舞蹈艺术的影响，还有鼓吹乐的演变及功能。第二章汉魏南北朝乐府诗音乐性研究，主要研究了乐府机构职能的演变及其对乐府诗的影响、"因声而歌"的现象及乐府诗的音乐性即从自然歌声到配乐的过程、白纻舞歌辞的发展及其审美价值、清商曲辞的情感内涵与文化原因、乐府诗题名的演变及其原因。第三章魏晋南北朝文人诗与音乐关系研究。第四章是汉魏南北朝辞赋与乐舞关系研究，主要是音乐和舞蹈的辞赋研究，包括两汉音乐赋的审美意蕴、魏晋六朝音乐赋的审美价值、汉魏六朝舞蹈赋研究、京都赋中的乐舞描述及其特点研究，另外还有骈体赋的属类及其音乐性研究。第五章汉魏南北朝文人的乐舞活动与乐舞的传播，包括文人音乐家现象论析、博综众艺与名士风范、文人与舞蹈、文人的乐舞活动与乐舞的传播、"以乐取士"与"以乐赏士"现象研究、"以舞相属"现象及其文化解析、文人音乐家专论。最后一章汉魏六朝乐舞美学研究，包括汉魏南北朝乐舞美学观的嬗变、"以乐论文"和"以乐喻文"现象研究、气韵生动与魏晋南北朝乐舞、各族乐舞文化交流激荡下的乐舞美学观的嬗变、傅毅《舞赋》中的乐舞美学、《世说新语》中的音乐观、史书音乐志中的乐舞美学观、画像石和佛教雕塑中的乐舞风格、乐舞美学专论与专著研究。

中国古代歌唱的历史与审美

李鸣镝著，河南人民出版社2006年9月出版。本书将古代艺术歌唱分为先秦艺术歌唱自然期、秦汉艺术歌唱美感期、隋唐艺术歌唱抒情期、宋元艺术歌唱叙事期、明清艺术歌唱戏曲期等五个发展时期，在尽可能全面占有史料的基础上，着重对历代歌唱的特色、设施、重要人物、各种歌唱类型、歌唱的传承及歌唱理念进行探究。

作者认为汉代为"中国古代艺术歌唱美感期"，并首先提出"总结先秦、融汇各家"是秦汉文化特征。由秦代至汉代，统一的中央集权的封建制度得以形成而巩固。在封建社会上升时期，经济的繁荣，有利于文化的发展。在多民族的统一国家中，汉族文化逐渐成为文化中心，其他民族多方面的贡献，逐渐丰富中国的整个文化，使之发出灿烂的光辉。采歌被声是汉代乐府的主要功能，它对音乐艺术的全面发展起着推动的作用。声乐给器乐以坚实的生活基础，器乐的伴奏和间奏的加入使声乐的表达得到丰富与提高，两者与舞蹈的结合，一方面丰富和提高了歌舞音乐的整体，另一方面又反过来要求声乐更加细致的表达和器乐方面更加多样的变化。感哀乐、缘事发是汉代歌曲演唱形式，美感歌唱、浪漫奇丽是汉代歌唱的审美特征。在此期间歌唱发展中,歌唱者逐渐有了非自然性的意识,形成了人为的思想,歌唱中产生了人化的映象。抒情者将喜怒哀乐的内心活动,通过歌唱来达到淋漓尽致的抒发再现。这时的歌唱也逐渐脱离了二位一体的乐舞,成为一种独立的形式。本部分还单设一节分析了汉代"百戏",并认为其中有着人物故事扮演,已具有初期的戏剧因素。

2007 年

乐府文学文献研究

孙尚勇著,人民文学出版社 2007 年 6 月出版,《中国古典文学研究》丛书之一。本书是在作者博士论文《乐府史研究》的基础上增订而成的,除《前言》外,由 14 篇相对独立而又密切相关的文章组成,每篇都针对一定的学术问题而发,并遵循提出问题、分析问题、解决问题的次序展开论述。该书内容集中在中古音乐史、中古诗史和音乐文学文献三个方面,关涉学术史、音乐史、文学史、文献学。其中开篇《20 世纪乐府研究述论》部分即对 20 世纪乐府研究的学术史进程进行了梳理和总结,在对 20 世纪乐府研究成果进行全面梳理的同时,抓住主要问题,归纳为 20 个论题,从文学研究和文献整理两个层面加以分析,揭示研究的不足,提出自己的意见。其余各篇在此基础上展开论述,关涉音乐史的有对乐府建置、鼓吹、横吹、相和歌等的考证,关涉文学史的有对建安诗歌、东晋诗歌、玄言诗、吴歌《六变》等的论述,关涉文献学的主要有对《宋书·乐志》、《乐府古题要解》以及两种点校本《乐府诗集》失误的考辨。

与汉乐府关系密切的有《黄门鼓吹考》,开篇扼要概括研究状况,提出学术界长期存有疑问的黄门鼓吹的历史内涵和东汉四品乐的性质两个问题;接下来分析与黄门倡相关的文献材料,得出"黄门倡是侍从帝王的倡优,其职责是以歌舞俳戏娱乐帝王。黄门鼓吹主要职责则是作为乘舆的礼乐仪仗,平时有持兵护卫之任"的初步结论;接续分析涉及黄门鼓吹的 5 类 27 条主要文献材料,得出"'汉乐四品中的黄门鼓吹'与'用于乘舆仪仗的黄门鼓吹'性质上互相接近,二者的本质含义应该相同,即它们本来都是鼓吹曲"的第二步结论;接续分析"汉乐四品"的相关文献材料,得出"'汉乐四品'以徐天麟《东汉会要》的记录最为完整可靠，四品乐即大予乐、雅颂乐、黄门鼓吹乐、短箫铙歌乐；这四种音乐之间不存在等级、雅俗之辨的问题，它们都属于仪式用乐"的第三步结论；接续对四品乐中第四品"短箫铙歌乐"的音乐内容及其与第三品"黄门鼓吹乐"的关系作了详细考察，得出"汉明帝以'短箫铙歌'名第四品之军乐，而其实际内容则既包括用作军中之乐的鼓吹曲，又包括李延年根据胡曲改编的横吹曲二十八解"的第四步结论；最后总结全篇。

另外《乐府建置考》注意了汉代礼仪文化建设与乐府机构立与罢的联系，《汉唐郊庙乐舞考论》讨论了古代文、武二舞传统的形成，并考察了郊庙歌辞对近体律绝用韵的影响。

还有关于乐府民歌、作家乐府诗、作家徒诗以及拟乐府诗，这些历来纠缠不清而又各自区别的问题，作者的思考是："在一般的文学史著作中，通常将乐府民歌和作家乐府分别论述，而文学史研究者又大都约定俗成地将三曹以降的作家乐府创作一概目之为'拟作'。如果说文学史著作的上述分别是为了论述方便而作出的选择，这尚可理解；然而，众多中古文学研究论著概以拟作来看待作家乐府创作，则表明我们的研究观念似乎存在一些严重的缺陷了。如此一来，中古时期作家文人诗歌创作与乐府活动的密切关系就被我们轻易地忽视了。另外一方面，学术界往往又过多地强调了传统文人诗与乐府之间的联系，而忽略了诗之区别于乐府的独特性。"

中国分体文学史（诗歌卷）

赵义山、李修生著，上海古籍出版社 2007 年 12 月出版。全书分上、中、下三编。上编七章论述从先秦到清代诗歌的发展历程和特点。诗的产生到四言诗——原始歌谣和《诗经》；辞体、杂言诗及其他——《楚辞》与汉乐府；五七言古诗的壮大和新体诗运动——八代诗；古近体诗体大备及创作繁荣——李白和初盛唐诗；古近体诗的持续繁荣——杜甫和中晚唐诗；古近体诗的另辟蹊径——宋诗；古近体诗的回潮与新潮——元明清及近代诗。本编第二章第三节从杂言诗到五言诗论述了从汉乐府看杂言诗的兴衰。第四节汉乐府及其思想艺术造诣集中论述汉乐府，分四个部分：乐府、乐府诗和《乐府诗集》；感于哀乐，缘事而发：汉乐府的写实倾向；悲剧性的《焦仲卿妻》和喜剧性的《陌上桑》；体既轶荡，语复真率：汉乐府的艺术成就。

中编六章论述词的发展历程：词的兴起及体式特征；从民间走向文坛的唐五代词；五章繁会的北宋词；继续发展的（南）宋、金词；走向衰落的无明词；再造辉煌的清词。

下编五章论述散曲的发展历程：散曲的形成及其体式特征；元散曲的繁荣；元散曲的鼎盛与衰落；明代散曲的发展与演变；清代散曲的衰落。

2008 年

英译乐府诗精华

汪榕培著，上海外语教育出版社 2008 年 6 月出版，外研社《中国文化汉外对照丛书（第 2 辑）》之一。本书以余冠英的《乐府诗选》为蓝本，加以增删而成，力图选取反映汉魏六朝人民生活方方面面的诗歌，汉乐府主要选取《朱鹭》、《战城南》、《巫山高》、《有所思》、《上邪》、《公无渡河》、《江南》、《薤露》、《陌上桑》、《猛虎行》、《饮马长城窟行》、《白头吟》、《怨歌行》、《艳歌行》、《悲歌》、《枯鱼过河泣》、《咄唶歌》、《驱车上东门行》、《冉冉孤生竹》、《青青陵上柏》、《迢迢牵牛星》、《上山采蘼芜》、《高田种小麦》、《孔雀东南飞》、《十五从军征》等诗歌进行了翻译。英语的译文力求传神达意，以流畅的当代英语艺术地再现乐府诗的风采。

周汉诗学与文学思想研究

刘怀荣著，中国社会科学出版社 2008 年 9 月出版。本书在关注民族文化早期特征的前提下，探讨周代处于萌芽状态的某些诗学范畴及其在汉以后的发展演变。同时立足于大文学的视野，重新审视了从与史学、哲学融为一体，到逐渐分化独立的汉代文学思想的发展历程。本书分上、下两编，共十六章。上编主要是从中国诗学核心概念的文化发生入手，在把赋、比、兴作为中国古代基本的艺术思维方式的前提下，以赋、比、兴这一组诗学概念为基本的研究个案，对赋、比、兴的产生及其早期关系、"香草美人"、言意问题、赋与赋体文学之关系等重要理论问题，进行了较为深入的探讨。下编则立足于汉代以来文学观念逐渐成熟的大背景，从包括汉赋、汉乐府和《淮南子》、《史记》、《论衡》等子、史类典籍在内的较为宽泛的文献入手，集中讨论了董仲舒、司马迁、扬雄、王充、班固等汉代大家的文学思想。对汉代文学思想由隐含于其他著述，与史学、哲学融为一体，到逐渐分化独立的发展历程、理论特点，以及对后代文学理论所产生的影响等问题，做了细致的考察。

本书对汉乐府部分的论述集中体现在第八章《汉代的赋学与诗学思想》的第二节《汉乐府所体现的诗学思想》。汉乐府以诗与乐两种形式从不同侧面表现了政治昌明、九州同风的大一统文化精神，以往论汉乐府者，多揭示其反映民生苦难、暴露盛世阴影的一面，但从整体上说，这并不影响乐府作为盛世文化有机组成部分的本质特点，并且这二者之间原本是可以在更高的层次上得到统一的。汉乐府观风俗、制礼乐的诗学实用精神，抒真情述实事的诗学表现模式，以及倾泻悲情的情感指向和感悟人生的理性思索，在文学思想史上具有非常重要的意义，这也是建立在乐府诗本就是礼乐文化建设的有机组成部分这一基础之上的。但从诗歌艺术角度而言，乐府诗又有着不为礼乐文化体制所束缚的诗性品格。所以当礼乐文化的时代外在规定性淡化之后，它在诗歌艺术世界里必然有自足的价值，以及由此所蕴含的文学思想意义。我们长期以来把汉乐府的"观风俗"实用目的移植为艺术观照，在突出这一点的同时，有意无意地忽视了其他方面。

另外，本书附录二为《汉哀帝罢乐府与东汉歌诗发展之关系》，第一节论述了汉哀帝罢乐府的政治背景：哀帝"罢乐府"的举措实际是他"强主威，则武、宣"的政治战略的第一步，同时哀帝是定陶恭王之子而且"不好声色"，这一举措与他对父、祖两代人之行为所做的反思也无法分开。第二节论述汉哀帝罢乐府对歌诗发展的影响。从表面上看，哀帝罢撤乐府新声，似乎与武、宣，尤其是与武帝的做法背道而驰，但实际上并非如此。从政治的角度来说，武帝在"功成作乐"的前提下提倡乐府新声，与哀帝在上层社会普遍享乐成风而国力日益衰弱的背景下罢撤乐府并无本质的不同。首先，哀帝罢乐府进一步促进了部分歌诗的雅化，对于提升歌诗的地位具有积极的作用。其次，哀帝"罢乐府"之举并没有从根本上改变新声流行的社会风尚。再次，哀帝罢乐府对于进一步缩短风、雅及雅、颂界限，促进世俗娱乐音乐的发展也产生了相当的影响。东汉乐府歌诗"风雅通歌"与"雅颂通歌"的变化，不仅仅是"声沿时异"，符合音乐发展的规律，而且还标志着俗乐和雅乐、事人与事神界限的缩短乃至消除。这无疑为世俗歌诗的发展提供了更为广阔的空间。

2009 年

乐府诗集导读

王运熙、王国安著，中国国际广播出版社 2009 年 1 月出版，《中华文化要籍导读丛书》之一。与其他要籍导读一样，全书分"导言"和"选读"两部分，均由王国安执笔撰写，王运熙审阅。"导言"部分是对《乐府诗集》作较全面的介绍，让读者能比较多地了解乐府诗的特点及其产生和发展过程，并凸显不同时代乐府诗的不同面貌，包括六个部分。其一为"乐府诗和《乐府诗集》"，介绍乐府诗的兴起、范围和特点，概述《乐府诗集》及乐府诗发展。其二为"一代诗歌新体制的开创——《乐府诗集》中的汉代乐府诗"，论述帝王祭天祭祖的乐歌、汉郊庙歌辞、汉代的军乐歌辞、汉鼓吹曲辞、流行广泛的民间俗曲、汉相和、杂曲歌辞。其三为"旧瓶新酒——《乐府诗集》中的魏晋乐府诗"，论述依前曲作新歌的曹操、曹丕的乐府诗、乐府之变、曹植的乐府诗、曹魏其他文人乐府诗、晋文人乐府诗。其四为"乐府民歌的再度勃兴——《乐府诗集》中的东晋南北朝乐府诗"，包括南方都市男女的情歌、东晋南朝清商曲辞、北方下层民众的呐喊、梁鼓角横吹曲辞、南朝文人乐府诗。其五为"文人乐府诗的全盛——《乐府诗集》中的唐代乐府诗"，论述古乐府诗的高潮、新乐府诗的登场、帷幕的降落。最后介绍重要的乐府诗研究著作解题十七种：《古乐府》、《古乐苑》、《乐府广序》、《乐府正义》、《汉铙歌释文笺正》、《乐府诗笺》、《汉魏乐府风笺》、《乐府诗选》、《乐府古辞考》、《乐府通论》、《汉魏六朝乐府文学史》、《乐府文学史》、《六朝乐府与民歌》、《乐府诗论丛》、《乐府诗研究论文集》、《乐府散论》、《乐府诗史》。"选读"部分选取各时期经典作品分别进行解题、注释和评析。

汉乐府研究史论

赵明正著，同心出版社 2009 年 1 月出版。作者以自己的理论框架和逻辑方法，仔细梳理两千年来汉乐府的研究成果，匠心独运，按照历史发展顺序，建立了一个新颖的汉乐府研究史论体系，在这个体系中，作者几乎把汉乐府研究史上重要的内容包揽无遗。全书共五章，前有导论，后有结语和附录。导论部分主要由汉乐府研究尚待解决的问题、汉乐府研究课题的文献考察、汉乐府研究总论三个部分组成。第一章"汉代：汉乐府研究的滥觞"，主要介绍了司马迁《史记》、班固《汉书》对汉乐府的论述以及本时期其他研究成果。第二章"魏晋南北朝：汉乐府研究的发展"，主要包括音乐著作中的汉乐府研究、沈约《宋书·乐志》、刘勰《文心雕龙》、诗文选本批评视野中的汉乐府。第三章"唐宋：汉乐府研究的集成"，主要包括吴兢《乐府古题要解》、郭茂倩《乐府诗集》、郑樵《通志·乐略》以及本时期其他研究成果。第四章"元明清：汉乐府研究的总结"，包括多样化的诗学批评模式、研究的深化和突破、研究的创获和弊端。第五章"20世纪：汉乐府研究的转型"，包括汉乐府研究的发展阶段、汉乐府研究的创新、重点作品研究。本书结语对汉乐府研究进行了展望，附录部分包含历代学者关于汉乐府文学的评价以及汉乐府研究的论文索引等，昭示了乐府史研究的必要门径。

汉乐府女性题材审美论

田思阳著，中国社会科学出版社2009年5月出版。引言部分介绍了研究的对象、方法及目的，还包括乐府源流考略，汉乐府女性题材作品概述以及"审美价值"的内涵和外延的界定及其在本书中的应用。全书分为六章。第一章汉乐府女性题材的认识价值，包括汉代女性的经济、政治生活和汉代女性的家庭生活。第二章汉乐府女性题材的教育价值，包括女性权利、人格的维护及其典型形象的塑造和汉乐府女性题材所倡导的思想文化观念分析。第三章汉乐府女性题材的情感价值，包括外貌审美理想、精神审美理想、恋爱情感、婚姻情感。第四章汉乐府女性题材的美学价值，包括境界美分析、语言美分析、悲剧美分析、音乐美分析。第五章汉乐府女性题材的娱乐价值，包括民歌特质、娱乐功能。第六章汉乐府女性题材的现代意义，论述汉乐府女性题材对于当代文学中女性形象塑造的意义和对当代文化中重塑女性生命的意义。

秦汉文学史五十论

朱碧莲、沈海波著,甘肃人民出版社2009年5月出版。全书主体共六编,前有序,后有后记。第一编为"理切辞畅之政论散文",第二编为"蔚成大国之汉赋",第三编为"垂为范式之史传文学",第四编为"独擅其美的汉诗",第五编为"华实并茂之诸子",第六编为"汉代小说辨伪"。与汉乐府直接相关的是第四编。在本编概述部分作者明确指出汉诗更其引人注目者,是汉乐府诗的出现与繁荣。乐府诗从长短句杂言诗逐步发展为五言体,为后代各体诗的新样式打开了无量法门。汉乐府将先秦四言的齐言诗转变为杂言,又使杂言诗转成五言、七言的齐言诗,起了承前启后的作用,与汉赋一样,是汉代这一特定时代所特有的表现样式。值得提出的是乐府诗中的叙事诗,有故事情节有人物形象,取得了前所未有的成就。本编共有七篇论文。就汉诗中有争议的苏李诗真伪与五言诗起源、《柏梁台联句》真伪及七言诗的起源等问题作了探讨之外,《乐府采诗和早期三大乐府》一文,还对乐府官署及其采诗制度和《安世房中歌》、《郊祀歌》和《铙歌》作了论述。《乐府民歌中的抒情诗和叙事诗》,认为保存在相和歌辞和杂曲歌辞中的民间乐府,是汉乐府中精华之所在。这些"赵、代之讴,秦、楚之风",皆"感于哀乐,缘事而发"。"感于哀乐"者,多抒情;"缘事而发"者,多叙事。文中列举大量诗作分析了汉乐府的抒情和叙事性质。《班固的〈咏史〉诗与文人五言诗》认为班固不仅在《汉书》中载录五言歌谣,并且还亲自运用五言体这种新样式来创作,写下了我国文学史上第一首文人五言诗《咏史》。文人五言诗为五言诗的发展、为魏晋南北朝五言诗高峰的形成作出了贡献。《文人失意之作〈古诗十九首〉》一文,认为五言诗从乐府民歌萌发以来,逐渐取代四言诗,经过了文人的吸取运用与加工提炼,日益显示其生命力。至东汉末期,终于达到前所未有的圆熟境地,《古诗十九首》的出现便是其标志。

中国古代文学传播概论

王金寿著,甘肃教育出版社2009年5月出版。本书主要综合运用现代传播学理论、文化人类学、文献版本学等多学科理论和方法描述了中国文学发轫期和上古时期传播的状况。全书共五章,前有绪论。第一章介绍文学生产、传播的理论架构，分四节介绍文学传播主体、动因、媒介和方式、途径。第二章《诗经》的传播，主要论述《诗经》的生产、传播动因、传播媒介、传播方式、途径。第三章楚辞的传播，主要论述楚辞的生产、传播动因、传播媒介、传播方式、途径以及辞赋的传播。第五章"六经"的传播主要论述"六经"的生产、传播动因、传播媒介、传播方式、途径。

第四章主要介绍乐府诗的传播，分为两节。第一节为乐府诗的生产概说，作者提出过去我们所认定的那些优秀的所谓"汉乐府民歌"，其实也很难说是"劳动人民的口头创作"，更大的可能还是出自当时的歌舞艺人之手。在现存的汉乐府中，真正属于那些所谓"民歌"的作品只是少数。因此，从文学传播理论出发，搞清楚汉乐府生产、传播的主客体问题，理清汉乐府生产、传播的过程，就显得十分必要和有意义。本节主要分三部分：一、汉武帝设乐府与乐府诗生产的关系，主要论述汉武帝设乐府的职能和两汉社会歌舞艺人的组成。两汉社会歌舞艺人的组成可分为三种：从事朝廷雅乐演奏、世代相传的专职音乐官员，即乐府工作人员；从小接受雅乐教育的贵族和官僚子弟，在政府机构；出身于下层，以音乐歌舞为生的各种专门人才。这三类人员都是歌诗的生产者，只是数量、质量有差异而已。其生产的主体应该是第三类人员。二、汉乐府歌诗生产的动因。汉代乐府机构的职能决定了乐府歌诗生产的动因，也决定了乐府歌诗的类别。乐府机构主要是为朝廷的宗庙祭祀、宴飨庆典，以及为贵族弟子乐教服务，也为朝廷进行礼仪教化服务，据此汉乐府歌诗生产的动因包括两个方面：宗庙祭祀的需求和宫廷贵族及富豪吏民对于日常娱乐的需求。朝廷宗庙祭祀的宗教性歌诗是政治化的，其生产目的也是单一地指向政治宗教礼仪的，且只能为其服务。与此相比，娱乐性歌诗的生产以其世俗化而与大众生活密切联系，题材、内容等涉及老百姓生活的方方面面。平民化与个性化将成为这一时代的重要文化心态。表现为歌诗叙事内容的大众化与享乐化和歌诗抒情的即兴化与世俗性两个方面。三、简单介绍汉乐府歌诗的数量和保存情况。

第二节介绍汉乐府歌诗的传播。汉代乐府歌诗，从本质上看是诗乐舞三位一体的表演艺术。音乐歌舞表演在其中起着主导作用，诗歌语言是服从于音乐歌舞表演的。它是以音乐情绪为中心确立起来的语言艺术体，又是以音乐情绪规定着舞蹈性质的歌舞艺术体。因此，汉乐府歌诗的传播，最主要的媒介应该是歌舞乐的演唱，其传播主体应该是汉代的乐府机构以及乐府艺人；其传播方式、途径，也就是音乐歌舞表演。当汉哀帝罢乐府后，乐府歌诗也就慢慢与文人创作相结合，逐渐走向徒歌的形式，以文本为主要传播媒介进行传播。本节主要分为三部分。一、从汉乐府歌诗音乐分类看汉乐府歌诗的传播媒介，认为汉代乐府歌诗的音乐分为相和歌和鼓吹铙歌两大类。相和歌以汉民族本土音乐为主，铙歌以异域音乐为主。相和歌的前身，是由先秦雅乐、楚声和在战国新声基础上发展而成的新乐。相和歌辞是汉乐府的基本形式，其他各调都是在此基础上发展而来。鼓吹乐是吸收异族音乐之后新创的军中之乐，不仅用于军乐，后来又逐渐应用到宴飨、食举等各种场合。于是，汉乐府歌诗的传播媒介，应该是以上述两种乐舞为主体的歌舞乐演唱的音乐。二、从汉乐府歌诗的一般歌唱表演看它的传播方式和途径，主要以相和歌为例论述汉乐府的歌舞演唱。

最后作者总结：汉乐府歌诗以载歌载舞的娱神娱人的歌舞乐演唱表演为媒介，以满足国家礼仪制度所实施的政治目的、祭祀宗庙的宗教目的、朝会宴飨等娱乐目的为动因，不仅通过乐府机关的行政权力代表国家意志使其传播，而且它以汉代社会的集体无意识成为老百姓生活的有机组成部分，成为一种自觉的社会行为。于是，汉乐府歌诗的演唱表演，就是汉代百姓的一种生活。因此，它的传播方式和途径就是生活化了的。也正因为如此，汉代乐府歌诗的传播就特别具有生命力，其传播范围就非常广泛。

《孔雀东南飞》研究

中共怀宁县委、怀宁县人民政府主编，李杏林编著，安徽大学出版社2009年6月出版。本书是安徽省怀宁县为了挖掘和丰富《孔雀东南飞》历史文化品牌的新内涵，充分凸显怀宁本土特色文化的独特魅力，不断提升怀宁在皖西南艺术领域的领先地位，并配合电视剧《孔雀东南飞》拍摄所做的对《孔雀东南飞》资料的搜集、整理和研究工作的成果。本书认为怀宁是《孔雀东南飞》故事的发生地，按照文章性质、题材类别分为五个部分。"博学篇"主要收录论述作品的故事发生地、民俗、思想、语言特色、与道教关系、历史地位、人物等文章14篇，尤其突出怀宁与作品的密切关系；"赏析篇"收录古今名人吟咏和论述《孔雀东南飞》诗文的评析十五篇；"导游篇"介绍怀宁与《孔雀东南飞》相关的景点十处；"歌谣篇"收录怀宁地区与《孔雀东南飞》相关小曲演唱、乐谱、歌谣；"附录"为5篇论文：《古诗〈孔雀东南飞〉缘何能成杰作》、《〈古诗为焦仲卿妻作〉作者考》、《旅游业的发展与发现》、《与时俱进长演不衰》、《〈孔雀东南飞〉的改编作品评介》。

郊庙燕射歌辞研究

王福利著，北京大学出版社2009年8月出版，《乐府诗集分类研究》丛书之一。上编为郊庙歌辞研究，由四章组成。第一章主要论述先秦两汉郊祀乐歌，包括先秦及秦之郊祀歌概况和两汉时期郊祀礼乐发展演变概况。第二章论述汉武帝"始立乐府"的真正含义及其礼乐问题，主要包括对学界就武帝"立乐府"含义讨论的总体回顾，"乐府"与"太乐"的区别与联系，从汉初的礼制建设到武帝时期的礼乐建设。第三章论述《乐府诗集》与两汉郊祀乐歌，包括古文献乐府歌诗的分类及郊祀歌的归属、汉郊祀乐章名称及序文问题、汉郊祀歌以及诗的完成时间及其作者问题、"邹子乐"乃所奏"乐"名考辨、汉"郊祀歌"和"郊祀歌诗"的创作时间、汉郊祀歌辞的章句结构、郊祀乐在东汉的传承与演变等问题。第四章论述房中乐歌，包括"房中乐"和"房中歌"名义再考辨、有关房中乐的乐器使用、汉"房中乐"的作者和创作时间及其名称问题、汉宗庙乐歌与"房中歌"的区别与联系、"房中歌"的功能及特点、周汉"房中歌"内容的变迁及其原因、汉房中歌乐章之区分、"房中歌"歌辞的语言结构形式、汉祭庙乐歌及《安世房中歌》的艺术风格。下编为燕射歌辞研究，共有六章。第一章论述燕射的概念，包括燕射的含义及功能、燕射礼之区别及其用乐。第二章论述夏商周至汉魏三国时期的燕射礼乐，包括夏商周时期的飨燕礼乐、商周时期的射礼射乐、先秦时期的燕射歌辞、汉魏时期的燕射歌乐概况。第三章至第六章分别论述晋、宋、齐、梁、北齐诸朝、北周的燕射歌辞和乐章。

鼓吹横吹曲辞研究

韩宁著，北京大学出版社 2009 年 8 月出版，《乐府诗集分类研究》丛书之一。本书分为上下两编，从文献、音乐、文学三个角度入手，对《乐府诗集》鼓吹曲辞和横吹曲辞作全面、系统的研究，力求做到对此论题的完整的、历史的还原。上编《乐府诗集》鼓吹曲辞研究，第一章为鼓吹曲辞的文献学研究，包括"鼓吹"与"凯乐"、鼓吹曲辞的编排与收录。第二章为鼓吹曲辞的音乐学研究，包括鼓吹乐的历代沿革、鼓吹曲的流传和演唱。第三章为鼓吹曲辞的文学研究，论述朝廷制鼓吹曲辞研究、鼓吹曲辞在南北朝时期的文人化进程、唐代鼓吹曲辞的文人化特征及其意义。下编为《乐府诗集》横吹曲辞研究，第一章为横吹曲辞的文献学研究，论述横吹曲辞的概念以及横吹曲辞的编排与收录情况。第二章为横吹曲辞的音乐学研究，论述横吹曲的流传和演唱以及横吹曲调《出塞》和《梅花落》考。第三章为横吹曲辞的文学研究，包括横吹曲与边塞诗和以《出塞》为例看横吹乐府诗的发展演变。书后有《历代鼓吹使用情况表》、《乐府诗集》鼓吹曲辞补录、《乐府诗集》横吹曲辞补录三个附录。

相和歌辞研究

王传飞著，北京大学出版社 2009 年 8 月出版，《乐府诗集分类研究》丛书之一。全书分为六章。第一章为滋生相和歌艺术的汉代新音乐文化，主要论述汉代音乐艺术生产的雅俗取向之变、汉代主流器乐文化的金石丝竹之变。第二章为乐府相和歌艺术的产生与发展，主要论述从唱奏方式的相和到汉乐府相和歌、从汉乐府相和歌到魏晋清商三调曲、乐府相和歌发展过程的动态理解。第三章论述《乐府诗集》著录相和歌辞的得失，主要包括《乐府诗集》之前的相和歌辞著录和《乐府诗集》著录相和歌辞的得失。第四章为深受歌诗生产影响的相和歌辞艺术，主要论述歌诗生产与相和歌文本的生成及演变、音乐和表演标志与相和歌辞艺术特质、相和唱奏方式与歌辞语言的复叠现象、服务于歌场演唱的相和歌辞叙事特点以及歌诗表演与相和歌辞理解的潜在视阈。第五章论述魏晋相和歌辞的转型。第六章论述文人相和歌辞的发展与演变。

舞曲歌辞研究

梁海燕著，北京大学出版社 2009 年 8 月出版，《乐府诗集分类研究》丛书之一。本书前有绪论介绍了舞曲歌辞研究概况和前人研究中存在的问题及本书的主要内容。后有四章，第一章先对舞曲歌辞收录情况进行了整体考察，指出舞曲歌辞类目的作品多辑自《宋书》、《南齐书》、《晋书》等正史文献，其立目也并非出于对这类歌辞文本特点的考虑，而是出于对这类歌辞所依舞乐系统特殊性的认识。雅舞收录历朝所制体现本朝开国精神的文、武二舞，杂舞收录朝廷用于庆典、宴会、娱乐活动的舞乐歌辞。依据这两条标准，该章还对舞曲歌辞进行了作品的订正和补辑。第二章发掘雅舞及雅舞歌辞的祭仪文化内涵，杂舞歌辞的研究则采用个案考察与理论分析相结合的方法，论述《武德舞歌诗》与汉代宗庙祭仪的传承、演变，集中探讨了中原旧舞在南朝的流变情况和南朝舞曲在唐代的留存情况，认为舞曲歌辞的音乐特征不仅表现在主题、内容、风格等方面，也体现在歌辞的体式上。第三章对乐曲与歌辞、舞蹈动作与歌辞、舞曲构成要素间的结合方式等三方面的关系做了概述和总结，其中第一节专门论述汉魏晋杂舞歌辞的音乐学、舞蹈学。第四章为舞曲歌辞的文学研究，主要包括舞曲歌辞的政治功利性、舞曲歌辞的文体特征、舞曲歌辞的流传及文学影响。

琴曲歌辞研究

周仕慧著，北京大学出版社 2009 年 8 月出版。《乐府诗集分类研究》丛书之一。本书即以《乐府诗集》中所收录的四卷 103 题共计 205 首琴曲歌辞为研究对象，结合不同时代的音乐文化背景及古琴艺术特点，通过分析琴曲歌辞题名、曲调、本事、体式、风格等诸因素，从歌诗创作方式、乐曲表演情境、欣赏者艺术思维等多角度探求琴曲歌辞的生成及演艺机制。从整体上来说，本书侧重于乐府诗历史脉络的梳理和琴歌艺术的鉴赏。绪论部分为乐府琴歌研究现状综述和《乐府诗集》琴曲歌辞概说。第一章上古琴歌，论述上古琴歌产生时间、古琴乐配辞问题、入乐的基本特征、所蕴含的礼乐精神。第二章专门论述汉代琴歌，包括骚体琴歌兴起的音乐背景、琴乐与楚声关系、骚体琴歌与楚声关系。第三章论述魏晋南北朝琴歌的新变。第四章论述隋唐琴歌的复与变。

杂曲歌辞与杂歌谣辞研究

向回著，北京大学出版社2009年8月出版。《乐府诗集分类研究》丛书之一。本书从文献学、音乐学、文学发展史等角度入手，对《乐府诗集》杂曲歌辞与杂歌谣辞部分进行研究，对该部分的类目成因、类别归属、歌诗入乐及与文学发展的地域、时代特征等的相互关联作了阐述。本书分为两编。上编为杂曲歌辞研究。第一章为杂曲歌辞文献学研究，论述《乐府诗集·杂曲歌辞》类目成因、部分作品类别归属的重新认定、未收杂曲歌辞认定、作品同出异名考辨。第二章为杂曲歌辞音乐学研究，论述曹植杂曲入乐问题、《行路难》演唱方式之流变、其他入乐的杂曲歌辞、杂曲古题在唐代的流传。第三章为杂曲歌辞文学研究，包括《秦女休行》一曲中左、傅二诗之比较、《行路难》对后世文人创作的影响、杂曲歌辞的文人化特征。第四章为杂曲歌辞丛考。下编为杂歌谣辞研究，第一章为杂歌谣辞文献学研究，包括类目成因考、入乐标准的考察、"歌"、"谣"联称情况的考察、谣与乐府的区分标准、《乐府诗集·杂歌谣辞》误收的乐歌、歌谣异文考。第二章为杂歌谣辞音乐学研究，包括歌谣的不同创作情境、歌谣的歌唱及其现实影响、唐诗中有关民间歌谣情况考述。第三章为杂歌谣辞文学研究，论述杂歌谣辞与叙事文学以及杂歌谣辞与唐代文人诗歌的有关问题。书后有附录《我国古代歌谣与乐歌的不同留存方式》。

汉魏乐府的音乐与诗

钱志熙著，大象出版社2009年9月出版。《中国历史文化知识丛书》之一。全书主体共有六大部分组成，前有引言，后有后记。引言中作者谈到本书尽可能地将汉魏乐府诗放在当时的社会文化背景和乐府艺术的整体中去考察，突破将乐府诗作为一种纯粹的诗艺、一种单独的诗体，或是作为一宗可以借之考察汉魏社会的史料等研究上的局限。在吸取前人有价值的研究成果的基础上，对汉魏乐府诗及其艺术体系作出一个尽可能完整的阐释。本书主体六个部分：一、汉代社会与乐府艺术，主要论述大一统王朝与汉代社会的发展对音乐的发展的影响。二、音乐史上雅俗之变与汉代乐府艺术，主要论述战国时代的音乐变革、汉代雅乐的衰微、众艺杂陈的乐府艺术。三、各类乐府诗的艺术体制，主要论述乐府诗的范围和类别、郊庙祭祀乐章的演艺特点、鼓吹曲辞的音乐特点和相和歌辞的音乐特点。四、乐府歌辞的娱乐功能和伦理价值，主要论述了音乐文学在接受史上的功能转变即从"歌"到"诗"和乐府诗娱乐功能与伦理功能之间的关系以及乐府诗通过娱乐功能产生伦理价值的艺术机制。五、汉代社会的"浮世绘"，主要论述了爱情和汉代社会的女性群像，方仙道、平乐馆仙戏和乐府神仙诗，乐府诗的忧生之叹和乐府诗所反映的社会问题。六、建安文人乐府诗，主要论述了建安时期乐府音乐的复兴、建安文人乐府诗的合乐情况、首开文人乐府诗创作风气的曹操、妙合乐情的曹丕乐府诗、渐尚文词的曹植乐府诗。

中国古代乐府音谱考源

宋光生著，文化艺术出版社 2009 年 9 月出版。本书共十章，第一章主要讨论中国古乐歌是否有乐谱的问题，分别论述了中国近代音乐的用谱情况、中国古代音乐的用谱情况、中国古代乐谱是否以另一种形式存在于世、白石道人及古代瞽人音乐。第二章"中国汉字的音高概念"，主要介绍了语言中文字的音高感、千年师传读书声、歌词配曲时文字音高不可违、古代有关文字音高的著述。第三章"中国古代乐音初探"，主要论述了古音、审音、古代黄钟变动的原因、四声、四声与音乐、京房六十律对后世音乐的影响、古代四声与六十韵部的结合及在音乐中的功用、古代乐书六十调与韵书六十韵部的分音对照、古代的不平均律。第四章"魏晋至宋韵书对汉字的音分"，主要介绍了晋代吕静的《韵集》、六朝的韵书、隋朝《切韵》、唐代韵书、宋朝《广韵》以及西晋、六朝、隋、宋乐音对照表。第五章"'通、独'的使用"，介绍了古代韵书中"通用、独用"的分布及变化；古代"通、独"之根；"独用"之功；"通用"为乐而定；"通用"的发展；"通用"、"独用"的必要；古乐对"通用"、"独用"的使用；先秦的"通、独"问题；魏晋六朝的"同"与"别"；唐代"通、独"问题；宋代"通、独"问题；元、明、清的"通用"与"独用"；明、清音论。第六章"中国古代的'和声'"，主要论述了和声之史、传统笙的和音、师旷的"和声"、古代文字音声"反切"之和、自然之声、"铙歌"与"和音"、《石留》

(汉乐府《铙歌》笙诗)之"和音"。第七章"古今音乐要素",主要介绍了研究方法、研究标准、乐音、音色、节奏。第八章"传统音乐中部分特殊问题",主要论述了务头、当今民乐的"二六板"与南唐"慢二急三拍"、初考传统音乐中的"六十八板曲"、浅谈河南大调曲的"三不齐"。第九章谈了作者对古代作曲的认识,主要内容包括不可随意修改古词;宫商、四声并非谱面之物;一字一音的联想;对宋姜白石自度曲的分析;关于宋代"起调毕曲"之说;"宫商"与"文字音"。第十章"译谱",主要有汉代《说文》与宋代《广韵》部分"反切"对照表、古诗词音乐的定调、古歌的繁简、说明、试译古谱、只拣音不作译谱乐府词。书后附录有西晋吕静《韵集》字音通独表(副表)和古今乐音音高对比(大约)。

中国古代乐舞史

王宁宁著,山西人民出版社 2009 年 9 月出版。本书是全国艺术科学"十五"规划 2003 年度项目,国家出版基金资助项目,获得中华人民共和国新闻出版总署"经典中国国际出版工程"资助。作者遵循古代"乐舞"不分家的历史客观性,运用了丰厚的文献史料和文物图像资料,以诗、乐、舞一体的形态把握,叙述了上下五千年的古代乐舞。本书分为上下两卷。上卷一至七章,第一章远古乐舞、第二章夏代乐舞、第三章商代乐舞、第四章周代乐舞、第五章秦汉乐舞、第六章魏晋南北朝乐舞、第七章隋唐乐舞。下卷八至十一章,第八章宋、辽、金、西夏乐舞、第九章元明清宫廷乐舞、第十章元明清戏曲歌舞、第十一章元明清民间歌舞。

本书第五章秦汉乐舞共分八节,较为详细地介绍了汉代乐舞的有关情况。第一节汉代宫廷雅乐舞,主要有雅乐舞制作、雅乐舞辞和乐音遗存三部分。"雅乐舞制作"部分认为汉代雅乐舞一方面继承西周六乐《韶》、《武》,另一方面增设为汉朝统治阶级歌功颂德的新作。"雅乐舞辞"部分介绍了郊祀歌《练时日》、《天地》、《日出入》、《安世房中歌》的歌辞和《上林赋》,并对内容和艺术特点有简要说明。"乐音遗存"对汉代乐器和"京房十二律"作了简要介绍。第二节汉代相和歌、相和大曲,共分三部分。第一部分乐舞的形式结构,认为相和歌和相和大曲是这一时期的代表性乐舞,而且二者相互联系,主要介绍了"相和"的来源和含义以及相和大曲的结构组成。第二部分相和乐歌，主要介绍了《公无渡河》、《江南》、《陌上桑》(三解)、《长歌行》(二首)、《艳歌何尝行》(四解)、《饮马长城窟行》的内容和艺术特点。第三部分主要介绍了相和乐器。第三节汉代民间杂曲歌舞，简要介绍了《于阗采花》、《蛱蝶行》、《驱车上东门行》、《伤歌行》、《前缓声歌》、《西洲曲》、《董娇饶》、《冉冉孤生竹》、《李陵歌》的内容和艺术特点。第四节汉代鼓吹乐、横吹乐，分三部分。第一部分鼓吹、横吹的缘起及形式内容，主要介绍了鼓吹、横吹曲的历史来源和应用情况。第二部分鼓吹、横吹曲辞，简要介绍了《上之回》、《战城南》、《上邪》、《有所思》、《巫山高》、《远如期》、《出塞》、《入塞》等曲目的内容和特点。第三部分介绍了鼓吹、横吹的乐器。第五节汉代名舞，分五部分介绍了《巴渝舞》、《盘鼓舞》、《建鼓舞》、《长袖舞》以及《鞞舞》、《铎舞》的文献记载及其特点。第六节汉代的角抵百戏，简要介绍了角抵百戏的种类和表演。第七节汉代统治阶级的乐舞享乐，认为两汉时期统治阶级乐舞享乐之风盛行，社会风气、地方风俗与之相互联系，汉代人音乐修养较高，大多擅长乐器，并简要介绍了汉代名倡、以舞相属、女乐等有关情况。第八节汉代文物乐舞形象，认为汉代乐舞文物主要集中在汉画像石(砖)、陶俑、木俑、墓室壁画、玉雕、漆器、帛画等方面，地区分布较广。汉代乐舞图像百戏乐舞表演突出，常见的是《盘鼓舞》、《长袖舞》、《建鼓舞》等，汉代文物乐舞动作形象突出，技巧性很强。作者运用较多的文物图片介绍了《盘鼓舞》、《长袖舞》、《建鼓舞》的动作技巧以及乐舞百戏的表演场地和奏乐形象。

二十五史音乐志(第1卷)

刘蓝辑注，云南大学出版社2009年12月出版，《云南艺术学院省级重点学科丛书(第五辑)》之一，属国家古籍整理出版资助项目。《二十五史音乐志》共4卷，对从司马迁的《史记》到《清史稿》二十五史中有音乐志书的十七史中的音乐志文字进行整理注疏、解读评价，分为十七篇，是对中国音乐志书的贯通性梳理。第一卷主要包括《史记》音乐志、《汉书》音乐志、《后汉书》音乐志、《晋书》音乐志和《宋书》音乐志五个部分，对每部分的音乐志文字进行了详细注释、翻译和解读评说,并对其中涉及的颇有争议的问题进行了研究。

2010 年

乐府民歌

刘永刚编著,吉林文史出版社 2010 年 3 月出版,《中国文化知识读本丛书》之一。本书介绍了乐府民歌的有关知识,分为四章:一、乐府民歌概述,二、汉代乐府民歌,三、南北朝乐府民歌,四、乐府民歌的地位和影响。作者强调,乐府诗是继《诗经》、楚辞之后,在我国诗歌发展长河中焕发异彩的诗歌形式。乐府民歌即为乐府诗中的民歌部分,是乐府诗的精华。乐府民歌起源于汉代,主要盛行于汉魏六朝,突出地表现了这一时期的诗歌成就。南北朝民歌是继周民歌和汉乐府民歌之后以比较集中的方式出现的一批人民口头创作,显示出劳动人民无比丰富的创造力,是我国文学历史上最可宝贵的诗歌遗产之一。

两汉魏晋南北朝诗导读

林之亭、朱梅福著,黄山书社 2010 年 6 月出版。本书主要是对两汉魏晋南北朝的一些经典诗歌进行介绍,其中汉乐府有 30 首左右,涵盖贵族乐府、文人乐府、民间乐府、古诗十九首的经典作品。每一首诗前面有导读,后面有字词注释。

汉魏乐府新考——汉乐府相和大曲及魏晋清商三调研究

王同、丁同俊、温和著,人民音乐出版社 2010 年 12 月出版,属《高等院校音乐教师研究文丛》。本书是一部关于中国古代音乐的研究论著,研究对象主要是汉魏乐府中重要的艺术表现形式——相和大曲、清商三调。全书分为上下两编。上编主要是对汉乐府"相和大曲"的研究,共分为七个章节。第一章为乐府的总体概述。主要从音乐学、文学和历史学三个层面对乐府的缘起与建构、发展与沿革等方面做一梳理。第二章是"相和歌"的界定。以"相和"的含义和当前音乐史学界对"相和歌"的界定为契机,通过历史学、社会学和文献学的角度来探讨"相和歌"的生成及其特征。第三章是对相和歌的形成与发展做简单论述。第四章是关于"节"与"相"的探讨。通过对"相和歌"中的"节"与《成相篇》中的"相"的探究,推测相和歌在形成过程中可能或多或少地受到说唱音乐的影响,而发展到后来,相和歌反过来对说唱音乐又起到了推动作用。第五章相和大曲研究,是该书的重点部分。在第一节中就相和大曲的名称及其形成时期加以阐述,并指出以杨荫浏和刘明澜为代表的两种学术观点的不同。在第二节中引用刘再生的观点,将相和大曲置于中国音乐历史形态的第二阶段,就相和大曲在中国音乐历史形态中的地位做进一步的论述。第三节对相和大曲的音乐形态给予音乐学本体的探究,虽然相和大曲是汉乐府诗歌中最高的艺术表现形式,但至今人们对它的"艳"、"趋"、"解"、"乱"等音乐组织形式还存在诸多争议,本节就相关论文及史料中存在的问题提出质疑,并提出自己的观点。第四节就相和大曲的乐队编制及几种重要乐器做初步考略。第六章是对几首相和大曲的案例分析。第七章是阐述相和大曲的影响。下编主要是对魏晋"清商三调"及"二调"的研究,这一编是对上一编相和大曲研究的延续。汉代的相和大曲发展到魏晋时期转化为清商大曲,它将歌舞伎乐的形式发展到更高的境界,为唐代大曲的发展与繁荣奠定了基础。故而,清商大曲在整个歌舞伎乐时期处于重要的中间环节。

2011 年

20 世纪中国古代文学国外传播与研究

顾伟列主编,华东师范大学出版社 2011 年 1 月出版。全书分为五编,分别论述 20 世纪中国古代诗、词、散文、戏曲、神话与小说在国外的传播。其中第一编第二章汉魏两晋南北朝诗部分的第一节专门论述汉代诗歌在海外的传播。主要包括五个专题。

一、总体介绍国外学界的汉代乐府诗研究,简要介绍了日本、苏联、法国、美国等国的研究,重点介绍了叶嘉莹的汉代五言和乐府诗的研究。

二、法国学者的《古诗十九首》研究,主要是戴密微和他的学生桀溺的研究。戴密微主持编译的《中国古诗选》(1962)中,收录《古诗十九首》的全部译文,并称誉其"是汉代流传下来的最优美的诗歌,这种五言诗体保持了民歌特色,且具有完美的艺术技巧"。桀溺师承戴密微,所著《古诗十九首》于 1962 年初版,1963 年再版,是海外学界译介和研究《古诗十九首》的代表作。全书分为三部分，第一部分是十九首古诗的重译，第二部分是对每首诗的详尽注释，第三部分"结语"为诗歌评论。桀溺对《古诗十九首》的文学地位作了如下概括："它是一种文学革命，开创了一个新世纪。它们深深植根于过去，不仅追溯到《诗经》，而且也追溯到《楚辞》。不仅就其民歌的形式，而且就其哲学思想来说，这些作品是属于自己的时代的。《古诗十九首》成功地综合了所有这些特点，创新出新诗体和新精神。它们把传统、民间艺术和现代意识融为一体。在这种结合上，古典诗歌萌芽了。"桀溺还对《古诗十九首》中"离别"和"死亡"两大主题、景物描写与艺术结构的特点作了深入论析，不仅比较了《古诗十九首》与《楚辞》中主人公的异同，而且结合法国诗歌的特点作了比较研究。

三、吉川幸次郎的《古诗十九首》研究。作者认为先秦因诸家文化多元共存，学术光芒灿烂，是希望乐观的时代；汉代诗歌中"死亡与无常"的主题十分突出，呈现由乐观向悲哀的转折。魏晋是诗歌情调悲哀的时代，因时光无情流逝而感叹生命本体的必然死亡，显示了人挣脱理性规范回归天然本真后，对于自然规律不可抗争的无助。魏晋名士的虚无感以"叹逝"为表征，而这正是源自《古诗十九首》的重要主题。其表现有三：其一，对不幸时间持续而引起的悲哀……不只为当前某一特定时间的不幸而悲哀；其二，在时间的推移中由幸福而转到不幸悲哀，不停留于过去幸福与当下不幸的对比，而是体认使幸福转为不幸的整个时代；其三，认识到人生只是向终极不幸亦即死亡过渡的短暂一瞬而引发的悲哀，不仅是为死亡而悲，也为人生以死亡为目标而悲。

四、叶嘉莹的《古诗十九首》研究等。主要介绍了叶嘉莹对《古诗十九首》作者、创作时间、艺术特点的研究观点。关于《古诗十九首》的作者，叶嘉莹认为《古诗十九首》本来是民间流传的诗歌，但后来经过了文士的改写和润色。就像屈原改写《九歌》一样，那并不是有意的造作，而是这些诗的感情很能感动人，当文士吟诵这些民间诗歌时，内心中也油然兴感——即所谓"人人读之皆若伤我心者"——因此产生了共鸣，从而才亲自动手来加以修改和润色。关于《古诗十九首》的创作时间，叶嘉莹认为当作于东汉时期，理由有三：风格相近、地名佐证、衰世之音。关于《古诗十九首》的艺术特点,叶嘉莹有较全面的总结和论析:首先是质朴自然,浑然天成。其次是委婉含蓄,言有尽而意无穷。再次是善用比兴。

来自中古的苦乐爱恨——说乐府

王一娟著,中国大百科全书出版社2011年3月出版,《中国古典文学大众丛书》之一。本书主要按朝代顺序对各时期乐府的总体内容和艺术特点进行阐述,共六章,每章都选一句古诗文作为概括。第一章介绍乐府的定义和分类。第二、第三章"感于哀乐,缘事而发——汉乐府",介绍汉代乐府,概括为四方面内容:孔雀东南飞,五里一徘徊——乐府民歌;秦氏有好女,采桑城南隅——乐府民歌中的女性形象;欢乐极兮哀情多,少壮几时兮奈老何——文人乐府;行行重行行,与君生别离——《古诗十九首》。后面三章为魏晋南北朝乐府、隋唐五代乐府、宋以后乐府。

汉诗选译(修订版)

章培恒、安平秋、马樟根主编,张永鑫、刘桂秋译注,金开诚审阅,凤凰出版社2011年5月出版,该书为《古代文史名著选译丛书》之一。从汉代乐府诗、五七言诗中挑选出几十首具有代表性的优秀诗篇,以乐府诗在前、文人诗在后的方式排序。每一首诗前面有诗歌在古代被选的情况和整体意义介绍,诗歌后面有词语注释和翻译。

汉魏六朝乐府文学史(增补本)

萧涤非著,萧海川辑补,人民文学出版社2011年6月出版。本书以人民文学出版社1984年版为基础,增加萧涤非先生自1944年至1991年四十七年间,在该书中的所有批注,同时改原版繁体竖排为简体字横排。由萧先生之孙萧海川辑补。所做整理工作,包括两汉乐府部分,主要有五项:1. 辑补批注。从1944年版辑得193条,从1984年版辑得36条,凡229条。不无参考价值。2. 复按原书。订正排印讹误,如1984年版第184页"长女为须卜次居,小女为当于次居",复按《汉书·匈奴传》发现"次居"应作"居次",注云:"居次,公主也。"据此随文改定(增补本第178页)。3. 据萧先生生前意见,以"乾按"的形式,补充了十个页下注,大都是有关两汉乐府的。如《宋书·乐志》点校本校勘《乌生十五子》的问题(第15页),《后汉书》"单辞"的解释(第70页),《雁门太守行》确是东汉采诗用为黜陟之明例(第72页),《东门行》的本词问题(第81页),《东观汉记》所载《河内谣》是东汉采风谣以考察政绩之又一明例(第87页)等。4.撰写"附记"。主要就《东门行》"今非咄行"的读法问题这一老公案,在萧先生生前积累材料的基础上,广为搜求与深入辨析,以大量翔实材料确证,萧先生坚持的黄节先生把"今非咄行"四字读为一句的解释,是符合古人语言习惯的,当为汉乐府本词之本来面目;而迄今所有的《汉魏乐府风笺》版本,校订者将此四字标点为"今非!咄,行!"不仅缺乏文献根据,更违背黄节先生的笺注本意,是不妥的。王运熙先生指出:"汉乐府《东门行》中'今非咄行'一句,比较费解,易生歧义。比较说来,黄节、萧涤非两先生的解释,最为妥贴。"(参阅萧海川《〈东门行〉"今非咄行"考》,《文史哲》2008年第6期。《汉乐府〈东门行〉读法新证》,《江西社会科学》2009年第2期;《人大复印资料》2009年第7期;以及萧涤非著、萧海川编《风诗心赏·谈汉乐府〈东门行〉本词》,中华书局2008年第1页)5.鉴于本书"凡所著录,概属全篇"的特点,编写《本书录诗索引》,附于书末,以便观览。

汉唐乐府中的民俗因素解析

刘航著,商务印书馆2011年11月出版。乐府诗和民俗关系错综复杂,本书尽可能地将乐府诗放在它赖以产生的民俗环境中加以考察,并在此基础之上探讨文学内部机制的变化。着重考察乐府诗本事、主旨、人物、模式化意象和情节是在怎样的民俗环境中被创造出来的,又是怎样随着民俗文化的变迁而发展变化的以及乐府诗在民俗生活中发挥的作用和对民俗文化的影响。本书分为上、中、下三编。上编为"乐府人物考论",考证了一些诞生于乐府诗的人物和虽没有诞生于乐府诗但与乐府诗关系紧密的人物;中编为"乐府诗模式化意象与情节杂考",提出乐府诗中的部分意象和情节具有特定的民俗含义,不仅为诗歌增添韵味,还直接参与内容表达。其中在《城南——情爱与战争的方位符号》中作者考察了"城南"一词是代表情爱与战争方位的符号及其渊源,在《乐府诗中的花卉、花果与情爱》中作者论述了"蒲"是代表情爱的意象,提到《孔雀东南飞》里曾提到"蒲苇纫如丝"。在《折柳、折花赠远的形式与功用》中论述了古人折柳、折花赠远的习俗以及在乐府中的涵义，还谈到古人用柳枝、花枝打结，是源自古人对扣结的信仰。下编为"乐府诗与民俗文化综论"，其中在《民俗文化与乐府诗主旨的形成和变异》中，论述了民俗文化对乐府诗主旨的形成和变异都有举足轻重的影响。在《水嬉与汉唐乐府诗》中论述了水嬉歌舞与乐府诗歌的关系。在《乐府艺术对人物传说流布及演变的影响》中谈到入乐形式、演唱效果对传播效果的影响、题目主题相近的乐府诗在传播中互相吸纳等问题。

2012 年

中国文学叙事传统研究

董乃斌主编，刘亮等著，中华书局 2012 年 3 月出版。本书认为中国文学史由叙事传统和抒情传统这样两个传统贯穿，二者同源共生、互动互益，以弥补纠正以往研究的片面与缺失。全书从探讨汉字构型与叙事思维的关系开始，依次探讨了文学批评、历史记述、一般诗词、乐府、赋、散文、戏曲、小说等不同文体中融汇的两大传统，尤其关注两大传统互相交融影响的过程，并进而加以理论总结，探讨以两大传统研治中国文学史的发展方向。全书共有十二章，前面有导论，后面有后记。第六章为"汉魏隋唐乐府叙事论"，"小引"部分强调"音乐性以外，叙事性的确是乐府诗的另一重大特色"，第一节"叙事：乐府文学的核心特征"，认为叙事性在乐府中是仅次于音乐性的一大特征。若从文学角度视之，则同样处于核心位置。音乐性关涉的主要是乐府的表演形式和艺术功能，叙事性则多关涉乐府诗的内容和表现手法。首先乐府古题的产生，与本事有关；其次，乐府流传过程中，会有种种变化；再次，乐府固然重叙事，但也很重抒情，乐府诗中并不乏纯抒情的作品。更重要的是，在乐府诗的发展演变过程中，叙事与抒情二者还曾发生过此消彼长、有所升沉的情况。第二节汉乐府叙事内容综览，从叙事内容的角度介绍了八类内容：宫廷宗庙典礼和郊祀宴飨活动、时事和当代政治生活、一般社会生活、战争、妇女、历史题材、游仙、寓言。第三节论述汉乐府叙事手法，主要有五点：铺叙手法大量使用、叙事与抒情结合、叙述视角"陌生化"、问答形式和质朴口语、谐音双关与隐喻手法。第四节论述乐府诗叙事在魏晋以后的演变，第五节为唐代乐府的叙事考察。

先秦汉魏六朝诗歌体式研究

葛晓音著，北京大学出版社2012年3月出版。全书分为上、中、下三编，从语言、节奏、结构、表现方式等多种角度，深入而系统地探讨了从《诗经》《楚辞》到五言、七言、杂言等各类诗体产生和发展的原理，各类诗歌体式之间的关系，以及体式的形成与各类诗型的艺术表现感觉和创作传统之间的关系。上编主要论述"诗骚体式的节奏结构和表现原理"。中编主要论述"七言诗的生成原理及其与各类诗型的关系"，涉及汉乐府的有《论汉魏三言体的发展及其与七言的关系》、《汉魏两晋四言诗的新变和体式的重构》、《早期七言的体式特征和生成原理——兼论汉魏七言诗发展滞后的原因》、《中古七言体式的转型——兼论"杂古"归入"七古"类的原因》。下编论述"五言诗的产生和创作传统的形成"，涉及汉乐府的有《论早期五言体的生成途径及其对汉诗艺术的影响》、《论汉魏五言的"古意"》、《西晋五古的结构特征和表现方式——兼论"魏制"与"晋造"的同异》、《从五古结构看"陶体"的特征和成因》。

汉乐府接受史论（汉代—隋代）

唐会霞著，中国社会科学出版社2012年12月出版。本书借鉴西方接受美学理论，从文学接受的角度切入，考察唐前各个历史时期汉乐府的演唱、记录、研究、批评及创作中的模拟与借鉴等各种方式的接受状况。作者认为，汉乐府诗从汉初产生，历经魏、晋、南北朝和隋代共八百余年，每个特定的历史时期，人们的期待视野都有或多或少的变化。期待视野的不同，导致了人们对汉乐府接受行为与结果的不同。作者用翔实的史料深入论证了这些接受行为与结果及其产生的政治、经济、文化等方面的原因，充分肯定了读者的接受行为在汉乐府经典化历程中的重要作用。

（柳卓娅等　编撰）

现当代两汉乐府论文要目

1925 年

《孔雀东南飞》考证,陆侃如,《学灯》1925 年 5 月 7 日、8 日

1926 年

《汉短箫铙歌十八曲考释》,孔德,《东方杂志》1926 年第 23 卷第 9 期

1927 年

《汉三大乐歌声调辨》,朱希祖,《清华学报》1927 年第 4 卷第 2 期

1933 年

《乐府清商三调讨论》,黄节、朱自清,《清华周刊》1933 年第 39 卷第 8 期

1935 年

《〈孔雀东南飞〉为程子枢妻李氏作》,陈嘉会,《船山学刊》1935 年第 1 期

1950 年

《两汉乐舞考》,台静农,《台湾大学文史哲学报》1950 年第 1 期
《汉巾舞歌辞句读及研究》,杨公骥,《光明日报》1950 年 7 月 19 日

1955 年

《汉代乐府诗里所反映的社会生活》,郑孟彤,《光明日报》1955 年 2 月 27 日
《汉代的俗乐和民歌》,王运熙,《复旦学报》1955 年第 2 期
《评俞平伯在汉乐府"羽林郎"解说中的错误立场》,萧涤非,《文史哲》1955 年第 3 期

1957 年

《从民歌的角度来谈〈孔雀东南飞〉中的几个问题》，李效厂，《西南师范大学学报(自然科学版)》1957 年创刊号

《汉代鼓吹曲考》，王运熙，《复旦学报(人文科学版)》1957 年第 1 期

1958 年

《从语言上推测〈孔雀东南飞〉一诗的写定年代》，徐复，《学术月刊》1958 年第 2 期

《对徐复的〈从语言上推测《孔雀东南飞》一诗的写定年代〉一文的商榷》，徐铭延，《学术月刊》1958 年第 12 期

1959 年

《与萧涤非先生商榷〈妇病行〉的主题思想》，乔明纲，《山东大学学报(哲学社会科学版)》1959 年第 1 期

《汉铙歌十八曲新解》，陈直，《人文杂志》1959 年第 4 期

1961 年

《〈孔雀东南飞〉疑义相与析》，傅庚生，《文学评论》1961 年第 1 期

《关于〈孔雀东南飞〉疑义》，余冠英，《文学评论》1961 年第 2 期

《略谈〈孔雀东南飞〉》，平伯，《文学评论》1961 年第 4 期

1962 年

《汉大曲管窥》，丘琼荪，《中华文史论丛》1962 年第 1 辑

《汉乐府与清商乐》，阴法鲁，《文史哲》1962 年第 2 期

《试释〈孔雀东南飞〉中"媒人去数日"一节》，王焕镳，《杭州大学学报(哲学社会科学版)》1962 年第 2 期

1978 年

《秦汉乐府考略——由秦始皇陵出土的秦乐府编钟谈起》,寇效信,《陕西师范大学学报(哲学社会科学版)》1978 年第 1 期

《〈孔雀东南飞〉评价中的两个问题》,唐满先,《江西师范大学学报(哲学社会科学版)》1978 年第 2 期

1979 年

《〈孔雀东南飞〉注释异议》,费秉勋,《陕西师范大学学报(哲学社会科学版)》1979 年第 3 期

《〈孔雀东南飞〉"序"质疑》,张晋发,《学习与探索》1979 年第 4 期

《〈孔雀东南飞〉旧注新探》,李成蹊,《徐州师范大学学报(哲学社会科学版)》1979 年第 4 期

1980 年

《读〈孤儿行〉与〈僮约〉札记——兼谈胡适〈白话文学史〉有关论点》,王进珊,《徐州师范大学学报(哲学社会科学版)》1980 年第 1 期

《乐府古诗〈上山采蘼芜〉质疑》,岳少峰,《宝鸡文理学院学报(社会科学版)》1980 年第 1 期

《〈饮马长城窟行〉本辞探实》,费秉勋,《人文杂志》1980 年第 3 期

《取譬引类 触物起情——试论〈孔雀东南飞〉开头的起兴》,曙汛,《辽宁师范大学学报(社会科学版)》1980 年第 2 期

《关于〈东门行〉的校刊问题——与王季思先生商榷》,李增林,《宁夏大学学报(哲学社会科学版)》1980 年第 2 期

《〈孔雀东南飞〉是反封建的好作品》,王卫国,《南昌大学学报(人文社会科学版)》1980 年第 3 期

《关于〈孔雀东南飞〉的"序"——与张晋发、孙景梅二同志商榷》,费秉勋,《学习与探索》1980 年第 6 期

《〈公莫舞〉辨析》，冯建民，《复旦学报(社会科学版)》1980年第6期

《立乐府不自汉武帝始论》，刘方元，《江西师范大学学报(哲学社会科学版)》1980年第3期

《〈孔雀东南飞〉新探》，许总，《江苏教育》1980年第12期

1981年

《从〈诗经〉、两汉乐府民歌看现实主义创作方法的基本特征》，蔡守湘，《武汉大学学报(人文科学版)》1981年第1期

《〈孔雀东南飞〉研究》，谭戒甫，《文献》1981年第2期

《关于〈孔雀东南飞〉的教育作用和艺术特征》，郭预衡，《语文教学通讯》1981年第3期

《〈有所思〉与〈上邪〉"当为一篇"吗》，耿兆林，《天津师范大学学报(社会科学版)》1981年第3期

《关于〈孔雀东南飞〉的写作时代问题》，蒋逸雪，《江苏大学学报(高教研究版)》1981年第4期

《相和歌与清商三调》，曹道衡，《文学评论丛刊》1981年第9辑

《〈羽林郎〉新探》，张慧博，《天津师院学报》1981年第5期

1982年

《"〈上邪〉与〈有所思〉当为一篇"异议》，范能船，《零陵师专学报》1983年第1期

《汉铙歌〈战城南曲〉试析》，周坊，《昆明师范学院学报(哲学社会科学版)》1982年第2期

《封建婚姻制的反抗者——试析〈孔雀东南飞〉中的焦仲卿形象》，周东晖，《新疆师范大学学报(哲学社会科学版)》1982年第2期

《〈孔雀东南飞〉析疑四则》，何旭光，《西南民族大学学报(人文社科版)》1982年第3期

《焦、刘为什么一定要自杀——谈〈孔雀东南飞〉悲剧的性格因素》，许匡一，《语文教学与研究》1982年第6期

《"乐府"产生于何时》，宋万学，《辽宁师范大学学报(社会科学

版)》1982 年第 6 期

《相和歌曲调考》，逯钦立，《文史》1982 年第 14 辑

1983 年

《〈长歌行〉赏析》，蹇斋，《淮阴师专学报(社会科学版)》1983 年第 1 期

《比喻的妙用——谈乐府民歌〈长歌行〉的艺术特点》，源流，《齐齐哈尔师范学院学报(哲学社会科学版)》1983 年第 3 期

1984 年

《浅议〈孔雀东南飞〉中的两个细节——与游国恩诸先生商榷》，何会文，《许昌学院学报》1984 年第 1 期

《谈〈陌上桑〉中罗敷与太守的形象——兼复张宝生、张虎成同志》，田怡，《语文学刊》1984 年第 3 期

《〈战城南〉中的"梁筑室"与"良臣"辨》，李安纲，《运城师专学报》1984 年第 3 期

《乐府设置时间考辨》，胡澍，《学术月刊》1984 年第 10 期

《论汉乐府叙事诗的发展原因和表现艺术》，葛晓音，《社会科学》1984 年第 12 期

1985 年

《乐府音乐中的"解"与歌辞中的"拼凑分割"》，李济阻，《天水师范学院学报》1985 年第 1 期

《汉乐府民歌中禽言诗的艺术特色》，张秉光，《佛山科学技术学院学报(社会科学版)》1985 年第 1 期

《〈汉安世房中歌〉试论》，郑文，《甘肃社会科学》1985 年第 2 期

《〈孔雀东南飞〉产生时代补证》，孙续恩，《湖北师范学院学报(哲学社会科学版)》1985 年第 2 期

《论汉乐府新诗体的产生》，窦永丽，《信阳师范学院学报(哲学社会科学版)》1985 年第 2 期

《中国文学中第一个少数民族妇女的光辉形象——读〈羽林郎〉》，

韩登庸,《语文学刊》1985 年第 2 期

《论〈国风〉的铺陈描绘及其对汉乐府叙事诗的影响》,蒋长栋,《怀化学院学报》1985 年第 4 期

《〈孔雀东南飞〉的戏剧性》,徐寒玉,《中学语文》1985 年第 6 期

1986 年

《西汉歌舞剧巾舞〈公莫舞〉的句读和研究》,杨公骥,《中华文史论丛》1986 年第 1 辑

《试探汉乐府民歌的弃妇诗》,张秉光,《佛山科学技术学院学报(社会科学版)》1986 年第 1 期

《试论汉乐府〈陌上桑〉的审美价值》,秦忠翼,《湖南城市学院学报》1986 年第 1 期

《关于〈孔雀东南飞〉结尾的形成》,张亚新,《语文学刊》1986 年第 2 期

《驳〈汉铙歌十八曲〉都是军乐说》,郑文,《西北师大学报(社会科学版)》1986 年第 2 期

《白发时下难久居——〈东门行〉新探》,李安纲,《固原师专学报》1986 年第 2 期

《惊人的相似 本质的不同——汉乐府〈上邪〉与敦煌曲子词[菩萨蛮]"枕前发尽千般愿"的比较探讨》,祝诚,《徐州师范学院学报》1986 年第 2 期

《汉乐府〈陌上桑〉中的"使君"形象别议——兼谈〈陌上桑〉的主题》,桑建中,《山西师大学报(社会科学版)》1986 年第 3 期

《汉乐府官署创设的时间与地点》,孟楚,《史林》1986 年第 3 期

《试论两汉乐府民歌的审美个性》,杨清波,《唐都学刊》1986 年第 3 期

《汉武帝之前乐府职能考》,李文初,《社会科学战线》1986 年第 3 期

《〈孔雀东南飞〉错简初探》,张滁云,《运城学院学报》1986 年第 3 期

《汉乐府〈陌上桑〉中的"使君"形象别议——兼谈〈陌上桑〉的主

题》,桑建中,《山西师大学报(社会科学版)》1986 年第 3 期

《〈孔雀东南飞〉悲剧的社会根源》,白本松,《许昌学院学报》1986 年第 4 期

1987 年

《汉〈公莫舞〉歌词试断》,白平,《山西大学学报(哲学社会科学版)》1987 年第 1 期

《甚解当求　拔高不宜——还〈羽林郎〉中胡姬以优美本相》,艾荫范,《辽宁教育学院学报(社会科学版)》1987 年第 1 期

《汉乐府〈陌上桑〉新探》,赵敏俐,《江西社会科学》1987 年第 3 期

1988 年

《西汉乐府考略》,赵生群,《中国音乐学》1988 年第 1 期

《汉乐府〈东门行〉新解——向余冠英、王季思、萧涤非诸先生请教》,李固阳,《许昌学院学报》1988 年第 2 期

《〈战城南〉本事考释》,孙海洋,《湖南科技大学学报(社会科学版)》1988 年第 3 期

《试论汉乐府采诗目的》,洛保生,《河北大学学报(哲学社会科学版)》1988 年第 4 期

《汉乐府民歌与〈古诗十九首〉比较研究》,王晓真,《曲靖师范学院学报》1988 年第 4 期

《〈汉鼓吹铙歌十八曲〉属性商榷——读〈汉魏六朝乐府文学史〉札记》,易健贤,《贵州教育学院学报》1988 年第 4 期

《〈孔雀东南飞〉产生地辨正》,李杏林,《安庆师范学院学报(社会科学版)》1988 年第 4 期

《汉乐府民歌作者的社会层》,李罗兰,《文学评论》1988 年第 6 期

1989 年

《我国最早的歌舞剧〈公莫舞〉演出脚本研究》,赵逵夫,《中华文史论丛》1989 年第 1 辑

《乐府古辞〈雁门太守行〉"少行宦学通五经论"解》,东飚,《长

沙水电师院学报(社会科学版)》1989年第2期

《从情欲到理性——〈诗经〉与汉乐府中爱情诗的比较》,王一娟,《中州学刊》1989年第5期

《论汉乐府民歌艺术上的继承与发展》,罗昌奎,《广西民族学院学报(哲学社会科学版)》1989年第3期

《〈孔雀东南飞〉是汉代乐府吗》,王刘莉,《江汉大学学报(社会科学版)》1989年第2期

《古乐府艳歌之演变》,齐天举,《阴山学刊》1989年第1期

《试谈汉乐府的浪漫主义》,王增文,《商丘师范学院学报》1989年第3期

1990年

《乐府两题之一:相和三调不等于清商三调》,龚林,《音乐艺术》1990年第1期

《汉郊庙歌评价商榷》,傅赓强,《杭州大学学报(哲学社会科学版)》1990年第2期

《汉乐府的娱乐职能及其对艺术表现的影响》,潘啸龙,《中国社会科学》1990年第6期

《〈孔雀东南飞〉焦母形象新探》,龚维英,《江淮论坛》1990年第5期

《〈郊祀歌·日出入〉与〈九歌·东君〉风马牛》,熊任望,《中州学刊》1990年第5期

1991年

《〈孔雀东南飞〉主题、人物争议论略》,潘啸龙,《安徽师范大学学报(人文社会科学版)》1991年第1期

《中国古代官吏的休假制度与婚姻家庭——从〈孔雀东南飞〉的爱情悲剧谈起》,林剑鸣,《学术月刊》1991年第2期

《周诗振雅曲 汉鼓发奇声——〈汉鼓吹铙歌十八曲〉新解之一》,易健贤,《贵州教育学院学报(社会科学版)》1991年第2期

《悲歌可以当泣 远望可以当归——〈汉鼓吹铙歌十八曲〉新解之

二》，易健贤，《贵州教育学院学报（社会科学版）》1991 年第 3 期

《汉武帝立乐府考》，倪其心，《北京大学学报（哲学社会科学版）》1991 年第 5 期

1992 年

《情人怨遥夜 竟夕起相思——〈汉鼓吹铙歌十八曲〉新解之三》，易健贤，《贵州教育学院学报（社会科学版）》1992 年第 1 期

《汉乐府民歌与〈诗经〉民歌之比较》，崔康柱，《渭南师范学院学报》1992 年第 2 期

《关于汉乐府民歌〈江南〉的主题——与王富仁先生商榷》，魏文华，《名作欣赏》1992 年第 2 期

《〈孔雀东南飞〉中"焦母何以遣归刘兰芝"论辩》，王文清，《聊城大学学报（社会科学版）》1992 年第 2 期

《主题的重建——〈孔雀东南飞〉赏析》，王富仁，《名作欣赏》1992 年第 4 期

《三场歌舞剧〈公莫舞〉与汉武帝时代的社会现实》，赵逵夫，《西北师大学报（社会科学版）》1992 年第 5 期

1993 年

《谈〈饮马长城窟行〉的艺术特色》，蔡守湘，《语文学刊》1993 年第 1 期

《是乐府民歌，还是文人古诗？——〈孔雀东南飞〉辨难》，王绪霞，《河南师范大学学报（哲学社会科学版）》1993 年第 2 期

《汉乐府民歌的戏剧审美创造》，李伯敬，《江苏社会科学》1993 年第 3 期

《论郊祀歌与儒家乐论的关系》，胡晓明，《文艺理论研究》1993 年第 4 期

1994 年

《〈孔雀东南飞〉地理辨疑及作品主人公的传说》，徐伟伟，《安庆师范学院学报（社会科学版）》1994 年第 1 期

《简论〈孔雀东南飞〉叙事艺术的创新》,贺陶乐,《延安大学学报(哲学社会科学版)》1994年第1期

《乐府诗〈孔雀东南飞〉与汉代婚姻风俗》,李晖,《淮北煤炭师院学报(哲学社会科学版)》1994年第3期

《试论"铙歌"的演变》,曹道衡,《中国社会科学院研究生院学报》1994年第3期

《〈陌上桑〉主题重探》,郭建章,《语文学习》1994年第4期

《关于乐府民歌的产生和写定》,曹道衡,《文史知识》1994年第9期

《汉〈巾舞歌诗〉试解》,叶桂桐,《文史》1994年第39辑

1995 年

《〈孔雀东南飞〉神话考》,李明劼,《云南民族学院学报(哲学社会科学版)》1995年第1期

《略论两汉乐府民歌中所体现的人性精神》,胡晓明,《齐鲁学刊》1995年第1期

《汉乐府风格论》,王运熙,《楚雄师专学报》1995年第4期

《楚声流变与汉乐府的成熟》,王小兰,《社科纵横》1995年第2期

《略论汉乐府民歌的"以悲为美"》,王兰英,《语文学刊》1995年第3期

1996 年

《〈陌上桑〉与"秋胡戏妻"的故事》,骆玉明,《古典文学知识》1996年第1期

《析汉乐府民歌中的劳动妇女形象》,石远忠,《吉首大学学报(社会科学版)》1996年第1期

《汉乐府叙事诗的戏剧性》,阮忠,《南都学坛》1996年第1期

《〈东门行〉"咄"字考》,叶桂桐,《古籍整理研究学刊》1996年第1期

《论汉乐府民歌中妇女形象的塑造》,王增文,《中华女子学院学

报》1996 年第 3 期

《〈焦仲卿妻〉八病说》，刘毓庆，《文艺研究》1996 年第 4 期

《汉代〈郊祀歌十九章〉的游仙长生主题》，张宏，《北京大学学报（哲学社会科学版）》1996 年第 4 期

《汉〈郊祀歌〉与谶纬之学》，叶岗，《文学评论》1996 年第 4 期

《〈陌上桑〉与〈羽林郎〉比较研究》，树成赢，《佳木斯教育学院学报》1996 年第 4 期

1997 年

《〈孔雀东南飞〉的时代烙印——析焦刘婚姻悲剧成因》，郭全芝，《淮北煤炭师院学报（哲学社会科学版）》1997 年第 1 期

《〈孔雀东南飞〉中家庭悲剧的心理析解》，赵红娟，《南京师大学报（社会科学版）》1997 年第 2 期

《从〈陌上桑〉到〈洛神赋〉——围绕美女罗敷发生的故事》，宫玉海，《通化师范学院学报》1997 年第 2 期

《〈陌上桑〉与〈羽林郎〉比较研究》，树成赢，《安顺师范高等专科学校学报》1997 年第 3 期

《论汉乐府的文学思想及其理论价值》，刘怀荣，《贵州文史丛刊》1997 年第 3 期

《汉乐府"采诗娱乐说"质疑——乐府采诗缘由浅探》，洛保生，《河北大学学报（哲学社会科学版）》1997 年第 4 期

《揭千古之谜——汉铙歌〈石留篇〉解读》，叶桂桐，《古籍整理研究学刊》1997 年第 5 期

《汉乐府民歌叙事艺术探幽》，张来芳，《江西社会科学》1997 年第 10 期

1998 年

《多姿的美女形象——从〈陌上桑〉等看汉乐府民歌与文人五言诗塑造人物形象的异同》，陶发祥，《玉溪师范学院学报》1998 年第 1 期

《〈战城南〉与〈药〉中乌鸦意象解说》，张宏图，《集宁师专学报》1998 年第 1 期

《相和歌与清商曲》，王运熙，《中国文学研究》1998年第2期

《关于汉武帝立乐府》，王运熙，《镇江师专学报（社会科学版）》1998年第2期

《〈诗经〉、汉乐府之"弃妇诗"新解》，毛忠贤，《江西师范大学学报（哲学社会科学版）》1998年第2期

《汉鼓吹铙歌〈巫山高〉试解》，王建纬，《四川文物》1998年第2期

《汉哀帝罢撤乐府的前因后果》，张斌荣，《中国典籍与文化》1998年第3期

《上古采诗与汉乐府民歌》，洛保生，《河北学刊》1998年第3期

《〈孔雀东南飞〉"反封建礼教说"质疑》，葛崇烈，《扬州大学学报（人文社会科学版）》1998年第3期

《〈郊祀歌〉考论》，张强，《淮阴师范学院学报（哲学社会科学版）》1998年第3期

《巾舞歌辞校释》，姚小鸥，《文献》1998年第4期

《试论"楚声"在汉代"相和歌"中的主导地位》，冯建志，《南都学坛》1998年第5期

《公莫巾舞歌行考》，姚小鸥，《历史研究》1998年第6期

《〈公莫舞〉与王国维中国戏剧成因外来说》，姚小鸥，《文艺研究》1998年第6期

1999年

《无嗣的悲剧——〈孔雀东南飞〉中刘兰芝被遣考》，叶通贤，《贵州教育学院学报（社会科学版）》1999年第1期

《〈陌上桑〉文化原型新探》，魏宏灿，《济宁师专学报》1999年第1期

《汉代社会与乐府艺术》，钱志熙，《文学前沿》1999年第1期

《〈东门行〉主题新解》，宋红霞，《洛阳工业高等专科学校学报》1999年第1期

《〈我国最早的歌舞剧《公莫舞》演出脚本研究〉商榷》，姚小鸥，《东北师范大学学报》1999年第3期

《"采桑"新解——兼谈〈陌上桑〉的主题》，崔际银，《河北师范大学学报(哲学社会科学版)》1999年第3期

《汉武帝扩建乐府与西汉俗乐的兴盛》，张斌荣，《广东社会科学》1999年第5期

《〈陌上桑〉中罗敷所说之丈夫辨析》，严依龙，《求索》1999年第5期

《论〈公莫舞〉非歌舞剧演出脚本——兼与赵逵夫先生商榷》，叶桂桐，《文艺研究》1999年第6期

2000年

《汉乐府的艺术体制》，钱志熙，《新国学》2000年

《离之成细流　合观奏奇响——〈有所思〉和〈上邪〉别解》，曾祥旭，《南都学坛》2000年第1期

《焦母的病态人格——〈孔雀东南飞〉焦母形象剖析》，陈晓芸，《漳州师范学院学报(哲学社会科学版)》2000年第1期

《从〈安世房中歌〉看汉初儒学的发展》，王启才，《阜阳师范学院学报(社会科学版)》2000年第1期

《也谈〈公莫舞〉的研究——兼与姚小鸥评论文章商榷》，刘瑞明，《西北师大学报(社会科学版)》2000年第1期

《西汉乐府考论》，张强，《淮阴师范学院学报(哲学社会科学版)》2000年第2期

《〈汉乐府·枯鱼过河泣〉解》，陈松青，《民俗研究》2000年第2期

《论〈孔雀东南飞〉为文人赋》，叶桂桐，《中国韵文学刊》2000年第2期

《汉乐府民歌：生命的悲歌》，肖晓阳，《唐都学刊》2000年第3期

《对〈《我国最早的歌舞剧〈公莫舞〉演出脚本研究》商榷〉的再商榷》，马世年，《山西师范大学学报(社会科学版)》2000年第3期

《〈诗经〉、汉乐府弃妇诗发微》，杨抱朴，《社会科学辑刊》2000年第4期

《音乐史上的雅俗之变与汉代的乐府艺术》，钱志熙，《浙江社会科学》2000 年第 4 期

《〈孔雀东南飞〉太守求婚疑案试断》，张福乾，《徐州教育学院学报》2000 年第 4 期

《〈安世房中歌〉教化思想考论》，张强，《江苏社会科学》2000 年第 4 期

《〈白头吟〉的著作权》，罗文博，《阜阳师范学院学报（社会科学版）》2000 年第 6 期

《20 世纪〈公莫舞〉研究回顾》，马世年，《古典文学知识》2000 年第 6 期

2001 年

《〈陌上桑〉与桑林主题》，孟修祥，《宝鸡文理学院学报（社会科学版）》2001 年第 1 期

《两首意趣迥异的〈东门行〉》，顾农，《古典文学知识》2001 年第 2 期

《重论汉武帝"立乐府"的文学艺术史意义》，赵敏俐，《社会科学战线》2001 年第 5 期

《再论汉乐府音乐的分类及雅、俗关系》，伍维曦，《郧阳师范高等专科学校学报》2001 年第 5 期

《〈饮马长城窟行〉中"双鲤鱼"与"烹鲤鱼"的指意管见》，杨皑，《华南师范大学学报（社会科学版）》2001 年第 6 期

2002 年

《〈孔雀东南飞〉的故事背景》，乐闻，《文学遗产》2002 年第 1 期

《论〈郊祀歌〉的神仙思想》，曾祥旭，《南都学坛》2002 年第 1 期

《男权话语下的女性爱情试炼——〈陌上桑〉新解》，王海燕，《东方论坛》2002 年第 1 期

《试论汉乐府中的生命态度》，王士祥，《周口师范学院学报》2002 年第 1 期

《从汉代的采风政策与董仲舒的家庭观看汉乐府民歌妇女形象》，

胡大雷,《玉林师范学院学报》2002年第2期

《再谈〈公莫舞〉的研究——兼评姚小鸥〈洛道五丈渡汲水〉》,马世年,《西北师范大学学报(社会科学版)》2002年第3期

《〈陌上桑〉母题的嬗变及其整合艺术》,朱瑜章,《河西学院学报》2002年第3期

《〈公莫舞〉剧本定性研究评述》,刘瑞明,《中国文化研究》2002年第3期

《汉魏六朝曲唱文本的破译及其在乐府文学研究中的意义》,姚小鸥,《文艺研究》2002年第4期

《〈汉鼓吹铙歌〉十八曲研究》,赵敏俐,《文史》2002年第4辑

《黄门鼓吹考》,孙尚勇,《黄钟(武汉音乐学院学报)》2002年第4期

《古代戏剧研究的一个重大贡献——论赵逵夫先生的〈公莫舞〉研究》,郭令原,《甘肃社会科学》2002年第4期

《汉乐府中所见的道家思想和道家审美观念》,曾祥旭,《南阳师范学院学报》2002年第5期

《对汉乐府"感于哀乐,缘事而发"的新阐释》,曾晓峰,《武汉理工大学学报(社会科学版)》2002年第5期

《"艳歌"新论》,石观海,《武汉大学学报(人文科学版)》2002年第5期

《〈公莫舞〉古辞研究的历史回顾与前瞻》,徐正英,《郑州大学学报(哲学社会科学版)》2002年第6期

2003 年

《〈孔雀东南飞〉的两套故事》,罗漫,《文艺研究》2003年第1期

《浅谈乐府民歌的新闻性》,张艳丽,《平顶山师专学报》2003年第1期

《谁是西汉歌舞剧巾舞〈公莫舞〉科仪本〈巾舞歌辞〉的破译者》?姚小鸥,《山西师范大学学报(社会科学版)》2003年第2期

《〈孔雀东南飞〉"五里一徘徊"浅解》,刘贵华,《湖北师范学院学报(哲学社会科学版)》2003年第2期

《〈孔雀东南飞〉与中国古代婚俗》,肖振宇,《民俗研究》2003年第2期

《汉代乐府的音乐活动与歌诗》,刘旭青,《扬州大学学报(人文社会科学版)》2003年第2期

《〈巾舞歌辞〉研究的历史真相——驳〈〈公莫舞〉剧本定性研究评述〉》,姚小鸥,《中国文化研究》2003年第3期

《经学观念与汉乐府、大赋的文学生成》,李山,《河北学刊》2003年第4期

《〈孔雀东南飞〉殉情故事发生的文化因缘》,王茜,《黔南民族师范学院学报》2003年第5期

《汉代神学思潮与汉乐府郊庙、游仙诗》,吴贤哲,《西南民族大学学报(人文社科版)》2003年第6期

《汉乐府"采诗"说再认识》,李锦旺,《江淮论坛》2003年第6期

《浅谈汉乐府的社会影响及其历史作用》,彭钰,《皖西学院学报》2003年第6期

《贵妇还是民女——〈陌上桑〉中秦罗敷身份浅析》,朱久兵,《辽宁教育行政学院学报》2003年第11期

2004年

《相和唱奏方式与辞乐关系——乐府唱奏方式研究之一》,崔炼农,《西南民族大学学报(人文社科版)》2004年第1期

《汉乐府创作主体之分析》,曾晓峰,《武汉理工大学学报(社会科学版)》2004年第1期

《也谈辛延年〈羽林郎〉中的"金吾子"》,阎步克,《中国文化研究》2004年第1期

《汉代乐府〈陌上桑〉中的官制问题》,阎步克,《北京大学学报(哲学社会科学版)》2004年第2期

《试析汉乐府文事相依的传播特点》,曾晓峰,《中南民族大学学报(人文社会科学版)》2004年第2期

《从汉乐府作者的变迁看文学自觉意识的增强》,曾晓峰,《湖北成人教育学院学报》2004年第2期

《读〈艳歌行〉札记》，王海波，《中国韵文学刊》2004 年第 2 期

《从〈乐府诗集〉的统计数据重新审视汉乐府》，曾晓峰，《西南民族大学学报(人文社科版)》2004 年第 3 期

《汉代乐府咏史诗探论》，韦春喜，《石油大学学报(社会科学版)》2004 年第 3 期

《从相和歌到唐代大曲的演变》，赵艳玲，《盐城师范学院学报(人文社会科学版)》2004 年第 3 期

《汉代郊庙歌之文化意义》，刘旭青，《山东省青年管理干部学院学报》2004 年第 5 期

《论西汉经学背景下的乐府和乐府运动》，曾祥旭，《天府新论》2004 年第 5 期

《西汉武、宣两朝的国家祀典与乐府的造作》，徐兴无，《文学遗产》2004 年第 5 期

《汉代皇室贵族乐府的悲凉主调及其成因》，刘文斌，《辽宁师专学报(社会科学版)》2004 年第 5 期

《汉代养生思潮、经学诗教与汉乐府》，赵明正，《辽宁大学学报(哲学社会科学版)》2004 年第 5 期

《西汉乐府的职能演变及其名称的沿用》，李锦旺，《齐鲁学刊》2004 年第 5 期

《〈东门行〉中的"今非"新解》，刘献春，《高等函授学报(哲学社会科学版)》2004 年第 6 期

2005 年

《关于〈古诗为焦仲卿妻作〉的形成过程与写作年代》，章培恒，《复旦学报(社会科学版)》2005 年第 1 期

《〈汉鼓吹铙歌十八曲〉的文本类型与解读方法》，姚小鸥，《复旦学报(社会科学版)》2005 年第 1 期

《西汉乐府职能新考——兼述减省乐府之因》，张祝平，《中国典籍与文化》2005 年第 1 期

《相和歌杂考》，孙尚勇，《黄钟(武汉音乐学院学报)》2005 年第 1 期

《汉乐府〈妇病行〉"丈人"新解》，常昭，《南京师范大学文学院学报》2005 年第 2 期

《厅堂说唱与汉乐府艺术特质探析——兼论古代文学传播方式对文本的制约和影响》，廖群，《文史哲》2005 年第 3 期

《汉乐府游仙诗的"列仙之趣"》，姚圣良，《贵州社会科学》2005 年第 3 期

《汉代乐府采诗制度与叙事诗理论的自觉——班固〈汉书·艺文志〉析论》，张丽明，《承德民族师专学报》2005 年第 3 期

《〈陌上桑〉复式二重性及与采桑母题演变之关系》，丁峰山，《宁夏大学学报（人文社会科学版）》2005 年第 3 期

《汉乐府诗〈长歌行·青青园中葵〉出处新证》，李志和，《湖南广播电视大学学报》2005 年第 3 期

《汉〈郊祀歌〉十九章作者辨证》，龙文玲，《学术论坛》2005 年第 4 期

《汉乐府歌诗演唱与语言形式之关系》，赵敏俐，《文学评论》2005 年第 5 期

《论〈公莫舞〉的人物、主题与体制》，叶桂桐，《沈阳师范大学学报（社会科学版）》2005 年第 6 期

《汉乐府民歌〈陌上桑〉的整体特色与局部手法》，王立群，《语文建设》2005 年第 10 期

《〈汉乐府·孤儿行〉献疑》，蒋信，《中国俗文化研究》2005 年第 3 辑

2006 年

《关于建构乐府学的思考》，吴相洲，《乐府学》2006 年创刊号

《汉代文人的乐府歌诗创作及其意义》，赵敏俐，《乐府学》2006 年创刊号

《歌诗表演与汉、魏相和歌辞艺术新探》，王传飞，《乐府学》2006 年创刊号

《再论相和歌及其与清商三调的关系》，翟景运，《乐府学》2006 年创刊号

《论近代曲辞与杂曲歌辞之异同》，袁绣柏，《乐府学》2006年创刊号

《〈陌上桑〉写定于魏晋时期新论》，刘庆华，《文史杂志》2006年第1期

《〈陌上桑〉与汉代政治》，孙生，《西北民族大学学报（哲学社会科学版）》2006年第1期

《西汉郊庙歌的宗法思想与世俗情怀》，李梅，《黑龙江社会科学》2006年第1期

《元明清时期的汉乐府研究》，赵明正，《湖南大学学报（社会科学版）》2006年第1期

《简论汉乐府民歌对"家"的表现及其成因》，韩国良，《百色学院学报》2006年第1期

《"乐府"七说——与袁行霈、李炳海先生商榷》，韩国良，《楚雄师范学院学报》2006年第2期

《〈先令券书〉与〈孔雀东南飞〉悲剧释疑——兼论中国古代妇女的"夫死从子"问题》，廖群，《中国文化研究》2006年第2期

《论楚歌的体制特点及对汉乐府的影响》，蔡彦峰，《云梦学刊》2006年第3期

《〈乐府诗集〉"相和歌辞"题解释读》，杨明，《古籍整理研究学刊》2006年第3期

《〈饮马长城窟行〉新解——兼释"双鲤鱼"》，蒋玮，《沈阳教育学院学报》2006年第3期

《〈孔雀东南飞〉中"孔雀"的神话原型阐释》，胡晶，《吉林师范大学学报（人文社会科学版）》2006年第4期

《宋代对〈孔雀东南飞〉的接受》，华丽娜，《枣庄学院学报》2006年第4期

《〈孔雀东南飞〉母题及动物原型》，张应斌，《民族文学研究》2006年第4期

《从乐府诗〈妇病行〉的阐释也谈"诗无达诂"的入情合理原则》，顾春军，《河北自学考试》2006年第4期

《从汉乐府民歌〈上邪〉看古代爱情诗的审美特性》，季晗，《黑河

学刊》2006 年第 5 期

《论汉乐府游仙诗的艺术特色》，彭建华，《黔南民族师范学院学报》2006 年第 5 期

《西汉〈安世房中歌〉与〈郊祀歌〉之比较研究》，叶文举，《安徽师范大学学报（人文社会科学版）》2006 年第 5 期

《汉鼓吹铙歌第十八曲〈石留〉解》，许云和，《古籍整理研究学刊》2006 年第 6 期

《楚歌、横吹鼓吹与相和歌在汉代的兴衰更替》，赵敏俐，《光明日报》2006 年 12 月 29 日

2007 年

《汉铙歌〈战城南〉考——并论汉铙歌与后代鼓吹曲的关系》，户仓英美，《乐府学》2007 年

《汉〈郊祀歌〉与汉武帝时期的郊祀礼乐》，王长华，《文学评论》2007 年第 1 期

《从两汉乐府民歌看汉代民间诗人的关注热点》，王新，《徐州教育学院学报》2007 年第 1 期

《〈白头吟〉写作时代探》，杨宗红，《贺州学院学报》2007 年第 1 期

《诗成何以感鬼神——上古帝王与郊庙祭歌形态关系探析》，张树国，《海南大学学报（人文社会科学版）》2007 年第 2 期

《从汉魏舆服官制的变化看〈陌上桑〉的创作年代》，王青，《文学遗产》2007 年第 2 期

《〈陌上桑〉的接受历程》，唐会霞，《社会科学家》2007 年第 2 期

《论歌行体的缘起及其在先唐的流变——从汉乐府"行"题歌诗到"歌行体"》，王莉，《山西师范大学学报（社会科学版）》2007 年第 2 期

《论汉代的"房中乐"、"房中歌"》，王福利，《徐州师范大学学报（哲学社会科学版）》2007 年第 2 期

《汉武帝立乐府时间考》，龙文玲，《学术论坛》2007 年第 3 期

《汉代乐府与戏剧》，钱志熙，《北京大学学报（哲学社会科学

版)》2007年第4期

《论沈约对汉乐府的接受》,唐会霞,《求索》2007年第4期

《〈白头吟〉考辨》,汤洪,《四川师范大学学报(社会科学版)》2007年第5期

《从〈长安有狭斜行〉到〈三妇艳〉的演变》,郭建勋,《文学遗产》2007年第5期

《汉〈安世房中歌〉儒家思想论》,李建婷,《黄河科技大学学报》2007年第6期

《〈枯鱼过河泣〉为弃妇诗考》,叶修成,《社会科学论坛(学术研究卷)》2007年第7期

《爱情契约与男权契约矛盾冲突酿成的悲剧——〈孔雀东南飞〉主题的另一种解读》,张丽红,《名作欣赏》2007年第7期

《汉乐府佚篇〈河东蒲反歌诗〉》,钱志熙,《文史知识》2007年第12期

《汉乐府铙歌的杂言结构及修辞特色》,贾晓燕,《湖北教育学院学报》2007年第12期

《以物喻人 情切感深——谈〈怨歌行〉的文化意蕴和审美意蕴》,李雁劼,《名作欣赏》2007年第20期

2008年

《〈陌上桑〉创作时间、作者考辨》,木斋,《北方论丛》2008年第1期

《相和歌概念新解》,王传飞,《广西师范学院学报(哲学社会科学版)》2008年第1期

《汉武帝时期乐府歌诗新变及与西域乐舞之关系》,龙文玲,《民族艺术》2008年第2期

《楚调和汉乐府的写作时地》,黄震云,《徐州师范大学学报(哲学社会科学版)》2008年第2期

《论汉武"乃立乐府"》,刘彭冰,《中国典籍与文化》2008年第2期

《汉乐府〈孤儿行〉与彝族古诗〈竹仙〉的审美趣尚》,李芳,《西

昌学院学报(社会科学版)》2008年第4期

《"钱刀"与〈白头吟〉创作时代蠡测》,张晓英,《阿坝师范高等专科学校学报》2008年第4期

《扇子·女子·符号——从汉乐府〈怨歌行〉看"扇子"的文学符号化》,李杰玲、李寅生,《唐都学刊》2008年第5期

《〈东门行〉"今非咄行"考》,萧海川,《文史哲》2008年第6期

《汉乐府女性形象分析》,王双,《社会科学论坛(学术研究卷)》2008年第9期

2009年

《〈安世房中歌〉"纷乱东北"、"盖定燕国"解》,王子今,《秦汉研究》2009年创刊号

《以咒为诗——谈〈上邪〉的诗情表现》,陈元,《宁波教育学院学报》2009年第1期

《乐府起源新考》,黎国韬,《华南师范大学学报(社会科学版)》2009年第1期

《汉乐府方位与情感的对应》,苏金文,《学语文》2009年第1期

《乐府古辞与古诗十九首关系考辨》,易闻晓,《贵州文史丛刊》2009年第1期

《西汉郊庙歌辞研究》,李敦庆,《枣庄学院学报》2009年第1期

《汉乐府〈战城南〉"梁筑室"句新解》,刘哲,《莆田学院学报》2008年第1期

《汉武帝时代国家祭祀的逐步确立与〈郊祀歌〉十九章创制时地考论》,张树国,《杭州师范大学学报(社会科学版)》2009年第2期

《汉代乐府官署兴废考论》,赵敏俐,《文献》2009年第3期

《汉〈郊祀歌〉的天道观阐释》,罗慧,《社科纵横》2009年第3期

《〈孔雀东南飞〉的结构主义分析》,黄利芳,《现代语文(文学研究版)》2009年第4期

《汉代琴曲歌辞与乐府诗、五言诗的关系》,高长山,《艺术评论》2009年第4期

《"乃立乐府"新解》,成祖明,《古籍整理研究学刊》2009年第

5 期

《〈饮马长城窟行·青青河边草〉"蔡邕作"献疑》，郭铁娜、张世超，《古籍整理研究学刊》2009 年第 5 期

《汉乐府挽歌歌辞考论》，王莉，《安徽大学学报（哲学社会科学版）》2009 年第 6 期

《从汉乐府叙事诗看中国叙事诗情节的独特性》，杨振，《哈尔滨学院学报》2009 年第 12 期

《诗在声而不在义——乐府的原生态与文人乐府的肇始》，郑珊珊，《语文学刊》2009 年第 17 期

《〈成相篇〉与〈孔雀东南飞〉的说唱艺术特征辨析——试论说唱艺术起源》，周星，《考试周刊》2009 年第 30 期

《汉乐府〈东门行〉读法新证》，萧海川，《江西社会科学》2009 年第 2 期

2010 年

《汉乐府和汉画像石中牛郎织女及董永神话传说通考》，黄震云，《乐府学》2010 年

《汉铙歌六首清人注疏考证》，张树国，《乐府学》2010 年

《汉乐府"日出东南隅"曲调归属辨析》，陈利辉，《北方论丛》2010 年第 1 期

《先秦两汉琴曲歌辞研究》，赵敏俐，《文学遗产》2010 年第 2 期

《汉昭帝时期乐府研究——以〈盐铁论〉为中心考察》，龙文玲，《文学遗产》2010 年第 2 期

《汉〈房中祠乐〉与〈安世房中歌〉十七章》，许云和，《中山大学学报（社会科学版）》2010 年第 2 期

《曹魏文人对汉乐府的接受》，唐会霞，《广西社会科学》2010 年第 3 期

《〈文心雕龙·乐府〉三论》，王小盾，《文学遗产》2010 年第 3 期

《乐府古辞〈石留曲〉试解》，徐振贵，《古典文学知识》2010 年第 3 期

《以〈战城南〉题材比较中西文学史观》，王敏，《宁夏大学学报

(人文社会科学版)》2010 年第 3 期

《汉乐府〈有所思〉题旨探讨》，叶青，《文学教育(中)》2010 年第 4 期

《论〈安世房中歌〉与汉初宗庙祭乐的创制》，张树国，《杭州师范大学学报(社会科学版)》2010 年第 5 期

《〈乐府诗集·杂曲歌辞〉类目成因考》，向回，《暨南学报(哲学社会科学版)》2010 年第 5 期

《〈玉台新咏〉"艳歌"内涵刍议》，方坚伟，《内江师范学院学报》2010 年第 5 期

《〈孔雀东南飞〉的结构主义叙事学读解和文化语境分析》，李文斌，《三峡论坛(三峡文学·理论版)》2010 年第 6 期

《〈白头吟〉著作权新考》，李薇，《大众文艺》2010 年第 7 期

《从汉乐府〈孤儿行〉解读儒家的"仁"学说》，庞瑞红，《现代语文(文学研究)》2010 年第 8 期

《从〈董娇娆〉看汉乐府叙事技巧的发展》，李雯，《文教资料》2010 年第 36 期

《论蔡邕叙"汉乐四品"之第四品应为相和清商乐》，钱志熙，《北京大学学报(哲学社会科学版)》2010 年第 2 期

2011 年

《从"表演叙事"到"直言咏事"——对乐府叙事艺术反戏剧化倾向的历史考察》，谈莉，《宁夏大学学报(人文社会科学版)》2011 年第 1 期

《五、七言诗体与汉乐府之关系》，杨合林，《安徽大学学报(哲学社会科学版)》2011 年第 1 期

《论乐府艺术对人物传说流布与演变的影响》，刘航，《天津社会科学》2011 年第 1 期

《乐府"行"题本义新考》，张煜，《首都师范大学学报(社会科学版)》2011 年第 1 期

《歌诗演唱与相和歌辞艺术的原生态考察》，王传飞，《中国文化研究》2011 年第 2 期

《论乐府古题〈豫章行〉及其流变》，吴大顺，《湖南人文科技学院学报》2011年第2期

《乐府诗〈陌上桑〉中的"使君"与"五马"——兼论两汉南北朝车驾等级制的若干问题》，阎步克，《北京大学学报(哲学社会科学版)》2011年第2期

《〈汉诗·琴曲歌辞〉指瑕》，余作胜，《中国音乐学》2011年第2期

《汉郊祀歌的"邹子乐"与东汉两用〈朱明〉小议——兼论与〈帝临〉之关系》，郭思韵，《中国典籍与文化》2011年第3期

《乐府"引"题本义考》，张煜，《文艺研究》2011年第4期

《从郭茂倩〈乐府诗集〉初探汉唐乐府与楚辞的关系》，苏慧霜，《云梦学刊》2011年第4期

《〈有所思〉"东方高"释疑》，钟如雄、胡娟，《西南民族大学学报(人文社会科学版)》2011年第4期

《论汉乐府歌诗向叙事之演进》，刘凤泉，《太原师范学院学报(社会科学版)》2011年第5期

《中国最早的歌舞剧：〈公莫舞〉》，王克家，《寻根》2011年第5期

《论汉乐府对箴铭、格言、谣谚的继承和发展——以乐府古辞为例》，张建华，《许昌学院学报》2011年第6期

《〈诗经·国风〉与"乐府古辞"齐杂言句式的比较及思考》，文晓华，《文艺评论》2011年第8期

《〈孔雀东南飞〉的精神分析学解读》，黄延敏，《学理论》2011年第14期

《汉乐府民歌〈陌上桑〉诗意新解》，张远东，《名作欣赏》2011年第17期

2012年

《汉乐府〈上邪〉解读商兑》，夏先培，《中国韵文学刊》2012年第1期

《汉乐府的叙事角度》，谈艺超，《广西民族师范学院学报》2012

年第2期

《论鼓吹曲辞与中古时代音乐舞蹈史诗的创作》，张树国，《广州大学学报（社会科学版）》2012年第2期

《论〈孔雀东南飞〉的作者和写作背景》，木斋，《山西大学学报（哲学社会科学版）》2012年第3期

《论汉乐府民歌〈长相知〉的音乐特点及演唱处理》，侯方，《阜阳师范学院学报（社会科学版）》2012年第3期

《〈公莫舞〉性质的再认识》，戚世隽，《戏剧艺术》2012年第3期

《尊重历史　实事求是　端正学风——学术个案〈公莫舞〉研究之研究》，叶桂桐，《聊城大学学报（社会科学版）》2012年第3期

《论乐府"趋""送"与六朝文学"写送"说的关系》，赵树功，《文学评论》2012年第4期

《汉乐府机构的传播学研究》，钟琰，《中华文化论坛》2012年第4期

《〈诗经·周颂〉与〈安世房中歌〉、〈郊祀歌〉之比较》，李玲玲，《河北广播电视大学学报》2012年第4期

《论〈艳歌罗敷行〉的肇端和演变》，杨丽容、王颋，《文艺评论》2012年第4期

《论汉乐府民歌和〈古诗十九首〉之真实》，申怡然，《文学界（理论版）》2012年第5期

《"行歌"与"艳歌"》，赵川兵，《语文建设》2012年第5期

《铙歌与北歌的民族文化源流》，高人雄，《甘肃理论学刊》2012年第5期

《"铙歌十八曲"发展流变简考》，古玉芳，《牡丹江大学学报》2012年第6期

《通过〈东门行〉浅析主人公妻子其人》，盛惠，《北方文学（下半月）》2012年第6期

《〈孔雀东南飞〉的女性主义解读》，李捷，《文学界（理论版）》2012年第7期

《汉代乐府古辞的文本化及其文学史意义》，文晓华，《文艺评论》2012年第8期

《汉铙歌〈石留〉句读、笺注与本事考论》，刘刚，《文艺研究》2012年第10期

《〈有所思〉与〈白头吟〉中的女主人公形象比较》，赵爽，《文学教育(上)》2012年第11期

《乐府古辞〈董逃行〉题名考》，韩倩，《青年文学家》2012年第12期

《乐府古辞〈陌上桑〉考论》，韩倩，《青年文学家》2012年第16期

(廖群　辑录)

现当代两汉乐府研究大事记

1924 年

黄节《汉魏乐府风笺》由北京大学出版组印刷出版。

此书是黄节在北京大学讲课时所用的教材。相比于同时代的其他学者,黄节是较早把目光和精力投放到民间文学研究的一位,此书是他讲授和研究汉魏乐府诗歌的成果,也是民国时代出现较早的乐府诗选。题名"风笺"因为所采皆汉魏乐府风诗。全书共十五卷,卷一至卷七和卷十四选注汉乐府,其余各卷笺注曹魏乐府;其中卷一至卷七选注汉相和歌辞,卷十四选注汉杂曲歌辞;另有"补遗"一卷,收录汉乐府古辞"清调曲"《豫章行》一首。每首歌辞的笺释分为四部分,即解题、笺释词句、释音、集评,吸收了前人尤其是清代学者的研究成果,也有很多作者自己的见解。本书是现代较早出现的乐府学研究专著,将乐府诗歌注释提高到一个新的水平,也为汉乐府研究开启了一种由注释入手的良好风气。

梁启超撰写《中国之美文及其历史》。

梁启超的《中国之美文及其历史》写于 1924 年,属于撰写未就的书稿,在作者去世之后被整理出版。1936 年中华书局出版单行本,并收入《饮冰室合集》之中。本书把诗学和史学结合起来,主要论述了先秦至唐代诗歌发展的历史,其中汉魏乐府作为一个独立的单元单列并作为其重点论述的内容之一。本书简明扼要地梳理出了乐府机构的沿革情况,勾勒出乐府从产生到极盛再到罢废的历史;还列举了历代关于乐府诗歌的研究著作,给研读乐府诗歌的学者提供了一个总目。

关于相和歌和清商三调关系问题论争发轫。

乐府诗中的清商三调,指平调曲、清调曲、瑟调曲三类乐歌,宋代郭茂倩《乐府诗集》、郑樵《通志·乐略》,均把它们归入相和歌之中。按照他们的记载,相和歌是乐府诗的一个大类,平调曲等则是大类下面的小类。对这一隶属关系的认识,宋以后迄清代,各家均无异说。

梁启超写于该年的《中国之美文及其历史》一书提出不同看法,

认为清商三调不属于相和歌,它们是与相和歌并列的乐府类别。梁氏认为,把清商三调中的不少曲调划归相和歌范围,这种"割地"的错误,"始自吴兢(指所著《乐府古题要解》),而郑樵、郭茂倩沿其误"。这是关于相和歌和清商三调关系问题论争的起始。

其后,朱自清(《乐府清商三调讨论》,见《朱自清古典文学论文集》)、陆侃如(《中国诗史》)、曹道衡(《相和歌与清商三调》,《文学评论丛刊》1981年第9辑)等学者也持"清商三调不属于相和歌"说。龚林的《乐府两题之一:相和三调不等于清商三调》(《音乐艺术》1990年第1期)得出了平、清、瑟相和三调源属于先秦北方《诗经》乐系统,平、清、瑟清商三调则源属于南方《楚声》乐系统,平、清、瑟相和三调是相和歌三种乐调的专指,平、清、瑟清商三调则是清商乐的一种广义泛指的结论。

但是黄节(《相和三调辩》,《清华周刊》1933年第39卷第8期)、萧涤非(《汉魏六朝乐府文学史》)、逯钦立(《相和歌曲调考》,《文史》1982年第14辑)、王运熙(《相和歌、清商三调、清商曲》,《文史》1992年第34辑)等学者还是坚持清商三调归属相和歌。特别是王运熙从相和歌的性质和特点、《宋书·乐志》的记载等五个方面考证了清商三调仍应属于相和歌,以此证明古文献的正确。王运熙的《相和歌与清商曲》(《中国文化研究》1998年第2期)指出,相和歌与清商曲是中国汉魏六朝时期通俗乐歌的主要部分,并指出清商三调归属相和歌。

关于《孔雀东南飞》产生年代的论争。

1924年,梁启超为欢迎印度诗人泰戈尔访华,在北京做了题为《印度与中国文化之亲属的关系》的演讲,其中提到"《孔雀东南飞》向来都认为是汉诗,但我疑心是六朝的",认为它是在《佛本行赞》一类长篇叙事诗翻译出来以后,受了佛教文学的影响之后才产生,由此引发了其后关于《孔雀东南飞》产生年代的长期论争。

次年,陆侃如发表《〈孔雀东南飞〉考证》(《学灯》1925年第5卷7期),赞同六朝说,确切指出,"假使没有宝云(《佛本行经》译者)与无识(《佛本行赞》译者)的介绍,《孔雀东南飞》也许到现在还未出世呢,更不用说汉代了"。并从中找到"庐江吏"与"华山畿"所涉地理位置、"青庐""龙子幡"出现时间等"破绽"以证之。针对此,黄节在《黄晦闻致陆侃如书》中仍坚持认为此诗是汉人所作,而经六朝人增改润饰(见《陆侃如古典文学论文集》附录,上海古籍出版社 1987 年版,第 552~554 页)。其后,胡适在《白话文学史》中也反对梁、陆之说,直称"我对佛教文学在中国的绝大影响,是充分承认的,但我不相信《孔雀东南飞》是受了《佛本行赞》一类的书的影响以后的作品。我认为《孔雀东南飞》之作是在佛教盛行于中国以前"。认为《孔雀东南飞》的创作"大概去那个故事本身的年代不远",故事流传在民间,经过三百多年之久"方才收在《玉台新咏》里,方才有最后的写定,其间自然经过了无数民众的减增修削,添上了不少的'本地风光'(如'青庐'、'龙子幡'之类),吸收了不少的无名诗人的天才与风格,终于变成一篇不朽的杰作"。

从此,关于《孔雀东南飞》的产生时间形成"六朝说"和"汉末说"两派。支持"六朝说"者新中国成立前如张为骐接连发表《〈孔雀东南飞〉祛疑》(《国学月报》2 卷 11 号)、《〈孔雀东南飞〉年代的讨论》(《国学月报 2 卷 12 号)等文章驳胡适;新中国成立后如孙晋发、孙景梅《〈孔雀东南飞〉序质疑》还提出"交广"一词是考证《孔雀东南飞》并非"汉末建安中"而是产生于南朝时期的里程碑(《学习与探索》1979 年第 4 期);王刘莉《〈孔雀东南飞〉是汉代乐府吗》提出称新媳妇为"新妇"以及"交广"并称都是三国以后的事(《江汉大学学报》1989 年第 2 期)。

更多的学者支持"汉末建安说",如古直在其《汉诗研究·〈焦仲卿妻〉辩证》(启智书局 1933 年,卷三)中对"六朝说"提出的用韵、风格、官名、地名等疑问进行了辨证,并论证"青庐不始于北朝,龙子幡亦为汉制"。20 世纪五六十年代,坚持汉末建安说者有游国恩、唐弢、余冠英、王运熙等。80 年代以后仍有新的论证文章出现,如孙续恩《〈孔雀东南飞〉产生时代补证》(《湖北师范学院学报》1985 年)为作于建安时期补充了一条证据,即"丈人"一词的使用时间以及司马贞《索隐》提到韦昭引用《孔》诗一事。《索隐》称:"韦昭云:'古者名男子为丈夫,尊妇妪为丈人。故《汉书·宣元六王传》所云丈人,谓淮阳宪王外王母,即张博母也。故《古诗》曰:三日断五疋,丈人故言迟。'"韦昭所引"三日断五疋,丈人故言迟"即出《孔雀东南飞》。韦昭为三国吴孙皓时人,他称《孔》为"古诗",说明《孔雀东南飞》三国以前已经流传。

1925 年

9 月,胡怀琛《中国民歌研究》由上海商务印书馆出版。

作者从古代文献中摘取了 300 余首民歌资料,勾勒了民歌演变的历史。作者认为民歌是"流传在平民口头上的诗歌,纯是歌咏平民生活,没染着贵族的色彩;全是天籁,没经过雕琢的工夫"。他认为民歌与诗最初是一体的,后来诗逐渐从民歌之中分离出来,民歌的优点在于纯任自然,不假修饰,因而便于抒情的短歌,而不适合叙事的长歌。一直以来,《中国民歌研究》成为中国早期民歌研究包括汉乐府研究的重要著作。

1926 年

2 月,陆侃如的《乐府古辞考》由上海商务印书馆出版。

这是近现代人专门研究乐府的著作的前驱,对汉乐府的研究有重要的参考价值。此书详细罗列出所有见诸记载的乐府古辞,无论存佚,都加以著录,在最大程度上还原了乐府古辞的原貌,纠正和补足了郭茂倩《乐府诗集》中某些歌辞误入他曲,有些歌辞编次失当,不少不入乐的诗作和谣谚滥入"乐府",无法考出古代乐府实况以及不能收入后人研究成果等弊病和不足之处。凡摹拟之作以及虽创制而不入乐者,均不在本书考订之列。

1927 年

关于平、清、瑟三调调式问题讨论起始。

《魏书·乐志》中陈仲奏议:"其瑟调以宫为主,清调以商为主,平调以宫为主。五调各以一声为主。"鉴于此,有学者开始讨论三调问题。

朱希祖于该年发表了《汉三大乐歌声调辩》(《清华学报》第4卷第2期)一文。文章认为三大乐歌,可以代表汉朝乐府诗全体之声调,三者皆非中国旧有声调,皆非雅乐,分析了雅乐新声的不同。文章还按照声调将三大乐歌进行了分类。此后王越的《汉代乐府校释》(《文史学研究所月刊》第1卷第4、5期,第2卷第1、2期)、张长弓的《清商曲辞研究》(《燕大学刊》1930年第6卷第3期)、彭仲铎的《述清商三调歌诗之沿革》(《学艺》1936年第15卷第1期)等,也对此发表了意见。

关于《魏书·乐志》所言"三调",首先有个文字是否有误的问题。其中分明称"五调各以一声为主",但却言瑟调、平调皆"以宫为主",对此,夏野(详见《关于瑟调的调式及陈仲儒奏议的校勘问题》,《音乐研究》1984年第2期)认为文献中的"瑟调以宫为主"应该是"瑟调以变宫为主",而沈知白、杨荫浏、黄翔鹏均把此句校作"瑟调以角为主"(沈知白《中国音乐史纲要》,上海文艺出版社1982年版;杨荫浏《中国古代音乐史稿》,人民音乐出版社1981年版;黄翔鹏《释"楚商"》,《文艺研究》1979年第2期)。但吴钊(《也谈楚声的调式问题》,《文艺研究》1980年第2期)认为"瑟调以角为主"这句"文字无误",而对"平调以宫为主"这句存疑。

还有学者从古琴的角度来探讨相和三调乃至相和五调。丁承运的《清、平、瑟调考辩》(《音乐研究》1983年第4期)从中国音乐传统中留下的遗迹,以辩证、历史的观点对相和三调进行了讨论。丁纪元《相和五调中的清、平、瑟调新论》(《黄钟》1997年第1期)从古琴学的角度提出了新的见解,辨清了平调是以徵为主,论证了清、平、瑟三调原是三宫十五调,相和五调是五宫二十五个调等问题。在其另一篇《相和五调中的楚、侧二调考辨》(《黄钟》1997年第3期)中,作者据古琴五调调声法,以古琴的旋宫五调图,考证了古人为何要特意指明"侧调者,生于楚调"。辨清了楚调是以羽为主,是夹钟均五音调的总调名。侧调是以角为主,是夷则均五音调的总调名。王誉声的《相和三调"三种音阶"说》(《天津音乐学院学报》2004年第3期)指出相和三调问题历来争议不少，有的认为是三种调式，有的认为是三组调高，而作者持三种音阶说。徐荣坤的《释相和三调及相和五调》（《天津音乐学院学报》2005年第1期）认为相和三调及相和五调是三种和五种常用的可以互相转换的关系调。

1928年

4月，古层冰《汉诗研究》由上海启智书局出版。

在此书中，作者针对汉诗研究中的几个热点问题，充分运用古典文学文献考据方法进行了阐述梳理。本书共分四卷，卷一为"《古诗十九首》辩证"，卷二为"苏李诗辩证"，卷三为"《焦仲卿妻》辩证"，卷四为附录，是对卷一、卷二"古诗十九首"辩证和"苏李诗"辩证中说明不尽之处进行的补充。

6月，胡适《白话文学史》由上海新月书店出版。

本书打破了前人文学史研究的狭隘框限，把视野伸展到了经典作家作品以外的广阔领域，扩大了中国文学史的内涵；研究方法上，注重纵向的考查与横向的比较；跳出传统的思维偏见，以全新的审美观和价值观评判中国古代文学。在中国文学史学史上，该书具有开创性的、里程碑式的地位，对汉乐府的研究也具有重要价值，其中"汉代的民歌"、"故事诗的起来"两个部分与汉乐府的把握和研究直接相关。

1929年

日本的汉代诗歌研究。

1929年12月17日、28日，《益世报》发表儿岛献吉郎作、木华译的《两汉之巾帼文学》，对汉代戚夫人、班婕妤等的诗作进行了论述。自此，日本的汉代诗歌研究开始进入人们的视野。1937年4月，上海商务印书馆出版了泽田总清著、王鹤仪编译的《中国韵文史》，其中有对汉代诗歌的介绍，分为乐府、汉诗、武帝以后的诗、汉的女流诗人、后汉的闺秀诗人几部分。20世纪50年代以来，日本人吉川幸次郎对《古诗十九首》生命主题的研究，小西昇对两汉乐府的研究，增田清秀对《郊祀歌》中邹子乐的研究和对乐府历史的研究,泽口刚雄对乐府游仙诗、乐府诗表现形态、声调、音色的研究以及对汉魏乐府传承的研究,道家春代对古乐府与《古诗十九首》关系的研究等,尤其值得我们重视(参见赵敏俐《20世纪汉代诗歌研究综述》,载《周汉诗歌综论》,学苑出版社2002年版)。

1931 年

罗根泽《乐府文学史》由北平文化学社出版。

此书作为学术界第一部系统的乐府通史,具有开创之功,本书对乐府兴起的原因、乐府及乐府诗起源、乐府分类、乐调等有深入研究。第二章"两汉之乐府"是对汉乐府的直接研究。

夏敬观的《汉短箫铙歌注》由上海商务印书馆出版。

这是对汉短箫铙歌注释的又一力作,很多注释给后人以启示,其中提出十八首古辞全是军乐歌辞引起很多争议。

关于"铙歌十八曲"性质及其庞杂内容的论争起始。

"汉铙歌"是否为军乐,历来争论不休,焦点有二:一是其音乐是否用为军乐,二是现存的"汉铙歌"十八首古辞是否为军乐歌辞。

该年夏敬观的《汉短箫铙歌注》出版,其中关于"汉铙歌"十八首古辞,夏敬观认为全部是军乐歌辞,称铙歌汉世不名鼓吹,纯是王师大捷大献所奏之凯乐,故凡十八曲歌词内容,专以扬德、建武、劝士、讽敌为旨。由此引发了后来关于"铙歌十八曲"性质及其庞杂内容的论争。

很多学者对"汉铙歌"的军乐属性质持肯定意见。王易把"短箫铙歌"归于"凯乐"一体,认为"铙歌"和"横吹"虽然都是军乐但是演奏场合和功能不同,"横吹"奏于马上,用于行军,而"铙歌"是献功之凯乐(王易:《乐府通论》,中国文化服务社1946年版)。杨生枝认为:"'汉铙歌'虽《战城南》一篇叙战争,但原为军乐是可信的。……大约铙歌开始只是一种壮其声势的音乐,奏其乐而不歌其辞(杨生枝:《乐府诗史》,青海人民出版社1985年版)。"王运熙指出:"短箫铙歌、横吹曲都是军乐,故在汉代亦称为黄门武乐(王运熙:《汉代鼓吹曲考》,《复旦学报》1957年第1期)。赵敏俐肯定了"短箫铙歌"的军乐性质,但对它成为军乐的过程作了说明。其文章《〈汉鼓吹铙歌〉十八曲研究》(《文史》2002年第4辑)认为《汉鼓吹铙歌》十八曲原本不是军乐,而是在中国先秦鼓乐与吹乐的基础上,受异族音乐影响而产生于西汉的一组风格独特的作品;鼓吹乐在汉代的应用场合较为广泛,且时间越往前应用面越广,直到明帝重新制礼作乐后,"鼓吹乐的应用范围才逐渐缩小,仅限于'天子宴乐群臣'与'军乐'两项,并分为'黄门鼓吹'和'短箫铙歌'两品,属雅乐范畴"。后来随着鼓吹乐在东汉明帝以后的应用专门化,至汉末曹魏、孙吴以其篇名而拟作军乐,后人遂把西汉时的鼓吹乐也当作单纯的军乐。

也有学者认为"汉铙歌"不尽是军乐,而是一组杂曲。梁启超虽称"铙歌,亦名鼓吹曲,实军乐也",又认为"其歌辞皆属'街陌谣讴',大概是社会上本已流传的唱曲,再经音乐家审定制谱,所以能流传久远"(《中国之美文及其历史》)。陈钟凡《汉魏六朝文学》也认为汉人铙歌十八曲未必都是军乐,属异族来乐。萧涤非论述得更为详细,并提出诸多证据:《铙歌》其始即《鼓吹曲》,输入于汉初,而有其辞则当在武帝时;《铙歌》乃夷乐,非雅乐亦非楚声,故体裁独异;《铙歌》在西汉用途甚广,故内容亦杂(《汉魏六朝乐府文学史》)。余冠英认为这组歌辞"内容庞杂",不尽是军乐歌辞,"其中有叙战阵,有纪祥瑞,有表武功,也有关涉男女私情的"。并对于鼓吹曲"时代不一,内容庞杂"的原因作了解释:这组诗歌是汉初传入的"北狄乐",用于朝会、田猎、道路、游行等场合。大约铙歌本来有声无辞,后来陆续补进歌辞(《乐府诗选·序》)。王汝弼还提出"'铙'字的本义不是乐器,而是杂乱的意思"(《乐府散论》)。郑文也撰写《驳〈汉铙歌十八曲〉都是军乐说》(西北师大学报(社会科学版)1986年第2期)一文,对夏氏的解说逐一反驳。他认为"夏氏解说的十七曲,都是错误的。其致错的主因,则由他拘泥于《铙歌》都是军乐"。曹道衡认为:"从现存歌辞看,内容比较复杂,有的似不适用于军乐和出行卤簿;有的似亦不适于赏赐功臣。疑为朝廷鼓吹署的乐官,根据原有的曲调,搜集民歌或自作歌辞配曲演唱以供帝王及其臣下娱乐的。"

(《乐府诗选》，人民文学出版社 2000 年版）

综合起来，学者同意"铙歌"军乐性质的一般持"乐辞分离"论，否认"铙歌"军乐性质的则认为其歌辞特点即反映其音乐性质。

陆侃如、冯沅君合著的《中国诗史》由上海大江书铺出版。

本书是一部开创性的著作，它追溯和理清诗歌体裁演变的历史、梳理诗歌流派的产生更迭和消长的过程。汉代乐府作为中国古代文学史一个重要的环节在本书中被强调和突出，获得其在"诗史"上应有的位置。

河南南阳出土大量汉代画像石。

1931 年夏，在河南南阳城西南草店村附近，被大雨冲出一座汉墓，墓中的文物被盗抢得只剩下搬不动的墓石，墓石上刻有许多图案和文字。这些画像石的出土量很大，内容丰富，题材广泛，涵盖了汉代社会的生产劳动、建筑艺术、历史故事、社会生活、天文与神话、角抵、舞乐百戏及祥瑞升仙等各个方面，从不同层面反映汉代的社会生活状态。其中有些画面成为汉乐府研究的重要文物资料。

1933 年

4 月，王易《乐府通论》由上海神州国光社出版。

本书着重论述五个方面的内容。"述源"研究乐府的源头；"明流"研究乐府产生之后的流变情况；"辨体"研究乐府体类的辨别划分；"征辞"研究每一体包括的诗歌的特点，后面附有大量的诗歌原文；"斠律"研究乐府诗歌的音律问题。本书所论乐府诗从音乐着眼，相对众多研究是重视乐府音律较多的一部。

4 月，王越的《汉代乐府校释》系列文章开始发表于《国立中山大学文史学研究所月刊》，主要刊登在第 1 卷第 4、5 期，第 2 卷第 1、2 期。

《清华周刊》发表了黄节和朱自清关于《乐府清商三调讨论》的学术通信。

1933 年《清华周刊》第 39 卷第 8 期上发表了黄节和朱自清的一组

学术通信，主题是关于乐府里面的清商三调与相和歌之间的关系。黄节针对梁启超在《中国美文及其历史》里面批评郑樵的《通志》将清商三调和相和歌混为一谈提出不同的意见。朱自清赞成梁启超的观点，认为清商三调和相和歌是一类，与黄节讨论这个问题。这个争论后来引起了很多人的参与，至今也是聚讼纷纭未有定论。（参见张耀宗《重建古文学的阅读传统——从朱自清与黄节的一次讨论谈起》，《清华大学学报（哲学社会科学版）》2011年第6期）

1935年

10月，朱谦之《中国音乐文学史》由上海商务印书馆出版。

1924年，朱谦之应厦门大学之邀，出任教职，期间开始撰写《音乐的文学小史》。《音乐的文学小史》1925年由上海泰东图书馆出版。后来朱谦之将《音乐的文学小史》扩充为《中国音乐文学史》，但拖至1935年才经商务印书馆出版。本书是近代中国音乐文学史研究的开山之作，对明确汉乐府的音乐文学性质起了重要作用。

关于乐府诗的性质和范围界定的辨析出现。

对于汉乐府，一般都认为，乐府本为官署之名，其职在采诗歌，被以管弦以入乐，故后世遂以乐府官署所采获保存之诗歌为"乐府"。乐府便由一种机关的名称而变为一种带有音乐性质的诗体的名称。

朱谦之于该年出版《中国音乐文学史》一书，书中提出"乐府就是一种'歌诗'，一方面编制用'诗'的体裁，一方面又谱音乐以歌之，合这两个条件才叫乐府。一个时代有一个时代的文学和乐章，所以，汉乐府就是那时合诸新乐的乐章，是从赵代秦楚的街巷歌谣采集来的"。当作诗体名称的乐府，它的最初意义就是入乐的歌谣，包括文人作品和民间歌谣两部分，凡是曾经配入乐调的，都可称为乐府。由此关于乐府诗的性质和范围界定的辨析研究开始出现。

后来萧涤非在《汉魏六朝乐府文学史》中提出"乐府之范围，有广狭之二义"之说，认为"由狭义言，乐府乃专指入乐之歌诗，故《文心雕龙·乐府篇》云：'乐府者，声依咏，律和声也。'而由广义言，则凡未入乐而其体制意味，直接或间接模仿前作者，皆得名之曰'乐府'"。

1938 年

8 月，郑振铎《中国俗文学史》由上海商务印书馆出版。

本书是中国俗文学研究史上具有开创性、奠基性的专著，对中国历代歌谣、民歌、变文、杂剧词、鼓子词、诸宫调、散曲、宝卷、弹词、子弟书等民间文学作了系统的梳理，第三章"汉代的俗文学"中的第七部分对"汉乐府"做了论述，并充分肯定了汉乐府的重要价值。

1940 年

1 月，闻一多《乐府诗笺》开始发表于《国文月刊》。

《乐府诗笺》最初发表于 1940 年 1 月至 1941 年 1 月《国文月刊》上，后收入《闻一多全集》第四卷，开明书店 1948 年出版，生活·读书·新知三联书店 1982 年再版。本书专门笺释汉乐府，诠释字义，旁征博引，颇多精彩见解。

《上邪》《有所思》是否为一篇的论争起始。

《有所思》和《上邪》在著录中一直是作为两首诗呈现的。清人庄祖述在《汉短箫铙歌曲句解》中提出："《上邪》与《有所思》当为一篇……叙男女相谓之言。"

闻一多于该年发表《乐府诗笺》，其中颇为赞赏庄述祖"当为一篇"之说，称"庄说尤为妙悟"。"一篇还是两篇"的问题开始凸显。后来余冠英在《乐府诗选》中也同意此说，认为"两篇是同一女子的话，上篇（指《有所思》）考虑和情人断绝，欲决未决，这篇（指《上邪》）是打定主意后的誓辞。"庄祖述的这一说法经过他们的肯定，产生了很大影响，但也在学界引起不少争议。

逯钦立开始编辑《先秦汉魏晋南北朝诗》。

根据中华书局 1983 年版《先秦汉魏晋南北朝诗》的"出版说明"介绍，本书首次排印迟至逯钦立身后的 1983 年，而逯钦立著此书实际在 1940 年至 1964 年之际。1984 年 11 月，逯钦立著《汉魏六朝文学论集》由陕西人民出版社出版。本书以明代冯惟讷所辑的《诗纪》、近代丁福保所辑的《全汉三国晋南北朝诗》为蓝本，并在此基础上作了大量的纠偏补正工作，书中有"全汉诗"一编，如果把这一编中的乐府诗从书中抽出单独成册，就几乎相当于一部全汉乐府诗的专集和全集，因此本书是研究两汉乐府很集中、很方便、很有参考价值的一部辑校类诗歌总集。

1941 年

哈佛燕京学社引得编纂处编《全汉三国晋南北朝诗作者引得》。
此书据 1916 年丁福保编《全汉三国晋南北朝诗》校印本编纂。

1943 年

12 月，萧涤非《汉魏六朝乐府文学史》由上海中国文化服务社出版。
本书是作者 1933 年清华研究院的毕业论文，初版之后就受到学术界重视。作者注重对乐府诗内容的阐释，并能结合社会背景，钩稽史实以相互印证。

1946 年

9 月，孙楷第在《经世日报》副刊《文艺》发表《〈宋书乐志今鼓吹铙歌词〉考》，后又发表《〈宋书乐志铎舞歌诗〉二篇考》。
两文后来皆收入 1965 年 12 月由中华书局出版的《沧州集》。这些文章对《巾舞歌辞》以外的若干六朝曲辞进行了考释，揭示了这些曲辞的本来面目，指出它们是六朝"歌诗"的演唱本。其中《圣人制礼乐篇》属于铎舞，声辞杂写，经孙楷第研究，为《云门》篇的曲唱本。文章具有很高的学术价值，对乐府文学研究具有重要意义。

1950 年

杨公骥的《汉巾舞歌辞句读及研究》发表以及《巾舞公莫舞辞》的破译。
汉《巾舞歌辞》一诗声辞杂写，其内容自东晋以后就无人解晓。杨公骥在《汉巾舞歌辞句读及研究》(《光明日报》1950 年 7 月 19 日)中破译此诗，认为这是一个"母子离别舞"。后来在《西汉歌舞剧巾舞〈公莫舞〉的句读和研究》(《中华文史论丛》1986 年第 1 期)中指出它是"我们今天所见到的我国最早的一出有角色、有情节、有科白的歌舞剧。尽管剧情比较简单，但它是我国戏剧的祖型，在中国戏曲发展史上，它具有重要的价值"。杨公骥破解了这一千年历史难题，让人们一睹中国历史上现存最早的歌舞剧文字原貌，为研究中国文学史和戏曲史提供了一种极有价值的文献资料，其意义之大是难以估量的。遗憾的是受极"左"思想的影响，此文在当时没有产生多大影响。

此前逯钦立的《汉诗别录》已对《巾舞公莫舞辞》尝试过破译。据介绍，此文成稿于1945年8月，但发表于1984年出版的其遗稿《汉魏六朝文学论集》（陕西人民出版社1984年版）中。该文对声辞之辨似较杨公骥为胜，可惜没有看出《巾舞歌辞》中杂有舞蹈术语，以致其析出声辞后之歌词，让人仍不可卒读。

其后，叶桂桐发表有《汉〈巾舞歌诗〉试解》（《文史》1994年第39辑）一文，认为"《巾舞歌诗》当为一女子持巾舞蹈，表现夫妇离别之状，抒写妻子思念丈夫之情。但就歌词而言，亦可理解为妻子思念远行的丈夫，回忆他们分手的经过"。赵逵夫发表有《我国最早的歌舞剧〈公莫舞〉演出脚本研究》（《中华文史论丛》1989年第1辑），对此，姚小鸥有文与之商榷（详见姚小鸥《〈我国最早的歌舞剧《公莫舞》演出脚本研究〉商榷》，《东北师范大学学报》1999年第3期）。

在杨公骥破译基础上，姚小鸥于20世纪90年代发表了《巾舞歌辞校释》（《文献》1998年第4期）、《公莫巾舞歌行考》（《历史研究》1998年第6期）、《公莫舞与王国维中国戏剧成因外来说》（《文艺研究》1998年第6期）等系列论文，对杨公骥1986年校本中忽略或存疑的一些舞蹈动作进行了解释，对《公莫舞辞》的章法结构进行了进一步的探索，并对《公莫舞》从西汉到唐代的流传和演变作了初步的勾勒，指出汉代不仅有了中国早期戏剧，而且其表演形式也相当成熟，已经有了诸多用于表演的程式化的动作术语。

总的来说，关于《巾舞公莫舞辞》的破译成果在近几十年是非常明显的，《巾舞公莫舞辞》的大概内容是一出有角色、有情节、有科白的歌舞剧已成定论，当然有些细节还需要学者进行更为详细的考证。

1952 年

12 月，余冠英《汉魏六朝诗论丛》由上海棠棣出版社出版。

本书是一部研究汉魏六朝诗歌(主要是乐府诗)的论文集，其中第一篇《乐府诗选序》一文，对汉魏六朝乐府诗作了评论和介绍。其下多篇文章主要探讨乐府诗的形式特征和词句篇章问题，不乏新颖独到的见解。

1953 年

12 月，余冠英《乐府诗选》由人民文学出版社出版。

本书是比较经典的乐府诗选本。选注者根据思想性和艺术性兼顾的原则，选录了郭茂倩《乐府诗集》中的部分作品，加以简要注释，绝大部分诗篇有题解。

对"鼓吹乐"起源问题的辨析。

关于汉乐府中铙歌的来源，萧涤非在刊印于 1943 年的《汉魏六朝乐府文学史》(中国文化服务社)中认为："鼓吹乃夷乐……西域诸国实为鼓吹之发源地，自汉以后犹然也。"其后王易在刊印于 1946 年的《乐府通论》(中国文化服务社)中则认定鼓吹为纯粹的本土音乐，称"铙歌汉乐，横吹胡乐，器自不同，源亦有别"。而余冠英在 1953 年出版的《乐府诗选》的"前言"中强调鼓吹乐纯粹是传入中原的外族音乐，铙歌鼓吹曲即是汉初传入的"北狄乐"，由此将鼓吹乐的起源问题进一步明确提了出来。

其后，许多学者更倾向于认为鼓吹乐是外族音乐与中原音乐的结合。如王运熙认为汉代的短箫铙歌与横吹曲均受外族音乐的影响，在当时均为俗乐(《汉代鼓吹曲考》，《复旦学报》1957 年第 1 期)；杨生枝认为"'鼓吹曲'，是在汉代传统的中原音乐的基础上，融合边疆少数民族及国外音乐，所形成和发展起来的一种新声乐曲"(《乐府诗史》，青海人民出版社 1985 年版)；曹道衡认为"短箫铙歌"和"鼓吹"本非两种乐曲。至于它是否古已有之，或来自少数民族，则恐怕兼而有之。大抵一种意识形态，都很难不受别种文化的影响；亦不大可能纯系移植而来(曹道衡：《试论"铙歌"的演变》，《中国社会科学院研究生院学报》1994年第3期）；黎国韬认为鼓吹乐原出中国的军乐，后来受胡乐的影响而逐渐形成，中原乐与胡乐的比较中，前者稍占优势（《古代乐官与古代戏剧》，广东高等教育出版社2004年版）。

1954年

四川成都羊子山东汉墓出土乐舞百戏画像石（图1）。

1954年出土于成都羊子山东汉墓的乐舞百戏画像石，左起一人席地而坐，身后站一侍者。左上四人席地而坐，一侍童站立旁边。图右长席上坐五人奏乐，有吹竽或笙、吹排箫、抚琴者，另二人辨不清手操何器（或为歌者）。图中间为舞蹈与百戏表演，一女子跳舞，一人倒立行走，一人飞剑，一人跳丸，一人举竿旋盘，一人跳盘鼓舞（地下置五盘一鼓），一怀抱小鼓的鼓舞伎，伸臂昂首跳跃，一反弓伎，一蹬伎（似倒立蹬物），一俳优赤臂作滑稽表演，另一伎着长服立姿举棰击小鼓，即如文献记载中之击节者。此画像石规模较大，内容较丰富，画面较简洁。该画像石对于研究汉乐府的综合艺术特点有重要文物价值。

图1

山东沂南北寨村东汉墓出土乐舞百戏画像石（图2）。

此画像石是汉代乐舞百戏画像石的典型代表，是沂南画像石中人物表现最精彩、生动的一幅。在横的长幅构图中从左至右分四组，左侧第一组刻杂技三人，表演飞剑跳丸、七盘舞、戴竿戏等；第二组分上下两部分刻庞大乐队；第三组刻杂技鱼龙曼衍之戏，由走绳、装龙、装鱼、装豹、装大雀、奏乐六组人物组成；第四组是戏车和马戏。参加演出者，形象动作各不相同，神采飞动，栩栩如生。该画像石对于研究汉乐府的综合艺术特点有重要文物价值。

图2

1955年

汉乐府人民性、阶级性等思想内容研究成为主流。

20世纪50年代以后,注重乐府诗思想内容的研究越来越深入,一些研究者运用阶级分析方法对汉乐府内容所作的论述,代表了50年代汉代乐府诗研究的新方向。如郑孟彤的《汉代乐府诗里所反映的社会生活》(《光明日报·文学遗产》1955年2月27日)一文,就从反战争、反饥饿、反压迫、反礼教四个方面对汉代乐府诗进行分析,进而指出它的现实主义精神和在中国文学史上的价值。王运熙的《汉代的俗乐和民歌》(《复旦学报》1955年第2期)一文,除了对汉代乐府诗的产生进行了较为详细的考证,证明其中的"民歌"大都产生于东汉之外,也特别详细地分析了汉乐府民歌"反映了广阔的现实,暴露了封建社会内部的矛盾和冲突,具有丰富的思想内容",并指出其"感于哀乐,缘事而发"的创作精神、现实主义传统和高度的艺术成就。

1957年

4月,《乐府诗研究论文集》出版。

4月,北京作家出版社编辑部编的《乐府诗研究论文集》出版,收入这一时期有关汉乐府的研究论文31篇,研究视点相对集中在对《陌上桑》、《羽林郎》、《孔雀东南飞》等诗篇的讨论和辨析上。

四川成都天回山东汉崖墓出土俳优说唱俑(图3)。

此俑高55厘米,陶制。原敷以彩色,现残存白粉及褐色土痕。短胖身材，头上着帻，戴笄；上身赤裸、两肩高耸；赤足，坐于圆榻上，左臂环抱小鼓，右手握一鼓槌，左足曲蹲，右足翘举；张口嘻笑，神情滑稽生动。其表情表现说唱时得意忘形、手舞足蹈的情景，神态逼真、动作协调，是中国古代不可多得的艺术精品，说明东汉时期说唱艺术的成熟。该说唱俑对于研究汉乐府的表演及其叙事艺术特征有重要的文物参考价值。

图3 四川成都天回山东汉崖墓出土的说唱陶俑

1958年

4月，王运熙《乐府诗论丛》由上海古典文学出版社出版。

上海古典文学出版社是上海古籍出版社的前身，本书辑集作者关于乐府及乐府诗的研究论文。主要探讨了乐府官署的起始和沿革，考证乐府某些曲调、歌辞的演变、乐府与民歌的关系以及《孔雀东南飞》和《木兰辞》的产生时代与思想艺术。另附有《汉魏六朝乐府研究书目提要》。后来，1996年6月，王运熙将《六朝乐府与民歌》、《乐府诗论丛》两书连同《乐府诗再论》(前两书出版后撰写的乐府诗研究论文)合为一册，取名《乐府诗述论》(增补本)，由上海古籍出版社出版。王运熙在乐府诗研究方面的成就基本见于此书。

10月，余冠英选注《汉魏六朝诗选》由人民文学出版社出版。

《汉魏六朝诗选》选录从汉兴到隋亡八百年间的约三百首诗作，其诗歌按汉诗、魏诗、晋诗、宋诗、齐诗、梁诗、陈诗、北朝诗和隋诗分为九部分，选择每一时代最重要的诗人和诗作，进行诗人简介、题解和注释，并在题解部分概述重要的诗歌形式，对篇幅较长的诗歌还在每一层次之后增添内容简析。前言部分分析了汉魏六朝诗歌各个阶段的具体特征。本书作为古典文学名家精心遴选的选本，可使读者了解汉魏六朝诗歌的精华。

有关黄门鼓吹内容的辨析。

关于黄门鼓吹乐，台静农曾于1950年发表的《两汉乐舞考》(《台湾大学文史哲学报》1950年第1期)中指出，黄门鼓吹包括

《西京杂记》所记之"黄门前部鼓吹"、古兵法武乐、散乐等项。1958年,王运熙发表了《说黄门鼓吹乐》(《乐府诗论丛》,上海古典文学出版社1958年版)一文,认为黄门鼓吹乐"主要的内容是相和歌和杂舞曲",肯定了它的俗乐性质。由此,黄门鼓吹乐的内容问题被提了出来。

王运熙说在学术界的影响较大,但与台静农说一样,也存在一些无法解释的问题。后来,孙尚勇发表了《黄门鼓吹考》(《黄钟》2002年第4期)一文,集中对两汉黄门官署的性质、"黄门鼓吹"实际使用的历史记录进行了解析和考辨,并联系"汉乐四品"的性质,对东汉"黄门鼓吹乐"的历史涵义作了考察,指出黄门鼓吹的音乐内容是鼓吹曲,其本原功能是用于乘舆仪仗。四品乐即大予乐、雅颂乐、黄门鼓吹乐、短箫铙歌乐,这四种音乐之间不存在等级、雅俗之辨的问题,它们都属于仪式音乐。

1959年

陈直《汉铙歌十八曲新解》发表于《人文杂志》1959年第4期。

作者把一些不为人注意的瓦当、砖文、铜镜铭文、钟鼎款识等考古资料引入汉铙歌研究中,独出己见新见,扩大了汉乐府研究的资料来源,使汉铙歌研究进一步深入。后来本文收入作者1988年由天津古籍出版社出版的《文史考古论丛》一书。

苏联汉学家瓦赫金的《乐府·中国古代诗歌选》由国家文学出版社(莫斯科)出版。

1959年苏联国家文学出版社出版了《乐府·中国古代诗歌选》,译者为瓦赫金。瓦赫金长期从事中国古代诗歌研究,曾以研究汉魏南北朝乐府的论文获语文学副博士学位。该诗歌选集译介了汉乐府诗50首,另有南朝乐府276首及北朝乐府19首。除翻译乐府诗歌外,瓦赫金还在前言中介绍了乐府产生的时代背景、社会意义以及乐府诗的特点。瓦赫金指出,"中国诗歌和音乐的血缘关系正是在乐府影响下产生的",并指出:"乐府对中国诗歌的影响是巨大的。正是乐府为包括唐王朝统治时期在内的中国诗歌的繁荣作了准备,乐府仿佛是架设在著名的《诗经》和唐代泰斗诗歌之间的一座桥梁。"(宋柏年主编：《中国古典文学在国外》，北京语言学院出版社1994年版）。《苏联东方学》1959年第6期发表汉学家鲍利斯·李沃维奇·里弗京（李福清）的文章《评B. 瓦赫金〈乐府选译〉》。

1962年

丘琼荪《汉大曲管窥》发表于《中华文史论丛》第1辑。

丘琼荪的《汉大曲管窥》对《宋书·乐志》里所列的15首汉大曲在魏晋时期的流变及其演唱形式等问题进行了比较详细的研究。

法国学者对汉乐府的研究。

1962年，法国学者戴密微主持编译了《中国古诗选》，选译了上自《诗经》下到清代374首诗词，共204位中国古代诗人的作品。其中收录了《古诗十九首》的全部译文，并称赞它"是汉代流传下来的最优美的诗歌：这种五言诗体保持了民歌特色，且具有完美的艺术技巧"。

戴密微的学生桀溺也是一位研究汉代诗歌的专家，这方面的代表性论著有《古诗十九首》(1962)、《中国古典诗歌溯源：汉代诗歌研究》(1968)、《牧羊少女和养蚕少女：论述中国文学的一个课题》(1977)等。在最先发表的《古诗十九首》中，桀溺对"古诗十九首"给予极高的评价，认为"它实行了一种文学上的革命，从而开创了一个新的世纪"，"具有一股独特的更新力量"，并从古诗十九首的"抒情特点"、"结构艺术"和"新创的悲剧主义"三个方面来加以证明。《中国古典诗歌的起源：关于汉朝抒情诗的研究》用主要篇幅探讨中国古典诗歌的产生发展的历程及其相关特征，在最后一章对《江南》、《平陵东》等15首汉乐府进行选译和评析，其中有不少真知灼见。在这本专著中，作者还表明他研治汉诗的治学思想，他指出：研究汉诗，不能采用汉儒解经的方式，也不能像某些近代学者那样把此作为对中国社会历史文化考察的例证，应该从"严格意义上文学角度"出发，"仔细地考察形式和主题发展的历史"，得出文学自身的结论。这对当时研究中国古典文学的两种偏向——单纯的文献学和社会文化学倾向，有一定针砭性。《牧羊少女和养蚕少女：论述中国文学的一个课题》将汉乐府《陌上桑》和法国12世纪行吟诗人马卡布律的牧羊诗进行比较研究,探讨中国的桑园文学与法国的牧女诗历史演进过程及其各自的文学地位。研究中,作者将考证、文艺学评论和比较研究等传统研究方式和新的研究手段结合起来,在研究成果和方法论上皆有启迪意义(参见陈友冰《二十世纪中国古典文学在法国的流播及学术特征》,《国学网》2011年5月30日)。同时他还有一篇论文《驳郭茂倩——论若干汉诗和魏诗的两种文本》(许明龙译、法国汉学丛书委员会编:《法国汉学》第四辑,中华书局1999年版),对郭茂倩理论进行了质疑,重新探讨了"本辞"和"乐本"之间的关系,引起了中国文学史专家的注意。

山东嘉祥县城南武氏墓群石刻被国务院定为一级文物保护单位。

从石阙上的铭文和4块石碑的碑文知道,石阙建于东汉桓帝建和元年(147)。武氏一家,从现存的武氏诸碑的碑文和石阙铭文可知,是东汉时期的豪强地主家族。这座武氏墓群石刻,地面石构建筑和装饰,件件都雕画精美。现存的包括一对石阙、一对石狮、5块石碑和4个石室共40多块汉画像石。武氏画像石的内容,有政治、经济、文化、军事和社会伦理道德等多方面,是汉代社会生活的真实生动缩影。这批画像石刻对于研究汉乐府的内容和艺术均有重要的文物价值。

1963年

四川郫县宋家岭东汉墓出土一说唱陶俑(图4)。

此陶俑双腿偻曲而立,身材矮胖,上身袒裸,长裤欲掉,歪嘴伸舌,右手持鼓槌,左手握一小鼓,表情投入,滑稽可笑,似在模仿故事中人物表情,生动地展示了汉代说唱表演的情形。该陶俑对于研究汉乐府的说唱艺术有重要的文物价值。

图4 四川郫县宋家岭东汉墓出土的说唱陶俑

1969 年

山东济南市郊无影山西汉墓出土汉代乐舞杂技陶俑(图5)。

1969年在山东济南市郊无影山西汉墓出土的汉代乐舞杂技陶俑,烧造于一个长方形陶盘上,有21人,7人登场表演杂技,姿态生动。其中两人为女子,穿长袖花衣,相向起舞;两人倒立,两手着地,上身挺直,下肢前曲,头部前伸,作"拿大顶"姿态,造型矫健稳重而有力;一人腾身而起正在翻筋斗;另一人作难度很大的柔术表演,双足由身后上屈放于头侧。表演者左前方一人,穿朱色长衣,可以转动,似为指挥。右乐队7人伴奏,使用的乐器有钟、建鼓、小鼓、瑟、笙等。两女子长跪吹笙,其余都是男性。陶盘左右两端有7人,长衣曳地,拱手而立,作观赏状。一侧3人戴冕形冠,另侧4人头戴环形帽。此俑集舞蹈、音乐、杂技于一体,布局井然有序,气氛热烈欢快,人物生动传神,再现了当时风行的"百戏"演出时的热闹场面,是当时百戏形式的具体表现。这件国宝级文物,目前已成为济南市博物馆的镇馆之宝。该乐舞杂技陶俑对于研究汉乐府的综合艺术特征有重要的文物价值。

图5

图 6

山西运城县侯村汉墓出土明器陶塑绿釉百戏楼模型(图6)。

1969年,山西运城县侯村汉墓出土了汉代明器陶塑绿釉百戏楼模型,高104厘米,底盘宽45厘米,楼下层平底宽35厘米,是一座三檐五层尖顶式高层建筑。其上塑造了很多伎乐百戏陶俑,演员细腰长袖,体态婀娜,舞姿优雅,歌舞杂技动态依稀可辨,楼部分残缺,但建筑结构清晰。它是目前所知我国发现最早的一座百戏楼模型,现被山西运城县博物馆收藏。该百戏楼模型对于研究汉乐府的表演及其综合艺术特征有重要的文物价值。

1971年

内蒙古和林格尔汉墓出土壁画《乐舞百戏图》(图7),图绘于东汉晚期。

图 7

该图展现了汉代社会生活的动人场面。画面中央绘有一建鼓,两侧各有一人执桴擂击。左边是乐队伴奏,弄丸表演者同时飞掷5个弹丸;飞剑者跳跃着将剑抛向空中;舞轮者立在踏鼓上将车轮抛动;倒提者在四重叠案上倒立;童技是最惊险的节目,一人仰卧地上,手擎樟木,樟头安横木,中间骑一人,横木两侧各一人,作反弓倒挂状;画面上部,一男子与一执飘带的女子正翩翩起舞。表演者都赤膊,束髻,肩臂绕红带,动作优美、矫健。在图的左上方观赏者,居中一人似为庄园主,正和宾客边饮酒边观看乐舞杂耍的表演。该乐舞百戏图对于研究汉乐府的综合艺术特征有重要的文物参考价值。

1975 年

5 月,安徽省阜阳涡阳县大王店出土汉代陶戏楼模型(图8)。

图 8

这件陶戏楼模型高 99 厘米,胎质砖红色,外施绿釉。分 4 层,上层是鼓楼,第二层是舞台。舞台三面封闭,一面敞开,分前台(表演区)和后台(戏房),有上下场门。前台有 5 个伎乐俑正作表演和伴奏。这说明早在汉代我国的舞乐百戏已经成为一种"舞台艺术"在固定的专用舞台上进行;而且早在一千七百余年前,我国已经有了建筑规模宏伟、装饰布置华美的舞台出现;舞台演出,从地面到高台;从观众的四面观到三面观直至一面观,这种舞台艺术的衍变,至迟在东汉末年(220)已经完成了。它的发现,不仅把中国戏台史的起点从公元 10 世纪的北宋提前到公元 3 世纪的东汉末年,而且打破了封闭式戏台来自西方的观点,推翻了三面敞开的戏台是中国戏台唯一传统形式的论点,在中国乃至世界戏剧艺术发展史上都具有重大的价值。该陶戏楼模型的出土,对于研究汉乐府的表演也具有重要的文物参考价值。

1977 年

秦始皇陵区出土书错金铭文"乐府"的钮钟(图9)。

图9 错金银钮钟
（秦乐府钟）

1977年在秦始皇陵附近出土了一只秦代错金甬钟，钟柄上镌有秦篆"乐府"二字，说明管理乐舞的重要机构——乐府在秦代就已设置，关于"乐府"之名始于汉代的说法被打破，有学者据此而重新思考汉武帝"始立乐府"的意义。

乐府机构设立年代的论争及辨析。

根据《史记》、《汉书》的记载，过去一般都认为乐府机构是汉武帝时代开始设立的。20世纪以来，不少学者对此提出异议。1949年以前，梁启超、陆侃如、罗根泽三位学者就曾怀疑乐府机构并非始立于汉武帝时期，并推测汉代乐府的设置大约是承继秦制。三家的证据都在《汉书·礼乐志》有"孝惠时乐府令夏侯宽"这一句话。在这条证据之外，再没有什么更充分的理由，因此都只是提出推断，并未展开论述。但是三家又都肯定汉武帝时的乐府与此前有很大不同，乐府至武帝时始重视民间的作品。1949年以后，影响颇大的游国恩编《中国文学史》在相关章节云："乐府一名，最早见于汉初，惠帝时有'乐府令'，但扩充为大规模的专署，则始于武帝。"基本是采用梁启超等人的意见。但从考察乐府的归属和职能入手，王运熙则坚持汉武帝始立乐府一说，他在《汉武始立乐府说》一文中辨别了不同文献的"乐府"概念，认为《史记》、《汉书》所载武帝以前的"乐府"和"乐府令"实指"太乐"和"太乐令"。隶属少府的乐府，系武帝所创立；隶属奉常的太乐，则汉初早已设立(《乐府诗论丛》，古典文学出版社1958年版)。

1977年秦始皇陵附近镌有秦篆"乐府"二字的秦代错金甬钟的出土，证明了管理乐舞的重要机构——乐府在秦代确已设置，此前学者的有关推断已为出土文物所肯定。在这种情况下，有学者开始重新思考《汉书·礼乐志》"至武帝定郊祀之礼……乃立乐府"这段话的意义。如张永鑫在其《汉乐府研究》(江苏古籍出版社 1992 年版)中即从秦前后经济文化状况、雅乐的衰落和俗乐的发展等角度，考察了秦设置乐府的社会原因，认为秦代最早设置乐府，汉乐府的设置因袭秦代，并进一步考察了高祖、文帝时的乐府活动，证明乐府的设置的确不始于武帝。至于称至武帝"乃立乐府"，实是说武帝将郊祀之礼立于乐府。郑文则强调与乐府诗有关的乐府机构始立于汉武帝时期。他在《汉诗研究》(甘肃民族出版社 1994 年版)中据《汉书·百官公卿表》、《史记·乐书》得出结论：太常所属的太乐令丞与少府所属的乐府令，虽都出自秦官，而所负的职责不同。所以王应麟《汉书艺文志考证(八)》引吕氏曰："太乐令丞所职，雅乐也；乐府所职，郑卫之乐也。"

美国汉学家周英雄以《木铎：汉代的采诗运动及文学的功用》为题作博士论文

在美国，周英雄在他的博士论文《木铎：汉代的采诗运动及文学的功用》(1977)一文中，从汉代社会政治的角度论述了乐府的功用及其对民间歌谣的采集，《郊祀歌》的创作作为一种政治行动的意义，乐府民歌的经验模式，并从比较研究的角度，界定了乐府民歌中随口即出的重复方式与近代诗中反复推敲的对句之间的区别等。其研究问题的视点和方法，与国内学者有明显不同(参见赵明正《20 世纪汉乐府研究述论(上)》，《甘肃社会科学》2005 年第 2 期)。

1981 年

2 月，杨荫浏《中国古代音乐史稿》由人民音乐出版社出版。

本书是作者毕生研究古代音乐史和传统音乐的概括性、总结性巨著，也是 20 世纪中国音乐史、传统音乐研究及民族音乐理论集大成之作，全书以丰赡的资料、详实的篇幅论述了我国各个历史时期的音乐发展史和音乐成果，包括音乐的起源问题，中国历代社会背景与音乐发展的联系，各种音乐形式发展的历史沿革，音乐内容的多种体裁和题材，乐曲和乐器的分析介绍，音乐美学思想的研究与介绍，并对我国古代的音乐文献、乐谱资料的保存情况做了细致的考察，对音乐史研究中有争议的问题提出了自己的看法。汉代乐府机构、乐府表演及乐府诗等也是其中涉及的重要内容。

1983年

6月，广州南越王墓出土刻有"文帝九年乐府工造"字样的铜铙一套八件（图10）。

图 10

广州南越王墓出土了8件1套素面铜铙，有"文帝九年乐府工造"和"第一"至"第八"的刻铭。这里"文帝九年"指南越文帝九年，即汉武帝元光六年（前129），时在《汉书·礼乐志》所谓"乃立乐府"之前。南越王在国中仿照汉廷制度、礼仪。本套铜铙的出土再一次证明汉乐府机构不是至"武帝定郊祀之礼"才开始设置。

1984年

3月，河南舞阳发现东汉乐舞百戏铜镜。

1984年3月，舞阳电机厂工人在城墙附近拾到一面铜镜。铜镜直径10厘米，球形半圆钮，圆座。内区饰乳丁四枚，每两乳间有一组高肉雕画像，共四组画像，一组为一人跨奔马作反身射猎状；一组为乐伎二人，一人正面跽坐，前置琴瑟作弹奏状，一人跽坐旁侧，手捧埙；一组为舞伎二人，一人高举双手作舞剑状，手下飞丸乱舞，一人为身材纤细的女伎，屈体弯腰，两手撑地，近面部有一球状物；一组似为主仆二人，一人高冠长服，正面跽坐，旁置酒壶，一人侍立。画像镜与南阳出土的画像石人物形象十分相像，从形制特征看，铜镜年代当为东汉晚期。该画像镜对于研究汉乐府的演唱有重要的文物价值。

7月，姚大业《汉乐府小论》由天津百花文艺出版社出版。

本书注重汉乐府诗歌与音乐的研究，并作了有关汉代音乐和音乐机构的考证，有很多创见。

11月，王汝弼《乐府散论》由陕西人民出版社出版。

这部《乐府散论》首先对汉魏晋南北朝乐府的产生、演变、发展作了系统的论述，并提出了一些与先贤不同的新见解。

12月，葛晓音《论汉乐府叙事诗的发展原因和表现艺术》在《社会科学》当年第12期发表。

本文主要探讨了叙事诗何以能在汉乐府民歌中得到集中发展而以后却未能蔚为大宗的原因。

1985年

1月，杨生枝《乐府诗史》由青海人民出版社出版。

此书在吸收前人研究成果的基础上，从诗、乐结合的角度来探索乐府歌诗发展的历史和特殊规律，不仅关注了乐府民歌，对于文人乐府也有较为深入的论述。

5月，萧涤非《乐府诗词论薮》由济南齐鲁书社出版。

本书共编入论文27篇，是在1959年山东人民出版社出版的《解放集》的基础上，重新整理并扩充而成，包括作者除专著以外发表过的有关乐府诗及古典诗词的单篇文章，反映了作者在各个时期的治学轨迹。

1986年

9月，王运熙、王国安《汉魏六朝乐府诗》由上海古籍出版社出版。

本书对于乐府诗的基本概念及情况，如乐府和乐府诗、乐府诗的分类和特点、乐府诗的发展和编集等，都作了必要的介绍，并重点阐述了汉魏六朝各代乐府诗的内容和艺术特色，介绍了乐府诗代表作家和代表作品。

1991 年

12 月,萧亢达《汉代乐舞百戏艺术研究》由北京文物出版社出版。

本书以文献资料和文物资料相结合的方式,把汉乐府置于汉代歌舞百戏的艺术体系中,对汉代的歌舞艺术进行了较为详细的介绍和论述。

1992 年

6 月,张永鑫《汉乐府研究》由江苏古籍出版社出版。

本书征引材料丰富,是对汉乐府的起源、音乐性、分类和编集、艺术特质等问题进行集中而全面研究的力作。

1993 年

5 月,赵敏俐《两汉诗歌研究》由台北文津出版社出版。

本书是由赵敏俐的博士论文修改而成,论文完成于 1987 年 12 月,原题为《汉诗综论》。1993 年台北文津出版社出版时改为《两汉诗歌研究》,2011 年 7 月由北京商务印书馆再版。本书从汉代政治变革与社会生活变迁入手,结合诗人的思想变化与诗歌发展道路的向新,从创作方法、艺术风格与语言形式诸方面,对两汉诗歌的发展、时代特色、独特艺术成就及其在中国诗歌史上承前启后的地位等,进行了深入阐发和详细论证,史论结合、观点新颖、自成体系,富有创见和开拓精神。

1994 年

12 月,郑文《汉诗研究》由甘肃人民出版社出版。

本书几乎涉及现存题名汉诗的全部内容,尤其对汉代朝廷乐章、杂言诗、四言诗等的研究,给予了较为详尽的论述,补充了以往学者只重视民间乐府和五言诗的遗漏。

1995 年

12 月，赵敏俐《汉代诗歌史论》由吉林教育出版社出版。

本书从史的角度对汉代诗歌的发展变迁大势及各种诗体的发生发展和艺术成就等进行了详细论述。

2000 年

西安秦遗址出土"乐府承印"封泥一枚。

西安秦遗址出土"乐府承印"封泥一枚，再一次肯定了乐府设置非始于汉武帝时期。

中国画像石全集编辑委员会编辑的《中国画像石全集》由山东美术出版社出版。

《中国画像石全集》共八卷，包括《山东汉画像石》（第 1~3 卷）、《江苏汉画像石》（第 4 卷）、《陕北山西汉画像石》（第 5 卷）、《河南汉画像石》（第 6 卷）、《四川汉画像石》（第 7 卷）、《石刻线画》（第 8 卷），生动形象地刻录和反映了当时的社会思想和生活，蕴藏着丰富的历史文化内涵，对研究汉代乐府的内容和艺术具有重要文物价值。

7 月，济南章丘枣园镇洛庄汉墓 14 号乐器陪葬坑出土乐器群。

本次出土是汉代乐器出土数量最多的一次，也是整个音乐考古史上发现乐器种类最多的一次。在洛庄乐器坑的挖掘过程中，2 件军乐器錞于和钲与一件铜铃放置在一起，在我国考古发掘中尚属首见，有待进一步研究。另外，洛庄串铃在墓葬中与编钟、编磬和瑟等乐器共出，应该是作为音乐活动中使用的乐器来看待的。古代乐队中使用串铃，迄至目前也是第一次发现。这些乐器的出现，为研究汉代宫廷乐队的编制提供了新的资料，也提出了新的课题。该乐器群的出土，对研究汉乐府的配乐演唱也具有十分重要的文物参考价值。

2001 年

1 月，林希今译，杨宪益、[英] 戴乃迭等译的《乐府：汉英对照》由北京外文出版社出版。

本书选取 23 首乐府经典篇目进行翻译，并力图保持乐府诗的韵律美、民歌风格和音乐性。

2002 年

4 月,第一届"中国诗歌与音乐关系学术研讨会"在北京召开。

4 月 20 日至 22 日,由首都师范大学中国诗歌研究中心和《文艺研究》编辑部联合主办的"中国诗歌与音乐关系学术研讨会"在北京召开。本次会议的目的,在于探讨诗歌和音乐的关系,开辟诗歌研究的新途径。包括文学界和音乐学界的学者共 40 多人参加了本次会议,提交论文 20 余篇。中国古代诗歌和音乐的关系是本次会议的重点。赵敏俐提交的论文《汉乐府歌诗演唱与语言形式之间的关系》就是从乐府歌诗的音乐歌舞表演角度来研究其文学特色的有益尝试。另外也有多篇论文论述词、曲、戏剧和音乐的关系和中国诗学理论的建立与音乐的关系。

6 月,《萧涤非说乐府》由上海古籍出版社出版。

本书为萧涤非有关汉魏六朝隋唐宋以及当代风诗名篇的鉴赏评析文字,按照评述、诗话、笺注三种体式,分为正文、附录一、附录二共三个部分。正文为历代风诗欣赏,按萧涤非当初发表或在中央人民广播电台、山东电台播讲的原稿编入。附录一为历代风诗话,或长或短,灵活多样,准确透彻,意趣盎然。附录二为萧涤非风诗笺注,以见风诗在当代的延续,显示创作与鉴赏相辅相成的关系。

8 月下旬,日本神户大学文学部主办"六朝乐府与乐府诗的共同研究会"。

复旦大学杨明在会上作了《20 世纪大陆乐府诗研究情况》的发言,其中涉及 20 世纪汉乐府研究状况。

2003 年

第二届"中国诗歌与音乐关系学术研讨会"在北京召开。

12 月 11 日至 12 日,为进一步推进文学与音乐研究之间的交流,拓宽人们的视野,给文学界和音乐界双方学者提供交流的平台,由首都师范大学中国诗歌研究中心和《文艺研究》编辑部主办,北京华百年传媒投资有限公司协办的第二届"中国文学与音乐关系研究学术研讨会"在北京紫玉饭店隆重召开。出席此次研讨会的专家和学者共有45人,提交论文32篇。会议讨论的问题主要集中在以下几个方面:中国文学的音乐本质问题的理论探讨;中国古代文学文体与音乐的关系;从诗乐关系角度对中国文学史、音乐史问题的个案研究。此外还有有关文献勘误、文献解释和其他方面的论文。

2006年

11月,《萧涤非文选》作为《望岳文库》之一由山东大学出版社出版。

本书是为纪念萧涤非先生诞辰一百周年,作为山东大学文学院《望岳文库》的一种,由郑训佐、廖群教授委托萧先生三子萧光乾选编的一部萧涤非古典诗歌论文集。其特点是突出萧先生学术研究的两个高峰:汉乐府和杜甫诗。收录萧涤非先生研究论文凡43篇。

《乐府学》第1辑出版。

本书主要收录有关乐府研究的学术文章,由教育部高校人文社会科学重点研究基地首都师范大学中国诗歌研究中心主办,目前每年出版一辑,至2012年已经出版7辑。

2007

6月,孙尚勇《乐府文学文献研究》由人民文学出版社出版。

本书是在作者博士论文《乐府史研究》的基础上增订而成的,除《前言》外,由14篇相对独立而又密切相关的文章组成,内容集中在中古音乐史、中古诗史和音乐文学文献三个方面,关涉学术史、音乐史、文学史、文献学。

8月,"第一届乐府与歌诗国际学术研讨会"在北京召开。

2007年8月21日至24日,由首都师范大学中国诗歌研究中心、首都师范大学文学院联合主办的首届"乐府与歌诗国际学术研讨会"在北京召开。来自中国内地、中国台湾以及日本文学界与音乐学界的60余名学者参加了会议。

本次会议共收到学术论文47篇,从先秦到两宋,举凡与乐府及歌诗有关的重要内容都有涉及。会议期间,与会学者就中国古代的乐府制度、乐府文献、音乐机制、音乐传播、歌诗体式、音乐与诗歌的关系等方面进行了深入的探讨和充分的交流。本次会议着眼于乐府与歌诗研究的音乐学基础,充分关注中国古代的乐府制度与音乐的机制、形态、传播等重要问题,对乐府与歌诗研究的文献学研究也给予了一定的关注。关于乐府与歌诗的文学研究成为了本次会议关注的重点,认为从音乐的角度切入,立足于文学的本位,这是乐府与歌诗研究的最终目的。

本次会议通过了成立中国乐府学学会的倡议。开幕式上,傅璇琮提出乐府学作为中国古典文学研究的一个专门领域,有着与《诗经》、楚辞、唐诗、宋词、元明戏曲、小说等同样重要的地位,乐府学完全可以成立一个全国性的学术组织,建议把成立中国乐府学学会的具体工作委托给首都师范大学中国诗歌研究中心开展。傅先生的倡议,得到了与会代表的一致响应。受大会委托,首都师范大学中国诗歌研究中心起草了关于发起成立中国乐府学学会的倡议书,在闭幕式上获得通过。

2008 年

6 月,电视连续剧《孔雀东南飞》拍摄完成。

6 月 21 日,三十集电视连续剧《孔雀东南飞》辗转浙江横店和安徽安庆拍摄完成。本剧编剧为金海涛和熊诚,王文杰导演,孙菲菲饰刘兰芝,潘粤明饰焦仲卿。

2009 年

1 月,赵明正《汉乐府研究史论》由北京同心出版社出版。

作者按照历史发展顺序,建立了汉乐府研究史论体系,研究囊括了汉乐府研究史上的重要内容。

5 月,中央电视台播出戏曲电视剧《罗敷女》。

5 月 17 日,中央电视台戏曲频道晚 8:30 播出由河北邯郸县委、县政府与中央电视台联合摄制的改编自汉乐府诗《陌上桑》的三集戏曲电视剧《罗敷女》。《罗敷女》以邯郸县历史文化底蕴为依托,是宣传和展示邯郸"人物美"、"地方美"、"文化美"的艺术片。剧组导演由中央电视台戏曲频道的导演钱皓、张慧担任，演员阵容以邯郸市东风豫剧团为主要班底。主要剧情为罗敷出外采桑，被打猎的赵国王赵迁视见，欲占为己有。罗敷不从，弹筝作"陌上桑"，以自明有夫。后被赵王追至黑龙潭，为保自己的清白，她沉潭而亡。

8月，吴相洲主编《乐府诗集分类研究》丛书，由北京大学出版社出版。

本丛书是吴相洲主持的北京市十五规划项目和北京市教委重点项目的成果，是全面深入研究《乐府诗集》的学术著作。该丛书共九卷，分别是《郊庙燕射歌辞研究》、《鼓吹横吹曲辞研究》、《相和歌辞研究》、《清商曲辞研究》、《舞曲歌辞研究》、《琴曲歌辞研究》、《杂曲歌辞与杂歌谣辞研究》、《近代曲辞研究》、《新乐府辞研究》。本丛书将文献考证、音乐探索与文学分析这三者结合起来，根据本书对乐府诗的十二大类别划分，从文献的考订到对诗歌史上的问题的关注，对《乐府诗集》所收作品，包括对收录标准、分类依据的辨析，所涉乐府制度、曲调、术语的考证，各类乐府诗流传变化的描述、各类乐府诗的音乐特点及对作品题材、主题、艺术特点、语言形式、语言风格的影响，其在诗歌史上的地位和作用的分析等方面，进行全方位的考察。与汉乐府关系较为密切的是《郊庙燕射歌辞研究》、《鼓吹横吹曲辞研究》、《相和歌辞研究》、《舞曲歌辞研究》、《琴曲歌辞研究》、《杂曲歌辞与杂歌谣辞研究》。

8月，"第二届乐府与歌诗国际学术研讨会"在北京召开。

8月25日至28日，由首都师范大学中国诗歌研究中心、首都师范大学文学院联合主办的"第二届乐府与歌诗国际学术研讨会"在北京召开。来自中国内地、中国台湾文学界与音乐学界的60余名学者参加了会议。

本次会议共收到学术论文44篇。其中有关乐府研究的33篇，歌诗及其他方面的研究11篇，涉及乐府文献、音乐机制、发生背景、传播方式、乐人事迹、名曲名家、歌诗体式、音乐与诗歌的关系等各个层面。对乐府文献、乐府制度等基础性内容的考察仍然是与会学者的关注重点。

中国乐府学会筹备委员会在"第二届乐府与歌诗国际学术研讨会"上正式成立。

经过两年多的准备，中国乐府学会筹备委员会在"第二届乐府与歌诗国际学术研讨会"上正式成立。学会选举吴相洲任会长兼秘书长，赵敏俐、姚小鸥、李昌集为副会长，王运熙、傅璇琮、陶敏、李健正、葛晓音、何寄澎等为顾问，并在中国大陆、中国台湾、中国澳门等地设立理事，以更好地推动乐府学在世界各地的传播与发展。

9月，王宁宁《中国古代乐舞史》由山西人民出版社出版。

作者遵循古代"乐舞"不分家的历史客观性，运用了丰厚的文献史料和文物图像资料，以诗、乐、舞一体的形态把握、叙述了上下五千年的古代乐舞，包括汉代乐舞的形态。

2011年

1月，钱志熙《汉魏乐府艺术研究》由北京学苑出版社出版。

作者对汉魏乐府诗多有创见，关注了部分前人未曾注意的问题，为今后的研究者提供了诸多启迪。2000年8月由大象出版社出版的《汉魏乐府的音乐与诗》一书，便是此书的前身，为该书上编。

3月，彭黎明和彭勃主编《全乐府》由上海交通大学出版社出版。

本书按时间顺序，采用简体横排版，辑录了先秦两汉至清近代七千六百多首乐府诗，涉及九百四十多位诗人，历史跨度长，涉猎古籍多，作品校勘较详，是目前收录乐府诗最多的总集。

8月，"第三届乐府歌诗国际学术研讨会"在北京召开。

2011年8月23日至26日，由首都师范大学文学院、首都师范大学中国诗歌研究中心联合主办的"第三届乐府歌诗国际学术研讨会"在北京召开。来自法国、日本、韩国、中国台湾以及中国内地文学界、音乐学界的70余名学者参加了会议，为历届参会人数之最。本次会议共收到学术论文50余篇，贯穿先秦至当代的乐府诗创作全程，涉及文学、音乐学、文献学、宗教学、社会学等各个领域，集中于乐府歌诗的名家名作、经典曲调、音乐形态、音乐制度、文献整理等各个层面，创获丰厚。

2012 年

8 月,"汉代文学与文化国际学术研讨会"在北京召开。

8 月 16 日至 18 日,"汉代文学与文化国际学术研讨会"在北京隆重召开,大会的主题是汉代文学与文化。会议由首都师范大学文学院、首都师范大学中国诗歌研究中心、《文学遗产》编辑部共同主办。来自全国各大学的 70 多位从事汉代文学与文化研究的学者参加了此次大会。

本次会议有一组关于汉代鼓吹铙歌的文章。刘刚的《汉铙歌〈石留〉句读、笺注与本事考论》一文重点研究了汉铙歌中的《石留》一曲,以秦汉声韵和语言逻辑停顿入手,为其句读;以训诂原理为基准,并借鉴秦汉谶语歌诗体解读方法,为其笺注;以历史文化语境和文献史实为依据,考论推理;初步标点、解读了这首困惑学界千有余年的乐府铙歌。文章认为《石留》是在汉初特殊的政治背景下,以隐讳方式为汉开国功臣韩信鸣不平的别具寓意的乐府歌诗。另一篇关注《汉铙歌》的文章是姜晓东的《〈汉鼓吹铙歌十八首〉四首简释》,文章在赵敏俐《〈汉鼓吹铙歌〉十八曲研究》一文所提出的"解读这一组作品,应在'得其大意的基础上,慎重地运用常规的训诂之法'"这一思路的基础上,结合考古实物、字词训诂、比照旁参等方法,对《汉鼓吹铙歌十八首》中的《朱鹭》、《将进酒》、《思悲翁》、《雉子斑》四篇作品进行了新的解读,特别是《朱鹭》一篇,依据考古实物提出新说,值得重视。韩高年《汉铙歌〈将进酒〉作时及其他——兼论汉代的宴会歌诗评诗风气》认为,《将进酒》一诗,反映了西汉时期贵族社会宴会歌诗评诗的现象,结合史籍所载来看,这种现象是武帝朝时胡、夷之乐输入后引发的求新求异的歌诗创作的产物。其中特别引人瞩目的是"歌者"、"讴者"在诗歌创作与传播中的重要作用,以及在宴会评诗中语涉阴阳的诗学思想与当时正统诗学思想的不同。此外还有高人雄的《汉铙歌与北朝乐府民歌之比较》。以上论文,从多方面推进了汉鼓吹铙歌的研究。

还有一些文章与汉乐府研究相关。刘运好、王莉《论汉代寓言诗及与其他文体之关系》认为一种文体的形成、发展与成熟,既是文学诸体之间的相互影响、相互共生的结果，也是文体内部对这种影响、共生关系的有机选择的结果。研究文体之间这种错综复杂的关系，就可以揭示在文学发展过程中文体之间艺术因素的互相转化、互相渗透的文学发展史观。吴相洲《汉代乐府学史概述》一文从乐府活动情况、乐府诗留存情况、乐府学研究情况三个方面概括性地描述了汉代乐府学史的现状。许继起《乐府总章考论》一文则从历史角度考察了总章的演变过程，详细考察了汉魏晋六朝乐府机关中总章乐署的设立、职官的建置，揭示了这一音乐职官制度产生的原因、背景及相关职能。刘玲《从服饰看汉乐府的世俗性与娱乐性——以〈羽林郎〉为中心》从服饰的角度考察和解读汉乐府，角度独特。

12月，唐会霞《汉乐府接受史论(汉代—隋代)》由中国社会科学出版社出版。

本书借鉴西方接受美学理论，从文学接受的角度切入，系统考察汉代到隋代各个历史时期汉乐府的演唱、记录、研究、批评及创作中的模拟与借鉴等各种方式的接受状况。

2013 年

4月8日，由首都师范大学发起成立的"乐府学会"获得民政部批复。

乐府学会于2013年4月8日得到民政部批复(民函[2013]112号)。2006年，首都师范大学文学院吴相洲提出建立现代乐府学的构想。2007年第一届乐府歌诗研讨会于北京召开，在傅璇琮的倡导下，会议发出《关于筹建中国乐府学会的倡议》，得到海内外学界同仁响应，40多位著名学者签名支持。2009年召开的第二届乐府歌诗研讨会，选出学会筹备机构，吴相洲任会长，赵敏俐(首都师范大学)、姚小鸥(中国传媒大学)、李昌集(江苏师范大学)任副会长。

（柳卓娅　编撰）